古典文学论著四种

第二版

中国文学流派意识的发生和发展

陈文新 著

WUHAN UNIVERSITY PRESS
武汉大学出版社

图书在版编目(CIP)数据

中国文学流派意识的发生和发展/陈文新著.—2版.—武汉：武汉大学出版社，2007.8

名家学术.古典文学论著四种

ISBN 978-7-307-05585-8

Ⅰ.中…　Ⅱ.陈…　Ⅲ.古典文学—文学流派—研究—中国
Ⅳ.I209.2

中国版本图书馆CIP数据核字(2007)第065543号

责任编辑：陶佳珞　　责任校对：黄添生　　版式设计：支　笛

出版发行：**武汉大学出版社**　(430072　武昌　珞珈山)
(电子邮件：wdp4@whu.edu.cn　网址：www.wdp.com.cn)
印刷：湖北省通山县九宫印务有限公司
开本：720×1000　1/16　印张：33.125　字数：474千字　插页：2
版次：2003年11月第1版　2007年8月第2版
2007年8月第2版第1次印刷
ISBN 978-7-307-05585-8/I·313　定价：49.00元

《古典文学论著四种》前言

陈文新

一

1993年，我的第一本专著《中国文言小说流派研究》由武汉大学出版社出版。其结构不够匀称，印刷、装帧也平实简朴，明眼人不难看出这是一部“少作”。十多年过去了，回头再看这本书，倒没有“悔其少作”之感，而是倍加珍惜。原因在于，它凝聚了我长达十年的探索与思考，而那十年是我人生中最有活力和锋芒的时期。其基本学术理念和研究方法已初步形成，且至今仍未改变。我后来的学术研究，虽然领域有所拓展，如由文言小说到明清章回小说，并进一步延伸到明代诗学，但这并不意味着学术理念和研究方法的变化，恰恰相反，研究对象的迁移更加反衬出基本学术理念和研究方法的一以贯之，即始终不渝地注重辨体研究，注重“了解之同情”，注重阐释循环而不偏于一端。

《中国文言小说流派研究》开宗明义，第一段即讨论辨体研究的必要性和重要性：

> 文体本质上是一种把握世界的方式。中国古代文论对于辨体的兴趣，并非建立在琐碎的技术性的评价的基础上，相反，它总是从大处着眼，力求宏观地揭示出每一文体的属性。因此，假如我们缺少感性的辨体能力或理性的辨体指导，对古代各种文体“一视同仁”，那是会闹出笑话的。“就举一个文评史上的例罢。

我们常说中国古代文评里有对立的两派，一派要‘载道’，一派要‘言志’。事实上，在中国旧传统里，‘文以载道’和‘诗以言志’只规定各别文体的功能，并非概论‘文学’。‘文’指散文或‘古文’而言，以区别于‘诗’、‘词’。这两句话看来针锋相对，而实则水米无干，好比说‘他去北京’、‘她回上海’；或者羽翼相辅，好比说‘早点是稀饭’、‘午餐是面’。因此，同一个作家可以‘文载道’，以‘诗言志’，以‘诗余’的词来‘言’诗里‘言’不得的‘志’。”“西方文艺理论灌输进来成为常识以后，我们很容易把‘文’理解为广义的‘文学’，把‘诗’认为文学创作精华的代名词。于是这两句话就好比‘顿顿都喝稀饭’和‘一日三餐全是面’，或‘两口儿同去北京’和‘双双同回上海’变成相互排除的命题了。……把外来概念应用得不很内行，就产生了这样一个矛盾的错觉了。”（钱钟书《中国诗与中国画》）①

我特别引了钱钟书先生的一段话，是因为那时正兴致勃勃地读他的几本大作，信手拈来，作为佐证。而基本学术理念的形成，其实更多得益于对古代文论著作的阅读。曹丕《典论·论文》说：“夫文本同而末异。盖奏议宜雅，书论宜理，铭诔尚实，诗赋欲丽。此四科不同，故能之者偏也；惟通才能备其体。”“文以气为主，气之清浊有体，不可力强而致。譬诸音乐，曲度虽均，节奏同检，至于引气不齐，巧拙有素，虽在父兄，不能以移子弟。”② 曹丕既注意到性格类型有种种不同，也注意到文体类型有种种不同，将两者相提并论，它所包含的判断是：某种文体与某种性格具有内在的联系；唯其如此，作家们对不同文类的倾心和擅长，就不只是一个技巧和训练问题，而

① 陈文新：《中国文言小说流派研究》，1 页，武汉，武汉大学出版社，1993。

② 郭绍虞：《中国历代文论选》第二册，158～159 页，上海，上海古籍出版社，1979。

是意味着不同的人格和癖好。从这个角度来考察“人”，比读他们的自我表白效果更好。或者说，这种无意的表白比有意的表白更为真实。这样看来，从事辨体研究，也是知人论世的需要。古人用不同的文体从不同方面来把握世界，我们要了解古人以及古人的生活，也需要考察文体之间的区别。

回顾我的学术发展历程，有一个事实不能不提，即：我的小学教育和中学教育是在“文革”（1966～1976）中完成的，而我的大学教育（1978.3～1982.1）则适逢“文革”以后拨乱反正的时期。在这十多年的岁月中，尤其是在大学阶段，我对影射史学的厌倦心理日渐增强。这种心理潜在而深远地影响了我的学术研究，它使我很容易接受陈寅恪的“了解之同情”理论。

1930年，冯友兰《中国哲学史》上册出版，陈寅恪《冯友兰中国哲学史上册审查报告》随冯著刊行。在这篇审查报告中，陈寅恪提出了著名的“了解之同情”理论：

> 凡著中国古代哲学史专著，其对于古人之学说，应具了解之同情，方可下笔。盖古人著书立说，皆有所为而发。故其所处之环境，所受之背景，非完全明了，则其学说不易评论，而古代哲学家去今数千年，其时代之真相，极难推知。吾人今日可依据之材料，仅为当时所遗存最小之一部，欲藉此残馀断片，以窥测其全部结构，必须备艺术家欣赏古代绘画雕刻之眼光及精神，然后古人立说之用意与对象，始可以真了解。所谓真了解者，必神游冥想，与立说之古人，处于同一境界，而对于其持论所以不得不如是之苦心孤诣，表一种之同情，始能批评其学说之是非得失，而无隔阂肤廓之论。否则数千年前之陈言旧说，与今日之情势迥殊，何一不可以可笑可怪目之乎？……著者有意无意之间，往往依其自身所遭际之时代，所居处之环境，所薰染之学说，以推测解释古人之意志。由此之故，今日之谈中国古代哲学者，大抵即谈其今日自身之哲学者也。所著之中国哲学史者，即其今日自身

之哲学史者也。其言论愈有条理统系，则去古人学说之真相愈远。①

与陈寅恪的“了解之同情”理论相呼应，金岳霖的审查报告提出了“哲学要成见，而哲学史不要成见”的论断。陈寅恪、金岳霖的倡导具有重要的方法论意义。盖哲学是哲学家对世界的基本看法，必须清晰、明确地表达个人的学术立场；而哲学史研究的是历史上不同哲学家对世界的基本看法，需要的是“了解之同情”，如果以个人的学术立场覆盖研究对象，就可能造成曲解。判断比理解容易得多，而理解比判断更有价值。轻率地判定古人的是非善恶，在学术研究中不是一件得体的事情。

以“了解之同情”作为基本的学术追求，我在《中国文言小说流派研究》中顺理成章地提出了“加强中国古代文学的辨体研究”这一命题，并一直信守不渝。在我的学术视野中，辨体研究与“了解之同情”是并行不悖、相得益彰的两翼。辨体研究有助于达到“了解之同情”的境界，而“了解之同情”的学术追求则有助于辨体研究的深化。

阐释循环说出自德国哲学家伏尔泰（Wilhelm Dilthey，1833～1911），钱钟书、汪荣祖等学者陆续加以发挥，已渐为世人所知。汪荣祖《槐聚说史阐释五篇》列有专篇《论历史阐释之循环》，分别讨论了“个体与整体间的循环”、“古今间之循环”、“史实与理论间之循环”，其要点有三：“单一的历史事件须从大格局中求理解，这是循环的一边；然大格局也须由许多单一史事理清，这是循环的另一边。”“由今可以识古”，“由古可以明今”。“一方面由史实建立通则或理论，另一方面再据通则或理论来检验史实”。② 在这三种循环中，关于“史实与理论间之循环”，我想多说几句。原因在于，近年来主

① 刘梦溪主编：《中国现代学术经典·陈寅恪卷》，838～839页，石家庄，河北教育出版社，2002。

② 汪荣祖：《史学九章》，188、189、192页，北京，三联书店，2006。

持编纂《中国文学编年史》，对这一问题有些思考，延续和发展了我在《中国文言小说流派研究》中的看法。那时偏重于从材料出观点，现在则同时注意到观点与材料的互动。观点不完全是被动的，它有助于我们发现和使用新的材料，有助于我们克服滥用材料、无限制地铺张材料的倾向。

英人柏林（Isaiah Berlin）曾将学者分为“狐狸（fox）”和“刺猬（hedgehog）”两种类型。狐狸型的学者博学多识，刺猬型的学者则追求以一驭万的境界，他们倾向于将所知、所思、所感纳入一个宗旨明确、始终一贯的系统。按柏林的分类，从事编年史研究的学者属于狐狸型，他们关注得更多的是事实而不是对事实的阐释。这种关注潜藏着一个危险，即“博而寡要”、“繁琐失真”。在中国学术史上，两汉是一个重视知识的时代，而章句繁琐的弊端即出现于两汉；乾嘉时期是又一个重视知识的时代，而清代考证家的支离繁琐之弊亦与汉儒相同。如何控制编年史的“文献库”倾向，如何将日益增长的知识置于一种体系中，使这些知识变得有意义，从而使文学史研究得以进一步深入，这是一个必须重视的问题。20世纪中期崛起的法国年鉴学派认为，史学家工作的好坏同提出问题的质量高低有直接关系。史学研究同其他任何学科一样，不能纯粹靠搜集和罗列事实来进行。“过去”是不存在的。的确，历史事实之所以成为历史事实，是与史学家对它的了解分不开的。一个人物、一本著作、一次聚会，它之所以引起关注，与时代赋予史学家的特殊敏感有关。比如，在编年体文学史的撰写中，我们何以对中国古代的“杂文学”特别留意？这与我们所处的特殊学术周期无关吗？这表明，否认史学与时代的联系是不明智的。而承认这一点，也就是承认了阐释的必要性：历史事实只是提供了一个框架和背景，它本身不具有彰显意义的功能。因此，我们不能满足于站在某种学术立场上选择事实，还要从这种学术立场出发来“疏通”事实与事实之间的联系。20世纪90年代的几部文学编年史侧重于做第一步工作，而《中国文学编年史》的宗旨是：在做好第一步工作的同时也做好第二步工作。我们不甘于只做狐狸。

如何让狐狸与刺猬和谐共处？换一种提问方式：如何在关注细节

的同时又关注“古今之变”？在这方面，我们受到法国年鉴学派的启发。该学派的后期代表布罗尔（F. Brandel）明确提出了“长时段”概念。他指出，长期的连续性与短期的急剧变化之间的相互作用才是历史本质的辩证关系。关注不同周期的事态比关注无关宏旨的个别事实更重要。将“长时段”概念引入编年史研究，我们意识到：以往的编年史仅仅关注可以系年的事实是不够的，文学史家应将更长的时段纳入视野，并致力于从特殊转向一般，从个别事件转向一致性，从叙事转向分析。历史事实只是原料，更重要的是在史实之间找出联系，作出相应的阐释。在确立了这一信念后，《中国文学编年史》在体例上做了相应调整。首先是调整时间段的设计。编年史通常以年为基本单位，年下辖月，月下辖日。这种向下的时间序列，有助于在鉴定史实及编辑史料时达到高度的精确性。我们在采用这一时间序列的同时，另外设计了一个向上的时间序列，即：以年为基本单位，年上设阶段，阶段上设时代。这种向上的时间序列，旨在将“长时段”纳入视野，以便考察事态的演变。与“长时段”的设计相适应，《中国文学编年史》还安排了一般编年史所没有的论述内容。具体做法是：阶段与章相对应，时代与卷相对应，分别设立“引言”和“绪论”，以重点揭示文学发展的阶段性特征和时代特征。我们的宗旨是：不只是用叙述的方法来罗列事实，而且在事实之间建立联系，以得出有意义的结论。史家不能满足于客观地报导事实。

这里需要强调的是：史实与理论间之循环，并不一定在同一著作或论文中完成，甚至不一定由同一个人完成。比如，司马光的《资治通鉴》更注重史实，而王夫之的《读通鉴论》更注重理论。两者之间的关系，仍可视为史实与理论间之循环。具体到我个人，主编《中国文学编年史》、《中华大典·文学典·明清文学分典·明文学部二》等，偏重于史实的清理，虽然在清理的过程中也有理论的参与；而撰写《中国文言小说流派研究》、《中国文学流派意识的发生和发展》、《明代诗学的逻辑进程与主要理论问题》和《传统小说与小说传统》，则偏重于从史实概括出含有普遍性的结论。也有几本著作是兼重史实与阐释的，如《中国笔记小说史》、《文言小说审美发展史》。明白了上述情形，我们对阐释循环理论的认识也许会更加健全一些。

注重辨体研究、“了解之同情”与阐释循环，这是我长期遵循的学术理念和学术方法。

二

《古典文学论著四种》汇集了我的四部偏于阐释的著作，分别是:《中国文学流派意识的发生和发展》、《明代诗学的逻辑进程与主要理论问题》、《文言小说审美发展史》、《传统小说与小说传统》。《中国文言小说流派研究》未纳入“四种”，是因为其核心思想已贯彻在《文言小说审美发展史》、《传统小说与小说传统》二书之中。

《中国文学流派意识的发生和发展》是我主编的武汉大学人文社会科学重大项目“中国古代文学流派研究丛书”的导论，2003 年 11 月由武汉大学出版社初版，2006 年获湖北省人文社会科学优秀成果奖二等奖。该书出版后，曾得到几位同行的称许。北京大学刘勇强教授在《流派研究的文学史意义》(《武汉大学学报》人文科学版 2004 年第 2 期) 一文中指出：“在我看来，这套丛书最值得称道的地方，就是第一次从理论上全面探讨了流派问题。这集中体现在陈文新教授的《中国文学流派意识的发生和发展——中国古代文学流派研究导论》中。”近年“流派研究极受学术界关注，但在流派研究兴盛局面的背后，还存在一些问题。对具体流派研究较细，却缺少理论概括，是较为普遍的现象，而这又反过来制约了具体流派的研究。《中国文学流派意识的发生和发展》则不然，作为第一部专门探讨流派理论的专著，这不是对某一特定流派的描述，而是作者在自己一系列流派研究基础上的理论总结，是对中国古代文学流派高屋建瓴的归纳。全书共分三章，首先通过探讨统系意识的发生与发展，揭示出流派与中国文学传统的紧密联系；由此展开的对盟主意识的发生和发展论述，又进一步揭示出流派形成与衍变的内在理路；至于对流派命名与流派风格的概述，则揭示出流派得以呈现的基本面貌。三章内容互相补充，构成一个完整的中国古代文学流派理论体系。很明显，作者是力图在流派纷呈的历史长河中，把握文学发展的深层脉络。这一点在他对汉以降四大诗学流派的考察中表现得最为突出。有关格调派、神韵派、性灵派和肌理派不同的理论内涵，各种文学批评史著作及专题研究著作多有阐释，因此，本书关注的焦点不是四大诗学本身，而是它们在整个文学史上的演变轨迹以及相互关联。虽然四大诗学在清代才发展成熟，但作者指出，无论是在汉魏六朝，还是在唐代，或是在明代，它们事实上已经几度出现，所缺少的只是一个以其理论主张为名称的标志。而造成这一现象的原因则在于某一理论主张产生的历史往往晚于该理论主张所对应的艺术实践的历史；某一理论主张由较为详尽的阐释演变为简洁明晰的术语，需要较长的一段时间等。正是由于作者的这种鞭辟入里的分析，使流派研究的文学史意义在理论上得到了充分的彰显”。山东师范大学杜贵晨教授也对拙著鼓励有加。他在《宁夏社会科学》2004年第4期发表长文《关于古代文学的流派研究与学术创新》，认为：“如果说《明清章回小说流派研究》一书表现出陈文新等作者在分体文学流派的研究中，具有‘一种整体把握、辩证分析的能力’，那么《中国文学流派意识的发生和发展》一书则凸现了本《丛书》主编陈文新先生个人对中国古代文学流派理论的总体观照、系统研究和全面见解。在他看来，中国古代文学流派意识包括三个层面，即统系意识、盟主意识和风格意识。这三个层面其实也就是本书衡量中国古代文学流派所持的标准。作者以此为基点，切入论证以建立系统的流派理论，并进一步展开对诸多流派的具体考察，特别是从古代文学流派的九种命名方式入手，深入流派与代表作家、流派与时代思潮、流派与地域文化、流派与总集编纂、流派与社团活动、流派与社会阶层、流派与题材、风格和理论主张之间等多重复杂关系的梳理，提出或解决了大量有价值的学术问题，如其论‘韩愈以建立道统的方式来建立文统……在很大程度上是策略性的’，‘元白的长篇叙事诗是伴随着传奇小说而产生’，‘桐城三祖’之末的‘姚鼐钟情于“文人”风范，实即以纯文学作家自期和自许’等，都是新颖而深刻的看法；同时又空前地拓展了中国文学流派研究的视野，在其具体分析与结论的贡献之外，从四面八方新辟了多条研究的门径，其嘉惠来者自不待言。”四川大学沈伯俊教授、南京大学周群教授、湖北大学刘尊明教授、华中师范大学谭邦和教授等，亦盛赞该书的理论建树。华中师范大学的王齐洲教授甚至期待以该书的理论成果为基础，大家形成共识，以“促进一种古代文学研究流派的产生”。（见《中华读书报》2004 年 2 月 18 日王齐洲《文学流派研究与文学研究流派》）薛泉《尊体意识与南宋词选之兴盛》（《求索》2005 年第 6 期）曾引用该书作为其理论支持。同行专家的这些鼓励之辞，或有过誉之处。这一点我是明白的。而就我撰写本书的初衷而言，目光所注，则是当下的流派理论建设，并强烈意识到这一选题的前沿性，努力有所发明。尝试不一定是成功的，但尝试是应该提倡的。我感谢同行专家所给予的热情关注并期待这部尝试之作继续得到关注。

《四大小说名著与明清章回小说流派》原是《明清章回小说流派研究》（由我与鲁小俊、王同舟合著，武汉大学出版社 2003 年 7 月初版）的主体部分，由我撰写，现析出作为《中国文学流派意识的发生和发展》的附编。正编以诗、文、词为主要讨论对象，附编以章回小说为主要讨论对象，相辅相成，文体的涵盖面较为完整。

香港城市大学洪涛先生曾撰写《〈明清章回小说流派研究〉评议》一文，发表于韩国《中国小说研究会报》第 57 号（2004 年 3 月）和《明清小说研究》2004 年第 2 期。他明确肯定该书在学术史上“是一部填充空白之作。此前，学术界已经有严家炎《中国现代小说流派史》（人民文学出版社 1989 年）、张学军等《中国当代小说流派史》（山东大学出版社 1996 年），这两部著作已经基本上做了现、当代部分的流派研究。古代小说流派方面，十年前早有陈文新《中国文言小说流派研究》（武汉大学出版社 1993 年）。如今《明清章回小说流派研究》（以下简称‘该书’）正好补充学术史上从缺已久的一笔。虽然王琼玲《清代四大才学小说》（台湾商务印书馆 1997 年）和浙江古籍出版社‘中国小说史丛书’的《章回小说史》、《明代小说史》、《历史小说史》、《中国讽刺小说史》等在范围上与《明清章回小说流派研究》有重叠，但该书的旨趣在于考察各派的特征，着眼点与别书不同，学术视野也更为宏观、广阔”。洪涛以为“该书的贡献在于研究各派作品的价值观念和表达方式，角度较新，屡有卓见”：“《明清章回小说流派研究》从流派着眼，重视‘谱系归属’、‘统系渊源’，因而能见人之所未见。例如《水浒传》与《金瓶梅》有血缘关系，但两者的写作立场不同，对题材的处理即有异。又如，一般人不会去注意《隋唐演义》与《红楼梦》的相同点，但作者却能藉‘谱系归属’显示出两书主角的雷同之处，道出前者对后者的影响，可谓洞幽烛微。”洪涛先生这篇富于学术内涵的书评，的确搔到了痒处。

南京大学的周群教授热情赞许该书的独到见解：《明清章回小说流派研究》“是三位作者多年研究成果的一次升华，提出了很多独到的见解，收到了新人耳目之效。如本书的重点之一是考察各流派的风格特征并比较流派之间风格的差异。而流派风格的差异，很大程度上表现为价值观念和表达方式的差异。作者详细地考察了小说流派不同，评价人物的价值尺度亦随之不同的特点。如《水浒传》和《金瓶梅》中对武松、西门庆的不同处理。《水浒传》是一部英侠传奇，作者是站在豪侠的立场上写世态人情；《金瓶梅》则是一部人情小说，作者是站在常人的立场上写世态人情。在《水浒传》中武松手刃潘金莲，击杀西门庆，体现出的是英武的形象。而在《金瓶梅》中，武松杀潘金莲，只见凶残而不见豪勇。同样，《金瓶梅》中倾向于让人物接受家庭生活的考验，而在《水浒传》中则倾向于让好汉们摆脱家庭的束缚。《水浒传》中威风八面的英雄好汉，在《金瓶梅》中甚至显得非常可怜。作者对不同流派的表达方式进行了分疏，认为《三国演义》较多承受宋元‘讲史’的熏陶，《水浒传》较多承受宋元‘小说’的熏陶，而《西游记》较多承受宋元‘说经’的熏陶，很具体地说明了不同流派独特的价值观念和表达方式。这些都是很能启人思维的新鲜独到的见解”（见《武汉大学学报》人文科学版 2004 年第 2 期周群《文学研究园地中的一束奇葩》）。韩国水原大学宋真荣教授、辽宁师大王立教授等也分别撰文讨论该书，不吝予以鼓励，并就深化相关研究提出了各自的建议。刘云春《明清小说叙事与狂欢化》(《海南大学学报》人文版2006年第2期）曾引用该书作为其理论支持。皮朝纲、王小平《多元文化语境中的宗教美学研究——2003年国内宗教美学研究综述》(《宗教学研究》2005年第1期）所引《〈西游记〉与神魔小说审美规范的确立》原为《明清章回小说流派研究》一节，曾发表于《东南大学学报》哲社版2003年第5期。

《明代诗学的逻辑进程与主要理论问题》代表了我在明代诗学领域的主要建树。从1996年到2001年，由于主持编纂《中华大典·文学典·明清文学分典·明文学部二》的缘故，我的主要研究对象一度由古典小说转向明代诗学，几乎是不由自主地在新的学术领域一试身手。先后发表的相关论文主要有：《明代诗学论诗文体性之异》(《武汉大学学报》2000年第3期，《高等学校文科学报文摘》2000年第4期摘要转载，《新华文摘》2000年第8期收目，人大复印资料《中国古代近代文学研究》2000年第11期全文收入)、《公安派诗学的重新考察》(《社会科学研究》2000年第4期)、《明代诗学三论》(《文学评论丛刊》第3卷第2期，2000年10月)、《明代诗学对“诗史”概念的辨证》(《社会科学辑刊》2000年第6期)、《明代诗学论时代风格与作家风格》(《孝感学院学报》2001年第4期，《高等学校文科学报文摘》2001年第6期、《北京大学学报》2002年第1期摘要转载)、《从格调到神韵》(《文艺研究》2001年第6期，人大复印资料《中国古代近代文学研究》2002年第3期全文转载)、《王孟诗风在明代诗学中的沉浮》(《古代文学理论研究》第十九辑，华东师范大学出版社2001年7月版)、《明代格调派的演变历程及其对意图说的否定》(《武汉大学学报》2001年第2期，《高等学校文科学报文摘》2001年第5期摘要转载，孙学堂《对“格调说”及几个相近概念的省察》曾引用该文作为理论支持，详见《求是学刊》2004年第2期)、《明代诗学主流派的内部争执》(《东方丛刊》2001年第4期)、《明代前期的哲学流变与诗学流派》(《人文论丛》2001年卷)、《启蒙学术思潮中的诗学变异》(《哲学评论》2001年第1

辑)、《明代诗学的逻辑进程与主要理论问题》(《文学评论》2002 年第 3 期)、《信心论与信古论在晚明融合的学理依据及其历程》(《山东社会科学》2002 年第 2 期)、《诗“贵情思”——明代主流诗学论诗的音乐性》(《社会科学战线》2002 年第 5 期，人大复印资料《中国古代近代文学研究》2003 年第 1 期全文转载)、《中国古代四大诗学流别的纵向考察》(《文学评论》2003 年第 3 期，《新华文摘》2003 年第 8 期摘要转载，人大复印资料《中国古代近代文学研究》2003 年第 8 期全文转载)、《前后七子的诗学祈向》(《文学前沿》第 7 辑，学苑出版社 2003 年 5 月版)、《宋明诗学的流变与王夫之诗学的理论品格》(《南京师范大学文学院学报》2004 年第 1 期，人大复印资料《中国古代近代文学研究》2004 年第 8 期全文转载)、《从风雅颂及其流变看诗乐关系的三个层面》(《学术研究》2004 年第 11 期)。2000 年 11 月，拙著《明代诗学》由湖南人民出版社出版，次年获中南五省人民出版社优秀图书奖和湖南图书奖。这是第一部关于明代诗学的专著，南京师范大学陈书录教授好评颇多，肯定作者“深入而又细密地辨析明代诗学范畴，努力发掘其美学价值，排沙简金，探骊得珠，将明代诗学研究提升到一个新的高度”(详见《武汉大学学报》人文科学版 2002 年第 2 期陈书录《在深入辨析中发掘美学价值——评陈文新〈明代诗学〉》)。武汉大学郑传寅教授也赞赏“《明代诗学》不仅描绘了明代诗学的基本面貌，概括了这一时期主要的理论建树，而且建构了明代诗学的理论体系，从而提高了明代诗学研究的理论层次”(详见《文艺报》2001 年 4 月 24 日第 3 版郑传寅《真力弥满——读〈明代诗学〉》)。中国社会科学院蒋寅先生、南京大学张宏生教授、浙江大学廖可斌教授等同行专家亦多有奖励之辞。左东岭教授《二十世纪以来心学与明代文学思想关系研究述评》(《文学评论》2003 年第 2 期) 曾就《明代诗学》的相关建树加以点评。首都师范大学博士丁功谊的学位论文《钱谦益文学思想研究》(上海古籍出版社 2006 年出版)、中山大学博士邓新跃的学位论文《明代前中期诗学辨体理论研究》(上海古籍出版社 2007 年出版) 多次引用《明代诗学》作为其理论支持。《明代诗学的逻辑进程与主要理论问题》即是在上述论文和著作的基础上增删修改而成的。撰写过程中曾得到萧萐父、陆耀东、郭齐勇、莫砺锋等先生的指点、帮助，谨此致谢！

《文言小说审美发展史》与三部书的关系较为密切。第一部是拙著《中国文言小说流派研究》，它确立了我考察中国文言小说的基本立场。业师吴志达先生曾为此书作序，序中说："文新从文言小说体制的共同性与特殊性考虑，将全书分为笔记小说、传奇小说、综论三编；前两编各论其流派特征及其审美追求、历史进程，后一编则重在两种体制的比较研究，突出各自的审美心理与风神韵致。编、章布局结构合理，自然浑成。尽管在篇幅的比例上，传奇小说略多一些，这也是符合文言小说发展历程的实际状况的，但本书从根本上改变了往昔论者扬传奇体而抑笔记体的倾向；轻六朝笔记小说、重唐人传奇，褒蒲松龄《聊斋志异》、贬纪晓岚《阅微草堂笔记》，就是明显的例子。予以矫正也需胆识。""从各章内容来看，'小说'之'小'、志怪小说的审美追求、唐人传奇之奇的具体内涵、唐人传奇的文体规范、话本体传奇的世俗化追求，以及关于《聊斋志异》的专章研究，都是下了功夫的力作，有令人耳目一新之感。特别是综论编的两章，从不同体制的作家心理结构、叙事角度、时间、风度诸方面作了比较，说明文言小说两大流派的基本特征，颇为精彩。"这样的概括已足以说明《中国文言小说流派研究》的个性所在。第二部是1995年3月我在台湾志一出版社出版的《中国笔记小说史》。该书曾获中国武汉对外文化交流图书类一等奖，在海内外同行中颇获好评。2005年3月，韩国《中国小说研究会报》第61号发表了鲁小俊的《关于中国古典小说的辨体研究——访武汉大学陈文新教授》，其中的一个内容是讨论"传奇小说和子部小说（笔记小说）的关注焦点及叙事风度的不同"。我的答案是："传奇小说集中展示无关大体的浪漫情怀，'文辞华艳，叙述宛转'是传奇小说家所热衷的；子部小说（笔记小说）从理论上讲必须注重哲理和知识的传达，因为，按照中国传统的文体分类，子书以议论为宗，其特点是理论性和知识性。一个文体意识强烈的子部小说（笔记小说）家，他必须忽略细腻的描写、华艳的文辞和曲折的故事，而将主要精力放在哲理和知识的传达上。对于《阅微草堂笔记》这类子部小说（笔记小说），假如我们不能把握其基本的艺术追求，反而固执地用传奇小说的标准来衡量其得失，那是不公允的。传奇小说和子部小说（笔记小说）因宗旨和叙述方式的不同，在叙事风度方面形成了明显差异。而这一点在以往的研究中很少被注意到。传奇偏好情节的非寻常性。蒲松龄'用传奇法，而以志怪'，亦致力于营造一种铺张的美、华艳的美，兴高采烈地把精力倾注在各种意象、情节的反复渲染上。笔记小说作者推崇冲淡简约，在魏晋南北朝即已形成传统。"这一答案即来自于《中国笔记小说史》。《中国笔记小说史》致力于从笔记小说的文体特征入手展开对笔记小说发展历程的梳理，诸多立论，颇能发人之所未发。第三部是1995年3月我在台湾正中书局出版的《中国传奇小说史话》。书局曾请专家对书稿作匿名评审，其审稿结论是："一、本书对于中国传奇小说做历史性的评介，分析得当。二、在刘开荣撰《唐代小说研究》之后，一直没有比较理想的唐人传奇研究出现，台湾后有祝秀侠、刘瑛等人的《唐代传奇研究》等多本唐人传奇研究，缺陷仍多。本书贴近各个时代的情境来分析传奇作品，较为合理。三、对于传奇作者及传奇单篇之分析皆颇为恰当。"这也是该书在无任何人推荐的背景下得以很快出版的基本原因。这三部书中的部分章节曾以单篇论文的形式发表，并不同程度地受到关注，如《"才子之笔"与"著书者之笔"》原刊《青海社会科学》1992年第3期，为冯孟琦《20世纪80年代以来我国唐代传奇小说研究综述》（《华南师范大学学报》社科版2004年第1期）所引用；《〈阅微草堂笔〉解构阅读三则》原刊《明清小说研究》2000年第1期，《论清代传奇体小说发展的历史机遇》原刊《社会科学研究》1994年第1期，同为曲金燕《20世纪清代文言小说研究述评》（《甘肃社会科学》2006年第2期）所引用；《论穆宗初至懿宗末的唐人传奇》原刊《齐鲁学刊》2000年第3期，为侯学智《从〈聊斋志异〉的"书生"故事看蒲松龄的创作补偿心态》（《齐鲁学刊》2006年第2期）所引用。

由于有《中国文言小说流派研究》、《中国笔记小说史》和《中国传奇小说史话》的撰写经验和基础，《文言小说审美发展史》在立论、表述和结构方面都更为稳健。我曾私下对朋友说：这是一本半新半旧的书。说它“新”，是因为其中的大部分文字都是新写的；说它“旧”，则是因为基本思想其来有自，它与前几部书的血缘关系是不容割断的。

《文言小说审美发展史》2002年4月由武汉大学出版社初版，已产生较为显著的社会影响。出版不久，即陆续有厚重的书评予以推介，如韩国《中国小说研究会报》第56号（2003年11月）以第一篇的显著位置发表韩国学者李玟淑的书评《文言小说审美发展史》，又以编辑部名义发表专文《文言小说研究家陈文新》；《光明日报》2004年10月7日以第四版的正中位置发表吴光正的书评《古代文学辨体研究》，并配发《文言小说审美发展史》书影；《武汉大学学报》人文科学版2003年第4期刊发赵伯陶先生的书评《沿波讨源　融会贯通——读〈文言小说审美发展史〉》；《蒲松龄研究》不仅在2003年第4期发表拙文《加强中国文言小说的辨体研究——我写〈文言小说审美发展史〉的一点体会》，还在2003年第3期、2004年第1期分别刊发王前程等的长篇书评《坚持民族学术传统的结晶——评陈文新〈文言小说审美发展史〉》、《辨章学术　考镜源流——评陈文新〈文言小说审美发展史〉》。李伟昉《略论六朝志怪小说的两大叙事特征》（《社会科学研究》2004年第3期、霍明琨《〈太平广记〉中的神异小说探研》（《学习与探索》2005年第3期）、杨芬霞《男权视阈下的女侠传奇》（《贵州社会科学》2006年第2期）曾引用该书作为理论支持。复旦大学博士庄逸云的学位论文《晚清文言小说史》、华东师大博士李军的学位论文《唐人传奇文体研究》等著述亦多次引用该书。2005年，该书获武汉大学人文社会科学优秀成果一等奖。

《传统小说与小说传统》其实是一部系列论文集。2005年初版时约20万字，这次新版，删去两篇，另外增加了10余万字。2006年8月，素不相识的常州读者汪一方来函，说他读了《传统小说与小说传统》之后，因其深刻的思想、清新的文笔而爱不释手，并批评一部分学术著作只是故立崖岸的高头讲章。他说："时下出版物数不胜数，标牌各异，花枪种种，但满坑满谷多为生猛海鲜之类，既贵又怕吃坏肚子，而实实在在如您著作般的五谷杂粮，反倒成了难得一见的稀罕物，叫人无话可说。""拜读《传统小说与小说传统》，就如'从山阴道上行，山川自相映发，使人应接不暇'，沏一杯淡茶，书卷在手，时有闻道解惑，豁然开朗的好心情。常见皇皇巨著，正襟危坐，高山仰止，总感有些惶惶然，读您的作品，则顿觉心清神爽，不亦快哉。""品味之余，遥想您举重若轻的丰采，虽不能至，心向往之，不禁妄生冒昧之念，托付鸿雁，奉上尊著，恭请题辞，以感谢您所赐那一片可贵的清心天地。"在第二封信中，他告诉我："我原是学中文的，却阴差阳错，从事了专业技术管理工作，与文学艺术有点风马牛不相及。只是平日没有烟酒之嗜，未能忘情于文，业余读一二会心著作。在这浮躁成风之世，能欣赏到您的作品，真是一种享受。"一本学术著作能得到普通读者的喜爱，这是我感到庆幸和高兴的。该书的第一篇被谭帆、王庆华《中国古代小说文体流变研究论略》（《文艺理论研究》2006 年第 2 期）所引用，最末一篇《〈镜花缘〉：中国第一部长篇博物体小说》为郭豫适、刘富伟《拓新·杂糅·渗透——关于嘉道时期章回小说类型问题的思考》（《华东师范大学学报》哲社版 2006 年第 1 期）所引用，我也感到高兴。这本书中有两篇写得较为费力：《传记辞章化：对唐人传奇文体属性的一种描述》、《〈阅微草堂笔记〉与中国叙事传统》。《传记辞章化：对唐人传奇文体属性的一种描述》曾提交 2004 年 9 月在北京召开的"小说文献与小说史国际学术研讨会"，《光明日报》2007 年 2 月 27 日第 12 版汤克勤的书评《中国古典小说的民族传统》将之视为"21 世纪唐人传奇研究的一项具有划时代意义的成果"。该文的结论是："传、记辞章化"，从选材和艺术表达两个方面塑造了唐人传奇的品格。选材上，传奇作家对想象世界和风怀倾注了浓厚的兴趣。艺术表达上，传奇小说融传、记与辞章为一体，形成了若干新的写作惯例：一、在传、记的叙事框架内穿插大量的景物描写；二、注重形式、辞藻、声调的经营；三、大量采用第一人称限知叙事和第三人称限知叙事。唐人传奇的这些品格也体现在《聊斋志异》中。该书之《〈聊斋志异〉的抒情精神》，其主旨是：蒲松龄继承唐人传奇的传统，将传奇精神即抒情精神发扬光大，充分抒写了他的“孤愤”之情，境界拓展得更为宽阔。例如，大量描写流光溢彩的爱情是唐人传奇的特征，蒲松龄却在这类题材的创作中引入诗词中的比兴手法，藉以抒写他的知己情结，从而成为不可取代的“这一个”；他笔下的豪侠题材虽然是传统的，但他藉以表达的对理想的生命形态的向往之情却是新鲜的；他将传统隐逸题材与品格的砥砺联系在一起，而不是仅仅引导读者避世。《蒲松龄笔下的名士风度和佳人韵致》从考察《聊斋志异》里的名士风度和佳人韵致入手，揭示了蒲松龄的创作个性：立足于抒情与写实统一的原则，意图表现一种新的人物。《〈阅微草堂笔记〉与中国叙事传统》曾提交2004年11月由台湾“中央研究院”中国文哲研究所主办的“经典转化与明清叙事文学国际学术研讨会”，得到与会专家的关注和好评。该文从子、史、集相对独立的叙事传统出发，具体阐述子部叙事传统在《阅微草堂笔记》的题材选择、虚构限度、叙述手段和叙事风度等不同层面的体现，结论是：“《阅微草堂笔记》在题旨上鄙视艳遇故事，在叙事准则上反对过度虚构，自觉地以叙述服务于议论，乐于用简淡数言的方式陈述故事梗概，它与传奇小说的区别是鲜明而系统的。这一事实表明，纪昀在写作《阅微草堂笔记》时，既注意与史家纪传划清界限，也注意与传奇小说划清界限，而致力于建立和完善子部小说的叙事规范。换句话说：《阅微草堂笔记》是一部渊源于子部叙事传统的经典，在中国叙事文学发展史上，其重要性可与《史记》（史部叙事经典）、《聊斋志异》（偏重集部叙事传统的经典）等相提并论。现代学者在面对《阅微草堂笔记》时，应当采用子部小说的原理来阐发文本，否则，牛头不对马嘴，议论越多，误解越深——不仅是对《阅微草堂笔记》的误解，也是对中国叙事传统的误解。”这一结论是我所重视的，而贯串其阐释过程的研究视角和研究方法更为我所珍惜。《人民日报》2007年6月10日第八版吴光正的书评《中国古典小说研究的新视野》称“这本书不仅为建立古典小说的民族诗学做出了贡献，而且运用辨体理论为古典小说的还原解读提供了经典范式”。说“经典范式”愧不敢当，但注重辨体的确是我多年来一直信守的学术信念。其他各篇，最早的写于20世纪80年代，最晚的写于去年。每一篇都写得相当认真，每一篇都联系着一段清苦的阅读和思考经历，也或多或少体现了一些个人的风格。雪泥鸿爪，敝帚自珍，也期待读者稍加留意。

三

我的第一本学术专著《中国文言小说流派研究》是在武汉大学出版社出版的，我的第一套论著系列《古典文学论著四种》也同样由武汉大学出版社出版。在我的学术事业发展的几个重要阶段，武汉大学出版社鼎力相助，令我备感亲切和振奋。

陈庆辉社长是为数不多的把出版当事业来做的人，他的敬业精神和他的出版眼光为许多学者所赞许。这些年来，我不止一次得到他的帮助，但从未表示过感谢。之所以如此，理由很简单：支持学术发展对他来说是一件充满乐趣的事情，他已经满足了，我又何必多此一举？

不无巧合，我的第一本书《中国文言小说流派研究》是由陶佳珞女士做责任编辑，这次《古典文学论著四种》的编辑出版，又承她多方操劳。她是个热心而又细心的人，有她把关，是作者的幸运。

在《中国文言小说流派研究》的《后记》中，我曾特别提到内子曾德安，一个把丈夫的学术事业当作她的事业的人。贫贱夫妻，白手起家，有辛酸，也有愉悦。而我感到特别快慰的是，当《古典文学论著四种》摆在她的面前时，正如以往见到我的任何一部著作一样，她虽然不了解那些具体的内容，但依然会喜上眉梢，仿佛一字一句都是她期待已久的客人。

我的第一本学术专著出版时，我的父亲已去了另一个世界；《古典文学论著四种》付梓时，我的母亲也已去世两年多了。而我知道，他们是最想看到这些书的，虽然他们并不是读书人。每每念及含辛茹苦的父母，却无缘一睹儿子的著述，我就不免怅然若失。我心里当然明白，这种风树之感，其实只是人之常情，大可不必认真地写在《前言》中。但情不自禁，还是不由自主地写下了这些文字。宽厚的读者，也许能够体谅这一点。

2007. 4. 25.
于武汉大学

目　录

正编　中国文学流派意识的发生和发展

引　　言 …… 3

第一章　统系意识的发生和发展 …… 18

一　钟嵘《诗品》的统系意识 …… 18

二　骈文统系的确立：从艺术实践到理论形态 …… 24

三　韩柳古文派与古文统系的确立 …… 30

四　秦汉派与唐宋派的文统之争 …… 41

五　清代乾嘉时期的文统之争 …… 56

六　汉以降古典诗的四大诗学流别 …… 72

七　宋代主流诗学的统系选择 …… 83

八　明代主流诗学的统系选择 …… 93

九　清代的四大诗学流别之争 …… 99

十　词统示例（1）：浙西词派的词统建构 …… 111

十一　词统示例（2）：常州词派的词统建构 …… 125

第二章　盟主意识的发生和发展 …… 136

一　从钟嵘到张为：盟主意识的发生与衍变 …… 136

二　欧阳修的盟主意识及其流派策略 …… 141

三　黄庭坚的盟主意识及其流派策略 …… 152

四　李梦阳、李攀龙的盟主意识及其流派策略 …… 161

五　清人的盟主意识及其流派策略 …… 173

第三章　流派命名与流派风格 …… 193
一　流派风格是文学流派的基本标志 …… 193
二　以代表作家命名流派 …… 200
三　以产生时代命名流派 …… 205
四　以地域命名流派 …… 221
五　以总集命名流派 …… 231
六　以社团命名流派 …… 240
七　以社会阶层命名流派 …… 250
八　以题材命名流派 …… 273
九　以风格命名流派 …… 281

结束语 …… 287

附编　四大小说名著与明清章回小说流派

第一章　章回小说主要流派审美规范的确立 …… 295
一　历史演义审美规范的确立 …… 297
二　英侠传奇审美规范的确立 …… 317
三　神魔小说审美规范的确立 …… 339
四　人情小说审美规范的确立 …… 355
五《隋唐演义》：题材畛域的消失及其基本品格
——兼论贾宝玉的谱系归属 …… 373
六　以思想、才学见长的小说流派 …… 399

第二章　四大章回小说流派的分化演变 …… 415
一　《三国演义》之后：历史演义的两种主要类型 …… 415
二　《水浒传》之后：英侠传奇的三种主要类型 …… 429
三　《西游记》之后：神魔小说的四种主要风格类型 …… 442

四　从《金瓶梅》到《红楼梦》(上)

——人情小说的三种主要类型 …………………………… 459

五　从《金瓶梅》到《红楼梦》(下)

——《红楼梦》对人情小说三种路数的扬弃 ………………… 470

主要参考书目和引用书目 ………………………………………… 483

正编

中国文学流派意识的发生和发展

引 言

中国古代的文学流派理论，可从两方面着手考察，即：中国古代关于文学流派问题的理论和中国古代各文学流派的理论。在这两个方面中，对中国古代各文学流派的理论，已经出版的各种通史著作（如多种《中国文学批评史》）和专题研究著作（如莫砺锋《江西诗派研究》、张宏生《江湖诗派研究》）颇多阐释，而对中国古代关于文学流派问题的理论，其研究状况则较为薄弱，相关成果尚不具备应有的规模。

这种情形的产生并不令人惊讶。这不仅因为中国古代关于文学流派问题的理论本身即相对不够丰厚，也因为中国现当代文艺理论中流派理论亦是一个薄弱环节，受这两方面的制约，研究的广度和深度不如人意乃是情理之中的事。以中国古代为例，某些流派的核心人物如浙西词派的后期盟主厉鹗却反对流派意识的提倡，他在《查莲坡蔗塘未定稿序》中说：

> 诗不可以无体，而不当有派。诗之有体，成于时代，关乎性情，真气之所存，非可以剽拟似，可以陶冶得也。是故去卑而就高，避缛而趋洁，远流俗而向雅正。少陵所云“多师为师”，荆公所谓“博观约取”，皆于体是辨。众制既明，炉鞴自我，吸揽前修，独造意匠，又辅以积卷之富，而清能灵解即具其中。盖合群作者之体而自有其体，然后诗之体可得而言也。（《樊榭山房文集》卷三，据《四部丛刊》本）

厉鹗所说的“派”即流派或宗派。何以扬体而抑派呢？他认为“体”

是体裁规范和作家个性融合的产物。就体裁规范的制约而言，一个注重“体”的作家必然注重对文学遗产的借鉴，必然注重对“前修”的“吸揽”，所谓“多师为师”、“博观约取”是也；就创作个性的表现而言，一个注重艺术个性的作家，在注重辨体的前提下，“炉鞴自我”，“独造意匠”，其“性情”必然渗透在作品的血脉之中，从而形成具有某种程度独创性的风格。至于“派”所造成的弊端，厉鹗并未明确阐释，但他既然将“派”与“体”比照着来说，自然含有下述意思：流派意识有可能导致风格的趋同、模仿，以致丧失自我风格。① 厉鹗未明确表达的这层意思，现代作家徐志摩曾以不容置疑的口气表达出来。1923 年暑期，他在南开大学的一次讲演中说：

> 文学史是很有危险性的东西……以科学的方法来研究文学，是很杀风景的。其实一个人作文章，只是灵感的冲动，他作时决不存在一种主义，或是要写一篇浪漫派的文，或是要写自然派的小说，实在无所谓主义。文学不比穿衣，要讲时髦；文学是没有新旧之分的。它是最高的精神之表现，不受任何时间的束缚，永远常新，只有“个人”，无所谓派别。②

厉鹗、徐志摩都将流派与“剽拟”联在一起，这在一定的范围内是合理的。比如，每一个文学流派在其生命周期即将完结的末尾阶段，

① 清人反对提倡流派意识，一个重要原因是鉴于明代的流派纷争过于激烈和情绪化。这一否定流派意识的思潮当以王夫之为起点，他在《薑斋诗话》卷下中说：“建立门庭，已绝望风雅。然其中有本无才情，以此为安身立命之本者，如高廷礼、何大复、王元美、钟伯敬是也。有才情固自足用，而以立门庭故自桎梏者，李献吉是也。其次则谭友夏亦有牙后慧，使不与钟为徒，几可分文徵仲一席，当于其五七言绝句验之。”关于清代否定流派意识的思潮，详见本书第二章之五《清人的盟主意识及其流派策略》。

② 见徐志摩作《近代英国文学》的讲演，此文由赵景深记录，收入赵编《近代文学丛谈》一书。台湾传记文学出版社 1980 年版《徐志摩全集》（蒋复璁、梁实秋主编）第 6 辑中已收入。

通常存在“剽窃雷同”之弊，以致必须由新的流派取而代之。但是，就一个流派的兴盛期而言，它却总是针对某种时弊而渴望创新的产物。比如后七子与公安派：“夫于鳞（李攀龙）前无为于鳞者，则人宜步趋之。后于鳞者，人人于鳞也，世岂复有于鳞哉？势有穷而必变，物有孤而为奇。石公（袁宏道）恶世之群为于鳞者，使于鳞之精神光焰，不复见于世。李氏功臣，孰有如石公者？今称诗者，遍满世界，化而为石公矣，是岂石公意哉？”（钟惺《隐秀轩集》卷一七《问山亭诗序》）① 李攀龙是后七子盟主，袁宏道是公安派中坚。后七子和公安派因其革弊倡新之功而兴盛自有其历史的合理性和不容否认的正面价值。我们不能将一个兴盛期的流派和一个走向末路的流派相提并论。并且，文学史上大量存在的后一个流派对前一个流派的抨击，并不是对前一流派的倡始者的抨击，而是对其末流（即亦步亦趋的模拟者）的抨击。所以，后一流派的盟主往往对前一流派的盟主不乏敬意。比如公安派盟主之一的袁中道，就既肯定袁宏道对七子末流的扫荡，又肯定前七子的革弊倡新之功。② 我们不能因为末流之弊而否定各流派曾经具有的创新性特征。

厉鹗、徐志摩还将流派风格与作家个人风格对立起来，似乎提倡流派风格即是否定个人风格，这是在理论上混淆命题的产物。“派别”与“个人”并不是水火不容的两个极端，而只是我们考察文学现象时所选择的两个不同层面。个人必须有自己的风格，但由若干具有个人风格的作家组成的流派又有其流派风格，流派风格不是对个人风格的否定，而是对若干作家相同点的综合与升华。比如，朱彝尊、厉鹗同属浙西词派，以清空醇雅为宗，但二人的风格存在明显差异：“竹垞（朱彝尊）有名士气，渊雅深稳，字句密致。自明季左道言词，先生标举准绳，起衰振声，厥功良伟。樊榭有幽人气，惟冷故峭，由生得新，当其沉思独往，逸兴遄飞，自成情理之高，无预搜讨

① 钟惺：《隐秀轩集》，254～255页，上海，上海古籍出版社，1992。

② 参见拙著：《明代诗学》，193～194页，长沙，湖南人民出版社，2000。

之末。”（吴衡照《莲子居词话》卷三“浙派三家”）①“国初之最工者，莫如朱竹垞，沿而工者，莫如厉樊榭。樊榭之词，其往复自道，不及竹垞。清微幽渺，间或过之。白石、玉田之旨，竹垞开之，樊榭浚而深之。故浙之为词者，有薄而无浮，有浅而无亵，有意不逮而无涂泽叫嚣之习，亦樊榭之教然也。”（郭麐《绿梦庵词序》）流派并不抹煞艺术个性。只是，流派研究所强调的是同一文学流派相同的一面，对其间各个作家的艺术个性的差异，它可以容纳但并不加以突出。其宗旨所在，首先是描述其同而非揭示其异，有人误以为流派拒斥个人风格，原因也许在此。

研究中国古代文学流派，必须确定流派成立的基本标准。关于文学流派及其基本类型，《中国大百科全书·中国文学卷》的意见是：文学流派是指“文学发展过程中，一定历史时期内出现的一批作家，由于审美观点一致和创作风格类似，自觉或不自觉地形成的文学集团和派别，通常是有一定数量和代表人物的作家群。”“文学流派是在文学发展过程中自然形成的，从基本形态上看，大体有这样两种类型：一种是有明确的文学主张和组织形式的自觉集合体。这种流派，从作家主观方面来看，是由于政治倾向、美学观点和艺术趣味相同或相近而自觉结合起来的，具有明确的派别性。他们一般有一定的组织和结社名称，有共同的文学纲领，公开发表自己的文学主张，与观点不同的其他流派进行论战。但这些还只有文学集团的意义，只有进而在创作实践上形成了共同的鲜明特色，这才是严格意义上的文学流派。这种有组织、有纲领、有创作实践的作家集合体，是自觉的文学流派。”“另一种类型是不完全具有甚至根本不具有明确的文学主张和组织形式，但在客观上由于创作风格相近而形成的派别。这种半自觉或不自觉的集合体，或者是因某一个作家的独特风格，吸引了一批模仿者和追随者，逐渐形成了一个有特定核心和共同风格的派别；或者仅仅是由于一定时期内的一些作家创作内容和表现方法相近、作品风格类似而被后人从实践和理论上加以总结，冠以一定的流派名

① 唐圭璋编：《词话丛编》，2459页，北京，中华书局，1986。

称。”（刘建军所撰条目“文学流派”）① 按照这样的分类，自觉的文学流派以中国现代文学中的“文学研究会”、“创造社”等最为典型，中国古代的宫体诗派、韩柳古文派、江西诗派、前后七子、浙西词派、常州词派等大体可归于这一类型；而不自觉的文学流派则是中国古代文学流派的主体，如诗中的六朝山水诗派、唐代边塞诗派、唐代山水田园诗派，词中的宋代婉约派、豪放派、清逸派（醇雅派），文中的徐庾骈文派、欧苏古文派、近代新文体派，志怪小说中的“搜神”派、“博物”派、“拾遗”派，章回小说中的历史演义、英侠传奇、神魔小说、人情小说、才学小说、谴责小说等。

将文学流派分为自觉或不自觉两种，隐含将文学流派划分级别的用意。“自觉”的流派当然无可置疑地具有流派资格，“不自觉”的流派其流派资格便不免受到质疑。从理论上说，将“自觉”和“不自觉”区别开来是合理的，但就具体操作的层面而言，“自觉”或“不自觉”如何衡定，常是一个见仁见智的问题。例如，“自觉”的文学流派是产生于六朝，还是产生于中唐，或是产生于宋代，或是产生于明代，学者的意见就颇不统一。孟二冬确信产生于中唐，其《中唐诗歌之开拓与新变》第二章认为：盛唐时代，诗人辈出，可谓“众星罗秋旻”。其间虽有“高岑”、“王孟”、“李杜”之称，但也只是一般意义上的并称，并非诗派概念上的诗人群体。尽管今人著作中常有“王孟山水田园诗派”、“高岑边塞诗派”等名号，其实只是近代学者在特定历史条件下所提出来的，其名号的本身，就缺乏科学的依据。而中唐诗坛的情形就不同了，流派众多，异彩纷呈，诗人群体之间，不仅表现出大体一致的创作倾向与艺术风格，而且往往还有一套完整的理论认识。②而张宏生则认为：宋代才有“由不自觉状态进入自觉状态”的文学流派。“宋代诗派之异于唐，简言之，约有三

① 《中国大百科全书·中国文学卷》，第2版，952页，北京，中国大百科全书出版社，1988。

② 孟二冬：《中唐诗歌之开拓与新变》，54页，北京，北京大学出版社，1998。

点：第一，推举了诗派盟主，如江西诗派之于黄庭坚，江湖诗派之于刘克庄；第二，提出了明确的诗歌主张，如西昆派效义山诗风，江西派倡'夺胎换骨'、'点铁成金'；第三，有着强烈的变革诗风的意识，如江西派之于西昆派，江湖派之于江西派。"①孟二冬和张宏生的分歧表明，"自觉"与"不自觉"是两个相对的尚无确切衡量指标的概念。我们受佛、道二教宗派形态的启发，要求文学流派必须有明确的宗旨（理论主张）、宗主（盟主）和共同的风格，这有合理的一面。但我们忽视了一点：文学事业不是一桩纯理论性的事业，它与感悟和体验联系在一起；一个没有系统理论主张的流派，在创作中经由统系的选择已事实上确立了宗旨，我们不能说它是不自觉的。对于流派盟主来说，理论上"自觉"当然更好，但创作上自觉也已足够；我们不必过分强调宗旨（理论主张）的明确性，应当更加重视创作上的统系归属和确有实际影响的代表作家及流派风格。可以举一些西方的例子来说明这个问题。雷纳·韦勒克《近代文学批评史》说：

"十九世纪伊始，浪漫主义运动至少在法英两国确已展开……但是……即使施莱格尔兄弟也并未意识到他们在形成或创立一个浪漫主义流派……在英国，浪漫诗人没有一个自认是浪漫主义者，或认识到欧洲大陆的文坛之争关乎自己的时代和国家。在意大利和法国，肯定可以说有'浪漫主义'圈子：1816 年以后在米兰，1824 年以后在巴黎。"

"但是倘若我们对于自觉性和有意识地倡导浪漫主义信条这个问题略而不谈，那我认为只要我们进行一番通盘考察并把普遍摈弃新古典主义信条视为一个共同点，就该承认可谓有一场普遍性的欧洲浪漫主义运动。在一部批评史里，一种情感说的诗歌观念的产生，历史主义观点的确立，对模仿理论、规则及仲裁说的隐然否定，凡此都是变化的决定性迹象，而这一切均应归之于十八世纪而非十九世纪

① 张宏生：《江湖诗派研究》，2～3 页，北京，中华书局，1995。

初叶。”①

“与欧洲大陆相反，英国不存在‘浪漫主义的’运动，如果我们把这一术语的含义限于一个有意识地形成的纲领并把这个不确切名称视为是至关重要的。……当时没有一位英国诗人把自己看成浪漫主义者或承认这场争论与自己时代和国家有关。不论柯勒律治还是哈兹里特都未将它用于英国。拜伦是断然拒绝：尽管他认识奥·威·施莱格尔，但就个人来说对他一无好感，虽然也读过《论德国》，可他认为‘浪漫的——古典的’这一区别只是欧洲大陆的一场论争。他当然没有意识到自己属于浪漫派。意大利的一位奥地利警探比他更明白。此人报告说拜伦属于浪漫主义者，‘写过而且继续在写这个新派的诗’。”

“在英国，卡莱尔提到德国人时首次用了‘浪漫派’、‘浪漫主义者’、‘浪漫主义’这些名词，直至五十年代英国文学史教本里才确立了英国浪漫派的地位，显然是受到欧洲大陆的影响。然而，这些名词不出现于英国并不应当掩盖下述事实：英国作家早已清楚地意识到一场摈弃十八世纪批评观念和诗歌实践的运动正在发展；它已形成一个整体；欧洲大陆也有类似运动，特别在德国。”②

这些西方的例子表明，理论上的“不自觉”并不妨碍流派或思潮的形成，创作上自然形成的风尚、风格或倾向在某种意义上比理论主张更具说服力。所以，我们不妨换一个角度来界定流派。流派分为两种：一种是由文学社团发展而成的流派；一种则是在一个或几个代表作家的吸引下，形成了一个具有共同创作风格的作家群，研究者据以归纳出的文学流派。无论是由文学社团发展而成，还是由研究者归纳而成，其成立标准其实是大体一致的，即必须具备三个要素：流派统系、流派盟主（代表作家）和流派风格。

---

① ［美］雷纳·韦勒克著：《近代文学批评史》第二册，汉译本，1～2页，上海，上海译文出版社，1997。

② ［美］雷纳·韦勒克著：《近代文学批评史》第二册，汉译本，136～137页，上海，上海译文出版社，1997。

每一个文学流派都是在一定的文学传统中展开的，对经典的选择是其文学活动的起点。“传统”、“影响”、“典故”和“传统主题”等术语经常被用于讨论文学发展的连续性。有一个事实在这种讨论中可能被忽略了：从来不存在未经选择的传统，我们所说的传统实际上只是一部分被偏爱的文学作品。某些作品被选择出来与选择者的个人思想和趣味密切相关。由于这一原因，对经典的选择乃是选择者意志的表达，他经由对经典的选择构成了他自身的传统或统系，并借助于这一统系来指导和促进他的文学事业。统系选择的这种意义，明清之际的钱谦益深有体会。他在撰写《列朝诗集小传》时，极为关注作家的统系归属，并致力于揭示统系归属在流派演变中的重大影响。《列朝诗集小传》丙集《蔡孔目羽》云：

> 吾吴文章之盛，自昔为东南称首，成、弘之间，吴文定、王文恪遂持海内文柄，同时杨君谦、都玄敬、祝希哲，仕不大显，而文章奕奕在人。九逵稍后出，自视甚高，自信甚笃……居尝论诗，谓少陵不足法；闻者疑，或笑之。当是时，李献吉以学杜雄压海内，窜窃剽贼，靡然成风，九逵不欲讼言攻之，而借口于少陵，少陵且不足法，则挦扯割剥之徒，更于何地生活？此其立言之微指也。不然，则九逵一妄男子，狂易中风者耳，岂特蚍蜉撼大树而已哉！吴中诗文一派，前辈师承，确有指授，正、嘉之间，倾心北学者，袁永之、黄勉之也。王履吉初学于九逵，其后游边、顾之间，骎骎改辕而北，其信心守古，确不可拔者，九逵一人而已。①

明代文学流派的演进经历了一个由地域性文学流派到全国性文学流派的过程。明代初期的浙东派和江西派属于地域性的文学流派，主要以

① 钱谦益：《列朝诗集小传》，307～308页，上海，上海古籍出版社，1983。本书引用钱谦益《列朝诗集小传》，均据这一版本，其他地方不另出注。标点有所改动。

同乡关系为纽带。“此后新产生的文学流派，如茶陵派、复古派等，都主要以同年同僚关系为联系纽带，成员构成具有了全国性。”① 前七子作为一个全国性的文学流派，其特征之一是乡邦文化和地域色彩的淡化。以徐祯卿为例，他本属吴中四才子（唐寅、祝允明、文徵明、徐祯卿）之一，“其持论于唐名家独喜刘宾客、白太傅，沉酣六朝，散华流艳，‘文章’‘烟月’之句，至今令人口吻犹香”。中进士之后，与李梦阳等人交游，“改而趋汉、魏、盛唐，吴中名士颇有‘邯郸学步’之诮”。（钱谦益《列朝诗集小传》丙集《徐博士祯卿》）吴中地区在元末产生过吴中诗派，以杨维桢和“吴中四杰”（高启、杨基、张羽、徐贲）为代表作家，其基本特色是：关注饮酒、作画、写字、烹茶、游园、听曲、赏花、观雪、夜话、送别等休闲生活，讲究技巧和文采。② 所谓“吴中诗文一派，前辈师承，确有指授”，强调的正是吴中诗派作为地域性文学流派的统系。吴中诗派的这种风格与前七子盟主李梦阳的艺术追求是格格不入的。李梦阳力倡学习杜甫，而对王孟诗风不满，旨在承接杜甫关注国计民生的统绪，效法杜甫忧国伤时的精神，使前七子成为一个关注现实社会人生的流派。李梦阳的艺术追求，在当时诗坛赢得了众多诗人的认同，其中包括一部分吴中诗人，如徐昌榖（祯卿）、袁永之（袠）、黄勉之（省曾）、王履吉（宠）等。王士禛《居易录》卷三十二云：“徐昌榖《谈艺录》云，未睹钧天之美，则北里为工；不咏《关雎》之乱，则《桑中》为隽。当是既见空同之后，深悔其吴歈耳。”③ 前七子作为一个流派，成功地消除了吴中乡邦文化和地域色彩对弘正诗坛的影响，不能不说是巨大的成功。当然，也有不买李梦阳账的吴中诗人，

① 廖可斌：《地域文人集团的兴替与元末明初文学思潮的变迁》，见廖可斌：《诗稗鳞爪》，46页，杭州，浙江大学出版社，1999。

② 元末吴中派的这种风格，与其代表作家多为在野人士有关。“达则兼济天下，穷则独善其身。”元末吴中派作家生活在战乱年代，甘于隐遁，并以其隐遁生活作为诗的主要题材，在诗风上虽与王孟有别，但二者在隐逸倾向上是一致的。

③ 《笔记小说大观》第十五编，5867页，台北，新兴书局，1977。

蔡羽即是一例。值得注意的是他的抗争方式。他并不致力于攻击李梦阳和前七子的其他诗人，也不致力于攻击“倾心北学”的袁永之（袠）、黄勉之（省曾）等人，而是致力于批评前七子之祖杜甫，即所谓“少陵不足法”。一个流派的统系选择，在某种意义上决定了该流派的基本艺术追求。如果其统系选择不合适，这一流派的地位也就大打折扣。蔡羽说“少陵不足法”，言下之意是：以杜甫为榜样的前七子更不值一提了。钱谦益揭示出蔡羽的“立言之微指”，其考察流派之争的眼光是颇具穿透力的。确实，前七子选择杜甫诗为经典，蔡羽则断言杜甫诗“不足法”，吴中诗派与七子派的纷争以褒贬统系的方式表现出来，足见统系选择对于流派的重要性。

略早于钱谦益的邹迪光，他的《王懋中诗集序》也是一篇值得注意的文献：

> 今上万历之初年，世人谭诗必曰李何，又曰王李。必李何王李而后为诗，不李何王李非诗也。又谓此四家者，其源出于青莲、少陵氏，则又曰李杜。必李杜而后为诗，不李杜非诗也。自李杜而上，有沈、有宋、有卢骆、有王杨，再上有阴何、有江、有鲍、有颜谢，再上有曹刘、有稽（嵇）阮、有潘陆、有左、有韦、有束、有苏李，无暇数十百家，悉置不问，而仅津津于少陵、青莲、献吉、仲默、元美、于鳞六人，此何说也？青莲、少陵笼挫百氏、包络众汇，以两家尽诗则可。李、何、王、李有专至而无全造，以四家尽诗可乎？三十年中，人持此说，謷然横议，如梦未醒。近稍稍觉悟矣，而又有为英雄欺人者，跳汉唐而之宋，曰苏子瞻，必子瞻而后为诗，不子瞻非诗也。夫长公言语妙天下，其为文章吾不敢轻訾。至于诗，全是宋人窠臼，而欲以子瞻尽诗，可乎？（据《台湾图书馆善本序跋集录》）①

① 本书引用《台湾图书馆善本序跋集录》，均据台湾图书馆 1994 年版。标点有所改动。

七子派和公安派之争曾在明代诗坛引起轩然大波。前者强调信古，后者强调信心。信古的核心是尊重文体规范，推崇汉魏古诗和盛唐律诗的风格；信心的要害是尊重自我的“性灵”，为了与七子派抗衡，遂抬出宋诗加以表彰。一般说来，文体规范是整合有序的、力求达到稳定的因素，而性灵却是活跃的，丰富多彩的，力求拓宽已经稳定的文体规范甚至冲决某种文体规范，它们之间的对立具有学理的必然性。但是，艺术向更高层次的发展却要求矛盾的双方达到平衡，既尊重性灵，又尊重文体规范，既信心，又信古，辩证地处理性灵与文体规范的对立统一关系。如此看来，前后七子和公安派的争论似属无谓，但用这种静态的平衡关系来要求艺术发展的历史是荒谬的。事实往往是这样：艺术的发展经常需要片面强调对立统一关系中的某个侧面。宋诗末流以“理学”、“歌诀”、“偈诵”为诗，混淆诗文两种文体，于是前后七子强调文体规范，这一点，连袁宏道也承认其合理性；对于文体规范的片面重视又导致了一味模仿古人，于是公安派转而提倡“独抒性灵”，“中郎之论出，王、李之云雾一扫，天下之文人才士始知疏瀹心灵，搜剔慧性，以荡涤摹拟涂泽之病，其功伟矣。”（钱谦益《列朝诗集小传》丁集中《袁稽勋宏道》）所以，这种“片面”有其不容抹杀的深刻性，借用一个命题，即“深刻的片面”。但“深刻的片面”客观上需要完善，当两种“深刻的片面”处于对立状态并各自暴露出其不可避免的短处时，它们的前景必然是走向融合，走向动态的平衡。而它们本质上的互补关系也正是在这个融合的过程中毋庸置疑地显示出来。信古论与信心论的融合在屠隆、李维桢、邹迪光和袁中道等的诗论中已露端倪。屠隆、李维桢与公安派同时，其中屠隆与汤显祖过从甚密。他们既已感到前后七子的模拟之弊，又意识到公安派对文体规范的蔑视过于偏激，合则两全，离则两伤。因而，他们在表现出愿意接纳“性灵”的同时，也不忘记指责公安派“体敝”。屠隆说：“文不程古，则不登于上品。”（屠隆《由拳集》卷二十三《文论》，据《四库全书存目丛书》本）所谓“程古”，即法古，这自是针对公安派“决裂文体”而言的。又说：“至我明之诗，则不患其不雅，而患其太袭；不患其无辞采，而患其鲜自得也。”

（屠隆《鸿苞》卷十七《论诗文》）则是针对前后七子拘守前人规范而言的。以此为基点，他为诗坛开出的药方是兼取性灵和文体规范。邹迪光的策略与屠隆、李维桢又有所不同。他的基本诗学立场是“以我用人而不人徇，以今法古而不古泥”，显示出融合信古论与信心论的气度。而当他必须对七子末流和公安末流作出价值判断时，他的睿智也令我们欣然一笑。他并未从正面评估七子末流和公安末流的创作成就，而是由其统系选择入手，经由对其所选择的经典的评价达到评价流派高下的目的。他认为“李、何、王、李有专至而无全造”，苏轼诗“全是宋人窠臼”，这实际上是说七子末流和公安末流的创作也不可避免地有同样的毛病，甚至毛病更为严重。邹迪光何以要采取这种评述策略？显然地，在他看来，流派的高下或造诣，从其所选择的统系就可以作出大致的判断。统系意识在流派事业的发展中具有重大意义。统系意识标志着一个流派在艺术追求上的主动状态。

每一个文学流派都有自己的盟主或代表作家。一个流派在文学史上的地位高低，就艺术追求的主动性而言，与其理论主张之间关系密切，但最终的评价指标则是其创作成就。以这个标尺来衡量，流派盟主或代表作家必须在创作上举足轻重，一方面其自身的成就足以为流派赢得声誉，另一方面其创作足以吸引众多的追随者。人们之所以关注流派盟主或代表作家，其原因在此。宋荦《漫堂说诗》谈到明诗流派时说：“明初四家，称高（启）、杨（基）、张（羽）、徐（贲），而高为之冠。成、弘间李东阳雄张坛坫；迨李梦阳出，而诗学大振，何景明和之，边贡、徐祯卿羽翼之，亦称四杰，又与王廷相、康海、王九思称七子；正、嘉间又有高叔嗣、薛蕙、皇甫氏兄弟稍变其体；嘉、隆间李攀龙出，王世贞和之，吴国伦、徐中行、宗臣、谢榛、梁有誉羽翼之，称后七子；此后诗派总杂，一变于袁宏道、钟惺、谭元春，再变于陈子龙；本朝初又变于钱谦益。其流别大概如此。”①在宋荦的视野中，一个文学流派成立与否及成就高低，与其盟主或代表作家息息相关。所以，他谈流派的兴衰递变，实以代表作家的兴衰递变

① 见王夫之等撰：《清诗话》，420页，上海，上海古籍出版社，1999。

为核心。这样讨论问题是很有理由的。以七子派为例，其兴盛离不开李、何、王、李在当时的崇高声望，而这些代表作家的去世在相当程度上决定了这一流派的衰落。后七子中，吴国伦享年最高。① 由于其创作成就有限，名为盟主而实不足以服众，以致嘘声渐起，为公安派的兴起作了舆论上的铺垫。

流派风格是文学流派的基本标志。无论是统系的选择，还是代表作家的产生，其指向都是独特的流派风格。没有独特的流派风格，就没有流派。可以武断地说一句，流派的竞争在某种意义上即风格的竞争。无论是同时期两个流派的较量（如明代的秦汉派古文和唐宋派古文），还是后起的流派对前辈流派的抗争（如公安派之于后七子），其入手处和焦点所在都是风格。且看陈束《苏门集序》的一段描述：

> 国朝以经义科诸生，诗道阙焉，洪武初沿袭元体，颇存纤词，时则高杨为之冠；成化以来，海内和豫，缙绅之声喜为流易，时则李谢为之宗；及乎弘治，文教大起，学士辈出，力振古风，尽削凡调，一变而为杜诗，则有李何为之倡；嘉靖改元，后生英秀，稍稍厌弃，更为初唐之体，家相凌竞，斌斌盛矣。夫意制各殊，好赏互异，亦其势也。（据《台湾图书馆善本序跋集录》）

其中，“纤词”描述的是吴中四杰的诗风，“流易”描述的是茶陵派的诗风，“力振古风，尽削凡调”描述的是前七子的诗风，“更为初唐之体”描述的是薛蕙、皇甫兄弟等人的诗风。陈束追溯流派的递嬗迁移，而以风格为着眼点，这一事实表明了风格作为流派标志的重要性。还可以举一个散文领域的例子。明代的台阁体散文是以作者所属的社会阶层命名的，换句话说，其作者均为台阁要员。但是，作者身份只是为流派的命名提供了便利，要在实质上把握这一流派，仍需

① 《明史》卷二八七《吴国伦传》：“万历时，世贞既没，国伦犹无恙，在七子中最为老寿。”本书引用《明史》，均据中华书局1974年版。

从风格层面入手。何乔远《苍霞续草序》云：

> 高皇帝得国之正轶于汤武，故不惟以武功首天下，而于文章一事，亦欲使天下士大夫光明正大、疏畅洞达，无钩棘槎牙之气，而其时宋金华出而应之，其财虽富，其用虽巨，敛而归于温厚而尔雅；杨庐陵历事四朝，文章醇洁，若不能胜其质，而终无缘饰之态；岳漷县类博之篇，邃于学而明于理；薛河东，人知其以学胜，而不知其长于诗；刘永新博雅酝藉，有先儒之风；李长沙开肆和平，虽纷挐丛委之中，搦毫抽管，不废时刻，与士大夫更唱迭酬，如居山林闲静之域；张永嘉奏疏明健特达，或若以意夺理，而实能发其理之所以然；徐华亭疏通纡徐，不诡作者；赵内江屑然而玄论。今上久道化成，端揆诸公，若王太仓锋颖锐厉，变化而高华，下笔敷对，倏忽以数千百语，而卒归于剀切而委蛇，斯实一代之杰然者也夫！是皆馆阁诸公，佐纶扉而居台辅者也。自此而外，则有王余姚，气象开明，而词藻沛发，彼其为一代豪杰有不偶然者。而其余诸公名为雄长一世，则皆刻意而思、镂词而出，其才力气势若有余于馆阁诸公，而不能有其和厚酝藉，有欲学馆阁诸公之和厚酝藉，则又苶然而无色。斯亦我朝文章之概也。（据《台湾图书馆善本序跋集录》）

在何乔远的描述中，各位台阁体代表作家虽各有其风格，但综合起来加以考察，又有其流派风格，即“和厚酝藉”。他以台阁体的“和厚酝藉”与王阳明的“气象开明，而词藻沛发”及“其余诸公”的“才力气势”相比较，旨在突出其风格特征。一个流派是不能脱离流派风格而存在的。

根据我们对流派统系、流派盟主（或代表作家）和流派风格的理解，对中国古代文学流派意识的考察拟就这三个层面依次展开。我们将不再看重自觉或不自觉，因为这是一个在操作层面上难以达成共识的尺度。我们讨论流派意识的发生和发展，以实际的文学创作和理论主张为依据，而不仅仅以理论主张为依据。同时，我们也看重中国古代为数不多的讨论流派问题的学术著作，如钟嵘《诗品》、张为《诗人主客图》、吕本中《江西诗社宗派图》①、严羽《沧浪诗话·辨体》、许学夷《诗源辩体》，因为这几部（篇）著作乃是流派意识学术化的产物，它们与实际存在的若干文学流派一起，共同促进了中国古代文学流派的繁荣。作为学术遗产，它们在某些方面为本课题的研究提供了有价值的思路和可供取资的素材。

学术研究有两种迥然相异的路数：一是以原理、原则来规范现象和事实，一是从现象、事实上升到原理和原则。照我们的看法，学术研究的魅力在于它勇于探讨原理和原则未曾解决的问题，在于它勇于质疑"常识"并提供新的"常识"。因此，我们将努力不被"定论"以及从这些"定论"推阐出来的见解所束缚，我们的宗旨是面对事实、解剖事实、分析事实，致力于从古代文学和古代文论的大量经验事实中建立思想秩序和理论形式。

① 吕氏原书已佚，今人只能从南宋胡仔《苕溪渔隐丛话》、赵彦卫《云麓漫钞》、刘克庄《江西诗派》等古籍中了解若干情况。

第一章　统系意识的发生和发展

一　钟嵘《诗品》的统系意识

中国古代文学流派意识的发生，远远晚于学术流派意识的发生。东汉班固的《汉书·艺文志》，系据西汉刘向、刘歆父子《七略》"删其要"而成，因此我们可以认为，《汉书·艺文志》关于学术流派的意见在西汉就已产生。班固共列举了十个学术流派：法家、名家、儒家、墨家、道家、阴阳家、纵横家、杂家、农家、小说家。值得注意的是班固关于诸子的一段总论：

> 诸子十家，其可观者九家而已。皆起于王道既微，诸侯力政，时君世主，好恶殊方，是以九家之术，蜂出并作，各引一端，崇其所善，以此驰说，取合诸侯。(《汉书》卷三十)①

显然地，学术流派意识是在学术流派充分发展的前提下产生的。没有学术流派的充分发展，就不可能有鲜明的学术流派意识。先秦时代百家争鸣的盛况孕育了众多的学术流派，而学术流派的充分发展又孕育了学术界的流派意识。所谓"家"，即流派；"十家"，即十个流派。在对流派的考察中，班固时常追根溯源，用"出于某某"来揭示某一学术流派的形成脉络。比如，"道家者流，盖出于史官，历记成败、存亡、祸福、古今之道，然后知秉要执本，清虚自守，卑弱以自

① 班固撰，颜师古注：《汉书》，1746 页，北京，中华书局，1962。

持，此君人南面之术也”。“出于史官”云云，并不是说受某个史官的影响，而是说道家这一学术流派就学理而言与记录、思索、总结历史上的“成败、存亡、祸福、古今之道”相关，是对历史经验的思考和概括。“出于某某”，旨在以统系归属的方式揭示某一学术流派的基本追求。

学术流派意识有赖于学术流派的充分发展，文学流派意识也有赖于文学流派的充分发展。而文学流派的充分发展又只有在文学取得独立地位的背景下才有可能。① 因此，我们认为，文学流派是建安以降才出现的一个文学史实。② 至于对这一史实的初步考察，即文学流派意识的产生，就我们所能掌握的材料而言，当以南朝梁钟嵘《诗品》作为划时代的标志。《诗品》将建安以降的五言诗作者分为三系，分别导源于国风、小雅和楚辞。王运熙曾根据钟嵘的阐述制成图 1:③

从表中可以看出，在钟嵘看来，建安以降的五言诗，大致分为三个流派，即国风派、小雅派和楚辞派，而以国风派和楚辞派为主。钟嵘通常用“源出于某某”来揭示作者的统系归属。如：

评曹植：“其源出于《国风》。骨气奇高，词彩华茂，情兼

① 朱自清认为，文人产生于东汉。他说：“文人在社会上的价值不在‘德’、‘功’与实用的‘业’，而只在于装饰。这种人凭此而生存得很好，而且能传诸后世。文人自辞人而来。汉朝有了文人，至少是后汉就有了。《后汉书》立了《文苑传》，因后汉已有了一班人依文为活，故立《文苑传》以传之。”见刘晶雯整理：《朱自清中国文学批评研究讲义》，130～131 页，天津，天津古籍出版社，2004。

② 宇文所安的一段话可供参考：“至少从曹丕的时代开始，文学日益成为一种集团活动；在西晋的京城洛阳活跃着一个有据可查的作家群体。一个作家仅靠其文学才能就足以获得慷慨赞誉（张华有这样一句妙语：晋帝国征服吴国的最大收获是年轻的陆机）；声誉来自行家的评语而非皇帝；当然也存在失败和被拒绝的危险。”见［美］宇文所安著，王柏华、陶庆梅译：《中国文论：英译与评论》，146 页，上海，上海社会科学院出版社，2003。

③ 王运熙、杨明：《中国文学批评通史·魏晋南北朝卷》，550 页，上海，上海古籍出版社，1996。

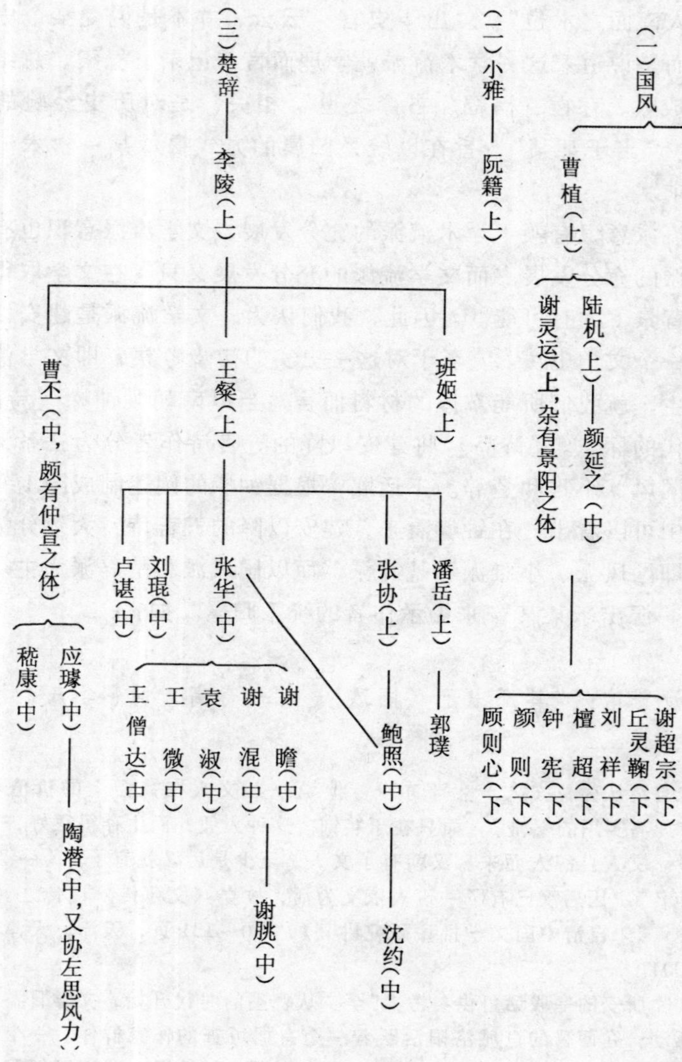

图 1

雅怨，体被文质，粲溢今古，卓尔不群。嗟乎！陈思之于文章也，譬人伦之有周孔，鳞羽之有龙凤，音乐之有琴笙，女工之有

> 黼黻。俾尔怀铅吮墨者，抱篇章而景慕，映余晖以自烛。故孔氏之门如用诗，则公干升堂，思王入室，景阳、潘、陆，自可坐于廊庑之间矣。”
>
> 评阮籍：“其源出于《小雅》，无雕虫之功（功，一作‘巧’）。而《咏怀》之作，可以陶性灵，发幽思。言在耳目之内，情寄八荒之表。洋洋乎会于《风》《雅》，使人忘其鄙近，自致远大，颇多感慨之词。厥旨渊放，归趣难求。颜延年注解，怯言其志。”①

据张伯伟研究，“《诗品》的推源溯流，其用语有三种：一是以‘其源出于某某’；一是用‘祖袭’；一是用‘宪章’。后两类用语往往指主观上有意识地模仿、师承”。② 至于“其源出于某某”，则重心不在指出写作上的模拟与师承，而旨在揭示流派的统系。故明何良俊《四友斋丛说》卷二十四云：

> 诗家相沿，各有流派。盖潘、陆规模于子建，左思步骤于刘祯。而靖节质直，出于应璩之《百一》，盖显然明著者也。则钟参军《诗品》，亦自具眼。③

清纪昀《田侯松岩诗序》云：

> 钟嵘《诗品》阴分三等，各溯根源，是为诗派之滥觞。张为创立《主客图》，乃明分畦畛。④

---

① 何文焕辑：《历代诗话》，7页、8页，北京，中华书局，1981。本书引用《诗品》，均据清何文焕辑《历代诗话》。标点有所改动。

② 张伯伟：《钟嵘〈诗品〉研究》，37页，南京，南京大学出版社，1999。又，清李怀民《重订中晚唐诗主客图说》、近代孙德谦《六朝丽指》两段引文系转引自该书《钟嵘〈诗品〉集评》。

③ 何良俊：《四友斋丛说》，214页，北京，中华书局，1959。

④ 纪昀：《纪晓岚文集》，201页，石家庄，河北教育出版社，1995。

清李怀民《重订中晚唐诗主客图说》云：

钟记室《诗品》，详推汉、魏、晋人之诗，而定其源所从出，别为上、中、下三品，遂资后人口实。余按所品亦实有未允者。然记室亦特就诗论诗，明其体格相近，非真见其一脉相传也。

近代孙德谦《六朝丽指》云：

吾最爱读钟氏《诗品》，以其于每一家诗能究其渊源所自。

钟嵘从流派角度溯源，明确建立起五言诗发展的三大统系，其流派意识是不容忽略的。“有渊源继承关系的作家作品，就在诗歌史上形成了流派。”①

当然，钟嵘并非那个时代惟一具有文学流派意识的学者。他同时代的两位史家——沈约和萧子显亦见地不俗。沈约《宋书》卷六十七《谢灵运传论》云：

自汉至魏，四百余年，辞人才子，文体三变：相如巧为形似之言，班固长于情理之说，子建、仲宣以气质为体，并标能擅美，独映当时。是以一世之士，各相慕习。原其飙流所始，莫不同祖《风》《骚》，徒以赏好异情，故意制相诡。②

萧子显《南齐书》卷五十二《文学传论》云：

今之文章，作者虽众，总而为论，略有三体：一则启心闲

① 王运熙、杨明：《中国文学批评通史·魏晋南北朝卷》，179页，上海，上海古籍出版社，1996。

② 沈约：《宋书》，1778页，北京，中华书局，1974。

绎，托辞华旷……此体之源，出灵运而成也。次则缉事比类，非对不发……此则傅咸五经、应璩指事，虽不全似，可以类从。次则发唱惊挺，操调险急……斯鲍照之遗烈也。①

沈约阐释自汉至魏四百余年间“文体三变”的情形，萧子显考察南齐“文章”的“三体”，一为历时态，一为共时态，排除这种时态的差异后，我们发现，他们关注的实为文学流派之间风格的区别及其统系归属。在现代学术视野下极受推崇的刘勰也值得一提。“与他的同代批评家钟嵘一样，刘勰也扮演了一个文学谱系学家的角色。南朝有很多谱系清晰的文学大家族，文学中的价值和权威也需要建立在一个清晰的世系之上。”② 这表明，在文学流派较充分发展的背景下，一批理论家已不约而同地产生以建立统系为切入点的文学流派意识。当然，见地有深浅之别。钟嵘在这一批理论家中是出类拔萃的。

随着文学流派日渐充分的发展，文学流派理论中的统系意识也理所当然地应当日渐充分、完善。一个并非偶合的现象是，相当一部分学者不约而同地从风格传承的角度发挥钟嵘的溯源法，如姜夔《白石道人诗说》：“诗有出于《风》者，出于《雅》者，出于《颂》者。屈宋之文，《风》出也；韩、柳之诗，《雅》出也；杜子美独能兼之。”③ 刘熙载《艺概》卷二《诗概》：“太白诗以《庄》、《骚》为大源，而于嗣宗之渊放，景纯之隽上，明远之驱迈，玄晖之奇秀，亦各有所取，无遗美焉。”④ 由此见出钟嵘影响之深远。但钟嵘的主要影响还在于对后世流派事业的推动上。统系意识的充分发展，意味着某一流派明确地以某一统系的继承者自居，从而明确地提倡某种风格，而贬抑其他风格。统系意识即自命为正宗的意识，其典型表现即

① 萧子显：《南齐书》，908 页，北京，中华书局，1972。

② ［美］宇文所安著，王柏华、陶庆梅译：《中国文论：英译与评论》，198 页，上海，上海社会科学院出版社，2003。

③ 何文焕辑：《历代诗话》，681 页，北京，中华书局，1981。

④ 刘熙载：《艺概》，57 页，上海，上海古籍出版社，1978。

文统、诗统、词统的建立。本章将依次予以考察。

二 骈文统系的确立：从艺术实践到理论形态

骈体文萌芽于秦汉，产生于魏晋，而盛行于南北朝。刘师培《文说·耀采篇第四》叙述骈文的发展历程，有云："东周以降，文体日工：屈、宋之作，上如二《南》；苏、张之词，下开《七发》；韩非著书，隐肇连珠之体；荀卿《成相》，实为对偶之文；莫不振藻简策，耀采词林。西汉文人，追踪三古，而终军有奇木白麟之对，兒宽抒奉觞上寿之辞，胎息微萌，俪形已具。迨及东汉，文益整赡，盖踵事而增，自然之势也。故敬通、平子之伦，孟坚、伯喈之辈，揆厥所作，咸属偶文。用字必宗故训，摛词迥脱恒蹊，或掇丽字以成章，或用骈音以叶韵。观雍容揄扬之颂，明堂清庙之诗，不少篇章，胥关体制。若夫当涂受箓，正始开基，洛中则七子无双，吴下则联翩竞爽，才思虽弱于西京，音律实开夫典午。六朝以来，风格相承，刻镂之精，昔疏而今密，声韵之叶，旧涩而新谐。凡江、范之弘裁，沈、任之巨制，莫不短长合节，追琢成章。故《文选》勒于昭明，屏除奇体；《文心》论于刘氏，备列偶词；体制谨严，斯其证矣。"① 六朝骈文派在发生发展的过程中未遇到正面的抵抗，可以说是顺其自然而形成的一个流派。其作者身为同时代人，有大体相近的文化背景和艺术追求，在创作中形成了某些流派特征。其阵容颇为壮观，如刘裕、傅亮、谢惠连、谢庄、颜延之、王僧达、鲍照、王俭、王融、孔稚珪、谢朓、沈约、江淹、陶宏景、任昉、萧衍、裴子野、陆倕、王巾、刘峻、丘迟、萧统、萧纲、萧绎、何逊、吴均、刘潜、刘令娴、庾肩吾、庾信、周弘让、沈炯、徐陵、江总、陈叔宝、王褒，均有传世之作，而徐陵、庾信则是其代表作家。庾信的骈文历来与徐陵并称，号徐庾体，是南北朝骈文中很重要的一派。其基本风格是辞藻华

① 刘师培：《刘师培中古文学论集》，206 页，北京，中国社会科学出版社，1997。

丽、典故繁富、对仗工整。

骈体文是中国特有的一种文体。其主要特点是语句结构的平行、对偶。严格地说，它不与诗、小说、戏曲等并列，而仅仅与散体文（古文）并列，起初只是一种驾驭语言的表达方式，经过发展、演变，形成了一定的格式和特点，并最终成为一种文体。换句话说，与骈文相对应的是古文。梁简文帝萧纲《与湘东王论文书》说："若以今文为是，则古文为非；若昔贤可称，则今体宜弃。"① "今文"、"今体"，指的是骈文；而"昔贤"所作，则指两汉古文。清李兆洛《骈体文钞序》说："自秦迄隋，其体递变，而文无异名；自唐以来，始有'古文'之目，而目六朝之文为'骈俪'，而为其学者，亦自以为与'古文'殊路。"② 更明确地将骈文与古文并列。

骈文的盛行极大地促进了文学观念的演化。周秦时期的所谓"文学"，包含的内容非常广泛，大体相当于现在的文学与学术的综合体，学即是文，文即是学，"文"与"学"是连在一起的。两汉时期，"文"与"学"开始分离，辞章一类的作品属于"文"或"文章"，学术著作属于"学"或"文学"。到了魏晋南北朝时期，纯文学进一步独立出来，于是有了"经学"、"史学"、"玄学"、"文学"的区别。至此，"'文学'一名之含义，始与现代人所用的一样，这是一种进步。不但如此，他们再于'文学'中间，有'文''笔'之分。'文'是美感的文学，'笔'是应用的文学；'文'是情感的文学，'笔'是理智的文学。那么'文''笔'之分也就和近人所说的纯文学杂文学之分有些类似了"。③

从艺术实践到理论形态，骈文统系的确立经历了一个相当长的过程。梁昭明太子萧统主编的《文选》标志着其理论形态的完成。其

---

① 张溥辑：《汉魏六朝百三家集》卷八二上题作《答湘东王和受试诗书》，此据文渊阁本《四库全书》。

② 舒芜等编选：《中国近代文论选》，109 页，北京，人民文学出版社，1959。

③ 郭绍虞：《中国文学批评史》，4 页，上海，上海古籍出版社，1979。

选录对象除诗之外，主要是辞藻华丽、声律和谐的楚辞、汉赋和六朝骈文。他在《文选序》中谈到选编原则时说：

> 若夫姬公之籍，孔父之书，与日月俱悬，鬼神争奥，孝敬之准式，人伦之师友；岂可重以芟夷，加之剪截。老、庄之作，管、孟之流，盖以立意为宗，不以能文为本；今之所撰，又以略诸……至于记事之史，系年之书，所以褒贬是非，纪别异同；方之篇翰，亦已不同。若其赞论之综缉辞采，序述之错比文华，事出于沉思，义归乎翰藻。故与夫篇什，杂而集之。①

从萧统的自报家门，我们不难发现：（一）《文选》不选经书和子书，是因为经的地位崇高，不宜与文并列，子“以立意为宗”，旨在阐发作者的见解，而“不以能文为本”；（二）不选史书，是因为“记事之史，系年之书，所以褒贬是非，纪别异同；方之篇翰，亦已不同”。史书经由对史实的记述表达作者的历史观和是非原则，仍以见识为骨。美国学者余宝琳对《文选》排除经典文本的做法给予了特别关注。“萧统明确地从他的选集排除了经典的文本。……不收经典的表面理由是其不可亵渎性，即它们不能被摘录成完整的单篇文章。但萧统进一步对没有收入哲学著作、政治演讲、历史和年代纪的解释却是它们‘盖以立意为宗，不以能文为本’，‘事异篇章’或‘方之篇翰，亦已不同’——这提示我们相似的未明言的判断也被萧统应用于经典。事实上，纯文学与儒家文章之间的差异不仅体现在六朝的不同文本中，也体现在政府机构（court office）将二者分离的努力中。”② 萧统确认：纯文学的特征是“事出于沉思，义归乎翰藻”，即注重辞采之美。“变本加厉，踵事增华”是事物发展的一般规律，

① 萧统编，李善注：《文选》，2 页，北京，中华书局，1977。

② 余宝琳：《诗歌的定位——早期中国文学的选集与经典》，见乐黛云、陈珏编选：《北美中国古典文学研究名家十年文选》，265～266 页，南京，江苏人民出版社，1996。

也是文学发展的一般趋势。因而，六朝的“文”即纯文学愈来愈重视“翰藻”、声韵之美亦在情理之中。如朱自清《经典常谈·文第十三》所说：“梁昭明太子在《文选》里第一次提出‘文’的标准，可以说是骈体发展的指路牌。”“这种‘文’大体上专指诗赋和骈体而言；但应用的骈体如章奏等，却不算在里头。”“骈体出于辞赋，夹带着不少的抒情的成分；而句读整齐，对偶工丽，可以悦目，声调和谐，又可悦耳，也都助人情韵。”① “文”即辞章，即以诗赋骈文为主体的纯文学。

萧统的《文选序》不承认史传属于“文”，一方面是说历史著作旨在“褒贬是非，纪别异同”，仍有说理之嫌，另一方面也因为史传以叙事和塑造人物形象为基本的存在方式，而叙事和人物描写在诗赋骈文的领域内是没有地位的。以刘勰的《文心雕龙》为例，这部以诗赋骈文为主要关注对象的文论巨著，“于诗，《乐府》不提以叙事写人见长的汉乐府民歌《陌上桑》、《焦仲卿妻》等篇章；于文，《史传》不提《左传》、《史记》等书描绘人物的成就。它赞美《汉书》‘赞序弘丽’，与范晔、萧统的观点相通。对志怪志人等小说，他只字不提。《文心》下半部《镕裁》以下十来篇评论写作方法和技巧，重点放在语言的色彩美和音调美方面；《比兴》、《夸饰》、《物色》等篇，谈到自然景色和宫殿等外界事物的刻画，但仍无一语涉及人物描绘。对上述汉乐府中人物描写生动的篇章，《诗品》不品第，《文选》不选录；只有《玉台新咏》选录少量。南朝后期的宫体诗，开始注意描绘妇女体态之美，但视野窄小，而且基本上没有反映到文论上来。总的说来，南朝文论对人物描写是没有注意到的，民间叙事诗、史书传记、小说中关于人物的生动的白描，在他们看来都是缺乏文采，缺乏文学性的”。② 骈文派对说理、叙事及其他应用文的轻视，

---

① 朱自清：《朱自清文集》学术论著卷，149页，台北，开今文化事业有限公司，1994。

② 王运熙、杨明：《中国文学批评通史·魏晋南北朝卷》，168～169页，上海，上海古籍出版社，1996。

为唐代韩柳古文派由说理和叙事切入创造了契机。

六朝骈文源出于辞赋，而与经、史、子不属于同一类型。萧统《文选》经由序文和选目对这一点加以强调，旨在以统系归属的方式表明骈文的风格特征。从浅层次看，辞赋所注重的是文章的语言之美。这种美又可分为两个方面：形与声。用典故、用对偶、用华美的辞藻，属于形的方面；“宫徵靡曼，唇吻遒会”，音韵和谐，属于声的方面。从深层次看，对色彩和声韵的讲求，目的是为了抒情写景。刘勰《文心雕龙·情采》：“故立文之道，其理有三：一曰形文，五色是也；二曰声文，五音是也；三曰情文，五性是也。五色杂而成黼黻，五音比而成韶夏，五情（疑作性）发而为辞章，神理之数也。”“故情者文之经，辞者理之纬，经正而后纬成，理定而后辞畅，此立文之本源也。”① 无论“形文”还是“声文”，都是为了表达出“情文”。葛晓音以为：“齐梁人认为‘事出于沉思，义归乎翰藻’，‘吟咏情性’、‘感荡心灵’是文学的基本特征，也就是说文章须出自创作构思和想象，讲究辞藻之美，表现作者的性情面目，尤其应以性灵感动人心。从南朝的创作情况来看，合乎这些标准的作品大致可分为抒写情感和描绘声色两类。”② 的确，抒情写景是骈文的两大内容（写景也可说是抒情的一个侧面）。本来，骈文之祖的楚辞就是以抒情写景见长的。在六朝时期相当一部分作者眼里，骈文乃是抒情诗的外围。

关于抒情，钱钟书《管锥编》第一册“史记会注考证”第三二则“比物连类”云：“《宋书·王微传》微奉答始兴王濬笺书，‘辄饰以词采’，因与从弟僧绰书自解曰：‘文词不怨思抑扬，则流澹无味；文好古贵能连类可悲，一往视之，如似多意’；‘连类可悲’正用马迁此传语，‘连类’即‘词采’，偶俪之词，缛于散行，能使

① 刘勰著，周振甫注：《文心雕龙注释》，346 页，北京，人民文学出版社，1981。

② 葛晓音：《古文成于韩柳的标志》，收入《汉唐文学的嬗变》，北京，北京大学出版社，1990。

‘意’寡而‘视’之‘如似多’也。”① 骈文长于抒情，与其偶俪的特征是密不可分的。刘勰著《文心雕龙》，除《丽辞》、《事类》外，还用《比兴》、《夸饰》、《练字》、《隐秀》、《情采》等篇论述辞藻、骈偶、典故的运用，而这些都是骈文写作中的几个中心问题。刘勰提倡“为情而造文”，反对“为文而造情”，但仍是骈文的拥护者。比如，他说“丽句与深采并流，偶意共逸韵俱发”，肯定了骈偶的魅力(《丽辞》)。又说比“写物以附意，扬言以切事”，兴“婉而成章，称名也小，取类也大”(《比兴》)；都有助于抒情和增强文章的韵味。萧纲、萧绎、徐陵、萧子显等人，更是声韵色泽之美的热情倡导者，并或隐或显地将诗赋的声韵之美与抒情联系在一起。

关于写景，这一时期的文论在探讨诗赋的创作时，异常关注“触景生情”这一命题，对山水自然在创作中的地位格外重视。如刘勰《文心雕龙·物色》：“春秋代序，阴阳惨舒，物色之动，心亦摇焉。盖阳气萌而玄驹步，阴律凝而丹鸟羞，微虫犹或入感，四时之动物深矣。若夫珪璋挺其惠心，英华秀其清气，物色相召，人谁获安；是以献岁发春，悦豫之情畅；滔滔孟夏，郁陶之心凝；天高气清，阴沉之志远；霰雪无垠，矜肃之虑深；岁有其物，物有其容；情以物迁，辞以情发。一叶且或迎意，虫声有足引心。况清风与明月同夜，白日与春林共朝哉！”“山沓水匝，树杂云合。目既往还，心亦吐纳。春日迟迟，秋风飒飒。情往似赠，兴来如答。”② 萧纲《答张缵谢示集书》：“至如春庭乐景，转蕙承风；秋雨且晴，檐梧初下；浮云生野，明月入楼。时命亲宾，乍动严驾；车渠屡酌，鹦鹉骤倾。伊昔三边，久留四战；胡雾连天，征旗拂日；时闻坞笛，遥听塞笳；或乡思凄然，或雄心愤薄。是以沉吟短翰，补缀庸音，寓目写心，因事而作。”③ 萧子显《自序》：“若乃登高目极，临水送归，风动春朝，月

① 钱钟书：《管锥编》，324页，北京，中华书局，1979。

② 刘勰著，周振甫注：《文心雕龙注释》，493～494页，北京，人民文学出版社，1981。

③ 张溥辑：《汉魏六朝百三家集》卷八二上，据文渊阁本《四库全书》。

明秋夜，早雁初莺，开花落叶，有来斯应，每不能已也。”① 这种种“应物斯感”的情形，有助于我们理解山水诗和山水骈文的兴盛。鲍照《答谢中书书》、吴均《与施从事书》、《与宋元思书》、《与顾章书》及庾信《小园赋》等均为出色的写景骈文。谢灵运《山居赋》、丘迟《与陈伯之书》、江淹《别赋》中亦不乏写景的精彩片断。钱钟书《管锥编》第四册“全梁文卷六十”论吴均三书曰：“前此模山范水之文，惟马第伯《封禅仪记》、鲍照《登大雷岸与妹书》二篇跳出，其他辞、赋、书、志，佳处偶遭，可惋在碎，复苦板滞。吴之三书与郦道元《水经注》中写景各节，轻倩之笔为刻画之词，实柳宗元以下游记之具体而微。吴少许足比郦多许，才思匹对，尝鼎一脔，无须买菜求益也。”“吴、郦命意铸词，不特抗手，亦每如出一手焉。然郦《注》规模弘远，千山万水，包举一编，吴《书》相形，不过如马远之画一角残山剩水耳。幅广地多，疲于应接，著语不免自相蹈袭，遂使读者每兴数见不鲜之叹，反输只写一丘一壑，匹似阿阇国之一见不再，瞥过耐人思量。”② 南北朝山水骈文的成就，于此可见一斑。

骈文以文章语言的“声”、“形”之美为关注焦点，以抒情写景为艺术目的，它所继承的艺术传统，偏于辞、赋一路。诸子散文和历史散文，除《庄子》等特殊情形外，通常没有写景文字，也少有一唱三叹的抒情。而在诗、骚、赋中，写景、抒情乃是作者心目所注之处。萧统在赋予骈文统系以理论形态时，明确地将骈文视为辞、赋的后裔，致力于斩断它与诸子散文和历史散文的血缘关系。萧统所确立的理论形态，与魏晋南北朝时代的艺术实践是吻合的。

三　韩柳古文派与古文统系的确立

韩、柳古文派以韩愈、柳宗元为代表。韩愈抗颜为师，收召后

① 严可均辑：《全上古三代秦汉三国六朝文·全梁文》卷二十三，3087页，北京，中华书局，1958。

② 钱钟书：《管锥编》，1456~1457页，北京，中华书局，1979。

学，对古文派的壮大起了显著的推动作用。他的学生有李翱、皇甫湜、张籍、李汉等人，他们又转相传授，使古文派日渐兴盛。他们是韩、柳古文派的中坚。在韩、柳之前，盛唐至中唐前期，萧颖士、李华、元结、独孤及、梁肃、姚冕等，倡导宗经明道，以散体作文，可视为韩、柳的前驱。韩、柳之后，唐末的皮日休、陆龟蒙、罗隐等人以散体写作讽世的小品，承袭韩、柳余风，可视为韩、柳古文派的后劲。韩、柳古文派的阵营是颇为壮观的。而韩、柳的作用，尤其值得大书特书。如钱钟书所说：周隋至唐，古文的对立面是骈文。“知‘五代余习’之须革，初非一人而亦非一朝一夕矣。心知之而力不能及之，望道而未之见，见矣而未之至，识非而勿克示是以树典范、易风尚。官府教令，私家论议，胥如纸上谈兵、腹空说食而已。”“文如苏绰，固不足矫‘徐庾之弊’，即如陈子昂、萧颖士、独孤及、李华、元结辈，尚未堪与王勃、骆宾王、张说等争出手。必得韩愈、柳宗元、刘禹锡其人者，庶乎生面别开，使一世之人新耳目而拓心胸，见异思迁而复见贤思齐，初无待于君上之提倡、谈士之劝掖也。倘不获韩、柳而仅有李观、吕温、樊宗师之徒，则‘古文’之‘显’未可保耳。”①

与萧统等人建立的以辞、赋为宗的骈文统系针锋相对，韩愈致力于建立以诸子散文和历史散文为宗的古文统系。

韩愈认为，古文的基本职责是“载道”，所以，确立文统必须在确立道统的前提下进行。韩愈在《原道》中指出：

> 吾所谓道也，非向所谓老与佛之道也。尧以是传之舜，舜以是传之禹，禹以是传之汤，汤以是传之文、武、周公，文、武、周公传之孔子，孔子传之孟轲，轲之死，不得其传焉。②

---

① 钱钟书：《管锥编》，1553 页，北京，中华书局，1979。

② 韩愈著，马通伯校注：《韩昌黎文集校注》卷一，10 页，上海，古典文学出版社，1957。

韩愈所谓“道”，就是儒家的价值系统；所谓“古文”，即传播这种“道”的文章；而古文作者，也就是道统的延续者。因此，这里谈的是道统，其实也可视为韩愈确立的文统。套用钟嵘《诗品》的表述，可以这样界定韩愈的古文：“其源出于孔子……”韩愈这种强烈的道统意识，陈寅恪和钱穆认为是受了禅宗影响①，但从中国文学批评自身的传统来看，这一现象与钟嵘《诗品》的思路是一脉相承的，虽然韩愈的统系意识之强烈远过于钟嵘。“韩愈精神”“最明显的即是‘统’的观念。因有这‘统’的观念，所以他们有了信仰，也有了奋斗的目标，产生以斯文斯道自任的魄力，进一步完成‘摧陷廓清’的功绩。韩愈之成功在是，宋初人之参加文与道的运动者，其主因也完全在是”。② 明确的统系意识是开创流派的必要条件。

南朝梁萧绎《金楼子》卷四《立言》下说：“古人之学者有二”，“夫子门徒，转相师受，通圣人之经者，谓之儒。屈原、宋玉、枚乘、长卿之徒，止于辞赋，则谓之文”。“曹子建、陆士衡，皆文士也，观其辞致侧密，事语更明，意匠有序，遣言无失，虽不以儒者命家，此亦悉通其义也。”（据文渊阁本《四库全书》）在萧绎看来，“儒”与“文”是相对而言的，而文士远较儒生高明。韩愈则刚好相反，他把文士看得很低。或者说，他在表面上把文士看得很低。二者之间构成一个有趣的对比：南朝作家多以“文人”自居，贵为帝王的萧纲、萧绎等亦然；而韩愈等古文作家，则不屑于仅仅做一名“文人”，他们的祈向是成为“道”的传播者或承担者。我们先考察南朝的情形。

宋、齐、梁、陈的开国之君，除梁武帝以外，其他都出身行伍，他们以及他们的子弟在文士面前不免存在自卑心理。这种自卑心理，通常经由两种方式表现出来：一是对文士故作蔑视，如齐武帝萧赜就说：“学士辈不堪经国，唯大读书耳。经国，一刘系宗足矣，沈约、

① 参见余英时：《钱穆与中国文化》，51～52页，上海，上海远东出版社，1994。

② 郭绍虞：《中国文学批评史》，158页，上海，上海古籍出版社，1979。

王融数百人，于事何用?”（据《南史》卷七十七《刘系宗传》)① 一是斤斤计较地与文士竞高下。如：

> 鲍照字明远，东海人，文辞赡逸。尝为古乐府，文甚遒丽……文帝以为中书舍人。上好为文章，自谓人莫能及。照悟其旨，为文章多鄙言累句，咸谓照才尽，实不然也。(《南史》卷十三《临川烈武王道规传》附鲍照传)②
>
> 武帝每集文士策经史事，时范云、沈约之徒皆引短推长，帝乃悦，加其赏赉。会策锦被事，咸言已罄，帝试呼问（刘）峻。峻时贫悴冗散，忽请纸笔，疏十余事，坐客皆惊，帝不觉失色。自是恶之，不复引见。(《南史》卷四十九《刘峻传》)③
>
> （沈）约尝侍燕，值豫州献栗，径寸半。帝奇之，问曰：“栗事多少?”与约各疏所忆，少帝三事。出谓人曰：“此公护前，不让即羞死。”帝以其言不逊，欲抵其罪，徐勉固谏乃止。(《梁书》卷十三《沈约传》)④

第一例属于创作方面的竞高下；第二、三例则属于“积学”的范畴，但对典故的重视实为骈文盛行所使然，仍与创作相关。在上述例子中，鲍照以自污求容，刘峻因露才扬己而不为帝王所容，沈约系梁武帝老友，竟因不给皇帝留面子而差点被治罪。帝王这种妒忌文士的心理，发展到隋炀帝，更演变为刻薄的诛杀。刘悚《隋唐嘉话》卷上载：“炀帝善属文，而不欲人出其右。司隶薛道衡由是得罪，后因事诛之，曰：‘更能作“空梁落燕泥”否?’”⑤“空梁落燕泥”是薛道衡《昔昔盐》一诗中的警句。自然，隋炀帝不属于南朝帝王，但他

---

① 李延寿：《南史》，1927页，北京，中华书局，1975。
② 李延寿：《南史》，360页，北京，中华书局，1975。
③ 李延寿：《南史》，1219页，北京，中华书局，1975。
④ 姚思廉：《梁书》，243页，北京，中华书局，1973。
⑤ 刘悚：《隋唐嘉话》，2页，北京，中华书局，1979。

作为南朝文化的崇拜者，却是一个不争的事实。

帝王们在内心里崇拜文士，于是热衷于在文坛扮演重要角色。整个南朝，从宋初到陈末，陆续出现若干个规模较大的文士集团，其盟主分别为：宋临川王刘义庆，齐文惠太子萧长懋，齐竟陵王萧子良，梁昭明太子萧统，梁简文帝萧纲，梁元帝萧绎，陈后主陈叔宝。帝王以其政治上的优越地位提倡纯文学，对纯文学的繁荣有着不可忽视的推进作用。《南史》卷七十二《文学传序》云："自中原沸腾，五马南度（渡），缀文之士，无乏于时。降及梁朝，其流弥盛。盖由时主儒雅，笃好文章，故才秀之士，焕乎俱集。"① 这样的描述与实际情形是相符的。

与南朝的风尚不同，韩、柳古文派则以蔑视的眼光看待那些骈文作者。当然，也许这只是一个表面现象。近人章炳麟在《与人论文书》中即曾指出，韩、柳并非真的鄙薄齐、梁骈文，而是"自知虽规陆机，摹傅亮，终已不能得其什一，故便旋以趋彼耳"，"欲因素功以为绚乎？"② 意思是说，骈文发展到齐、梁，已经臻于极盛，韩、柳如欲以文章称雄，必须另辟蹊径——与骈文相异的路径。六朝的骈文，在某种意义上可视为六朝诗的外围。"齐、梁的诗人，其间如江淹的《别赋》、《恨赋》，孔稚珪的《北山移文》等，都是流传于一时的。《别赋》说：'黯然销魂者，惟别而已矣！'《恨赋》说：'人生到此，天道宁论！'不知被多少人诗一般的反复吟咏过。这就是一个诗歌语言的时代。"③ 齐梁诗和齐梁骈文以"情文"、"形文"、"声文"为特征，重在抒情写景，说理叙事是被忽略的；韩、柳欲另辟蹊径，不得不转向说理叙事文的传统，即先秦两汉的诸子散文和历史散文。韩愈《进学解》说：

---

① 李延寿：《南史》，1762页，北京，中华书局，1975。

② 舒芜等编选：《中国近代文论选》，448页，北京，人民文学出版社，1959。

③ 林庚：《中国文学简史》，180页，北京，北京大学出版社，1995。

沉浸酴郁，含英咀华，作为文章，其书满家。上规姚姒，浑浑无涯；周诰、殷盘，佶屈聱牙；《春秋》谨严，《左氏》浮夸；《易》奇而法，《诗》正而葩；下逮《庄》、《骚》，太史所录，子云、相如，同工异曲；先生之于文，可谓闳其中而肆其外矣。①

韩愈所罗列的经典，没有东汉以降的作品。柳宗元《答韦中立论师道书》说：

本之《书》以求其质，本之《诗》以求其恒，本之《礼》以求其宜，本之《春秋》以求其断，本之《易》以求其动。此吾所以取道之原也。参之《谷梁氏》以厉其气，参之《孟》、《荀》以畅其支，参之《庄》、《老》以肆其端，参之《国语》以博其趣，参之《离骚》以致其幽，参之《太史公》以著其洁。此吾所以旁推交通而以为之文也。②

柳宗元所罗列的经典，也没有东汉以降的作品。理解这一事实并不困难，因为东汉文章已有较为鲜明的骈俪倾向，韩、柳既旨在与骈文立异，当然有必要在古文统系与骈文统系之间划一条看来不可逾越的鸿沟。同时，从他们所选择的经典中不难看出，“叙事”、“说理”尤其是“说理”乃韩、柳关注的重点。

从“说理”、“叙事”入手建立古文规范以区别旨在抒情、写景的骈文，同时又不动声色地将“情文”、“形文”、“声文”融入古文以改造诸子散文和历史散文，这是韩、柳的流派策略。他们将“子云、相如”等汉赋作家与《左传》等并列即泄漏了这一秘密。“古文

① 韩愈著，马通伯校注：《韩昌黎文集校注》卷一，26页，上海，古典文学出版社，1957。

② 柳宗元：《柳河东集》卷三十四，543页，上海，上海人民出版社，1974。

成于韩柳的关键在于：他们除写作政治、哲学方面的议论文之外，还有相当一部分文章是发自真性情的穷苦愁思之声。”“韩柳变‘笔’为‘文’的主要标志是在应用文章中感怀言志，使之产生抒情文学的艺术魅力。”①

韩、柳的宗旨是写出取代和压倒骈文的古文，或者说，是写出好的文章，这一点，他们的同时代人及后人都有所察觉。裴度是唐代批评韩愈文风的代表人物之一。他率兵平定吴元济时曾聘韩愈为行军司马，两人的关系颇为密切，但对古文的见解明显不同。裴度《寄李翱书》指出：骈文的病根在于内涵的贫乏，而不在于表面的对偶、辞采和声韵。因此，可以在内涵上充实骈文，但不必“磔裂章句，隳废声韵”，故意“高之、下之、详之、略之”，在语言的安排上与骈文立异。“以文字为意”，与“以文为戏”，都是忽视内涵的表征。②裴度的结论是：韩愈表面上“以道为意”，实际上是“以文字为意”。裴度的结论确有充分的事实依据。明方孝孺《答王秀才书》说：“唐之士，最以文为法于后世者，惟韩退之。而退之之文，言圣人之道者，舍《原道》无称焉；言先王之政而得其要者，求其片简之记，无有焉……汉儒之文，有益于世，得圣人之意者，惟董仲舒、贾谊。攻浮靡绮丽之辞，不根据于道理者，莫陋于司马相如。退之屡称古之圣贤文章之盛，相如必在其中，而董、贾不一与焉。其去取之谬如此，而不识其何说也……退之以知道自居，而于董、贾独抑之，相如独进之，则其所知者，果何道乎？”（据郭绍虞主编《中国历代文论选》第三册）清程廷祚《复家鱼门论古文书》也说：“退之以道自命，则当直接古圣贤之传，三代可四，而六经可七矣。乃志在于‘沉浸酞郁，含英咀华，作为文章’，戛戛乎去陈言而造新语，以自标置，其所操抑末矣。以此与八代争短长，纵使己所言皆在于仁义道德，彼所言皆在于月露风云，而究无以相服。”“以丘明之才，而使

① 葛晓音：《古文成于韩柳的标志》，收入《汉唐文学的嬗变》，北京，北京大学出版社，1990。

② 《全唐文》卷五三八，5462页，北京，中华书局，1983。

经降为传，以退之之才，而使天下惟知有记诵辞章，岂不重可叹息哉!"（据王镇远、邬国平编选《清代文论选》）方孝孺和程廷祚一点也没有冤枉韩愈，他所追求的目标确乎是成为第一流的"文人"。

如此说来，韩愈的祈向实与六朝骈文作家一致。既然如此，又何必张大其辞，建立一个煞有介事的"道统"。我想原因有下述几点：

第一，就与骈文立异而言，古文作者不得不强化"载道"意识。六朝骈文源出于辞、赋，和六朝诗一样，同属于抒情文体。韩、柳所说的与骈文相对的古文，从理论上说，是从经书和子书发展来的，如果不强调它的"载道"特征，就等于放弃了写作古文的基本理由，这在策略上是不妥当的。

第二，建立统系的目的之一是增强号召力。就增强号召力而言，我们有必要注意到一个事实：唐人经常夸大其辞而自己也未必当真地就某一问题傲然表态，李白宣称"自从建安来，绮丽不足珍"即是一例。① 明代的杨慎指出："诗作之难，言之其不易乎！天下之言诗者，则李杜而已矣。李之言曰：'大雅久不作，吾衰竟谁陈。'又曰：'自从建安来，绮丽不足珍。'杜之言曰：'欲攀屈宋宜方驾，恐与齐梁作后尘。'慎诵而疑之。夫挟天子以令诸侯，诸侯莫敢不服，然谓之真尊天子则不可；挟风雅屈宋以令建安齐梁，则戚矣，谓之真尊风雅屈宋则不可。挟之为病也大矣，卑之无甚高论可乎？观李之作，则扬阮左之洪波，览江鲍而动色，固建安之影响也；观杜之作，则掩颜谢之孤高，杂徐庾之靡丽，实齐梁之后尘也。前哲欺予哉？是有说矣。学乎其上，而中仅得，论道则严，而取必恕，以是罢罢而效李杜，其庶几欤？斯小子窥管之半豹，愿以质于大方迎刃之全牛。"（杨慎《自知堂集叙》，《四库全书存目丛书》本《自知堂集》卷首）许学夷也说："建安之诗，体虽敷叙，语虽构结，然终不失雅正，至齐梁以后，方可谓绮丽也……李太白诗'自从建安来，绮丽不足珍'，盖伤大雅不作，正声微茫，故遂言建安以来，辞赋绮丽，已不

① 李白著，瞿蜕园、牛金城校注：《李白集校注》卷二，91页，上海，上海古籍出版社，1980。

足珍，犹韩退之《石鼓歌》云‘羲之俗书趁姿媚’是也。此皆豪士放言耳。”（许学夷《诗源辩体》卷四，据人民文学出版社 1987 年版）因此，对于李白的理论主张，我们不必过于拘泥地去抠字眼，不妨视为一种习惯成自然的官腔。又如白居易，他在《与元九书》中大力提倡写新乐府，在历览诗史时以“补察时政”、“泄导人情”作为衡量标准，结果，不仅梁、陈诗被鄙薄为“嘲风雪、弄花草”，连唐诗所得评价也并不乐观：“唐兴二百年，其间诗人不可胜数。所可举者，陈子昂有《感遇》诗二十首，鲍鲂有《感兴》诗十五首。又诗之豪者，世称李、杜。李之作，才矣奇矣，人不逮矣，索其风雅比兴，十无一焉。杜诗最多，可传者千余首，至于贯穿今古，覼缕格律，尽工尽善，又过于李。然撮其《新安》、《石壕》、《潼关吏》、《（塞）芦子》、《（留）花门》之章，‘朱门酒肉臭，路有冻死骨’之句，亦不过三四十。杜尚如此，况不逮杜者乎！”① 有过这种文艺主张的白居易，其创作理所当然应当“醇粹”即合乎儒家规范，应当自始至终贯彻“为君、为臣、为民、为物、为事而作，不为文而作”的原则。然而，白居易却不惜花费大量精力写作艳诗。杜牧《唐故平卢军节度使巡官陇西李府君墓志铭》在谈到元、白诗时引用了李勘的一段语气严厉的议论：“自元和以来，有元、白诗者，纤艳不逞，非庄士雅人，多为其所破坏，流于民间，疏于屏壁，子父女母，交口教授。淫言媟语，冬寒夏热，入人肌骨，不可除去。吾无位，不得用法以治之。”② 可见当时最为流行的元、白诗与儒家诗学的要求是不一致的。以上我们举例讨论了李白、白居易、韩愈等人“对外宣传”与“衷心底蕴”的歧异，③ 目的不是要贬抑他们。用历史的眼光看，韩、白这群来自庶族的文人，他们在理论上将文以载道、诗以言志的特征推到极端，一个明显的动机是增强号召力，以便开创一

① 白居易：《白居易集》，961 页，北京，中华书局，1979。

② 杜牧：《樊川文集》，137 页，上海，上海古籍出版社，1978。

③ 陈寅恪：《元白诗笺证稿》，162 页，上海，上海古籍出版社，1978。所谓“对外宣传”，即“门面语”是也；所谓“衷心底蕴”，即“心里话”是也。

个新的流派。这在某种程度上只是一种宣传策略，他们并不打算全心全意地照着去做。

第三，建立统系的另一目的是给同一流派的作家标示出一种理想的创作境界。就这一点而言，韩愈有成功，也有失败。在韩愈的弟子中，李翱、皇甫湜最为引人注目。在效法韩愈时，李翱偏于"道"，皇甫湜偏于"文"，偏于"道"，主说理醇正，偏于"文"，则务标新立异。李翱《祭吏部韩侍郎文》说："呜呼！孔子去远，杨朱恣行，孟轲拒之，乃坏于成。戎风混华，异学魁横，兄尝辩之，孔道益明。"（《李文公集》卷十六，据文渊阁本《四库全书》）其着眼点在"道"。其《与陆傪书》又说："我友韩愈，非兹世之文，古之文也，非兹世之人，古之人也。其词与其意适，则孟轲既没，亦不见有过于斯者。"（《李文公集》卷七）将韩愈与孟子相提并论，着眼于对道统的承续。以此为基点，李翱明确反对世人以艺视古文的倾向，其《寄从弟正辞书》（《李文公集》卷八）指出：以艺视古文，则是以文字为第一位的东西；不以艺视古文，则是以道为第一位的东西。作为古文运动中坚的李翱，他坚信古文的职分是载道，从韩愈《原道》、《原性》一路文章寻求发展空间，所著《复性书》、《从道论》等以性命之说阐释道德修养，引导古文向理学著作发展，对宋代理学家影响甚大。由韩愈的统系而衍生出这种类型的古文，应该视为韩愈的失败之处，因为这并不符合他的"衷心底蕴"。

至于皇甫湜，他是偏重"文"的，与李翱的偏重"道"适成对照。其《韩文公墓志铭》盛赞韩愈说："茹古涵今，无有端涯，浑浑灏灏，不可窥校。及其酣放，毫曲快字，凌纸怪发，鲸铿春丽，惊耀天下；然而栗密窈眇，章妥句适，精能之至，入神出天。"① 皇甫湜所揭示的，主要是韩愈驾驭语言的卓越才情。他偏重于"文"，所以特别看重语言表达的标新立异，② 对韩愈"惟古于辞必己出"的主张别有发挥。韩愈论诗文，本有矜奇尚异的一面，即《荆潭唱和诗

---

① 《全唐文》卷六八七，7039 页，北京，中华书局，1983。

② 值得注意的是，骈文所特别重视的也是语言之美。

序》所谓“搜奇抉怪，雕镂文字”。韩愈对怪僻艰涩的樊宗师的文章备加赞扬，他自己所作的《曹成王碑》、《陆浑山火和皇甫湜用其韵》等篇，亦奇僻惊人。皇甫湜在韩愈的基础上变本加厉，再三提倡“非正”、“非常”。①

李翱、皇甫湜两位韩门弟子，李翱在后世得到的评价要高一些。章学诚《皇甫持正文集书后》说：“湜与李翱，俱称韩门高第（弟）。世称学韩者，翱得其正，湜得其奇。今观其文，句镵字削，笔力生健，如挽危弓，臂尽力竭，而强不可制。于中唐人文，亦可谓能自拔濯者矣。第细按之，真气不足，于学盖无所得。袭于形貌以为瑰奇，不免外强中干，不及李翱氏文远矣。按二人虽俱学韩，李能自立，不屑屑随韩步趋。虽才力稍逊，而学识足以达之。故能神明韩法，自辟户庭。皇甫则震于韩氏之奇，而不复求其所以致奇之理。借口相如、扬雄，不知古人初非有意为奇。”（据嘉业堂刊本《章氏遗书》卷八）扬李翱而抑皇甫湜，代表了宋以降的主流评价。有意味的是，韩愈则是偏袒皇甫湜的。皇甫湜《韩文公墓志铭序》引韩愈语曰：“死能令我躬所以不随世磨灭者，惟子以为嘱。”② 足见韩愈对皇甫湜的器重。孙樵《与友人论文书》自述其渊源时说：“尝得为文之道于来公无择，来公无择得之皇甫公持正，皇甫持正得之韩先生退之。”（《孙可之集》卷二，据文渊阁本《四库全书》）以皇甫湜为韩愈嫡传，并无拉大旗作虎皮之嫌。

这里出现了一个令人惊异的错位现象：由韩愈的道统衍生出的李

---

① 参见皇甫湜《答李生第一书》、《答李生第二书》。关于韩愈古文的风格，莫砺锋指出：“在一般人心目中，韩文的风格无疑是雄奇乃至于奇险的，朱熹却认 为韩文实有两面：‘有平易处极平易，有险奇处极险奇’，这显然更合于事实。韩愈志在恢复古文，在仿效秦汉古文时不免带来古奥乃至佶屈聱牙的艰涩倾向。然而他作文的本意是贯道，所以他在主观上是主张‘文从字顺’的，而且在实际创作中也确实有平易自然乃至如话家常的风格倾向，例如《与崔群书》、《祭十二郎文》等。”见莫砺锋：《朱熹文学研究》，141页，南京，南京大学出版社，2000。

② 《全唐文》卷六八七，7039页，北京，中华书局，1983。

翱一脉，学术的旨趣取代了文学的追求，与其“衷心底蕴”不符；韩愈认可的嫡传皇甫湜，却又不符合他的道统，违背了他的“表面宣传”。这一错位表明，韩愈尽管有着强烈的统系意识，但统系的建立，带有明显的策略意味，而在标示一种理想的创作境界方面，实有欠妥当。他的统系意识的确促成了韩柳古文派的产生和兴盛，但不能不承认，他对统系的设计与其审美祈向是不够一致的。他的相当一部分追随者从文学走向学术，与他所选择的统系密切相关。①

四　秦汉派与唐宋派的文统之争

统系选择与审美祈向的不一致在明代古文的发展过程中也造成了一定程度的负面后果。

秦汉派和唐宋派是明代古文领域的两大流派，如黄汝亨《歇庵集序》所说：“我明之有北地、信阳、历下、琅玡辈也，负秦汉之鼎

① 钱穆《宋明理学概述·自序》自叙其学术经历说：“入中学，遂窥韩文，旁及柳、欧诸家，因是而得见姚惜抱《古文辞类纂》及曾涤生《经史百家杂钞》。民国元年余十八岁，以家贫辍学，亦为乡里小学师，既失师友，孤陋自负，以为天下学术，无逾乎姚、曾二氏也。同校秦君仲立，年近五十，亦嗜姚、曾书，与余为忘年交。一日，忽问余：吾乡浦二田先生，有《古文眉诠》，亦巨著，顾治古文者独称姚、曾不及浦，同是选钞古文，其高下得失何在？余请问，秦君曰：我固不知，故举以问君耳。嗣是遂知留心于文章分类选纂之义法。因念非读诸家全集，终不足以窥姚、曾取舍之标的，遂决意先读唐、宋八家，韩、柳方毕，继及欧、王。读《临川集》议论诸卷，大好之，而凡余所喜，姚、曾选录皆弗及。遂悟姚、曾古文义法，并非学术止境。韩文公所谓因文见道者，其道别有在，于是转治晦翁、阳明。因其文渐入其说，遂看《传习录》、《近思录》及黄、全两学案。又因是上溯，治五经，治先秦诸子，遂又下迨清儒之考订训诂。宋、明之语录，清代之考据，为姚、曾古文者率加鄙薄，余初亦鄙薄之，久乃深好之。所读书益多，遂知治史学。”钱穆的学术经历表明，由韩、柳古文走向宋明理学，由文学走向学术，乃是有其内在缘由的，李翱一脉的产生正有其必然性。此外，钱穆对姚、曾古文的不满在于其文学压倒学术，姚、曾古文可以说是皇甫湜一脉的延续。关于清代桐城派的基本品格，参见本章之五。

而霸焉者也。其有金华、天台、毗陵、晋江辈也，握宋之符而王焉者也。”（据《台湾图书馆善本序跋集录》）秦汉派主要由明代中期的两个文人社团前七子和后七子构成。前七子指李梦阳、何景明、康海、徐祯卿、边贡、王廷相、王九思等，而以李梦阳、何景明为首，主要活动于弘治、正德至嘉靖初年；后七子指李攀龙、王世贞、谢榛、宗臣、梁有誉、徐中行、吴国伦等，而以李攀龙、王世贞为首，主要活动于嘉靖、隆庆年间。唐宋派以王慎中、唐顺之、茅坤为中坚，其活动年代的上限早于后七子，下限则与后七子相近。①

秦汉和唐宋是中国古文的两个黄金时代。方孝岳《中国散文概论》说：“散文之学，自唐朝韩愈、柳宗元以后才有途径可循。本来散文是自古有之，但古时人不谈文术，也无所谓骈散之别。至于救六朝骈俪文之流弊，取法古时崇尚质朴之文，开启途术，自成一学，为此后千余年之效法，乃是韩愈所倡始。所以说散文之学开自韩柳以后，并非说散文起于韩柳。”② 唐宋八大家古文有法可依，有途径可

① 费元禄《甲秀园集》卷二十五《明文选序》（《四库禁毁书丛刊》本）对唐宋派、秦汉派的谱系、源流有较为详细的评述。关于唐宋派，其言曰：“仁宗在东宫已好欧氏之文，圣学最为渊博。宣宗神敏，每遇试南宫，自草程式。历圣在宥，风厉弥至，以故公卿大夫、韦布缝掖，咸自濯濯洗发，致意于古作者，思自媚于明时，而最达者亡过宋文宪、杨文贞、李文正、王文成。文宪机轴自出，敷腴朗鬯。文贞出欧阳，体贵台阁。文正秾于杨，简于宋，而法与学不足。文成超逸，一搦管辄自斐然，而辞达为宗，不取工匠。嗣此则王祎、胡翰、方希古、解大绅、丘文庄、吴文定、祝允明之流，翩翩翼鸣，更相彪炳。总之格不及古，搜不入深，室不出韩、柳、欧、苏、曾、王，堂不窥班、杨、左、马，优于才而惮于结撰云尔。”又引王世贞之语曰：“理学之逃，阳明造基，晋江、毗陵藻棁。”关于秦汉派，其言曰：“孝庙而后，北地崛起，披榛芜，斩荆棘，遂辟大雅之途。而信阳继起，康德涵、崔子钟、陆浚明、王晋江之徒，羽翼流派。至世庙而历下登坛，金声玉振，佐以元美、子相、子与、明卿、公实，鞭弭左右，驰骋中原。而新安搜剔诸子，原本六经，后先相望，超韩、柳、欧、苏、曾、王之乘而埒左、马、班、杨之业。天地开辟，日月重朗，讵不媺哉。”

② 方孝岳：《中国散文概论》，《中国文学八论》本，3 页，北京，中国书店，1985。

循，故后世写古文的，多以唐宋为宗。但唐宋八大家的古文也有令人不满之处。

其一，自从韩愈倡“文以载道”说以来，古文的道学气味总是无法摆脱。入宋以后，随着理学的发展，古文的创作日趋繁荣，理学更与古文结下了不解之缘。查洪德《元代理学“流而为文”与理学文学的两相浸润》一文（《文学评论》2002 年第 5 期）曾就元代的几个主要理学派别作过统计。如金华学派衍朱熹弟子黄干之一脉，由何基、王柏、金履祥、许谦递相传授，被视为元代朱学正宗，这一学派中与许谦同辈的柳贯、吴师道，他们弟子一辈的宋濂、戴良等，都以古文为世所知。徐远和《理学与元代社会》一书论及元代理学家 21 人，其中郝经、姚燧、苏天爵、元明善、刘埙、危素、吴澄、金履祥、许谦等均为颇有影响的古文作者。在这样的文化背景下，明初宋濂主持《元史》编纂，便断然将传统正史的儒林、文苑二传合而为一，名《儒学传》。《元史》卷一八九《儒学传序》阐释这样处理的理由说：

> 前代史传，皆以儒学之士，分而为二，以经艺颛门者为儒林，以文章名家者为文苑。然儒之为学一也，六经者斯道之所在，而文则所以载夫道者也。故经非文则无以发明其旨趣；而文不本于六艺，又乌足谓之文哉！由是而言，经艺文章，不可分而为二也明矣。
>
> 元兴百年，上自朝廷内外名宦之臣，下及山林布衣之士，以通经能文显著当世者，彬彬焉众矣。今皆不复为之分别，而采取其尤卓然成名、可以辅教传后者，合而录之，为《儒学传》。①

以“儒林”吞并“文苑”，以理学吞并古文，这既是宋濂编纂《元史·儒学传》的指导思想，也反映出理学家成为古文作家主体的文坛现实。与此相关，重“道”而轻“辞”成为元代及明初古文写作

① 宋濂等撰：《元史》，4313 页，北京，中华书局，1976。

中占主导地位的思潮。宋濂《赠梁建中序》说："文非学者之所急，昔之圣贤不暇于学文。措之于身心，见之于事业，秩然而不紊，粲然而可观者，即所谓文也。其文之明，由其德之立，其德之立，宏深而正大，则其见于言自然光明而俊伟。此上焉者之事也。优柔于艺文之场，餍饫于今古之家，搴英而咀华，溯本而探源，其近道者则而效之，其害教者辟而绝之，俟心与理涵，行与心一，然后笔之于书，无非以明道为务。此中焉者之事也。其阅书也，搜文而摘句，其执笔也，厌常而务新，昼夜孜孜，日以学文为事；且曰，古之文淡乎其无味，我不可不加秾艳焉，古之文纯乎其敛藏也，我不可不加驰骋焉；由是好胜之心生，夸多之习炽，务以悦人，惟日不足，纵如张锦绣于庭，列殊贝于道，佳则诚佳，其去道益远矣。此下焉者之事也。"（《宋文宪公全集》卷二）用宋濂的标准来衡量，最优秀的古文是理学家"以明道为务"的古文，因为，他所谓的"上焉者"实际上是不必借文字来表达的。而宋濂所不满意的是不"以明道为务"而在文辞上着力经营的古文，即皇甫湜一脉的古文。方孝孺的意见与宋濂完全一致，他在《逊志斋集》卷十一《答王秀才书》中以此为标准对韩愈提出了批评。韩愈以建立道统的方式来建立文统，这在很大程度上是策略性的，他对能文之士如司马相如等衷心向慕，并期望在文辞上与一流文章大家一较高下。方孝孺一眼看出了这位唐宋古文运动主盟者的真相，对他"以知道自居，而于董、贾独抑之，相如独进之"提出批评，明确地传递出一个信息：方孝孺是重道而轻文的；文辞的苦心经营在他看来没有必要。

理学家成为古文作家的主体，这是伴随着理学在宋代兴盛而出现的一个重要文学现象。明代前七子步入文坛，致力于改变这一在他们看来极不正常的文坛现实。前七子在诗的创作中不满于盛行于宋代的"以议论为诗，以才学为诗"的风气，在古文的创作中不满于宋以来理学家占主导地位的倾向，他们对"宋学"的挑战是全面而系统的。

《明史》卷二八五《文苑传序》称："弘正之间，李东阳出入宋元，溯流唐代，擅声馆阁。而李梦阳、何景明倡言复古，文自西京、诗自中唐而下一切吐弃。操觚谈艺之士翕然宗之。明之诗文于斯一变。"①"西京"指西汉。就古文而言，秦汉派所宗的"汉"是不包括东汉在内的。钱谦益《列朝诗集小传》记李攀龙曾"高自夸许，诗自天宝以下，文自西京以下，誓不污我毫素也"。王世贞著《艺苑卮言》，自报家门，说他与李攀龙定交后，"自是诗知大历以前，文知西京而上矣"。② 说的都是同一意思。如何才能具备秦汉古文的气格呢？前后七子开出的方案是：将"法"与"修辞"置于"理"、"事"之上。李梦阳《答周子书》说：

> 仆少壮时，振翮云路，尝周旋鹓鸾之末，谓学不的古，苦心无益……每窃叹独立之鲜，勇往之寡；又每伤世之人，何易之悦而难之惮也？而易之悦者，乃又不自谓其易之悦也，曰文主理已矣，何必法也？吁！"言之弗文，行而弗远。"兹非孔子言邪？且六经何者非理，乃其文何者非法也？（《空同集》卷六十二，据文渊阁本《四库全书》）

李攀龙《送王元美序》说：

> 以余观于文章，国朝作者，无虑数十家称于世。即北地李献吉辈，其人也，视古修辞，宁失诸理。今之文章，如晋江、毗陵二三君子，岂不亦家传户诵？而持论太过，动伤气格，惮于修辞，理胜相掩，彼岂以左邱（丘）明所载为皆侏离之语，而司马迁叙事不近人情乎？故同一意一事而结撰迥殊者，才有所至不至也。（《沧溟集》卷十六，据文渊阁本《四库全书》）

李攀龙这段话确实把握住了李梦阳（献吉）在古文创作上的基本追求。所谓"视古修辞，宁失诸理"，意思是：要在文辞方面达到先

---

① 张廷玉等撰：《明史》，7307页，北京，中华书局，1974。标点有所改动。

② 本书引用《艺苑卮言》，凡未注出处者，均据丁福保编《历代诗话续编》本，北京，中华书局，1983。

秦、西汉古文的境界，即使“失诸理”也在所不惜。这儿的“理”，不是通常意义上的“情理”或“事理”，而是“理学”的“理”。与肯定李梦阳的艺术追求形成对照，李攀龙批评唐宋派的两位代表作家王慎中（晋江）、唐顺之（毗陵）害怕在文辞上苦心经营，借口“理胜者文不难而自至”来掩饰文辞之短。李攀龙认为：同样的“意”（就议论文而言），同样的“事”（就叙事文而言），可以用不同的方式表达出来（“结撰迥殊”），其原因在于才情不同。李攀龙强调才情，落脚点是强调文辞的重要。①

徐中行《重刻沧溟先生集序》中的一段话亦有助于我们了解前七子：

> 有启明者出，国家斯如长夜而旦矣，百余年来愈益斌斌。李献吉辈幸际其盛，亡虑十数家，轶晚近而力修古词，然其旁引经术，尚称说宋人若功令。亦有力救其偏者，而于修词靡遑焉。习流日波，余不敢知，乃有不与献吉辈者，知其异于宋人者寡矣。

---

① 李攀龙提倡“视古修辞，宁失诸理”，在嘉、隆年间有其明确的针对性。胡直《念庵文集序》（《念庵文集》卷首，据文渊阁本《四库全书》）说：“国家自弘治、正德以前，栋道之儒，不娴于文，柄文之士，不究于道，盖亦不免于交厉之失。唯白沙、阳明二公之为道也，诮然独得于本心之微，故其言不下带，指远辞达，有非能言之士所几。念庵先生生兼江陕之秀，挺出二公之后……先生少学文仿李空同，弃之曰：‘是未见端委者。’既入宫寮，又与唐荆川、赵浚谷相讲磨，大放于文，久之，语直曰：‘吾无意为之矣。’移答友人，取辟（譬）于水曰：‘古之人有能之者，必其中有自得实见。斯道之流行无所不在，虽欲不为波涛湍澜之类，不可得也。’以是知先生之于文，所谓一以贯之者也。”从这一则材料不难看出，后七子在古文领域至少有两个不容小视的对手：一是以唐顺之等为代表的唐宋派，一是以罗洪先（念庵）等为代表的心学家。这两个对手的共同特点是重理轻辞，而后者较前者更甚。李攀龙在《送王元美序》中只提“晋江、毗陵二三君子”，是因为唐宋派存心在古文领域与七子派争胜，而罗洪先等则无意于在文坛争名。王世贞《弇州四部稿》卷五十七《赠李于鳞序》（据文渊阁本《四库全书》）的一段话亦可供参考：“於乎！古之为辞者，理苞塞不喻，假之辞。今之为辞者，辞不胜跳（逃）而匿诸理。”所谓“辞不胜跳（逃）而匿诸理”，即指唐宋派而言。

徐中行也明确地将李梦阳的宗旨概括为“力修古词”，而将其对立面描述为“于修词靡遑”、“其异于宋人者寡矣”。这提示我们，前七子因提倡学习先秦、西汉的文辞而被称为“秦汉派”，实为文辞派；王慎中、唐顺之等因提倡学习唐宋古文而被称为“唐宋派”，实为义理派。前七子重文辞，旨在改变宋以降理学吞并文辞的古文传统。

前七子将文辞提到比义理更重要的地位，矫枉过正，立论欠妥是必然的。但他们反对以“理”吞并“辞”，其合理性亦不言而喻。在相当一部分明人心目中，李梦阳不仅是诗坛盟主，而且是古文巨擘。如潘恩《皇明文选序》说：

> 明兴百八十余年，文雅斯盛。国初革胡元之秽，经纬纶诰则潜溪为之冠，阐明理道则正学擅其宗，修饰治平则文贞耀其烈，文治精华肇端于此矣。弘治以来，摛辞之士争自奋濯，穆乎有遐古之思，罔不效法坟典，追薄风骚，体局变矣。李何发颖于河洛，康吕高步于关右，咸一时之选也。(《皇明文范》卷二十五，《四库全书存目丛书》本)

其中李、何、康分别指李梦阳、何景明、康海，均为前七子成员。孙慎行《重刊荆川先生文集识语》亦云：

> 余尝取国朝文，自方杨正始外，特以南城罗、北地李、晋江王与先生共类纂一集，以为深文高文、卓然大家无逾四先生矣。间示知文友人，友人赏之，而以为罗李工韩柳、王唐工欧苏，余心颇韪其言。今而后知匠心独到，得文章真传者，先生一人而已。(《重刊荆川先生文集》卷首，明万历元年纯白斋刊本)

孙慎行曾编纂《四大家文选》，所谓四大家，指“圭峰罗先生”、“崆峒（空同）李先生”、“遵岩王先生”、“荆川唐先生”。(参见孙慎行《四大家文选叙》，见《玄晏斋集》，《四库禁毁书丛刊》本）后来，他虽然将归有光视为明文第一，但仍将罗洪先、李梦阳、唐顺之并列，认为李梦阳足以与唐顺之相提并论。① 对李梦阳的这一评价表明，前七子偏重文辞的古文主张，在当时及后世都不乏同情者。

值得关注的是，秦汉派在与唐宋派的竞争中，从总体上看，明显处于下风。不仅前七子受到唐宋派的正面挑战而旗靡辙乱，即使是志在为前七子报一箭之仇的后七子，亦不得不慨叹处境的不利。只要读一读王世贞的《徐天目先生集序》便可获得大致印象：

> 徐天目先生者，故江西左使中行也，家居天目山之阳，因自号天目山人云。先生卒豫章时，其遗稿多散佚，而吾弟敬美走治丧事，鸠之仅得十之六，以属其门人郭造卿，盖三载而始致自造卿所。张司马肖甫时镇浙，为梓行之，先生之从子咏辈谓知先生毋若不佞，宜有序。不佞故已倦笔研（砚），且闻之策诸生者云："天下盖有文章之士，呻吻而谈先秦，栉韵而卑大历，一操染则谓千古盛事，一语稍合，则谓灵均以来，此秘未睹，意味偶同，则哓哓然而谓努力中原，鞭弭当世。始而倡之者一二人，既而和者数十人，又其后，人人能矣。其言人人能者妄，然竟以是获时趣。"人以诮不佞："若岂其一二人人耶？"不佞老，忽忘前语，于鳞或有之，然此一二人，自于鳞外，不先生当亦不佞。于鳞殁，先生今又殁，而不佞复序先生集，亡论即不能为先生重，世用是见訾诋，即序之而畴信之？（《弇州续稿》卷四十五，据文渊阁本《四库全书》）

"策诸生者"当指唐宋派健将唐顺之，这位"策诸生者"所指斥的"一二人"即李攀龙、王世贞。当王世贞为徐中行的遗稿作序时，李攀龙已经去世，后七子老成凋零，在古文领域受到唐宋派的强势挤

① 甚至有人认为，李梦阳的文胜过他的诗，如江以达《芝园集序》（《芝园定集》卷首，《四库全书存目丛书》本）："明兴，治定道洽，弘治以来文人学士骎骎思古，而北郡李献吉实张其帜。献吉盖体诗于杜（指杜甫）而未食其精，构文于迁（指司马迁）而几入其室者。"

压，令王世贞颇有凄凉之感。①

秦汉派的失利，其统系选择与审美祈向的错位是一个重要原因。

首先，秦汉古文和唐宋古文并不像前后七子所强调的属于两个立场迥异的统系，毋宁说，与注重抒情写景的六朝骈文相较，秦汉古文和唐宋古文之同超过了两者之异，二者在注重说理、叙事方面是相当一致的。于慎行《宗伯冯先生文集叙》指出：

> 近世名家辈出，非先秦西京，口不得谈，笔不得下，至土苴赵宋之言，目为卑浅，而眉山氏之家法亦曰姑舍是云。鄙人少而操缦，亦谓为然，久而思之，不也。盖先秦西京之文，化而后为眉山氏，眉山氏之文，化而后为弇州氏。眉山氏发秦汉之精蕴，化其体而为虚，弇州氏揽眉山之杼轴，化其材而为古，其变一也。世人不知，一以为赵宋，一以为先秦西京，徒皮相尔。（《谷城山馆文集》卷十二，《四库全书存目丛书》本）

于慎行并不是说宋代古文与先秦西汉古文如出一辙，而只是说，两者在精神气质上有一致之处。这样谈论二者的关系，是较为妥当的。在秦汉派与唐宋派的争执中，我们不难注意到，秦汉派鄙薄唐宋古文，而唐宋派并不鄙薄秦汉古文，唐宋派一再声明，他们的宗旨是经由唐宋古文这一阶梯臻于秦汉古文的境界。黄玺《陶庵集跋》明确地说："古文近代自以荆川、震川一派为学唐宋大家之津筏，以唐宋大家为学秦汉之津筏，而必经经纬史为之渊源。"唐宋派的态度比秦汉派平

---

① 李攀龙健在时，后七子在古文领域的被动处境即已成定局。王世贞《弇州四部稿》卷五十七《赠李于鳞序》云："海内称文章家不相下，更龂龁胜已者，此其常云。日吾之使而南也，于鳞辱之言，计于鳞所许，亡过北地李生矣，其次为仲默，又次昌穀，而其微词多讥切某郡某郡二君子。二君子固蠖伏林野，其声方握柄，所褒诛足浮沉天下士。而其徒某某诸贵人，日相与尊明其道，引绳批根，生平慕之后弃之者，一旦睹于鳞所非是，宁不侧目怪，且指詈哉！……二君子之声固已中人膏肓而易其视听，将无难于鳞哉！……夫于鳞之不胜二君子固当。"所谓"二君子"者，即唐顺之、王慎中是也。

和一些。①

其二，秦汉派以先秦西汉的古文为宗，致力于文辞的经营。但先秦西汉的古文，其最受后人钦重的还是其见地的深刻而非文辞，秦汉派将文辞放在第一位，甚至说“视古修辞，宁失诸理”，不免有买椟还珠之嫌。唐顺之《荆川先生文集》卷七《答茅鹿门知县》说：

> 两汉而下，文之不如古者，岂其所谓绳墨转折之精之不尽如哉？秦汉以前，儒家者有儒家本色，至如老庄家有老庄本色，纵横家有纵横本色，名家、墨家、阴阳家皆有本色。虽其为术也驳，而莫不皆有一段千古不可磨灭之见。是以老家必不肯剿儒家之说，纵横必不肯借墨家之谈，各自其本色而鸣之为言。其所言者，其本色也。是以精光注焉，而其言遂不泯于世。唐宋而下，文人莫不语性命，谈治道，满纸炫然，一切自托于儒家。然非其涵养畜（蓄）聚之素，非真有一段千古不可磨灭之见，而影响剿说，盖头窃尾，如贫人借富人之衣，庄农作大贾之饰，极力装做，丑态尽露。是以精光枵焉，而其言遂不久湮废。然则秦汉而上，虽其老、墨、名、法、杂家之说而犹传，今诸子之书是也；唐宋而下，虽其一切语性命、谈治道之说而亦不传，欧阳永叔所见唐四库书目而不存一焉者是也。后之文人，欲以立言为不朽计

① 有一个现象非常有趣，即：秦汉派和唐宋派所确定的古文统系，给人同源异流之感。唐宋派的中坚茅坤在《白华楼续稿》卷二《与慎山泉侍御论文书》（《四库全书存目丛书》本）中说：“本朝诗声自弘治、正德以来，度越宋元，直逼唐风矣。文章一派，犹未得其至者。仆尝作一《文旨》以贻许海岳、沈虹台二太史，大略以为：文必溯六艺之深，而折衷于道，斯则天下者之正统也。其间雄才侠气，姗韩、欧，骂苏、曾，而不能本之乎六艺者，草莽偏陲，项羽、曹操以下是也。”七子派的传人陈子龙则在《鸿宝应本序》中说：“夫文之统系，俶哉五经。五经之中，惟《易》、《礼》、《春秋》道专体一，为圣贤之著书，后世子史二部，凡成一家之言者，皆源之。”一个说“六艺”，一个说“五经”，出发点虽不同，终点却是一致的。这表明，秦汉古文和唐宋古文在学理上并不是截然对立的。

者，可以知所用心矣。

唐顺之以见识的高下来确定文章的高下，这一说法与论说文的本性是吻合的。“一切文章的功用，原为传达作者的思想、情感或记述一种事物的，易言之，文章的真价值乃在记载作者的意旨，即‘文以载道’是已。不过普通‘文以载道’中的所谓‘道’，仅是道学家心目中的圣人之道，是一种狭义的诠释，若依今日文章用途的广泛来说，‘道’的范围应该加以无限的扩充，不论其为论理、记事、抒情抑或写景的文章，其所包含着的理、事、情、景均为这篇文章中所欲说明的‘道’，而这些‘道’便依赖了这文章而得流传下来。故而，在宣示这个‘道’的时候，如何使得读者对于我所说的话引起共鸣的作用，那便成为写文章时值得考虑的一个问题。”① 作为唐宋派的代表作家和理论家，唐顺之否定“唐宋而下”“一切语性命、谈治道之说”，其实是否定了部分理学家自占地步、自高身份的陈词滥调，希望以“千古不可磨灭之见”取代陈陈相因的“道”。其立论是周全有力的。他以这种周全有力的立论来反对一味注重文辞，雄辩而难以抗拒。

黄宗羲《明文案序》(下)，抨击前后七子，语气尤为严厉：

有明文章正宗，盖未尝一日而亡也。自宋（濂）方（孝孺）以后东里（杨士奇）春雨（解缙）继之，一时庙堂之上，皆质有其文，景泰、天顺稍衰，成弘之际，西涯雄长于北，匏庵、震泽发明于南，从之者多有师承……

自空同出，突如以起衰救弊为己任，汝南何大复友而应之，其说大行。夫唐承徐庾之汩没，故昌黎以六经之文变之，宋承西昆之陷溺，故庐陵以昌黎之文变之，当空同之时，韩欧之道如日中天，人方企仰之不暇，而空同矫为秦汉之说，凭陵韩欧，是以旁出唐子，窜居正统，适以衰之弊之也。其后王李嗣兴，持论益甚，招徕天下，靡然而为黄茅白苇之习，曰：古文之法亡于韩。

① 蒋伯潜、蒋祖怡：《骈文与散文》，2页，上海，上海书店出版社，1997。

> 又曰：不读唐以后书。则古今之书去其三之二矣。又曰：视古修辞，宁失诸理。六经所言惟理，抑亦可以尽去乎？百年人士染公超之雾而死者，大概便其不学耳。①

黄宗羲断言："六经所言惟理"，秦汉派"视古修辞，宁失诸理"，南辕北辙，统系选择与审美祈向背道而驰。黄宗羲虽对秦汉派缺乏"了解之同情"，但从理论的辨析来看，他的断言是合乎逻辑的。②

其三，身为明代作者，而致力于模拟先秦西汉古文的语言风格，一是不可能出神入化，二是不合时宜。唐顺之《荆川先生文集》卷十《〈董仲峰侍郎文集〉序》云：

> 汉以前之文，未尝无法，而未尝有法，法寓于无法之中，故其为法也，密而不可窥。唐与近代之文，不能无法，而能毫厘不失乎法，以有法为法，故其为法也严而不可犯。密则疑于无所谓

① 黄宗羲：《黄梨洲文集》，388页，北京，中华书局，1959。

② 有一个现象应当提请读者予以关注，即：秦汉派注重文辞，虽以秦汉古文为统系，但其审美祈向实与六朝骈文相通，秦汉派的相当一部分成员青睐六朝骈文，乃是顺理成章的事情。晚明李维桢是一例。其《大泌山房集》卷十一《来禽馆集序》（《四库全书存目丛书》本）说："今所在文章之士皆高谈两京、薄视六朝，而不知六朝故不易为也。名家之论六朝者曰：藻艳之中，有抑扬顿挫，语虽合璧，意若贯珠，非书穷五车，笔含万化，未足语此。又曰：文考灵光，简栖头陀，令韩柳授觚，必至夺色。某有六朝之才而无其学，某有六朝之学而无其才，才学具而后为六朝，非修习日久，实见得是，宁知其然？"明末陈子龙又是一例。艾南英《答陈人中论文书》说："从友人处得见足下所为《悄心赋》，乃始笑足下向往如是邪？此文乃昭明选体中之至卑至陋，欧曾大家所视为臭恶而力排之者。不佞十五六岁时颇读《昭明文选》，能效其句字。二十岁后，每读少作，便觉羞愧汗颜。而足下乃斤斤师法之，此犹蛆之含粪以为香美耳。故张口骂欧曾，骂宋景濂，骂震川、荆川。足下所宝持如是，不足怪也。"（《明文授读》卷二十二，《四库全书存目丛书》本）比之黄宗羲，艾南英对秦汉派注重文辞的审美祈向有更清醒的认识，他批评陈子龙钟情于六朝骈文，有助于我们了解秦汉派的艺术追求。而秦汉派统系建构与审美祈向的不一致亦由此可见。

法，严则疑于有法而可窥，然而文之必有法，出乎自然而不可易者，则不容异也。且夫不能有法，而何以议于无法？有人焉见夫汉以前之文，疑于无法，而以为果无法也，于是率然而出之，决裂以为体，饾饤以为词，尽去自古以来开阖首尾经纬错综之法，而别为一种臃肿窘涩浮荡之文。其气离而不属，其声离而不节，其意卑，其语涩，以为秦与汉之文如是也，岂不犹腐木湿鼓之音，而且诧曰：吾之乐合乎神。呜呼！今之言秦与汉者纷纷是矣，知其果秦乎汉乎否也？

方孝岳《中国散文概论》曾指出一个事实：先秦两汉的散文"力顾本位"，而唐、宋八大家则回避本位。此说本于刘熙载《艺概》卷一《文概》："文有本位。孟子于本位毅然不避，至昌黎则渐避本位矣。永叔则避之更甚矣。凡避本位易窈眇，亦易选懦。文至永叔以后，方以避本位为独得之传，盖亦颇矣。"①"力顾本位"，其特征是将本人的见地说透，从正面阐发，而对章法之类，则顺其自然，并未格外留心。"回避本位"，则心目所注，不在见地本身，而在文章的风神情韵，如此措手，章法昭然。所以唐顺之说，"汉以前之文，未尝无法，而未尝有法，法寓于无法之中"；"唐与近代之文"，"以有法为法"，"其为法也严而不可犯"。他由此得到的结论是：倘要论经营文辞之"法"，理当从唐宋入手；高谈秦汉，必然不得其门，因为秦汉古文并无经营文辞的技法，如果要亦步亦趋地仿效，只能写出佶屈聱牙之文。②

---

① 刘熙载：《艺概》，47页，上海，上海古籍出版社，1978。

② 《四库全书总目》卷一七二《遵岩集》提要指出："正、嘉之际，北地、信阳声华藉甚，教天下无读唐以后书。然七子之学，得于诗者较深，得于文者颇浅。故其诗能自成家，而古文则钩章棘句，剽袭秦汉之面貌，遂成伪体。"又卷一八九《文编》提要："自正、嘉以后，北地、信阳声价，奔走一世。太仓、历下，流派弥长。而日久论定，言古文者终以顺之及归有光、王慎中三家为归。岂非以学七子者画虎不成反类狗，学三家者刻鹄不成尚类鹜耶？"四库馆臣的批评有助于我们理解秦汉派的失误。

以上我们从三个方面探讨了秦汉派失利的原因，归结为一点，关键在于统系选择与审美祈向的错位①。比较而言，唐宋派的统系选择与审美祈向吻合的程度略高，但也同样存在问题。比如，以“理”作为古文的核心，所导致的直接后果之一是理学家（含心学家）成为古文作者的主体。且看潘耒《明文英华序》所列举的一份明代古文代表作家名单：

> 窃谓明代名家，如宋金华之浑厚，方逊志之英爽，吴匏庵之淳深，王文成之明达，唐荆川之纡徐，归震川之简洁，钱牧斋之雄博，黄陶庵之坚凝，是皆天地元气，其专集行世，炳然与日星争光，固不待选以传，此可以选可以无选者也。至于洪永以降，成弘以前，人崇实学，为文多有矩矱，而刻集不广，日就湮没，其仅存者虽不甚著名之家，单篇只简，亦多可观，此必藉选而后传者也。嘉隆以后，摹仿蹈袭之风盛行，钜公闻人，辄有文集，汗牛充栋，大半芜秽，间有名篇杰作，如珠汩泥，如兰没草，其不同归覆瓿者几希。此非选必不传者也。（《明文英华》卷首，《四库禁毁书丛刊》本）

① 这种错位所导致的后果是，秦汉派古文的成就不足以压倒唐宋派。就前七子而言，如王世贞《弇州四部稿》卷五十七《赠于鳞序》所说：“仲默（指何景明）沾沾，气弗克充志，所长诗耳。昌穀（指徐祯卿）修靡丽弱，不习古文辞。北地生（指李梦阳）习古文辞而自张大，语错出不雅驯。”足见前七子的古文成就有限。就后七子而言，除王世贞的古文足称大家外，其他几位不足称道。袁宗道《白苏斋类稿》卷一六《答陶石篑》云：“三四年前，太函新刻至燕肆，几成滞货。弟尝检一部付贾人换书，贾人笑曰：‘不辞领去，奈无买主何。’可见模拟文字，正如书画赝本，决难行世，正不待中郎之喃喃也。弇州才却大，第不奈头领牵掣，不容不入他行市，然自家本色，时时露出，毕竟不是历下一流人。”袁宗道：《白苏斋类稿》，499～501页，台北，台北伟文图书出版有限公司，1976。2001年，苏州大学出版社出版了由钱仲联主编的《明清八大家文选丛书》，所选八家为：刘基、归有光、王世贞、顾炎武、姚鼐、张惠言、龚自珍、曾国藩。于明代不选宋濂、唐顺之等人，而选刘基、王世贞等人，其别裁颇耐人寻味。

除了归有光和钱谦益之外，几乎全部是理学家或心学家，或准理学家（准心学家）。也许有人对唐顺之的理学家（或心学家）身份提出怀疑，但大可不必。《明儒学案》卷二十六《南中王门学案二》即专列《襄文唐荆川先生顺之》一目。能够进入《明儒学案》，这是对唐顺之身份的明确认定。退一步说，称之为准理学家（准心学家）亦可。① 理学家或准理学家成为古文作者的主体，其情形与南宋和元代相仿，又进入了理学“流而为文”的新一轮回。这样的轮回是很难令读者振奋的。徐乾学《重刻震川先生全集序》指出：

太仆之文，宗伯论之详矣。然宗伯恶夫裨贩剽贼、掇拾涂泽之流，而余独谓夫文章之递变，非一世之积也。宋之推经术者，惟曾南丰氏，然以较于程、朱之旨，不侔矣。南渡后，诸儒之说盛行，于是学者莫不拟之而后言，随其所见之分量浅深大小以发之于文，则莫不有所合。自南宋历元，以及于明之初年，其所称大儒之文皆是也。然至其风格茶萎，益颓而为老生学究之习，若是者虽大儒不免也。负才者思有以易之而不得其说，则不难一切抹杀理学之绪言，反而求之秦、汉以上。虚气浮响，杂然并作，至欲远驾于古之作者。夫天下岂有离理而可以为文者哉？故文之病而几至于亡者，亦相习而相矫以然也。太仆少得传于魏庄渠先

① 《四库全书总目》卷一七二《荆川集》提要曰：“顺之学问渊博，留心经济。自天文、地理、乐律、兵法以至勾股、壬奇之术，无不精研，深欲以功名见于世。虽晚年再出，当御倭之任，不能大有所树立，其究也仍以文章传。然考索既深，议论具有根柢，终非井田封建之游谈。其文章法度，具见《文编》一书。所录上自秦汉以来，而大抵从唐宋门庭沿溯以入。故于秦汉之文，不似李梦阳之割剥字句，描摹面貌。于唐宋之文，亦不似茅坤之比拟间架，掉弄机锋。在有明中叶，屹然为一大宗。至其末年遁而讲学，文格稍变。集中如《与王慎中书》云：近来将四十年前伎俩，头头放舍；四十年前见解，种种抹杀，始得见些影子云云。则薰蒸语录，与之俱化，分别观之可矣。”四库馆臣表示要将“遁而讲学”的唐顺之与讲学前的唐顺之“分别观之”，似乎二者之间并无内在联系，看问题不免简单了些。实际上，由仿效唐宋古文出发，进而发展到热心于讲学，其重“理”的特征日渐鲜明，二者之间的逻辑关联是自然而紧密的。

生之门，授经安亭之上。其言深以时之讲道标榜者为非。至所论文，则独推太史公为不可及。尝自谓得其神于二千余年之上，而与世之摹拟形似者异趋。故余谓文至太仆，始称复古。非太仆而言文者，明中叶之病于剽窃者也。由明初以溯之宋、元以前之文，其不为剽窃而犹未尽乎文之极致者，时代压之，风格茶萎者是也。欲知太仆之文，必合前后作者而观之，则文章之变尽此矣。①

“自南宋历元”，这是理学“流而为文”的时期，弊病是“风格茶萎”；“负才者”指李梦阳、何景明等秦汉派代表作家，弊病是“虚气浮响，杂然并作”。归有光鉴于二者之失，兼收其长而去其短，一方面以“理”为文骨，另一方面又致力于克服“风格茶萎”之弊。归有光成为“明文第一”，不是没有缘由的。这同时提醒我们，以唐顺之、王慎中、茅坤为代表的唐宋派，不免理学“流而为文”之嫌，其成就不及归有光，这是重要原因之一。在秦汉派与唐宋派之间，归有光与唐宋派的立场较为接近是一个不争的事实，但他反对“讲道标榜”，反对“语录”、“讲学”之习，与唐宋派的差异亦显而易见，不容忽视。②

五　清代乾嘉时期的文统之争

文统之争，在清代呈现出更加令人眼花缭乱的景观。

清代诗坛有神韵派、格调派、性灵派、肌理派之争，清代词坛有

① 归有光：《震川先生集》，5页，上海，上海古籍出版社，1981。

② 参见章培恒《茅坤研究·序》：被学术界视为唐宋派“最大的代表的，是唐顺之、茅坤、归有光。其实，归有光在当时并不属于这个圈子”。张梦新：《茅坤研究》，1页，北京，中华书局，2001。又赵伯陶《归有光文选·前言》：“在文学史上，归有光与唐顺之、王慎中、茅坤等人同被划入唐宋派的营垒，然而若仔细考察归有光的文风，与后三人还是有区别的。”赵伯陶：《归有光文选》，3页，苏州，苏州大学出版社，2001。

阳羡词派、浙西词派、常州词派之争，与之对应，清代文章领域的汉学派、史学派、桐城派、骈文派之争亦颇为壮观。乾嘉年间，戴震、章学诚、姚鼐、阮元等纷起为某一类“文”争正宗地位，一方面表明对文章美感特征的界定尚存争议，另一方面也是特定作者群不同文化宗旨的体现。

乾嘉汉学的极盛标志着一个重知识而轻思想的时代。这样一种时代风气，既与政治生活氛围有关，也与思想文化自身发展的逻辑吻合。在偏重思想的16世纪，已经出现了博学的杨慎。17世纪的顾炎武等，虽为哲学家，却同时以博学见长。但是，应该指出，以知识吞并思想，毕竟是乾嘉时期的时代特征。文章领域的汉学派、诗坛的肌理派、小说创作中的“以小说见才学”等，俱见祈向所在。纪晓岚和他主编的《四库全书总目提要》，经常以调侃的语气提到明人的理论兴趣，此中意味亦颇为深长。乾嘉汉学包括两大流派，一曰吴派，以惠栋为开山祖师；一曰皖派，以戴震为开山祖师。两派的治学风格有所不同，但都注重名物、制度的训释，其治学方法与汉代的郑玄等经学家相同而与宋代注重体系建构的朱熹等理学家迥异。根据这一特点，人们顺理成章地称这些擅长考据的学者为汉学派。严格地说，汉学只是一个学术流派，不应与文学世界瓜葛太深。但是，这里有几点值得注意：其一，中国古代文章范围的划分一向存在争议，不仅骈文作家、古文作家在谁为主导一事上相持不下，哲学家、考据学者也时以文章作者自居。其二，当汉学派已毫无疑义地称雄于学界后，他们的雄心进一步膨胀。他们不满足于以知识吞并思想，还热心于以知识吞并辞章。从这样的角度看，汉学派试图在文章领域争霸是乾嘉年间考据学臻于鼎盛时一桩具有标志性意义的事件。戴震《与方希原书》可视为汉学派的文章宣言：

> 古今学问之途，其大致有三：或事于义理，或事于制数，或事于文章。事于文章者，等而末者也……①

① 戴震：《戴震集》，189页，上海，上海古籍出版社，1980。

南宋朱熹、吕祖谦合撰之《近思录》卷二引程颐语云："古之学者一，今之学者三，异端不与焉。一曰文章之学，二曰训诂之学，三曰儒者之学。欲学道，舍儒者之学不可。""训诂之学"属于"事于制数"的考证，"儒者之学"即"事于义理"，"文章之学"即"事于文章"。戴震对"古今学问"的分类略同于程颐，但褒贬显然不同。程颐视"儒者之学"为最高等级，而戴震虽然承认义理（思想）是"考核、文章二者之源"（见段玉裁《戴东原先生年谱》），却又强调：探求义理的可靠途径是实证，"巨细毕究，本末兼察"（《与姚孝廉姬传书》），并批评理学家忽视训诂，凿空立论，"是犹渡江河而弃舟楫，欲登高而无阶梯"（见段玉裁《戴东原先生年谱》）。① 至于斥"事于文章"的古文为"等而末者"，则因为在他看来古文家对"义理"的阐发不及宋儒，对"制数"的考订不及汉儒，"大本"不立，不值得推重。他是将学术性放在第一位的。钱大昕、段玉裁更明确地提出以文献学为学问之"本"，即以考据为文章本体。如段玉裁《戴东原集序》说：

> 玉裁窃以谓义理文章未有不由考核而得者……先生之治经，凡故训、音声、算数、天文、地理、制度、名物、人事之善恶是非以及阴阳气化、道德性命，莫不究乎其实。盖由考核以通乎性与天道。既通乎性与天道矣，而考核益精，文章益盛，用则施政利民，舍则垂世立教而无弊。浅者乃求先生于一名一物一字一句之间，惑矣。②

段玉裁所阐发的是一种治学理论，也是一种特殊类型的文章理论。"义理文章未有不由考核而得者"，其实就是以考据为文章之"本"。事实上，以考据为门径，难以臻于"文章益盛"之境，甚至于文章

---

① 戴震：《戴震集》附录，455 页，上海，上海古籍出版社，1980。

② 戴震：《戴震集》附录，452 页，上海，上海古籍出版社，1980。

有碍。①由于汉学家注重考据，他们对汉儒的文章格外推崇，而对六朝骈文和唐宋八大家的古文并不看重，其结果，如刘师培《论近世文学之变迁》所说，汉学家所造成的后果是增强文章的学术性，而减弱了文章的文学意味。汉学派视考据文为文章正宗，试图以考据学家主盟“文”坛，这种妄自尊大的盟主意识乃特殊时代的学术氛围使然。

与汉学派抗争的一支是史学派，代表人物为章学诚。乾嘉考据学风盛行，能不受其牢笼者极少。据我所知，有两位格外值得表彰。一位是性灵诗人袁枚，另一位便是浙东学派的史学大师章学诚。时人多热心于“考订名物”、“小学音画”，他则独立于风气之外，大量撰写综合性的史论，必欲自成一家言。何以要为举世所不为呢？无非因为他在综合性的史论方面确有心得。章学诚注重的是创见而非博学。

乾嘉时期的理学家、汉学家与古文家之争，其分歧一目了然。理学家以义理为中心，汉学家以考据为中心，古文家以辞章为中心。其中汉学家声势最大。他们的策略是倚仗儒家经典。汉学家以儒家经典

---

① 晚清何绍基《与汪菊士论诗》（《东洲草堂文抄》卷五）指出：“考据之学，往往于文笔有妨，因不从道理识见上用心，而徒务钩稽琐碎，索前人瘢垢，用心既隘且刻，则圣贤真意不出，自家灵光亦闭矣。故读经不可不考据，而门径宜自审处。”（据郭绍虞主编：《中国历代文论选》第四册，37页，上海，上海古籍出版社，1980。）刘师培《论近世文学之变迁》在指出语录之作不算文章的同时，也指出考据之作亦非文章：“至宋儒立‘义理’之名，然后以语录为文，而词多鄙倍……至近儒以‘考据’为名，然后以注疏为文，而文无性灵。夫以语录为文，可宜于口，而不可笔之于书，以其多方言俚语也；以注疏为文，可笔于书，而不可宣之于口，以其无抗坠抑扬也。综此二派，咸不可目之为文……乃近世以来，学派有二：一曰宋学，一曰汉学。治宋学者，从语录入门；治汉学者，从注疏入门。由是以语录为文，以注疏为文，及其编辑文集也，则义理考订之作，均列入集部之中，目之为文。学者互相因袭，以为文能如是，是亦以足，不复措意于文词，由是学日进而文日退……故近世之学人，其对于词章也，所持之说有二：一曰鄙词章为小道，视为雕虫小技，薄而不为；一曰以考证有妨于词章，为学日益，则为文日损。（如袁枚之箴孙星衍是）是文学之衰，不仅衰于科举之业也，且由于实学之昌明。”（刘师培：《刘师培中古文学论集》，270～272页，北京，中国社会科学出版社，1997。）何绍基、刘师培的断语，并未厚诬汉学派诸人。

为训释对象，所以又是经学家。所谓由训诂而求义理，即将汉学与经学融为一体。章学诚锋芒所向，直指经学家或汉学家。其核心论点即“六经皆史”，意在否定六经对时代和社会具体处境的超越性，否定六经的特殊经典地位。“六经皆史”的命题，并非章学诚首次提出，明代的王阳明（《传习录》上）、王世贞（《弇州四部稿》卷一四四）、李贽（《焚书》卷五《经史相为表里篇》）等已有类似的说法。但章学诚在新的历史条件下重提这一命题，一方面使之更具系统性，另一方面也赋予了它有着特殊针对性的理论蕴含。简洁地说，章学诚旨在强调具体的“事”比抽象的“理”更值得关注。“古人不著书，古人未尝离事而言理，六经皆先王之政典也。”（《文史通义》内篇一《易教》上）① “夫子之述《六经》，皆取先王典章，未尝离事而著理。”（《文史通义》内篇一《经解》中）②将六经视为历史著作，这就使汉学家（经学家）失去了夸口的资本，“由考核以通乎性与天道”的标榜不再具有说服力和震慑读者的效果。

章学诚在与汉学派对垒的同时也和桐城派存在巨大分歧。古文本有议论和叙事二体，但古文家对叙事几乎不约而同地采取了半回避的态度。何以回避呢？大约是因为修史向来被认为非文人之能事，同时，小传统中的叙事文学如传奇小说的发皇又使叙事之作易与小说结缘，所以，正宗古文家往往偏重义理而较为忽略“事”，韩愈视古文为载道之文，姚鼐在古文三要素中给了“义理”一席之地而未给“事”安排位置，都足以见出这一症候。与这种轻“事”而重“理”的倾向形成对照，章学诚倡论“六经皆史”，重“事”而轻“理”，认定史家之文才是古文正宗。他指出：

> 古文必推叙事，叙事实出史学。其源本于《春秋》“比事属辞”，《左》、《史》、班、陈，家学渊源，甚于汉廷经师之授受……而昌黎之于史学，实无所解，即其叙事之文，亦出辞章之

① 章学诚著，叶瑛校注：《文史通义校注》，1页，北京，中华书局，1994。
② 章学诚著，叶瑛校注：《文史通义校注》，102页，北京，中华书局，1994。

善，而非有“比事属辞”、“心知其意”之遗法也。其列叙古人，若屈、孟、马、扬之流，直以太史百三十篇与相如、扬雄辞赋同观，以至规矩方圆如孟坚，卓识别裁如承祚，而不屑一顾盼焉，安可以言史学哉……然则推《春秋》“比事属辞”之教，虽谓古文由昌黎而衰，未为不可。(《上朱大司马论文》)①

左丘明古文之祖也，司马因之而极其变，班、陈以降，真古文辞之大宗。至六朝，古文中断。韩子文起八代之衰，而古文失传亦始韩子。盖韩子之学宗经而不宗史，经之流变必入于史，又韩子之所未喻也。近世文宗八家，以为正轨，而八家莫不步趋韩子。虽欧阳手修《唐书》与《五代史》，其实不脱学究《春秋》与《文选》史论习气，而于《春秋》、马、班诸家相传所谓比事属辞宗旨，则概未有闻也。八家且然，况他人远不八家若乎！(《与汪龙庄书》)②

中国古代本有“文人不能修史”的说法。唐刘知几在《史通》卷九《核才》中举例说：“以张衡之文，而不闲于史；以陈寿之史，而不习于文。其有赋述《两都》、诗裁《八咏》而能编次汉册，勒成宋典，若斯人者，其流几何?”文人修史，往往在史传中逞弄文人习气，“虚加练饰，轻事雕彩；或体兼赋颂，词类俳优”(《史通》卷六《叙事下》)，造成文不像文、史不像史的弊端。表面看来，刘知几“文人不能修史”的命题与章学诚一致，但实际上大有区别。刘知几所说的“文人”，主要是骈文作者；章学诚所批评的“八家”，则是通常意义上的古文作者。骈文作者修史，缺点是“轻事雕彩”、“体兼赋颂”，追求一种辞藻宏丽、情灵摇荡的效果。“八家”之作则名为古文，实短于叙事；即使偶有叙事之作，也不免沾染辞章习气，并非“本于《春秋》”的古文。章学诚还指出：就义理、学问、文辞三者的融合而言，史家也胜过韩、柳一脉的古文家：“史所贵者义也，

① 《章氏遗书·补遗》，北京，文物出版社覆吴兴嘉业堂刊本，1982。

② 《章氏遗书》卷九，北京，文物出版社覆吴兴嘉业堂刊本，1982。

而所具者事也，所凭者文也。孟子曰：‘其事则齐桓、晋文，其文则史，义则夫子自谓窃取之矣。’非识无以断其义，非才无以善其文，非学无以练其事，三者固各有所近也，其中固有似之而非者也。”（《文史通义》内篇三《史德》）①提倡以史为宗，主张用史来规范古文的写作，实际上是将唐宋八大家所忽视的叙事文抬到比议论文更高的位置上。重“事”而轻“义理”，或者更准确地说，希望经由对事实的描叙揭示出“义理”，这是史学派的基本特征。章学诚以此为依据建立了新的古文统系：上溯《左》、《史》、班、陈，而将韩、柳搁到一边。②

与汉学派、史学派鼎立的是桐城派。其古文统系脉络清晰：唐代

① 章学诚著，叶瑛校注：《文史通义校注》，219页，北京，中华书局，1994。

② 明代的何景明曾在《与李空同论诗书》中说：“夫文靡于隋，韩力振之，然古文之法亡于韩；诗弱于陶，谢力振之，然古诗之法，亦亡于谢。”此论颇遭非议，而站在章学诚的立场看，何氏之说堪称真知灼见。因为，韩愈“宗经而不宗史”，于史学实无所解，而“古文必推叙事，叙事实出史学”，韩愈古文算不得正宗古文。史学派的古文统系大别于桐城派。又，在章学诚之前，方苞的朋友万斯同已有古文以史学为中心之论。他曾对方苞说：“史之难为久矣，非事信而言文，其传不显……子诚欲以古文为事，则愿一意于斯。”（见方苞《万季野墓表》，《方苞集》，333页，上海，上海古籍出版社，1983。）章学诚之后，晚清黎庶昌亦在“文以载道”的旗帜下高倡马、班之文，与之遥相呼应。其《答赵仲莹书》（《拙尊园丛稿》卷二）云：“惟独文章一事，余意以为尚留未尽之境以待后人。而因文见道之说，仆尤笃信不惑。何也？盖文以载道，周子固尝言之也。古之善为文，莫盛于司马迁、班固、韩愈、欧阳修。韩、欧之文，世颇以道归之矣，而马、班则未也。独苏明允称之曰：迁、固虽以辞胜，然亦兼道与法而有之，时得仲尼遗意焉。望溪方氏推尊子长，曾文正公则兼及班氏，谓其经世之典、六义之旨、文字之源、幽明之情状粲然大备，是岂逐世俗为毁誉哉！故仆近者妄有《古文辞类纂》之续，于《史》、《汉》所选独多，欲以踵姚氏义法后。阁下苟无意于文则已，苟有志于此，异日取吾书而读之，以求合乎桐城之法与宋儒者不悖之言，其于因文见道之说，将深造而有得也。夫道与文并至者，孔、孟是也，下此见道有浅深，言道有醇驳，而皆由文字悟人，则自汉、唐以来无或异也。”黎庶昌折中理学派和史学派的古文理论，欲纳入桐城派的框架中，表明桐城派理论本身具有折中性质，至少潜在地具有折中性质。

的韩、柳，宋代的欧、苏、王、曾，明代的唐宋派。桐城派以辞章为依凭①，自会将“文人之能事”摆在首位。它的第一任盟主方苞曾以“义法”论文。从顺序来看，方苞置“义”于“法”之前，似乎更重作品的义理，②其实，他心里看重的还是“法”，还是文体对写作的规定和限制。徐珂《散体文家之分派》云：“苞尝与宸英论行身祈向，曰：‘学行继程、朱之后，文章在韩、欧之间。’故其论文严于义法。今约举其大旨如下：（一）非阐道翼教，有关人伦风化，不苟作。（二）凡所涉笔，皆有六籍之精华。（三）不可入语录中语、魏晋六朝藻丽俳语、汉赋中板重字法、诗歌中隽语、《南北史》佻巧语。”③三点“大旨”中，第一点属于“义”，但视为“法”也未尝不可，因为这仍属制约古文题材选择的体裁规范。（二）、（三）两点更只能作为“法”来理解。朱自清对此有精到的阐释。他指出：“清桐城派尤重‘纯粹’，就是关于文字上的官名、地名要用当代（指涉及的人物所生活和事情所发生的时代的，而不用目前与之相当的名称。自唐韩愈后，有‘墓志铭’一体，常受人家润笔而有谀墓之文

---

① 梁启超《论中国学术思想变迁之大势·近世之学术》第二节《乾嘉间》（《饮冰室合集》第一册，北京，中华书局，1989。）说：“其时与惠戴学树敌者曰桐城派。方东树著《汉学商兑》，抨击不遗余力。其文辞斐然，论锋敏锐，所攻者间亦中症结。虽然，汉学固可议，顾桐城一派，非能议汉学之人，其学亦非惠戴敌，故往而辄败也。桐城派巨子，曰方望溪、姚姬传。方姚固文人，而自谓尸程朱之传，其实所自得者至浅薄。姬传与东原论学数抵牾，故经学家与文学家始交恶云。自宋欧阳庐陵有因文见道之说，厥后文士，往往自托于道学。平心论之，惠戴之学，与方姚之文，等无用也。而百年以往，国学史上之位置，方姚视惠戴何如哉。”在梁启超看来，桐城派在“义理”方面的造诣不高，方、姚只是以“辞章”见长的“文人”。

② 刘熙载即将“义”理解为“理”，其《艺概》卷一《文概》云：“长于理则言有物，长于法而言有序。”“文之尚理法者，不大胜亦不大败；尚才气者，非大胜则大败。”（刘熙载：《艺概》，41页，上海，上海古籍出版社，1978。）在刘熙载的表述中，“理”所取代的正是“义”。

③ 徐珂编：《清稗类钞选》（文学、艺术、戏剧、音乐），35页，北京，书目文献出版社，1984。

之称。墓志是一种历史，作者希望其文字能传下去，希望后人能得到他们那个时代的真实记载，在可能限度之内都希求真实。文人靠润笔来生活，故墓志铭成为古文中很重要的一体。桐城派为求在可能限度内真实，因此要纯粹，要用当代官名、地名。而文人本好古，要古色古香，因此常会在名物制度上用古名，特别于明代复古风气下为甚。清桐城派为明复古风之反动。他们继承归有光（其实也是韩愈）的文体，多多少少要采用口语，特别是在哀情一类文字上。在文体上更接近口语，在词汇上亦要不杂。方苞主张不入语录中语、骈文中丽语、汉赋中板重句法、诗歌中俊语、南北史中佻巧语、佛家语；姚鼐加上注疏语、尺牍语。他们认为，这样，才使文体纯粹。骈文、汉赋、诗歌、南北史中语都是骈文常用的，他们不用，乃使文体纯粹，而不知不觉地更接近口语。自宋以来常用佛家语，他们排斥，以为这是外国的。注疏语琐碎，不利落，故不入，因古文要简洁。尺牍语、语录语与口语更接近。桐城派虽要在文中加入口语成分，但有一定限度，不能失去古文面目。所以更近口语的就不要，是为了保存雅的风调。桐城派的口号是'雅洁'，要讲桐城义法。""他们采取这种态度，是因为受到时文（八股）影响，时文是要简洁的。这么一来，他们的文字无疑是纯粹简洁了，但太严谨了，有许多生活上的事就不能表现。这虽已是古文艺术成就之高峰，但其作用反而有不能达到的地方，所以，同时也就是往下坡走。文字应常加入新的词汇，才能达意，表现生活。"①

桐城派的第二任盟主刘大櫆将方苞潜在的重"法"意图明确地表达了出来。他在《论文偶记》中以"神为主"取代了"理为主"的习惯说法。②"理为主"，那是理学派的基本思想；"神为主"才真是桐城派的心得所在，且已偏于对一种韵味的感受，显然与诗论相通。桐城派以前，韵味论大体属于诗学的范畴，何以将之纳入古文理

① 刘晶雯整理：《朱自清中国文学批评研究讲义》，74～75页，天津，天津古籍出版社，2004。

② 《论文偶记》云："行文之道，神为主，气辅之。"见刘大櫆：《论文偶记》，3页，北京，人民文学出版社，1959。

论中来？我想这是受到理学派和史学派挤压的缘故。当“义理”和“事”这两个古文要素被理学派、史学派攫取之后，留给桐城派的便只有辞章了。以辞章为焦点，他论“神”、“气”、“势”，格外注重音节，并得到桐城派后学的纷纷赞同。按照通常的看法，语言有两种基本类型，一是讲述性语言，一是歌唱性语言。讲述性语言旨在表意，故较为朴实、明了，发音平缓，声调变化幅度不大；歌唱性语言旨在抒情，故注重声音的高下抑扬、轻重缓急、顿挫起伏，音调变化幅度大，同时以规则性的旋律一以贯之。身为古文作者的刘大櫆，他本应青睐讲述性语言，何以会对歌唱性语言一往情深呢？这与桐城派自方苞开始的注重“情辞”的传统有关。

“情辞”是与音乐性密不可分的。德国哲学家弗里德里希·施莱尔马赫（1768～1834）把语言的功能分为两种：音乐性的声音和逻辑性的意义。诗歌首先是声音，是“谐音的总体”，施莱尔马赫设想这种谐音类似音乐，是表现自我认识之流，“存在的内部多变性”，“内在心境的主观性”。同时诗歌又利用语言的意义，因为它迫使通常表现共相的语言代表殊相。诗人唤起一种殊相化的，全然单整的、明确的意象。诗歌因而是双重性的：它是造型性的，体现“形象的客观性”，又是音乐性的，体现内在心境。德国早期浪漫派的代表人物之一弗·威·约·谢林(1775～1854）的体裁理论也值得重视。他认为，在抒情诗中，有限——即主体，诗人的自我——占了上风。抒情诗是主观性最强、个性化最强的体裁，最有特殊性，在谢林的分类法里最接近于音乐，音乐也是表现主观感受的。比较而言，柯勒律治和雪莱的看法与刘大櫆的见解更为接近。雪莱对节奏在诗里的作用抱有强烈感受：和柯勒律治一样，他试图缩小韵律性的诗歌与节奏性的富于想象的散文之间的界限。柏拉图和培根依他看都是诗人，不仅是从诗人、哲人兼于一身这个广义来说，而且是从他们节奏性的语言和意象的角度来看。他的语言特性感极强，因此他否定译诗的可能性。①

---

① 参见雷纳·韦勒克：《近代文学批评史》，汉译本，第二册，96～97页，156～157页，370页，上海，上海译文出版社，1997。

曾国藩《复吴南屏》(《曾文正公全集》书札卷五)说:“姚惜抱氏谓诗文宜从声音证入,尝有取于大历及明七子之风。”明确揭示出桐城派古文理论与诗学的渊源关系。钱钟书《管锥编》第四册全宋文卷一五“文笔皆有声律”条则云:“散文虽不押韵脚,亦自有宫商清浊;后世论文愈精,遂注意及之,桐城家言所标‘因声求气’者是,张裕钊《濂亭文集》卷四《答吴至甫书》阐说颇详。刘大櫆《海峰文集》卷一《论文偶记》:‘音节者,神气之迹也,字句之矩也;神气不可见,于音节见之,音节无可准,以字句准之’;姚范《援鹑堂笔记》卷四四:‘朱子云:“韩昌黎、苏明允作文,敝一生之精力,皆从古人声响处学”;此真知文之深者’(《朱文公集》卷七四《沧州精舍谕学者》:‘老苏但为学古人说话声响,极为细事,乃肯用功如此’);吴汝纶《桐城吴先生全书·尺牍》卷一《答张廉卿》:‘承示姚氏论文,未能究极声音之道。……近世作者如方姚之徒,可谓能矣,顾诵之不能成声’;均指散文之音节,即别于‘文韵’之‘笔韵’矣。古罗马文家谓‘言词中隐伏歌调’,善于体会,亦言散文不废声音之道也。”① 钱氏以倡“破体”著称,故并不认为“声音之道”乃诗之专利。但毋庸置疑,桐城派注重“声音之道”的特征是明显的。而在我们看来,这一特征是受到诗学影响的结果。

桐城派的第三任盟主姚鼐在理论建构方面以提倡义理、考据、辞章的统一著称。强调义理,意在防御理学派;强调考证,意在防御汉学派;而强调辞章,实为桐城派的看家法宝。姚鼐指斥理学派之作“芜杂俚近,如语录而不文”,考证派之作“繁碎缴绕,而语不可了”(《述庵文钞序》),② 正是以桐城派之长形理学派、考证派之短。“文章”(或说“辞章”)是桐城派的关注焦点。

方苞论“义法”,目光所注实在“情辞”;刘大櫆论“文法”,目光所注实在“神”、“气”;姚鼐论辞章,目光注于何处?概括地说,姚鼐的关注重心是意境和风格。

---

① 钱钟书:《管锥编》,1278页,北京,中华书局,1979。
② 姚鼐:《惜抱轩全集》,46页,香港,广智书局,1959。

姚鼐所崇尚的意境是“风韵疏淡”。这显然受到其老师刘大櫆的影响。而刘、姚二氏又都取资于诗中的神韵说。故方宗诚《桐城文录序》云：“惜抱先生文，以神韵为宗，虽受文法于海峰、南青，而独有心得。”① 朱庭珍《筱园诗话》卷四也说：“近来古文，天下盛宗桐城一派。其持法最严，工于修饰字句，以清雅简净为主。大旨不外乎神韵之说，亦如王阮翁论诗，专主神韵，宗王、孟、韦、柳之意也。”② 而从具体的操作来看，“风韵疏淡”的特征之一是“每写一二无关系之事”。③ 方苞在理论上拘于“有关系”之说，在创作实践上便不免矜持一些；姚鼐则在理论和实践上同时摆脱了“有关系”之说的束缚，高揭“无关系”之帜，并以神韵说来消释古文作者对时政的热情。他的古文成就较高颇得益于此。

姚鼐标举风格，首先是针对乾嘉时期偏重考据的风尚而言的。考据家的通病是无识，对风格缺少领悟能力即其症候之一。故姚鼐《尚书辨伪序》虽肯定考证以确凿的证据说话，“利以应敌，使护之者若不能出一辞”，但又强调，“然使学者意会神得，觉犁然当乎人心者，反更在义理、文章之事也”。④风格在一定的场合比证据更重要。

无论是风格论还是意境论，都属于审美范畴。姚鼐以风格和意境为支柱来构建其古文理论体系，表明他刻意与理学派和考据派划清界限，以凸显其“文人”风范。魏晋南北朝时期的“文”，主要包括抒情诗和一部分以抒情写景为主旨的骈文，据萧绎《金楼子·立言》

① 舒芜等编：《中国近代文论选》，96 页，北京，人民文学出版社，1959。

② 郭绍虞编选：《清诗话续编》，2412 页，上海，上海古籍出版社，1983。还可参看施补华《复陈子余论韩文书》（《泽雅堂文集》卷二）：“桐城自方灵皋以下皆知推重退之，然桐城一派实导源于欧、曾，托之退之以取重耳，其笔其气其词固不类也。魏冰叔有言：韩公是山分文字，峰峦峻峭，欧公是水分文字，波澜动宕。为持论最平。”韩愈古文风格雄健，欧、曾之作却以风神淡远见长，与神韵相通。

③ 关于“有关系”与“无关系”的内涵，参见拙著：《文言小说审美发展史》，183 页，武汉，武汉大学出版社，2002。

④ 姚鼐：《惜抱轩全集》，193 页，香港，广智书局，1959。

的描述，其特征有三：一是“流连哀思”、“情灵摇荡”，具有浓郁的抒情色彩和强烈的感染力；二是“绮縠纷披”，讲求藻饰、辞采；三是“宫徵靡曼，唇吻遒会”，即声律和谐。比照魏晋南北朝对纯文学（“文”）美感特征的这种认识，我们发现，桐城派（尤其是刘大櫆、姚鼐）的宗旨是视古文为纯文学，所以他们讲求“情辞”、音节、神韵、风格，即不仅与学术著作（指理学派、考据派的作品）划清界限，而且与杂文学（如史学派的作品）划清界限。① 姚鼐钟情于“文人”风范，实即以纯文学作家自期和自许。

然而，正是在古文有无资格算“文”（纯文学）的问题上，桐城派遇到了来自骈文派的强有力挑战。

自从唐代的韩、柳确立古文在文章领域的正宗地位以来，骈文一直处于弱势状态。随着清代朴学的兴起，知识阶层的古典文化素养日渐提高，以驱遣典实、藻采绚烂为特征的骈文获得了广阔的发展空间。陈维崧、毛奇龄、胡天游、汪中、邵齐焘、孔广森、洪亮吉、孙星衍、彭兆荪等皆为清代的骈文名家。在这种背景下，骈文家欲与古文家争纯文学正宗，便是一桩自然不过的事了。②

---

① 朱自清对桐城派重抒情的特征有清醒认识：“自明归有光起，人多学八家文。归善述哀，多作墓志铭。因此，至清姚鼐就特别提倡以古文表情，对声调、虚字（表语气）特别重视。他们是成功的，有新的发展。本来，骈文重表情，而桐城派以古文表情，有情韵，成功。清，学问在汉学与宋学，这两派都不讲情，而只重理。但人是有情的，要发抒情感。所以，桐城诸子向表情方面发展，是有其背景的。”“韩愈要语言性，不太重音乐性，又重理。而桐城派则既重音乐性，又重表情，特别以表哀情见长。”“桐城派的人重声调调和，而著书立说的人重意不重声。”见刘晶雯整理：《朱自清中国文学批评研究讲义》，104页、70页、72页，天津，天津古籍出版社，2004。

② 蒋伯潜、蒋祖怡：《骈文与散文》说：“文体之中，有‘文’的本义的，只有后世的骈文，它有着排比藻饰的字句、叶协宫商的声调，而散文虽以单行的文辞，有随意发挥的自由，但它也着重于声调的抑扬和文字的情采的，不过不及骈文那么专重罢了。”3页，上海，上海书店出版社，1997。骈文在六朝时已是正宗的纯文学，清代骈文家与古文家争正宗，站在他们自己的角度看，乃是名正言顺的事。

早在清初，陈维崧即在《诗选序》中为骈文家受歧视鸣不平。在他提到的几部名著中，《庄子》是子书的代表，《离骚》是抒情诗的代表，《史记》、《汉书》是史书的代表。陈维崧以庾信的骈文名作与之并列，表明了将《哀江南赋》等视为经典的态度。他没有贬抑古文，但如此推重骈文已足以显示出骈文家的自信。不久，毛际可作《陈其年文集序》，热情洋溢地称道陈维崧的骈文说："言情则歌泣忽生，叙事则本末皆见；至于路尽思穷，忽开一境，如凿山，如坠壑，如惊兕乍起，鸷鸟复击，而神龙夭矫于雨雹交集之中。"二十四年后，毛际可又作《汪蓉洲骈体序》，致力于把握骈文的基本美感特征，即"遥情远致"，"言情则歌泣忽生"；神秀骨清，而又灏气盎然。这样的描述，都是暗指着古文的不足说的，虽然并未明确向古文叫板。袁枚《胡稚威骈体文序》（《小仓山房文集》卷十一）则公然将骈文和古文放在一起比较：

> 散行可蹈空，而骈文必徵典；骈文废则悦学者少，为文者多，文乃日敝。①

"散行"指古文。写骈文必须铺排典实，没有"满腔书卷"便不能胜任，这有助于克服空疏不学、陈陈相因之弊。袁枚傲然宣称，这是骈文胜过古文之处。其《答友人论文第二书》（《小仓山房文集》卷十九）②驳"散文多适用，骈体多无用，《文选》不足学"之论，辞气酣畅淋漓。古文家所赖以自高身价的理由是古文乃"载道"之文，"有关系"，"有用"，而袁枚一针见血地指出：（一）"文之佳恶，实不系乎有用与无用也。"（二）所谓"明道"或"文以载道"云云，"直是文章家习气如此"，不过是为了"挟持以占地步"而已。这样说来，以藻采面向读者的骈文是胜过名为"明道"而实陈陈相因的古文的。袁枚之外，李兆洛编《骈体文抄》，意在取代桐城派的《古

---

① 袁枚：《袁枚全集》第二册，198页，南京，江苏古籍出版社，1993。

② 袁枚：《袁枚全集》第二册，322页，南京，江苏古籍出版社，1993。

文辞类纂》；其《骈体文抄序》奇偶兼用，骈散俱重，也体现了为骈文争地盘的用意。

与毛际可、李兆洛等人虽推重骈文，但仍不否定古文的正宗地位有别，乾嘉时期的阮元，以骈文派健将的身份，不容置疑地宣称，古文不配称为"文"，只有骈文才具有"文"的资格。其理论依据是六朝时期的文笔说，而他所擎的大旗则是他称之为"千古文章之祖"、相传为孔子所作的《文言》。① 他从训诂入手，推断"文"必须具备两个特征：（一）必须有韵。"古人歌、诗、箴、铭、谚语，凡有韵之文，皆此道也。"（阮元《文言说》）所谓"有韵"，并不一定指押脚韵，还兼指句中的平仄协调。近代视"韵"为"句中声律"的，以阮元和黄侃为代表。阮元的意见见其子阮福的《文笔对》。黄侃的意见见其《文心雕龙札记》。阮元《文韵说》亦云：

> 福问曰："《文心雕龙》云：'今之常言，有文有笔。以为无韵者笔也，有韵者文也。'据此，则梁时恒言有韵者乃可谓之文，而昭明《文选》所选之文，不押韵脚者甚多，何也？"
>
> 曰："梁时恒言所谓韵者，固指押脚韵，亦兼谓章句中之音韵，即古人所言之宫羽，今人所言之平仄也。"
>
> 福曰："唐人四六之平仄，似非所论于梁以前。"
>
> 曰："此不然。八代不押韵之文，其中奇偶相生，顿挫抑扬，咏叹声情，皆有合乎音韵宫羽者；《诗》《骚》而后，莫不皆然。而沈约矜为创获，故于《谢灵运传论》曰：'夫五色相宣，八音协畅，由乎玄黄律吕，各适物宜。欲使宫羽相变，低昂舛节；若前有浮声，则后须切响；一简之内，音韵尽殊；两句之

① 阮元从训诂入手论"文"，章太炎以其人之道还治其人之身，也从训诂入手，指出了他的一个疏忽："阮芸台妄谓古人有文、有辞，辞即散体，文即骈体，举孔子《文言》以证文必骈体。不悟《系辞》称'辞'，亦骈体也。"见章太炎：《国学略说》，205～206页，上海，上海文艺出版社，2001。不过，阮元的这一疏忽，并不妨碍他的正面立论。

中，轻重悉异。妙达此旨，始可言文。'又曰：'自灵均以来，此秘未睹，至于高言妙句，音韵天成，皆暗与理合，匪由思至。'又沈约《答陆厥书》云：'韵与不韵，复有精粗，轮扁不能言之，老夫亦不尽辨。'休文此说，乃指各文章句之内，有音韵宫羽而言，非谓句末之押脚韵也。（原注：即如"雌霓连卷，霓字必读仄声是也。）是以声韵流变，而成四六，亦只论章句中之平仄，不复有押脚韵也。四六乃有韵文之极致，不得谓之为无韵之文也。昭明所选不押韵脚之文，本皆奇偶相生有声音者，所谓韵也。"

黄侃《文心雕龙札记》秉承阮元之意，确信"有韵为文之说，托始范（晔）谢（庄）而成于永明，所谓文者，即指句中声律而言"。又说：

愚谓文笔之分，不关体制，苟惬声律，皆可言文，音节粗疏，通谓之笔。此永明以后声韵大行时之说，与专指某体为文、某体为笔之说，又自不同，然则以有韵为押韵脚者隘矣。①

按照阮元、黄侃的说法，无论押韵还是不押韵，只要声律和谐，整练含蓄，均可归入"文"的范围。（二）文必"多用偶"。"凡偶，皆文也。于物两色相偶而交错之，乃得名曰文，文即象其形也。"（阮元《文言说》）用上述两个标准来衡量古代作品，其结论是：

昌黎之文，矫《文选》之流弊而已……《选序》之法，于经、子、史三家，不加甄录，为其以立意纪事为本，非沉思翰藻之比也。今之为古文者，以彼所弃，为我所取，立意之外，惟有纪事，是乃子、史之正流，终与文章有别。（阮元《与友人论古

① 黄侃：《文心雕龙札记·总术第四十四》，212 页，北京，中华书局，1962。

文书》)

然则今人所作之古文，当名之为何？曰：凡说经讲学，皆经派也；传志纪事，皆史派也；立意为宗，皆子派也。惟沉思翰藻，乃可名之为文也。非文者，尚不可名为文，况名之为古文乎！(阮元《书梁昭明太子文选序后》)①

“说经讲学”、“立意为宗”属于学术著作，“传志纪事”属于杂文学，骈文属于纯文学。理学派、汉学派的作品可归入学术著作，史学派的作品可归入杂文学，骈文派的作品可归入纯文学。那么桐城派呢？桐城派主张义理、考据、辞章合一，阮元却将“义理”、“考据”还给“说经讲学”、“立意为宗”的“经派”、“子派”，将“辞章”还给“沉思翰藻”的骈文派，一点依凭也不给桐城派留下。这可真算得釜底抽薪了。桐城派的尴尬处境由此可见。

清代是中国传统文化的总结时期。其流派竞争的特点与前代有所不同。以明代为例，茶陵派、七子派和公安派前后相续，大体上是一个历时态的演变过程。而清代的格调派、性灵派和肌理派，则同时并起。乾嘉年间，汉学派、史学派、桐城派、骈文派纷起争夺文章正宗的地位，更堪称典型的共时态竞争。一个严肃的作者，在共时态竞争中会努力避免意气从事，理论本身的说服力因而得到高度重视。我们注意到一个事实，清代的诗、文流派，其理论主张一般都有前人提出过，但比之前人的阐释往往更为深入、更为系统。研究清代的文学流派，由此获得了一种特殊的意义。而乾嘉时期的文章正宗之争，对于我们梳理古代文章的统系，无疑是有启发意义的。

六　汉以降古典诗的四大诗学流别

在历时态地考察了文章领域的统系之争后，我们的目光循序转向

① 舒芜等编选：《中国近代文论选》，107 页、106 页，北京，人民文学出版社，1959。

诗坛。

宋以前和宋以后，诗统意识的表现方式有所不同。大致说来，汉魏至唐，诗人的统系意识主要表现为在创作上以某一系诗人为效法对象，而不一定大张旗鼓地标举诗学主张；即使有诗人热心于诗学主张的宣传（如韩愈、白居易），相互之间也并不形成紧张关系，甚至可以说互不冲突。而在宋、明、清三代（尤其是明、清两代），诗人的统系意识除了表现为在创作上以某一系诗人为效法对象外，标举诗学主张也几乎成为惯例，而不同的诗学主张之间，壁垒森严是较为常见的情形。这种区别之所以产生，其中的一个重要原因是：宋以前，中国古典诗的四大诗学流别尚未得到充分的发展，诗人的统系选择与对新的路向的探索是连在一起的，不同统系之间的高下之别尚未引起诗坛的关注。宋以后，中国古典诗的四大诗学流别已经得到充分的发展，不同统系之间的高下之别随之成为争议的焦点，任何一个流派的统系选择，都有可能引起争议或质疑。鉴于上面所说的这种情形，我们讨论诗统的确立，对宋以前，主要考察四大诗学流别衍生和发展的必然性，而对宋、明、清三代，则侧重考察其统系选择的自觉程度及其统系选择与审美祈向之间的关系。

格调派、神韵派、性灵派和肌理派，这是中国古代的四大诗学流别。对于各自的理论内涵，各种通史著作（如多种《中国文学批评史》）和专题研究著作（如廖可斌《明代复古文学运动研究》、陈书录《明代前后七子研究》、吴调公《神韵论》）颇多阐释，本书将不再以之作为重心。我们关注的焦点是：从汉以降中国古典诗的流变来看，由格调而神韵而性灵而肌理，是否存在某种内在必然性？在题材和风格的迁移中，是否可以追寻到充分的学理依据？

本书的结论是肯定的，并致力于这一方面的阐释。

有一部著作在我们的探讨中扮演了重要角色，即晚明许学夷的《诗源辩体》。这部在相当程度上被忽略的古代文论批评专著，其主要建树是历时态地辨析中国古典诗的流别，既注重个别诗人的独特个性，更注重时代风格和流派风格，为古典诗的流别研究奠定了坚实的基础。本书以其成果为起点，希望有所拓展，有所推进。①

关于中国古典诗的源、流、正、变，许学夷（字伯清）有其明确的界定，恽应翼《许伯清传》概述其诗学见解说：

> 统而论之，以《三百篇》为源，汉、魏、六朝、唐人为流，至元和而其派各出。析而论之，古诗以汉魏为正，太康、元嘉、永明为变，至梁陈而古诗尽亡，律诗以初、盛唐为正，大历、元和、开成为变，至唐末而律诗尽敝。

所谓“析而论之”，即将古诗和律诗分别加以考察，以免因“统而论之”造成对各自发展历程特殊性的漠视。许学夷的结论，大体代表了中国古代主流诗学的看法，其价值判断能否为我们首肯，可以暂付阙如，不予讨论。我们感兴趣的是，与“正”、“变”、“亡”（或“尽敝”）对应的诗坛主流恰好分别是格调、神韵和性灵。由“正”而“变”而“亡”，或者说，由格调而神韵而性灵，其题材和风格（美感特征）的变迁呈现出什么样的规律？各自的诗学理念，有何本质差异？试依次略作探讨。

其一，关于“正”。古诗以汉魏为正，律诗以初、盛唐为正，其特点如何呢？《诗源辩体》描述说：

> 《三百篇》始，流而为汉魏。《国风》流而为汉《十九首》、苏李、魏三祖、七子之五言。《雅》流而为汉韦孟、韦玄成、魏曹植、王粲之四言。《颂》流而为汉《安世房中》、武帝《郊祀》、魏王粲《太庙颂》、《俞儿舞》之杂言。然五言于《风》为近，而四言于《雅》渐远，杂言于《颂》则愈失之。故钟嵘《诗品》止于五言，而《昭明文选》亦不及乎杂言也。胡元瑞

① 本书引用《诗源辩体》，均据人民文学出版社 1987 年 10 月版。因引用次数较多，仅随文标出卷次，不另注页码。该版本附录有恽应翼《许伯清传》等材料。

云："《国风》、《雅》、《颂》，并列圣经。第风人所赋，多本室家、行旅、悲欢、聚散、感叹、忆赠之词，故其遗响，后世独传。《雅》、《颂》闳奥淳深，庄严典则，施诸明堂清庙，用既不伦，作自圣佐贤臣，体又迥别，三代而下，寥寥寡和，宜矣。"（卷三）

汉魏五言，委婉悠圆，其气格自在，不必言耳。或欲于汉魏专取气格，故必先苍莽古质而后委婉悠圆，是慕好古之名而不得其实者也。《昭明文选》，庶几得之。（卷三）

盛唐律诗本未可以句摘，但初唐、中、晚既有摘句，而盛唐无摘不足以较盛衰，今姑摘数十联以见大略。五言高适如"功名万里外，心事一杯中。虏障燕支北，秦城太白东。""幕府为才子，将军作主人。近关多雨雪，出塞有风尘。""风尘惊跋涉，摇落怨暌携。地出流沙外，天长甲子西。"……等句，皆浑圆活泼，而气象风格自在。盖初唐气格甚胜，而机未圆活；大历过于流婉，而气格顿衰；盛唐浑圆活泼，而气象风格自在，此所以为诣极也。（卷十七）

许学夷论汉魏古诗，虽然同时提到四言、五言、杂言，但事实上只承认汉魏五古具有考察的价值，因为这才是《风》诗的嫡传。在描述汉魏五古和盛唐律诗的独特风貌时，许学夷从两个层面加以描述：（一）题材选择。他引用胡应麟《诗薮》，说明汉魏五古继承了《风》诗传统，"多本室家、行旅、悲欢、聚散、感叹、忆赠之词"，关注的是现实的社会人生。他对盛唐律诗警句的罗列，表明盛唐律诗的题材重心亦与之相近。（二）美感特征。他论汉魏五古，兼格调而言，所谓其"气格自在"即论"格"，"委婉悠圆"即论"调"，并且明确反对"于汉魏专取气格"。论盛唐律诗，着眼点相同："气象风格自在"属于论"格"，"浑圆活泼"属于论"调"。在许学夷看来，"格调"是与题材选择上"多本室家、行旅、悲欢、聚散、感叹、忆赠之词"相对应的，或者说，二者之间存在相当密切的联系。

其二，关于"变"。古诗以太康（晋）、元嘉（宋）、永明（齐）

为变，律诗以大历、元和、开成（均属中唐）为变。太康体的代表作家有陆机、潘岳、张协、左思、张华、潘尼、陆云、张载；元嘉体的代表作家有谢灵运、颜延之、谢瞻、谢惠连；永明体的代表作家有谢朓、沈约、王融；大历体的代表作家有刘长卿、钱起、郎士元、皇甫冉、皇甫曾、李嘉祐、司空曙、卢纶、韩翃、李端、耿沣、崔峒、韦应物；元和体的代表作家有韩愈、孟郊、贾岛、姚合、李贺、卢仝、刘叉、马异、张籍、王建、白居易、元稹；开成体的代表作家有许浑、杜牧、李商隐、温庭筠、曹唐。

太康体、元嘉体、永明体代表作家甚多，难以一一分析。我们拟以谢灵运为例加以考察。之所以选择他，是因为他允为六朝之冠，堪称晋宋古诗的代表诗人。“或问：‘人言谢胜陆，何也?’曰：从汉魏而言，是陆胜谢；从六朝而言，是谢胜陆。李献吉云：‘康乐诗是六朝之冠，然其始本于陆平原。’此最得其实。今人不知，以为灵运自立门户耳。”（《诗源辩体》卷七）作为典范性的六朝诗人或晋宋古诗的代表诗人，谢灵运诗有何特点呢?《诗源辩体》描述道：

汉魏诗兴寄深远，渊明诗真率自然。至于山林丘壑、烟云泉石之趣，实自灵运发之，而玄晖殆为继响。灵运如“水宿淹晨暮”等句，于烟云泉石，描写殆尽。黄勉之谓“如川月岭云，玩之有余，即之不得”。冯元成谓“语不能述，画不能图”是也。太白倾心二谢，正在于此。然太白语或相近，而体不相沿，至其自得之妙，则一气浑成，了无痕迹矣。（卷七）

薛考功云：“曰清，曰远，乃诗之至美者也，灵运以之。‘白云抱幽石，绿筱媚清涟’，清也；‘表灵物莫赏，蕴真谁为传’，远也；‘岂必丝与竹，山水有清音’（左太冲诗）、‘景昃鸣禽集，水木湛清华’（谢叔源诗），清与远兼之矣。胡元瑞云：“薛论虽是大乘中旁出佛法，亦自铮铮动人。第此中得趣，头白只在六朝窠臼中，无复向上生活。若大本先立，旁及诸家，登山临水，时作此调，故不啻啸闻数百步也。”愚按：元瑞此论超越

诸子，所云“大本先立”，则汉魏是也。（卷七）

至于大历体、元和体、开成体所代表的中唐律诗，并非偶合，其特征与晋宋古诗存在明显的可以类比之处。《诗源辩体》有关于中唐的几段总论：

> 中唐五七言律，气格虽衰而神韵自胜，故讽咏之犹有余味，晚唐诸子，气格既亡而神韵都绝，故讽咏之辄复易厌。胡元瑞云“中唐格调流宛而意趣悠长”，深得之矣。（卷二十一）
>
> 中唐诸子五七言律，才力既薄，风气复散，其声调语气多相类，故其诗多相混入，不能辩也。释皎然云：“大历中，词人窃占青山白云、春风芳草以为己有，吾知诗道初丧，正在于此。”（卷二十一）
>
> 有选大历律诗者，凡涉青山、白云、春风、芳草等字，悉皆不录。予谓：苟不选大历则已，苟选大历，正不当以此论也。国朝嘉靖诸子，多用百年、万里、风尘、气色等字，正是其声口相宜，若必舍此而求，则非诸子之本相矣。（卷二十一）

在描述晋宋古诗和中唐律诗的特殊风貌时，许学夷依然从两个层面加以把握：一、题材选择。“山林丘壑、烟云泉石之趣”是晋宋古诗最具特色的题材，同样，中唐律诗描写的对象也主要是“青山、白云、春风、芳草”。当然不是说汉魏古诗及盛唐律诗就不写“登山临水”，而是说，汉魏古诗及盛唐律诗未以“登山临水”遮蔽其他的关于社会人生的题材。二、美感特征。谢灵运诗的美感特征是“清、远”，中唐律诗的美感特征是“神韵”，“清、远”与“神韵”意思是相近的。当然不是说汉魏古诗及盛唐律诗就不具“清远”的“神韵”，而是说，汉魏古诗及盛唐律诗乃是格调中兼有神韵，而晋宋古诗及中唐律诗则是气格衰而仅以神韵胜。神韵与山水题材在许学夷的描述中是存在对应关系的。①

其三，关于“亡”或“尽敝”。梁陈古诗的主要作家有梁武帝、范云、何逊、刘孝绰、刘孝威、吴均、王筠、柳恽、梁简文帝、庾肩吾、阴铿、沈君攸、徐陵、庾信、王褒、张正见、陈后主、江总；唐末律诗的主要作家有马戴、于武陵、刘沧、赵嘏、李郢、薛逢、吴融、韦庄、郑谷、韩偓、李山甫、罗隐。《诗源辩体》关于梁陈的五古和七古分别有一段总论：

《北史》载：“庾信父肩吾，为梁太子中庶子，掌管记。东海徐摛，为右卫率。摛子陵及信并为抄撰学士。父子在东宫，出入禁闼，恩礼莫与比隆。既文并绮艳，故世号为‘徐庾体’。”愚按：五言自梁简文、庾肩吾以至陵、信诸子，声尽入律，语尽绮靡，其体皆相类，而陵、信最盛称。然析而论之，信实为工，而陵才有不逮。后陵仕陈，信仕北周。（卷十）

七言自梁简文而下，语多绮艳。简文如“谁家总角歧路阴，裁红点翠愁人心。”“天窗绮井暖徘徊，珠帘玉篋明镜台。”“网户珠缀曲璃钩，芳裀翠被香气流。”沈君攸如“丝绳玉壶传绮席，秦筝赵瑟响高堂。”“鱼文熠爚含余日，鹤盖低昂映落霞。隔树银鞍喧宝马，分衢玉轴动香车。”徐陵如“官中本造鸳鸯殿，为谁新起凤凰楼。”“舞衫回袖胜春风，歌扇当窗似秋月。”庾信如“盘龙明镜饷秦嘉，辟恶生香寄韩寿。”“桃花颜色好如马，榆荚新开巧似钱。”王褒如“初春丽日莺欲娇，桃花流水没河桥。”张正见如“含啼拂镜不成妆，促柱繁弦还乱曲。”“流萤映月明空帐，疏叶从风入断机。”陈后主如“谁家佳丽过淇上，

① 朱自清在谈到王士禛的神韵主张时说：“王渔洋所说的神韵，及于题材限制方面。神韵之作品，只限于自然，不及人事。”“他能做到的，只是‘流连光景’，少人事而多对自然之向往。这就未免太偏，故后来袁枚（子才）评他说：‘一代正宗才力薄。’”见刘晶雯整理：《朱自清中国文学批评研究讲义》，49页、50页，天津，天津古籍出版社，2004。

翠钗绮袖波中漾。雕轩绣户花恒发，珠帘玉砌移明月。”江总如“房栊宛转垂翠幕，佳丽逶迤隐珠箔。”“合欢锦带鸳鸯鸟，同心绮袖连理枝。”“玉轪轻轮五香散，金灯夜火百花开。”“步步香飞金薄履，盈盈扇掩珊瑚唇。”“银床金屋挂流苏，宝镜玉钗横珊瑚”等句，皆为绮艳者也。（卷十）

严羽《沧浪诗话·诗体》有“宫体”一目，自注云：“梁简文伤于轻靡，时号宫体。”胡才甫《笺注》曰：“简文帝名纲，武帝第三子。《隋书·经籍志》曰：梁简文之在东宫，亦好篇什。清辞巧制，止乎衽席之间，雕琢蔓藻，思极闺闱之内。后生好事，递相放（仿）习，朝野纷纷，号为宫体。”① 其代表作家即庾肩吾、庾信父子和徐摛、徐陵父子。所谓“徐庾体”，其内涵实与宫体相近。“清辞巧制，止乎衽席之间，雕琢蔓藻，思极闺闱之内”，的确是对梁陈主导诗风的合适的描述。换句话说，梁陈的主导诗风是宫体——徐陵编《玉台新咏》，即旨在确立宫体诗的统系和风格祈向，梁简文帝萧纲则是宫体诗派的盟主。

无独有偶，与梁陈并列的唐末诗坛也弥漫着香奁诗风：②

---

① 严羽著，郭绍虞校释：《沧浪诗话校释》，69页、71页，北京，人民文学出版社，1983。

② 刘宁《论唐末的香艳诗人》认为：“唐末的香艳诗人在构成上有广狭之分。从狭义上讲，是指主要由韩偓等贵胄子弟组成的一个从事香艳诗创作的小群体；从广义上讲，凡是在咸通、乾符年间深受香艳诗风影响，自己的创作也带上香艳色彩的诗人，都可以称为唐末的香艳诗人，这主要包括秦韬玉、唐彦谦、韦庄、罗虬等人。”“狭义的香艳诗人主要包括韩偓、赵光远、孙棨、崔珏、郑仁表等，他们多非寒素之辈。”见傅璇琮主编：《唐代文学研究》第九辑，723页，桂林，广西师范大学出版社，2002。按，“香奁体”实即“宫体”，如朱自清所说：“唐初亦作‘宫体’。杜甫时则作风变。但到晚唐温、李又作‘宫体’，尤其是韩偓《香奁集》更发展到极端，称‘香奁体’。徐陵选《玉台新咏》，以‘宫体’为主。《香奁集》和《玉台新咏》这两个集子，是‘自然’与‘娱玩’主张表现之极至，亦‘宫体’之总结账。”见刘晶雯整理：《朱自清中国文学批评研究讲义》，41～42页，天津，天津古籍出版社，2004。

庭筠七言古，声调婉媚，尽入诗馀。（与李商隐上源于李贺，下流至韩偓诸体。）如“家临长信往来道”一篇，本集作《春晓曲》，而诗馀作《玉楼春》，盖其语本相近而调又相合，编者遂采入诗馀耳。其他略摘以见。如“四方倾动烟尘起，犹在浓团梦魂里。后主荒宫有晓莺，飞来只隔西江水。”“为君裁破合欢被，星斗迟迟共千里。象尺薰炉未觉秋，碧池已有新莲子。”“回嚬笑语西窗客，星斗寥寥波脉脉。不逐秦王卷象床，满楼明月梨花白。”“玉墀暗接昆仑井，井上无人金索冷。画壁阴森九子堂，阶前细月铺花影。”“百舌问花花不语，低回似恨横塘雨。蜂争粉蕊蝶分香，不似垂杨惜金缕”等句，皆诗馀之调也。(《诗源辩体》卷三十)①

韩偓《香奁集》，皆裙裾脂粉之诗。……五言古如“侍女动妆奁，故故惊人睡。那知本未眠，背面输垂泪。”七言古如“娇娆意绪不胜羞，愿倚郎肩永相著。”“直教笔底有文星，亦应难状分明苦。”七言律如“小叠红笺书恨字，与奴方便送卿卿。”七言绝如“想得那人垂手立，娇羞不肯上鞦韆”等句，则诗馀变为曲调矣。(《诗源辩体》卷三十二)

开成许浑七言律，再流而为唐末李山甫、罗隐诸子。……李如“柳遮门户横金锁，花拥弦歌咽画楼。锦袖妖姬争巧笑，玉衔骄马索闲游。”“鸳鸯占水能嗔客，鹦鹉嫌笼解骂人。騕褭似龙随日换，轻盈如燕逐年新。”罗如“曲槛柳浓莺未老，小园花暖蝶初飞。喷香瑞兽金三尺，舞雪佳人玉一围。”“芳草有情皆碍马，好云无处不遮楼。山牵别恨和愁断，水带离声入梦流”等句，皆轻浮纤巧者也。(《诗源辩体》卷三十二)

中国古典诗对女性题材的态度不能一概而论。《诗经》中不乏写女性的作品，《离骚》亦以美人香草为表现对象，但《诗经》在成为儒家

① 这一则并非讨论唐末律诗，本书加以引用，旨在与下二则比照，以见一时风尚。

经典的过程中，其女性题材已被赋予凝重的社会、政治蕴含，《离骚》中的美人香草在主流阐释中也向来被视为社会、政治生活的象征。所以，在象征的意义上，女性题材是诗可以接纳的；如果作品没有象征的意义，女性题材则被认为趣味不高，仅仅适合于由词来写。① 许学夷以鄙薄的口吻说温庭筠、韩偓的诗"皆诗馀之调"，甚至已由"诗馀变为曲调"，除了指其表达上不合诗的惯例之外，也与其题材集中于闺闱有关。由"室家、行旅、悲欢、聚散、感叹、忆赠之词"到"窃占青山白云、春风芳草以为己有"，再到聚焦于闺闱，一方面是题材重心的转移，即由内容丰富的社会生活到带有隐逸情调的山水，再到闺闱之内的私生活；另一方面是美感特征的改变，即由格调到神韵再到性灵。比较而言，格调体现的是入世精神，在中国文学批评史上被视为最高的一级，一个人要成为大家，必须向这一境界努力；神韵体现的是出世精神，在中国文学批评史上被视为低于格调一等，一个人的诗如果只具神韵，再好也只能成为名家。盛唐诗风以格调而兼神韵，大历诗风无格调而有神韵，二者的地位差异可据此判定。不能忽略，神韵虽屈居格调之下，但毕竟还为主流诗学所容纳。主流诗学所不能容纳的是性灵诗风，所以许学夷批评温庭筠、韩偓的艳诗已近诗馀，试图将性灵排挤到词里面去。不管主流诗学对格调、神韵、性灵采取什么态度，一个曾经存在的事实是不能抹煞的，即：由"室家、行旅、悲欢、聚散、感叹、忆赠之词"到"窃占青山白云、春风芳草以为己有"再到聚焦于闺闱，这种从题材迁移中寻找创作出路的情形并非个别、偶然，而是带有普遍性：从汉魏到梁陈，古体诗将这一程序展示了一遍，从初、盛唐到唐末，律诗又将这

---

① 朱自清的一个观点可供参考。他认为："男女私情之作既非讽与颂，亦无修养作用，不是言志的诗。在赋诗流行时，因合乐而存在。诗乐分家、赋诗不行之后，这些诗便无存在之理由。但事实上还存在着。为了给这些诗找个存在的理由，乃有'陈诗观风'之说。这理由是在这类诗本身之外的。就其本身而论，指出这类诗的抒情作用：'哀乐之心感而歌咏之声发'，但这类诗的真正价值还不在抒情，而在表示风俗。"见刘晶雯整理：《朱自清中国文学批评研究讲义》，6 页，天津，天津古籍出版社，2004。

一程序重复了一遍，因为古诗和律诗体裁不同，所以这种题材的重复未造成写作的重复，唐人依然有创造的余地。

这里需要注意的是：由“室家、行旅、悲欢、聚散、感叹、忆赠之词”到“窃占青山白云、春风芳草以为己有”，再到聚焦于闺闱，诗歌创作中这种题材迁移的范围是有限的。如果一个诗人（或一批诗人）在这三类题材都已被大量写过的背景下来从事创作，倘若打算另辟蹊径，他会作什么样的选择？《诗源辩体》说：

> 或问：“唐人七言律，自钱、刘变至唐末，而声韵轻浮，辞语纤巧，宜也。今观诸家又多鄙俗村陋，何耶？”曰：唐人既变而为轻浮纤巧，已复厌其所为，又欲尽去铅华，专尚理致，于是意见日深，议论愈切，故必至于鄙俗村陋耳。此上承元和而下启宋人，乃大变而大敝矣。（卷三十二）
>
> 或谓：“晚唐人多用山水、木石、烟云、花鸟为诗，故其格甚卑，舍此而后可以观诗矣。”予曰：不然。诗有赋、比、兴，山水、木石、烟云、花鸟，即古诗之比、兴也。孔子论诗，亦曰“多识于鸟兽草木之名”，故山水、木石、烟云、花鸟，自《三百篇》而下，即初、盛唐不能舍此为诗，顾可以责晚唐乎？晚唐之诗，惟是气象萎苶，情致都绝，而徒藉于山水、木石以为藻饰，故其格卑下，要不可尽废山水、木石而为诗也。逮于唐末诸子，乃欲尽去铅华，专尚理致，于是山水、木石之语废，而议论意见之词繁，故必至于鄙俗村陋耳。尝观《六一诗话》“许洞会诸诗僧分题，约曰‘不得犯山水、风云、竹石、花草、雪霜、星月、禽鸟等字’，于是诸僧阁笔。”呜呼！此宋人欲以文为诗也，于诸僧何尤？（卷三十二）

排除这几段文字的褒贬倾向，许学夷的描述是有说服力的。严羽《沧浪诗话·诗辨》批评东坡、山谷等宋代诗人“以文字为诗，以才学为诗，以议论为诗”，“其末流甚者，叫噪怒张，殊乖忠厚之风，殆以骂詈为诗",① 其实这一风尚并不始于宋人。老杜已有"以议论为诗"的爱好，中唐韩愈、白居易等亦热心于以诗说理，至唐末，这一风尚愈演愈烈，宋人则将之进一步发展，使之成为一个时代诗风的典型标志。平心静气地来看这一现象，我们不妨作这样的界定：以议论为诗，事实上是将题材从"室家、行旅、悲欢、聚散、感叹、忆赠"和"青山白云、春风芳草"以及闺闱迁移到"理"上来，而在表现方式上，则由注重呈现变为注重演绎、说明和铺叙。因此，典型的宋代诗风不仅是对汉魏古诗和初、盛唐律诗的背离，甚至可以说是对六朝主流诗风和中、晚唐主流诗风的背离。或者说，典型的宋代诗风不仅在题材上由感官可及的场景迁移到感官不可及的"理"，而且在表现方式上由诉诸体验到诉诸理解。对感官和体验的倚重是格调派、神韵派和性灵派的共同之处，典型的宋代诗风则反其道而行之。宋诗的创造性在此，它之备受攻击也缘于此。

从汉至宋，中国古典诗的四大诗学流别已完成了其基本品格的塑造。

七 宋代主流诗学的统系选择

江西诗派是宋代主流诗学的代表。这一流派对诗统的选择，是在古典诗的三大诗学流别（格调派、神韵派、性灵派）在古、律两大体裁领域均已得到充分发展的背景下作出的。四大诗学流别之一的肌理派虽在杜甫、韩愈一脉的创作中有了长足进展，但其发展空间仍较为广阔。江西诗派注意到了这一诗坛现状，并明智地从"理"切入，以开拓宋诗的疆域。

江西诗派所选择的"祖"是杜甫。所谓"祖"，即钟嵘《诗品》"源出于某某"的"源"。《潘子真诗话》引黄庭坚语云："老杜虽在流落颠沛，未尝一日不在本朝，故善陈时事，句律精深，超古作者，

① 严羽著，郭绍虞校释：《沧浪诗话校释》，26页，北京，人民文学出版社，1983。

忠义之气，感发而然。”这是对杜诗内涵与艺术造诣的由衷的推崇，他在创作中以杜诗为楷模不是偶然的。陈师道明确提出“学诗当以杜子美为师，有规律故可学”（《后山诗话》卷一），陈与义也说：“诗至老杜极矣，东坡苏公、山谷黄公奋乎数世之下，复出力振之，而诗之正统不坠。”（《简斋诗集引》）① 江西诗派的几位代表人物都对杜甫极示崇敬，这当然不是偶合。

以杜甫为“祖”的统系意识，是与江西诗派旨在确立宋诗品格的审美祈向密不可分的。②杜甫在盛唐诗人中是一个独特的存在。盖李白、王维、孟浩然、高适、岑参等，以其不同的个性共同体现了“盛唐之音”，呈现出豪迈、飘逸的气象，洋溢着青春活力以及对未来的热烈憧憬。而杜甫虽与李白等为同辈人，其创作的全盛期却在“安史之乱”期间和“安史之乱”以后，其作品的风貌，与其他盛唐诗人形成鲜明对照。如胡应麟《诗薮》内编卷四所说：

> 盛唐一味秀丽雄浑，杜则精粗、巨细、巧拙、新陈、险易、浅深、浓淡、肥瘦靡不毕具，参其格调，实与盛唐大别。其能荟萃前人在此，滥觞后世亦在此。

杜甫这种“实与盛唐大别”的“格调”，其基本特征之一是“以文为

---

① 陈与义：《陈与义集》，4页，北京，中华书局，1982。参见胡仔《苕溪渔隐丛话》前集四十九：“近时学诗者率宗江西，然殊不知江西本亦学少陵者也。故陈无已曰：‘豫章之学博矣，而得法于少陵，故其诗近之。’今少陵之诗，后生少年不复过目，抑亦失江西之意乎？江西平日语学者为诗旨趣，亦独宗少陵一人而已。余为是说，盖欲学诗者师少陵而友江西，则两得之矣。”见傅璇琮：《古典文学研究资料汇编》（黄庭坚和江西诗派卷），446页，北京，中华书局，1978。本书引用关于江西诗派的材料，凡不出注者，均出于此资料汇编。

② 莫砺锋、张宏生认为：“杜甫之所以被称为诗国的集大成者，最重要的意义不在于承前而在于启后。古典诗歌在盛唐之后仍能继续发展并最终由唐转宋，固然离不开中晚唐及宋代诗人的共同努力，但杜甫作为这一转变过程的始发轫者，其功绩是不可低估的。”见程千帆、莫砺锋、张宏生：《被开拓的诗世界》，321页，上海，上海古籍出版社，1990。

诗”。明代前七子第二号盟主何景明在《明月篇序》中说：他早年读杜甫的七言诗，“爱其陈事切实，布辞沉着”，认定杜甫为长篇圣手。后来读汉魏古诗及初唐四杰的诗，才体会出杜诗并非古诗的正宗。在何景明看来，“博涉世故”、多叙时事的杜诗，少比兴，多赋体，其实是侵入了文的畛域。他的口气是贬抑的，与胡应麟之极示赞叹不同，但针对的则同为“以文为诗”这一事实。“唐之少陵、昌黎、香山、东野，实唐人之开宋调者。”① 或如陈衍《石遗室诗话》卷十四所说：“唐诗自杜、韩而下，现诸变相，苏、王、黄、陈、杨、陆诸家，沿其波而参互错综，变本加厉耳。”② 宋人的“以文为诗”并非无源之水。

宋诗的基本品格在黄庭坚手中形成。严羽《沧浪诗话·诗辨》论宋诗的发展历程说：“国初之诗尚沿袭唐人：王黄州学白乐天，杨文公、刘中山学李商隐，盛文肃学韦苏州，欧阳公学韩退之古诗，梅圣俞学唐人平澹处。至东坡、山谷始自出己意以为诗，唐人之风变矣。山谷用工尤为深刻，其后法席盛行，海内称为江西宗派。近世赵紫芝、翁灵舒辈，独喜贾岛、姚合之诗，稍稍复就清苦之风；江湖诗人多效其体，一时自谓之唐宗。”③ 所谓“自出己意以为诗”，即不再沿袭初、盛唐诗风，而努力形成宋诗的独特品格；所谓“山谷用工尤为深刻”，即在形成宋诗的独特品格方面，他寻幽探微，摸索出了一些具体的途径。

宋代主流诗学是以理性为基点建立起来的，逻辑、知识在其中扮演了重要角色。以自然科学和思辨哲学的长足进展为前提，宋人保持和发展了对“理”的持续不已的兴趣。所谓“理”，可以分解为三个层面：第一个层面指思想，具体化为“诗以意为主”的命题；第二个层面指日常情理，即以常识去解读诗中的描写；第三个层面指与思

---

① 钱钟书：《谈艺录》（补订本），2页，北京，中华书局，1984。

② 陈衍：《石遗室诗话》，196页，沈阳，辽宁教育出版社，1998。

③ 严羽著，郭绍虞校释：《沧浪诗话校释》，26页，北京，人民文学出版社，1983。

想相关的表达方式，如以议论为诗，将文法推广到诗法等。

“诗以意为主”代表了宋代主流诗人的基本诗学理念。刘攽《中山诗话》云：“诗以意为主，文词次之，或意深义高，虽文词平易，自是奇作。世效古人平易句而不得其意义，翻成鄙野可笑。”（何文焕辑《历代诗话》上册）张表臣《珊瑚钩诗话》卷二云：“陈无己先生语余曰：‘今人爱杜甫诗，一句之内，至窃取数字以仿像之，非善学者。学诗之要，在乎立格命意用字而已。’余曰：‘如何等是？’曰：‘《冬日谒玄元皇帝庙》诗，叙述功德，反复外意，事核而理长；《阆中歌》，辞致峭丽，语脉新奇，句清而体好，兹非立格之妙乎？《江汉》诗，言乾坤之大，腐儒无所寄其身；《缚鸡行》，言鸡虫得失，不如两忘而寓于道，兹非命意之深乎？《赠蔡希鲁》诗云：‘身轻一鸟过’，力在一过字。《徐步》诗云：‘蕊粉上蜂须’，功在一上字，兹非用字之精乎？学者体其格，高其意，炼其字，则自然有合矣。何必规规然仿像之乎？’”（何文焕辑《历代诗话》上册）①“诗以意为主”，由此出发，对“识”的强调便成为理所当然的一件事情。范温《潜溪诗眼·渊明出处》云：

> 东坡《和贫士诗》云：“夷齐耻周粟，高歌诵虞轩。禄产彼何人？能致绮与园。古来避世士，死灰或余烟。末路益可羞，朱墨手自研。渊明初亦仕，弦歌本诚言。不乐乃径归，视世嗟独贤。”此诗言夷、齐自信其去，虽武王、周召不能挽之使留，若四皓自信其进，虽禄产之聘亦为之出。盖古人无心于功名，信道而进退，举天下万世之是非，不能回夺。伯夷之非武王，绮园之从禄产，自合为世所笑，不当有名，偶然圣贤辨论之于后，乃信于天下，非其始望。故其名之传，如死灰之余烟也。后世君子，既不能以道进退，又不能忘世俗之毁誉，多作文以自明其出处，如《答客难》、《解嘲》之类皆是也，故曰“朱墨手自研”。韩退之亦云：“朱丹自磨研。”若“渊明初亦仕，弦歌本诚言”，盖

① 何文焕辑：《历代诗话》，285 页、464 页，北京，中华书局，1981。

无心于名，虽晋末亦仕，合于绮园之出。其去也亦不待以微罪行，“不乐乃径归”，合于夷、齐之去。其事虽小，其不为功名累其进退，盖相似。使其易地，未必不追踪二子也。东坡作文工于命意，必超然独立于众人之上，非如昔人称渊明以退为高耳。故又发明如此。①

从见地超迈过人的角度“发明”苏轼《和贫士诗》的内涵，并认为这是该诗美感魅力的基本来源，体现了宋人评诗的特色。陆游《老学庵笔记》卷六《李白识度甚浅》之评李白诗，亦着眼于识见之高下。

理性精神不仅与“识见”相对应，还与实证精神相对应。重“识见”，乃着眼于思想的深刻、命意的超拔；重实证，则是以社会人生的具体经验去衡量诗中的情境是否合理。《王直方诗话·论杜诗者之误》云：

范蜀公云：“武侯庙柏今十丈，而杜工部云‘黛色参天二千尺’，古之诗人好大其事，大率如此。”而沈存中又云：“霜皮溜雨四十围，乃是七尺，而长二千尺，无乃太细长乎?”余以为论诗正不当尔，二公之言皆非也。②

尽管王直方批评了范、沈二公，但范、沈二公的解读方法却正是典型的宋人家数。如范温《潜溪诗眼·长恨歌用事之误》：

白乐天《长恨歌》，工矣，而用事犹误。“峨眉山下少人行”，明皇幸蜀，不行峨眉山也。当改云剑眉山。“七月七日长生殿，夜半无人私语时”，长生殿乃斋戒之所，非私语地也。华

① 郭绍虞辑：《宋诗话辑佚》，316页，北京，中华书局，1980。

② 郭绍虞辑：《宋诗话辑佚》，86～87页，北京，中华书局，1980。

清宫自有飞霜殿，乃寝殿也，当改长生为飞霜，则尽矣。①

严有翼《艺苑雌黄·豪句》：

> 吟诗喜作豪句，须不畔于理方善。如东坡《观崔白骤雨图》云："扶桑大茧如瓮盎，天女织绡云汉上。往来不遣凤衔梭，谁能鼓臂投三丈？"此语豪而甚工。石敏若《橘林》文中《咏雪》，有"燕南雪花大于掌，冰柱悬檐一千丈"之语，豪则豪矣，然安得尔高屋耶？虽豪觉畔理。或云：《咏雪》非敏若诗，见鲍钦止《夷白堂小集》。李太白《北风行》云："燕山雪花大如席。"《秋浦歌》云："白发三千丈。"其句可谓豪矣，奈无此理何！②

严有翼所谓"理"，以日常生活经验为依据，体现的仍是一种实证精神。又《艺苑雌黄·欧阳修词山色有无中》：

> 欧阳永叔《送刘贡父守维扬作长短句》云："平山栏槛倚晴空，山色有无中。"平山堂望江左诸山甚近。或以为永叔短视，故云"山色有无中"。东坡笑之，因赋《快哉亭》道其事云："长记平山堂上，攲枕江南烟雨，杳杳没孤鸿。认取醉翁语，山色有无中。"盖山色有无中，非烟雨不能然也。③

欧阳修在平山堂望江左诸山而有"山色有无中"之感，究竟是因为作者"短视"，还是因为自然界的"烟雨"，对这一问题的关注体现出的正是对实证的兴趣。宋人试图用实证知识来照亮感觉和鉴赏力。

重视命意，重视"识见"，重视可以实证的日常生活经验，与之相应，在表达上便形成了以议论为诗和借鉴文法等特点。如范温

① 郭绍虞辑：《宋诗话辑佚》，334页，北京，中华书局，1980。
② 郭绍虞辑：《宋诗话辑佚》，536页，北京，中华书局，1980。
③ 郭绍虞辑：《宋诗话辑佚》，569页，北京，中华书局，1980。

《潜溪诗眼·山谷言诗法》：

山谷言文章必谨布置；每见后学，多告以《原道》命意曲折。后予以此概考古人法度，如杜子美《赠韦见素》诗云："纨绔不饿死，儒冠多误身"，此一篇立意也，故使人静听而具陈之耳；自"甫昔少年日"，至"再使风俗淳"，皆儒冠事业也；自"此意竟萧条"，至"蹭蹬无纵鳞"，言误身如此也，则意举而文备。故已有是诗矣。然必言其所以见韦者，于是有厚愧真知之句。所以真知者，谓传诵其诗也。然宰相职在荐贤，不当徒爱人而已，士故不能无望，故曰："窃效贡公喜，难甘原宪贫"；果不能荐贤则去之可也，故曰："焉能心怏怏，祇是走踆踆"，又将入海而去秦也；然其去也，必有迟迟不忍之意，故曰："尚怜终南山，回首清渭滨"；则所知不可以不别，故曰："常拟报一饭，况怀辞大臣"；夫如此是可以相忘于江湖之外，虽见素亦不得而见矣，故曰："白鸥没浩荡，万里谁能驯"，终焉。此诗前贤录为压卷，盖布置最得正体，如官府甲第厅堂房室，各有定处，不可乱也。韩文公《原道》，与《书》之《尧典》盖如此，其他皆谓之变体可也。盖变体如行云流水，初无定质，出于精微，夺乎天造，不可以形器求矣。然要之以正体为本，自然法度行乎其间。譬如用兵，奇正相生[illegible]若不知正而径出于奇，则纷然无复纲纪，终于败乱而已矣[illegible]以仁义立意，而道德从之，故老子舍仁义，则非所[illegible]之汩正，继叙古之圣人不得不用仁义也如此[illegible]则不足以治天下也如彼，反复皆数叠，而[illegible]其人，火其书，必以是禁止而后可以[illegible]尧典》自"若稽古帝尧"至"格于上下"[illegible]克明俊德"至于"于变时雍"，言尧修身以[illegible]"乃命羲和"言天事，"若予采"、"若时登庸"言人[illegible]洪水方割"言地事，三才之道既备，继之以逊位终焉。然则自古有文章，便有布置，讲学之士不可不知也。①

范温曾从山谷学诗，他从那儿得到“文章必谨布置”的教诲，便用以分析杜甫的《奉赠韦左丞丈》诗，可见山谷所说的“文章”是包含诗在内的。在黄庭坚那儿，“诗法”服务于诗的“立意”，显然是在诗的写作中借鉴了唐宋古文的章法。而就诗的传统本身而论，杜甫诗亦以有法则可循著称。如《后山诗话》云：“学诗当以子美为师，有规矩，故可学。”（何文焕辑《历代诗话》上册）胡应麟《诗薮》外编卷四也说：“李杜二家，其才本无优劣，但工部体裁明密有法可寻，青莲兴会标举非学可至。”

综合上面的考察，我们的结论是：宋代主流诗学是建立在理性基础上的。推理精神和实证精神共同体现了理智的力量。在相当一部分宋人的理念中，理智力量被视为诗的真正驾驭者，而不仅仅是哲学和科学的驾驭者。理智与诗密切联系在一起，两者之间，有时以感受作为中介，有时不以感受为中介。一部分宋人如邵雍甚至认为，理智可以直接转化为诗。理智在诗的领域中大行其道，成功地培育出了宋诗的品格：以思理筋骨见长，而不以丰神情韵取胜。诗人的精神活动被尽可能地限制在理解的范围内。至于“以文为诗”，则是理性精神在艺术表达上的体现。

有一件事实不容忽略：以文为诗并不始于杜甫，在唐代诗人中，以文为诗倾向特别鲜明的，也不止杜甫一人。如果我们将“主议论”作为“以文为诗”的基本特征的话，那么，可以说《诗经》中就有了这样的作品。《诗经》中本有两种类型的诗，一种是《风》诗，一种是《雅》、《颂》。《风》诗以抒发感情为主，率性自然，功利观念淡薄，可以说是纯粹的抒情诗。《雅》、《颂》则兼有叙与议的功能，多“言王政之废兴”，纯粹的抒情诗很少。汉代的乐府诗，以叙事为主而兼有浓郁的抒情意味，发展到汉末，便萌生出抒情的五言诗。但纯粹的抒情五言诗，大约要到魏晋之际的阮籍手中才告完成。陆机

① 郭绍虞辑：《宋诗话辑佚》，323～325页，北京，中华书局，1980。

《文赋》说“诗缘情而绮靡”，就是在纯粹抒情诗已经完成的背景下提出的。不过，与抒情诗不断纯粹的进程相统一，也还有东晋玄言诗的抬头，表明《雅》、《颂》传统依然顽强地延续着。唐代依然是《风》诗传统和《雅》、《颂》传统并存。杜甫和韩愈的相当一部分作品，便与《雅》、《颂》有较多相似之处。而韩愈“以文为诗”的倾向比杜甫更为鲜明。既然如此，何以江西诗派不以韩愈为“祖”而以杜甫为“祖”呢？

这有三方面的原因：其一，杜甫那种忧君爱国的情怀相当充分地体现了传统人文精神，宋以降的诗人，如果希望获得较高的社会评价，不对杜甫表示崇敬几乎是不可能的。《潜溪诗眼·山谷论诗文优劣》云：

> 孙莘老尝谓老杜《北征》诗胜退之《南山》诗，王平甫以谓《南山》胜《北征》，终不能相服。时山谷尚少，乃曰：“若论工巧，则《北征》不及《南山》；若书一代之事，以与《国风》、《雅》、《颂》相为表里，则《北征》不可无，而《南山》虽不作未害也。”二公之论遂定。①

黄庭坚评诗的首要标准不是技巧，而是诗所蕴含的诗人的人格。一个诗人，首先应该是一个忧国忧民的人，而杜甫无疑是这方面的榜样。至于韩愈，他虽抗颜为师，以圣贤自许，但策略性的意味过于浓厚，缺少虔诚的心态和践履精神。其二，统系的建立旨在给诗派定位，对“祖”的选择必须充分考量其创作是否足以成为表率并给诗派带来声望。杜甫的大家地位，自中晚唐之际以来，已经牢固确立。黄庭坚正是在这种文学背景下开始其流派创始人事业的。从审美的角度考察，

① 郭绍虞辑：《宋诗话辑佚》，327页，北京，中华书局，1980。

其诗学祈向是以昆体功夫，到老杜浑成地步。① 李商隐用典，尤其是西昆体诗人用典，旨在酿造气氛和情调，意思并非关注的重心，所以被批评为“华而不实”、“文浮于意”；杜甫诗中确有实实在在的意蕴，但努力用夺胎换骨的方式表达出来。黄庭坚兼学杜甫和李商隐，以杜甫为“祖”，即隐含了向李商隐学习的意味；而如果仅仅标榜韩愈，向李商隐学习的意味就会被彻底掩盖，而这是不妥当的。其三，就大规模地开启点铁成金、夺胎换骨的法门而言，在唐代诗人中，杜甫是第一位，也是最成功的一位，韩愈不过是杜甫的仿效者。黄庭坚虽然常将杜、韩并提，但韩愈的成就主要在古文方面，就写诗而言，杜甫的地位是韩愈所不可取代的。② 黄庭坚《答洪驹父书》云：

> 所寄《释权》一篇，词笔从横，极见日新之效。更须治经，深其渊源，乃可到古人耳。青琐祭文，语意甚工，但用字时有未安处。自作语最难，老杜作诗，退之作文，无一字无来处，盖后人读书少，故谓韩、杜自作此语耳。古之能为文章者，真能陶冶万物，虽取古人之陈言入于翰墨，如灵丹一粒，点铁成金也。

将“老杜作诗”与“退之作文”并提，即意在表明韩愈诗在“点铁成金”方面不具有典范意义。也许应该附带说明的是，黄庭坚力倡“夺胎换骨”、“点铁成金”，其具体的写作也确乎以此见长，钱钟书《谈艺录》（补订本）二《黄山谷诗补注》列举了诸多证据，如：“《演雅》云：‘络纬何尝省机织，布谷未应勤种播。’天社注但释虫鸟名，并引杜诗：‘布谷催春种。’按山谷词意实本《诗·大东》：

---

① 钱钟书：《谈艺录》（补订本），152 页，“山谷学杜，人所共知；山谷学义山，则朱少章弁《风月堂诗话》始亲切言之，所谓‘山谷以昆体功夫，到老杜浑成地步。’”北京，中华书局，1979。

② 黄庭坚对韩愈文的推崇超过对韩愈诗的推崇。《王直方诗话·山谷惟爱退之南溪始泛诗》：“洪龟父言山谷于退之诗少所许可，最爱《南溪始泛》，以为有诗人句律之深意。”见郭绍虞辑：《宋诗话辑佚》，88 页，北京，中华书局，1980。

‘睆彼牵牛，不以服箱。维南有箕，不可以簸扬。维北有斗，不可以挹酒浆’；《抱朴子》外篇《博喻》有‘锯齿不能咀嚼，箕舌不能别味’一节，《金楼子·立言》篇九下全袭之，而更加铺比。山谷承人机杼，自成组织，所谓脱胎换骨者也。”① 就夺胎换骨、点铁成金而言，与杜甫相比，黄庭坚可以说是百尺竿头，更进一步了。

八 明代主流诗学的统系选择

明人对唐诗的推崇和对宋诗的贬抑是同一事实的两个侧面。由唐到宋是我国古代诗歌转变的关键时期。宋诗较多解说性、演绎性的表达方式，唐诗则将认识与感悟化合为一，南宋末年的严羽扬唐抑宋，“截然谓当以盛唐为法”。（《沧浪诗话·诗辨》）他在《沧浪诗话·诗评》中说：“唐人与本朝人诗，未论工拙，直是气象不同。”② 自沧浪此论一出，分唐界宋，几成风气。“后人之论唐宋诗分别者，如张蔚然《西园诗麈》云：‘唐诗偏近《风》，故动人易；宋诗偏近《雅》，故入人难。’翁方纲《石洲诗话》云：‘唐诗妙境在虚处，宋诗妙境在实处。’此二说就不限于气象一端，所以比较全面。大抵唐代作家较多纯粹之诗人，而宋之诗家则多为文人学士。翁方纲又谓‘盛唐诸公全在兴象超诣’，‘宋人之学全在研理日精，观书日富，因而论事日密’。以此分虚实，亦有见地。所以宋人诗不免以才学为诗，以议论为诗，而风格也就与《雅》近而与《风》远了。沧浪从气象来看，固然看出了宋人不及唐人处；同时也正因他只从气象来看，所以就看不到宋人自有宋人本色处。”③

前后七子是明代主流诗学的代表。他们于古诗推尊汉魏，于律诗

① 钱钟书：《谈艺录》（补订本），6页，北京，中华书局，1984。“脱胎换骨”即“夺胎换骨”。

② 严羽著，郭绍虞校释：《沧浪诗话校释》，27页、144页，北京，人民文学出版社，1983。

③ 郭绍虞为严羽《沧浪诗话·诗评》所写的“释”，见严羽著，郭绍虞校释：《沧浪诗话校释》，145页，北京，人民文学出版社，1983。

推尊盛唐，其统系意识受到严羽的显著影响，而其抗争对象首先是宋代主流诗学。

与宋人推崇理性有别，明代主流诗学关注的则是有关诗歌创作的经验。经验规则取代理性规则，其表征是对前人艺术实践的信任，就七子派而论，他们信任的是汉魏（古诗）和盛唐（律诗）的艺术实践。前七子盟主李梦阳相信，汉魏和盛唐的艺术实践完美地遵循了某种艺术法则，尽管其作者也许未能明确地意识到；后人如果想揭示或制定规则，就必须具体地考察汉魏古诗和盛唐律诗，从中发现秩序并遵循这种秩序，企图任意行事或另起炉灶是不成的。他在《答周子书》中指出："文必有法式，然后中谐音度。如方圆之于规矩，古人用之，非自作之，实天生之也。今人法式古人，非法式古人也，实物之自则也。"（《李空同全集》卷六十一）他的意思是：法是客观存在着的事物的内在规律，任何一种艺术，都有其不可违背的"法"即规律；这种规律完美地体现在"第一义"的典范作品中，因此，在创作中必须严格地仿效前人的经典之作。以对创作经验的尊崇为出发点，李梦阳热心于从汉魏古诗和盛唐律诗中归纳技巧，以这种技巧来指导创作。其《再与何氏书》云：

> 古人之作，其法虽多端，大抵前疏者后必密，半阔者半必细，一实者必一虚，叠景者意必二。此予之所谓法，圆规而方矩者也。沈约亦云："若前有浮声，则后须切响，一简之内，音韵尽殊，两句之中，轻重悉异。"即如人身，以魄载魂，生有此体，即有此法也。《诗》云"有物有则"，故曹、刘、阮、陆、李、杜能用之而不能异，能异之而不能不同。（《李空同全集》卷六十一）

所谓"前疏者后必密，半阔者半必细，一实者必一虚，叠景者意必二"，实际上是些经验标准，尽管李梦阳认定这是"物之自则"——事物内部所固有的规律。所以，如果说宋人以推理和实证来实行其理性原则，李梦阳等则是以经验标准取代理性标准：他们首先选定汉魏古诗和盛唐律师为诗的模特儿，然后从这模特儿身上发现规则。他们用经验规则取代了理性原则，习惯和传统构成这些规则的基础。

就对经验规则的发现和总结而言，后七子之一的谢榛堪称明代主流诗学的代表。他的《四溟诗话》从不同层面、不同角度对不同类型的诗提出了种种规范。例如：

杜约夫问曰："点景写情孰难？"予曰："诗中比兴固多，情景各有难易。若江湖游宦羁旅，会晤舟中，其飞扬轗轲，老少悲欢，感时话旧，靡不慨然言情，近于议论，把握住则不失唐体，否则流于宋调，此写情难于景也，中唐人渐有之。冬夜园亭具樽俎，延社中词流，时庭雪皓目，梅月向人，清景可爱，模写似易，如各赋一联，拟摩诘有声之画，其不雷同而超绝者，谅不多见，此点景难于情也，惟盛唐得之。"约夫曰："子能发情景之蕴，以至极致，沧浪辈未尝道也。"（卷二）①

作诗本乎情景，孤不自成，两不相背。凡登高致思，则神交古人，穷乎遐迩，系乎忧乐，此相因偶然，著形于绝迹，振响于无声也。夫情景有异同，模写有难易，诗有二要，莫切于斯者，观则同于外，感则异于内，当自用其力，使内外如一，出入此心而无间也。景乃诗之媒，情乃诗之胚：合而为诗，以数言而统万形，元气浑成，其浩无涯矣。（卷二）

这是谈情景关系的。

李西涯曰："诗用实字易，用虚字难。盛唐人善用虚字，开合呼应，悠扬委曲，皆在于此。用之不善，则柔弱缓散，不复可振。"夏正夫谓："涯翁善用虚字，若'万古乾坤此江水，百年风日几重阳'是也。"西涯虚实，以字言之；子昂虚实，以句言

① 本书引用《四溟诗话》，均据中华书局1983年版《历代诗话续编》本，其他地方不另出注。

之：二公所论，不同如此。（卷一）

这是谈虚实关系的。

律诗虽宜颜色，两联贵乎一浓一淡。若两联浓，前后四句淡，则可；若前后四句浓，中间两联淡，则不可。亦有八句皆浓者，唐四杰有之；八句皆淡者，孟浩然、韦应物有之。非笔力纯粹，必有偏枯之病。（卷三）

这是谈浓淡关系的。

在对经验规则的考察中，明代主流诗学提出了两大重要命题。其一，诗"贵情思而轻事实"。李东阳《麓堂诗话》说："诗有三义，赋止居一，而比兴居其二。所谓比与兴者，皆托物寓情而为之者也。盖正言直述，则易于穷尽，而难于感发。惟有所寓托，形容摹写，反复讽咏，以俟人之自得，言有尽而意无穷，则神爽飞动，手舞足蹈而不自觉，此诗之所以贵情思而轻事实也。"①这里应该郑重指出，"情思"包含了"情感"，但其含义又非"情感"二字所能取代，因为，它同时还强调了感觉和音乐效果。"比兴"与"情思"的联系指向对诗人感觉的关注，"手舞足蹈而不自觉"与"情思"的联系则表明情感、情绪与音乐相通，一旦进入诗的情感和情绪氛围，同样有聆听音乐时那种回肠荡气的感受。李东阳的这一创获，李梦阳也显然是认可的。李梦阳在《缶音序》中说："诗至唐，古调亡矣，然自有唐调可歌咏，高者犹足被管弦。宋人主理不主调，于是唐调亦亡。""夫诗，比兴错杂，假物以神变者也。难言不测之妙，感触突发，流动情思，故其气柔厚，其声悠扬，其言切而不迫，故歌之心畅而闻之者动也。"这里，李梦阳不是以"情"作为"理"的对立面，而是以"调"作为其对立面，这是一个不能忽视的用法。"情"是多层面的，

① 本书引用《麓堂诗话》，均据中华书局1983年版《历代诗话续编》本。其他地方不另出注。

理学家也有理学家的情。但“调”却强调“感触突发”，由此导向对感觉和意象的捕捉；强调“流动情思”，“其声悠扬”，由此导向对诗的音调节奏的关注。“情思”同时关涉文学语言和音乐语言，“情思”与议论事理和铺叙事实是格格不入的。并且，从诗与作者的关系看，所抒之“情”是可作伪的，即所谓“心声心画总失真”，但所表达的“情思”，却是不可作伪的，因为，诗人的创作个性、创作风格无法矫饰。对此，李梦阳所见甚为真切。他在《林公诗序》中说：“夫诗者，人之鉴者也。夫人动之至必著之言，言斯永，永斯律，律和而应，声永而节。言弗暌志，发之以章，而后诗生焉。故诗者，非徒言者也。是故端言者未必端心，健言者未必健气，平言者未必平调，冲言者未必冲思，隐言者未必隐情。谛情、探调、研思、察气，以是观心无廋人矣。故曰诗者，人之鉴也。”“言”不由衷是可能的，如热衷功名的人故作清高之论，性情怯懦的人故作豪勇之语；“调”、“气”等则属于个性和风格范畴，是不能作假的，这些才真的是“人之鉴”。李东阳、李梦阳等人用“情思”而不用“情”来作为建立诗学的基础，其理论意义在于，一方面沟通诗、乐，另一方面又将诗与史区别开来，“史”强调的是“事实”，诗关注的则是“情思”。①

其二，作诗“不可太切”。中国古典诗学中有“言不尽意，意在言外”，“只可意会，不可言传”等等说法，这里的“意”，不是与逻辑思维联系在一起的“意义”，而是富于情绪色彩的“意绪”。诗人的意绪，尤其是那些源于自由感觉的“意绪”，如弥漫的烟雾，如“梅子黄时雨”，要加以清晰的界定和阐释是困难的，甚至是不可能的。我们要完整地传达这种意绪，就应尽量避免涉于理路，就应尽量向读者提供含蕴丰富的意境，“排除思想分析而直入世界内部的特征”。由此出发，明代主流诗学反复强调：诗的表达不必“太切”，因为“太切”就意味着作家有明晰的“意图”。谢榛《四溟诗话》说：

① 参见拙著：《明代诗学》，38～70页，长沙，湖南人民出版社，2000。

诗不可太切，太切则流于宋矣。(卷二)

王世贞《艺苑卮言》卷四说：

严（羽）又云："诗不必太切。"予初疑此言，及读子瞻诗，如"诗人老去""孟嘉醉酒"各二联，方知严语之当。又近一老儒尝咏道士号一鹤者云："赤壁横江过，青城被箭归。"使事非不极亲切，而味之殆如嚼蜡耳。

胡应麟《诗薮》内编卷五说：

杜题柏："霜皮溜雨四十围，黛色参天二千尺。"说者谓太细长，诚细长也，如句格之壮何！题竹："雨洗娟娟净，风吹细细香。"说者谓竹无香，诚无香也，如风调之美何！宋人《咏蟹》："满腹红膏肥似髓，贮盘青壳大于杯。"《荔枝》："甘露落来鸡子大，晓风吹作水晶团"，非不酷肖，毕竟妍丑何如？诗固有以切工者，不伤格，不贬调，乃可。

"诗言志"是中国诗学中的一个经典说法，在宋人的主流阐释中被理解为诗以作品所包含的作者意图为主。在这种言志观念笼罩下，文学批评强调的是"文以载道"的"道"、"有德者必有言"的"德"、"内容决定形式"的"内容"，强调的是作品背后的"意义"、"主题"、"中心思想"。宋人视野中的"诗言志"原则强调：诗歌是诗人思想感情的流露、表达或形象的写照。或者换一个说法，艺术作品实质上是把内在的变成外在的，它同时体现了诗人的知觉、思想和感情。所以诗的渊源和题材，是诗人自己的精神素质和内心活动；如果外部世界的某些方面，在诗人的感情和内心活动作用下，从事物转化成诗，那么它们也能成为诗的源泉和题材。由这一理论产生的评价诗歌成败的标准是：它与诗人在写作时的意图、感情和真实的思想状态相符吗？这种理性原则在“不切”论中被明确地放弃了。①

作诗“不可太切”，就与外在景物的关系而言，旨在否定宋人的实证精神。在诗的写作中，为了获致某种韵味，诗应该或可以摆脱事实对它的束缚。如胡应麟《诗薮》外编卷四所说：“张继‘夜半钟声到客船’，谈者纷纷，皆为昔人愚弄。诗流借景立言，惟有声律之调，兴象之合，区区事实，彼岂暇计。无论夜半是非，即钟声闻否，未可知也。”或如谢肇淛《小草斋诗话》所说：“‘夜半钟声到客船’，钟似太早矣。‘惊涛溅佛身’，寺似太低矣。‘黑云压城城欲摧，甲光向日金鳞开’，阴晴似太速矣。‘马汗冻成霜’，寒燠似相背矣。然于佳句毫无损也。诗家三昧，正在此中见解。譬如摘雪中芭蕉以病摩诘之画，摘点画之讹以病右军之书，非不确，如画法书法不是在何！”中国的文人画努力达到忽略外在细节描写而捕捉事物气象、神韵的境界，明代主流诗学也追求和认可这样的境界。

诗“贵情思而轻事实”着眼于确定诗的体裁规范，作诗“不可太切”着眼于确定诗与志、诗与景之间的关系。这两大命题是从汉魏古诗和盛唐律诗的经验事实中概括出来的。明代主流诗学具有“常识”诗学的特性。它立足于写作经验，与立足于理性精神的宋代主流诗学形成对比分明的两极。明代主流诗学所确定的统系，旨在恢复汉魏古诗和盛唐律诗的传统而摒弃宋代主流诗学，其统系选择不是为了深化学术，而是为了促进文学事业的发展。但无心插柳柳成荫，他们的创获为后人研究汉魏古诗和盛唐律诗提供了值得珍视的学术资源。

九　清代的四大诗学流别之争

我们在讨论宋以前古典诗的三大诗学流别时已经指出，从格调到神韵再到性灵，其题材和风格的迁移具有某种程度的必然性。从汉魏到梁陈，古诗将这一程序展示了一遍，从初、盛唐到唐末，律诗又将

① 参见拙著：《明代诗学》，267～286页，长沙，湖南人民出版社，2000。

这一程序重复了一遍。因为古诗和律诗体裁不同，所以这种题材和风格的重复未造成写作的重复，唐人依然有创造的余地。引人注目的是，时至明代，明人又将这一程序演绎了一遍，从七子派到公安派，格调、神韵和性灵相继登场，由于诗的所有体裁至唐代已经完备，明人难以“自辟堂户”，其建树受到限制是必然的。历史运行到清代，清人所面对的诗学流别，除了格调、神韵和性灵外，还有宋代主流诗学所确立的以理性原则为主导的第四个流别（肌理派）。清人将如何在诗坛上发展他们的事业？

清代的四大诗学流别与汉魏至宋代的诗坛情形有一种相互对应或相互照应的关系。

清代的格调派、神韵派、性灵派和肌理派，尽管问世的时间略有参差，但如以中国古典诗数千年的发展历史作为参照系，将它们大体视为共时态的几个流派也无妨。这几个流派在题材选择和美感特征（风格）方面的主张，与许学夷《诗源辩体》的阐释不谋而合。许学夷身为明人，自不能目睹清代诗坛的运作情形，但理论自身的发展逻辑却可以超越时空。这表明，从历时态到共时态，格调、神韵、性灵、肌理所关涉的问题并没有改变。

先考察格调派掌门沈德潜的议论：

> 诗必原本性情，关乎人伦日用及古今成败兴坏之故者，方为可存，所谓其言有物也。若一无关系，徒办浮华，又或叫号撞搪以出之，非风人之指矣。尤有甚者，动作温柔乡语，如王次回《疑雨集》之类，最足害人心术，一概不存。（《清诗别裁集·凡例》）①
>
> 诗之为道，可以理性情，善伦物，感鬼神，设教邦国，应对诸侯，用如此其重也。秦、汉以来，乐府代兴，六代继之，流衍靡曼。至有唐而声律日工，托兴渐失，徒视为嘲风雪，弄花草，游历燕衎之具，而诗教远矣。学者但知尊唐而不上穷其源，犹望

① 沈德潜编：《清诗别裁集》，3页，北京，中华书局，1975。

海者指鱼背为海岸，而不自悟其见之小也。今虽不能竟越三唐之格，然必优柔渐渍，仰溯《风》、《雅》，诗道始尊。(《说诗晬语》卷上)①

诗以声为用者也，其微妙在抑扬抗坠之间。读者静气按节，密咏恬吟，觉前人声中难写、响外别传之妙，一齐俱出。朱子云："讽咏以昌之，涵濡以体之。"真得读诗趣味。(《说诗晬语》卷上)②

"格调"之"格"，旨在突出尊卑之别。而尊卑之别取决于题材的选择。沈德潜指出，诗必须面向现实的社会人生，在题材选择上不能成为"嘲风雪，弄花草，游历燕衎之具"，即不能局限于"青山、白云、春风、芳草"，这自是针对神韵派说的。其《重订唐诗别裁集序》亦云："新城王阮亭尚书选《唐贤三昧集》，取司空表圣'不著一字，尽得风流'，严沧浪'羚羊挂角，无迹可求'之意，盖味在咸酸外也。而于杜少陵所云'鲸鱼碧海'，韩昌黎所云'巨刃摩天'者，或未之及。余因取杜、韩语意定《唐诗别裁》，而新城所取，亦兼及焉。"③ 其所谓"尤有甚者，动作温柔乡语，如王次回《疑雨集》之类，最足害人心术"，则是针对聚焦于闺闱的性灵派而言的。至于他的正面主张，即"诗必原本性情，关乎人伦日用及古今成败兴坏之故"，显然是传统格调说所蕴含的入世精神的翻版。在主流诗学看来，对现实人生的关注是"格高"的基本前提。

"格调"之"调"，突出的是诗与音乐相通的特征。诗自然离不开文字，但并不仅仅依赖文字，诗的声调韵律也是不可忽视的。所谓"诗以声为用者也，其微妙在抑扬抗坠之间"，讲的就是对声调韵律的体会。《说诗晬语》还说："诗中韵脚，如大厦之有柱石，此处不

---

① 沈德潜：《说诗晬语》，186 页，北京，人民文学出版社，1979。
② 沈德潜：《说诗晬语》，187 页，北京，人民文学出版社，1979。
③ 沈德潜编：《唐诗别裁集》，2 页，北京，中华书局，1975。

牢，倾折立见。”（卷下）“乐府之妙，全在繁音促节。”（卷上）① 也表明诗在艺术表达上不能像文那样倚重说明、议论和铺叙，其精神、起伏和生命应该在音乐感中呈现出来。

再考察神韵派掌门王士禛的议论：

世谓王右丞画雪中芭蕉，其诗亦然。如“九江枫树几回青，一片扬州五湖白”。下连用兰陵镇、富春郭、石头城诸地名，皆寥远不相属。大抵古人诗画，只取兴会神到，若刻舟缘木求之，失其指矣。（《池北偶谈》，《带经堂诗话》卷三）

或问“不著一字，尽得风流”之说，答曰：太白诗：“牛渚西江夜，青天无片云；登高望秋月，空忆谢将军。余亦能高咏，斯人不可闻。明朝挂帆去，枫叶落纷纷。”襄阳诗：“挂席几千里，名山都未逢。泊舟浔阳郭，始见香炉峰。常读远公传，永怀尘外踪。东林不可见，日暮空闻钟。”诗至此，色相俱空，政如羚羊挂角，无迹可求，画家所谓逸品是也。（《分甘馀话》，《带经堂诗话》卷三）

汾阳孔文谷云：“诗以达性，然须清远为尚。薛西原论诗，独取谢康乐、王摩诘、孟浩然、韦应物，言‘白云抱幽石，绿筱媚清涟’，清也；‘表灵物莫赏，蕴真谁为传’，远也；‘何必丝与竹，山水有清音’，‘景昃鸣禽集，水木湛清华’，清远兼之也。总其妙在神韵矣。”神韵二字，予向论诗，首为学人拈出，不知先见于此。（《池北偶谈》，《带经堂诗话》卷三）

严沧浪以禅喻诗，余深契其说，而五言尤为近之。如王、裴辋川绝句，字字入禅。他如“雨中山果落，灯下草虫鸣”，“明月松间照，清泉石上流”，以及太白“却下水精帘，玲珑望秋月”，常建“松际露微月，清光犹为君”，浩然“樵子暗相失，草虫寒不闻”，刘昚虚“时有落花至，远随流水香”，妙谛微言，

① 沈德潜：《说诗晬语》，247页、198页，北京，人民文学出版社，1979。

与世尊拈花，迦叶微笑，等无差别。通其解者，可语上乘。（《蚕尾续文》，《带经堂诗话》卷三）①

神韵派在题材选择上钟情于山水，这一传统发轫于晋宋古诗，经过王、孟、韦、柳的发展，在明清两代依然稳固而鲜明。这从王士禛的举例可以一目了然地见出：他所偏爱的那些“神韵天然”的警句几乎全是山水诗。他在《东渚诗集序》中说：“夫诗之为物，恒与山泽近，与市朝远。观六季三唐作者篇什之美，大约得江山之助，写田园之趣者什居六七。”他编《唐贤三昧集》，“不录李杜二公”，而于王、孟、韦、柳之作，选入甚多。于六朝诗人，偏爱谢灵运；于明代诗人，偏爱徐祯卿、边贡、高叔嗣。处处显示出其宗旨所在。

从六朝到明清，神韵派在美感特征上一以贯之地偏于“古淡”、“清”、“远”。“明诗本有古澹一派，如徐昌穀、高苏门、杨梦山、华鸿山辈。自王、李专言格调，清音中绝，同时王奉常小美作《艺圃撷馀》，有数条与其兄及济南异者，予特拈出。如云：‘今之作者，但须真才实学，本性求情，且莫理论格调。’又云：‘诗有必不能废者，虽众体未备，而独擅一家之长。如孟浩然洮洮易尽，只以五言隽永，千载并称王、孟。有明则徐昌穀、高子业二君，诗不同而皆巧于用短，徐有蝉蜕轩举之风，高有秋闺愁妇之态，更千百年，李、何尚有废兴，二君必无绝响。’此真高识迥论，令于鳞、元美早闻此语，当不开后人抨弹矣。”（《池北偶谈》，《带经堂诗话》卷一）王士禛以“古淡”与“格调”相对，在盛称谢康乐、王摩诘、孟浩然、韦应物诗时又以“清”、“远”作形容，足见“古淡”、“清”、“远”共同标示一种“蝉蜕轩举”、“隽永超诣”的诗风。这种诗风的形成，一方面是因为其题材以描写山水田园为主，另一方面也因为其表达“只取兴会神到”，并不拘泥于真实的景物。他赞赏王维画雪中芭蕉，

① 王士禛：《带经堂诗话》，68 页、70 页、73 页、83 页，北京，人民文学出版社，1963。本书引用《带经堂诗话》，均据这一版本。其他地方不另出注。

即赞赏一种“妙在神会，不着色相”的化境，作者不与具体的山水对应，而与对山水的兴会对应。“香炉峰在东林寺东南，下即白乐天草堂故址，峰不甚高。而江文通《从冠军建平王登香炉峰》诗云：‘日落长沙渚，层阴万里生。’长沙去庐山二千余里，香炉何缘见之？孟浩然《下赣石》诗：‘暝帆何处泊，遥指落星湾。’落星在南康府，去赣亦千余里，顺流乘风，即非一日可达。古人诗只取兴会超妙，不似后人章句，但作记里鼓也。”（《渔洋诗话》，《带经堂诗话》卷三）山水田园题材与其他题材相比，本来就多几分“古淡”、“清”、“远”的意味，再加上兴会神到，色相俱空，其“古淡”、“清”、“远”的美感特征便更为鲜明。

神韵派在体裁上偏重五言。所谓“严沧浪以禅喻诗，余深契其说，而五言尤为近之”，说的就是这一层意思。① 王士禛就“唐人五言绝句，往往入禅，有得意忘言之妙”和“‘不著一字，尽得风流’之说”所举的例证也全是五言。他的一首《论诗绝句》亦云：“风怀澄淡推韦柳，佳句多从五字求。”何以偏爱五言诗呢？这与五言诗的美感特征有关。刘大勤编《师友诗传续录》记王士禛答“五言古七言古章法不同如何”一问时说：“五言着议论不得，用才气驰骋不得。七言则须波澜壮阔、顿挫激昂、大开大阖耳。”五言以含蓄见长，不着议论，不加判断，故意味深远；七言发扬蹈厉，以才气驾驭议论，以铺排造成气势，故雄浑有余，而韵味不足。王士禛对雄浑的格调是不大推崇的。他偏爱五言，其实是他偏爱山水题材和“古淡”、“清”、“远”风格的审美趣味在体裁领域的延伸。

清代的性灵派以袁枚为“班首”。中国古代的诗人或诗论家，很少不以抒情为诗的基本特征的。明代的前七子主张抒情，反七子的公

① 王士禛也举过“神韵天然”的七言诗为例，但强调这种例子并不多见。如：“七言律联句，神韵天然，古人亦不多见。如高季迪‘白下有山皆绕郭，清明无客不思家’。杨用修‘江山平远难为画，云物高寒易得秋’。曹能始‘春光白下无多日，夜月黄河第几湾’。近人‘节过白露犹余热，秋到黄州始解凉’。‘瓜步江空微有树，秣陵天远不宜秋’。释读彻‘一夜花开湖上路，半春家在雪中山’。皆神到不可凑泊。”（《香祖笔记》，《带经堂诗话》卷三）

安派亦主张抒情，区别在于二者的“情”指涉不同。论及袁枚的诗学主张，也须留意他眼中的“情”属于哪一类型。其《随园诗话》卷十云：

> 余最爱言情之作，读之如桓子野闻歌，辄唤奈何。录汪可舟《在外哭女》云：“遥闻临逝语堪哀，望我殷殷日百回。死别几时曾想到，岁朝无路复归来。绝怜艰苦为新妇，转幸逍遥入夜台。便即还家能见否，一棺已盖万难开。”《过朱草衣故居》云：“路绕丛祠鸟雀飞，依然门巷故人非。忆寻君自初交始，每渡江无不见归。问疾榻前才转盼，谈诗窗外剩斜晖。绝怜童仆相随惯，未解存亡欲扣扉。”沙斗初《经亡友别墅》云：“千石鱼陂占水乡，四时烟景助清光。弟兄不隔东西屋，宾主无分上下床。斗酒几番当皓月，题诗多半在修篁。今朝独棹扁舟过，回首前欢堕渺茫。”厉太鸿《送全榭山赴扬州》云：“生来僧祐偏多病，同往林宗又失期。两点红灯看渐远，暮江惆怅独归时。”王孟亭《归兴》云：“漫理轻装唤小舠，何缘归兴转萧骚。老来最怕临岐语，灯半昏时酒半消。”宗介飒《别母》云：“垂白高堂八十余，龙钟负杖倚门闾。泣惟张口全无泪，话到关心只望书。”某妇《送夫》云：“君且前行莫回顾，高堂有妾劝加餐。”①

这一则表明，袁枚所说的“言情之作”，其涵盖面是很宽的。我们生活中的各种情感，父母子女之间，夫妻朋友之间，那些曾令我们心旌摇摇的情愫，全在诗的表达界域之内。但必须指出，袁枚所说的“言情之作”，其重心还是男女之情。他的朋友程晋芳（号蕺园）写信叫他删掉集子中写男女之情的风怀诗，袁枚在回信(《小仓山房文集》卷三十《答蕺园论诗书》）中振振有词地说：“诗者由情生者也，有必不可解之情，而后有必不可朽之诗。情所最先，莫如男女。古之人，屈平以美人比君，苏、李以夫妻喻友，由来尚矣。即以人品论，

① 袁枚：《随园诗话》，360页，北京，人民文学出版社，1982。

徐摛善工（应作宫）体，能挫侯景之威；上官仪词多浮艳，尽忠唐室；致光香奁，杨、刘昆体，赵清献、文潞公亦仿为之；皆正人也……缘情之作，纵有非是，亦不过《三百篇》中‘有女同车’、‘伊其相谑’之类，仆心已安矣，圣人复生，必不取其已安之心而掉罄之也。宋儒责白傅杭州诗忆妓者多，忆民者少，然则文王‘寤寐求之’至于‘转展反侧’，何以不忆王季、太王而忆淑女耶？孔子厄于陈、蔡，何以不思鲁君而思及门弟子耶？沈朗又云：‘《关雎》言后妃，不可为《三百篇》之首。’故别撰尧舜诗二章。然则《易》始《乾》、《坤》，亦阴阳夫妇之义，朗又将去《乾》、《坤》而变置何卦耶？”袁枚甚至对程蕺园表示：“使仆集中无缘情之作，尚思借编一二以自污，幸而半身小过，情在于斯，何忍过时抹杀。吾谁欺，自欺乎？”① 这里，袁枚虽然以《诗经》、《离骚》为挡箭牌，但他真正继承的还是宫体诗和香奁诗的传统，于元白艳情诗亦多所取资。

许学夷《诗源辩体》曾鄙薄唐末香奁诗入诗馀之调，即在风味上像词。事实上，闺闱题材与词的情调之间确有内在的关联：雄浑的格调与“室家、行旅、悲欢、聚散、感叹、忆赠之词”对应，清远的神韵与“青山、白云、春风、芳草”对应，而缠绵悱恻的婉约风格则与缘情题材较易关合。主张大写艳情诗的袁枚厌恶格调、神韵、肌理，因为，无论是格调说，还是神韵说，或是肌理说，都是“诗馀之调”的拒斥者。袁枚抬出“天分”来与格调说、神韵说、肌理说抗衡：

> 杨诚斋曰：“从来天分低拙之人，好谈格调而不解风趣，何也？格调是空架子，有腔口易描，风趣专写性灵，非天才不办。”余深爱其言。须知有性情，便有格律，格律不在性情外。《三百篇》半是劳人思妇率意言情之事，谁为之格，谁为之律，而今之谈格调者，能出其范围否？况皋、禹之歌，不同乎《三百篇》，《国风》之格，不同乎《雅》、《颂》，格岂有一定哉？

---

① 袁枚：《袁枚全集》第二册，527页，南京，江苏古籍出版社，1993。

许浑云："吟诗好似成仙骨，骨里无诗莫浪吟。"诗在骨不在格也。(《随园诗话》卷一)

阮亭主修饰，不主性情。观其到一处必有诗，诗中必用典，可以想见其喜怒哀乐之不真矣。(《随园诗话》卷三)

人有满腔书卷，无处张皇，当为考据之学，自成一家；其次则骈体文，尽可铺排，何必借诗为卖弄。自《三百篇》至今日，凡诗之传者，都是性灵，不关堆垛，惟李义山诗稍多典故，然皆用才情驱使，不专砌填也。余续司空表圣《诗品》，第三首便曰博习，言诗之必根于学，所谓"不从糟粕，安得精英"是也。近见作诗者，全仗糟粕，琐碎零星，如剃僧发，如拆袜线，句句加注，是将诗当考据作矣。虑吾说之害之也，故《续元遗山论诗》末一首云："天涯有客号诊痴，误把抄书当作诗。抄到钟嵘《诗品》日，该他知道性灵时。"(《随园诗话》卷五)①

第一则斥格调，第二则斥神韵，第三则斥肌理，而以"天分"为理论支柱，落脚点则是标榜"风趣"。风趣在中国古典诗中是一个处于边缘的审美范畴。中国古代有种打油体诗，其代表作是唐代张打油的《雪诗》：

江上一笼统，井上黑窟窿。
黄狗身上白，白狗身上肿。

所写不能说不真切，但俚俗诙谐，过于轻佻，从来不被视为真正的诗。又如通俗流传的《千家诗》中的卢梅坡《雪诗》："有梅无雪不精神，有雪无梅俗了人……"意思虽好，亦因语言油滑，从来不被行家视为好诗。② 苏轼的《李思训画长江绝岛图》是一首"绰有兴

① 袁枚：《随园诗话》，2页、80页、146页，北京，人民文学出版社，1982。

② 胡国瑞：《诗词赋散论》，6页，上海，上海古籍出版社，1992。

致”的名作，白璧微瑕在末二句：“舟中贾客莫漫狂，小姑前年嫁彭郎。”纪晓岚批曰：“末二句佻而无味，遂似市井恶少语，殊非大雅所宜。”苏轼《新城道中》有“岭上晴云披絮帽，树头初日挂铜钲”一联，亦受到纪晓岚批评：“絮帽、铜钲究非雅字。”① 确实，中国古典诗，无论是重格调，还是重神韵，其典雅风度都是不能放弃的，主流诗学认为，典雅是诗之为诗的必要条件。陆游《老学庵笔记》卷五载：

> 绍兴中，有贵人好为俳谐体诗及笺启，诗云：“绿树带云山罨画，斜阳入竹地销金。”《上汪内相启》云：“长楸脱却青罗帔，绿盖千层；俊鹰解下绿丝绦，青云万里。”后生遂有以为工者。赖是时前辈犹在，雅正未衰，不然与五代文体何异。此事系时治忽，非细事也。②

比较一下，不难发现，絮帽、铜钲之喻，与某贵人的俳谐体诗是颇为相近的。苏轼虽为大家，亦不必为贤者讳。《李思训画长江绝岛图》的末两句亦近于俳谐。中国古代的主流诗学是拒斥俚、俗、俳的。然而，袁枚所谓“风趣”，其风格标志之一却正是俳谐。比如他的《登六和塔》诗(《小仓山房诗集》卷二十六)：

> 一塔表江清，觚稜夕照明。
> 盘旋看下界，绝顶见平生。
> 乍上微嫌黑，弥高转不惊。
> 纵教吹落地，也有半年程。③

① 转引自王水照选注：《苏轼选集》，112页、61页，上海，上海古籍出版社，1984。

② 陆游：《老学庵笔记》，58页，北京，中华书局，1979。标点有改动处。

③ 袁枚：《袁枚全集》第一册，545页，南京，江苏古籍出版社，1993。

这首诗写了夕照中的塔景，也写了登塔过程，但只稍加点缀，一笔带过。诗的重心是表达登塔时的主观感受，以及登上绝顶后的冥冥之想。“乍上微嫌黑，弥高转不惊”，以口语入诗，虽然真切，却嫌轻率。结尾两句，“纵教吹落地，也有半年程”，其夸张虽类“白发三千丈，缘愁似个长”，其声口却似笑话中吹牛皮主角的言辞。采用俗语，不忌俚浅，与白居易、袁宏道诗风相近。而这两位正是逸出主流诗学常规的非主流诗人。

清代肌理派的掌门翁方纲极倡“为学必以考证为准，为诗必以肌理为准”（翁方纲《复初斋文集》卷四《言志集序》），其统系上溯杜甫，而实以宋诗为其理想范型。《石洲诗话》卷四论宋诗长处云：

> 唐诗妙境在虚处，宋诗妙境在实处……天地之精英，风月之态度，山川之气象，物类之神致，俱已为唐贤占尽。即有能者，不过次第翻新，无中生有。而其精诣，则固别有在者。宋人之学，全在研理日精，观书日富，因而论事日密。如熙宁、元祐，一切用人行政，往往有史传所不及载，而于诸公赠答议论之章，略见其概。至于茶马、盐法、河渠、市货，一一皆可推析。南渡而后，如武林之遗事，汴土之旧闻，故老名臣之言行、学术，师承之绪论、渊源，莫不借诗以资考据。而其言之是非得失，与其声之贞淫正变，亦从可互按焉。①

说“唐诗妙境在虚处，宋诗妙境在实处”，这是翁方纲的心得之言。他在《复初斋文集》卷三《延晖阁集序》中也说：“诗必研诸肌理，而文必求其实际。夫非仅为空谈格韵者言也，持此足以定人品学问矣。”“凡临事视若具文者，用心必不诚，故其毅力不克勤以副之，是即为诗文徒袭格调而不得其真际者也。”“格韵”即“格调”、“神韵”，在翁方纲看来，其短处在“空”在“虚”。所谓“虚”，是指

① 翁方纲：《石洲诗话》，122页，北京，人民文学出版社，1981。

格调派和神韵派关注的重心在体格声调、兴象风神。这些都像水中之月、镜中之花，无法从知识和逻辑的层面加以准确把握。所谓“实”，包括识见和知识两个层面。宋人以议论为诗，以才学为诗，其识见之超与学识之富是可以从知识和逻辑的层面加以准确把握的。翁方纲崇实，故其肌理包含“义理”和“文理”，而“义理”又包含思想（以儒家经典为依据）和学问（以考订训诂等为主），与桐城派“言有物”相近；“文理”指章法、句法等，与桐城派“言有序”相近。我们甚至可以说：用桐城派文论的“言有物”和“言有序”来阐释肌理说也是大体成立的，因为桐城派的“物”即包括“义理”和“考据”，“序”即指章法、句法等。从这样一种角度来看，肌理派的特征是把诗当做古文来写。① 翁方纲重视有关具体社会人生问题的识见和实证性的学问，所以他的《复初斋诗集》里有大量的金石考据诗。徐世昌《晚晴簃诗汇》卷三八引陶樑语云：“先生诗分两种，金石碑版之作，偏旁点画剖析入微，折中至当，品题书画之作，宗法时代，辩订精微。盖其学问既博，而才力又足以副之，皆能洋溢纵横，别开生面，不可谓非当代一大家也。”易宗夔《新世说》卷二也称赞其诗“自诸经注疏，以及史传之考订，金石文字之爬梳，皆贯澈（彻）洋溢其中，盖真能以学为诗者”。② 这是肌理派同情者的意见。至于肌理派的反对者，则是另一种说法。袁枚《随园诗话》补遗卷一以鄙夷的口气指出：“近日有巨公教人作诗，必须穷经读注

① 必须注意，翁方纲视诗为讨论具体社会人生问题和实证性学问的古文，而不是视为探讨心性等本体问题的哲学著作。所以他在《杜诗熟精文选理理字说》中强调：“客曰：然则白沙、定山之宗《击壤》也，诗之正则耶？曰：非也。少陵所谓理者，非夫《击壤》之流为白沙、定山者也。客曰：理有二欤？曰：理安得有二哉！顾所见何如耳。杜之言理也，盖根极于六经矣……其他推阐事变，究极物则者，盖不可以指屈。则夫大辂椎轮之旨，沿波而讨原者，非杜莫能证明也。”（《复初斋文集》卷十）杜多就具体的“事”究极物则，而邵雍、陈献章、庄昶等则多谈论性理。前者可以实证，后者是不能实证的。翁方纲偏爱的是可以实证的“理”。

② 易宗夔：《新世说》，25页，上海，上海古籍出版社，1982。

疏，然后落笔，诗乃可传。余闻之，笑曰：且勿论建安、大历、开府、参军，其经学何如，只问‘关关雎鸠’、‘采采卷耳’，是穷何经、何注疏，得此不朽之作？陶诗独绝千古，而‘读书不求甚解’。何不读此书以解之？梁昭明太子《与湘东王书》云：‘夫六典、三礼，所施有地，所用有宜。未闻吟咏情性，反拟《内则》之篇；操笔写志，更摹《酒诰》之作。“迟迟春日”，翻学《归藏》；“湛湛江水”，竟同《大诰》。’① 此数言振聋发聩，想当时必有迂儒曲士，以经学谈诗者，故为此语以晓之。”② 无论是反对肌理派，还是赞赏肌理派，他们针对的均为同一事实，即：肌理派继承的是宋诗的传统，以才学为诗，以议论为诗，只是在“学”中对实证性的考据更加看重而已。

以上我们分别评述了清代格调派、神韵派、性灵派、肌理派的特点。以清代的这四个流派与中国古典诗发展历程中的若干时段分别对比，不难发现，格调派与汉魏古诗和盛唐律诗，神韵派与晋宋古诗（以谢灵运为代表）和中唐律诗（如大历诗风），性灵派与梁陈宫体和唐末香奁诗风，肌理派与宋诗尤其是江西诗风，相互之间的对应若合符辙，各自的统系脉络清晰。这表明，格调、神韵、性灵、肌理四大诗学主张，并非个别诗人一时心血来潮所能设计出来的，从中国古典诗发展的实际状况来看，在学理上确有提出的必然性。南宋末年以降的唐宋诗之争，晚唐与中唐之争，晚唐与盛唐之争，中唐与盛唐之争等，其实是这四大诗学流别之争的另一种表现方式。这种充分的学理依据，表明统系意识在流派事业中占有举足轻重的重要地位。

十 词统示例（1）：浙西词派的词统建构

文有文统，诗有诗统，词有词统。宋代是词的黄金时代，词坛的统系之争在宋代即已成为重要的文学现象，比如南北宋之际兴起的

① 此文实为萧纲所作，袁枚误记为“梁昭明太子”。

② 袁枚：《随园诗话》，567页，北京，人民文学出版社，1982。

“词别是一家”之论，即是针对苏轼一派词人而来的，关涉到婉约派、豪放派谁为正宗的问题。南宋后期清逸派（醇雅派）的问世，造成了豪放派、婉约派和清逸派（醇雅派）鼎立的局面，此后的统系之争，往往不可避免地涉及到对这三派的抑扬。本书以浙西词派和常州词派为例，对清人词统建构的特点略作考察。

建立词统的意识以清人最为自觉。他们在明人之后来从事这一事业，应当明了一个基本的事实：所谓统系的选择，即确定自己及其所属流派的发展方向，在选择过程中，必须解决两个问题：一是对既往若干种词风的价值衡估，二是如何超越离自己最近的一代前辈词人，即如何与上一辈立异。后一个问题，实即向明代词坛挑战。

明代词坛和明代诗坛一样，其占主导地位的见解是提倡“本色”。王世贞在《艺苑卮言》附录“词话”中说：“词号称诗馀，然而诗人不为也。”“盖六朝诸君臣，颂酒赓色，务裁艳语，默启词端，实为滥觞之始。故词须宛转绵丽，浅至儇俏，挟春月烟花于闺襜内奏之，一语之艳，令人魂绝，一字之工，令人色飞，乃为贵耳。至于慷慨磊落，纵横豪爽，抑亦其次。不作可耳，作则宁为大雅罪人，勿儒冠而胡服也。”（据文渊阁本《四库全书》）就婉约词和豪放词而言，王世贞认为婉约是词的正宗，因为婉约词才真正体现了词的本色。它侧重于表达一种缠绵悱恻、绮艳动人的闺情，与诗所写的“大雅”之情完全是两码事。所以，王世贞提出，词是可作可不作的。不过，假如一定要作的话，就“宁为大雅罪人”，也要写得“婉娈而近情，柔靡而近俗”，否则，“儒冠而胡服”，便不伦不类了。

值得注意的是，如果说豪放词基本上属于雅词范围的话，婉约词中则既有雅词，也有俗词。早期的词，多为“歌者之词”，流行于歌台舞榭，以取悦于市井九流，其品格自当于“俗”为近；时代渐移，演变为“诗人之词”，士大夫或用以娱宾遣兴，或用以自抒情怀，其品格自当于“雅”为近。“歌者之词”大体上属于婉约词，“诗人之词”则一部分属于婉约词，一部分属于豪放词。而明人所指为“本色”的婉约词，则以歌者之词为主，风格偏“俗”。陈廷焯《白雨斋词话》卷三云：“词至于明而词亡矣。伯温、季迪，已失古意。降至升庵辈，句琢字炼，枝枝叶叶为之，益难语于大雅。自马浩澜、施阆仙辈出，淫词秽语，无足置喙。明末陈人中能以秾艳之笔，传凄婉之神，在明代便算高手。然视国初诸老，已难同日而语，更何论唐宋哉!"① 谢章铤《赌棋山庄词话》卷九云："明自刘诚意、高季迪数君而后，师传既失，鄙风斯煽，误以编曲为填词。故焦弱侯《经籍志》备采百家，下及二氏，而倚声一道缺焉，盖以鄙事视词久矣。"②《草堂诗馀》在明代的流行即是这种风尚的标志之一。《草堂诗馀》是南宋书坊编辑的一部词选。据增修本，共选录词近百家，以周邦彦最多，其下依次为秦观、苏轼、柳永，姜夔词一首也未入选。该书分类编选，前集分春景、夏景、秋景、冬景四类，后集分节序、天文、地理、人物、人事、饮馔器用、花禽七类，每一类下，又辖若干子目，如春景类下，分初春、早春、芳春、赏春、春思、春恨、春闺、送春等八个子目；节序类下，分元宵、立春、寒食、上巳、清明、端午、七夕、中秋、重阳、除夕等十个子目；天文类下，分雪月、雨晴、晓夜、咏雨等四个子目；饮馔器用类下，分茶酒、筝笛、渔舟、庆寿、吉席、赠送、感旧等十个子目。这样分类编排，主要是为了应歌的需要。故宋翔凤《乐府馀论》说：

> 《草堂》一集，盖以徵歌而设，故别题春景、夏景等名，使随时即景，歌以娱客。题吉席、庆寿，更是此意。其中词语，间与集本不同，其不同者，恒平俗，亦以便歌。以文人观之，适当一笑，而当时歌伎，则必需此也。③

《草堂诗馀》的性质，近于传习歌本，原为应教坊之需而编，偏于俚俗乃是理所当然的。"恒平俗"可说是对它的恰当评价。"应歌"与"俗"的关联在宋代已备受瞩目。南宋沈义父《乐府指迷》说："如

① 陈廷焯：《白雨斋词话》，57页，北京，人民文学出版社，1959。
② 唐圭璋编：《词话丛编》，3433页，北京，中华书局，1986。
③ 唐圭璋编：《词话丛编》，2500页，北京，中华书局，1986。

秦楼楚馆所歌之词，多是教坊乐工及闹井做赚人所作，只缘音律不差，故多唱之，求其下语用字，全不可读。甚至咏月却说雨，咏春却说秋，如《花心动》一词，人目之为一年景。又一词之中，颠倒重复，如《曲游春》云：'脸薄难藏泪'，过云：'哭得浑无气力'，结又云：'满袖啼红'，如此甚多，乃大病也。"① 唐五代至南宋的倡家歌词，这种可笑的情形一定甚多。《草堂诗馀》既为应歌而编，自与"俗"结下不解之缘。清初朱彝尊抨击《草堂诗馀》说：

> 词人之作，自《草堂诗馀》盛行，屏去《激楚》、《阳阿》，而巴人之唱齐进矣。周公谨《绝妙好词》选本，虽未全醇，然中多俊语，方诸《草堂》所录，雅俗殊分。(《书绝妙好词后》)②
>
> 古词选本……独《草堂诗馀》所收最下最传，三百年来，学者守为《兔园册》，无惑乎词之不振也。(《词综·发凡》)③

朱彝尊的评价自然有失公允，如《四库全书总目提要》所说："朱彝尊作《词综》，称《草堂》选词可谓无目，其诟之甚至。今观所录，虽未免杂而不纯，不及《花间》诸集之精善，然利钝互陈，瑕瑜不掩，名章俊句，亦错出其间。一概诋排，亦未为公论。"但《四库全书总目提要》忘了指出一点，朱彝尊之鄙薄《草堂诗馀》，并非纯粹的学术研究，目的首先是推动他所从事的文学事业，即经由对明代词风的指斥，将清初词风导向新的发展路径。所谓"三百年来，学者守为《兔园册》，无惑乎词之不振也"，"三百年"的主体部分即明代。他责难明代词风之"俗"，明白无疑地表达了对雅词的祈向。

---

① 沈义父著，蔡嵩云笺释：《乐府指迷笺释》，69页，北京，人民文学出版社，1963。

② 朱彝尊：《曝书亭集》卷四十三。此据文渊阁本《四库全书》。本书引用《曝书亭集》，均据这一版本，其他地方不另出注。

③ 朱彝尊、汪森编：《词综》，11页，上海，上海古籍出版社，1978。

就风格而言，宋词实际上主要包含了三种：偏于豪放的，如苏、辛词；偏于清逸（醇雅）的，如姜、张词；① 偏于婉媚的，如柳永、秦观词。豪放词和清逸（醇雅）词均属于雅词；而婉媚词则易流于俗艳，即使不流于俗艳，也如王世贞所说，其体不尊。当清初词人登上词坛，有志于在明人之后别开生面时，他们选择的突破口是提倡雅词。这一方面是针对“俗艳”而发，另一方面也旨在否定明人以为词体不尊的见解。以陈维崧为盟主的阳羡词派选择苏、辛为“祖”，在统系上为自身的豪放风格定位；浙西词派则以清逸（醇雅）词风为祈向，选择姜夔、张炎为“祖”。浙西词派是清初朱彝尊所开创的一个词派。因朱彝尊是浙西人，故名。其他重要词家有与朱彝尊并称为“浙西六家”的李良年、李符、沈皞日、沈岸登、龚翔麟等。继起者有厉鹗、项鸿祚。为了推广自己的主张，朱彝尊编选了《词综》一书。计正集三十卷，补遗六卷。共选录唐、宋、金、元词六百六十余家，二千二百余首。汪森《词综·序》云：

> 迨于六代，《江南》《采莲》诸曲，去倚声不远。其不即变为词者，四声犹未谐畅也。自古诗变为近体，而五七言绝句，传于伶官乐部，长短句无所依，则不得不更为词。当开元盛日，王之涣、高适、王昌龄诗句，流播旗亭；而李白《菩萨蛮》等词，亦被之歌曲。古诗之于乐府，近体之于词，分镳并骋，非有先后；谓诗降为词，以词为诗之馀，殆非通论矣。
>
> 西蜀、南唐而后，作者日盛。宣和君臣，转相矜尚。曲调愈

---

① 或以“闲澹”代替“清逸”，对代表词人的选择亦略有不同。如《远志斋词衷·词有闲澹一派》：“诗家有王、孟、储、韦一派，词流惟务观、仙伦、次山、少鲁诸家近似，与辛、刘徒作壮语者有别。近惟顾庵学士情景相生，纵笔便合，酷似渭南老人。言远方伯，洮洮清迥，与葛理问震父瑜亮。更如岸初、文夏、耕坞、昆仑诸公，俱以闲澹秀脱为宗，不作浓情致语。求之近代，其文待诏、陈徵君之间乎。”（唐圭璋编：《词话丛编》，655 页，北京，中华书局，1986。）更多的是以“醇雅”代“清逸”，如称姜夔、张炎所代表的流派为醇雅派。

多，流派因之亦别。短长互见，言情者或失之俚，使事者或失之伉。鄱阳姜夔出，句琢字炼，归于醇雅。于是史达祖、高观国羽翼之；张辑、吴文英师之于前，赵以夫、蒋捷、周密、陈允衡、王沂孙、张炎、张翥效之于后；譬之于乐，舞《箾》至于九变，而词之能事毕矣。①

这篇序的要点有二：一是尊体，认为词不是“诗馀”，它有自己的地位；二是崇雅，所谓“言情者或失之俚”就婉媚词风而言；“使事者或失之伉”就豪放词风而言，他认为只有“句琢字炼，归于醇雅”的姜夔词风（即清逸词风）最符合他的审美理想。汪森以姜夔为“祖”，俨如江西诗派之以杜甫为“祖”，这实际上是代朱彝尊表达了浙西词派的基本立场。

值得注意的是，朱彝尊从标举浙西词到标举姜夔为浙西词派之“祖”，经历了一个过程，由此考察其统系意识的发生、发展，可能是饶有兴趣的话题。早期他对词人的籍贯颇为留意：

宋以词名家者，浙东西为多。钱塘之周邦彦、孙惟信、张炎、仇远，秀州之吕渭老，吴兴之张先，此浙西之最著者也。三衢之毛滂，天台之左誉，永嘉之卢祖皋，东阳之黄机，四明之吴文英、陈允平，皆以词名浙东。而越州才尤盛，陆游、高观国、尹焕倚声于前，王沂孙辈继和于后，今所传《乐府补题》，大都越人制作也。自元以后，词人之赋合乎古者盖寡。三十年来，作者奋起，浙之西，家娴而户习，顾浙江以东鲜好之者。（朱彝尊《曝书亭集》卷四十《孟彦林词序》）

朱彝尊从地域的角度标榜浙西词，不能说与策略性的考虑无关。因为他本人隶籍浙西，标榜浙西词人，有助于形成社团，造成声势。何况，历史上以地域冠名的流派确乎不少，如江西诗派、茶陵派、公安

---

① 朱彝尊、汪森编：《词综》，1页，上海，上海古籍出版社，1978。

派、竟陵派、临川派、吴江派、苏州派等。张宏生论及清词流派的地域性特征，作了若干具体说明："这一特点，首先表现在清词流派都带有地域名称，而且，其成员的聚集，创作的繁盛，往往都在其地展开，不惟创始者活动倡导于此而已。""人文地理与地域性文学流派的形成有着十分密切的关系，其内涵往往表现为文化风俗、艺术传统的历史积淀，我们不妨称之为人文感应。考察清代的词派，我们发现，词坛领袖的开宗立派，往往受到特定的地域文化氛围的影响，因而自觉地选择宗奉对象。""群体的唱酬和切磋也是一个重要的方面。""地域性的文学群体，彼此之间本来就有很深的关系，像阳羡词派的成员，不仅是朋友，许多还是亲戚。这无疑使他们的开宗立派有着良好的基础；而唱和则更明确了词风的趋向。"① 朱彝尊标举浙西词人，可能也考虑到了这些因素。但他忽视了一点，一个流派的形成，首先必须确立其统系归属。没有统系归属，就没有深厚的传统给予支撑，也没有具备足够号召力的榜样给予激励；统系的确立，不仅是为一个流派定位，也是为一个流派确定风格走向。当朱彝尊意识到这一点时，他采用了变通手法，将姜夔、张炎纳入浙西词人的行列。其《鱼计庄词序》说：

> 夫浙之词，岂得以六家限哉……在昔鄱阳姜石帚、张东泽，弁阳周草窗，西秦张玉田，咸非浙产，然言浙词者必称焉。是则浙词之盛，亦由侨居者为之助。犹夫豫章诗派，不必皆江西人，亦取其同调焉尔矣。（《曝书亭集》卷四十）

杨万里《江西宗派诗序》说："江西宗派诗者，诗江西也，人非皆江西也。人非皆江西，而诗曰江西者何？系之也。系之者何？以味不以

① 张宏生：《清代词学的建构》，143页、144页、146页、147页，南京，江苏古籍出版社，1998。

形也。"① 朱彝尊的笔路与之相近。流派的形成有赖于统系的建立，统系的建立又以一种主要风格为依据。朱彝尊所向往的风格是什么？是清逸（醇雅）。推尊清逸（醇雅），其典范词人舍姜夔莫属。朱彝尊论词，有小令宗北宋、慢词宗南宋之说，《鱼计庄词序》所谓"小令宜师北宋、慢词宜师南宋"，《水村琴趣序》所谓"小令当法汴京以前，慢词则取诸南渡"（《曝书亭集》卷四十），意思相同。何以小令宗北宋、慢词宗南宋呢？盖小令兴起于晚唐、五代，至北宋晏几道等人手中已臻清逸（醇雅）。慢词至北宋仁宗朝方始盛行，柳永《乐章集》为其代表，这一类词多是为教坊而作，实是一种流行歌曲，不免雅俗杂陈；即使是提举大晟府的周邦彦，其言情之作，亦有失于俚俗之处。南宋的词，则无论小令还是慢词，主要是供少数名流欣赏，大体限于在文人圈中流传，自然不宜沾染市井之风。小令在北宋晏几道等人手中已臻清逸（醇雅），慢词在南宋姜夔等人手中始臻清逸（醇雅），所以朱彝尊要说小令宗北宋、慢词宗南宋。并且，姜夔的慢词雅，其小令也雅，如要从两宋挑选清逸（醇雅）风格的代表词人，以朱彝尊的眼光看，自非姜夔莫属，故其《词综·发凡》云："世人言词，必称北宋。然词至南宋，始极其工，至宋季而始极其变。姜尧章氏最为杰出。"② 当朱彝尊在《鱼计庄词序》中明确地将姜夔、张炎纳入浙西统系后，浙西词派才算真正形成了。其《黑蝶斋诗馀序》（《曝书亭集》卷四十）上溯浙西词派之"祖"，统系意识尤为明确："词莫善于姜夔，宗之者张辑、卢祖皋、史达祖、吴文英、蒋捷、王沂孙、张炎、周密、陈允平、张翥、杨基，皆具夔之一体。"

与朱彝尊对《草堂诗馀》的厌恶形成对照，他对《绝妙好词》的青睐也是有目共睹、值得关注的一个事实。《绝妙好词》为南宋周密所编，清初黄虞稷《千顷堂书目》卷三十二著录作八卷，今传本

---

① 傅璇琮编：《古典文学研究资料汇编》（黄庭坚和江西诗派卷），447页，北京，中华书局，1978。标点有所改动。

② 朱彝尊、汪森编：《词综》，10页，上海，上海古籍出版社，1978。

七卷，或有残佚。其书始于张孝祥，终于仇远，共一百三十二家，词约四百首。选词十首以上的作者，有姜夔、史达祖、吴文英、周密、王沂孙等，多为南宋清逸（醇雅）派词人。所选词年代最晚的，为卷六张炎的《甘州》(饯草窗西归)，作于元成宗元贞元年(1295)。① 在宋代，《绝妙好词》即为词家所钦重。张炎《词源》卷下说："近代词人用功者多，如《阳春白雪集》，如《绝妙词选》，亦自可观；但所取不精，岂若周草窗所选《绝妙好词》之为精粹。"② 朱彝尊为此选作跋，也赞赏它"虽未全醇，然中多俊语；方诸《草堂》所录，雅俗殊分"。(《曝书亭集》卷四十三，《书绝妙好词后》）以《绝妙好词》所选为"雅"，以《草堂诗馀》所选为"俗"，揭示雅俗之别，旨在经由对这部词选的赞赏标举浙派宗旨。

不妨一提的是，在中国古代文学流派中，像朱彝尊这样重视选本的流派盟主在此前尚不多见。赵崇祚编《花间集》，陈起编《江湖集》，并无标举流派的明确意图；惟明代李攀龙编《古今诗删》、《唐诗选》，寓有宣示流派主张的旨趣，如《古今诗删》，共三十四卷，始于古逸，次以汉魏六朝唐，继以明人之诗，独不取宋元，意在贯彻"宋无诗"的理论宗旨。但李攀龙的两部诗选，即使在明代主流诗学内部，也未得到广泛的好评。许学夷是七子诗论的信奉者，他在《诗源辩体》卷三十六指出："李于鳞《古今诗删》，首古逸诗，次汉、魏、六朝乐府，次汉、魏、六朝诗，次唐诗，次国朝诗。其去取之意，漫不可晓。大要黜才华，尚气格，而复有不然。姑摘其最异者，如汉、魏诗录《柏梁台联句》及应璩《百一》后二首，而曹、刘佳者多遗；长篇取蔡琰《悲愤》而遗《焦仲卿》；'日暮秋云阴'乃六朝人诗，不能辨也。唐五言古《感遇》，不取陈子昂而取张九龄；七言歌行，高适取十二篇而岑参五篇，孟浩然一篇，不取《鹿

① 据宋周密辑，清查为仁、厉鹗笺：《绝妙好词笺》，北京，中华书局，1957。

② 张炎著，夏承焘校注：《词源注》，28页，北京，人民文学出版社，1963。

门歌》而取《送王七尉松滋》；七言律，太白一篇，取《凤凰台》而遗《送贺监》。国朝诗，则伯温多而季迪少。五言古，季迪止短篇二首，而七言不录。献吉七言古止三篇，其二为初唐体。仲默有六篇，而初唐体不录。五言律，仲默三十首，多非所长；昌穀止一篇而已。其他不能悉论也。王元美云：'始见于鳞选明诗，余谓如此何以鼓吹唐音？及见唐诗，谓何以衿裾古选？及见古选，谓何以箕裘《风雅》？乃至陈思《赠白马》、杜陵李白歌行，亦多弃掷。岂所谓英雄欺人，不可尽信耶？'"“李于鳞《唐诗选》，较《诗删》所录益少，中复有《诗删》所无者。其去取之意，亦不可晓。元美、元成既尝论之，而敬美之序，亦寓诋讽。如太白五言古，止录'长安一片月'、'子房未虎啸'二篇；七言古，止录'黄云城边'、'木兰之枻'二篇，若以此法选李，是欲扰龙而缚虎也。初唐五言律，沈宋为正宗。今宋止录二篇，而沈不录。张燕公五、七言律各三篇，可无录也。其他谬戾颇多，不能一一致辩。今初学但以于鳞所选，辄尊信之，实以于鳞名高一代，要亦未睹诸家全集耳。胡元瑞云：'于鳞选唐诗，与己作略无交涉。'英雄欺人，不当至是。”“尝与黄介子伯仲言于鳞选唐诗似未睹诸家全集，介子伯仲曰：'向观于鳞《诗选》所录，不出《品汇》。如《品汇》五言古以崔颢为'羽翼'，故次韦柳'名家'之后。七言古，张若虚、卫万无世次可考，故次'馀响'之后；骆宾王以歌行长篇，故又次张、卫之后。今于鳞既无分别，而次序亦如之，是可证也。'予因而考之，信然。"这表明，李攀龙虽有志于以诗选来贯彻和张扬自己的流派主张，但他的选本，距离他的预期目标甚远。至于朱彝尊，他对选本的抉择和编纂，确乎独具只眼，与他建立统系的意愿相当合拍。比如，他批评《草堂诗馀》，即旨在扫荡艳词，其《词综·发凡》云：

> 言情之作，易流于秽。此宋人选词，多以雅为目。法秀道人语涪翁曰："作艳词，当堕犁舌地狱。"正指涪翁一等体制而言耳。填词最雅，无过石帚。《草堂诗馀》不登其只字，见胡浩《立春》、《吉席》之作，蜜殊《咏桂》之章，亟收卷中，可谓

无目者也。①

扫荡艳词，即扫荡俗词；扫荡俗词，意在推尊雅词；“填词最雅，无过石帚（姜夔）”，正面揭出主旨，下文指斥《草堂诗馀》编者“无目”便异常有力。朱彝尊称道《绝妙好词》，亦因周密此选标举醇雅，与浙西词派的宗旨吻合。至于朱彝尊编选《词综》，更明确地以改变词风为目的。汪森是朱彝尊编选《词综》的主要协助者，他在《词综序》里谈到《词综》的编选意图时指出：“世之论词者，惟《草堂》是规。白石、梅溪诸家，或未窥其集，辄高自矜诩……历岁八稔，然后成书，庶几可一洗《草堂》之陋，而倚声者知所宗矣。”② 至于《词综》的实际影响，也是有目共睹的。王昶《姚茝汀词雅序》说：“国朝词人辈出，其始犹沿明之旧，及竹垞太史甄选《词综》，斥淫哇，删浮俗，取宋季姜夔、张炎诸词以为规范，由是江浙词人继之，蔚然跻于南宋之盛。”③ 郭麐《灵芬馆词话》卷一“草堂诗馀芜陋”条说：“《草堂诗馀》，玉石杂糅，芜陋特甚，近皆知厌弃之矣。然竹垞之论未出之前，诸家皆沿其习，故其《词综》刻成，喜而作词曰：‘从今不按，旧日《草堂》句’。”④ 可以断言，作为一部标举流派主张的选本，《词综》使朱彝尊的统系意识具体化，在浙西词派的发展过程中发挥了巨大作用。就流派意义而言，这是《词综》之前的所有选本都无法比拟的；其后张惠言的《词选》，差可与之相提并论。

关于词选，朱彝尊与《乐府补题》的关系也值得考察一番。朱彝尊《曝书亭集》卷三十六《乐府补题序》记载：

---

① 朱彝尊、汪森编：《词综》，14页，上海，上海古籍出版社，1978。

② 朱彝尊、汪森编：《词综》，2页，上海，上海古籍出版社，1978。

③ 王镇远、邬国平编选：《清代文论选》，548页，北京，人民文学出版社，1996。

④ 唐圭璋编：《词话丛编》，1505页，北京，中华书局，1986。

《乐府补题》一卷，常熟吴氏抄白本，休宁汪氏购之长兴藏书家。予爱而亟录之，携至京师。宜兴蒋京少好倚声为长短句，读之赏激不已，遂镂板以传……幸而是编仅存，不为蟫蚀鼠啮，经四百年，藉二子之功复流播于世，词章之传，盖亦有数焉。

《乐府补题》在长期湮没不显之后重现于世，在词坛引起了一阵唱和热潮，其深远影响，是造成了词风的某种程度的变化，即蒋景祁《刻〈瑶华集〉述》所谓“得《乐府补题》而辇下诸公之词体一变”。① 耐人寻味的是，朱彝尊的和作与《乐府补题》原作事实上存在明显区别。“《乐府补题》计有十四人参加，分为五调五题，共三十七首，分别咏蝉、莼、白莲、龙涎香和蟹。这些作品，意象迷离，意旨微茫，自来学者多认为其中有所寄托。其所寄托者，从清代的厉鹗开始，直到近现代词学大师周济、夏承焘，均认为是针对元僧杨琏真伽发掘南宋六陵之事。现在看来，这种说法由于字字比附，因而有过于坐实之嫌，但总的说来，将其整体上理解为带有故国之思、身世之感的寄托，仍然是不错的。在《茶烟阁体物集》中，朱彝尊曾用原调，遍和五题，有些作品还一和再和，表现出了对《补题》诸作的浓厚兴趣。尽管如此，朱彝尊的这些作品更多地却是追求对所咏之物的多侧面铺张刻画，而有意无意地忽略或丢掉了对原作‘尚意’的学习。”② 谢章铤《赌棋山庄词话》卷九比较宋人咏物词和浙西词派咏物词时说：“宋人咏物，高者摹神，次者赋形，而题中有寄托，题外有感慨，虽词实无愧于六义焉。至国朝小长芦出，始创为征典之作，继之者樊榭山房。长芦腹笥浩博，樊榭又熟于说部，无处展布，借此以抒其丛杂。然实一时游戏，不足为标准也，乃后人必群然效之。”③ 无论是《乐府补题》所收宋人咏物词，还是《茶烟阁体物

① 蒋景祁编：《瑶华集》，8页，北京，中华书局，1982。

② 张宏生：《清代词学的建构》，34～35页，南京，江苏古籍出版社，1998。

③ 唐圭璋编：《词话丛编》，3443页，北京，中华书局，1986。

集》中朱彝尊的咏物词，二者都有一个共同的特点，即多用典故。但宋人用典，旨在寓托故国之思、身世之感，朱彝尊用典，则旨在寄其腹笥，巧构形似之言。如何理解这一区别呢？我想这与朱彝尊的心态有关。他早期怀有深挚的故国之思，交游也多是明代遗民如顾炎武、屈大均、魏禧等；中期虽为谋食而做幕僚，“迹与心违”，但仍对亡明一派眷恋。其《卖花声》（雨花台）等词在对六朝旧事的追怀中，寄寓对明社丘墟的哀婉之情，即作于这一阶段。他一度提倡比兴寄托，与他的这种心态有关。如康熙十年（1671）作《陈纬云红盐词序》（《曝书亭集》卷四十），云：“词虽小技，昔之通儒钜公往往为之。盖有诗所难言者，委曲倚之于声，其辞愈微，而其旨益远。善言词者，假闺房儿女子之言，通之于《离骚》、变《雅》之义，此尤不得志于时者所宜寄情焉耳。”康熙十八年（1679）标志着朱彝尊的人生进入第三个阶段。这一年，他以名布衣应博学鸿词试，中第一等第十七名，任翰林院检讨，参与《明史》的纂修。此后几年，历任日讲起居注官、江南乡试主考、入值南书房，颇受重用。在这种背景下，他再来渲染对亡明的眷怀就极不得体了，因此，在词学观念上他主动放弃了比兴寄托说，后来甚至提出了“词则宜于宴嬉逸乐以歌咏太平”的命题，其《紫云词序》云：

> 词者诗之馀，然其流既分，不可复合……昌黎子曰：“欢愉之言难工，愁苦之言易好。”斯亦善言诗矣。至于词或不然，大都欢愉之辞工者十九，而言愁苦者十一焉耳。故诗际兵戈俶扰、流离琐尾而作者愈工，词则宜于宴嬉逸乐以歌咏太平，此学士大夫并存焉而不废也。（《曝书亭集》卷四十）

从纯学理的意义上说，这一说法有其合理性。但特意加以标榜，则表明朱彝尊已放弃了比兴寄托说和以词抒发“《离骚》、变《雅》之义”的追求。并非偶合，朱彝尊的咏物词即大多作于这一时期。既然故国之思、身世之感已经淡化，他也就一方面借《乐府补题》的卓越造诣，作为提倡醇雅清空的样板，另一方面以自己的拟作泯去咏物词的寄托痕迹，使咏物词成为盛世的点缀。朱彝尊对《乐府补题》的推崇和改造，是其强烈流派意识的又一表征：既利用范本，又改造范本，以与流派宗旨保持一致。

从上面的条举不难发现，朱彝尊的流派意识是异常自觉的，不仅标榜地域（以浙西词人为宗），标榜统系（以姜夔为祖），而且以对既往词选的褒贬改造和亲自编纂词选来贯彻统系意识和指导创作。其自觉的程度，不仅黄庭坚不足以与之相提并论，连前后七子也难以企及。浙西词派在清代成为最重要的词派，不是没有缘故的。

而且，作为流派盟主，在处理与其他流派的关系时，朱彝尊虽然具有清醒的统系意识，但不走极端，并不意气用事。他与陈维崧的关系即是一例。“朱彝尊和陈维崧私人关系密切，互相推重对方词的成就。陈维崧在《浙西六家词序》中高度评价浙派创作，朱彝尊《陈纬云红盐词序》和《蒋京少梧月词序》对阳羡派主要成员陈维崧、陈维岳、蒋景祁的词作深表赞赏，尤其推崇陈维崧词为当时天下之冠。”①他的中期词风颇受陈维崧影响，后期浙派词人郭麐《灵芬馆词话》卷二“曹溶词”条说：“激昂慷慨，迦陵为最。竹垞亦时用其体，如居庸关、李晋王墓诸作，直欲平视辛、刘……朱集有送曹诗长篇，亦极悲壮，所谓‘忽作边秋出塞声，江枫暗柳纷纷落’者是也。”② 如《百字令》(度居庸关)：“崇墉积翠，望关门一线，似悬檐溜。瘦马登登愁径滑，何况新霜时候。画鼓无声，朱旗卷尽，惟剩萧萧柳。薄寒渐甚，征袍明日添又。谁放十万黄巾，丸泥不闭，直入车箱口。十二园陵风雨暗，响遍哀鸿离兽。旧事惊心，长途望眼，寂寞闲亭堠。当年锁钥，董龙真是鸡狗。”(《曝书亭集》卷二十四《江湖载酒集》）当然，理解这一事实并不困难。浙西词派之“祖”姜夔与阳羡词派之“祖”辛弃疾本有割不断的联系，所谓“变雄健为清刚，移驰骤为疏宕”，“雄健”、“驰骤”就辛词而言，“清刚”、“疏

① 邬国平、王镇远：《中国文学批评通史·清代卷》，696页，上海，上海古籍出版社，1996。

② 唐圭璋编：《词话丛编》，1535页，北京，中华书局，1986。

宕”就姜词而言，故姜词中亦时有驰骤、雄健之气。朱彝尊以浙西词派盟主而兼具雄健之笔，并不违背自己的艺术主张。

十一　词统示例（2）：常州词派的词统建构

与浙西词派较为完善的词统建构形成对照，常州词派的词统建构始终处于一种不能自圆其说的状态。① 其症结在于，建立统系，实即选择一种较充分发展的传统作为流派事业的起点，而常州词派的两代盟主（张惠言、周济）对嘉庆以前词坛的主要流别虽然不乏了解，却不承认任何一个流别足以成为常州词派的效法对象。

唐宋以降的词，就其较充分发展的传统而言，与中国古典诗的主要流别是大体对应的。豪放派与格调派对应，其题材选择面向现实的社会人生，风格以豪放高旷为主；清逸派（醇雅派）与神韵派对应，其题材选择虽不局限于山水，但在风格上却无疑与山水诗相近；婉约派与性灵派对应，其题材选择面向女性的感情和日常生活，风格温软缠绵。只有与肌理派对应、以议论为词的一派未成气候，长期作为豪放派的附属部分存在。从这样一种状况来看，常州词派在建构统系时，可供选择的事实上只有三大流别，即豪放派、婉约派和清逸派（醇雅派）。

一个新生的流派往往具有向现成文学格局挑战的意味。常州词派面对的是一个怎样的词坛格局呢？谭献《复堂词话》说：“锡鬯、其年行而本朝词派始成。顾朱伤于碎，陈厌其率，流弊亦百年而渐变。

---

① 关于常州词派的成员构成，龙榆生《论常州词派》一文说：“常州派继浙派而兴，倡导于武进张皋文（惠言）、翰风（琦）兄弟，发扬于荆溪周止庵（济，字保绪）氏，而极其致于清季临桂王半塘（鹏运，字幼霞）、归安朱彊村（孝臧，原名祖谋，字古微）诸先生，流风余沫，今尚未全衰歇。其间作者，未必籍隶常州，而常籍词家，又未必同为一派。亦犹宋代江西诗派，以黄山谷（庭坚）为祖，而宗派圈中，占籍他省者不一其人，盖以宗法师承言，不以地域限也。”见龙榆生：《龙榆生词学论文集》，387页，上海，上海古籍出版社，1997。

锡鬯情深，其年笔重，固后人所难到。嘉庆以前，为二家牢笼者，十居七八。”① 这就是说，常州词派挑战的对象是承姜、张统绪的浙西词派和承苏、辛统绪的阳羡词派，而以浙西词派为主。从改变这样一种词坛格局的角度看，常州词派选择婉约词为宗乃是顺理成章的事。然而，婉约词的“靡靡之音”与嘉庆年间的社会审美需要是不吻合的，常州词派的创作如果局限于温软缠绵的艳情必然不合时宜。或者换一种表述，常州词派必须对婉约词的传统加以改造，赋予艳情题材以凝重的社会政治蕴含。常州词派的第一任盟主张惠言即致力于实现这一目标。他对“词坛三蔽”深为不满。其弟子金应珪在《词选后序》中说：

> 近世为词，厥有三蔽：义非宋玉而独赋蓬发，谏谢淳于而惟陈履舄，揣摩床第，污秽中篝，是谓淫词，其蔽一也。猛起奋末，分言析字，诙嘲则俳优之末流，叫啸则市侩之盛气，此犹巴人振喉以和阳春，黾蜮怒嗌以调疏越，是谓鄙词，其蔽二也。规模物类，依托歌舞，哀乐不衷其情，虑叹无与乎情，连章累篇，义不出乎花鸟，感物指事，理不外乎酬应，虽既雅而不艳，斯有句而无章，是谓游词，其蔽三也。（扫叶山房本《正续词选》卷首）

所谓“淫词”，指的是由广陵词派（属婉约派）末流所代表的词风；所谓“鄙词”，指的是由阳羡词派（属豪放派）末流所代表的词风；所谓“游词”，指的是由浙西词派（属清逸派）末流所代表的词风。故清末谢章铤《赌棋山庄词话》续编卷一就金应珪这段话阐释说：“一蔽是学周、柳之末派也；二蔽是学苏、辛之末派也；三蔽是学姜、史之末派也。皋文《词选》诚足救此三蔽，其大旨在于有寄托，能蕴藉，是固倚声家之金针也。”② 很显然，张惠言（字皋文）并非

① 谭献：《复堂词话》，41页，北京，人民文学出版社，1959。

② 唐圭璋编：《词话丛编》，3485页，北京，中华书局，1986。

不了解词坛的三大流别，只是他对这三大流别均不满意。他理想中的词学统系必须符合三个标准：既要确认词在选材上的言情特征，从而与浙西词派划清界限，又要确认婉约风格才是词的正宗，从而与阳羡词派划清界限，还要确认词的言情是有深厚、庄重的蕴含的，从而与广陵词派划清界限。其中，消除浙西词派的影响又是张惠言的首要目的，即周济《味隽斋词自序》所谓"江浙别派"。为了建立这样一个统系，张惠言对婉约词的传统加以改造，致力于在艳情题材中注入重大的社会意义。作为长期生活于常州的经学家，他从《易经》和《诗经》的阐释受到了启发。汉人讲《易》注重象数，其称名也小，其取类也大，"依物取类，贯穿比附"，其阐释常用索隐或象征的手法。汉人讲《诗》，亦重比兴。比兴本有二义：一是仅仅作为技巧的比兴，即朱熹所谓"比者，以彼物比此物也"；"兴者，先言他物以引起所咏之词也"。① 一是强调别有寄托的比兴，如郑玄注《周礼·春官·大师》云："风言圣贤治道之遗化也；赋之言铺，直铺陈今之政教善恶；比，见今之失，不敢斥言，取比类以言之；兴，见今之美，嫌于媚谀，取善事以劝喻之；雅，正也，言今之正者，以为后世法；颂之言诵也，容也，诵今之德，广以美之。"② 其阐释特征是以比兴与政教相联系，突出诗的讽喻或赞美功能。后一种正是汉人说《诗》的方式。所以，无论是说《易》，还是说《诗》，汉人都习惯于从"其称名也小"的象中看出"其比类也大"的含义来。汉人用这种方式成功地将《诗三百》尊为"经"，张惠言也试图用这种方式将词的地位升高到诗文的行列，用词来言志抒怀，以改变"游词"蔓衍的浙西词风。

张惠言以寄托论词，从学理的角度看，存在诸多不合理之处。

第一，词在初起时只是一种流行歌曲，唱的人多是"绣幌佳人"，听的人多是"绮筵公子"，这种曲子词并无深厚的内涵。后来，

---

① 朱熹集注：《诗集传》，新 1 版，4 页、1 页，上海，上海古籍出版社，1980。

② 孙诒让：《周礼正义》第四十五卷，1842 页，北京，中华书局，1988。

诗人们进入了词的创作领域，出现了“诗客曲子词”，如温庭筠、晏几道、欧阳修等人的词，虽然笔调雅致，也有意无意地渗入了几分士大夫的情感，但依然没有刻意去表达什么“君国之忧”或者贤人君子的怨悱之情。所以，当张惠言以比兴说词时，就不免牵强附会。如他在《词选》卷一评欧阳修《蝶恋花》（庭院深深深几许）曰：

> “庭院深深”，闺中既以邃远也；“楼高不见”，哲王又不寤也；“章台”、“游冶”，小人之径；“雨横风狂”，政令暴急也；“乱红飞去”，斥逐者非一人而已：殆为韩、范作乎？①

诸如此类的阐释，很难说是得体的。故王国维《人间词话》云：

> 固哉，皋文之为词也！飞卿《菩萨蛮》、永叔《蝶恋花》、子瞻《卜算子》，皆兴到之作，有何命意？皆被皋文深文罗织。阮亭《花草蒙拾》谓：“坡公命宫磨蝎，生前为王珪、舒亶辈所苦，身后又硬受此差排。”由今观之，受差排者，独一坡公已耶？②

张惠言的牵强附会，我们不必也不可能替他辩护。

第二，张惠言以比兴释词，目光所注，多局限于“感士不遇”和“忠爱之忱”两大主题。这在部分词的阐释中是合理的，而用这两个主题来涵盖所有的或大量的词则不免比附。故况周颐《蕙风词话》卷五说：“词贵有寄托。所贵者流露于不自知，触发于弗克自已。身世之感，通于性灵。即性灵，即寄托，非二物相比附也。横亘

① 李颀《古今诗话·王右丞终南诗》所载比附释诗之例与此极相似，不妨参看：“说谓王右丞《终南诗》皆讥时宰，诗云：‘太乙近天都，连山接海隅’，言势位盘据朝野也。‘白云回望合，青霭入看无’，言徒有表而无内也。‘分野中峰变，晴阴众壑殊’，言恩泽遍也。‘欲投何处宿，隔水问樵夫’，言畏祸深也。”见郭绍虞辑：《宋诗话辑佚》，158～159页，北京，中华书局，1980。

② 王国维：《人间词话》，234页，北京，人民文学出版社，1960。

一寄托于搦管之先，此物此志，千首一律，则是门面语耳，略无变化之陈言耳。于无变化中求变化，而其所谓寄托，乃益非真。昔贤论灵均书辞，或流于跌宕怪神，怨怼激发，而不可以为训，必非求变化者之变化矣。夫词如唐之《金荃》，宋之《珠玉》，何尝有寄托，何尝不卓绝千古；何庸为是非真之寄托耶?"① 津津于"感士不遇"或"忠爱之忱"，这样的比兴之作充斥卷中，当然只是一些陈陈相因的门面话。

张惠言的这两大不合理之处，第一点属于阐释的层面，它妨碍我们正确解读古人的作品。第二点既与阐释有关，又在指导词人创作时造成千篇一律的负面后果。这种尴尬情形的出现是合乎逻辑的。可以这样认为：张惠言所确立的统系乃出于他一厢情愿的设计。当然不是说此前没有富于象征意味的词，辛弃疾《摸鱼儿》（更能消几番风雨)、《祝英台令》(晚春)、《青玉案》(元夕）和姜夔、王沂孙等人的咏物词，都是采用比兴手法写成的。② 但是，这里有几个情况值得注意：(一）以比兴手法作词，并非婉约派词人的专利，毋宁说比之豪放派词人和清逸派词人，婉约派词人"从有寄托人"的比例明显低些。张惠言以温庭筠为宗，而温庭筠正是一个不以比兴手法作词的词家。由此我们发现：张惠言暗中以婉约派为宗，而明里则标榜比兴词，其统系自身呈分裂状态，因为比兴词与婉约派词并不存在对应或

---

① 况周颐：《蕙风词话》，127页，北京，人民文学出版社，1960。

② 沈祥龙《论词随笔》举了若干词例，不乏以比兴手法写成的佳作。如："词不显言，直言而隐，然能感动人心，乃有关系，所谓言者无罪，闻者足戒也。南唐李后主游宴，潘佑进词云：'楼上春寒山四面，桃李不须夸烂漫，已失了春风一半。'盖谓外多敌国，地日侵削也。后主为之罢宴。词能如此，何减谏章。""感时之作，必借景以形之，如稼轩云：'算只有殷勤，画檐蛛网，尽日惹飞絮。'同甫云：'恨芳菲世界，游人未赏，都付与，莺和燕。'不言正意，而言外有无穷感慨。""咏物之作，在借物以寓性情，凡身世之感，君国之忧，隐然蕴于其内，斯寄托遥深，非沾沾焉咏一物矣。如王碧山咏新月之《眉妩》，咏梅之《高阳台》，咏榴之《庆清朝》，皆别有所指，故其词郁伊善感。"（据郭绍虞主编《中国历代文论选》第三册）

对等的关系。(二)比兴是一种表现手法，豪放、婉约、清逸则是以风格命名的流别名称，张惠言不在词的三大流别的基础上建立统系，而以一种表现手法为基础建立统系，其视野是极为偏狭的。我们能够设想一个词人只用比兴手法写词吗?

耐人寻味的是，尽管张惠言的统系建构存在学理上的诸多不妥之处，他的词学主张在当时仍是最具号召力的。其原因在于：(一)"随着康、雍、乾相对稳定局面的被打破和社会矛盾的日益尖锐激化，地主阶级中的某些头脑清醒的中下层人物，产生了强烈的社会危机预感。张惠言等常州词派的代表人物大都出身寒素，怀才不遇，屈沉下僚，对此尤为敏感。在这种情况下，浙西词派那种'词则宜于宴嬉逸乐以歌咏太平'的理论，显然已不合时宜，理所当然地会遭到那些有社会危机感和要求改革现实的知识分子的唾弃，并要求用一种新的词学理论取而代之。张惠言等的词学主张，正是这种要求的体现。"①(二)词至清代，早已不能被于管弦，"而唐、宋作者之遗篇，固为最富于音乐性之文字。吾人悦其声情之美，亦何妨择腔选调，以自填其'长短不葺之诗'? 惟是前人淫媟之词，原为应歌而作。若生今日而欲迎合社会心理，尽有流行之淫靡曲调，何不倚其声而为之填词，而必托之唐、宋以来之曲调哉?"② 在词乐失传之后，欲振兴此道，从尊其体格入手，以之写身世之感和忧国忧民的抱负，也许是较为合适的选择。(三)从词坛现状来看，由朱彝尊、陈维崧开创的浙西词派、阳羡词派，到嘉、道年间，已成强弩之末。阳羡末流失于浅率叫啸，浙西末流失于空疏和襞积饾饤。张惠言以比兴论词，介入现实生活，给词界带来了希望和活力。所以，虽然他的统系建构颇不完善，但时人仍对之青睐有加。其后继者周济，由此得到鼓舞，一方面致力于维护张惠言的声望，另一方面致力于常州词派统系

① 唐富龄：《明清文学史》(清代卷)，365 页，武汉，武汉大学出版社，1991。

② 龙榆生：《研究词学的商榷》，见《龙榆生词学论文集》，103 页，上海，上海古籍出版社，1997。

的修补和改造。

周济修整统系的入手之处是参照“诗史”概念提出“词史”概念，《介存斋论词杂著》说：

> 感慨所寄，不过盛衰；或绸缪未雨，或太息厝薪，或己溺己饥，或独清独醒，随其人之性情、学问、境地，莫不有由衷之言。见事多，识理透，可为后人论世之资。诗有史，词亦有史，庶乎自树一帜矣。若乃离别怀思，感士不遇，陈陈相因，唾沛互拾，便想高揖温、韦，不亦耻乎！①

“诗史”概念虽盛行于对杜甫诗的评价，但“诗史”精神却源远流长地存在于中国文学中。无论是《左传》的留心《诗》的本事，还是郑玄以政治兴衰说《诗》，都旨在将诗与现实社会生活联系在一起加以考察。②所以，说“诗有史，词亦有史”，就不只是将“词”的地位与“诗”并提，而是强调：词人应当留心国计民生，应当留心社会生活的种种变故，应当使其作品成为“后人论世之资”。从这样的意图出发，周济反对盘旋于“离别怀思，感士不遇”的“陈陈相因”的门面话，提倡词人抒写“盛衰”“感慨”。在表达方式上，他崇尚“正声”（以传统的婉约派为主体），亦不废“变声”（以传统的豪放派为主体）。《词辨》列为“正声”的词人有：温庭筠、韦庄、冯延巳、欧阳修、柳永、秦观、周邦彦、史达祖、吴文英、周密、王沂孙、张炎等，而格外突出周邦彦；列为“变声”的词人有：李煜、范仲淹、苏轼、辛弃疾、姜夔、陆游、刘过、蒋捷等，而以辛弃疾为首。《宋四家词选》以辛弃疾为宋词四大家之一。之所以推重辛派词人，是因为他们抒写感受，由其作品可窥世道人心。以“词”为“史”，当然不能囿于婉约派的范围。周济对豪放派、婉约派、清逸派词人均予推崇，这与张惠言对这三大流别均抱不满的态度相映

---

① 周济：《介存斋论词杂著》，4页，北京，人民文学出版社，1959。

② 参见拙著：《明代诗学》，40～55页，长沙，湖南人民出版社，2000。

成趣。

与“词史”论相呼应，周济《宋四家词选目录序论》对张惠言的寄托理论作了新的阐释。从接受美学的角度看，张惠言对温庭筠、欧阳修、苏轼等人作品的理解是有一定合理性的，此即谭献所谓：“作者之用心未必然，而读者之用心何必不然？”① 但从还原阐释和指导创作的角度看，其弊端就显而易见了，一方面，温庭筠、欧阳修、苏轼等词人当初落笔时并无张惠言所指认的托意；另一方面，如果一个词家像张惠言所说的那样去创作，时时想着寄托，肯定写不出好词。所以，周济虽然也主张“非寄托不入”，但更强调“专寄托不出”。他为词人们设计的路径是“问途碧山，历梦窗、稼轩以还清真之浑化”。为什么要以王沂孙（碧山）为起点，而以周邦彦（清真）为终点？原因在于，王沂孙的特点在“从有寄托入”，周邦彦的特点在“以无寄托出”。“初学词求空，空则灵气往来。既成格调，求实，实则精力弥满。初学词求有寄托，有寄托则表里相宣，斐然成章。既成格调，求无寄托，无寄托则指事类情，仁者见仁，智者见智。北宋词下者在南宋下，以其不能空，且不知寄托也；高者在南宋上，以其能实，且能无寄托也。南宋则下不犯北宋拙率之病，高不到北宋浑涵之诣。”②王沂孙的词宜于初学者效法，周邦彦词则“浑涵”、“深厚”，泯灭了刻意为词的痕迹，代表着更高的境界。所谓“浑涵”、“深厚”，其含义与“沉郁”、“顿挫”相近，一方面指感情本身的浑厚，另一方面也指表达的富于含蕴。

以周济的词统建构与张惠言相比较，我们得到的印象是：张惠言以温庭筠为词的正宗，统系明确，但与统系相对应的创作路径缺少学理的支撑，易招致非议；周济所确定的创作路径有较多的合理性，但与之相呼应的统系却不够明确。周济以周邦彦、辛弃疾、王沂孙、吴文英分领一代，其中周、吴同属婉约派作家，王沂孙乃清逸派的一支，而辛弃疾属于豪放派，与其他三家更是刚柔迥异，四家并列，未

① 谭献：《复堂词话》，19页，北京，人民文学出版社，1959。

② 周济：《介存斋论词杂著》，19页，北京，人民文学出版社，1959。

免统系纷杂。故近人陈洵《海绡说词》指出：“周止庵立周、辛、吴、王四家，善矣。惟师说虽具，而统系未明，疑于传授家法，或未洽也。吾意则以周、吴为师，余子为友，使周、吴有定尊，然后余子可取益。于师有未达，则博求之友；于友有未安，则还质之师；如此则系统明，而源流分合之故，亦从可识矣。周氏之言曰：‘清真，集大成者也。稼轩敛雄心，抗高调，变温婉，成悲凉。碧山切理餍心，言近指远，声容调度，一一可循。梦窗奇思壮采，腾天潜渊，返南宋之清泚，为北宋之秾挚。是为四家，领袖一代。’所谓师说具者也。又曰：‘问涂碧山，历梦窗、稼轩以还清真之浑化。’所谓统系未明者也。”①陈洵将“师说”与“统系”作为两个范畴加以区别，表现出令人称叹的学术警觉性。确立统系，旨在标出艺术上的根本追求；而在具体的创作过程中，却不妨转益多师；二者的协调和统一乃是流派事业发展过程中经常面临和需要解决的问题。张惠言统系虽明而师说未具，周济师说虽具而统系未明，总之，常州词派的两代盟主未能像朱彝尊那样圆满地解决师说与统系既相区别又相统一的矛盾。

为了解决张惠言、周济未能解决的矛盾，陈洵提出以周邦彦、吴文英为正宗的主张，以建立明确的统系。他在《海绡说词》中谈到他产生这一理论构想的经历时说：“张氏辑《词选》，周氏撰《词辨》。于是两家并立，皆宗美成。而皋文不取梦窗，周氏谓其为碧山门径所限。周氏知不由梦窗，不足以窥美成。而必曰问涂碧山者，以其蹊径显然，较梦窗为易入耳。非若皋文欲由碧山直造美成也。吾年三十，始学为词。读周氏《四家词选》，即欲从事于美成，乃求之于美成，而美成不可见也；求之于稼轩，而美成不可见也；求之于碧山，而美成不可见也。于是专求之于梦窗，然后得之。因知学词者由梦窗以窥美成，犹学诗者由义山以窥少陵，皆涂辙之至正者也。今吾立周、吴为师，退辛、王为友，虽若与周氏小有异同，而实本周氏之意。渊源所自，不敢诬也。”②陈洵以常州嫡系自居，表明他对张惠

① 唐圭璋编：《词话丛编》，4838页，北京，中华书局，1986。

② 唐圭璋编：《词话丛编》，4839页，北京，中华书局，1986。

言、周济不胜倾慕；出于倾慕的心理对张、周的统系建构提出批评，更见出张、周的理论缺陷之严重。需要指出：陈洵似乎把问题设想得太简单了些。他以周、吴为宗，实即以婉约派为宗，而婉约派正是张惠言所不满的三大流别之一。至于周济，他也不会将婉约派置于豪放派和清逸派之上，他宁可平分秋色地看待三大词学流别，然后以集大成者自居。张惠言在三大词学流别之外另立比兴一系，周济合三大词学流别成一统系，都显示出不承认任何一个词学流别独为正宗的心态。常州词派的词统建构就是在这种心态下完成的。

常州词派统系建构的失误，造成了两个重要后果：

其一，常州词派是一个理论与实践疏离的流派。浙西词派的理论与实践较为吻合，而常州词派理论与实践的疏离则有目共睹："自浙派盛行，家玉田而户碧山。然其弊也，人工赋物，技擅雕虫，蟋蟀萤火之咏，不绝于篇；春水孤雁之作，开卷而是，游词之诮，良无解已。矫之者为南唐，为北宋，然而连篇累牍，子夜读曲，谬云托兴，其实赋也。夫檀栾金碧，乃云何处合成愁，千古江山，能作烟柳暗南浦。以梦窗为一于质实者，固属目论，以稼轩为专于豪放者，尤瞽说也。"①所谓"矫之者"，即常州词派是也。"比张惠言出生略早或活动稍前的常州词人如洪亮吉、黄景仁、左辅等人的词作，固不能用'意内言外'或'比兴寄托'的框框加以检阅，就是张惠言兄弟及其追随者们的词创作，若用常州派的词论一一对照，恐怕也要呈现方枘圆凿之势。"②一个流派的创作与其理论主张不符，无论加上多少解释都是不能令人满意的。而统系不明或统系缺少传统的支撑，又必然造成这种后果。

其二，常州词的创作缺少鲜明的风格标志。"对于一首不熟悉的词，我们可以很容易地辨别它的风格是属婉约派，还是归于豪放派；

① 陈衍：《石遗室诗话》卷二十，271～272页，沈阳，辽宁教育出版社，1998。

② 赵伯陶：《张惠言暨常州词派词传》，32页，长春，吉林人民出版社，1998。

但若判断一首不甚熟悉的清词，是属浙派中人所写还是属常派中人的大笔，就很难遽下结论了。”①一个流派的创作个性模糊不清，这个流派在文学史上的地位是要大打折扣的。而常州词派统系不明，意味着在风格上缺少稳定的导向，创作个性模糊不清正是题中应有之义。言清代词学者，多以浙、常二派为大宗，但如就创作论，常派便只能退避三舍了。

常州词派统系建构的失误，留给我们的教训是深刻的。

---

① 赵伯陶：《张惠言暨常州词派词传》，5页，长春，吉林人民出版社，1998。

第二章　盟主意识的发生和发展

一　从钟嵘到张为：盟主意识的发生与衍变

一个流派，不可能没有盟主。钟嵘《诗品》在确立五言诗的统系时，其盟主意识也已萌芽。例如，他认为李陵"源出于《楚辞》"，由李陵一脉，衍生出曹丕、王粲、班姬三支，而王粲一支，又分为四小支：

其一，潘岳、郭璞。钟嵘评潘岳曰："其源出于仲宣。"评郭璞曰："宪章潘岳。"

其二，张协、鲍照、沈约。钟嵘评张协曰："其源出于王粲。"评鲍照曰："其源出于二张。"评沈约曰："宪章鲍明远。"

其三，张华、谢混、谢朓。钟嵘评张华曰："其源出于王粲。"张华以下是谢瞻、谢混、袁淑、王微、王僧达等五人。钟嵘评曰："其源出于张华。"又评谢朓曰："其源出于谢混。"

其四，刘琨、卢谌。钟嵘评曰："其源出于王粲。"

从源出于王粲的四小支看来，将他们视为一个流派是有充分理由的；而这个流派的盟主，自非王粲莫属。① 但是，王粲本人并没有这种身为流派盟主的意识，而是钟嵘有了这种意识，再根据王粲的实际影响，将流派盟主的身份派给王粲。钟嵘之所以有这种盟主意识，又

① 钟嵘《诗品》"其源出于某某"的表述，其"源"可分为"远源"和"近源"两种。"远源"旨在确立流派统系，而"近源"更多的与确立流派盟主或影响深远的代表作家有关。

是与南朝文学流派的发展相关联的。如永明体的代表人物有沈约、谢朓、王融等人，而以沈约为盟主；南朝山水诗人众多，如齐梁时的伏挺"有才思，好属文，为五言诗，善效谢康乐体"（《梁书·文学·伏挺传》）①，王籍"为诗慕谢灵运，至其合也，殆无愧色。时人咸谓康乐之有王籍，如仲尼之有丘明，老聃之有庄周"（《南史》卷二十一）②，已形成一个以谢灵运为盟主的山水诗派。在这种背景下，钟嵘确信一个流派不仅需要建立统系，盟主也是一个必备的要素。

流派盟主意识在唐代的发展当以韩愈为标志。韩愈写过一篇著名的古文《师说》，他所谓"师"，实即流派盟主——名为学术流派的盟主，实为文学流派的盟主。试作阐述。

中国的一部分儒生和文士，曾被称为"狂生"，因为他们的确具有"狂"的作风。《史记》卷一百三十《太史公自叙》说："先人有言：自周公卒五百岁而有孔子，孔子卒后至于今五百岁，有能绍明世，正《易传》，继《春秋》，本《诗》、《书》、《礼》、《乐》之际，意在斯乎！意在斯乎！小子何敢让焉？"③ 这是司马迁的惟我独尊。《金楼子·立言》说："周公没五百年有孔子，孔子没五百年有太史公，五百年运，余何敢让焉。"④ 这是萧绎的目无余子。韩愈之后，这种狂放气概表现的频率更高。比如，南宋的陆象山说过："仰首依南斗，翻身倚北辰，举头天外望，无我这般人。"明代的王艮甚至有过梦中托天的壮举："一夕梦天坠，万人奔号。先生独奋臂托天起。又见日月列宿失次，手自整布如故，万人欢舞拜谢。"

这种惟我独尊、以盟主自许的狂放作风，与统系意识是密切相关的。按照韩愈《原道》的说法："尧以是传之舜，舜以是传之禹，禹以是传之汤，汤以是传之文、武、周公，文、武、周公传之孔子，孔子传之孟轲；轲之死，不得其传焉。"其统系有一个特征：儒家之

---

① 姚思廉：《梁书》，719页，北京，中华书局，1973。

② 李延寿：《南史》，580页，北京，中华书局，1975。

③ 司马迁：《史记》，3296页，北京，中华书局，1959。

④ 萧绎：《金楼子》卷四《立言篇九》上。据文渊阁本《四库全书》。

"道"，往往得之极难而失之极易，往往几百年才出现一个重拾坠绪的人，因此，在孟子之前，也才有尧、舜等八人，孟子之后、韩愈之前，竟然一个也没有。既然如此，那么，一个自以为真能继承孔孟道统的人，怎么会不以学派盟主自居呢？怎么会不以圣贤自居呢？以圣贤自居，以学派盟主自居，于是在不知不觉间化身为学派主体，意态不凡地要将自己的价值系统向全社会推广。

韩愈的《师说》就建立在这样一种心理结构上。他所谓的"师"，并非一般意义上的"童子之师"，而是"传道受（授）业解惑"的学派盟主。童子之师，仅仅教人学习书上的文句；学派盟主则志在传授儒家之道。由此出发，所以，"无贵无贱，无长无少，道之所存，师之所存。"谁是儒家道统的继承者，谁就是整个学派的盟主！在这样的表述中，韩愈那种"舍我其谁"的气概，读者已不难感受到。他曾在《答吕毉山人书》中说过："世无孔子，不当在弟子之列。"① 显然，他是不承认并世有任何一人可做学派盟主的。反过来，别人也不一定认可他的学派盟主地位，因而他要就此辩驳一番，以打消别人的疑虑。尽管如此，这种以学派盟主自命的派头还是触怒了社会舆论。柳宗元《答韦中立论师道书》说："今之世，不闻有师，有辄哗笑之，以为狂人。独韩愈奋不顾流俗，犯笑侮，收召后学，作《师说》，因抗颜而为师。世果群怪聚骂，指目牵引，而增与为言辞，愈以是得狂名。"② 周振甫曾就此解释说："这里的所谓师，不是指在学校里教课的老师，是指给社会上学业有成的士人或学者做老师，或给做官的当老师。唐朝时候，反对这样的老师，认为有人敢于做这样的老师，是狂人。只有韩愈不管这种风气，不怕人家的耻笑，敢于做这样的老师。为了反对这种风气，批驳这种耻笑，他写了《师说》。"这解释大体是正确的，但还应补充一点：韩愈所谓的

① 韩愈著，马通伯校注：《韩昌黎文集校注》卷三，127页，上海，古典文学出版社，1957。

② 柳宗元：《柳河东集》卷二十四，541页，上海，上海人民出版社，1974。

“师”，指的是儒家学派的盟主，并不是每个时代都有的，即使有，也只能独一无二。惟其独一无二，所以才够资格与孔孟并提。唐人视韩愈为“狂人”，正因为他高自期许，把自己放在孔孟道统的继承者的位置上。如果只是给学者或做官的当老师，倒不一定被视为“狂人”，因为那算不了什么。

如果我们要对韩愈的盟主意识提出批评，可以说，他在学术流派盟主和文学流派盟主之间，未能作出明晰的区分。他心里想的也许是做文学流派盟主，但表述出来却打着学术流派盟主的旗号，藉以增强号召力。作为学术流派盟主，他是儒家道统的继承者，以反佛著称；作为文学流派盟主，他是诸子散文和历史散文的继承者，以反骈文著称。反佛和反骈文，二者之间其实并没有内在联系。我们曾经提到，韩愈在建立流派统系时较多策略性的考虑，由古文上溯出一个学术统系；他的盟主意识也因为这种策略性的考虑，把自己文学流派盟主的身份置换成了学术流派盟主的身份。这种错位导致的负面后果，我们在第一章中已有阐述，此不赘论。

唐末张为《诗人主客图》以“主”喻流派盟主，以“客”喻追随者，其盟主意识已达到相当自觉的程度。“客”又可细分为上入室、入室、升堂、及门四类。《谈艺珠丛》本张为《诗人主客图序》云：

> 若主人门下处其客者，以法度一则也。以白居易为广大教化主，上入室杨乘，入室张祜、羊士谔、元稹，升堂卢仝、顾况、沈亚之，及门费冠卿、皇甫松、殷尧藩、施肩吾、周元范、祝元膺、徐凝、朱可名、陈标、童翰卿。以孟云卿为高古奥逸主，上入室韦应物，入室李贺、杜牧、李馀、刘猛、李涉、胡幽贞，升堂李观、贾驰、李古、曹邺、刘驾、孟迟，及门陈润、韦楚老。以李益为清奇雅正主，上入室苏郁，入室刘畋、僧清塞、卢休、于鹄、杨洵美、张籍、杨巨源、杨敬之、僧无可、姚合，升堂方干、马戴、任蕃、贾岛、厉元、项斯、薛寿，及门僧良乂、潘诚、于武陵、詹雄、卫准、僧志定、喻凫、朱庆馀。以孟郊为清

奇僻苦主，上入室陈陶、周朴，及门刘得仁、李溟。以鲍溶为博解宏拔主，上入室李群玉，入室司马退之、张为。以武元衡为瑰奇美丽主，上入室刘禹锡，入室赵嘏、长孙佐辅、曹唐，升堂卢频、陈羽、许浑、张萧远，及门张陵、章孝标、雍陶、周祚、袁不约。

张为区分流派，往往着眼于某一侧面，与后人的看法不尽一致。例如今本《诗人主客图》以白居易为广大教化主，下引其《读史》一首、《秦中吟》一首、《寓意》两首等，均与政教有关。故吴融《禅月集序》云："夫诗之作，善善则颂美人，恶恶则风刺之……国朝能为歌为诗者不少，独李太白为称首。盖气骨高举，不失颂美风刺之道焉。厥后白乐天讽谏五十篇，亦一时之奇逸极言。昔张为作诗图五层，以白氏为广大教化主，不错矣。"（贯休著《禅月集》卷首，据《四部丛刊》本）但后世将"广大教化"理解为美刺讽喻之道的并不多。例如王世贞《艺苑卮言》卷四："张为称白乐天广大教化主。用语流便，使事平妥，固其所长；极有冗易可厌者。少年与元稹角靡逞博，意在警策痛快，晚更作知足语，千篇一律。诗道未成，慎勿轻看，最能易人心手。"（据中华书局1983年版《历代诗话续编》本）在王世贞看来，平易近人、浅显易懂是白居易被称为"广大教化主"的基本原因。许学夷《诗源辩体》卷二十八则说："退之五、七言古虽开宋人门户，然欧、苏而外无人能学；惟乐天律、绝，悉开宋人门户，而宋人实多学之，当时称为'广大教化主'是也。然但得其浅易耳。"许学夷以为，"浅易"不是白之为"广大教化主"的基本原因；白居易改变盛唐的路数，为宋人开启了广阔的写诗门径，故称之为"广大教化主"。由于张为的着眼点多与后世不同，故时遭非议。如陈振孙《直斋书录解题》谓其流派划分"要皆有未然者"；胡震亨《唐音癸签》卷三二也说他"妄分流派，谬僻尤盛"。在作家作品的传播接受过程中，不同时代的人见地不同，乃是正常的现象，如陶渊明在六朝得到的评价不高，而到了宋代，则被推为第一流诗人。张为身为唐末人，不仅会受到当时舆论的影响，又会受到自身见闻的限制，他的着眼点不一定完全合理，但一定有其缘由，应予“同情之了解”。至少，他注重区分流派，注重流派发展中盟主的作用，这一点是有积极意义的。清李调元《诗人主客图序》云：“唐张为撰《诗人主客图》一卷，所谓主者，白居易、孟云卿、李益、鲍溶、孟郊、武元衡，皆有标目。余有升堂、入室、及门之殊，皆所谓客也，宋人诗派之说实本于此。求之前代，亦如梁参军钟嵘分古今作者为三品，名曰《诗品》，上品十一人，中品三十九人，下品六十九人之例。”韩菼《有怀堂文稿》卷五《五大家文稿序》云：“梁钟嵘品诗，谓‘吟咏性情，多非补假，皆由直寻’。然必曰某诗之源出于某，唐之《主客图》亦其遗意。盖主者专家之谓，客则如归其家云尔。……盖古之作者，原原本本，筋力成就必有所自。若烟墨不言，任其驱染，不复可定其何家，是卤莽于斯道者也。”在中国文学流派意识的发展历程中，张为有其不容忽视的地位。

二　欧阳修的盟主意识及其流派策略

唐宋文人气质的差异已经引起人们的注意。这种差异的产生，原因是多方面的。比如，唐代科举重诗赋，宋代科举重策论；重诗赋者尚才情，好华丽，重策论者尚见地，喜严谨。由此出发，唐人偏爱热烈，宋人偏爱闲淡。唐人常有轶出日常轨范的言行，宋代作者则较为拘谨；唐人常“说大话”，宋代作者则多为谦谦君子；唐人作诗，满腔热情地设色敷染者多，宋人却绚烂之极归于平淡——为唐人所漠视的陶渊明就是在宋代被推到一流诗人的高度的。总之，尚才气者不免热情洋溢，尚涵养者绝不故立崖岸。唐人具有年轻人的气派，宋人则显得老成持重。

另一个原因或许在于，宋代文人多政治家、哲学家：仕途得意而显于庙堂的，如杨亿、刘筠、钱惟演、欧阳修、王安石、范成大、辛弃疾；哲学家如邵雍、周敦颐、程颢、程颐、张载、朱熹、陆九渊等，在社会生活中亦声望极高。唐代文人的境遇则没有如此美妙：诗作得很好，又喜谈政治，但啼饥号寒者大有人在；学者如颜师古、孔颖达、贾公彦等，一生事业惟注疏，更加局促。唐宋文人的境遇之别，加强了他们各自的倾向：唐人爱做少年似的夸大其辞的事情，稳重如杜甫，也曾对神仙和游侠表现出热烈的兴趣；宋人则对生活保持相当程度的冷静，因为一个哲学家、政治家如果太富激情，会被人怀疑是否具有作为政治家、哲学家所必需的涵养。

明白了唐宋文人气质的差异，再来考察宋人的盟主意识，对有些问题的看法可能会更深入一些。

以欧阳修为例，他与韩愈的差异便非常明显。其一，欧阳修从未公开宣称他是社会的精神导师（“师”），或者自诩为第一流人物。“自高”、“自贵”是唐代社会的风气，“说大话”一般不会引起世人的惊讶。皇甫湜《答李生第二书》说：“近风教偷薄，进士尤甚，乃至有一谦三十年之说，争为虚张，以相高自谩。诗未有刘长卿一句，已呼阮籍为老兵矣。笔语未有骆宾王一字，已骂宋玉为罪人矣。书字未识偏傍，高谈稷、契，读书未知句度，下视服、郑。此时之大病，所当疾者。”① 皇甫湜对“说大话”提出批评，是因为上述大话太离谱了。至于李白的《与韩荆州书》，意态豪迈地宣称他曾“遍干诸侯”，“历抵卿相”，丝毫不因夸口而抱愧，足见一时风尚。在这样一种时代风气中，韩愈抗颜为师，虽然引发了舆论的不满，但毕竟得到了柳宗元等人强有力的支持。如果是在宋代，也许韩愈就没有这种抗颜为师的勇气了。其二，欧阳修不会像韩愈那样满不在乎地看待“对外宣传”与“衷心底蕴”错位的情形。韩愈与元稹、白居易同时，这一批崛起于中唐的庶族文人，其精神风貌有着鲜明的时代性和阶层性。就时代性而言，唐帝国在安史之乱后，尽管逐渐由中衰转向中兴，但已失去了往日的雄风，士大夫文人不再有豪壮、高蹈的情怀，倒是多了几分对日常享受的兴趣与智慧；就阶层性而言，这些庶族文人以其才情在帝王那里换取功名，“达则兼济天下”，青史留名，“穷则独善其身”，经营一己的闲适，他们与帝王之间并无割不断的心理与利益的脐带。这种时代性和阶层性，孕育了庶族文人与世周旋

① 《全唐文》卷六八五，7022页，北京，中华书局，1983。

的机警而圆滑的性格："对外之宣传，未必合于其衷心之底蕴。"①他们嘴上所说与心中所想可以对不上号，甚至相互冲突，他们觉得这没有什么不妥。韩愈就是这方面的一个标本。他领导的古文运动，按他的说法，宗旨是振兴儒学；以儒学为规范，来整顿以君君、臣臣、父父、子子为核心的人伦纲纪；改革文体，变骈为散，那只是无关宏旨的外部形式。但实际上，韩愈真正关心的倒是成为一流的古文作家，他从未打算做一名兢兢业业弘扬儒学的儒家学者，也不打算身体力行，成为儒家圣贤。以韩门弟子自居，同时又是韩愈朋友的张籍，很严肃地写了《上韩昌黎书》（《全唐文》卷六八四），其主要内容有二：一是责备韩愈喜欢赌博下棋，好为驳杂之说，要求韩愈在行为上向圣贤看齐，不要"言论文章"似圣贤，而所作所为却与常人无异；二是希望韩愈放弃（或放松）古文的写作，一心一意地像孟子、扬雄那样著"经书"以存儒家之道。张籍这封信针对韩愈宣传口号与实际操作的歧异提出批评，切中问题的要害，措辞直率，确实狷直可敬。但张籍对他所生活的时代似乎缺少真切的认识，他没有意识到，韩愈虽然"言论文章，不谬于古人"，但并不妨碍他"所为或有不出于世之守常者"，在韩愈看来，言与行不一定非统一不可。宋人的性格与韩愈等中唐文人存在明显的差异。宋人对言行一致的要求相当严格，甚至近乎苛刻。我们当然不能说宋人都是言行一致的君子，但他们绝不会像韩愈那样满不在乎地看待"对外宣传"与"衷心底蕴"的错位则是毫无疑问的。

以欧阳修和韩愈处世态度的差异为起点，我们注意到，欧阳修的盟主意识虽然事实上与韩愈同样强烈，但在表达上比韩愈节制得多，温和得多，尽量收敛抗颜为师的锋芒。他主要从三个方面着手确立其盟主地位。

（一）欧阳修经由对白派、晚唐派和西昆派的价值判断和对同辈诗人的抑扬，以娓娓道来的方式揭橥其诗学理念。这里，他的诗学理念值得注意，他的娓娓道来的方式同样值得注意，因为正是这种传播

---

① 陈寅恪：《元白诗笺证稿》，162 页，上海，上海古籍出版社，1978。

方式，使他的诗学理念在宋代这种特殊的时代氛围中能顺利地被人接受。

白派、晚唐派和西昆派是欧阳修之前北宋诗坛的三个主要流派。白派即白乐天派，代表作家有李昉、苏易简、王禹偁等。其风格特征因代表作家的具体创作而形成，故亦因代表作家不止一人而造成风格指向的多样化，但多样化的风格仍与白居易的影响有关。白派的风格即白体，其内涵主要有三种：1．指唱和诗。白居易、元稹首开大写唱和诗的先例，宋初诸多诗人热心仿效。如淳化二年（991）十二月，翰林学士承旨苏易简于本院会学士韩丕、毕士安，秘书监李至，史馆修撰杨徽之、梁周翰，知制诰柴成务、吕祐之、钱若水、王旦，直祕阁潘慎修、翰林侍书王著、侍读吕文仲等，观御（太宗）飞白书“玉堂之署”四字并三体书诗石。太宗闻之，赐以尊酒，太官设盛馔，李至等各赋诗以纪其事。宰相李昉、张齐贤，参知政事贾黄中、李沆亦赋诗以赠易简。所有唱和诗后汇编为《禁林宴会集》。这是现存最早的宋人唱和诗什，当时被视为典型的白体。2．指浅近易懂的诗。李昉是宋初最早学白居易诗风的代表人物，所作以浅近易晓著称。其他人如王禹偁亦然。3．指“歌生民病”的诗。这是对元白新乐府传统的发扬，主要体现于王禹偁的创作中。他的《感流亡》、《竹鼦》、《对雪》、《对雪示嘉祐》等诗，与杜甫“三吏”、“三别”及白居易《秦中吟》、《新乐府》一脉相承①。《蔡宽夫诗话》说：“国初沿五代之余，士大夫皆宗白乐天诗，故王黄州（王禹偁）主盟一时。”② 王禹偁赋予白体以“歌生民病”的内涵，这是他对当时诗坛的重要贡献。

晚唐派的模仿对象较多，但其基本的风格特征是轻盈、精致，咀嚼和品味一种境界狭小的韵味。其作家队伍颇为雄厚，元初方回《桐江续集》卷三十二《送罗寿可诗序》说：“宋划五代旧习，诗有

① 参见徐规：《王禹偁事迹著作编年》，85页、97页、98页、129页，北京，中国社会科学出版社，1982。

② 郭绍虞辑：《宋诗话辑佚》，398页，北京，中华书局，1980。

白体、昆体、晚唐体。……晚唐体则九僧最逼真。寇莱公（准）、鲁三交（一作鲁三变）、林和靖（逋）、魏仲先父子（野及其子闲）、潘逍遥（阆）、赵清献（抃）之父，凡数十家，深涵茂育，气势极盛。”（据文渊阁本《四库全书》）所说九僧，据司马光《温公续诗话》，依次是：剑南希昼、金华保暹、南越文兆、天台行肇、沃州简长、贵城惟凤、淮南惠崇、江南宇昭、峨眉怀古。

西昆派是在王禹偁去世之后才兴盛起来的。南宋周必大《文忠集》卷五十三《平园续稿》卷十三《初寮先生前后集序》说：“一代文章必有宗，惟名世者得其传……若稽本朝，太祖以神武基王业，文治兴斯文。一传为太宗，翰林王公元之（王禹偁）出焉。再传为真宗，杨文公大年（杨亿）出焉。”（据文渊阁本《四库全书》）西昆派的重要作家中，除张咏（946～1015）年长王禹偁八岁外，其他人都晚于王，有些人甚至是靠王禹偁的奖掖才成名的，比如丁谓(966～1037)，王禹偁《小畜集》卷十八《荐丁谓与薛太保书》、卷十九《送丁谓序》都为之游扬不置。

西昆派以杨亿编《西昆酬唱集》一书而得名。在《西昆酬唱集》中，杨亿视他们自己所在的编修馆如西王母所在的昆仑玉山，因以名集，其作者主要是一群宫廷侍臣、翰林学士。他们以李商隐为“祖”，体裁以近体为主，音节铿锵，辞藻华丽；热心于以丰富的典故酿造一种氛围、情调，却并不一定表达明确的意思，因而被批评为浮艳。魏庆之《诗人玉屑》卷十七引《隐居诗话》云：“杨亿、刘筠作诗务故实，而语意轻浅，一时慕之，号西昆体，识者病之。”①

北宋诗文革新运动继白派、晚唐派、西昆派而起，欧阳修必须直接面对这三个流派，或褒或贬，不能回避。在《六一诗话》中，他对白派、晚唐派和西昆派均有记述和评议，从中不难看出欧阳修的若干意味深长的倾向。他对风格轻俗的白派基本上出之以调侃：

> 仁宗朝，有数达官，以诗知名。常慕“白乐天体”，故其语

① 魏庆之编：《诗人玉屑》，361页，上海，上海古籍出版社，1978。

多得于容易。尝有一联云："有禄肥妻子，无恩及吏民。"有戏之者云："昨日通衢遇一辎軿车，载极重，而羸牛甚苦，岂非足下'肥妻子'乎?"闻者传以为笑。①

欧阳修对题材范围狭窄的晚唐派也不太恭敬：

国朝浮图，以诗名于世者九人，故时有集号《九僧诗》，今不复传矣。余少时闻人多称之。其一曰惠崇，余八人者，忘其名字也。余亦略记其诗，有云："马放降来地，雕盘战后云。"又云："春生桂岭外，人在海门西。"其佳句多类此。其集已亡，今人多不知有所谓九僧者矣，是可叹也！当时有进士许洞者，善为词章，俊逸之士也。因会诸诗僧分题，出一纸，约曰："不得犯此一字。"其字乃山、水、风、云、竹、石、花、草、雪、霜、星、月、禽、鸟之类，于是诸僧皆阁笔。

惟独对于西昆派，欧阳修有过热情洋溢的赞许：

杨大年与钱刘数公唱和，自《西昆集》出，时人争效之，诗体一变。而先生老辈患其多用故事，至于语僻难晓，殊不知自是学者之弊。如子仪《新蝉》云："风来玉宇乌先转，露下金茎鹤未知。"虽用故事，何害为佳句也。又如"峭帆横渡官桥柳，叠鼓惊飞海岸鸥。"其不用故事，又岂不佳乎？盖其雄文博学，笔力有余，故无施而不可，非如前世号诗人者，区区于风云草木之类，为许洞所困者也。

"区区于风云草木之类，为许洞所困者"，即晚唐派的代表作家九僧。与对晚唐派的贬抑形成对照，西昆派的倡始者被赞赏为"雄文博学，

---

① 何文焕辑：《历代诗话》，264页，北京，中华书局，1981。本书引用《六一诗话》，均据《历代诗话》本。其他地方不另出注。

笔力有余”，“无施而不可”。这样的抑扬预示了诗坛的发展趋向：讲求学之“博”、文之“雄”将是与欧阳修同道的一批诗人所追求的重要目标。确实，到了王安石、苏轼等作家手中，“以用事为博”，“以才学为诗”，精心网罗古典成语来表达情意，便成为一时风气。而这一风气的形成是与欧阳修盛赞西昆派有着割不断的联系的。以往部分学者以为北宋诗文革新运动与西昆派完全对立，那是误解。

在《六一诗话》中，欧阳修对与他同道的两位诗人梅尧臣、苏舜钦所作的一次比较研究也值得关注：

> 圣俞（梅尧臣）子美（苏舜钦）齐名于一时，而二家诗体特异。子美笔力豪隽，以超迈横绝为奇；圣俞覃思精微，以深远闲淡为意。各极其长，虽善论者不能优劣也。余尝于《水谷夜行》诗略道其一二云：“子美气尤雄，万窍号一噫，有时肆颠狂，醉墨洒滂霈。譬如千里马，已发不可杀。盈前尽珠玑，一一难拣汰。梅翁事清切，石齿漱寒濑。作诗三十年，视我犹后辈。文词愈精新，心意虽老大。有如妖韶女，老自有余态。近诗尤古硬，咀嚼苦难嘬，又如食橄榄，真味久愈在。苏豪以气轹，举世徒惊骇。梅穷独我知，古货今难卖。”语虽非工，谓粗得其仿佛，然不能优劣之也。

虽然欧阳修说对梅、苏二人“不能优劣之”，但其实是有所轻重的，“苏豪以气轹，举世徒惊骇。梅穷独我知，古货今难卖”四句尤须细加体味，其言外之意是：在举世冷落梅尧臣而倾服苏舜钦之时，我却要将二者相提并论，排除了向舆论作出的适当让步外，我对梅尧臣其实更为看重。事实也确乎如此：《六一诗话》中，专议梅尧臣的有六则，共论梅、苏的一则，专论苏舜钦的一则也没有。在专议梅尧臣的六则中，尤可注意的是下述两则，其一云：

> 圣俞平生苦于吟咏，以闲远古淡为意，故其构思极艰。

其二云：

> 圣俞尝语余曰："诗家虽率意，而造语亦难。若意新语工，得前人所未道者，斯为善也。必能状难写之景，如在目前，含不尽之意，见于言外，然后为至矣……"

欧阳修把诗的造诣分为"善"和"至"两种境界。"善"指的是"意新语工，得前人所未道"，即创新的意义和工稳的语言。"至"指的是"状难写之景，如在目前，含不尽之意，见于言外"，即寓深邃于平淡，亦即深远闲淡。

推重和追求深远闲淡，以欧阳修为盟主的诗坛在创作上表现出几个显而易见的特点：1. 在诗的体裁上特别重视古体，尤其是七古。因为古体便于施展才力，便于展开深远的层次感。这与晚唐派以七绝为主、西昆派特别重视七律适成比照。陈衍《石遗室诗话》卷十八说："北宋人多学杜、韩，故工七言古者多。"① 他们学杜、韩的古体，主要是看好其议论化、散文化，以增加诗的层次感，即深远之感。2. 诗境细腻、平实，与高华浑成的唐诗风貌迥异。钱钟书《谈艺录》开篇在论及唐、宋诗之异时指出："夫人禀性，各有偏至。发为声诗，高明者近唐，沉潜者近宋，有不期而然者。"② 深远、闲淡，无论就人生还是就艺术而言，都是成熟的境界，或曰"老境"。北宋诗文革新运动的代表作家，像范仲淹、欧阳修、梅尧臣、苏舜钦、王安石、苏轼等，无一不真切体验过社会、人生的双重忧患，并程度不同地虽经忧患而能保持达观、开朗的心境。他们坚毅旷达，既不像屈原那样慷慨愤激，以至用自杀作为抗争方式；也不像杜牧那样颓然自放，在青楼中消遣人生。他们是成熟的，不走极端，也不回避现实，他们的"沉潜"的"禀性"呈现为艺术个性，即对细腻、平实的诗境的偏爱。

---

① 陈衍：《石遗室诗话》，254 页，沈阳，辽宁教育出版社，1998。

② 钱钟书：《谈艺录》（补订本），3 页，北京，中华书局，1984。

（二）欧阳修除了在理论上标举其诗文主张，还在创作上努力以实绩征服读者，以其示范性的创作造成一种时代风尚。《神宗旧史·欧阳修传》云："国朝接唐、五代末流，文章以声病对偶为工，剽剥故事，雕刻破碎，甚者若俳优之辞。如杨亿、刘筠辈，其学博矣，然其文亦不能自拔于流俗，反吹波扬澜，助其气势。一时慕效，谓其文为昆体。时韩愈文，人尚未知读也。修始年十五六，于邻家壁角破簏中得本学之，后独能摆弃时俗故步，与刘向、班固、韩愈、柳宗元争驰逐。是时，尹洙与修亦皆以古文倡率学者，然洙才下，人莫之与。至修文一出，天下士皆向慕，为之犹恐不及。一时文章大变，庶几乎西汉之盛者，由修发之。"（见《四部丛刊》本《欧阳文忠公集》附录卷四）尹洙与欧阳修"皆以古文倡率学者"，而尹洙没有号召力，欧阳修则为天下向慕，这种差异的产生，关键在于"洙才下"，而欧阳修文足"与刘向、班固、韩愈、柳宗元争驰逐"。欧阳修的魅力是与他的创作成就联系在一起的。故董正位《归震川先生全集序》云："古来文章家，代不乏人，要必以卓然绝出，能转移风气为上。唐之中叶称韩子，而与韩子同时者有柳子厚、李习之。宋时称欧阳子，而先欧阳为古文者有穆伯长、尹师鲁辈。然言起八代之衰者，必曰昌黎；变刘、杨之习者，必曰庐陵：则以其学之深，力之大也。"①

（三）作为流派盟主，他尤其注意聚集追随者。一部分追随者是同辈人，如范仲淹、梅尧臣、苏舜钦，另一部分追随者是晚辈人，如王安石、苏轼等，这一部分人尤其重要，因为未来的文坛将由他们主宰。他在《与梅圣俞》中说："读轼书，不觉汗出，快哉，快哉！老夫当避路放他出一头地也。可喜可喜。"② 所谓"轼"，指苏轼，是嘉祐二年（1057）欧阳修主持贡举考试时以第二名录取的考生。嘉祐二年对于北宋诗文革新运动是一个至关重要的年份，欧阳发等述欧阳修《事迹》记云：

---

① 归有光：《震川先生集》，3页，上海，上海古籍出版社，1981。

② 欧阳修：《欧阳修全集》，144页，香港，广智书局，1982。

> 嘉祐二年，先公（欧阳修）知贡举，时学者为文，以新奇相尚，文体大坏。僻涩如“狼子豹孙，林林逐逐”之语，怪诞如“周公伻图，禹操畚锸，傅说负版筑来筑太平之基”之说。公深革其弊，一时以怪僻知名在高等者，黜落几尽。二苏出于西川，人无知者，一旦拔在高等。榜出，士人纷然惊怒怨谤。其后，稍稍信服，而五六年间，文格遂变而复古，公之力也。①

《事迹》所说的僻涩、怪诞的文体，即太学体，其代表作者是太学高材生刘几，沈括《梦溪笔谈》卷九记载：

> 嘉祐中，士人刘几，累为国学第一人，骤为怪险之语，学者翕然效之，遂成风俗，欧阳公深恶之。会公主文，决意痛惩。凡为新文者，一切弃黜，时体为之一变，欧阳之功也。有一举人论曰：“天地轧，万物茁，圣人发。”公曰：“此必刘几也。”戏续之曰：“秀才剌，试官刷。”乃以大朱笔横抹之，自首至尾，谓之“红勒帛”，判大“纰缪”字榜之。既而果几也。②

所谓太学体，是指北宋仁宗年间，倡始于太学，以韩、柳古文为榜样进行写作而走入险怪的一种散体文。它的得势，不仅标志着西昆体余波濒于消歇，同时也意味着文风日渐佶屈聱牙，“文从字顺”的准则已被对险怪风格的热衷所取代。太学体的兴起，通常从仁宗景祐年间（1034～1037）石介的《怪说》问世算起，经过近十年的发展，于庆历年间（1041～1048）开始盛行，又经过十余年的繁荣时期，在嘉祐二年（1057）结束了它的行程。③

---

① 欧阳修：《欧阳修全集》，235页，香港，广智书局，1982。

② 沈括撰，胡道静校注：《新校正梦溪笔谈》，98页，北京，中华书局，1957。

③ 葛晓音的观点与此略有不同，参见葛晓音：《汉唐文学的嬗变》，208～214页，北京，北京大学出版社，1990。

太学体的崛起和兴盛，与“理学三先生”石介、孙复、胡瑗的揄扬和宣传有直接关系。石介等人是当时著名的理学家，他们主张“文者，道之用也；道者，教之本也”（孙复《睢阳子集补》），认为文即道，道即文。文章写作如果“不求诸己而求诸外，以博文强记巧文丽辞为工，荣华其言”，则必定是“鲜有至于道者”。他们要求“读书不取其语辞，直以根本乎圣人之道；为文不尚其浮华，直以宗树乎圣人之教”（石介《代郓州通判荐士建中表》）①。三位受柳开、穆修影响极深，文章风格也大致相同，行文偏于古峭、奇崛。《四库全书总目提要》称石介文章：“倔强劲质，有唐人风，较胜柳、穆两家，而终未脱草昧之气……然客气太深，名心太重，不免流于诡激。”又称孙复文章“根柢经术，谨严峭洁，卓然为儒者之言。与欧苏曾王千变万化，务极文章之能事者，又别为一格。”② 从“道”的角度来看，太学体集中体现了一批理学家的观点，即偏重于以文章宗经载道；而这也符合朝廷要求文学为教化服务的旨意，因而一度盛行。但其行文过于怪僻、枯涩，在遏制骈文写作中的唯美倾向时，又造成了难以句读的新的弊端。③ 如苏轼《谢南省主文启——欧阳内翰》所说：“自昔五代之余，文教衰落，风俗靡靡，日以涂地。圣上慨然太息，思有以澄其源，疏其流，明诏天下，晓谕厥旨。于是招来雄俊魁伟、敦厚朴直之士，罢去浮巧轻媚、丛错彩绣之文，将以追两汉之余，而渐复三代之故。士大夫不深明天子之心，用意过当，求深者或

---

① 石介：《徂徕石先生文集》，241 页，北京，中华书局，1984。

② 永瑢等撰：《四库全书总目》，1312 页，北京，中华书局，1965。

③ 欧阳修之前，僻涩文风的代表，在太学体之外，宋祁也是不可忽略的一位。章太炎指出：“欧阳永叔号称宗师韩、柳，其实与韩、柳异辙，惟以不重四六为学韩、柳耳。永叔《题绛守居园池记》，诋诃樊氏，不遗余力，可知其与昌黎异趣矣。宋子京与永叔同时，皆以学昌黎为名，而子京喜造词，今《新唐书》在，人以‘涩体’称之，可证也。夫自作单篇，未尝不可造词，作史则不当专务生造。子京之文，有盛名于时。及永叔之文行，趣之者皆崇自然，于是子京之文不复见称道。”章太炎：《国学略说》，213 页，上海，上海文艺出版社，2001。

至于迂，务奇者怪僻而不可读。余风未殄，新弊复作，大者镂之金石，以传久远，小者转相摹写，号称古文。纷纷肆行，莫之或禁。”①太学体妨碍了古文的健康发展，因此欧阳修在嘉祐二年（1057）知贡举时，就通过科举考试大规模加以整肃，同时选拔那些为文平易自然的举子如曾巩、苏轼，以确立清新晓畅的北宋新古文的主导地位。在这次考试中，由于被黜落的刘几等太学体作者平日声望甚高，而被录取的苏轼等人却名不见经传，欧阳修甚至受到了围攻。《续资治通鉴长编》卷一八五记载：“及试榜出，时所推誉者皆不在选，嚣薄之士，候修晨朝，群聚诋斥之，至街司逻吏不能止，或为祭欧阳修文投其家。”②这表明，作为文坛盟主，在流派形成过程中，他是具有异常坚定的盟主意识的，否则就不可能如此自觉顽强地去消除另一流派的影响，并借用行政力量来组织本流派的作家群。

这里也许需要附加一个说明。梅尧臣、苏舜钦主要是诗人，而欧阳修嘉祐二年知贡举却主要是为古文健康发展扫清障碍，似与诗的创作关系不大。阐释这一问题，首先应该澄清一个事实，即：欧阳修所领导的诗文革新运动，本未将诗、文分为两截，诗、文的革新采取了同步进行的方式。诗的革新较为顺利，未遇大的阻力，而古文的革新，由于太学体的作梗，较为艰难，所以有嘉祐二年的决战。不妨这样说：扫除古文革新的障碍同时也为诗的革新创造了更好的条件；欧阳修所提携的许多古文作者同时也是出类拔萃的诗人，如王安石、苏轼。他们在宋诗品格的形成过程中发挥了重要作用。

三　黄庭坚的盟主意识及其流派策略

在考察宋人的盟主意识和流派策略方面，黄庭坚也是一个值得注意的个案。我们对黄庭坚的关注集中在两个层面上：其一，就能否提

---

① 苏轼：《苏东坡全集》前集卷二十六，影印本，334页，北京，中国书店，1986。

② 李焘：《续资治通鉴长编》，4467页，北京，中华书局，1985。

供创作法门考察黄（黄庭坚）诗与苏（苏轼）诗的差异；其二，从人格涵养的角度考察黄庭坚与韩愈的差异。先讨论第一个层面。

宋诗品格在江西诗派的创作中表现得比较充分而完整。① 作为江西诗派的盟主，黄庭坚的盟主意识似不及欧阳修那么执著：批评其他流派以标举江西诗学，或者针对其他流派的盟主发难，这样的事情在他一生中很难见到。他以一种谦谦君子的风度从事创作，与同辈及晚辈作者交流心得，风平浪静，便造成了宋代最大的文学流派——江西诗派。理解黄庭坚，透视的角度需要稍作变化，因为他是那种虽不显山露水却极富含蕴的性格。有个事例是必须提及的：陈师道愿为他的弟子。陈师道颇有个性，苏轼曾希望收他为弟子，陈师道作《观究文忠公家六一堂图书》（《后山居士文集》卷二），以"向来一瓣香，敬为曾南丰"婉言谢绝，表示对曾巩的古文更多钦迟之意；而在诗的写作中，他却主动拜黄庭坚为师，《赠鲁直》云："相逢不用早，论交宜晚岁，平生易诸公，斯人真可畏……陈诗传笔意，愿立弟子行。"（《后山居士文集》卷四）其《答秦觏书》甚至说："仆于诗，初无师法，然少好之，老而不厌，数以千计。及一见黄豫章，尽焚其稿而学焉。豫章以谓：'譬之弈焉，弟子高师一着，仅能及之，争先则后矣！'仆之诗，豫章之诗也。豫章之学博矣，而得法于杜少陵，其学少陵而不为者也，故其诗近之，而其进则未已也。"② 他之所以如此推重黄庭坚，首先是因为黄庭坚的创作成就及其所开创的作诗法

① 关于江西诗派，程千帆、吴新雷有这样一段描述："江西诗派前期作家籍贯分布很广，成就高低不一，但总的说来，他们都曾接受黄庭坚的影响，只是有深有浅罢了。而且他们相互之间的交游唱和关系一般都很密切，因而无形中形成了一个以学习黄庭坚诗风为主的文学集团。它并非是一个有组织有纲领的文学群体，而是吕本中根据当时文坛上已经存在的情况和自己对这种情况的认识而代拟的名称。"见程千帆、吴新雷：《两宋文学史》，221页，上海，上海古籍出版社，1991。对这一描述，我想补充一点：黄庭坚虽未以纲领和组织形式来发展以他为中心的文学群体，但他开创宋诗范型，以广泛的交游扩大其影响，从这一角度看，其盟主意识是明确的。

② 陈师道：《后山居士文集》卷十，上海，上海古籍出版社，1984。

门令陈师道折服。

另一事例也许更为引人注目，即稍晚于黄庭坚的吕本中作《江西诗社宗派图》。周紫芝《竹坡诗话》卷三说："吕舍人作《江西宗派图》，自是云门、临济始分矣。"将《江西宗派图》的意义等同于禅宗的分门别派，足见其重要性。而《江西诗社宗派图》所确立的宗派盟主，不是别人，正是黄庭坚（豫章），足见其声望之高。黄庭坚是如何获得这种声望的呢？胡仔《苕溪渔隐丛话》前集卷四十八的一段记述有助于我们理解这个问题：

> 苕溪渔隐曰：吕居仁近时以诗得名，自言传衣江西，尝作《宗派图》，自豫章以降，列陈师道、潘大临、谢逸、洪刍、饶节、僧祖可、徐俯、洪朋、林敏修、洪炎、汪革、李錞、韩驹、李彭、晁冲之、江端本、杨符、谢薖、夏倪（一作倪）、林敏功、潘大观、何觊、王直方、僧善权、高荷，合二十五人，以为法嗣，谓其源流皆出豫章也。其《宗派图序》数百言，大略云："唐自李、杜之出，焜耀一世，后之言诗者，皆莫能及。至韩、柳、孟郊、张籍诸人，激昂奋厉，终不能与前作者并。元和以后至国朝，歌诗之作或传者，多依效旧文，未尽所趣。惟豫章始大出而力振之，抑扬反复，尽兼众体，而后学者同作并和，虽体制或异，要皆所传者一，予故录其名字，以遗来者。"①

由这一段记述我们得到两个印象：其一，黄庭坚的追随者甚众，仅《宗派图》所列即有二十五人，而且这份名单是不完整的，如曾季貍《艇斋诗话》所说："其图……有漏落，如四洪兄弟皆得山谷句法，而龟父不预，何邪?"如此众多的门徒"传衣江西"，这种盛况是此前的文学流派所望尘莫及的。其二，黄庭坚之所以能聚集如此众多的追随者，原因之一是，其创作建立了一种与"唐诗"相对的"宋诗"

① 胡仔纂集：《苕溪渔隐丛话》前集，327页，北京，人民文学出版社，1962。

范式。杜甫、韩愈等人均是为宋诗范式导夫先路的前驱，“元和以后至国朝”，诸多诗人如梅尧臣、欧阳修、王安石等也为建立一种异于“唐诗”的新的范式作了各种探索，但只有黄庭坚堪称集大成者，“抑扬反复，尽兼众体”，为晚辈诗人树立了足供效法的榜样。宋诗范式在黄庭坚手中才算真正完成。黄庭坚的地位由此确立。

上面两个事例引起我们对黄诗与苏诗之异的关注。在唐诗中李杜并称，在宋诗中苏黄并称，苏黄之间的关系颇与李杜相仿。杨万里《诚斋集》卷七十九《江西宗派诗序》说：“今夫四家者流，苏似李，黄似杜。苏、李之诗，子列子之御风也；杜、黄之诗，灵均之乘桂舟、驾玉车也。无待者神于诗者欤？有待而未尝有待者，圣于诗者欤？”杨万里这一类比是恰如其分的：李、杜虽同为唐代最卓越的诗人，但李为诗神（诗仙），杜为诗圣；苏、黄虽同为宋代最卓越的诗人，但苏为诗神（诗仙），黄为诗圣。诗仙之诗，如“子列子之御风”，无从仿效；诗圣之诗，如“灵均之乘桂舟、驾玉车”，有法则可循。无从仿效，故学苏、李诗者少；有法则可循，故学杜、黄诗者多。黄庭坚之所以传人众多，一个重要原因即在于他提供了一套与宋诗范式相辅而行的法则，故吕本中《童蒙诗训·学诗文法》说：“学退之不至，李翱、皇甫湜，然翱、湜之文足以窥测作文用方处。近世欲学诗，则莫若先考江西诸派。”① 苏、黄之诗这种不可学与可学的差异，虽然并不影响二人同为宋代第一流诗人的地位，但直接影响到二人的流派事业：苏轼未能成功地开创诗派，黄庭坚则开创了在宋代影响最为深远、巨大的江西诗派。

黄庭坚作为一个诗派的盟主，他如何处理与苏轼的关系，曾一再引起人们瞩目。钱钟书《谈艺录》二《黄山谷诗补注》论及黄庭坚《子瞻诗句妙一世，乃云效庭坚体……》诗中“我诗如曹郐，浅陋不成邦；公如大国楚，吞五湖三江”数句，其按语云：“史绳祖《学斋佔毕》卷二谓：‘山谷此四句，阳若尊苏，深意乃自负，而讽坡诗不入律。曹郐虽小，尚有四篇之入《国风》；楚虽大国，而《三百篇》

① 郭绍虞辑：《宋诗话辑佚》，597页，北京，中华书局，1980。

绝无取焉。黄尝谓坡公文好骂不可学，又指坡公文章妙一世，而诗句不逮古人。信斯言也’云云。深文周内，殊不足信。盖自江西诗成派以来，余子纷纷以薄苏为事，史氏囿于风气，遂作曲解。潘德舆《养一斋诗话》卷一尝驳此节，谓以近世文人相轻之心，臆度古人。惜未引事实以折史氏。山谷赞叹苏诗‘能令人耳目聪明’等语，姑置不举。史氏引黄第一语，见《答洪驹父》第二书，明言：‘东坡文章妙天下，其短处在好骂，慎勿袭其规’，绝非抹杀全体之谓。引黄第二语，则山谷仅言‘盖有文章妙一世，而诗句不逮古人者’，是否指坡公，尚有疑义；故《野客丛书》卷七谓为曾子固而发，且曰：‘以坡公诗不逮古人，犹陈寿谓孔明不长将略也。’”① 钱钟书对史绳祖的反驳无疑是言之成理的，并促使我们从另外的角度讨论这个问题：何以会产生“自江西诗成派以来，余子纷纷以薄苏为事”的现象？文学流派的更替往往是以后者对前者的否定为前提的。纵观明清时期的流派演变，大都以后一流派对前一流派的抨击开始，如七子派之于茶陵派，公安派之于七子派，浙西词派之于云间词派，常州词派之于浙西词派，等等。习惯了这种情形的一部分明清学者，在阐释黄庭坚与苏轼的关系时，认定黄庭坚鄙薄苏轼，虽不符合事实，却也并非无缘无故，但他们显然误解了黄庭坚。首先，黄庭坚与苏轼的关系，并非两个流派的盟主之间的关系，他们之间不存在对立，正如杜甫与李白之间不存在对立一样。其次，黄庭坚作为“苏门四学士”之一，他对苏轼的人格和才情仰慕之至，他不会为了突出自己而去贬抑老师。而且，我们可以设想，如果黄庭坚热衷于鄙薄苏诗，他反而不能建立起作为盟主的声望。因为，以黄庭坚的身份而鄙薄苏诗，他所招致的只能是反感。

接下来考察第二个层面：从人格涵养的角度看，黄庭坚与韩愈有何区别？在黄庭坚建立盟主声望的过程中，我们注意到，除了创作实绩和以一套诗法给追随者提供学诗法门外，他的人格魅力是一个核心因素。李之仪《姑溪居士前集》卷三十九《跋山谷帖》云：“绍圣

① 钱钟书：《谈艺录》（补订本），12页，北京，中华书局，1984。

中，诏元祐史官甚急，皆拘之畿县，以俟所问，例悚息失措，独鲁直随问为报，若无所惧，一时悚然知其非儒生文字而已也。既而得罪，迁徙巴蜀间，凡五六年而后归。展转嘉、眉，谒苏明允墓，上峨眉山，礼普贤大士，下巫峡，访神女祠，寓荆渚。久之，召为吏部郎，辞不拜，就假太平守。逾年方到官，才七日而罢。所至遮道迎观如李泰和，其去也见思如文翁。自是屹屹宇宙间，几与三苏分路扬镳矣。呜呼！充之至此，可无愧于践形者。然书法亦足耸动后世，固以人为重，要亦自能名家也。草第一，行次之，正又次之，篆又次之。”（据文渊阁本《四库全书》）李之仪所说“屹屹宇宙间，几与三苏分路扬镳”主要就其人格的卓异而言，但限于与“三苏”对比，仍是就他在文坛的地位立论。可见，在宋代，一个诗人能否成为盟主，他的创作成就及作诗法门固然极其重要，他的人格魅力也是必不可少的。晁补之《鸡肋集》卷三十三《书鲁直题高求父扬清亭诗后》云：“鲁直于治心养气，能为人所不为，故用于读书、为文字，致思高远，亦似其为人。”（据文渊阁本《四库全书》）惠洪《石门文字禅》卷二十七《跋东坡山谷帖二首》之一云：“东坡、山谷之名非雷非霆，而天下震惊者，以忠义之效，与天地相始终耳，初不止于翰墨。王羲之、颜平原，皆直道立朝，刚而有礼，故笔迹至今天下宝之者此也。予于云岩讷室观此帖，皆其海上穷困时自适之语，然高标远韵，凌秋光，磨月色，令人手玩，一饭不置。若讷当藏之名山，以增云林之佳气。”（据文渊阁本《四库全书》）诸如此类的例证表明，作为诗坛盟主的黄庭坚，其人格足以表率世人。这是他与韩愈相区别的一个重要方面。

如果把视野放宽一些，我们甚至可以说，注重在人格方面成为表率，这是宋人盟主意识的特征之一，而这种意识在唐代尚未获得充分的发展。仍以韩愈为例，如《朱子语类》卷一三七所说：“韩退之虽是见得个道之大用是如此，然却无实用功处。它当初本只是要讨官职做，始终只是这心。他只是要做得言语似六经，便以为传道。至其每日功夫，只是做诗博弈，酣饮取乐而已。观其诗便可见，都衬贴那《原道》不起。至其做官临政，也不是要为国做事，也无甚可称，其实只是要讨官职而已。”① 朱熹以圣贤的标准要求韩愈，自然苛刻了些，但韩愈未致力于用圣贤标准来要求自己，则是一个不争的事实。而且，韩愈与黄庭坚这种差异，在唐宋两代具有作为标本加以考察的意义。唐人没有道德情结或人格情结，宋人则对道德问题或人格问题倾注了极大的热情或心力。唐玄宗在唐、宋两代文人笔下的不同境遇便足以佐证我们的说法。发生在唐玄宗晚年的安史之乱，曾促使中晚唐的许多文人思索相关问题，试图在唐玄宗的所作所为与安史之乱之间建立因果联系，以从历史中汲取教训，如李商隐《华清宫》：“当日不来高处舞，可能天下有胡尘！”杜牧《过华清宫》：“霓裳一曲千峰上，舞破中原始下来。”但唐人毕竟通脱，对于从往事中寻找某种道理和训诫的兴趣，远不及从一连串巨变中发现诗意的兴趣浓厚，白居易《长恨歌》便是一例。种种朝章国政，治乱安危，本可大发宏论，而白居易懒于理会，仅“汉皇重色思倾国”，“从此君王不早朝”，“遂令天下父母心，不重生男重生女”数句，点到即止，不再发挥；全诗以“长恨”为宗旨，所以对马嵬死别前的繁华富贵，铺叙有限，而对马嵬死别后的愁恨悲哀，用了占全诗三分之二的篇幅。“临邛道士鸿都客”以下，写方士在仙山见太真一事，纯属幻设，白居易竟用了四十六句。极抒“长恨”，这是《长恨歌》的宗旨，也是唐代大部分以李、杨情缘为题材的小说的宗旨，如《长恨歌传》、《次柳氏旧闻》、《明皇杂录》等。与此形成对照，宋代读书人却更注重往事中所包含的教训，尤其是道德教训。“以议论为诗”是用诗来讲道理；轶事小说强调理性与智慧，也有浓厚的理性色彩；传奇小说亦然。在大多数宋人眼里，唐明皇宠爱杨贵妃，乃昏聩和缺德兼而有之，是造成天下大乱的根由。宋人传奇《梅妃传》将唐玄宗“耄而忮忍，至一日杀三子，如轻断蝼蚁之命”的举动与宠爱杨氏并提，② 即意在表明李、杨关系的丑恶。而将杨贵妃塑造成一个占有欲极强的

① 吴文治编：《韩愈资料汇编》，412 页，北京，中华书局，1983。

② 鲁迅辑：《唐宋传奇集》卷八，380 页，上海，上海古籍出版社，1998。

骄悍跋扈的形象，同样是为了在道德上使李、杨失去立足点。①

宋人的道德情结有其历史的合理性。唐末五代，由于长期动乱，传统的道德原则被肆意践踏：武夫们贪暴放纵，明争强夺，文人们弃弱奉强，浮沉取容。冯道在五代居然被推崇为圣人。他历事四朝，得到许多阶勋官爵，可他不以为耻，反以为荣，作《长乐老自叙》，自谓孝于家，忠于国，做子做弟做人臣做师长做夫做父，都深感满意。道德沦丧至此，“则天下国家可从而知也”。在这种背景下，重振道德是宋代士大夫意识到的历史使命，理学的兴起，便旨在重塑士大夫阶层的人格。宋人热心于从道德的角度评人论事，可由此得到解释；黄庭坚等流派盟主的人格表率意识格外自觉，也应该从这个角度加以解释。在唐宋两代文人心目中，道德的重要性是不可同日而语的：韩愈作为流派盟主，不妨对道德问题采取言行分途的策略；而黄庭坚等宋代的流派盟主，他们在道德问题上的表态就郑重得多。

与对道德问题的虔诚心态相呼应，宋人对“识度”（涵养）的重视也是有目共睹的。陆游对李白的评价即是引人注目的一例。其《老学庵笔记》卷六载：

> 世言荆公《四家诗》，后李白，以其十首九首说酒及妇人，恐非荆公之言。白诗乐府外，及妇人者实少，言酒固多，比之陶渊明辈，亦未为过。此乃读白诗不熟者，妄立此论耳。《四家诗》未必有次序，使诚不喜白，当自有故。盖白识度甚浅，观其诗中如：“中宵出饮三百杯，明朝归揖二千石”、“揄扬九重万乘主，谑浪赤墀金锁贤”、“王公大人借颜色，金章紫绶来相趋”、“一别蹉跎朝市间，青云之交不可攀”、“归来入咸阳，谈笑皆王公”、“高冠佩雄剑，长揖韩荆州”之类，浅陋有索客之风。集中此等语至多，世俱以其词豪俊动人，故不深考耳。又如以布衣得一翰林供奉，此何足道，遂云：“当时笑我微贱者，却

① 参见拙著：《文言小说审美发展史》相关部分，武汉，武汉大学出版社，2002。

来请谒为交亲。”宜其终身坎壈也。①

中国的知识阶层，对于扮演重要社会角色具有强烈持久的热情。他们的人生理想首先是入世的，出世只是置身逆境时的补充、调节；而所谓入世，又主要指向“济天下”的目标：“正心、诚意、修身、齐家、治国、平天下。”受这一人生理想的驱动，部分读书人不愿做纯粹的文人，所谓“一为文人，便不足道”，就明确显示了他们的这种态度。李白亦不例外。他是飘逸的诗仙，奔放豪爽，充满诗情，可他不满足于仅仅做一位诗人，他更向往的是当宰相，“申管晏之谈，谋帝王之术，奋其智能，愿为辅弼，使区宇大定，海县清一”。②

无宰相之识而抱宰相之志，其后果是尴尬的。安史之乱爆发的第二年（756），李白五十六岁，在庐山隐居。这年七月，太子李亨在灵武即位为肃宗；九月，肃宗之弟、永王李璘离开他的驻防地，到了江陵，十二月起兵东下，路过庐山时，请李白参加他的幕府。从李白《永王东巡歌》中“楼船跨海次扬都”、“更取金陵作小山”的诗句，可见李白是明了李璘的意图的：永王意在占领唐王朝直接统治的扬州、南京。这不是明目张胆的叛乱吗？李白兴高采烈地加入这支叛乱队伍，结果成了唐王朝的“逆臣”，永王兵败后，他因此被流放夜郎（今贵州东部）。

李白的经历，验证了清代郑板桥《南朝》诗序中的一段话：“昔人谓陈后主、隋炀帝作翰林，自是当家本色；燮亦谓杜牧之、温飞卿为天子，亦足破国亡身。乃有幸而为才人，不幸而有天位者，其遇不遇，不在寻常眼孔中也。”③ 确实，文人与政治家，其才具相异，一人很难兼备。部分天才人物涉足他本不该去的生活领域，弄得非常滑稽可笑。

---

① 陆游：《老学庵笔记》，79 页，北京，中华书局，1979。

② 李白：《代寿山答孟少府移文书》，见王琦注：《李太白全集》，1225 页，北京，中华书局，1977。

③ 郑板桥：《郑板桥集》，88 页，上海，上海古籍出版社，1979。

应该说，陆游批评“李白识度甚浅”，不能算苛刻。只是，李白“识度甚浅”，这并不影响他作为诗人的地位。“识度”是衡量国家公职人员等群体的标准，用来衡量诗人是不合适的。作为诗人的陆游，作为与李白气质相近的诗人陆游，却用不合适的标准去评价李白，这里显示出的正是宋代社会评人论事的习尚。无论对谁，无论当事人的角色身份有何特殊性，宋人都习惯于这样发问：其人品如何？其涵养如何？“识度”所强调的正是涵养。黄庭坚的人格表率意识，一方面是人品的陶冶，另一方面是涵养的深厚。他的这种鲜明地区别于唐人的盟主意识，乃时代使然。反过来说也行，这种盟主意识从一个侧面体现出宋代的文化特征。考察黄庭坚这一个案，由此获得了一种普遍的意义。

四　李梦阳、李攀龙的盟主意识及其流派策略

清沈德潜《明诗别裁集序》在从总体上阐述明诗的发展状况时说：“尝取有明一代诗论之，洪武之初，刘伯温之高格，并以高季迪、袁景文诸人，各逞才情，连镳并轸，然犹存元季之余风，未极隆时之正轨。永乐以还，体崇台阁，骫骳不振。弘正之间，献吉、仲默，力追雅音；庭（廷）实、昌穀，左右骖靳，古风未坠。余如杨用修之才华，薛君采之雅正，高子业之冲淡，俱称斐然。于鳞、元美，益以茂秦，接踵曩哲，虽其间规格有余，未能变化，识者咎其鲜自得之趣焉，然取其菁英，彬彬乎大雅之章也。自是而后，正声渐远，繁响竞作，公安袁氏，竟陵钟氏、谭氏，比之自郐无讥，盖诗教衰而国祚亦为之移矣。此升降盛衰之大略也。”① 沈德潜的概述代表了清代主流诗学对明代诗坛的评价。由这一评价，我们得到的一个相关结论是：考察明人的盟主意识及其流派策略，选取李梦阳、李攀龙为例是较为恰当的。前后七子的创作最能体现明诗的主导风格，李梦

① 沈德潜、周准编：《明诗别裁集》，1页，上海，上海古籍出版社，1979。

阳、李攀龙身为前后七子盟主，对他们的考察具有典型意义。

要了解前后七子及其盟主，不能不了解他们的时代，包括文化和文学这双重背景。

批评精神与理想主义情怀构成弘治、正德至嘉靖前期社会精神生活的突出特征，其标志之一是阳明心学的兴盛。阳明本是朱子哲学的虔诚实践者，但由于他义无反顾地追求“道”并致力于将道德理想推广到民间社会，其结果，他走向对权威主义的否定，构成了与朱子“性即理”大为不同的“心即理”的哲学体系。阳明重提孟子“先立乎其大者，则小者不能夺”的命题，教人在一念发动处把握住良知、天理，这样单刀直入地倡导“致良知”，对于道德重振无疑有其重要意义。由繁琐的证明推出的伦理信条，只有那些博学之士才可能了解；但“良知”的启示，则无论受过教育与否，无论有时间学习哲学与否，任何人都可以获得或了解。阳明学在确立民间社会的道德信仰方面，其作用较朱子学更为直接。① 可以说，心本体哲学既是这一时期批评精神和理想主义情怀的集中呈现，又反过来促进了批评精神和理想主义情怀的弘扬。

弘治、正德至嘉靖前期的道德理想主义和批评精神，表现在诗学领域，则是前后七子的崛起。

阳明心学与七子古学产生于同一时代，对这一事实表示关注的第

① 参见方苞《重建阳明祠堂记》：“嗟乎！贸儒耳食，亦知阳明氏揭良知以为教之本指乎？有明开国以来，淳朴之士风，至天顺之初而一变。盖由三杨忠衰于爵禄，以致天子之操柄，阁部之事权，阴为王振、汪直辈所夺；而王文、万安首附中官，窃据政府，忠良斥，廷杖开。士大夫之务进取者，渐失其羞恶是非之本心，而轻自陷于不仁不义。阳明氏目击而心伤，以为人苟失其本心，则聪明入于机变，学问助其文深，不若固守其良知，尚不至梏亡而不远于禽兽。至天启中，魏党肆毒，欲尽善人之类。太常、徵君目击而心伤，且身急杨、左之难，故于阳明之说直指人心者，重有感发，而欲与学者共明之……又思阳明之门如龙溪、心斋，有过言畸行，而未闻其变诈以趋权势也。再传以后，或流于禅寂，而未闻其贪鄙以毁廉隅也。若口诵程、朱，而私取所求，乃孟子所谓失其本心，与穿窬为类者。阳明氏之徒，且羞与为伍。是则陈公重建兹祠之本志也夫！”《方苞集》，411 页，上海，上海古籍出版社，1983。

一人可能是晚明的董其昌。其《容台集·文集》卷一《合刻罗文庄公集序》云："成弘间师无异道，士无异学。程朱之书立于掌故，称大一统，而修词之家默守欧曾，平平尔。时文之变而师古也，自北地始也，理学之变而师心也，自东越始也。""北地"指李梦阳，"东越"指王阳明。阳明之"变而师心"被视为"新说"不存在理解的障碍，但将李何之"变而师古"视为"新说"却不一定为人首肯，钱钟书《谈艺录》（补订本）九一《论难一概》就认为"复古模拟"与"师心直觉""根本牴牾"。①但换一个角度来看，结论会显然不同。所谓"革新"或保守，不是一种是非评价，而是客观地概括对于现状所采取的态度。保守就是要维持现状，反对重大变化；革新就是不满于现状，要在相当程度上打破现状。所以，如果现状值得维持，保守就较为合理；如果现状不值得维持，革新就较为合理。阳明心学是对"忠衰于爵禄"的乡愿哲学的否定，其合理性是不言而喻的，② 那么，七子古学呢？台阁体和茶陵派末流"相沿元人之习"，卑浅痿痹，③ 已造成不值得维持的文学现状，七子派高倡复古，意在摆脱现状的约束，开辟焕然一新的局面。从与现状的关系看，他们无

---

① 钱钟书：《谈艺录》（补订本），303 页，北京，中华书局，1984。

② 《剑桥中国明代史》第四章引言曾用"明代初年朝廷的保守主义传统"来概括 1399 ~ 1435 年间的社会精神风貌，并认为这一传统事实上一直延续到 15 世纪末。照我的看法，用"保守主义"来界定明代前期的文化特征，不如用"乡愿哲学"来得恰切。由朱元璋尤其是朱棣钦定的御用理学，一方面阉割了儒学源远流长的批判精神，另一方面缺少高水准的理论建树；它与明代前期大体良好的社会经济状况和士大夫阶层较为平稳的仕途相互呼应，培植了延续数十年的安于四平八稳的时代精神。乡愿哲学则是这种时代精神的一种标志。

③ 何良俊《四友斋丛说》卷二十三说：

> 我朝相沿宋元之习，国初之文，不无失于卑浅。故康李二公出，极力欲振起之。二公天才既高，加发以西北雄俊之气，当时文体为之一变。

卷二十六又说：

> 我朝如杨东里、李西涯二公，皆以文章经国，然只是相沿元人之习。至弘治间李空同出，遂极力振起之，何仲默、边庭（廷）实、徐昌穀诸人相与附和，而古人之风几遍域中矣。律以古人，空同其陈拾遗矣。

何良俊的描述是符合实情的。

疑是名副其实的革新派。阳明心学和七子古学，标志着一个在精神上追求卓越的时代。

在对七子古学做了上述定位后，我们可以进入正题了。大体说来，李梦阳、李攀龙的盟主意识及其流派策略，可以归纳为四个方面：

其一，高瞻远瞩地规划流派事业的未来，在确立盟主和代表作家时着眼于流派事业的需要。在这方面，李攀龙比李梦阳更具个案分析的价值。

后七子作为一个社团，其成员的确定经历了一个过程。在这一过程中，李先芳的被摈弃主要是由于其才力与资历不相称，吴维岳的被摈弃与其持论立异有关，而谢榛的被摈弃特别引人注目，原因也较为复杂。《明史》卷二八七《李攀龙传》载："攀龙之始官刑曹也，与濮州李先芳、临清谢榛、孝丰吴维岳辈倡诗社。王世贞初释褐，先芳引入社，遂与攀龙定交。明年，先芳出为外吏。又二年，宗臣、梁有誉入，是为五子。未几，徐中行、吴国伦亦至，乃改称七子。诸人多少年，才高气锐，互相标榜，视当世无人，七才子之名播天下。摈先芳、维岳不与，已而榛亦被摈，攀龙遂为之魁。其持论谓文自西京，诗自天宝而下，俱无足观，于本朝独推李梦阳。诸子翕然和之，非是，则诋为宋学。攀龙才思劲鸷，名最高，独心重世贞，天下亦并称王、李。又与李梦阳、何景明并称何、李、王、李。其为诗，务以声调胜，所拟乐府，或更古数字为己作，文则聱牙戟口，读者至不能终篇。好之者推为一代宗匠，亦多受世抉摘云。自号沧溟。"①《明史》的记载稍嫌简略，但它强调了一点："已而榛亦被摈，攀龙遂为之魁。"表明谢榛的存在妨碍李攀龙成为后七子盟主，因为他的才力确与攀龙不相上下。鲁九皋《诗学源流考》说："嘉靖之初，李、何之风少熄，而王元美氏、李于鳞氏复扬其余烬，与四溟山人谢榛及梁有誉、宗臣、徐中行、吴国伦结社为'后七子'，以振兴风雅为己任。当结社之始，称诗选格，并取定于四溟。其后议论不合，于鳞乃遗书

---

① 张廷玉等撰：《明史》，7377 页，北京，中华书局，1974。

绝交，而元美别定五子，遽削其名。又有‘后五子’、‘广五子’、‘续五子’、‘末五子’，广至四十子，而四溟终不与。其实余子皆无足称，而七子之中，亦惟王、李、谢而已。”（据中华书局 1983 年版《历代诗话续编》本）这表明，谢榛的才力是得到公认的。但后七子是一个以新锐进士、郎署官员为主体的文学社团，由布衣谢榛来担任盟主，其人生态度和艺术趣味难以保持一致。

明代的诗人群体，就其社会身份而言，主要有台阁要员、郎署官员和布衣山人三大类型。台阁要员倾向于站在朝廷立场上写作，郎署官员倾向于对朝政的不合理处提出批评，布衣山人则浮游于主流社会的边缘。这里，有必要加以说明的是，布衣山人在当时社会生活中的地位不高，在社会舆论中的形象不好，如果一个社团以布衣为盟主，这对其发展是颇为不利的。关于布衣山人在嘉、隆、万历间舆论中的形象，可以参看王士性《汲古堂集序》的一段话：

> 晚近世所称山人之什，予得而言其概矣。初未能以子大夫取显融而无以游扬于公卿间，则山人。搦三寸管为羔雉而阴取偿其直，阳浮慕为名高也，则山人。甚者以揣摩捭阖之术糊其口，而无以自试，不托迹于章缝则不售也，则亦山人。故晚近所称山人者，多大贾之余也。语称“大隐则朝市，小隐则山林”。今山人不山居，而借朝市以藉口焉，朝嵬冠而博绅，暮习咿吾以备顾问，取人已吐之核，而饰以为己能，此何为者也？明兴，谢榛、卢柟之后为盛，柟犹悲歌肮脏以没，榛绝交于历下，耻矣，即有一二自颖脱者，然其格终卑卑不振，品固然也。（《汲古堂集》卷首，《四库禁毁书丛刊》本）

王士性认为，既然是布衣，既然以山人自居，就不要来往于公卿之间。他甚至认为，谢榛与李攀龙（历下）交往也是不得体的。王士性特别表彰了卢柟，卢柟的性格确实可用“悲歌肮脏”来概括，张佳胤《蠛蠓集序》记有卢柟生活中的两个细节：“山人有奇行，则余耳目所睹记者。往余客燕市，申考功仪卿语余曰：山人游太学归，过魏访考功，入门大哭不休，已而长叹曰：太学，士人之薮，卒无有与于斯文，悠悠宇宙，不知涕之何从也。考功笑而饮之至醉，出厩中紫骝马，命之赋。山人左手浮白，右手挥毫，须臾数百言，翩翩乎李供奉之音也，今集中亦未之载。山人初囚浚狱，余时时问劳，及出犴狴，而锒铛桎梏，犹然拘挛也，山人则诣余厅事，稽首谢余。始识面，亟引副署中，阍人列榻雁行，山人乃举械手揖余曰：'柟乌鸢之余肉也，以分何敢望见君侯，顾君侯知己，宜当客礼。'遂上坐。夫祢正平、越石父不见于今久矣，山人甫释南冠，手木且未脱，即俨然居上坐，英论四发，不作沾沾困苦之态，然则世之龌龊缩朒、改虑患难者何可胜数，宜山人自豪一世矣。"（据《台湾图书馆善本序跋集录》）但整个明代，具有卢柟这种气象的山人很少，他们中的大多数都不免扮演清客的角色，如王穉登之于袁炜、谢榛之于诸公卿藩王。《明史》卷二八八《文苑四》载："王穉登，字伯谷，长洲人……嘉靖末，游京师，客大学士袁炜家。炜试诸吉士紫牡丹诗，不称意。命穉登为之，有警句。炜召数诸吉士曰：'君辈职文章，能得王秀才一句耶？'将荐之朝，不果。"以山人而托迹于相门，自然不免于被人视为清客。在这样的舆论背景下，谢榛倘以后七子盟主自居，无疑会招致相当一部分人的反感，而不仅仅是李攀龙、王世贞等人的反感。

此外，山人诗在价值取向和题材选择上有其源远流长的传统风格，即对于自然景观的偏爱，对隐居和闲适生活的偏爱，"盖隐者忘情于朝市之上，甘心于山林之下，日以耕钓为生，琴书为务，陶然以醉，悠然以游，不知冠冕为何制，钟鼎为何物，且有浮云富贵之意……"（吴宽《石田稿序》）这种题材和风格与神韵说有较多相通之处，而与李攀龙、王世贞所倡导的格调说不大吻合。明代主流诗学的核心，曾被概括为"诗必盛唐"。（这一概括其实不够准确。何景明《海叟诗序》说："景明学诗，自为举子历宦，于今十年，日觉前所学者非是。盖诗虽盛称于唐，其好古者自陈子昂后，莫如李、杜二家，然二家歌行近体，诚有可法，而古作尚有离去者，犹未尽可法之也。故景明学歌行近体有取于二家，旁及唐初、盛唐诸人，而古作必从汉、魏求之。"这提醒我们，前后七子于古诗以汉魏为榜样，于律诗以初、盛唐为榜样，“诗必盛唐”四字不足以概括其诗学主张。不过，这两个榜样有一个共同点，即继承《风》诗传统，以“不涉理路，不落言诠”为贵，所以，我们不妨用“唐诗”来代表汉魏古诗和初、盛唐律诗，以便行文。钱钟书《谈艺录》（补订本）一《诗分唐宋》：“唐诗、宋诗，亦非仅朝代之别，乃体格性分之殊。天下有两种人，斯分两种诗。唐诗多以丰神情韵擅长，宋诗多以筋骨思理见胜”，亦着眼于“体格性分”。）不容回避的是，这一主张包含着深刻的内在矛盾，因为李、杜和王、孟虽同为盛唐诗人，却代表了两种不同的艺术追求：李、杜诗风体现了强烈的入世精神，以雄浑的格调见长；王孟诗风体现了超拔的出世精神，以清逸的神韵见长。前后七子的两位头号盟主李梦阳和李攀龙有着解不开的“大家情结”，而要成为“大家”，从中国古典诗的传统来看，就不能一味清逸，首先应当“沉着痛快”，具备雄浑的格调，因而他们极为推崇李、杜（尤其是杜甫），试图合神韵于格调。与之形成对照，徐祯卿、王世懋等却偏爱王、孟的“隽永”、“高韵”，标举“优游不迫”的风致，试图合格调于神韵。主流诗学内部的格调与神韵之争由此形成。而当李攀龙等有志于以格调为本流派的主导倾向时，由一位山人来做盟主是不够得体的。从相关材料来看，谢榛确有偏重神韵的倾向。王世贞《艺苑卮言》卷七说：“谢茂秦年来益老悖，尝寄示拟李、杜长歌，丑俗稚钝，一字不通，而自为序，高自称许，其略云：‘客居禅宇，假佛书以开悟。暨观太白、少陵长篇，气充格胜，然飘逸沈郁不同，遂合之为一，入乎浑沦，各塑其像，神存两妙，此亦摄精夺髓之法也。’”撇开王世贞的尖刻语气不谈，仅就谢榛的自序而言，一种“客居禅宇，假佛书以开悟”得来的诗意，一种以“飘逸”为风格特征的诗意，它近于神韵而远于格调是毋庸置疑的。这种情形，决定了谢榛必然不能与李、王等和睦相处。后七子选择李攀龙为盟主而摈弃谢榛，当然不能说没有意气用事的成分，但主要是着眼于流派事业的需要。他们对盟主的选择是非常慎重的。

李梦阳和李攀龙的盟主意识及其流派策略，第二个表征是以一种当仁不让的心态自居于第一流人物之列。他们看不起宋人，更看不起元人，他们乐意做的事情是将本朝诗人与唐代诗人相提并论，在这种相提并论中给明代诗坛定位。如胡应麟《诗薮》续编卷二：“唐歌行，如青莲、工部；五言律、排律，如子美、摩诘；七言律，如杜甫、王维、李颀；五言绝，如右丞、供奉；七言绝，如太白、龙标：皆千秋绝技。明则北郡、弇州之歌行，仲默、明卿之五言律，信阳、历下、吴郡、武昌之七言律，元美之五言排律、五言绝，于鳞之七言绝，可谓异代同工。至骚不如楚，赋不如汉，古诗不逮东、西二京，则唐与明一也。”这些话虽然出自胡应麟笔下，但表达的却是明代主流诗人至少是前后七子的共同观点，李梦阳、李攀龙、王世贞等都是自我期许甚高，抱负亦甚为宏伟的“天下士”。他们指点千古诗坛，时常显出那种自命不凡的派头。王世贞《艺苑卮言》卷七记有这样一件事：

> 于鳞一日酒间，顾余而笑曰：“世固无无偶者，有仲尼，则必有丘明。”余不答，第目摄之，遽曰：“吾误矣，有仲尼，则必有老聃耳。”其自任诞如此。

中国文人本有“狂”的传统。“四海习凿齿，弥天释道安”，这是晋代名士与名僧之间心照不宣的捧场；世无孔子则不当在弟子之列，这是韩愈的目空一切的表白。相形之下，李攀龙（字于鳞）的言论风采，比习凿齿、韩愈还要放诞和脱略形迹。中国传统的“狂”的精神，在明代的特定土壤里表现得尤为充分。[关于明人的气质即“体气”，章太炎有一段分析，不妨参看。章太炎说：“余常谓文不论骈散，要以气骨为主。曾涤笙（当作生）倡阴阳刚柔之说，合于东人所谓壮美、优美者。以历代之作程之，周秦两汉之文刚，魏晋南朝之文柔，唐代武功犹著，故其文虽不及两汉，犹有两汉遗风。宋代国势已弱，故欧、苏、曾、王之文近于六朝。南宋及元，中国既微，文不成文。洪武肇兴，驱逐胡虏，国势虽不如汉唐，优于赵宋实远。其异于汉唐者，汉唐自然盛强，明则有勉强之处耳。明人鉴于宋人外交之卑屈，故特自尊大。凡外夷入贡，表章须一律写华文。朝鲜、安南文化之国，许其称臣。南洋小国及满洲之属，则降而称奴。天使册封，不可径入其国城，须特建天桥，逾城而入。贡使之入中国者，官秩虽高，见典史不可不用手本，不可不称大人。外夷称中国曰‘天朝’者，即始于此。诸如此类，即可见明代国势之盛，出于勉强。国势如此，国人体气恐亦类此。其见于文事者，台阁体不足为代表。归震川闲情冷韵之作，亦不足为代表，所可代表者，为前、后七子之作。彼等强学秦汉，力不足以赴之，譬如举鼎绝膑，不自觉其面红耳赤也。”]①

李攀龙在树立自己作为盟主的声望方面，可以用“煞费苦心”来形容。其特点是，除了在诸多方面高自位置外，尤其致力于以创作实绩吸引追随者。王世贞《李于鳞先生传》记有若干事例：

> 晋江王慎中来督山东学，奇于鳞文，擢诸生冠。然于鳞益厌时师训诂学，间侧弁而哦若古文辞者，诸弟子不晓何语，咸相指于鳞狂生狂生，于鳞夷然不屑也，曰：“吾而不狂，谁当狂者?”……其同舍郎徐中行、梁有誉，不佞世贞及吴舍人国伦、宗考功臣相与切劘千古之事，于鳞咸弟蓄之，为社会时，有所赋咏，人人意自得，最后于鳞出片语，则人人自失也……于鳞归，则构一楼田居，东眺华不注，西揖鲍山，曰：“它无所溷吾目也。”绣衣直指郡国二千石，干旄屏息巷左，纳履错于户，奈于鳞高枕何。去亦毋所报谢。以是得简贵声，而二三友人，独殷、许过从靡间。时徐中行亦罢官家居，坐客恒满，二人闻之，交相快也。于鳞乃差次古乐府拟之，又为录别诸篇及它文益工，不胫而走四裔。然居恒邑邑，思一当世贞兄弟，曰：“大儿孔文举，小儿杨德祖。吾其季孟间哉。”而世贞则挹损，不敢以雁行进也。②

① 章太炎：《国学略说》，210页，上海，上海文艺出版社，2001。

② 王世贞：《弇州四部稿》卷八十三。据文渊阁本《四库全书》。

以“狂生”自居，即以第一流人物自居。“狂生”除了在胆力和气魄上异于常人外，才识过人是一个必要条件。在同舍郎“社会”时，有所赋咏，能使“人人自失”，绝不是寻常作手能办到的。李攀龙特别看重王世贞，除了王世贞的阀阅门第外，还有他的过人才具，得到这样一位人物的支持和追随，李攀龙的盟主地位就不可动摇了。

李梦阳、李攀龙的盟主意识及其流派策略，第三个表征是其执著的“大家情结”，在他们看来，只有“大家”才足以成为盟主。就此而言，考察李梦阳、徐祯卿之间的纠纷是很有意义的。早年的徐祯卿，与唐寅、祝允明、文徵明齐名，号“吴中四才子”。中进士之后，与李梦阳等人交游，成为“前七子”之一。因徐祯卿的诗风始终与李梦阳有所不同，李梦阳颇为不满，讥之为“守而未化”。李梦阳与徐祯卿的分歧，焦点在于风格的差异。耐人寻味的是，当王世贞、胡应麟等人介入这一纠纷时，他们却从“谁更具有大家风范”的角度做出了盖棺论定的评价。王世贞《艺苑卮言》卷六：

> 今中原豪杰，师尊献吉；后俊开敏，服膺何生；三吴轻隽，复为昌穀左袒。摘瑕攻颣，以模剽病李，不知李才大，固苞何孕徐不掩瑜也。李所不足者，删之则精；二子所不足者，加我数年，亦未至矣。

胡应麟《诗薮》续编卷二：

> 弘、正间，诗流特众，然皆追逐李、何。士选、继之、升之、近夫，献吉派也；华玉、君采、望之、仲鹖，仲默派也。昌穀虽服膺献吉，然绝自名家，遂成鼎足。
>
> 以唐人与明并论，唐有王、杨、卢、骆，明则高、杨、张、徐；唐有工部、青莲，明则弇州、北郡；唐有摩诘、浩然、少伯、李颀、岑参，明则仲默、昌穀、于鳞、明卿、敬美，才力悉敌。惟宣、成际无陈、杜、沈、宋比，而弘、正、嘉、隆羽翼特广，亦盛唐所无也。

从所引《诗薮》的第一则看，胡应麟将诗坛三分，李梦阳（献吉）、何景明（仲默）、徐祯卿（昌穀）各据其一，似乎不分轩轾。但第二则以李梦阳、王世贞比唐之李、杜，而以何景明、徐祯卿等比唐之王、孟等人，大家、名家之别，显而易见。三分天下，魏强而蜀、吴弱，并不在同一级别上。王廷相序李梦阳《空同子集》，甚至以为李梦阳高出杜甫："杜子美虽云大家，要自成一格尔，元稹称其薄风雅，吞曹、刘，固知其溢言矣。其视空同规尚古始，无所不极，当何以云?"由李梦阳一例，我们得以基本了解明人界定本朝大家的标准，其尺度之一是兼备众体。作为参照，还可看看王世贞非议徐祯卿的两句话："昌穀之所不足者大也，非化也。昌穀其夷惠乎？偏至而之化者也。""昌穀偏工虽在至境，要不得言具体，何能化乎?"王世贞认为，"偏至"之"化"算不得真正的"化"，真正的"化"只有在"兼备众体"的前提下才可能做到。① 他们对"大家风范"怀有持续不已的渴望。

李梦阳、李攀龙的盟主意识及其流派策略，第四个表征是努力成为人格表率。毫无疑问，他们是一群高扬道德风范、志操耿介的士大夫。比如前七子盟主李梦阳（1475～1531）。他曾于弘治十八年（1505）上书孝宗，淋漓尽致地指陈二病（士气日衰，中官日横）、三害（兵害、民害、庄场饥民之害）、六渐（匮之渐、盗之渐、坏名器之渐、弛法令之渐、方术蛊惑之渐、贵戚骄恣之渐），最后直指皇后之弟张鹤龄"招纳无赖，罔利贼民，势如翼虎"。因这封疏，他被逮下狱，但他一点儿也不后悔。王世贞《艺苑卮言》卷六载："李献吉为户部郎，以上书极论寿宁侯（即张鹤龄）事下狱，赖上恩得免。一夕遇醉侯（醉遇侯）于大市街，骂其生事害人，以鞭梢击堕其齿。侯恚极，欲陈其事，为前疏未久，隐忍而止。献吉后有诗云：'半醉唾骂文成侯。'盖指此事也。"由此不难想见李的风采。正德元年（1506），梦阳又因反对宦官刘瑾下狱，几乎被杀，赖康海等说情而获释。历经磨难，他依然锋芒逼人。《艺苑卮言》卷六载："李献吉

① 参见拙著：《明代诗学》，23～37页，长沙，湖南人民出版社，2000。

既以直节忤时，起宪江西，名重天下。俞中丞谏督兵平寇，用二广例，抑诸司长跪，李独植立。俞怪，问：‘足下何官耶?’李徐答：‘公奉天子诏督诸军，吾奉天子诏督诸生。’竟出。后与御史有隙，即率诸生手锒铛，欲锁御史，御史杜门不敢应。坐构免，名益重。方岳部使过汴，必谒李，年位既不甚高，见则据正坐，使客侍坐，往往不堪，乃起宁藩之狱，陷李几死。林尚书待用力救得免，自是不复振。”《明史》以“国士”目之，他是当之无愧的。① 梦阳本人亦再三著文表达他重振道德的热情，其《大梁书院田碑》甚至说：“故宁伪行欺世而不可使天下无信道之名，宁矫情干誉而不可使天下无仗义之称。”《奉邃庵先生书》亦云：“某自沾余馥以来，廿年于兹矣，恒惧玷点名教，愆违训旨。每以不欺师君实，不以死生富贵动心法希文，而揽辔澄清，则欲效孟博之为。”他所敬慕的司马光（字君实)、范仲淹（字希文)、范滂（字孟博)，都是中国历史上以节操著称的志士。又如何景明，他也曾上书指控刘瑾，并上言“义子不当畜，边军不当留，番僧不当宠，宦官不当任”，《明史》卷二百八十六《何景明传》称他“志操耿介，尚节义，鄙荣利，与梦阳并有国士风”。② 其他如王世贞等“后七子”屡忤严嵩父子，更是为人熟知的史实。

---

① 李梦阳的人格精神，在清代仍不乏推崇者。如王士禛《居易录》卷二十一云：“牧斋力攻空同，其稍能与空同异者则亟进之。至云空同就医京口，吴中人士皆绝弗与通；又言高邮王磐口占《咏老人灯》诗面讥空同，尤非事实。当时空同文章气节震动天下，王磐何人，敢尔无礼？且空同劾寿宁侯，劾刘瑾，名榜朝堂，号为党魁，即不以诗名世，已仰之如泰山北斗，乃绝弗与通，如避豹虎蝮蛇然，何为者耶？牧翁尊一学张禹、孔光之西涯，强拟东坡；贬一能为汲黯之空同，曲加文致，以此修史，其颠倒是非必矣。”（《笔记小说大观》第十五编，5397页，台北，新兴书局，1977。）可见，一个人格上令人敬佩的人，即使横遭攻击，也依然不乏拥戴者，清徐文驹、罗景泐编《明文远》卷三十一评李梦阳《应诏上书疏》曰：“危词谠论，皆他人所不敢言，不能言者，后人动相訾謷，曰北地云云。呜呼，彼亦曾有气节如北地焉否乎？”（据《四库全书存目丛书》本）

② 张廷玉等撰：《明史》，7350～7351页，北京，中华书局，1974。

从以上对七子派的讨论可以看出，前后七子的盟主意识在古代文学流派中表现得格外充分。这当然是他们的长处。但毋庸讳言，其盟主意识的表现因其充分、自觉而显得夸张了一些，过分了一些，反而引发了不必要的反弹。比如，公安派主将袁宏道在向七子派挑战时，就常常故意说过头话，他在《与张幼于》中说："至于诗，则不肖聊戏笔耳。信心而出，信口而谈。世人喜唐，仆则曰唐无诗；世人喜秦、汉，仆则曰秦、汉无文；世人卑宋黜元，仆则曰诗文在宋、元诸大家。"袁宏道故意和对手寻开心，表明他对秦、汉古文和唐诗并非真的看不上眼。许学夷《诗源辩体》卷三十五便别有会心地指出："予所交楚僧柴紫者，尝从袁中郎游，谓予曰：'中郎意见虽僻，然于议论有不合者，意亦不甚忤，曰："彼自彼见，我自我见。"'乃知中郎立异，故为骇世，但世人受其笼络，终不自悟耳。"这是符合事实真相的。中郎故意说过头话，他本人自当负主要责任，但七子派的夸大其词也是造成其逆反心理的重要原因。

五　清人的盟主意识及其流派策略

对清人盟主意识及其流派策略的考察，本书选择了王夫之作为切入点。这也许令人感到奇怪，因为王夫之既不是流派领袖，且身为明代遗民，也不宜视为典型的清代作家。但是，正如我们在下面的分析中将要强调的，王夫之对于流派的否定态度及其思维方式，也是一种特殊的流派意识，而且，这种流派意识在清代的不同时段均有或隐或显、不容忽视的表现。了解王夫之是了解清人盟主意识及其流派策略的有效途径。

明代的文学流派此起彼伏，至明末清初，已有相当一部分作家和学者感到厌倦，王夫之就是其中比较突出的一位。他在《夕堂永日绪论》内编中说：

> 一解弈者，以诲人弈为游资。后遇一高手，与对弈至十数子，辄揶揄之曰："此教师棋耳！"诗文立门庭使人学己，人一

学即似者，自诩为“大家”，为“才子”，亦艺苑教师而已。高廷礼、李献吉、何大复、李于鳞、王元美、钟伯敬、谭友夏，所尚异科，其归一也。才立一门庭，则但有其局格，更无性情，更无兴会，更无思致；自缚缚人，谁为之解者？昭代风雅，自不属此数公。若刘伯温之思理，高季迪之韵度，刘彦昞之高华，贝廷琚之俊逸，汤义仍之灵警，绝壁孤骞，无可攀蹑，人固望洋而返；而后以其亭亭岳岳之风神，与古人相辉映。次则孙仲衍之畅适，周履道之萧清，徐昌榖之密赡，高子业之戌削，李宾之之流丽，徐文长之豪迈，各擅胜场，沉酣自得。正以不悬牌开肆，充风雅牙行，要使光焰熊熊，莫能掩抑，岂与碌碌余子争市易之场哉？李文饶有云：“好驴马不逐队行。”立门庭与依傍门庭者，皆逐队者也。（第二九则）

所以门庭一立，举世称为“才子”，为“名家”者，有故。如欲作李、何、王、李门下厮养，但买得《韵府群玉》、《诗学大成》、《万姓统宗》、《广舆记》四书置案头，遇题查凑，即无不足。若欲吮竟陵之唾液，则更不须尔；但就措大家所诵时文“之”、“于”、“其”、“以”、“静”、“澹”、“归”、“怀”，熟活字句，凑泊将去，即已居然词客。如源休一收图籍，即自谓酂侯，何得不向白华殿拥戴朱泚邪？为朱泚者，遂褎然自以为天子矣。举世悠悠，才不敏，学不充，思不精，情不属者，十姓百家而皆是，有此开方便门大功德主，谁能舍之而去？又其下，更有皎然《诗式》一派下游，印纸门神待填朱绿者，亦号为诗。《庄子》曰：“人莫悲于心死。”心死矣，何不可图度予雄邪？（第三一则）

立门庭者必饾饤，非饾饤不可以立门庭。盖心灵人所自有，而不相贷，无从开方便法门，任陋人支借也。人讥西昆体为獭祭鱼，苏子瞻、黄鲁直亦獭耳。彼所祭者肥油江豚，此所祭者吹沙跳浪之鲿鲨也；除却书本子，则更无诗。如刘彦昞诗：“山围晓气蟠龙虎，台枕东风忆凤皇。”贝廷琚诗：“我别语儿溪上宅，月当二十四回新。如何万国尚戎马，只恐四邻无故人。”用事不

用事，总以曲写心灵，动人兴观群怨，却使陋人无从支借。惟其不可支借，故无有推建门庭者；而独起四百年之衰。（第三四则）①

讨论王夫之的诗学主张，必须明了一个前提，即他的思考常常是针对宋代主流诗学和明代主流诗学的弊端，并致力于扭转这种弊端。宋代主流诗学是以理性为基点建立起来的，逻辑、知识在其中扮演了重要角色。以自然科学和思辨哲学的长足进展为前提，宋人保持和发展了对“理”的持续不已的兴趣。所谓“理”，可以分解为三个层面：第一个层面指思想，具体化为“诗以意为主”的命题；第二个层面指日常情理，即以常识去解读诗中的描写；第三个层面指与思想相关的表达方式，如以议论为诗、将文法推广到诗法等。与宋人推崇理性有别，明代主流诗学关注的则是写作经验。经验规则取代理性规则，其表征是对前人艺术实践的信任，就七子派而论，他们信任的首先是汉魏（古诗）和盛唐（律诗）的艺术实践。他们确信，汉魏和盛唐的艺术实践完美地遵循了某种艺术法则，尽管当事人也许未能明确地意识到；后人如果有志于揭示、制定或服从规则，就必须具体地考察汉魏古诗和盛唐律诗，从中发现秩序并严格地遵循这种秩序，企图任意行事或另起炉灶是不行的。他们用经验规则取代了理性规则，习惯和传统构成这些规则的基础。② 王夫之在宋、明之后建立他的诗学体系，其理论思维首先着眼于宋、明主流诗学的失误。在他看来，理性诗学对逻辑和思想的兴趣有悖于诗的本性，诗不是以逻辑、思想作为基本立足点的。经验诗学热衷于从经验事实中总结法则，如一情一景、起承转合之类，王夫之也认为过于拘泥，乃是作茧自缚。王夫之对明代主流诗学的失误，感受尤其强烈，因为他本人就在一定范围内参与了明末诗坛的活动。他意识到，凡热心于立派自雄的人，总不免

① 王夫之著，戴鸿森笺注：《薑斋诗话笺注》卷二，98 页、113 页、120 页，北京，人民文学出版社，1981。

② 参见本书正编第一章七、八两节。

津津乐道地标举某种诗风。而其所标举的诗风，又往往落实为被特别偏爱的句式、字眼，如王夫之《明诗评选》卷六评袁宏道《和萃芳馆主人鲁印山韵》诗所云："诗莫贱于用字。自汉魏至宋元以及成弘，虽恶劣之尤，亦不屑此。王李出而后用字之事兴。用字不可谓魔，只是亡赖，——偏方下邑劣措大赖岁考捷径耳。王李则有万里、千山、雄风、浩气、中原、白雪、黄金、紫气等字，钟谭则有归、怀、遇、觉、肃、钦、澹、静、之、乎、其、以、孤光、太古等字，舍此，则王李、钟谭更无可言诗矣。钟谭以其数十字之学，而诮王李数十字之非，此婢妾争针线盐米之智，中郎不屑也。"① 经验诗学所认定的种种技法、规则都只是前人的创造活动的结果，一旦我们从经验形式回溯到其形成力量，一旦我们的注意力从事物是什么转移到事物何以如此，技法和规则的神圣性便烟消云散了。而"立门庭与依傍门庭"，都必须仰赖一套技法和规则。

值得注意的是，王夫之虽然反对理性诗学和经验诗学，但理性原则和经验规则所注重的"意"、"议论"、"情"、"景"、"音律"等在王夫之的诗学理念中依然是构成诗的要素。王夫之的诗学理念是超越理性原则和经验规则，以直觉来支配诗中的各种要素。王夫之推崇审美直觉，不承认我们非得在理性原则和经验规则中二者择一不可；他致力于克服理性原则和经验规则的冲突，并把审美直觉置于超越这种冲突的优越地位。对美的直觉可以驾驭理性和经验。王夫之郑重地将佛学的"现量"概念引进诗学领域：

> "僧敲月下门"，只是妄想揣摩，如说他人梦，纵令形容酷似，何尝毫发关心？知然者，以其沉吟"推""敲"二字，就他作想也。若即景会心，则或推或敲，必居其一，因景因情，自然灵妙，何劳拟议哉？"长河落日圆"，初无定景；"隔水问樵夫"，

① 王夫之：《船山全书》第一四册，1529页，长沙，岳麓书社，1996。

> 初非想得：则禅家所谓现量也。（《夕堂永日绪论》内编第五则）①

佛家法相宗认为心与境的关系，有现量、比量、非量三种差别，王夫之《相宗络索》“三量”条云：“现量，现者有现在义，有现成义，有显现真实义。现在，不缘过去作影；现成，一触即觉，不假思量计较；显现真实，乃彼之体性本自如此，显现无疑，不参虚妄。”②“量”指知识。“比量”是经由逻辑思维所获得的知识，“现量”是“不假思量”直觉到的知识。王夫之将“现量”概念引进诗学领域，表明他对感受的直接性异常重视：所谓“寓目吟成”（《古诗评选》卷一斛律金《敕勒歌》评语），所谓“只于心目相取处得景得句”（《唐诗评选》卷三张子容《泛永嘉江日暮回舟评语》），所谓“身之所历，目之所见，是铁门限”（《夕堂永日绪论》内编第七则），均旨在强调直觉的作用。

直觉与感受的直接性是相互对应的。而感受的直接性需要两方面因素的凑泊，一方面是当事者的“情”，另一方面是当事者所面对的“景”，“情”是“心中”所有，“景”是“目中”所见，“心中”之情与“目中”之景，二者相“触”而产生诗，这也就是王夫之所说的“初非想得”，“不在刻意”。由于直觉同时关涉作者与外在世界，情、景二者在诗人的直接感受中总是密不可分、丰富多彩、不能用经验法则来加以限定的：

> “池塘生春草”，“蝴蝶飞南园”，“明月照积雪”，皆心中目中与相融浃，一出语时，即得珠圆玉润，要亦各视其所怀来而与景相迎者也。“日暮天无云，春风散微和”，想见陶令当时胸次，岂夹杂铅汞人能作此语？程子谓见濂溪一月坐春风中，非程子不

① 王夫之著，戴鸿森笺注：《薑斋诗话笺注》卷二，52页，北京，人民文学出版社，1981。

② 王夫之：《船山全书》第一三册，536页，长沙，岳麓书社，1996。

能知濂溪如此，非陶令不能自知如此也。(《薑斋诗话笺注》卷二《夕堂永日绪论》内编第四则)①

首句一“望”字统下三句，结“更闻”二字，引上“边音”、“朔吹”，是此诗针线。作者非有意必然，而气脉相比，自有如此者。唯然，故八句无一语入情，乃莫非情者，更不可作景语会。诗之为道，必当立主御宾，顺写现景，若一情一景，彼疆此界，则宾主杂遝，皆不知作者为谁，意外设景，景外起意，抑如赘疣上生眼鼻，怪而不恒矣。(《唐诗评选》卷三丁仙芝《渡扬子江》评语)②

“所怀来”即“心中”所有的“情”，每个人的“胸次”有高低之别，故即使面对同样的“景”，其感受也不相同。美不是事物的属性，而仅仅是事物与感受它们的人之间的一种关系，关系有别，则同是一景，亦意味不同。故写诗时只能遵循直觉，而不能拘于“一情一景”之类的经验法则。直觉世界的情景比经验法则中的情景更富魅力。审美并不源于纯粹和无色彩的思维，也不源于经验法则，它需要对比，需要明暗的分布，一句话，需要感受。任何理性原则和经验法则都取代不了直接的印象。

王夫之反对以逻辑思维介入诗的创作，并非摒弃思想和知识，而是说，直觉可以涵容思想和知识（“理”）：

苏子瞻谓“桑之未落，其叶沃若”，体物之工，非“沃若”不足以言桑，非桑不足以当“沃若”，固也。然得物态，未得物理。“桃之夭夭，其叶蓁蓁”，“灼灼其华”，“有贲其实”，乃穷物理。夭夭者，桃之稚者也。桃至拱把以上，则液流蠹结，花不荣，叶不盛，实不蕃。小树弱枝，婀娜妍茂，为有加耳。(《诗

① 王夫之著，戴鸿森笺注：《薑斋诗话笺注》卷二，50页，北京，人民文学出版社，1981。

② 王夫之：《船山全书》第一四册，1012页，长沙，岳麓书社，1996。

绎》第八则）

谢灵运一意回旋往复，以尽思理，吟之使人卞躁之意消。《小宛》抑不仅此，情相若，理尤居胜也。王敬美谓“诗有妙悟，非关理也”，非理抑将何悟？（《诗绎》第一四则）①

王敬美谓“诗有妙悟，非关理也”，非谓无理有诗，正不得以名言之理相求耳。且如飞蓬何首可搔，而不妨云搔首，以理求之，讵不蹭蹬？（《古诗评选》卷四司马彪《杂诗》评语）②

“钟声扣白云”句，入幽出朗，“扣”者，钟与云而俱扣也。无名理者不能作景语。（《唐诗评选》卷三綦毋潜《题灵隐寺山顶禅院》评语）③

不许文人，不许理人，文人无此心宇，理人无此心旌也。只“水光流素寒”五字，令黄山谷、陈无已无处挂羚羊之角。（《明诗评选》卷四许继《拟远游篇》）④

“文人”指拘守经验法则的明代主流诗人，“理人”指拘守理性原则的宋代主流诗人；他点名批评黄庭坚、陈师道，锋芒所向，主要是“理人”；否定“理人”，又旨在否定拘于“名言之理”的人，并非否定“理”本身，因为诗人凭直觉也可以把握到“理”：“桃之夭夭，其叶蓁蓁”所体现的“物理”，谢灵运诗中的“思理”，“钟声扣白云”所隐含的“名理”（一种超越世俗的人生哲学），都非以逻辑方式演绎出的“名言之理”，而是在诗的境界中呈现出的理。所以王夫之强调：一方面，诗不能说理，另一方面，诗人不能没有“名理”的涵濡，否则，“非理抑将何悟”？王夫之在一种比较朴素的意义上看待理性。理性不再是先于一切经验的体现事物绝对本质的东西，它

① 王夫之著，戴鸿森笺注：《薑斋诗话笺注》卷一，17页、30页，北京，人民文学出版社，1981。

② 王夫之：《船山全书》第一四册，687页，长沙，岳麓书社，1996。

③ 王夫之：《船山全书》第一四册，1011页，长沙，岳麓书社，1996。

④ 王夫之：《船山全书》第一四册，1287页，长沙，岳麓书社，1996。

只是一种后天获得物，而不是遗产。理性不再被视为知识、原理和真理的容器，而被视为一种能力、一种力量，这种能力和力量只有通过它的作用和效力才能充分理解。

王夫之对“意”的态度与他对“理”的态度是相互照应的。他明确反对“以意为诗”、以议论为诗、以文法为诗，但是，他并不否定“意”，并且再三指出“意”在诗中的统帅地位：

把定一题、一人、一事、一物，于其上求形模，求比似，求词采，求故实；如钝斧子劈栎柞，皮屑纷霏，何尝动得一丝纹理？以意为主，势次之。势者，意中之神理也。唯谢康乐为能取势，宛转屈伸，以求尽其意，意已尽则止，殆无剩语；夭矫连蜷，烟云缭绕，乃真龙，非画龙也。（《夕堂永日绪论》内编第三则）①

意至则事自恰合，与求事切题者，雅俗冰炭。右丞工于用意，尤工于达意，景亦意，事亦意，前无古人，后无嗣者，文外独绝，不许有两。（《唐诗评选》卷三王维《送梓州李使君》评语）

无限早朝诗，此但拈其一曲而已无不该。古人之约以意，不约以辞，如一心之使百骸。后人敛词攒意，如百人而牧一羊，治乱之音，于此判矣。（《古诗评选》卷一《鸡鸣歌》评语）②

王夫之笔下的“意”字，在不同的语境中有不同含义。《明诗评选》卷八高启《凉州词》评语批评“唐人以意为古诗，宋人以意为律诗绝句，而诗遂亡”，③这里的“意”指的是思想、意图、议论；而上

---

① 王夫之著，戴鸿森笺注：《薑斋诗话笺注》卷二，48页，北京，人民文学出版社，1981。

② 王夫之：《船山全书》第一四册，1004页、496页，长沙，岳麓书社，1996。

③ 王夫之：《船山全书》第一四册，1576页，长沙，岳麓书社，1996。

引各则所说的“意”，则指作者凭直觉把握到的“思想”，一种富于诗意的感受。这种感受，与作者的“名理”涵养密不可分，但又不能混为一谈。其差别在于，“名言之理”是逻辑思维所把握到的“理”，部分宋人致力于阐释这种理，所以是失败的；“以意为主”之“意”则是直觉所把握到的“理”，它只能呈现出来，而不能演绎出来。诗以呈现为其基本生存方式，而呈现须以作者的直接感受为主，即以直觉所把握到的意为主。“意”实际上是一种心理经验，它包括感觉、反省等多种形式。故王夫之论谢灵运，既说他善于“宛转屈伸，以求尽其意”，又说“情景相入，涯际不分，振往古，尽来今，惟康乐能之”（《古诗评选》卷五谢灵运《邻里相送至方山》评语），① 二者其实是同一命题。“尽其意”即“尽”其心理经验，心理经验是“情景相入”的产物，“意”与“情景”遂贯通起来了。王夫之称“情景相入”所产生的心理经验为“意”，旨在强调“名理”涵濡的重要性。他反对以“名言之理”为诗，但又重视诗人的人格陶冶。当王夫之宣称“意犹帅也”之时，他并非用“意”来指理论知识，或指能被还原为确定的逻辑规则和具体概念的命题、判断。以他之见，“意”与世界的内在理智结构对应，对这种结构，无法单凭概念去认识，也不能经由对个别经验的归纳加以把握，而只能直接经验，用直觉去把握。在这里，内部世界和外部世界之间的障碍消失了，理性原则和经验法则的对垒消失了，一切秩序和规律性，都统一在审美直觉中。如果说理性原则和经验法则还有变化，人类的审美直觉能力却始终大体保持不变。它比理性原则和经验法则更为可靠。

感觉现象是王夫之关注的焦点。他不想超越感觉现象去讨论诗，去讨论诗的依据。他不满于理性原则，因为理性原则是轻视感受、压抑感受的；他也不满于经验规则，经验把诗人的活动局限于为诗的创作定出技术规则，局限于就艺术作品对观赏者产生的影响作心理学的考察，同样是忽视感受的。在王夫之看来，诗人能够从直觉中感受到

---

① 王夫之：《船山全书》第一四册，730 页，长沙，岳麓书社，1996。

理性，而其感受的自然表达即是不可更易的规则。他并未背离理性和经验，他只是超越理性和经验而已。凡存在于理智中的，无不先存在于感觉之中。感觉是一切理智活动不可或缺的动力。感觉是丰富多彩的，它既不听命于理性，也不听命于经验。从对感觉的尊重出发，王夫之得出结论：热衷于立门庭是不可取的，热衷于做盟主是不可取的。因为，与门庭和盟主联系在一起的，往往是一套程序、一套规则或一套技法，而不是新鲜、生动的感觉。

从上面的阐述我们已经发现，王夫之对宋人的理性原则和明人的经验规则的不满，是与他对“门庭”的不满直接联系在一起的。而他之所以特别推崇六朝，也是因为六朝人的主观“门庭”意识不像宋、明人那么强烈，尤其不像明人那么强烈。谢灵运是王夫之格外推崇的诗人。站在王夫之的立场上看，谢灵运的诗中是有丰富的名理蕴含的，其艺术表达也可圈可点，但是，其起点并不是一套理性原则和经验规则。与之对应，谢灵运也不像宋人（如黄庭坚）、明人（如李梦阳、李攀龙）那样热心于做诗坛盟主，开宗立派，虽然他事实上是六朝山水诗派的奠基者。由此，我们发现了王夫之思维世界的一点秘密，他深知艺术创作中不可能没有流派，正如艺术创作不可能摆脱理性和技巧一样，但是他反对主观上开宗立派的意识太强，正如他反对以理性原则和经验规则来指导写作一样。王夫之的这种思维风格，对有清一代影响甚巨：清代的数位诗坛盟主，一方面有心开宗立派，另一方面又尽力掩盖开宗立派的动机。其起点正是王夫之。

王夫之是哲学家，他对流派及盟主的鄙夷心理尽管以理论的方式表达出来，仍未冲淡其中情绪化的内容，可见他对流派纷争的厌倦确乎达到了非同寻常的程度。在他之后，朱彝尊撰《静志居诗话》，目的之一是扭转钱谦益《列朝诗集》贯注全书的流派意识，就不满于流派意识而言，与王夫之立场相通。曾燠《静志居诗话·序》说：

> 《静志居诗话》，朱竹垞先生缀于《明诗综》中，所以正钱牧斋之谬也。牧斋《列朝诗集》，挟门户之见，而肆其雌黄，南北分歧，是非倒置。燠尝叹前代公卿，存心若此，宜乎水火交

攻，祸至亡国焉。①

所谓“门户之见”，换一个说法，即流派意识是也。王夫之对明人的强烈流派意识不满，其理论策略是直斥明人的经验规则；朱彝尊对明人的强烈流派意识不满，其理论策略是否定钱谦益的《列朝诗集》，并编纂《明诗综》来消解钱谦益的影响。朱彝尊是如何贯彻他的意图的呢？李慈铭《越缦堂读书记》卷八说：

> 卧看《明诗综》。竹垞此书，精心贯择，与史相辅，余自十七岁即喜阅之，平生得诗法之正，实由于此。惟其议论，先惩王李，后恶钟谭，故于沧溟、弇州七律七绝诸名作，概从汰置。即子相之五古七古七律七绝，明卿七绝亦大有佳篇；而于子相尚有恕辞，明卿置之不齿。其于公安，略有采取，而集中五律七律，名句络绎，十不存一。伯敬友夏五古近体，亦有佳者，竟以妖孽绝之。而嘉定四先生以牧斋表章太过，亦等之自郐。长蘅五古，如《南归》诸诗，岂在四皇甫下，亦憖置之。子柔五言，入选尤稀。又以牧斋力推孟阳，称为松圆诗老，故訾之尤力。集中五古深秀之作，以及七律之高婉、七绝之温丽世所传诵者，一首不登，此则选政之失平，矫枉之过正，故为异议，遂近褊衷，致一代之制作不完，使所选之常留遗恨，是可惜也。有人能为补之，且补注晚明诸人仕三王后官职出处殉国降窜及乾隆时之追谥，则尽善矣。桑海诸公遗集，其时尚多忌讳，十九不出，尤宜搜辑存之也。光绪甲申（1884）闰五月初八日。（据中华书局 1963 年版）

从李慈铭的读后感可以看出，朱彝尊的原则是：流派的影响越大，就越有可能受到朱彝尊的排诋。凡受钱谦益器重的，在朱彝尊那儿则备受冷落。这颇有点矫枉过正的意味。无独有偶，清代神韵派的盟主王

① 朱彝尊：《静志居诗话》，2 页，北京，人民文学出版社，1990。

士禛，虽对钱谦益怀有知遇之感，但在批评钱谦益的“门户之见”时同样毫不客气。如《居易录》卷十：“牧斋訾謷李、何，则并李、何之友如王襄敏、孟大理辈而俱贬之；推戴李宾之，则并宾之门生如顾文僖辈而俱褒之。他姑无论，《东江集》予所熟观，诗不过景泰、成化间沓拖冗长之习，由来谈艺家何尝推引，而遽欲扬之王子衡、孟望之之上，岂以天下后世人尽聋瞽哉?”“钱牧翁撰《列朝诗》，大旨在尊李西涯，贬李空同、李沧溟，又因空同而及大复，因沧溟而及弇州，索垢指瘢，不遗余力。夫其驳沧溟拟古乐府拟古诗，是也；并空同《东山草堂歌》而亦疵之，则妄矣。所录《空同集》诗亦多泯其杰作。黄省曾吴人，以其北学于空同，则摈之。于朱凌溪应登、顾东桥璘辈亦然。予窃非之，偶著其略于此。牧翁于予有知己之感……今三十余年，先生墓木拱矣。予所以不敢傅会先生以诬前辈者，亦欲为先生之诤臣云尔。”①由王士禛一例，足见清人在提到开宗立派这一类字眼时的谨慎心理。与朱彝尊相呼应，沈德潜《明诗别裁集序》则对《列朝诗集》、《明诗综》等对比着作了评价：“尚书钱牧斋《列朝诗选》于青邱、茶陵外，若北地、信阳、济南、娄东概为指斥，且藏其所长，录其所短，以资排击。而于二百七十余年中独推程孟阳一人，而孟阳之诗纤词浮语，只堪争胜于陈仲醇诸家，此犹舍丹砂而珍溲勃，贵筝琵而贱清琴，不必大匠国工，始知其诬妄也。国朝朱太史竹垞《明诗综》所收三千四百余家，泯门户之见，存是非之公，比之牧斋，用心判别。”②其评述可与曾燠、李慈铭的意见相互参照。沈德潜《说诗晬语》卷下又说：

> 王、李既兴，辅翼之者，病在沿袭雷同；攻击之者，又病在翻新吊诡。一变为袁中郎兄弟之诙谐，再变为钟伯敬、谭友夏之

---

① 《笔记小说大观》第十五编，4976 页、4974 页，台北，新兴书局，1977。

② 沈德潜、周准编：《明诗别裁集》，1 页，上海，上海古籍出版社，1979。

僻涩，三变为陈仲醇、程孟阳之纤佻；回视嘉靖诸子，又古民之三疾矣。论者独推孟阳，归咎王、李，而并刻论李、何为作俑之始。其然，岂其然乎?①

其中的“论者”，指的是钱谦益。钱谦益是明清之际流派意识颇为强烈的文坛盟主，从流派意识这个角度考察，把他算做明人具有更大的合理性，尽管他因变节降清理应算做清人。而王夫之身为明代遗民，与清政权势不两立，理应算做明人，但他否定流派的理念却使他在诗学风尚方面开了清代先声。这倒是一个非常有趣的现象。

指控明人的强烈流派意识自王夫之起就是清代学术的兴奋点之一。“明人热衷于意气之争”，这是清人留给我们的常见话题。在对明人的大量指控中，纪晓岚的语气要算较为和缓的，其《阅微草堂笔记》卷十四中，记有周书昌讲的一个故事：

昔游鹊华，借宿民舍。窗外老树森翳，直接冈顶。主人言时闻鬼语，不辨所说何事也。是夜月黑，果隐隐闻之，不甚了了。恐惊之散去，乃启窗潜出，匍匐草际，渐近窃听。乃讲论韩、柳、欧、苏文，各标举其佳处。一人曰：“如此乃是中声，何前后七子，必排斥不数，而务言秦汉，遂启门户之争?”一人曰：“质文递变，原不一途。宋末文格猥琐，元末文格纤秾，故宋景濂诸公力追韩、欧，救以春容大雅。三杨以后，流为台阁之体，日就肤廓，故李崆峒诸公又力追秦汉，救以奇伟博丽。隆、万以后，流为伪体，故长沙一派，又反唇焉。大抵能挺然自为宗派者，其初必各有根柢，是以能传；其后亦必各有流弊，是以互诋。然董江都、司马文园文格不同，同时而不相攻也。李、杜、王、孟诗格不同，亦同时而不相攻也。彼所得者深焉耳。后之学者，论甘则忌辛，是丹则非素，所得者浅焉耳。”②

---

① 沈德潜：《说诗晬语》，240页，北京，人民文学出版社，1979。
② 纪昀：《阅微草堂笔记》，329页，上海，上海古籍出版社，1980。

论质文代变，指出各种宗派均有其发生、发展的合理性，这是史家卓识；倡导文格不同、诗格不同者“同时而不相攻”，仍旨在反对门户之见。各种流派之间，无须势不两立。其理由在于，学术上的诸多门户，其实并非尖锐对立，倒是互相补充的成分居多。正如同是一水，“农家以为宜灌溉，舟子以为宜往来，形家以为宜沙穴，兵家以为宜扼拒，游览者以为宜眺赏，品泉者以为宜茶荈，漂洗棉絮者以为宜浣濯，各得所求，各适其用，而水则一”；又如一座都会，“可自南门入，可自北门入，可自东门入，可自西门入，各从其所近之途，各以为便，而都会则一”。只有摒弃门户之见，才能全面准确地把握对象。从这个角度看，清人理直气壮地指责明人如盲人摸象，将自己所得的片面收获视为全体所在。当然，明人也许不会心甘情愿地接受清人的指控，因为，在他们看来，如果没有几分偏激，如果没有几分矫枉过正的“狂”者气象，其表述将是毫无力度的。

从王夫之到纪晓岚，我们看到的是一种共同的学术立场，即反对意气之争，反对门户之见。而如果将“意气”和“门户”换成“流派”，也仍然与他们的学术立场吻合。在这样的语境中，清代虽然不可能没有流派之争，但各流派的主盟者大都热心于以浓郁的学术氛围来调剂或掩盖其盟主意识，以免开罪于时人，招致舆论的反感。无论是神韵派盟主王士禛，还是格调派盟主沈德潜，无论是性灵派盟主袁枚，还是肌理派盟主翁方纲，他们都未大张旗鼓地组织过社团，而主要采取其他方式来扩大影响，如著书立说阐释其理论主张，编辑选本（如《唐诗别裁集》）或编辑不定期刊物（如袁枚《随园诗话》）贯彻其理论主张。而在阐释理论主张时，也刻意作出中庸的姿态，比如袁枚。他在《答沈大宗伯论诗书》（《小仓山房文集》卷十七）中一方面明确地标举性灵：

> 格律莫备于古，学者宗师，自有渊源。至于性情遭际，人人有我在焉，不可貌古人而袭之，畏古人而拘之也……故枚尝谓变尧、舜者，汤、武也；然学尧、舜者，莫善于汤、武，莫不善于燕哙。变唐诗者，宋、元也；然学唐诗者，莫善于宋、元，莫不

> 善于明七子。何也？当变而变，其相传者心也；当变而不变，其拘守者迹也。

另一方面，又大力主张“平心公论”，反对“门户之见”：

> 大抵古之人先读书而后作诗，后之人先立门户而后作诗。唐、宋分界之说，宋、元无有，明初亦无有，成、弘后始有之。其时议礼讲学皆立门户，以为名高。七子狃于此习，遂皮傅盛唐，扼腕自矜，殊为寡识。然而牧斋之排之，则又已甚。何也？七子未尝无佳诗，即公安、竟陵亦然。使掩姓氏，偶举其词，未必牧斋不嘉与。又或使七子湮沉无名，则牧斋必搜访而存之无疑也。唯其有意于摩垒夺帜，乃不暇平心公论，此亦门户之见。①

这里有几点值得注意：一是袁枚实为公安派的嫡传，但他与沈德潜论争的风格较之袁宏道抗击七子要平和得多；二是他并未将公安派的成就置于七子之上；三是他也没有坦承与公安派的关系。袁枚在建立性灵派的统系时甚至宁可推尊对理学情有所钟的宋代诗人杨万里，而不推尊以名士气著称的晚明诗人袁宏道。

袁枚在实质上与公安派一致，何以在外在姿态上与公安派保持距离呢？其主要目的之一是显示他与明人的区别：“明人热衷于意气之争”，而他则是站在学术的立场平心静气表达关于诗的理念。或者说，至少看来是如此。

袁枚与公安派风格不同，沈德潜也与七子派风格不同。沈德潜热心于以选本推广其诗学主张，所选《古诗源》、《唐诗别裁》、《明诗别裁》、《国朝诗别裁》风行一时。七子派中的李攀龙也曾编《古今诗删》、《唐诗选》以推进流派事业，而沈德潜和李攀龙在确定选目方面的做法适成对照。以《明诗别裁集》为例，沈德潜《明诗别裁集序》称前后七子的创作为“彬彬乎大雅之章”，而视公安派、竟陵

---

① 袁枚：《袁枚全集》第二册，283页，南京，江苏古籍出版社，1993。

派为“自郐无讥”，这样的立论，自不能为性灵派所首肯，然而与李攀龙相比，沈德潜仍足称平允。李攀龙编《古今诗删》，王世贞序曰：“夫以孔子之于诗，犹不能废游夏，而于鳞取其独见而裁之，而遽命之曰删，彼其见删于于鳞而不自甘者，宁无反唇也？虽然，令于鳞以意而轻退古之作者间有之，于鳞舍格而轻进古之作者则无是也，以于鳞之毋轻进，其得存而成一家言，以模楷后之操觚者，亦庶乎可矣。”话说得很委婉，但批评李攀龙选目不当之意是明显的。为了贯彻“宋无诗”的理论宗旨，以明诗直承汉魏六朝唐，明显不妥。其《唐诗选》亦多有可议，连前后七子的宗仰者许学夷也在《诗源辩体》卷三十六中一再表示不满，如：“于鳞《诗选》，其害甚于中郎、伯敬。盖中郎、伯敬尚偏奇、黜雅正，一时后进虽为所惑，后世苟能反正，其惑易除。于鳞似宗雅正，而实多谬戾，学者苟不睹诸家全集，不免终为所误耳。孔子恶似而非，予于于鳞亦云。”《唐诗选》问津者较少，而沈德潜的几部选本广泛流传，这从一个侧面显示了二者公正程度和质量水准的差异。

作为格调派的盟主，沈德潜在处理与其他流派的关系时，也避免锋芒太露。与神韵派和平共处即是一例。其《重订唐诗别裁集序》云：

> 新城王阮亭尚书选《唐贤三昧集》，取司空表圣“不著一字，尽得风流”，严沧浪“羚羊挂角，无迹可求”之意，盖味在盐酸外也。而于杜少陵所云“鲸鱼碧海”，韩昌黎所云“巨刃摩天”者，或未之及。余因取杜、韩语意定《唐诗别裁》，而新城所取，亦兼及焉。①

格调说从本性上是一种关于风格的理论。李梦阳偏爱粗豪而不能容纳何景明的俊拔，李攀龙耽于“杜样”（杜甫诗风）的雄浑壮阔而忽略王孟的清逸，归根结蒂都是围绕风格的高下而生出的纠纷。无独有

① 沈德潜编：《唐诗别裁集》，2页，北京，中华书局，1975。

偶，神韵说从本性上也是关于风格的理论。作为注重风格的诗学，格调说与神韵说在若干诗学命题上立场是相近或相同的。比如，它们都反对“诗以意为主”，认为艺术比意图更为重要，注重对事物的“直接处理”，强调对瞬间感觉的捕捉。简括地说，他们认为“作诗不可太切”。“不切”论源于对感觉的尊重。这是格调说与神韵说沟通的基点。① 但是，格调说和神韵说所看重的风格是不同的，前者偏于雄浑壮阔，后者偏于清逸，二者的对立势所不免。明代的七子派倡格调说，意在重现盛唐的时代风格。但李梦阳、李攀龙将盛唐气象局限于李、杜诗风，而对于典型的王、孟诗风严加拒斥，其外延不免狭窄。沈德潜虽然同样向往李、杜所代表的雄浑壮阔的诗风，但并不排斥王、孟的清逸，他的格调说中理所当然有了神韵的一席之地。这样处理格调与神韵的关系，显得较有包容气象。

肌理派的盟主翁方纲所承续的统系实为宋诗一脉，其精神气质与格调派和神韵派迥异。②但在建构肌理派理论框架的过程中，他却致力于泯灭格调、神韵和肌理之间的差异，尽量使相互之间的鸿沟不那么显眼。其《神韵论下》云：“神韵者，非风致情韵之谓也。吾谓神韵即格调者，特专就渔洋之承接李、何、王、李而言之耳。其实神韵无所不该，有于格调见神韵者，有于音节见神韵者，亦有于字句见神韵者，非可执一端以名之也。有于实际见神韵者，亦有于虚处见神韵者，有于高古浑朴见神韵者，亦有于情致见神韵者，非可执一端以名之也。”其《格调论上》云：“古之为诗者，皆具格调，皆不讲格调。格调非可口讲而笔授也。唐人之诗，未有执汉、魏、六朝之诗以目为格调者；宋之诗，未有执唐诗为格调；即至金、元诗，亦未有执唐、宋为格调者。独至明李、何辈，乃泥执《文选》体以为汉、魏、六朝之格调焉；泥执盛唐诸家以为唐格调焉。于是不求其端，不讯其末，惟格调之是泥；于是上下古今，只有一格调，而无递变递承之格调矣。”（据郭绍虞主编《中国历代文论选》第三册）翁方纲的论述

---

① 参见拙著：《明代诗学》，258～309页，长沙，湖南人民出版社，2000。

② 参见本书正编第一章六、七、八、九节。

有两点值得注意，一是将格调、神韵这两个特定的流派标志改变为非流派标志，使其内涵泛化，失去本来的意义；二是并不将格调、神韵、肌理处理为紧张对峙的关系。就前者而言，其论述颇有偷换内涵之嫌，本处不予讨论；就后者而言，其作用之一无疑是淡化流派之间的冲突，以免给人剑拔弩张之感。剑拔弩张，这是清人忌讳的一桩事情。《阅微草堂笔记》卷三载：

> 词畹又云：秋谷与魅语时，有客窃听。魅谓渔洋山人诗如名山胜水，奇树幽花，而无寸土艺五谷；如雕栏曲榭，池馆宜人，而无寝室庇风雨；如彝鼎罍洗，斑斓满几，而无釜甑供炊爨；如纂组锦绣，巧出仙机，而无裘葛御寒暑；如舞衣歌扇，十二金钗，而无主妇司中馈；如梁园金谷，雅客满堂，而无良友进规谏。秋谷极为击节。又谓明季诗庸音杂奏，故渔洋救之以清新；近人诗浮响日增，故先生救之以刻露。势本相因，理无偏胜。窃意二家宗派，当调停相济，合则双美，离则两伤。秋谷颇不平之云。①

又卷六云：

> 交通声气，号召生徒，祸枣灾梨，递相神圣，不但有明末造，标榜多诬；即月泉吟社诸人，亦病未离乎客气。盖植党者多私，争名者相轧。即盖棺以后，论定犹难；况乎文酒流连，唱予和汝之日哉。《昭明文选》以何逊见存，遂不登一字，古人之所见远矣。②

前一则讨论渔洋诗的长短，而从史家的角度肯定了其历史的合理性，并主张以清新和刻露互补，批评了赵执信偏执一词的弊端。后一则从事理的角度反对结社，反对同一流派的成员相互标榜，指出“交通

① 纪昀：《阅微草堂笔记》，56页，上海，上海古籍出版社，1980。

② 纪昀：《阅微草堂笔记》，118页，上海，上海古籍出版社，1980。

声气，号召生徒”的后果必然是相互倾轧。纪昀的意见代表了当时占主导地位的舆论。《阅微草堂笔记》卷十二载：“嘉祥曾映华言：一夕秋月澄明，与数友散步场圃外。忽旋风滚滚，自东南来，中有十余鬼，互相牵曳，且殴且詈。尚能辨其一二语，似争朱、陆异同也。门户之祸，乃下彻黄泉乎!”① 谈的虽是哲学上的门户之争，但“门户之祸，下彻黄泉”的结论也适用于文坛，足见清人对党争和门户之争的反感心理。在这样一种语境中，翁方纲设法掩盖锋芒，其动机不难理解。法国批评家丹纳说过：“科学同情各种艺术形式和各种艺术流派，对完全相反的形式与派别一视同仁，把它们看做人类精神的不同的表现，认为形式与派别越多越相反，人类的精神面貌就表现得越多越新颖。”② 这种反价值判断的准历史主义态度不是翁方纲等能做到的，但他们希望至少在表面上显得如此。

沈德潜、袁枚、翁方纲等人“平心静气”而又立场坚定地争夺诗坛正宗的地位，盟主意识的这种特殊表现方式，显示出清代社会的特殊性格：以浓郁的学术性掩饰问题的尖锐性，或对个人形象加以修饰。乐于掩饰和修饰，从而与较少忌讳的明人形成对照。清人常讽刺明人热衷于意气之争，也许就由于明人不懂得使用以学术性调节争执的策略。清人懂得这一策略并认真地执行这一策略，有助于清代学术水准的整体提高。当然，也不免给人一种滑头的感觉。

有必要补充说明的是：清代文章领域的桐城派较少掩盖其锋芒，便不免招致激烈批评。如朱庭珍《筱园诗话》卷四说：桐城一派，“自相神圣，谓古文正宗，自秦、汉以后，唐、宋八家继之，八家以后，明归太仆有光继之，太仆以后，则桐城三家方侍郎灵皋、刘广文海峰、姚郎中姬传继之。此外文人，皆不得与文章之统。如国初三家侯朝宗、魏叔子、汪尧峰诸人，概斥为伪体，所见殊谬。夫文章公器，虽有宗派，无所谓统也。其入理纯粹，叙事精严，措词雅洁，运

① 纪昀：《阅微草堂笔记》，264 页，上海，上海古籍出版社，1980。

② ［法］丹纳著，傅雷译：《艺术哲学》，11 页，北京，人民文学出版社，1963。

气深厚，法度完密，而意味高古者，即系文章正宗，初不以人地时代限也。必欲秘为绝诣，据作一家师传，不惟诞妄，抑且孤陋矣。此不过拾宋儒唾余，仿道统之说，以自撑门户耳。习气相沿，未免可笑，殊不足与深辩。”① 朱庭珍批评桐城派的这种语气，与王夫之批评明人颇为相似。

① 见郭绍虞辑：《清诗话续编》，2412 页，上海，上海古籍出版社，1983。

第三章　流派命名与流派风格

一　流派风格是文学流派的基本标志

钟嵘《诗品》在评述部分作家的创作和追溯其渊源时，明确地运用了“体”字。如评古诗曰：

> 其体源出于《国风》。陆机所拟十四首，文温以丽，意悲而远。惊心动魄，可谓几乎一字千金。其外“去者日已疏”四十五首，虽多哀怨，颇为总杂。旧疑是建安中曹、王所制。“客从远方来”，“橘柚垂华实”，亦为惊绝矣。人代冥灭，而清音独远，悲夫。

评王粲曰：

> 其源出于李陵。发愀怆之词，文秀而质羸。在曹、刘间别构一体。方陈思不足，比魏文有余。

评张协曰：

> 其源出于王粲。文体华净，少病累。又巧构形似之言。雄于潘岳，靡于太冲。风流调达，实旷代之高手。调彩葱蒨，音韵铿锵，使人味之，亹亹不倦。

评张华曰：

其源出于王粲。其体华艳，兴托不奇。巧用文字，务为妍冶。虽名高曩代，而疏亮之士，犹恨其儿女情多，风云气少。谢康乐云："张公虽复千篇，犹一体耳。"今置之中品疑弱，处之下科恨少，在季孟之间矣。

评曹丕曰：

其源出于李陵，颇有仲宣之体则。所计（一作新歌）百许篇，率皆鄙质如偶语。惟"西北有浮云"十余首，殊美赡可玩，始见其工矣。不然，何以铨衡群彦，对扬厥弟者耶？

评陶渊明曰：

其源出于应璩，又协左思风力。文体省净，殆无长语。笃意真古，辞兴婉惬。每观其文，想其人德，世叹其质直。至如"欢言醉春酒"、"日暮天无云"，风华清靡，岂直为田家语邪？古今隐逸诗人之宗也。

钟嵘《诗品》所说的"体"，即体貌特征，其含义与现代人所说的"风格"大体相近。应璩之"体"，即应璩的创作风格；"仲宣之体"，即王粲的创作风格。钟嵘论作家创作风格的形成，并不着重从"文如其人"的角度将作品风格与作家个性直接联系起来，而是从风格溯源的角度将某一作家的创作风格与某种文学传统联系起来。这样做有什么意义呢？

风格的形成，有赖于作家的创作个性。创作个性与生活个性是两个不同的范畴。现实自我是人格的现实形式；艺术的或称理想的自我，则是在一定现实条件下对于现实自我的突破与超越，是艺术个性也是人格发展的方向。有时，在作品中具有重大意义的印象和经验，在作家的日常生活中可能是微不足道的；与此形成对照，某些在日常生活中强烈体验过的情绪、感受，在作品中的位置可能并不重要。因此，我们考察作家个性与风格的联系，必须注意生活与艺术的适当的距离与区别。

生活个性与创作个性的区别，其产生原因是多种多样的。其中很重要的一点是，一个作家在创作时，不仅有他所处时代的文学背景，还有从《诗经》、《离骚》以来的整个中国古典文学的背景。这就是作家所无从回避的传统。他的个人才能是以传统为前提而发挥出来的。“诗人，任何艺术的艺术家，谁也不能单独的具有他完全的意义。他的重要性以及我们对他的鉴赏就是鉴赏他和已往诗人以及艺术家的关系。你不能把他单独的评价；你得把他放在前人之间来对照，来比较。”① 正是在这样一种意义上，每个作家的创作都要以现存的艺术经典作为参照；如果他的创作仅仅是追随经典，即使他表达的感情完全真实，所表现的个性一点儿也不虚假，也不是一个真正的新作品，因为他没有为艺术经典增加新的东西。所以，艺术的感情在某种程度上是非个人的。“这种感情的生命是在诗中，不是在诗人的历史中。”②

由此看来，创作个性的形成与深厚的艺术涵养是密切相关的。所谓艺术的涵养，主要表现在：一个作家懂得他的前辈作家之所以不朽，也懂得一件新作品之“新”，不在于它刚刚产生，而在于它真正为艺术经典增加了新的成分、新的活力。创作个性是与传统联系在一起的，而不仅仅与作家的生活联系在一起。艾略特说“不断地消灭自己的个性”，这里的“个性”指生活个性。艾略特说“诚实的批评和敏感的鉴赏，并不注意诗人，而注意诗”，目的是突出创作个性而忽略生活个性：“创作个性”呈现于作品中，“生活个性”则与作家

① ［美］托·斯·艾略特：《传统与个人才能》，见［英］戴维·洛奇编：《二十世纪文学评论》上册，汉译本，130页，上海，上海译文出版社，1987。

② ［美］托·斯·艾略特：《传统与个人才能》，见［英］戴维·洛奇编：《二十世纪文学评论》上册，汉译本，139页，上海，上海译文出版社，1987。

直接联系在一起。①

考察作家的创作个性，重心是考察其作品；对作品的考察，目光所注是其风格。钟嵘《诗品》将某一作家的创作风格与某一文学传统联系起来，这种特殊的风格意识正是流派意识，因为流派的基本特征即某一作家群的创作风格大体一致。晚明许学夷《诗源辩体》将谢朓、沈约、王融视为永明体的代表作家，其理由是："辩体编诗与史氏不同，史氏必以其人终仕某朝为某朝人，辩体则以其诗体实合某朝为某朝人。如江淹、沈约虽终仕于梁，而江沈之年实长；谢朓、王融虽终仕于齐，而王谢之年实幼。故江诗多宋齐间作，而声犹未入律，沈谢在永明间始多入律，王则入律愈多矣。诸家编诗以王谢系齐而以江沈系梁，则诗体混乱，不足以证其先后也。《南史》明载：永明中，王融、谢朓、沈约始用四声，以为新变。"（《世次》）许学夷的举例表明，确认流派的依据是流派风格。所以，下述几桩事实，值得我们予以关注：其一，唐张为受钟嵘《诗品》启发，作《诗人主客图》，他划分流派的方式即依风格立论，所谓"以白居易为广大教化主"，"以孟云卿为高古奥逸主"，"以李益为清奇雅正主"，"以孟郊为清奇僻苦主"，"以鲍溶为博解宏拔主"，"以武元衡为瑰奇美丽主"，"清奇雅正"、"瑰奇美丽"等均指风格。以流派风格作为文学流派的基本标志，无论人们是否已明确地意识到，在实际操作中都自然而然地这么做，更表明了这一事实的确凿无疑。比如陈衍，他在划分晚清诗派时说："前清诗学，道光以来一大关捩。略别两派，一派为清苍幽峭，自古诗十九首、苏、李、陶、谢、王、孟、韦、柳以下逮贾岛、姚合，宋之陈师道、陈与义、陈傅良、赵师秀、徐照、徐玑、翁卷、严羽，元之范梈、揭傒斯，明之钟惺、谭元春之伦，洗炼而熔铸之，体会渊微，出以精思健笔，蕲水陈太初《简学斋诗存》四卷《白石山馆手稿》一卷，字皆人人能识之字，句皆人人能造之句，及积字成句，积句成韵，积韵成章，遂无前人已言之意、已写之景，又皆后人欲言之意、欲写之景，当时嗣响，颇乏其人。魏默深

① 参见拙著：《明代诗学》，134～136页，长沙，湖南人民出版社，2000。

(源) 之《清夜斋稿》稍足羽翼，而才气所溢，时出入于他派。此一派近日以郑海藏为魁垒，其源合也。而五言佐以东野，七言佐以宛陵、荆公、遗山，斯其异矣。后来之秀，效海藏者，直效海藏，未必效海藏之所出也。其一派生涩奥衍，自《急就章》、《鼓吹词》、《铙歌十八曲》以下逮韩愈、孟郊、樊宗师、卢仝、李贺、黄庭坚、薛季宣、谢翱、杨维桢、倪元璐、黄道周之伦，皆所取法，语必惊人，字忌习见，郑子尹（珍）之《巢经巢诗抄》为其弁冕，莫子偲足羽翼之。近日沈乙庵、陈散原，实其流派，而散原奇字，乙庵益以僻典，又少异焉，其全诗亦不尽然也。其樊榭、定庵两派，樊榭幽秀，本在太初之前，定庵瑰奇，不落子尹之后，然一则喜用冷僻故实，而出笔不广，近人惟写经斋、渐西村舍近焉。一则丽而不质，谐而不涩，才多意广者，人境庐、樊山、琴志诸君，时乐为之。"① 陈衍将道光以来的诗学流别略分为二派，在清理统系、标举盟主和代表作家之前，首先指出各自的风格特点。这表明，风格是我们识别一个流派的基本标志。其二，以风格为纽带，所以同一流派的作家不一定生活在同一时代。纪昀《田侯松岩诗序》论及"清微妙远派"，有云："司空图分为二十四品，乃辨别蹊径，判若鸿沟，虽无美不收，而大旨所归，则在清微妙远之一派，自陶谢以下逮乎王孟韦柳者是也。至严羽《沧浪诗话》始独标妙悟为正宗，所谓如空中音，如相中色，如镜中花，如水中月，如羚羊挂角无迹可寻，即司空图所谓'不著一字尽得风流'也。沿及有明，惟徐昌穀、高叔嗣传其衣钵。王敬美谓'数百年后，李何或有废兴，高徐必无绝响'，斯言当矣。"② 陶谢为六朝人，王孟韦柳为唐朝人，徐昌穀、高叔嗣为明朝人，还有纪昀未提及的王士禛为清朝人，但他们可以归为同一流派（清微妙远派或神韵派），因为他们风格相近，在统系选择上自觉认同。其三，历史上某些以时代为名的流派，其实并非产生于其名称所标示的

① 陈衍：《石遗室诗话》卷三，30～31页，沈阳，辽宁教育出版社，1998。标点有所改动。

② 纪昀：《纪晓岚文集》，201页，石家庄，河北教育出版社，1995。

时代，只是强调它仿效这一时代某类典范的风格。如宋初的晚唐派、明代的唐宋派。九僧是宋初人，但其所作仿效晚唐，“局促于一题，拘挛于律切，风容色泽，轻浅纤微，无复浑涵气象”。（俞文豹《吹剑录》）故称晚唐派。王慎中、唐顺之、茅坤等是明代人，但其所作仿效唐宋八大家，故称唐宋派。在这类例子中，流派风格是关注的焦点。

“风格概念并不像美的范畴的概念那样可以推广到自然美的领域、意味着一般的美的现象的类型，而是只能适用于以艺术为主的人类精神活动乃至文化领域。不过，它还不只是规定精神性的东西的类型。只有精神的动态在感觉形态上被具象化的东西付诸直观，可以在其类型的规定上予以把握时，才能称之为风格。就这一点来说，所谓思维方式或行为风格，只要是缺乏具象性的风格，就不是充分意义上的风格，而艺术风格才是真正充分意义上的风格，本来意义上的风格。因此，所谓风格，可以说特别是艺术领域的创作者的‘精神’特质在作品的‘形态’上表现出来的‘样子’。”① 风格即具象化的精神类型，流派风格是文学流派的基本标志。

所谓流派风格，是根据不同个体的某些共同风格特征概括出来的，概括流派风格必须注意到两个方面：一是充分揭示出同一流派的共同风格，一是严格把握对于其他流派风格的相异性。在流派风格的区别和对立中，在流派风格与流派风格之间，可能存在着若干种混合风格或“中间状态”的风格，它们往往引起对流派风格的质疑。就这一方面而言，我们的看法是，正如并非所有的个体都能纳入流派一样，个体风格也有许多是不能纳入流派风格的，但这并不表明流派风格不存在，而只是说明，流派风格的涵括范围是有一定限度的。

流派风格与风格群的关系也应予以注意。风格群是一系列相互密切联系的风格。例如邻近的风格，具有包含关系的风格，等等。一种广泛的风格，例如盛唐诗风，它至少包含了两种流派风格，即边塞诗

---

① ［日］竹内敏雄：《艺术类型论序论》，见陆梅林、李心峰主编：《艺术类型学资料选编》，506页，武汉，华中师范大学出版社，1997。

派和山水田园诗派的风格。有的风格群则以某一流派风格为主导，例如特定意义的宋代诗风，它指区别于以丰神情韵见长的典型的唐代诗风，而以思理筋骨见长的风格，其中起主导或支配作用的是江西诗派。类似的风格是指那些具有共同的重要特征的风格，它们出现的历史时期相距甚远，且相互之间不一定存在因果关系，例如唐人传奇中的“进士与妓女”题材小说与晚清的狭邪小说。这种情形，视之为风格群较为合理，视之为流派风格则不免牵强。

流派以风格为标志，这一论点可能招致的质疑是：中国文学史上以风格命名的流派并不多见，而大多以其他特征命名。或以代表作家命名，如元白诗派、韩孟诗派；或以产生时代命名，如永明体、元和体、同光体；或以地域命名，如南唐词派、江西诗派、茶陵派、公安派、竟陵派、浙西词派、常州词派、桐城派、阳湖派、湘乡派；或以总集命名，如花间词派、西昆派、江湖诗派；或以社团命名，如前七子、后七子；或以作者身份（作者所属的社会阶层）命名，如台阁派；或以理论主张命名，如格调派、神韵派、性灵派、肌理派；或以题材命名，如山水田园诗派、边塞诗派、历史演义派、英侠传奇派、神魔小说派、人情小说派等；或以体裁命名，如骈文派、古文派；以风格命名的，如豪放派、婉约派、清逸（醇雅）派、讽刺小说、谴责小说等，在数量上不占优势，而且，以风格命名的流派，其命名的合理性受到质疑的几率较高。

对于上述现象，该如何解释？

事实上，流派的命名和流派风格的描述不是一回事。流派的命名，常常是约定俗成的结果，它更强调表述的简洁和指称对象的准确性，而不强调对其风格特征的描述，如元白诗派、南唐词派、前七子等。其长处是显而易见的，如提到元白诗派，人们便知道这是以元稹、白居易为代表的一个流派；提到南唐词派，人们便知道这是以李煜、冯延巳等为代表的一个流派；提到前七子，人们便知道这是以李梦阳、何景明等为代表的一个流派。与之成为对照，流派风格的描述，不强调流派指称对象的准确性，而强调对风格特征的揭示。风格特征就是一种风格的特征并且被用来对这种风格进行界定。它包含主要的和次要的特性，而代表作的风格特性有助于使该作品成为某种风格的实体，同时使这种风格特性成为基本的或主要的特性，至于非代表作的其他特性则是次要的或无关紧要的。在风格描述中，“更多”、“更少”、“较多”、“较少”一类词汇使用的频率相当高，以便与其他类型的风格相区别。风格描述的这些特点提示我们，用描述风格的方式给流派命名，要做到简约明了而又为众所公认是相当困难的。鉴于流派命名和流派风格描述的着眼点不同，我们在考察流派问题时，无须太在意命名方式的差异，而应更多关注流派的风格特征。不同的命名方式虽有侧重点不同，但不管采用哪一种命名方式，都包含或大体包含其他命名方式的含义。本章从考察不同命名方式所侧重的理论蕴含入手，即旨在示例性地梳理流派与时代、流派与地域、流派与社团、流派与社会阶层、流派与题材、流派与体裁、流派与理论主张等关系，以期对中国古代文学流派的生存状况有一个大致的了解。

二　以代表作家命名流派

严羽《沧浪诗话·诗体》专设“以人而论”一节，有云：“以人而论，则有苏李体、曹刘体、陶体、谢体、徐庾体、沈宋体、陈拾遗体、王杨卢骆体、张曲江体、少陵体、太白体、高达夫体、孟浩然体、岑嘉州体、王右丞体、韦苏州体、韩昌黎体、柳子厚体、韦柳体、李长吉体、李商隐体、卢仝体、白乐天体、元白体、杜牧之体、张籍王建体、贾浪仙体、孟东野体、杜荀鹤体、东坡体、山谷体、后山体、王荆公体、邵康节体、陈简斋体、杨诚斋体。”① 所列近四十种体中，绝大多数只就作家的个人风格立名，不足以称为流派，但“韦柳体”、“元白体”被视为韦柳诗派、元白诗派应该不成问题。《东坡题跋》卷二《书黄子思诗集后》云：“李杜之后，诗人继作，虽间有远韵，而才不逮意。独韦应物、柳宗元发纤秾于简古，寄至味

① 严羽著，郭绍虞校释：《沧浪诗话校释》，58～59页，北京，人民文学出版社，1983。

于澹泊，非余子所及也。"① 这可以说是对韦柳诗派风格特征的准确描述。"元白体"即"元和体"，详后。严羽未提及"韩孟体"（韩孟诗派），而这一流派实不容忽略。本节的分析即主要以韩孟诗派为例。

以代表作家命名流派，突出了代表作家作为中心人物的重要性。每个流派都有其特殊的"需要"：特殊的才能，特殊的感情。如果这种特殊的才能和感情在某人身上表现得特别充分而有魅力的话，他就成为一个中心人物，他的追求也就成为整个流派的追求。在韩孟诗派中，这个中心人物便是韩愈，他的艺术原则也就是整个诗派的艺术原则。韩愈关于诗的基本原则是什么？概括地说，即以文为诗。他是中晚唐之际创作活动中"破体"倾向的主要推动者。所谓"破体"，即大量接纳别的文体的特征。诗文虽然都是人的作品，但诗侧重表达人的情意，以含蓄深切为上，散文侧重表达人的理智，不免较多解释陈述。以文为诗，其特征之一即变诗的含蓄深切为连贯畅达的解释陈述。许学夷《诗源辩体》卷二十四云："《后山诗话》云：'诗文各有体，韩以文为诗，杜以诗为文，故不工耳。'愚按：退之五言古如'肩肩水帝魂'、'猛虎虽云恶'、'驽骀诚龌龊'、'双鸟海外来'、'失之将何尤'、'中虚得暴下'等篇，凿空构撰，'木之就规矩'，议论周悉，'此日足可惜'，又似书牍，此开以文为诗，实开宋人门户耳。然可谓过巧，而不可谓不工也。'双鸟海外来'，中有似玉川处。""退之五言古《南山》诗，首序南山大概，次序南山四时变态，次言方隅连亘之所，次言经历所见，末用繁钦《定情》诗一法数转，凡一百二韵，可谓长篇之式。"所谓"凿空构撰"、"议论周悉"、"似书牍"云云，都与解释陈述有关。《南山》诗的章法，也是服务于铺陈之需的。再如韩愈的《燕河南府秀才》："吾皇绍祖烈，天下再太平。诏下诸郡国，岁贡乡曲英。元和五年冬，房公尹东京。功曹上言公，是月当登名。"②所说的意思连贯畅达，与散文的表达效果没

① 苏轼：《苏东坡全集》后集卷九，559页，北京，中国书店，1986。

② 韩愈著，钱仲联集释：《韩昌黎诗系年集释》，766页，上海，上海古籍出版社，1994。

有什么不同。卢仝也是以文为诗的代表诗人。如他的《与马异结交》诗："忽闻空中唤马异，马异若不是祥瑞，空中敢道不容易。"《月蚀》交待月蚀的时间："新天子即位五年，岁次庚寅，斗柄插子，律调黄钟。"均旨在以散文句式陈述事实或阐释事理。

以代表作家命名流派，一方面突出了代表作家（或盟主）的重要性，另一方面也强调了流派中其他作家的重要性。因为，对流派中其他作家的了解是了解代表作家的不可或缺的前提。"艺术家本身，连同他所产生的全部作品，也不是孤立的。有一个包括艺术家在内的总体，比艺术家更广大，就是他们所隶属的同时同地的艺术宗派或艺术家家族。例如莎士比亚，初看似乎是从天上掉下来的奇迹，从别个星球上来的陨石，但在他的周围，我们发现十来个优秀的剧作家，如弗白斯忒，福特，玛星球，马洛，本·琼生，弗来契，菩蒙，都用同样的风格，同样的思想感情写作。""到了今日，他们同时代的大宗师的荣名似乎把他们湮没了；但要了解那位大师，仍然需要把这些有才能的作家集中在他周围，因为他只是其中最高的一根枝条，只是这个艺术家庭中最显赫的一个代表。"① 与丹纳所说的这一情况类似，我们要了解诗人韩愈，必须把孟郊、贾岛、李贺、卢仝等人集中在他周围，在了解这一流派其他作家的基础上，深入把握他们的核心人物。②同样地，我们要了解白居易，也不能不了解元稹、张籍、王建等人。

---

① ［法］丹纳著，傅雷译：《艺术哲学》，5~6页，北京，人民文学出版社，1963。

② 毕宝魁：《论韩孟诗派的形成与发展》云："德宗建中年间到贞元初年，是韩孟诗派的酝酿期；从贞元八年到贞元十四年，是韩孟诗派的形成期；从贞元十四年到元和元年，是韩孟诗派的成熟发展期；从元和元年到元和九年是韩孟诗派的高峰期；元和九年后韩孟诗派开始衰微，到穆宗长庆四年，以韩愈辞世为标志，这一诗派的活动基本上结束。如果从贞元八年（792）韩孟结盟算起，到韩愈去世为止，韩孟诗派的活动时间在三十年左右。这便是韩孟诗派形成和发展的大体轨迹。"见傅璇琮主编：《唐代文学研究》第九辑，449页，桂林，广西师范大学出版社，2002。

以代表作家命名流派，表明某几位作家在其创作生涯或作品中出现了一种独特风格，或是在某一时期、某些作品中出现了一种独特风格，如韦柳诗派的“萧散冲淡”、韩孟诗派的以文为诗、元白诗派的平易通俗等。这里要注意的是，流派风格是就其主要特征而言，甚至只就其某一时期、某些作品的主要特征而言，不一定涵盖同一流派作家的全部作品。大体说来，韩孟诗派在以文为诗之外，至少还有一个共同的特征，即以志怪情调入诗。以李贺为例，他热衷于将想像聚焦于鬼、怪的世界，设想往往迥不犹人。比如，李贺的诗经常涉及这样一个意象：鬼火，“多年老鸮成木魅，笑声碧火巢中起”（《神弦曲》），“漆炬迎新人，幽圹萤扰扰”（《感讽五首》其三），“冷翠烛，劳光彩”（《苏小小墓》），“石脉水流泉滴沙，鬼灯如漆点松花”（《南山田中行》）。[①] 忽明忽灭的鬼火原本是志怪小说中的常见意象。清人纪晓岚《阅微草堂笔记》卷九说：“磷为鬼火，《博物志》谓战血所成，非也，安得处处有战血哉！盖鬼者，人之余气也，鬼属阴，而余气则属阳。阳为阴郁，则聚而成光，如雨气至阴而萤火化，海气至阴而阴火然也。多见于秋冬，而隐于春夏；秋冬气凝，春夏气散故也。其或见于春夏者，非幽房废宅，必深岩幽谷，皆阴气常聚故也。多在平原旷野，薮泽沮洳，阳寄于阴，地阴类，水亦阴类，从其本类故也。先兄晴湖，尝同沈丰功年丈夜行，见磷火，在高树巅，青荧如炬，为从来所未闻。李长吉诗曰：‘多年老鸮成木魅，笑声碧火巢中起。’疑亦曾睹斯异，故有斯咏。”[②] 鬼火，乃墓地间闪耀的磷火，多见于幽房废宅、深岩幽谷、平原旷野、薮泽沮洳等阴气常聚之地，据纪昀推测，李贺必经常出入于幽僻之境，所谓临其境方能得其意。李贺诗中关于“鬼火”这一意象的运用，从审美趣味来说，与志怪小说是相通的。

李贺诗除了描写墓地、“鬼火”之外，还经常描写荒芜的山野、

---

① 本书引用李贺诗，均据叶葱奇疏注《李贺诗集》，北京，人民文学出版社，1959。

② 纪昀：《阅微草堂笔记》，187页，上海，上海古籍出版社，1980。

惨淡的黄昏、草丛中低飞的萤火、黑夜啼哭的百年老鸮、出没山林的食人山魅。这些原本是志怪小说经常描写的事物，李贺之前的诗人很少涉及。李贺以异乎常人的审美趣味，将其艺术眼光投向这些志怪小说中所描写的鬼域情景，以这些阴森、诡谲的意象构成了其独特的艺术世界。

以志怪情调入诗，虽以李贺之作表现得格外鲜明，但孟郊却得风气之先。建中元年（780），孟郊作行役诗，诗云：

> 暮天寒风悲屑屑，啼乌绕树泉水噎。行路解鞍投古陵，苍苍隔山见微月。鸮鸣犬吠霜烟昏，开囊拂巾对盘餐。人生穷达感知己，明日投君申片言。（《孟东野诗集》卷六）

这当然不是鬼域，而是人间，但寒风悲卷，啼乌绕树，泉水幽噎，鸮鸣犬吠，霜烟蒙蒙，昏月茫茫，却已近于志怪小说的境界。与孟郊并称的贾岛，亦时时醉心于荒寒寂寞的情景、氛围。“贾岛五言律，如‘鸟绝吏归后，蛩鸣客卧时。锁城凉雨细，开印曙钟迟。’‘废馆秋萤出，空城寒雨来。夕阳飘白露，树影扫清苔。’‘早讲林霜在，孤禅隙月残。’‘积雨荒郊圃，秋池照远山。’‘门掩园林僻，日高巾帻慵。孤鸿来半夜，积雪在诸峰。’‘独鹤耸寒骨，高杉韵细飔。’‘寒蔬修净食，夜浪动禅床。’‘柴门掩寒雨，虫响出秋蔬。’‘空巢霜叶落，疏牖水萤穿’等句，皆气味清苦，声韵峭急。”（《诗源辩体》卷二十五）贾岛所写，当然也不是鬼域。但他对昏暗的光线、荒凉的山野、冷僻的事物，确有抑制不住的兴趣。一种阴森、阴暗、阴郁、阴冷的气氛，弥漫在字里行间。

韩愈、卢仝、刘叉也热衷于志怪情调，但在异乎寻常中多了几分阳刚之气，便显出一种狞厉之美。卢仝“《月蚀》诗近一千七百言，极其变怪，刘叉杂言《冰柱》云：‘始疑玉龙下界来人世，齐向茅檐布爪牙。又疑汉高帝，西方来斩蛇。人不识，谁为当风仗莫邪？’《雪车》云：‘官家不知民馁寒，尽驱牛车盈道载屑玉。载载欲何之，秘藏深宫以御炎酷，徒能自卫九重间，岂信车辙血，点点尽是农夫哭'等句，皆极其变怪者也。又仝《与马异结交》诗，尤怪僻不可解。"（《诗源辩体》卷二十六）卢仝、刘叉诗的"变怪"、"怪僻"，既与其反常的句式有关，也与其怪诞的诗境有关。至于韩愈，更以其"奇险"和"豪纵"引人注目，且"豪纵者未尝不奇险，而奇险者未尝不豪纵也"。（《诗源辩体》卷二十四）这种"豪纵"、"奇险"兼而有之的阳刚风格，是由其兀奡奇崛的句法和光怪陆离的诗境造成的。

韩孟诗派热衷于志怪情调，旨在为诗国开拓出一片新的境界。在我们先人的意想中，世界是由三个层面构成的：人界、仙界和鬼界。人界即我们人类的生活，杜甫、白居易这一类诗人，目光所注，多在这一层面；仙界即仙人的生活，李白这一类诗人，目光所注，多在这一层面。在韩孟诗派之前，虽然志怪小说已大量描写了鬼的生活，但诗人的笔触尚未涉及或较少涉及。李贺等诗人兴致勃勃地致力于鬼界或准鬼界的描写，别开生面，在题材选择上从而也在风格特征上给韩孟诗派烙下了鲜明的印记。

三　以产生时代命名流派

《沧浪诗话·诗体》专设"以时而论"一节，有云："以时而论，则有建安体、黄初体、正始体、太康体、元嘉体、永明体、齐梁体、南北朝体、唐初体、盛唐体、大历体、元和体、晚唐体、本朝体、元祐体、江西宗派体。"其中大多数是就时代风格立论，并非流派，而且，"江西宗派"属于以地域命名的流派。按我们的看法，较为严格的以产生时代命名的流派有永明体（永明派）、元和体（元和诗派）、同光体等，而元和诗派尤其值得关注。①

---

① 朱自清说："从文学史上看，大致说来，凡是所谓什么体，如建安体、元嘉体、永明体等（见《沧浪诗话》），广义观之，也是派别。大抵在同一时代中各人作风有相同处，不自觉地相同。"见刘晶雯整理：《朱自清中国文学批评研究讲义》，99～100页，天津，天津古籍出版社，2004。

以产生时代命名流派，其流派名称突出了两种含义：其一，确认了该流派的活动年代。有的流派风格延续的时间较长，有的流派风格延续的时间较短。通常，延续时间较长的流派风格，难于以产生时代命名，而延续时间较短的流派风格，这样命名便较为方便；其二，确认某一流派风格与某一时代的密切联系。考察一种流派风格，除了着眼于某种文学传统（统系）、某种社会关系（社团交游）等因素外，还要注意时代精神——流派风格所表达的精神意蕴和基本的心理、情感态度与其时代的深层因缘。

时代精神对文学流派的影响首先表现为它对文学流派的选择功能。在同一国家的两个不同的时代，人才的种类和人才的情感倾向应该是大体相近的。时代精神并不产生新的人才种类和新的情感倾向，只是在已有的人才种类和情感倾向中做选择，压抑或窒息某种人才种类和情感倾向，扶助或支持某种人才种类和情感倾向。由于时代精神的这个不可抗拒的选择作用，我们看到，在某个阶段，格调派占主导地位，例如明代弘治、正德年间；在某个阶段，神韵派占主导地位，例如清初康熙年间；在某个阶段，性灵派占主导地位，例如晚明时期。时代的趋向有力地制约着各个流派的发展，企图与之对抗是徒劳无益的。环境接受同它一致的流派而淘汰其余的流派，环境用重重阻碍和不断的攻击，阻止别的流派发展。如汪辟疆《近代诗派与地域》一文所说："夫文学转变，罔不与时代为因缘，道咸之世，清朝由盛而衰，外则有列强之窥伺，内则有朋党之叠起，诗人善感，颇有瞻乌谁屋之思，小雅念乱之意，变徵之音，于焉交作。且世方多难，忧时之彦，恒致意经世有用之学，思为国家致太平，及此意萧条，行歌甘隐，于是本其所学，一发于诗，而诗之内质外形，皆随时代心境而生变化。故同为山水游宴之诗，在前则极摹山范水之能，在此则有美非吾土之感；同为吊古咏史之作，在前则摅怀旧之蓄念，在此则皆抑扬有为之音，斯其显著者也。"汪辟疆所讨论的，实即一个时代的精神生活氛围对艺术品的选择功能。"风俗习惯与时代精神对于群众和对于艺术家是相同的；艺术家不是孤立的人。我们隔了几世纪只听到艺术家的声音；但在传到我们耳边来的响亮的声音之下，还能辨别出群众的复杂而无穷无尽的歌声，像一大片低沉的嗡嗡声一样，在艺术家四周齐声合唱。只因为有了这一片和声，艺术家才成其为伟大。”“由此我们可以定下一条规则：要了解一件艺术品，一个艺术家，一群艺术家，必须正确地设想他们所属的时代的精神和风俗概况。这是艺术品最后的解释，也是决定一切的基本原因。”① 毫无疑问，一种文学思潮，一个文学流派，一个大型文学社团，其兴衰演变总是与时代精神和风俗情况密切相关。从流派风格与时代精神的联系来看，元和诗派是一个较为典型的例子。唐宪宗元和年间，元稹、白居易齐名，世称元白。以他们为代表的诗派，人称元白诗派，又称元和诗派。《新唐书·元稹传》云：“稹尤长于诗，与（白）居易名相埒，天下传讽，号‘元和体’。”元稹《白氏长庆集序》云：“予始与乐天同校秘书之名，多以诗章相赠答，会予谴掾江陵，乐天犹在翰林，寄予百韵律诗及杂体前后数十章。是后各佐江、通，复相酬寄，巴蜀江楚间，洎长安中少年，递相仿效，竞作新词，自谓为元和诗。”②又《上令狐相公诗启》：稹“闲诞无事，遂专力于诗章……常欲得思深语近，韵律调新，属对无差，而风情宛然，而病未能也。江湖间多新进小生，不知天下文有宗主，妄相仿效，而又从而失之，遂至于支离褊浅之词，皆目为元和诗体。稹与同门生白居易友善，居易雅能为诗，就中爱驱驾文字，穷极声韵，或为千言，或为五百言律诗，以相投寄。小生自审不能以过之，往往戏排旧韵，别创新词，名为次韵相酬，盖欲以难相挑耳。江湖间为诗者复相仿效，力或不足，则至于颠倒语言，重复首尾，韵同意等，不异前篇，亦自谓为元和诗体。”③元和体即元和年间流行的新体诗，指元稹、白居易诗中次韵相酬的长篇排律和包括艳体在内的流连光景的中短篇杂体诗以及大量仿效之作。还有一种广义的元和体，指元和以后作为一种思潮流行的新的文

---

① ［法］丹纳著，傅雷译：《艺术哲学》，6页、7页，北京，人民文学出版社，1963。

② 元稹：《元稹集》，554页，北京，中华书局，1982。

③ 元稹：《元稹集》，633页，北京，中华书局，1982。

风、诗风。李肇《国史补》卷下描述说："元和已后，为文笔则学奇诡于韩愈，学苦涩于樊宗师；歌行则学流荡于张籍；诗章则学矫激于孟郊，学浅切于白居易，学淫靡于元稹，俱名为'元和体'。大抵天宝之风尚党，大历之风尚浮，贞元之风尚荡，元和之风尚怪也。"①本书讨论元和诗派，以元、白的创作为考察重心。

时代精神对文学流派的影响，在价值取向的层面表现得格外显著。例如，中唐的文化品格，其基本特征是入俗，即以艺术化的游戏态度将传统中的各种风格或因素推向极端，以取得一种近似戏曲中的面具的夸张效果：新乐府是教化（兴寄）传统的极端，唱和诗是应酬传统的极端，闲适诗是山水田园诗传统的极端，艳诗是宫体诗传统的极端。因此，尽管教化、应酬、田园、宫体等类型的诗原本区划井然，但经过元稹、白居易的夸张处理后，却相安无事地统一在同一作家笔下。新乐府诗和闲适诗是读者较为熟悉的，这里试以元白长篇叙事诗为例，经由对其类型特征的考察，从一个侧面透视时代精神在价值层面上对元和诗派的影响。

元白长篇叙事诗的第一个特征是"有风情"，即对私生活感情的淋漓尽致的表达。这其实是传奇小说的题材特征在元白长篇叙事诗中的延伸。唐人传奇是在德宗至宪宗朝臻于鼎盛的，而其引人注目的标志之一便在于爱情题材的作品骤然勃兴。清章学诚《文史通义》卷五《诗话》谈到唐人传奇时说："大抵情钟男女，不外离合悲欢，红拂辞杨，绣襦报郑，韩李缘通落叶，崔张情导琴心，以及明珠生还，小玉死报。凡如此类，或附会疑似，或竟托子虚，虽情态万殊，而大致略似。"② 这类"风流"故事令一批作家如痴如醉，一方面是受了整个社会风气的影响："贞元之时，朝廷政治方面，则以藩镇暂能维持均势，德宗方以文治粉饰其苟安之局。民间社会方面，则久经乱

① 李肇：《唐国史补》，57页，上海，古典文学出版社，1957。与《因话录》合刊。

② 章学诚著，叶瑛校注：《文史通义校注》，560页，北京，中华书局，1994。

离，略得一喘息之会，故亦趋于嬉娱游乐。因此上下相应，成为一种崇尚文辞、矜诩风流之风气。”① 另一方面也与进士阶层自身的好尚相关。当时社会政治生活中存在两股势力，一为山东士族如李德裕等人，一为出身寒门的进士阶层如元稹、牛僧孺等人。山东士族，严于礼法；进士阶层，则“重词赋而不重经学，尚才华而不尚礼法，以故唐代进士科，为浮薄放荡之徒所归聚，与倡伎文学殊有关联。”②《莺莺歌》写莺莺与张生越轨的恋爱，《长恨歌》着眼于唐明皇和杨贵妃之间那种“在天愿为比翼鸟，在地愿为连理枝”的“绵绵无绝期”的深情，所关注的当然不是社会公共生活，而是私生活。

对于私生活感情的表达，正宗诗学一向采取不予理睬或蔑视的态度。不错，《诗经》中并不缺乏抒写男女恋爱的作品，但在春秋时代赋诗言志的格局中，却被用来表达属于社会公共生活领域的想法或感情。朱自清《经典常谈·诗经第四》举过一个例子：《左传》襄公二十七年，郑伯宴晋使赵孟于垂陇，赵孟请大家赋诗，想看看大家的“志”。子太叔赋的是《野有蔓草》。原诗首章说：“野有蔓草，零露漙兮，有美一人，清扬婉兮。邂逅相遇，适我愿兮。”全诗原是男女私情之作，子太叔不管，只取末二句，借以表示郑国欢迎赵孟的意思。如此赋诗言志，本是行政事务中的断章取义、借题发挥，却对后人解《诗》产生了重大影响，以至于学者们习惯于从比兴和象征的角度对私生活题材加以阐释，使之转换为社会公共生活题材。这种阐释套路，连国学大师章太炎也是认同的。其《国学概论》第二章《国学的派别》（一）说：“古人作诗托男女以喻君臣，《离骚》以美人香草比拟，也同此意。朱文公对于《诗序》（唐时《本事诗》相类）解诗指为国事而作，很不满意，他径以为是男女酬答之诗，这是不可掩的过。当时陈傅良反对朱文公，有‘城阙为偷期之所，彤管为行淫之具’等语（不见于今《诗传》，想已删去）。清人亦指斥

① 陈寅恪：《元白诗笺证稿》，87页，上海，上海古籍出版社，1978。

② 陈寅恪：《元白诗笺证稿》，86页，上海，上海古籍出版社，1978。

朱文公释《丘中有麻》诗为女人含妒意为不通者。"① 朱熹（文公）视《诗经》中的"男女酬答之诗"为私生活题材，竟然招致如此严厉的抨击，说明自汉以来，视《诗经》为发表社会公共生活领域的感慨之作，乃是占主导地位的学术见解。这样一种诗学理论，对言情诗及其作者有着巨大的震慑力量。宫体诗的遭遇便是明证。唐杜确《岑嘉州集序》说：梁简文帝及庾肩吾之属，"始为轻浮绮靡之辞，名曰'宫体'，自后沿袭，务为妖艳。"《隋书·文学传序》等也有相似的议论。这种情形传达出主流诗学关于诗的题材畛域的信念：诗务必与私生活绝缘，诗只能"言"社会公共生活领域之"志"。清章学诚《文史通义·妇学》以不容置疑的口吻宣称："《离骚》求女为真情，则语无伦次；《国风》溱、洧为自述，亦径直无味。作为拟托，文情自深。""古人思君怀友，多托男女殷情。"②《文史通义》卷五《诗话》，江氏《灵鹣阁丛书》本比通行本多出九条，其中一条说："声诗三百，圣教所存，千古名儒，不闻异议。今乃丧心无忌，敢侮圣言，邪说猖狂，骇人耳目。六义甚广，而彼谓《雅》《颂》劣于《国风》。《风》诗甚多，而彼谓言情妙于男女。凡圣贤典训，无不横征曲引，以为导欲宣淫之具，其罪可胜诛乎？"③ 锋芒所向，自然是直指袁枚，但也足见主流诗学是极力反对诗与私生活结缘的。元白长篇叙事诗之惊世骇俗，首先即在表达私生活感情这一方面。清潘德舆《养一斋诗话》卷三云："'力士传呼觅念奴，念奴潜伴诸郎宿。''侍儿扶起娇无力，始是新承恩泽时。'此南北曲中猥亵语耳，词家不肯道此，而况诗哉！"④ 潘德舆所用的依然是主流诗学的论诗标准，

① 章太炎讲演，曹聚仁整理：《国学概论》，27页，上海，上海古籍出版社，1997。

② 章学诚著，叶瑛校注：《文史通义校注》，535页，北京，中华书局，1994。

③ 章学诚著，叶瑛校注：《文史通义校注》，569页，北京，中华书局，1994。

④ 郭绍虞编选，富寿荪校点：《清诗话续编》，2047页，上海，上海古籍出版社，1983。

他没有意识到，《长恨歌》是一种新兴的与传奇小说打成一片的诗。早期的元白长篇叙事诗本是包容在传奇小说之内的。宋赵彦卫《云麓漫钞》卷八说：“唐之举人，先藉当世显人以姓名达之主司，然后以所业投献。逾数日又投，谓之温卷，如《幽怪灵》《传奇》等皆是也。盖此等文备众体，可以见史才、诗笔、议论。”① 传奇小说的体制特点是将史才、诗笔、议论合并在一起，由此导致的一个不容忽略的情形是：诗人与小说家在创作中互相协作，而他们处理的乃是同一题材。元稹《莺莺传》云：

> 贞元岁九月，执事李公垂宿于余靖安里第，语及于是，公垂卓然称异，遂为《莺莺歌》以传之。

可见元稹与李公垂写的都是莺莺的故事。又陈鸿《长恨歌传》：

> 元和元年冬十二月，太原白乐天自校书郎尉于周至，鸿与琅玡王质夫家于是邑，暇日相携游仙游寺，话及此事，相与感叹。质夫举酒于乐天前曰：“夫希代之事，非遇出世之才润色之，则与时消没，不闻于世。乐天深于诗、多于情者也。试为歌之，如何?”乐天因为《长恨歌》。意者不但感其事，亦欲惩尤物，窒乱阶，垂于将来者也。歌既成，使鸿传焉。②

陈鸿与白居易所处理的同为李杨故事。可以这样说：《长恨歌》、《莺莺歌》作为一种新兴的诗体，是伴随着同题材传奇小说而行世的。赵彦卫所谓“史才”，指小说的叙事散文部分；所谓“诗笔”，指韵文部分，即《长恨歌》、《莺莺歌》等；所谓“议论”，指小说中垂教的部分。《长恨歌》、《莺莺歌》乃文备众体的传奇小说的一部分，不可独立于《长恨歌传》、《莺莺传》之外。换句话说，白居易等人

---

① 赵彦卫：《云麓漫钞》，111页，上海，古典文学出版社，1957。

② 鲁迅辑：《唐宋传奇集》卷三，264页，上海，上海古籍出版社，1998。

的长篇叙事诗是伴随着传奇小说的兴盛而兴盛起来的。明确了这一事实，联系唐人传奇来考察元白长篇叙事诗，我们将获得一个有利的观察角度：写私生活感情本是传奇小说所长。舒位《又题元白长庆集后》："元九才情逊乐天，《梦游春》曲太缠绵。白头宫女闲能说，何必《连昌》又一篇。"① 舒位所鄙薄的"缠绵"，其实正是唐人传奇中恋爱题材作品的特征之一，正是元白长篇叙事诗的特征之一。一部分学者将《长恨歌》等视为宫体诗或宫体诗的变相，并将其产生归因于市民文学的影响，如林庚。他认为："在中国封建时代，所谓正统文学主要是指以寒士为代表的文学，而寒士文学乃是以寄托怀抱的政治抒情诗为中心的。""大历以后，市民文学有了一个普遍的繁荣。如唐代的变文便是在这以后兴盛起来的。""市民文学的兴趣以故事为主，白居易的《长恨歌》那么广泛流传，所谓'一篇《长恨》有风情'，正是建立在这个基础上。""市民文学的涌现，带来了新的内容和情调。它们的一个共同特点就是以女性为主角。这本是民间文学的普遍特征，而到了市民文学中，女主角便越发活跃起来。词里的爱情的歌唱自然不必多说，而在传奇中，如李娃、霍小玉等也都成了被歌颂的正面形象，这便在正统文学之外，开辟了一个新的领域。"白居易"与元稹唱和的所谓'元和体'中的'艳情诗'"，"其实也就是宫体诗的变相，只不过背景从宫廷移到了秦楼楚馆罢了"。② 这一论述自有其深刻性，但就揭示元白长篇叙事诗的来龙去脉而言，仍不免于给人隔靴搔痒之感。

时代精神对文学流派的影响，不仅表现在价值取向上，还表现在艺术手段的选择上。元和诗派对于虚构的浓厚兴趣便是这种影响的显著表现。一个民族的文学有多种表达手段，但各种表达手段并未受到一视同仁的待遇。以虚构为例，中国的史家理所当然地将之排除在正

① 陈友琴编：《白居易资料汇编》，389页，北京，中华书局，1962。

② 林庚：《唐诗综论》，147页、148页、149页、151页，北京，人民文学出版社，1987。参见孟二冬：《中唐诗歌之开拓与新变》，138～139页，北京，北京大学出版社，1998。

当的表达手段之外，因为历史著作的最基本也最重要的标志即是实录。即使是诗人，他们对虚构也并不一致表示热烈的欢迎。中国古代的诗人，以对虚构的不同态度划分，可大体分为两类：一类以屈原为代表，在诗中大规模地展开虚构情境；一类以《诗经》作者为代表，写实，写生活，写日常感受，凭虚构象在其创作过程中如果不被视为缺点，也决不被视为优点。中国古代的这两类诗人，《诗经》作者一脉占有稳固的主导地位，而屈原一脉不只是人数较少，且不时遭到非议。如东汉班固的《离骚序》批评《离骚》："多称昆仑冥婚宓妃虚无之语，皆非法度之政，经义所载。"① 刘勰《文心雕龙·辨骚》也非议屈原："托云龙，说迂怪，丰隆求宓妃，鸩鸟媒娀女，诡异之辞也；康回倾地，夷羿弹日，木夫九首，土伯三目，谲怪之谈也。"② 具体到中国古代叙事诗的领域，纪事性和纪实性一向稳固地结合在一起。《诗经·大雅》中的《生民》、《公刘》、《绵》、《皇矣》、《灵台》、《大明》、《文王有声》等，汉代乐府诗中的《陌上桑》、《羽林郎》、《东门行》、《病妇行》、《上山采蘼芜》以及《古诗为焦仲卿妻作》（《孔雀东南飞》）等，唐代杜甫的"三吏"、"三别"等，无不遵循"缘事而发"的创作原则。所谓"缘事而发"，即因为生活中某些真实事件的触发而创作。如《古诗为焦仲卿妻作》，最早见于徐陵所编的《玉台新咏》卷一。诗前小序说："汉末建安中，庐江府小吏焦仲卿妻刘氏，为仲卿母所遣，自誓不嫁，其家逼之，乃没水而死。仲卿闻之，亦自缢于庭树。时（人）伤之，为诗云尔。"③ 徐陵言之凿凿，必有所据。尽管结尾处松柏梧桐交枝结叶、鸳鸯相向日夕和鸣的描写带有幻想色彩，但无伤其主体部分的写实性。故元稹《乐府古题序》说："自风雅至于乐流，莫非讽兴当时之事，以贻后代之

① 严可均辑：《全上古三代秦汉三国六朝文·全后汉文》卷二十五，北京，中华书局，1958。

② 刘勰著，周振甫注：《文心雕龙注释》，36页，北京，人民文学出版社，1981。

③ 徐陵编，吴兆宜注：《玉台新咏笺注》卷一，43页，北京，中华书局，1985。

人。沿袭古题，唱和重复，于文或有短长，于义咸为赘剩，尚不如寓意古题，刺美见事，犹有诗人引古以讽之义焉。曹、刘、沈、鲍之徒，时得如此，亦复稀少。近代惟诗人杜甫《悲陈陶》、《哀江头》、《兵车》、《丽人》等，凡所歌行，率皆即事名篇，无复倚傍。予少时与友人白乐天、李公垂辈谓是为当，遂不复拟赋古题。"① 其中，"讽兴当时之事"、"刺美见事"、"即事名篇"云云，强调的正是其"缘事而发"的写实性。

中国叙事诗这种"缘事而发"的传统，元白把握到了并有意识地加以继承。但不是他们的长篇叙事诗，而是其新乐府。白居易《新乐府序》说："首句标其目，卒章显其志，《诗三百》之义也。其辞质而径，欲见之者易谕也；其言直而切，欲闻之者深诫也；其事核而实，使采之者传信也；其体顺而肆，可以播于乐章歌曲也。总而言之，为君、为臣、为民、为物、为事而作，不为文而作也。"② "其事核而实"、"不为文而作"云云，并非门面话，元白确实是努力躬行的。陈寅恪《元白诗笺证稿》第五章依次讨论《新乐府》各篇，其论《七德舞》云："乐天此篇旨在陈述祖宗创业之艰难，以寓讽谏。其事尊严，故诗中不独于叙写太宗定乱理国之实事，一一采自国史，即如'速在推心置人腹'等词语，亦系本之实录。"论《捕蝗》云："考贞元元年乐天年十四，时在江南，求其所以骨肉离散之故，殆由于朱泚之乱。而兴元贞元之饥馑，则又家园残废之因。……乐天于此，既余悸尚存，故追述时，下笔犹有隐痛，其贞元十四五年间所作《寄家人》诗，实可与元和四年所作此《捕蝗》诗互相证发也。"论《牡丹芳》云："据上引唐代牡丹故实，知此花于高宗武后之时，始自汾晋移植于京师。当开元天宝之世，犹为珍品。至贞元元和之际，遂成都下之盛玩。此后乃弥漫于士庶之家矣。李肇《国史补》之作成，约在文宗大和时，其所谓'京师贵游尚牡丹三十余年矣'云者，适在德宗贞元朝。此足与元白二公集中歌咏牡丹之多，相证发

① 元稹：《元稹集》卷二十三，255 页，北京，中华书局，1982。

② 白居易：《白居易集》卷三，52 页，北京，中华书局，1979。

者也。白公此诗之时代性，极为显著，洵唐代社会风俗史之珍贵资料，故特为标出之如此。”论《卖炭翁》云：“盖宫市者，乃贞元末年最为病民之政，宜乐天新乐府中有此一篇。且其事又为乐天所得亲有见闻者，故此篇之摹写，极生动之致也。”“《顺宗实录》中最为宦官所不满者，当是述永贞内禅一节，然其书宫市事，亦涉及内官，自亦为修订本所删削。今传世之《顺宗实录》，乃昌黎之原本，故犹得从而窥见当日宫市病民之实况，而乐天此篇竟与之吻合。于此可知白氏之诗，诚足当诗史。比之少陵之作，殊无愧色。”① 这一类例证甚多，不再枚举。

有别于元白新乐府“其事核而实”的实录品格，他们的长篇叙事诗却带有浓郁的幻设或虚构的色彩。元虞集《道园学古录》卷三十八《写韵轩记》说：“唐之才人，于经艺道学有见者少，徒知好为文辞。闲暇无所用心，辄想像幽怪遇合，才情恍惚之事，作为诗章答问之意，傅会以为说。盍簪之次，各出行卷，以相娱玩。非必真有是事，谓之‘传奇’。元稹白居易犹或为之，而况他乎！”（据文渊阁本《四库全书》）虞集的话，自是就元白的传奇小说而言，但揆之以他们的长篇叙事诗，也同样适用。元白长篇叙事诗所显示的这种看重虚构的风尚更能见出他们在艺术手段的选择方面的开拓精神和创新精神。因为，其新乐府的实录品格只是一种深厚传统的继续延伸，做来顺理成章，不需要特殊的勇气和技术准备，而其长篇叙事诗的虚构风格，不仅缺乏足够的传统资源，而且有悖于正宗诗学所建立的传统，这里既需要勇气，也需要在虚构才能方面有必要的训练。元白热心于虚构的勇气和兴趣从何而来？解答这一问题，仍需从中唐的特殊文化氛围入手。胡应麟曾指出，陶醉于“幻设”是唐人文化生活的特征之一：“凡变异之谈，盛于六朝，然多是传录舛讹，未必尽幻设语。至唐人乃作意好奇，假小说以寄笔端，如《毛颖》、《南柯》之类尚可，若《东阳夜怪录》称成自虚，《玄怪录》元无有，皆但可付之一

① 陈寅恪：《元白诗笺证稿》，141 页、182 页、238～239 页、248 页、250 页，上海，上海古籍出版社，1978。

笑，其文体亦卑下无足论。”① “子虚、上林不已，而为修竹、大兰，修竹、大兰不已，而为革华、毛颖，革华、毛颖不已，而为后土、南柯，故夫庄、列者诡诞之宗，而屈、宋者玄虚之首也。后人不习其文而规其意，卤莽其精而猎其粗，毋惑乎其日下也。”② 胡应麟敏锐地意识到，唐以前并非没有虚构，但一般只存在于三种情况中：一是六朝志怪的“传录舛讹”，并非有意虚构；二是庄、列等哲学家，借用虚构的故事来阐发某种理论；三是屈、宋等辞赋作家，以虚构的情境来言志抒怀。而唐人之热心于虚构，却不属于这三种情况：第一，唐人乃“作意好奇”，有意虚构；第二，虚构故事并非为了阐发某种哲学理论；第三，唐人虚构种种奇幻的情境并非为了言志抒怀。一句话，唐人热心于虚构，其动机不同于六朝志怪作家、庄列等哲学家和屈宋等辞赋作家，他们的目的是获得一种幻想的乐趣，即虞集所说的“娱玩”。这样一种对待虚构的态度，与传统迥异，究其产生的原因，当与西域文明的影响有关。“李唐起自西陲，历事周隋，不惟政制多袭前代之旧，一切文物亦复不间华夷，兼收并蓄。第七世纪以降之长安，几乎为一国际的都会，各种人民，各种宗教，无不可于长安得之。太宗雄才大略，固不囿于琐微，而波罗逑之盛行唐代，太宗即与有力焉。开元、天宝之际，天下升平，而玄宗以声色犬马为羁縻诸王之策，重以蕃将大盛，异族入居长安者多，于是长安胡化盛极一时，此种胡化大率为西域风之好尚：服饰、饮食、宫室、乐舞、绘画，竞事纷泊；其极社会各方面，隐约皆有所化，好之者盖不仅帝王及一二贵戚达官已也。”③ 向达没有提到唐人对虚构的热衷及其与西域文明的关系，而这一点与我们的论题紧密相关。据杨宪益研究，“板桥三娘子的故事显然是与唐宋时著名的昆仑奴同来自非洲东岸，被大食商

① 胡应麟：《少室山房笔丛》卷三六《二酉缀遗中》，371 页，上海，上海书店出版社，2001。标点有所改动。

② 胡应麟：《少室山房笔丛》卷二九《九流绪论下》，283 页，上海，上海书店出版社，2001。

③ 向达：《唐代长安与西域文明》，41 页，北京，三联书店，1957。

人带到中国来的。”“西方的扫灰娘（Cinderella）故事”“至迟在九世纪或甚至在八世纪已传入中国了。”① 诸如此类的例证表明，唐人热心于从虚构故事中获得幻想乐趣，与唐王朝“不间华夷，兼收并蓄”的文化生活是息息相关的。没有这个开放的时代，就没有唐人传奇，就没有元白的长篇叙事诗。

以下我们即具体考察元白长篇叙事诗中的虚构情形。以《长恨歌》为例，其中“方士访至蓬莱，得妃密语，归报上皇一节”，即出于白居易等人的虚构。“若依唐代文人作品之时代，一考此种故事之长成，在白歌陈传之前，故事大抵尚局限于人世，而不及于天界，其畅述人天生死形魂离合之关系，似以《长恨歌》及传为创始。此故事既不限现实之人世，遂更延长而优美。然则增加太真死后天上一段故事之作者，即是白陈诸人，洵为富于天才之文士矣。”②

与《长恨歌》的部分虚构相辉映，《琵琶行》或许整个就是虚构的产物。清舒梦兰《古兰余话》卷四载：

> 归舟过琵琶亭时，戏语敬修：“有一州司马，江头送客，闻茶商之妾，夜弹琵琶，乃竟登其舟，再三求见，求其弹，并对之作诗流涕，久坐谈情。其夫见还舟，见之，怒否?”敬修曰：“何处有此缪官耶?”余笑指曰：“即此是!”③

语带谐谑，旨在表明琵琶女一事属于虚构，不必心眼太死地当做实事。

元稹的《连昌宫词》亦多虚构。陈寅恪《元白诗笺证稿》第三章详尽地讨论了《连昌宫词》的诸多问题，在细密考证的基础上，得出下述结论：1.《连昌宫词》“非作者经过其地之作，而为依题悬拟之作”，凭虚构象，所依据的并非实际的观感。2. 杨贵妃于开元二

① 杨宪益：《译余偶拾》，76页、78页，北京，三联书店，1983。

② 陈寅恪：《元白诗笺证稿》，13页，上海，上海古籍出版社，1978。

③ 陈友琴编：《白居易资料汇编》，394页，北京，中华书局，1962。

十九年入宫之后，从未以皇帝妃嫔的资格伴侍玄宗一游连昌宫，“诗中‘上皇正在望仙楼，太真同凭栏干立’及‘寝殿相连端正楼，太真梳洗楼上头’等句，皆傅会华清旧说（乐史《杨太真外传》下云：‘华清宫有端正楼，即贵妃梳洗之所。’）构成藻饰之词。”3. 安史之乱爆发后安禄山从未“经过连昌宫前之御路”，诗中所云“明年十月东都破，御路犹存禄山过。驱令供顿不敢藏，万姓无声泪潜堕”，亦为“假想虚构”。这些例证表明，元稹的《连昌宫词》就基本品格而言是非写实的。大规模地在叙事诗中采用虚构手段，白居易如此，元稹也如此，这是构成元白诗派的标志之一。这种热衷于虚构的创作风气，离开了中唐的特殊文化背景，是不可能流行开来的。

时代精神对文学流派的影响，往往通过流派内部的社交活动来实现。论及中唐士大夫的社交文化，有一点是值得指出的：那时的文化人除了爱切磋诗、文、赋，也爱谈说奇闻异事，诸如神仙、鬼怪、才子、佳人等。他们不求事情的真实，而希望从中获得超越日常生活的幻想情趣。关于传奇小说的创作，一些作者曾自报家门略述其创作缘起或过程，如沈既济《异梦录》（《太平广记》卷二八二题作《邢凤》）：

> 元和十年，沈亚之以记室从陇西公军泾州。而长安中贤士，皆来客之。五月十八日，陇西公与客期，宴于东池便馆。既坐，陇西公曰：“余少从邢凤游，得记其异，请语之。”客曰：“愿备听。”陇西公曰：“……事在贞元中，后凤为余言如是。”是日，监军使与宾府郡佐，及宴客陇西独孤铉、范阳卢简辞、常山张又新、武功苏涤，皆叹息曰：“可记。”故亚之退而著录。明日，客复有至者，渤海高允中、京兆韦谅、晋昌唐炎、广汉李瑀、吴兴姚合，洎亚之，复集于明玉泉，因出所著以示之。①

李公佐《古岳渎经》：

---

① 李格非、吴志达主编：《唐五代传奇集》，158～159页，郑州，中州古籍出版社，1997。

唐贞元丁丑岁，陇西李公佐泛潇湘苍梧，偶遇征南从事弘农杨衡，泊舟古岸，淹留佛寺，江空月浮，征异话奇。杨告公佐云：……公佐至元和八年冬，自常州饯送给事中孟简至朱方，廉使薛公苹馆待礼备。时扶风马植、范阳卢简能、河东裴蘧，皆同馆之，环炉会语终夕焉。公佐复说前事，如杨所言。①

这类资料表明，若干传奇小说的问世，其催化剂是士大夫间的社交文化。讲故事的与写故事的，可以是同一人，也可以不是同一人。他们相互切磋，直到小说臻于完善为止。

元白的长篇叙事诗本是伴随着传奇小说而产生的，因而其起点具有与传奇小说的创作相似的特点：一个富于魅力的题材常常是从朋友那里获得的。李绅《莺莺歌》的题材得之于元稹，白居易《长恨歌》的题材得之于王质夫，均为显而易见的事实。不仅如此，就对题材的处理即具体的写作而言，同一流派的诗人之间互竞高低，互相启迪，尤其值得注意。白居易《编集拙诗成一十五卷因题卷末戏赠元九李二十》云：

一篇长恨有风情，十首秦吟近正声。
每被老元偷格律，苦教短李伏歌行。
世间富贵应无分，身后文章合有名。
莫怪气粗言语大，新排十五卷诗成。②

“每被”一联，说的就是同一流派的诗人之间相互影响的情形。“每被老元偷格律”白居易自注云：“元九向江陵日，尝以拙诗一轴赠行，自后格变。”又“苦教短李伏歌行”自注云：“李二十尝自负歌行，近见予乐府五十首，默然心伏。”“元九”即元稹，“李二十”即

① 李格非、吴志达主编：《唐五代传奇集》，86页，郑州，中州古籍出版社，1997。

② 白居易：《白居易集》，349页，北京，中华书局，1979。

李绅。白居易《和答诗十首序》也说：

> (元和) 五年春，微之从东台来，不数日，又左转为江陵士曹掾……仆职役不得去，命季弟送行，且奉新诗一轴，致于执事，凡二十章，率有兴比，淫文艳韵无一字焉。意者欲足下在途讽读，且以遣日时，销忧懑，又有以张直气而扶壮心也。及足下到江陵，寄在路所为诗十七章，凡五六千言，言有为，章有旨，迨于宫律体裁，皆得作者风……岂仆所奉者二十章，遽能开足下聪明使之然耶……何立意措辞，与足下前时诗如此之相远也。①

这里所提到的作品，当然不尽是长篇叙事诗，但并不妨碍我们的立论。一个不容忽视的事实是：白、陈的《长恨歌》及传，实受李、元的《莺莺歌》及传的影响，而元稹的《连昌宫词》又受白、陈《长恨歌》及传的影响。其间因革演化的痕迹，昭昭可见。《长恨歌》及传完成于《莺莺歌》及传之后。二者在体制上大体相近：《长恨歌传》的散文部分相当于《莺莺传》的散文部分，《长恨歌》相当于《莺莺歌》及《会真》等诗。二者的意境宗旨则显然不同：一写平民，一写帝王；一写人世，一写仙山；一写生离，一写死别；一写生而负心，一写死抱痴情。两相对照，可见《长恨歌》别开生面之处。至于元稹的《连昌宫词》，就题材言，颇与《长恨歌》相近，但体制则更为完美。《长恨歌》与陈传相辅而行，诗本身未交待缘起，无真正结尾，实不宜脱离传文而单独行世，而《连昌宫词》却融史才、诗笔、议论为一体，圆满自足，成为无需依附传奇小说的新型叙事诗。在艺术追求方面，白居易、元稹、李绅这种相互学习、相互竞争的进取精神令我们肃然起敬。

以上我们以元白长篇叙事诗为例，考察了时代精神对文学流派的影响。在某种程度上，也可以说是考察了文学思潮对文学流派的影响。文学思潮既是时代精神与文学流派之间的中介因素，又常常与文

① 白居易：《白居易集》，39 页，北京，中华书局，1979。

学流派融为一体。在各种文学辞典和类书的编纂中，我们时常见到的一种体例是，将文学思潮、文学流派、文学社团作为一个大类来处理，其原因之一就是，尽管思潮、流派、社团在理论上是存在区别的，但在实际操作中却难以断然分开。在考察时代精神对文学流派的影响时，准确把握文学思潮的作用，是值得研究者关注的一个领域。

四　以地域命名流派

以地域命名的流派，在中国文学史上阵容最为壮观，如南唐词派、江西诗派、茶陵派、公安派、竟陵派、临川派、吴江派、苏州派、浙西词派、常州词派、桐城派、阳湖派、湘乡派。研究以地域命名的流派，必须把握一个重要的事实：它在性质上与以代表作家命名的流派在某一层面是相同的，即它得名的依据是代表作家的籍贯。如江西诗派以其盟主黄庭坚为江西人而得名，茶陵派以其盟主李东阳为茶陵人而得名，公安派以其盟主“三袁”为公安人而得名，竟陵派以其盟主钟惺、谭元春为竟陵（今湖北天门）人而得名，浙西词派以其盟主朱彝尊为浙西人而得名，常州词派以其盟主张惠言、周济为常州人而得名，桐城派以其盟主方苞、刘大櫆、姚鼐为桐城人而得名，阳湖派以其盟主恽敬、张惠言为阳湖人而得名，湘乡派以其盟主曾国藩为湘乡人而得名。

但以地域命名的流派与以代表作家命名的流派，又不可一视同仁。这是因为：1. 某一地域的特殊文化传统可能因其命名方式而得到强调，或者，这一命名方式即旨在强调某一地域的特殊文化传统；2. 某一地域的作家可能因其命名方式而加强交游，加强共同的文学追求，或者，这一命名方式即旨在强调某一地域作家的共同特征，以增进相互之间的亲近感。可用来说明这两点的一个例子是汪辟疆的《近代诗派与地域》一文。汪辟疆本不是流派研究的热心提倡者。“或有疑分派之说，最难凭信。昔张为《主客》，而升堂入室，已极谬悠；方回《律髓》，而一祖三宗，尤为褊隘。标举不出诸初祖，刀圭贻误于后贤。今论列近代之诗，乃复蹈其故辙，不亦贻讥大雅乎？曰：是亦有辨。夫诗写性情，本无派别，名高百代，各有宗师，必欲守一家之言，衍已坠之绪，任己意为进退，谓他人无是非，则立论未当人心，斯折衷难垂定论；此张、方所由见讥于后世也。"① 汪辟疆强调"是亦有辨"，意谓他的流派研究比张为、方回有较多的合理性。从汪辟疆的进一步阐释可以看出，他所说的合理性在于：他是从流派与地域的关系入手来考察问题的："若夫民函五常之性，系水土之情，风俗因是而成，声音本之而异，则随地以系人，因人而系派，溯渊源于既往，昭轨辙于方来，庶无忧焉。"② 在他看来，地域与流派的关系不是强加的，而是自然的，因为各地的风俗人情不同，文化传统不同，诗风当然不同。他将"近代诗家，可以地域系者"，约分为六派：湖湘派、闽赣派、河北派、江左派、岭南派、西蜀派。然后从"本其风土"的角度考察各流派的特征："湖湘风重保守，有旧派之称，然领袖诗坛，庶几无愧。闽赣则瓣香元祐，夺帜湖湘，同光命体，俨居正宗，抑其次也。北派旨趣，略同闽赣，虽取径略殊，实堪伯仲。江左稍变清丽，质有其文，风会转移，亦殊曩哲。岭南振雄奇之逸响，西蜀泻清碧之灵芬，并能本其风土，播诸声诗，驰骋骚坛，允无愧怍。"③他的研究成果，在表明地域与流派的联系方面具有很强的说服力。

沿着汪辟疆的思路，我们先讨论特殊的地域文化传统对流派形成和发展的影响。公安派是一个显著的例子。

公安三袁经常强调自己是楚人。如袁中道《淡成集叙》："楚人之文，发挥有余，蕴藉不足。然直抒胸臆处，奇奇怪怪，几与潇湘、九派同其吞吐。大丈夫意所欲言，尚患口门狭，手腕迟，而不能尽抒其胸中之奇，安能嗫嗫嚅嚅，如三日新妇为也？不为中行，则为狂

---

① 汪辟疆：《汪辟疆说近代诗》，19页，上海，上海古籍出版社，2001。

② 汪辟疆：《汪辟疆说近代诗》，18页，上海，上海古籍出版社，2001。

③ 汪辟疆：《汪辟疆说近代诗》，18页，上海，上海古籍出版社，2001。

狷；效颦学步，是为乡愿耳。”① 以楚人自居，不仅含有向七子派挑战的意味，而且明确表示出要继承屈原不事含蓄的诗歌传统。其深意必须放在明诗演进的背景下才能理解。

后人也很看重公安三袁的这种楚人身份，并有意在地域文化的背景中来强化这一身份。周亮工《因树屋书影》卷一记载：“张菉居曰：明诗四变，为海内口实者七人，秦、齐、吴、豫各一人，楚独居三。然初变而李、何，再变而王、李，不失为盛也。变而公安、竟陵，晚矣。吾豫当初变时，一人起而左右北地，铿金戛玉，至今踔厉词坛。王、李树帜，公安矫枉，豫独不与，不欲与也。竟陵时，新野马仲良，同伯敬起家庚戌进士，自造新声，偕吴门亦房唱和。其诗抉镂性灵，鲜警秀异，足以移易一世。王、马之名，宜与钟、谭并。乃世惟口钟、谭，不及二氏，则为仲良者，不幸而诗不播于天下，为风气所归，抑幸而不列变中，反得免世诋诃耶！”② 张菉居论“明诗四变”，与通常意义上的流变论差别不大。有意味的是，他在说明“为海内口实者七人”时，以“秦、齐、吴、豫各一”与“楚独居三”对比，强调作家的地域归属，并明确地表达了对“楚”诗的不满。他所说的三人，大概是指袁宏道、钟惺、谭元春。这种重视地域文化特性的情形，在古代文学批评中比比皆是。如胡松《浚谷先生集序》（《浚谷先生集》卷首，《四库全书存目丛书》本）论赵时春的作品风格，即从地域文化特性切入。

就地域而言，明初的文学重心在江浙地区。明初的诗坛名家，大都出于南方，尤以吴中为首选，高启则为吴中四杰之冠。这些吴中诗人中，具有隐逸倾向的不在少数。在这种趣味影响下，明初作家如王行、高棅、陈献章、李东阳等常对恬淡闲适的风格表示好感，推崇王、孟诗风，并成为一时风尚。

弘治、正德年间，诗坛出现了一个重大变化：北方崛起了一批年

① 袁中道：《珂雪斋近集》卷三《文钞》，35 页，上海，上海书店，1982。据中央书店 1936 年版纸型重印。

② 《因树屋书影》，10 页，上海，上海古籍出版社，1981。

轻诗人，如以李梦阳为首的开封作家群，以康海、王九思为主的关中作家群。南北文化的差异是客观存在，李梦阳等人则有意识地使这一差异理论化、体系化，使之更鲜明地呈现于世人之前。为此，他们向茶陵派发起了挑战。前七子也和李东阳一样属于尊唐派，不过，二者的尊唐，区别甚大。李东阳对王、孟一脉怀有执著的好感，李梦阳却只认可“雄阔高浑、实大声弘”的杜诗，即胡缵宗（1480～1560）《西玄诗集序》所谓“弘治间李按察梦阳谓诗必宗少陵”，追求“伟丽”，追求“激楚苍茫之致”，并指斥李东阳诗风“软靡”。李梦阳的“诗必盛唐”，对风格有种种限制，甚至连何景明的“俊逸”也在排斥之列。他的理由是，何景明的创作与元人相近，“似秀峻而实浅俗”。

公安派继七子派而起，他们挑战的对象，首先是尊崇李、杜的北方作家群（以前七子为主体）和重拾前七子坠绪的后七子。① 在统系上，以楚人自居的公安派上溯屈原，表明了在创作中“独抒性灵，不拘格套”的价值取向。

在中国古典诗中，《诗》、《骚》两大传统有着内在的紧张关系。“温柔敦厚，诗教也。”而屈原的《离骚》却以感情抒发的激烈为特点，以至于汉代班固在《离骚序》中批评屈原“露才扬己，竞乎危国群小之间，以离谗贼。然责数怀王，怨恶椒、兰，愁神苦思，强非其人，忿怼不容，沉江而死，亦贬絜狂狷景行之士”。“谓之兼诗风雅，与日月争光，过矣。”（严可均辑：《全上古三代秦汉三国六朝文·全后汉文》卷二十五）对《诗》、《骚》两大传统，林庚所作《中国文学简史》认为，《诗经》代表写实的“生活的艺术”，所歌

① 晋安作家群在明代也有一定影响。周亮工《因树屋书影》卷一说：“闽中才隽辈出，颖异之士颇多，能诗者十得六七。壶兰以下，间有拗字，会城以上，则居然正音。彬彬风雅，亦云盛矣。第晋安一派，流传未已，守林仪部、高典籍之论，若金科玉条，凛不敢犯，动为七律，如出一手。近颇有尤异之士逸出其间者，然终不胜慎守故调者之多。”（《因树屋书影》，23 页，上海，上海古籍出版社，1981。）从周亮工的描述来看，晋安诗派在统系和风格方面确乎自成一家。

咏的是一种“家的感觉”，后来变为儒家思想，却形成了一种束缚或规律。《离骚》代表“相反的浪漫的创造的精神”，所追求的是“一种异乡情调和惊异”，也就是“一种解放的象征”。①这两种传统在历代文坛上此消彼长，而《诗经》具有更为稳固的正宗地位。但公安三袁却甘于以《离骚》的继承者自居，以楚人自居，坦率表示对“温柔敦厚”的“诗教”不甚许可。袁宏道《叙小修诗》云：“大概情至之语，自能感人，是谓真诗，可传也。而或者犹以太露病之。曾不知情随境变，字逐情生，但恐不达，何露之有？且《离骚》一经，忿怼之极，党人偷乐，众女谣诼，不揆中情，信谗赍怒，皆明示唾骂，安在所谓怨而不伤者乎？穷愁之时，痛哭流涕，颠倒反复，不暇择音，怨矣，宁有不伤者？且燥湿异地，刚柔异性，若夫劲质而多怼，峭急而多露，是谓楚风，又何疑焉。”对艺术经典的选择不完全是被动的。一方面，每个作家都必须接受过去标准的裁判，艺术经典的现存秩序具有强大的制约作用；另一方面，传统并不只有一个色调，后来者可以在几种色调中进行选择和调整，从而在一定程度上改变艺术经典的秩序。这种改变体现了后人的主动性和潜在的创造欲望。三袁重《骚》而轻《诗》，其意义不在于就传统论传统，而在于经由对传统的论析确定自己在历史中的位置：他不想跻身于正宗的行列，宁可做一个锋芒毕露的边缘作家。公安派与深厚的楚地文化传统是分不开的。

接下来我们讨论同一地域之内作家的交游对流派发生、发展的影响。

江西诗派与豫章诗社的关系，首先引起我们的关注。张元干《芦川归来集》卷九《苏养直诗帖跋尾六篇》甲卷有一段关于豫章诗社主要成员的材料：“往在豫章，问句法于东湖先生徐师川。是时洪刍驹父、弟炎玉父、苏坚伯固、子庠养直、潘淳（一作錞）子真、吕本中居仁、汪藻彦章、向子諲伯恭，为同社诗酒之乐。予既冠矣，

① 参见林庚：《中国文学简史》附录《朱佩弦先生序》，724页，北京，北京大学出版社，1995。

亦获攘臂其间。大观庚寅（1110）、辛卯（1111）岁也。九人者宰木久已拱矣，独予华发苍颜，羁寓西湖之上……念向来社中人物之盛，予虽有愧群公，尚幸强健云。”（据文渊阁本《四库全书》）①

豫章诗社的主要成员，就他们与黄庭坚的关系而言，可从三个层面加以描述。第一，就社会关系而言，徐俯、洪刍、洪炎是黄庭坚的外甥，李彭是黄庭坚舅父李常的从孙，其他人则多为黄庭坚的同乡晚辈。第二，就与黄庭坚的交往而言，他们中不少人向黄庭坚学过诗法。如徐俯，黄庭坚《题所书诗卷后与徐师川》云：“徐师川往时寄纸数轴求予书，公私多故，未能作报。前日洪龟父携师川上蓝庄诗来，词气甚壮，笔力绝不类年少书生。意其行已读书，皆当老成解事，熟读数过，为之喜而不寐……老舅年衰才劣，不足学；师川有意日新之功，当于古人中求之耳。”（《山谷集》卷二十六，据文渊阁本《四库全书》）如洪刍，黄庭坚《答洪驹父书》向其传授诗法：“古之能为文章者，真能陶冶万物，虽取古人之陈言入于翰墨，如灵丹一粒，点铁成金也。”如潘錞，《潘子真诗话》载：“山谷尝谓余（按，‘余’即潘錞）言：老杜虽在流落颠沛，未尝一日不在本朝，故善陈时事，句律精深，超古作者，忠义之气，感发而然。韩偓贬逐，末后依王审知，其集中所载：‘手风慵展八行书，眼暗休寻九局图。窗里日光飞野鸟，案头筠管长蒲芦。谋身拙为安蛇足，报国危曾捋虎须。满世可能无默识，未知谁拟试齐竽。’其词凄楚，切而不迫，亦不忘其君者也。”②李彭《上黄太史鲁直》诗有“勤我十年梦，持我一瓣香。聊堪比游夏，何敢似班扬。尚愧管中见，应须肘后方。它时解颜笑，何止获升堂”之句。（李彭《日涉园集》卷七，据文渊阁本《四库全书》）另有几位，也许未亲炙山谷，但与黄庭坚的外甥徐俯交游颇密。吕本中《东莱吕紫薇诗话·山谷诗格》云：“徐师川云：作诗

① 据欧阳光考证，参加过豫章诗社活动的，还有洪朋、谢逸、谢薖、李彭等人，详见欧阳光：《宋元诗社研究丛稿》，190～192页，广州，广东高等教育出版社，1996。

② 郭绍虞辑：《宋诗话辑佚》，310页，北京，中华书局，1980。

回头一句最为难道，如山谷诗所谓‘忽思钟陵江千里’之类是也。他人岂如此，尤见句法安壮。山谷平日诗多用此格。”韩驹《次韵师川见和》云：“使君直气旧凌空，帐下森森已八龙……我无草舍容朱毂，君有诗声抵素封。”（韩驹《陵阳集》卷三，据文渊阁本《四库全书》）这也有助于扩大黄庭坚的影响。第三，就豫章诗社主要成员与江西诗派的关系看，在吕本中《江西诗社宗派图》所列山谷二十五位法嗣中，徐俯、洪朋、洪炎、洪刍、李彭、谢逸、谢薖等赫然在焉。吕本中后被归入江西诗派，他与徐俯等的密切交往无疑是重要原因之一。故孙觌《西山老人文集序》论及江西诗派的形成，有云：“元祐中，豫章黄鲁直独以诗鸣。当是时，江右学诗者皆自黄氏。至靖康、建炎间，鲁直之甥徐师川、二洪驹父玉父皆以诗人进居从官大臣之列，一时学士大夫向慕作为江西宗派，如佛氏传心，推次甲乙，绘而为图。凡挂一名其中，有荣辉焉。”（孙觌《鸿庆居士集》卷三十，据文渊阁本《四库全书》）江西诗派的形成，与“江右（江西）学诗者”皆宗黄氏是密不可分的，而这些“江右学诗者”中，豫章诗社成员无疑占了相当比重。这表明，“江西诗派”成员尽管并非人皆江西，但其兴盛壮大确乎与这一片地域息息相关。

南宋的江湖诗派则与永嘉结下不解之缘。永嘉四灵是江湖派的开创者。称为“四灵”，是因为他们的字或号中都有“灵”字，例如，徐玑号灵渊，徐照字灵晖，翁卷字灵舒，赵师秀号灵秀。他们不满于江西派运用古典“资书以为诗”，提倡白描，提倡“捐书以为诗”；他们不满于江西派以杜甫为榜样，遂抬出晚唐的贾岛、姚合与之抗衡；他们不满于江西派在古体中逞才议论，“以学问为诗”，遂只作近体，尤以绝句和五律为多。需要指出的是，江湖派虽由永嘉四灵开创，但江湖派中有几位诗人，其风格已显然摆脱了四灵的窠臼，例如戴复古就在《自嘲》诗中自报家门：“贾岛形模原自瘦，杜陵言语不妨村。”表示在贾岛之外，也不拒斥杜甫；刘克庄是江湖派里最大的诗人，他虽然着重效法姚合、贾岛，但对其他晚唐诗人如许浑、王建、张籍、李贺，也心存向慕之意。由永嘉四灵到江湖诗派，造成其变化的原因固然很多，但永嘉地区诗人之间的切磋琢磨无疑是重要原因之一。这中间薛师石（1178～1228）所起的作用颇值得我们留意。他字景石，号瓜庐，永嘉人。他和四灵交往颇密，其《瓜庐集·秋晚寄赵紫芝》诗云："数日秋风冷，丘园独自身。闲看篱下菊，忽忆社中人。苦咏肩常瘦，移家债又新。极知君淡漠，十载得相亲。"（据文渊阁本《四库全书》）同时，与他往还结社的朋友又不止四灵，王绰《薛瓜庐墓志铭》载："永嘉之作唐诗者，首四灵。继灵之后，则有刘咏道、戴文子、张直翁、潘幼明、赵几道、刘成道、卢次夔、赵叔鲁、赵端行、陈叔方者。作而鼓舞倡率，从而指论，则又有瓜庐隐君薛景石者焉。诸家嗜吟如啖炙，每有文会，景石必高下品评之，曰：某章贤于某若干，某字未圆，某字未安。诸家首肯而意惬，退复竞劝：'语不到惊人不止。'"在永嘉诗人社交圈中，薛师石是一个活跃人物。就总的诗学主张而言，他也是"唐诗"（实为晚唐诗）的推崇者，和四灵大体一致，但他眼中的"唐诗"，不限于姚、贾（姚合、贾岛），因此常在"文会"中对谨守姚、贾诗统者发难。赵汝回《瓜庐集序》对此作了重点记叙：

> 晋宋诗称陶谢，唐称韦杜。当其时，人人皆工诗，诗非不盛也，而四人者独首称，岂非侯鲭爽口不若不致之羹，郑声悦耳不若遗音之瑟哉！唐风不竞，派沿江西，此道蚀灭尽矣。永嘉徐照、翁卷、徐玑、赵师秀乃始以开元、元和作者自命，冶择平炼，字字玉响，杂以姚、贾中人，不能辨也。水心先生既啧啧敦赏之，于是四灵之名天下莫不闻。而瓜庐翁薛景石每与聚吟，独主古淡，融狭为广，夷缕为素，神悟意到，自然清空。如秋天迥洁，风过而成声，云出而成文，间谓四灵君为姚贾，吾于陶谢韦杜何如也……景石名家子，多读书，通八阵八门之变，乃心物外，至忘形骸。筑庐会昌湖西，灌瓜贴树，篘醇击鲜，日为文会，论切阇析，恐不人人陶谢韦杜也。（薛师石著《瓜庐集》卷首，据文渊阁本《四库全书》）

这段记叙很能写出薛师石的风采。所谓"独主古淡"，说明他不是个盲从附和的人；而“每与聚吟，独主古淡”，则说明他坚持自己的见解颇为执著。况且，他家境甚好，“篘醇击鲜，日为文会”，照此说来，他确有机会经常宣传自己的主张，加以“论切闿析”，必然产生影响。永嘉四灵发展为江湖诗派，由薛师石这样一些热情参与者组织的地区性的“文会”，应当起了相当程度的作用。

有一种情形应当引起关注，即有些作家虽然生活在同一地域之内，但就人际关系而言并不密切，而后人依然兴致勃勃地将他们视为一个整体，如唐时升、娄坚、程嘉燧、李流芳。钱谦益《四先生集原叙》说：“《嘉定四君集》者，嘉定令四明谢君所刻唐叔达、娄子柔、程孟阳、李长蘅之诗文也。嘉靖之季，吾吴王司寇以文章自豪，祖汉祢唐，倾动海内，而昆山归熙甫昌言排之，所谓一二妄庸人为之巨子者也。当司寇贵盛之时，其颐气涕唾，足以浮沉天下士。熙甫穷老始得一第，又且前死，其名氏几为所抑没。二十年来，司寇之声华焯赫、烂熳卷帙者，霜降水涸，索然不见其所有，而熙甫之文，乃始有闻于世。以此知文章之真伪，终不可掩，而士之贵有以自信也。熙甫既没，其高第弟子多在嘉定，犹能守其师说，讲诵于荒江寂寞之滨。四君生于其乡，熟闻其师友绪论，相与服习而论讨之。如唐如娄，盖尝及司寇之门，而亲炙其声华矣。其问学之指归，则确乎不可拔，有如宋人之瓣香于南丰者。熙甫之流风遗书，久而弥著，则四君之力不可诬也。四君之为诗文，大放厥词，各自己出，不必尽规摹熙甫。然其师承议论，以经经纬史为根柢，以文从字顺为体要，出车合辙，则固相与共之。古学之湮废久矣，向者剽贼窜窃之病，人皆知訾笑之，而学者之冥趋倒行，则愈变而愈下，譬诸惩涂车刍灵之伪，而遂真为罔两鬼魅也，其又可乎！居今之世，诚欲箴砭俗学，原本雅故，溯熙甫而上之，以蕲于古之立言者，则四君之集，其亦中流之一壶也矣。嘉定僻在海隅，风气完塞，四君读书谈道，后先接迹，布衣蔬食，有衡门泌水之风。史称杨（扬）子云不汲汲于富贵，不戚戚于贫贱，不修廉隅以徼名当世，盖庶几近之。夫文章之道蕲于徵古人而信后世，则固非诱于势利望其速成者，可侥幸而几及也。读斯集者，尚亦深思其人，而夷考其志行也哉！”（《初学集》卷三十二）钱谦益在论述嘉定四先生的作品时，致力于两个方面的阐释：其一，嘉定四先生的统系意识。他们以归有光为宗，与七子派旨趣不同。其二，嘉定四先生的共同风格，即“以经经纬史为根柢，以文从字顺为体要”。统系意识和流派风格是流派成立的两大要素，很明显，钱谦益是以流派或者准流派来看嘉定四先生的。

与上一种情形成为对照，同一地域的作家，交游密切，即使未能形成有重要影响的流派，在文学进程中的作用也不可忽视。朱彝尊《静志居诗话》卷十一载：“邢参，字丽文，吴人，有《处士集》。丽文狷者，平生不事干谒，苦志读书。除夜有海估以百金乞墓文，峻拒之，抱膝拥衣，饥以待旦，其介如是。明初高侍郎季迪，有‘北郭十友’。丽文亦有‘东庄十友’。吴爟次明、文徵明徵仲、吴奕嗣业、蔡羽九逵、钱同爱孔周、陈淳道复、汤珍子重、王守履约、王宠履仁、张灵孟晋。故其诗云：‘昔贵重北郭，吾辈重东庄。胥会诚难得，同盟讵敢忘。’”① “东庄十友”在当时诗坛未能造成重大影响，但仍是一个不可忽视的地域性的文学社团。“东庄十友”与前七子同时，前七子作为一个全国性的文学流派，主要以同年同僚关系为纽带，对地域性的文学社团不甚青睐，并致力于克服种种地域性的文学特征。比如早期以六朝诗为祈向的吴中诗人徐祯卿，即因与李梦阳游而改趋汉魏盛唐。《明史》卷二八六《文苑二》说：“祯卿少与祝允明、唐寅、文徵明齐名，号‘吴中四才子’。”又说徐祯卿为明中叶“吴中诗人之冠”。吴中四才子作为江南地区一个推重六朝的文学社团，其地域性的文学风尚在徐祯卿的早期创作中留下了鲜明烙印。而前七子中的李梦阳、何景明、康海、边贡、王九思、王廷相等则均为长江以北人，崇尚“实大声宏”的汉魏盛唐诗风。徐祯卿改而趋汉魏盛唐，加入前七子行列，是前七子成功扭转地域性文学风尚的一个实例。考察徐祯卿的改步，还可以从身份变化这一角度切入，即：中进士之前的徐祯卿，其社交圈中的祝允明、唐寅、文徵明多为山人、布衣，或准山人、布衣，中进士之后的徐祯卿，其社交圈中的李梦

① 朱彝尊：《静志居诗话》，307～308页，北京，人民文学出版社，1990。

阳、何景明等多为郎署官员，由山人、布衣到郎署官员，这种身份的变化促使徐祯卿转变诗学立场，否则他在新的社交圈中就会不折不扣地成为一个另类。需要指出的是，吴中地区自文徵明等人开始，就已形成以山人、布衣为主体的作家圈。《明史》卷二八八《文苑四》载："吴中自文徵明后，风雅无定属。穉登尝及徵明门，遥接其风，主词翰之席者三十余年。嘉、隆、万历间，布衣、山人以诗名者十数，俞允文、王叔承、沈明臣辈尤为世所称，然声华烜赫，穉登为最。"吴中地区的地域性的山人社团就是在这种氛围中展开活动的，他们与郎署作家和台阁作家的人生态度、艺术趣味都有显著不同。与徐祯卿改趋汉魏盛唐诗风不同，这时有一批吴中诗人，顽强地与前七子抗争，不买李梦阳的账，他们多为"东庄十友"成员，如蔡羽、张灵。这表明，地域性的文学社团，在维系和发展某种地域性的文学风尚方面，其作用是持续而稳定的。倘若将几代吴中诗人（如"北郭十友"、"东庄十友"）的创作放在一起比较，不难看出其风格的延续性。一种源远流长的地域文化，往往是经由地域性的文学社团来传承的。无论这种社团是流派还是准流派，都应予以必要的重视。在这样一种话语背景中，以地域命名文学流派，隐含有与全国性的文学流派对照或抗争的意味。

五　以总集命名流派

以总集命名的流派，较为知名的有花间词派、西昆派、江湖诗派，而这三个流派与总集的关系正好代表了三种类型。《花间集》所收各位词人，并不自以为属于同一流派，甚至完全没有组织流派的动机，但《花间集》的编者赵崇祚发现他们的创作具有某些共同的风格特征，因而将之汇编出版，后人遂将这些作者划归花间派。《西昆酬唱集》所收各位诗人，相互唱和，具有鲜明的统系意识、团体意识和风格意识，有意组成一个流派，《西昆酬唱集》则是这一流派创作的结集。《江湖集》所收诗人，一部分作者之间颇多唱和，并有明确的统系意识和风格意识，如永嘉四灵以贾岛、姚合为效法对象，风格清苦；但大多数作者之间的关系是松散的，未曾标举统一的诗学主张，只是因为他们身份相近，同为飘零江湖或曾经飘零江湖的布衣，陈起遂将他们的诗作汇编为《江湖集》出版。从作者层面说，西昆派是有意栽花，花间派是无心插柳，江湖派则介于有意栽花和无心插柳之间。但无论其作者有心与否，这三个流派都是成立的，因为其创作确有大体一致的统系和风格特征。

《花间集》共十卷，后蜀卫尉少卿赵崇祚于后蜀广政三年（940）编定，收录温庭筠、韦庄、毛德熙、李珣等十八人的“诗客曲子词”凡五百首。其中温庭筠、皇甫松、韦庄早卒，薛昭蕴、牛峤、张泌生卒年不详，毛文锡以下十二人是赵崇祚的同时代人，《花间集》编定时尚在世。《花间集》前有武德军节度判官欧阳炯序，是中国最早的一篇词集序。对于《花间集》，应强调的有下述几点：

（一）温庭筠居《花间集》之首。温庭筠是“诗客曲子词”即文人词的开山词人，词风秾丽，富于音乐性。《花间集》中的词作，除韦庄词以外，几乎全以温词为依归，从而形成了以温庭筠为鼻祖的花间词派。故《唐宋诸贤绝妙词选》卷一说：温庭筠“词极流丽，宜为《花间集》之冠”。王士禛《花草蒙拾》说：“温为《花间》鼻祖。”① 从研究者的角度看，花间词派是有其盟主的。

（二）《花间集》上溯宫体，确立了花间词派的统系。欧阳炯《花间集序》论及词的兴起，说：“绮筵公子，绣幌佳人，递叶叶之花笺，文抽丽锦，举纤纤之玉指，拍按香檀，不无清绝之辞，用助娇娆之态。自南朝之宫体，扇北里之娼风。何止言之不文，所谓秀而不实。有唐已降，率土之滨，家家之香径春风，宁寻越艳；处处之红楼夜月，自锁嫦娥。在明皇朝，则有李太白应制《清平乐》词四首，近代温飞卿，复有《金筌集》。迩来作者，无愧前人。”② 王国维

① 唐圭璋编：《词话丛编》，674 页，北京，中华书局，1986。

② 赵崇祚辑，李一氓校：《花间集校》，1 页，北京，人民文学出版社，1958。

《人间词话》说："读《花间》、《尊前》集，令人回想徐陵《玉台新咏》。"① 两人都概括地指出了《花间集》以女性生活为描写重心的题材特点。中国古典诗的题材，大致划分，不外三类：一类是在儒家责任意识支配下，以入世精神为骨的社会人生描写，如三曹七子的创作；一类是在道家超脱意识支配下，以出世精神为骨的山水田园描写，如陶、谢的创作；一类是在私人化感情支配下，以性灵为骨的女性生活描写，如梁陈宫体。如果算上以"理"为诗一类，则中国古典诗的题材主要有四类。从中国古典诗的传统来看，第一类地位最高，一个诗人要想成为大家，必须致力于这类题材的写作；第二类地位较高，一个诗人如果仅仅致力于这类题材，即使写得再好，也只能成为名家而不能成为大家；第三类没有地位，一个诗人如果热心于这类题材，往往会被列入另册，梁陈宫体在后世屡遭抨击正是现成的例证。但不无趣味的是，女性生活在诗中被视为题材禁区或准禁区，在词中却被认为是恰如其分的。温庭筠的代表作《菩萨蛮》组词即是应皇帝之需而作的。《乐府纪闻》云："宣宗爱唱《菩萨蛮》，令狐绹假温庭筠手，撰二十阕以进。戒勿泄，而遽言于人。且曰：'中书堂内坐将军。'以讥其无学也。由是疏之。"② 今所传温庭筠《菩萨蛮》十四首，大概全是代令狐绹之作。由于演唱的场所是后宫，"故诸词多赋闺情宫怨，题材甚狭，不出乎月明花落，山枕钿蝉，十四首犹一首耳。宫廷歌人所唱，本是此类，玉台宫体，遗风可按"。③ 温庭筠的其他词和《花间集》中别的词人所作，虽然不限于宫怨，却无疑以闺情为首要表现对象，欧阳炯序所谓"扇北里之娼风"，即揭示了词的生存环境。花间词派上承齐梁宫体，下附北里娼风，已形成明确的统系。

（三）从《花间集》的作品来看，花间词派的风格特征是显著

---

① 王国维：《人间词话》，242页，北京，人民文学出版社，1960。

② 张宗橚辑：《词林纪事》，22页，成都，成都古籍书店，1982。

③ 施蛰存：《读温飞卿词札记》，见华东师范大学中文系古典文学研究室编：《词学研究论文集》，238页，上海，上海古籍出版社，1982。

的。大体说来，除韦庄外，其他词人多与温庭筠一脉相承，因此温庭筠的词风可以说是典型的花间词风。温庭筠的词，其主角是类型化的女性，其感情是类型化的情场失意。理解这一事实并不困难。这些词本是为乐妓而写，作为樽前清歌之用，表达一种普泛的绮情闺怨，风格温软缠绵，是必然的。太个人化的感情并不宜于由歌妓来代为抒发。试看他的《更漏子》三首：

柳丝长，春雨细，花外漏声迢递。惊塞雁，起城乌，画屏金鹧鸪。　　香雾薄，透帘幕，惆怅谢家池阁。红烛背，绣帘垂，梦长君不知。

星斗稀，钟鼓歇，帘外晓莺残月。兰露重，柳风斜，满庭堆落花。　　虚阁上，倚阑望，还似去年惆怅。春欲暮，思无穷，旧欢如梦中。

玉炉香，红蜡泪，偏照画堂秋思。眉翠薄，鬓云残，夜长衾枕寒。　　梧桐树，三更雨，不道离情正苦。一叶叶，一声声，空阶滴到明。①

这三首词具有几个显著特点：首先，女主角的身份是不明确的。她的生活环境是富丽堂皇的，“画屏”、“红烛”、“绣帘”、“玉炉”、“画堂”，都显示出这一点。但生活环境的富丽堂皇并不能确切地显示出当事人的身份。事实上，身份的不确定性正是温庭筠所追求的一种效果。其次，女主角的感情内容是单一的、类型化的。她当然是富于感情的，“梦长君不知”、“还似去年惆怅”、“偏照画堂秋思”，都表明她时时处于思绪纷纭的状态。但她“惆怅”的主题实在是太单一了，无非是“离情正苦”。而且由于难以确定是夫妻之间的“离情”，还是狎客与歌妓之间的“离情”，或是其他关系的“离情”，这种感情又是类型化的。单一而类型化，正与词的佐觞作用协调。再次，女主

① 赵崇祚辑，李一氓校：《花间集校》，6~8页，北京，人民文学出版社，1958。

角的活动空间大体以庭院和室内为限。词自然也写到了室外的情景，如“柳丝”、“星斗”、“塞雁”、“城乌”，但这是在室内见到或听到的。所谓“香雾薄，透帘幕”，“红烛背，绣帘垂”，“帘外晓莺残月”等，表明“帘幕”以内的空间才为女主角所有。以“帘幕”内的狭小与“帘幕”外的空旷映衬，在技法上颇为巧妙。上述三个特点，并非温庭筠《更漏子》三首所独有，而是温庭筠词及其他花间词（除韦庄所作外）所共有，可以说是花间词派的流派风格。①

一个流派必须有其独立的统系、盟主和风格特征，就此而言，花间词派是成立的，虽然其统系、盟主和风格特征均由研究者“发现”而非作者有意追求。我们认为，研究者的“发现”以客观事实为依据，其说服力并不弱于作者本人的宣言。

西昆派以杨亿编《西昆酬唱集》一书而得名。杨亿《西昆酬唱集序》云：

> 余景德（1004～1007）中忝佐修书之任，得接群公之游，时今紫微钱君希圣、秘阁刘君子仪，并负懿文，尤精雅道，雕章丽句，脍炙人口，予得以游其墙藩而咨其模楷。二君成人之美，不我遐弃，博约诱掖，置之同声，因以历览遗编，研味前作，挹其芳润，发于希慕，更迭唱和，互相切劘。而予以固陋之姿，参酬继之末，入兰游雾，虽获益以居多，观海学山，叹知量而中止。既恨其不至，又犯乎不韪，虽荣于托骥，亦愧乎续貂，间然于兹，颜厚而已。凡五、七言律诗二百五十章，其属而和者计十有五人，析为二卷，取玉山策府之名，命之曰《西昆酬唱集》云尔。②

---

① 这一段论述参考了王兆鹏《唐宋词史论》关于温庭筠词风的阐释，王著 2000 年由人民文学出版社出版。

② 杨亿编，王仲荦注：《西昆酬唱集注》，1～3 页，北京，中华书局，1980。

他们视自己所在的编修馆如西王母所在的昆仑山，因以名集；他们所代表的这一文学流派也因之被称为西昆派。这里需要说明的是，杨亿《西昆酬唱集》之选，确有开宗立派的意图。如朱自清所说："选集在文学批评和文学史上都很重要。其作用在：①便模拟——举模范作品为例。②考源流——可见一种文体自古至今如何发展。这，一方面是出于学术上的历史兴趣，但亦为学者说法。③见得失——选者往往是读书多且有创作经验者，亦与学者方便。（以上都是早年选集的作用。）④通声气——这一种大概都是选同时人的，要立一派；而《文选》等是生人不录的。既通生气，又开风气，如《西昆酬唱集》便是如此。"①

就统系而言，西昆派渊源于李商隐，所谓"研味前作，挹其芳润"，仿效的对象即玉溪生（李商隐号玉溪生）。杨亿对李商隐的向慕由来已久。宋江少虞《宋朝事实类苑》卷三四"玉溪生"条载杨亿自述云："至道（995～997）中，偶得玉溪生诗百余篇，意甚爱之，而未得其深趣。咸平（998～1003）、景德（1004～1007）间，因演纶之暇，遍寻前代名公诗集，观富于才调，兼极雅丽，包蕴密致，演绎平畅，味无穷而久愈出，钻弥坚而酌不竭，曲尽万态之变，精索推（难）言之要，使学者少窥其一斑，略得其余光，若涤肠而换骨矣。由是孜孜求访……鹿门先生唐彦谦慕玉溪，得其清峭感怆，盖圣人之一体也，然警之（四库本作"拔"）之句亦多。余数年类集，后求得薛廷珪所作序，凡得百八十二首。世俗见予爱慕二君诗什，夸传于书林文苑，浅拙之徒，相非者甚众。噫，大声不入于俚（里）耳，岂足论哉！"② 杨亿向慕李商隐和与李商隐同风的唐彦谦，遭到许多人的非议，但他矢志不渝，并赢得了刘筠、钱惟演等众多同道的拥戴，确立了李商隐为西昆之"祖"的地位。

就西昆派盟主而言，自非杨亿莫属。虽然他在序中谦称自己

---

① 朱晶雯整理：《朱自清中国文学批评研究讲义》，109页，天津，天津古籍出版社，2004。

② 江少虞：《宋朝事实类苑》，435页，上海，上海古籍出版社，1980。

“以固陋之姿，参酬继之末”，但由他作序这一事实本身已足以表明他的特殊地位。后人论及西昆派，亦认可他的这种特殊地位。刘筠、钱惟演也是西昆派的重镇。《西昆酬唱集》中，杨亿诗七十五首，刘筠诗七十一首，钱惟演诗五十五首，合计占全书总量百分之八十以上。这一比例与他们的地位相称。严羽《沧浪诗话·诗体》列有西昆体，胡鉴注云：“按田况《儒林公议》云：‘杨亿在两禁，变文章之体。刘筠、钱惟演从而效之，以新诗更相属和，题曰《西昆酬唱集》。’凡亿及刘筠、钱惟演、李宗谔、陈越、李维、刘骘、刁衎、任随、张咏、钱惟济、丁谓、舒雅、晁迥、崔遵度、薛映、刘秉十七人之诗。而亿序乃称属而和者十有五人，岂以钱刘为主，而亿与宗谔以下为十五人与？诗二百四十七首，皆五七言近体，组织华丽，一变晚唐诗体，专效玉溪，亦足以革风花雪月小巧之病，非才高学博未易臻此。效之者雕篆太甚，渐失本真，于是有优伶挦扯之诮。石介至作《怪说》三篇以刺之。其后欧、梅继作，坡、谷迭起，而杨、刘之派遂不绝如线，亦时势相因也。”① 这是对西昆派作者队伍、创作状况的一个概括评述。

就风格而言，西昆派致力于仿效李商隐五七言近体的“雕章丽句”，“挹其芳润”。许学夷《诗源辩体》卷三十论李商隐近体说：“商隐律诗较古诗稍显易，而七言为胜。七言如‘何年部落’一篇，乃晚唐俊调，其他对多精切，语多秾丽，宋人号为‘西昆体’，为晚唐一种。如‘赓歌太液翻黄鹄，从猎陈仓获碧鸡。’‘云随夏后双龙尾，风逐周王八马蹄。’‘阆苑有书多附鹤，女墙无树不栖鸾。’‘不收金弹抛林外，却惜银床在井头。’‘无鸾镜匣收残黛，睡鸭香炉换夕薰。’‘珠树重行怜翡翠，玉楼双舞羡鹍鸡。’‘明珠可贯须为珮，白璧堪裁且作环。’‘身无彩凤双飞翼，心有灵犀一点通。’‘九枝灯下朝金殿，三素云中侍玉楼。’‘沧海月明珠有泪，蓝田日暖玉生烟’等句，皆精切秾丽者也。”杨亿等人所企慕的，正是这种“精切秾

① 严羽著，郭绍虞校释：《沧浪诗话校释》，70页，北京，人民文学出版社，1983。

丽”之作。可以顺便指出，西昆派对诗的内涵虽不重视却也并非完全漠视。《苕溪渔隐丛话·后集》卷一四引杨亿《杨文公谈苑》云：

> 予知制诰日，与陈恕同考试……因出义山诗，酷爱一绝云：“珠箔轻明拂玉墀，披香新殿斗腰肢。不须看尽鱼龙戏，终遣君王怒偃师。”击节称叹曰：“古人措辞寓意，如此之深妙，令人感慨不已。”

李商隐的这首绝句题为《宫妓》，寓有微妙的讽刺之意。清冯浩《玉溪生诗集笺注》卷三《宫妓》诗跋云：“此讽宫禁近者不须日逞机变，致九重悟而罪之也。托意微妙。《杨文公谈苑》云……盖同朝不相得者，故托以为言也，后人乃谓刺宫禁不严，浅哉！”杨亿赏识《宫妓》，表明他在看重李商隐近体“偶俪之工”时，也注意到其中的寓意。西昆派的部分创作，确乎寓有微讽，如《汉武》、《宣曲》等诗。这表明西昆派虽然注重风格的“秾丽精切”，但不是一个与现实人生绝缘的流派。

从上面的阐释看来，西昆派具有明确的统系意识、盟主意识和风格意识，这是一个从作者层面而言有意栽花而形成的流派。

就其作者是否有意栽花而言，江湖诗派界于花间派和西昆派之间。花间派的统系、盟主和风格，基本上是由研究者根据实际的状况概括出来的；西昆派的统系、盟主和风格，基本上是由他们自己确立的；而江湖诗派的情形就复杂得多。① 江湖诗派形成于嘉定二年(1209)。这一年陆游去世，陈起《江湖集》出版。陆游其时为“南宋四大家”中硕果仅存，他的去世标志着江湖派有了填补真空的必要和可能。《江湖集》的刊行既总结了宝庆前一阶段的创作成果，也推动了宝庆后诗风的大转变，同时《江湖集》的刊行使江湖诗人作

① 1995年，张宏生在中华书局出版了他的专著《江湖诗派研究》，许多问题已大体梳理清楚。本书关于江湖诗派的表述，就主要依据他的研究成果，但对个别材料作了核实和订正。

为一个群体而立于诗坛，由过去散漫的聚合，一变而为集团性的行动，从而扩展了其在诗坛的影响。中国文学史上最早将江湖诗人目为诗派的，大概是南宋后期的何梦桂，其《潜斋文集》卷六《徐冰壑诗序》云“近诗派盛于武林”，其所言诗派当即今所谓江湖诗派。清纪昀主撰的《四库全书总目提要》中多次提及江湖诗派，遂成为通称。

就统系而言，江湖诗派由四灵肇端，由众多江湖诗人推波助澜，其源出于晚唐诗风。但江湖诗人所效法的晚唐在时间跨度上非常之长，包括现在所谓中、晚唐；并且，除姚贾诗风外，与张籍以迄晚唐五代的浅切平俗诗风也有一定的渊源关系。江湖诗派学习晚唐的特色是欲由姚合、贾岛诸人出发而入老杜门径。

就风格而言，江湖诗人是一个带有市民意识的诗人群体，他们大都偏居一隅，社会地位卑微。因此，他们诗作中反映出的时间是现时的，空间是逼仄的，缺乏深邃的历史感和宏伟的宇宙感。比较方回《瀛奎律髓》中所选江湖诗与南宋大家尤袤、杨万里、范成大三家诗中的自然意象，不难发现江湖诗派意象具有偏于纤小的特色和意象重复、支离而害全篇的缺陷。

江湖诗派是否拥有自己的盟主是一个宜于暂时悬置的问题。由于生存时间和空间的广袤绵长，他们缺少组织稳定创作团体的条件，只能以诗社、集会、游历等偶然性方式交往；又由于没有德高望重的组织者，不可能产生名副其实的盟主。但是，如果对这一标准略作变通的话，盟主不妨由代表作家来置换。一个或几个足以体现流派风格的有影响的作家也可作为流派成立的标志之一。从这样的角度来看，刘克庄、戴复古被赋予准盟主的资格应当不会招致太多的非议。

较为明确的统系和风格，几位足以体现其流派风格的代表作家，这些条件加在一起，表明江湖诗派已大体具备作为文学流派的基本要素。曾有学者否定江湖诗派的流派资格，如刘毅强在其《南宋诗派名辨》（《华东师范大学学报》1993 年第 3 期）一文中认为，“诗派”包含了明确的文艺学意蕴：任何一个诗歌流派的得以成立，应该具备成员之间的密切联系，相同或相近的诗学主张、创作风格以及拥有自己的领袖人物诸条件，它们构成了一个诗派的根本基础。南宋江湖诗人没有统一或相近的诗学主张、创作风格以及名副其实的领袖人物，所以，并不构成文学史意义上的“诗派”，而以比较抽象宽泛的社会学概念“群体”名之为宜。刘毅强显然忽视了一点，即一部分文学流派是研究者根据客观存在的事实概括出来的，如山水田园诗派、边塞诗派。一位或几位代表作家的创作，潜在地包含着统系意识和风格意识。研究者实事求是地将潜在的东西明朗化和理论化，从而确立统系、风格和准盟主，也足以保证其流派资格。

六　以社团命名流派

社团是一种同人组织，它起源于文士的雅集。曹丕《与吴质书》云：“昔日游处，行则连舆，止则接席，何曾须臾相失，每至觞酌流行，丝竹并奏，酒酣耳热，仰而赋诗，当此之时，忽然不自知乐也。”这里所描写的当即诗酒聚会的生活。后代文士，在此基础上组织诗社、文社，一方面表示趣味相投，另一方面是为了加强联系，促进创作。唐代的洛阳九老会（白居易所创），宋代的彭城诗社（贺铸所创）、豫章诗社（徐俯所创），元代的山阴诗社、武林诗社，都属于文学社团。

在文学流派发生和发展的过程中，社团所起的作用是显而易见的。“北郭十友”与吴中诗派的关系即是一例。高启《送唐处敬序》载：“余世居吴之北郭，同里之士，有文行而相交善者，曰王君止仲一人而已。十余年，徐君幼文自毗陵，高君士敏自河南，唐君处敬自会稽，余君唐卿自永嘉，张君来仪自浔阳，各以故来居吴，而卜第适皆与余邻，于是北郭之人物遂盛矣。余以无事，朝夕诸君间，或辩理诘义以资其学，或赓歌酬诗以通其志，或鼓琴瑟以宣湮滞之怀，或陈几延以合宴乐之好，虽遭丧乱之方殷，处隐约之既久，而优游怡愉，莫不自所得也。”这里提到的北郭诗社成员共七人，实际不止此数。高启《春日怀十友诗》所列十友为：余尧臣、张羽、杨基、王行、吕敏、宋克、徐贲、陈则、僧道衍、王彝。朱彝尊《静志居诗话》

卷三《余尧臣》附录引钱谦益（愚山）语，所列十子为：余尧臣、杨基、张羽、徐贲、王行、王彝、宋克、吕敏、陈则、释道衍。《明史》卷二八五《文苑一》所列十友为：王行、徐贲、高逊志、唐肃、宋克、余尧臣、张羽、吕敏、陈则，加上高启共十人。陈衍《石遗室诗话》卷十八所列十子为：高启、杨基、张羽、徐贲、余尧臣、王行、宋克、吕敏、陈则、释道衍。相互之间略有出入，但主要成员是一致的，其中高启、杨基、张羽、徐贲在创作上成就较大，是元末明初吴中诗派的骨干力量。可以说，没有北郭十友，就没有吴中诗派。

扩大考察的范围，我们发现，明代的文学流派，相当一部分与社团有关。陈衍《石遗室诗话》卷十八罗列了明代的若干流派或准流派：

> 明太祖时，吴则有北郭十子，为高启、杨基、张羽、徐贲、余尧臣、王行、宋克、吕敏、陈则、释道衍。越则有会稽二肃，为唐肃、谢肃。粤则有南园五子，为孙贲、黄哲、王佐、李德、赵介。闽则有十子，为林鸿、王恭、王偁、高廷礼、陈亮、郑定、王褒、唐泰、周玄、黄玄。景帝时有景泰十才子，为刘溥、汤胤绩、苏平、苏正、沈愚、晏铎、王淮、邹亮、蒋主忠、王贞庆。孝宗时有前七子，为李梦阳、何景明、徐祯卿、边贡、王廷相、康海、王九思。七子中去王廷相，加朱应登、顾璘、陈沂、郑善夫，号十子。世宗时有嘉靖八才子，为李开先、王慎中、唐顺之、陈束、赵时春、任瀚、熊过、吕高。有后七子，为李攀龙、王世贞、谢榛、梁有誉、宗臣、徐中行、吴国伦。后五子为张九一、张嘉胤、汪道昆、余曰德、魏裳。广五子为卢柟、欧大任、俞允文、李先芳、吴维岳。续五子为黎民表、王道行、石星、赵用贤、朱多煃。末五子为屠隆、胡应麟、李维桢、吴旦、李时行。而梁有誉、欧大任、黎民表、吴旦、李时行，又为南园后五先生。神宗时有嘉定四先生，为程嘉燧、李流芳、娄坚、唐时升。又有公安派，则袁宗道、袁宏道、袁中道。竟陵派为钟

惺、谭元春。①

其中，北郭十子、闽中十子、前七子、后七子、后五子、续五子、末五子等被称为社团是名副其实的，而这些社团又是各自所属的文学流派的主体。社团在文学流派发生和发展过程中的意义由此可见。

文学社团有助于流派的形成，但社团与流派毕竟不是一回事。流派需要满足三个条件：明确的统系、明确的风格和较充分地体现其风格的代表作家（或盟主）。只有这样，才足以在文学史上占据一席之地。而中国古代层出不穷的诗社，虽然毋庸置疑地会将写诗放在一个重要的位置上，但相当一部分诗社却并无明确的统系、明确的风格追求和足以体现其风格的代表作家。比如宋代的洛阳耆英会。宋神宗元丰五年（1082），文彦博留守西京，同时住在洛阳的还有富弼等十一位高年老人，遂仿唐代白居易洛阳九老会旧例，共聚富弼家中置酒赋诗相乐，时人谓之洛阳耆英会。司马光《洛阳耆英会序》记载说：

> 昔白乐天在洛，与高年者八人游，时人慕之，为九老图传于世。宋兴，洛中诸公继而为之者凡再矣，皆图形普明僧舍。普明，乐天之故第也。元丰中，潞国文公留守西都，韩国富公纳政在里第，自余士大夫以老自逸于洛者，于时为多。潞公谓韩公曰："凡所为慕于乐天者，以其志趣高逸也，奚必数与地之袭焉。"一旦，悉集士大夫老而贤者于韩公之第，置酒相乐，宾主

① 陈衍：《石遗室诗话》，243 页，沈阳，辽宁教育出版社，1998。陈衍未提到"琅玡四十子"。"琅玡四十子"与后五子、广五子、续五子、末五子、南园后五先生一样，均为后七子附庸，但创作风格与后七子不完全一致。其成员为：皇甫汸、莫如忠、许邦才、刘凤、穆文熙、张鸣凤、佘翔、张凤翼、沈思孝、喻均、王祖嫡、邹迪光、邢侗、周弘禴、魏允贞、徐桂、顾绍芳、邹观光、刘黄裳、王衡、朱多熿、朱器封、张元凯、瞿汝稷、吴稼竳、王穉登、王叔承、沈明臣、周天球、汪道贯、王伯稠、曹昌先、张献翼、梅鼎祚、华善继、张九一、徐益孙、顾孟林、殷都、黄廷绶。参见《弇州山人续稿》卷三《四十子咏》。又，"南园后五先生"又称"南园后五子"。

> 凡十有一（当作二）人。既而图形妙觉僧舍，时人谓之洛阳耆英会。……又洛中旧俗，燕私相聚，尚齿不尚官，自乐天之会已然。是日复行之。斯乃风化之本，可颂也。宣徽工（当作王）公方留守北都，闻之，以书请于潞公曰："某亦家洛，位与年不居数客之后，顾以官守，不得执卮酒在坐席，良以为恨，愿寓名其间，幸无我遗。"其为诸公嘉羡如此。光未及七十，用狄监卢尹故事，亦预于会。潞公命光序其事，不敢辞。时（元丰）五年正月壬辰，端明殿学士兼翰林侍读学士太中大夫提举崇福宫司马光序。（司马光《传家集》卷六十八，据文渊阁本《四库全书》）

诗酒唱和自然是耆英会的主要活动。《说郛》卷七十五载《洛中耆英会》一卷，凡与会者均有诗作。但他们作诗，与其说是一种文学事业，不如说是一种颐养天年的消闲方式。与会的十二人，如富弼、文彦博、席汝言、王尚慕、赵丙、刘几、冯行巳、楚建中、王谨言、张问、张焘、司马光，均非写诗的好手，其诗作水平可想而知。如文彦博《耆年会》诗云：

> 九老唐贤形绘事，元丰今胜会昌春。垂肩素发皆时彦，挥麈清谈尽席珍。染翰不停诗思健，飞觞无算酒行频。兰亭雅集夸修禊，洛社英游贵序宾。自愧空疏陪几杖，更容款密奉簪绅。当筵尚齿尤多幸，十二人中第二人。（文彦博《潞公文集》卷七，据文渊阁本《四库全书》）

这只能算是平庸的应酬诗。窥一斑而知全豹，相当一部分诗社，只是促成了应酬诗、应景诗数量的增加，对中国古典诗的发展并未起到真正作用。

另有一种诗社，它们与流派的联系介于前二者之间。陈衍《石遗室诗话》卷十二载："今年里居，里中人多结诗社，皆作嵌字两句诗，世所谓'诗钟'，亦名'折枝'者也。王又点（允晢）孝廉，最工此道，传诵佳句极多。七月相见，欲结一诗社，不作折枝，与余商量社约，余言庚戌春在都下，与赵尧生、胡瘦唐、江叔海、江逸云、曾刚甫、罗掞东、胡铁华诸人创为诗社，遇人日、花朝、寒食、上巳之类，世所号为良辰者，择一目前名胜之地，挈茶果饼饵集焉。晚则饮于寓斋若酒楼，分纸为即事诗，五七言古近体听之。次集则必易一地，汇缴前集之诗，互相评品为笑乐，其主人轮流为之。辛亥则益以陈弢庵、郑苏堪、冒鹤亭、林畏庐、梁仲毅、林山腴，而无江氏父子。此法似可仿行，惟闽中胜地，不如都下之夥，须择数家略有亭馆花木者为聚集地。又点乃于立秋后一日招集城南沈叔眉先生祠。"①这种诗社，实为同仁雅集。一方面，这种诗社具有一般社交活动的功能，另一方面，这种诗社又具有促进流派形成的作用。事实上，近代诗坛六大流派之一的闽赣派与这种诗社活动关系颇为密切。"闽赣派近代诗家，以闽县陈宝琛、郑孝胥、陈衍、义宁陈三立为领袖，而沈瑜庆、张元奇、林旭、李宣龚、叶大壮、何振岱、严复、江瀚、夏敬观、杨增荦、华焯、胡思敬、桂念祖、胡朝梁、陈衡恪羽翼之，袁昶、范当世、沈曾植、陈曾寿，则以他籍作桴鼓之应者也。"②诗社成员多为闽赣派的活跃分子。这里需要注意：陈衍等人之结诗社，其具体的创作活动虽潜在地指向流派统系、流派风格，并有助于盟主的产生和确定，但所有这些目标的实现主要地不是依靠这种雅集性质的诗社。换句话说，结社活动促进了闽赣派的形成，但如果没有这些结社活动，闽赣派也依然可以形成。结社的作用是辅助性的，非根本性的。

根据流派的三个必要条件来衡量，以社团命名的流派，最典型的当属明代的前七子、后七子。

前七子的名目在嘉靖前期即已定型。康海作于嘉靖十一年(1532)的《渼陂集序》云："我明文章之盛，莫极于弘治时，所以复古昔而变流靡者，惟时有六人焉：北郡李献吉、信阳何仲默、仪封

① 陈衍：《石遗室诗话》，175~176页，沈阳，辽宁教育出版社，1998。

② 汪辟疆：《汪辟疆说近代诗》，26页，上海，上海古籍出版社，2002。

王子衡、鄠杜王敬夫、吴县徐昌穀、济南边庭（廷）实，金辉玉映，光照宇内，而予亦幸窃附于诸公之间。”“六人”加上康海，正是七子。康海强调“我明文章之盛，莫极于弘治时”，旨在标明前七子兴起的时间。据廖可斌研究，前七子最为活跃的时段是从弘治十五年（1502）到正德六年（1511）。① 前七子盟主李梦阳虽是弘治六年进士，但因父母去世，丁忧离京，直到弘治十一年方正式授官为户部主事，不久出监三仓，十四年因忤权贵下狱，十五年又榷舟河西务，因在京的时间短，名声不大。如顾璘《重刻刘芦泉集序》所说：“时献吉名尚未盛。”弘治十八年，李梦阳出狱，进户部员外郎，正德元年进郎中。在与宦官刘瑾集团的顽强抗争中，声名鹊起，奠定了他作为文坛盟主的声望。同时，“弘治十五年和十八年的新进士中，又有不少人加入到复古派阵营中来，其中知名者有康海、何景明、王廷相、王尚䌹、何塘（以上俱为十五年进士）、徐祯卿、王韦、郑善夫、孟洋、崔铣、殷云霄（以上俱为十八年进士）。他们的加入，使复古派增添了新的生力军，阵容更加壮大”。②

李梦阳在建立统系时，上溯杜甫，意在确立以表达人文关怀为宗旨的诗风。这显然是针对茶陵派而来的。李东阳在政治上以软媚为人熟知。彭孙贻《明史纪事本末补编》卷五《宦官贤奸》云：“瑾虽擅权，以不甚通晓文义，故奏疏处分，亦未尝不送阁。于是李东阳等秉笔，不胜观望。本至，必先问此事云何。重大者，差堂候官持疏河下询之，然后舐笔。故瑾益骄，大肆罗织，廷臣捕鞫无虚日。”③ 李东阳在政治上软媚无骨，在诗风上亦萎痹无力，他对杜甫不甚心仪即是其人文情怀淡漠的表征。李梦阳心仪杜甫而不甚推崇王孟，则是因为他执著于忧国伤时的人文精神。其创作表明，他在这方面是取得了几

---

① 廖可斌：《明代文学复古运动研究》，68页，上海，上海古籍出版社，1994。

② 廖可斌：《明代文学复古运动研究》，69页，上海，上海古籍出版社，1994。

③ 谷应泰：《明史纪事本末》附录，1593页，北京，中华书局，1977。

分成就的。比如其《土兵行》，陈田《明诗纪事》丁签卷一引《国史唯疑》："江西苦调到狼兵、掠卖子女。其总兵张勇以童男女各二人送费文宪家。费发愤疏闻，请严禁。诵李梦阳《土兵行》诸篇，情状具见。"① 沈德潜《明诗别裁集》亦评曰："杨用修云：只以谣谚近语入诗史，而古不可及。""归结正论，少陵亦云'此辈少为贵'也。"② 又如《玄明宫行》，据陈田《明诗纪事》丁签引《名山藏》："司礼监刘瑾，请地数百顷，费数十巨万，作玄明宫朝阳门外，以祝上厘。复请猫竹厂地五十余顷，毁民居九百余家，掘人冢二千五百余。筑室僦民，听其宿倡卖酒，日供赡玄明宫香火。"③ 刘瑾筑玄明宫，在当时是一件大事。李梦阳《玄明宫行》写武宗宠信宦官，虚耗国库，大兴土木，足补史阙。

李梦阳确立以人文关怀为宗旨的诗风，一方面是希望其创作对现实发挥作用，另一方面是对诗坛的委靡风尚加以改造。故《四库全书总目》卷一七一张吉《古城集》提要曰："明至正德初年，姚江之说兴，而学问一变；北地信阳之说兴，而文章亦一变。"着眼于二者的新变，揭示出了阳明心学与七子古学异构同质的特点。嵇文甫也表达过相近的意思："大概明中叶以后，学者渐渐厌弃烂熟的宋人格套，争出手眼，自标新异。于是乎一方面表现为心学运动，另一方面表现为古学运动，心学与古学看似相反，但其打破当时传统格套，如陆象山所谓'扫俗学之凡陋'，其精神则一。"④ 值得提出的一个事实是，被许多人视为最勇于打破陈规的李贽，他对李梦阳仰慕之至。据梁维枢《玉剑尊闻》卷六："李贽常云：宇宙内有五大部文章，汉有司马子长《史记》，唐有《杜子美集》，宋有《苏子瞻集》，元有施耐庵《水浒传》，明有《李献吉集》。或谓弇州《四部稿》较弘

---

① 陈田辑撰：《明诗纪事》第二册，1139页，上海，上海古籍出版社，1993。标点有所改动。

② 沈德潜编：《明诗别裁集》，91页，上海，上海古籍出版社，1979。

③ 陈田辑撰：《明诗纪事》第二册，1139～1140页，上海，上海古籍出版社，1993。标点有所改动。

④ 嵇文甫：《晚明思想史论》，156页，北京，东方出版社，1996。

博。赞曰：不如献吉之古。"[1] 可见，与"古"相呼应的不一定是"陈规"，而可能是某种令人耳目一新的艺术追求。

前七子的统系意识是明确的，即古诗宗汉魏、律诗宗盛唐；其风格意识同样明确，所谓格调，首先即指一种与"优游不迫"相对的"沉着痛快"的风格；他们的盟主意识也异常明确，李、何时有争执，便是这种盟主意识的表现之一。（需要注意，李、何之间虽曾发生激烈争论，但何景明对李梦阳的帮助仍是巨大的。没有何景明，而靠李梦阳单打独斗，前七子的事业不可能取得如此迅速而重大的进展。对此，王世贞把握得相当准确。他在《大复集序》中说："敬皇帝朝，化休而融昌，异时诸先生德业文章，显甚重矣，学士大夫固欣然称说，耳相慕也，而独北地李子以非心所好谢去之，亡何而又有信阳何子者。何子虽称晚出，其才质敏秀瑰丽，各以长相当，然而李子得何子为益雄也。鄙人之言：何知仁义？向利则德。是二君子抉草莽，倡微言，非有父兄师友之素，而夺天下已向之利而自为德，於乎难哉！去其始可一甲子，诗而亡举大历下者，文亡举东京下者，即谁力也？王生曰：何子彬彬大家也。《易》言之：有亲则可久。李得助而久，何子之功李子伟矣夫，二子之功天下则伟矣夫。"弃枝节而论主流，王世贞这种着眼全局的眼光，是我们考察文学流派时应当具备的。因为，任何流派内部都不可能没有纷争，个体与所属的流派之间，个人风格与流派风格之间，一方面要力求吻合，另一方面，存在差异也是必要和正常的。）综合以上事实，一个顺理成章的结论是：前七子是一个社团，更是一个流派。

后七子的抗争对象是唐宋派。前七子的影响在嘉靖前期趋于低落，代之而在文坛上占主导地位的，是以唐顺之、王慎中为代表的唐宋派。唐宋派古文取法唐宋八大家，较之取法秦汉古文的前七子，内容较为切实，行文较为平易，一时流传甚广。他们在古文取得优势的情况下，进一步用古文的审美特征来要求诗，倡论"三代以下之文未有如南丰，三代以下之诗未有如康节"（唐顺之《与王遵岩参

---

① 梁维枢：《玉剑尊闻》，35～36页，上海，上海古籍出版社，1986。

政》)，将诗的创作导入一条充满理障而又俚俗的途径。如王世贞所说："近时毗陵一士大夫（按，即唐顺之)，始刻意初唐精华之语，亦既斐然。中年忽窜入恶道，至有'味为补虚一试肉，事求如意屡生嗔'；又'若过颜氏十四岁，便了王孙一裸身'；又《咏疾》则'几月囊忧是雨淫'；《阅箭》则'箭箭齐奔月儿里'；《角力》则'一撒满身都是手'；《食物》则'别换人间蒜蜜肠'等语，遂不减定山'沙边鸟共天机语，担上梅挑太极行'，为词林笑端。"① 王慎中、茅坤的诗亦多理学话语，似汤头歌诀。面对诗坛的这种状况，后七子重拾前七子坠绪，力倡汉魏盛唐，他们所从事的文学活动是极具挑战意味的。

就诗风而言，后七子推崇的仍主要是高华壮丽一脉。据《然灯记闻》记载，清初王士禛编《唐贤三昧集》成，其门人就其编纂主旨求教，他回答："吾盖疾夫世之依附盛唐者，但知学'九天阊阖'、'万国衣冠'之语，而自命高华，自矜为壮丽，按之其中，毫无生气。故有《三昧集》之选。要在剔出盛唐真面目与世人看，以见盛唐之诗，原非空壳子、大帽子话；其中蕴藉风流，包含万物，自足以兼前后诸公之长。"所谓"九天阊阖"、"万国衣冠"云云，出于王维的《和贾至舍人早朝大明宫之作》。由此可见，即使是王维这样的山水田园诗派的代表诗人，七子派所关注的也只是他那些雄浑阔大之作。在"盛唐气象"的格局中，王、孟的清新隽逸被一种独特的视角遮蔽了。换句话说，前后七子的"盛唐气象"是排除了典型的王、孟诗风的。所以，何景明喜用"百年"、"万里"，以致李梦阳在《再与何氏书》中讥评他："'百年'、'万里'，何其层见而叠出也。"而落实下来，李梦阳也正有同样的嗜好，胡应麟《诗薮》续编卷一说他："又诮何'百年'、'万里'，层见叠出，今李集此类尚多于

① 陈田辑撰：《明诗纪事》戊签卷九引《艺苑卮言》，1535页，上海，上海古籍出版社，1993。标点有所改动。《历代诗话续编》本《艺苑卮言》无此条。

何。"① 所谓"百年"、"万里"，关注的是空间的巨大与时间的绵长，杜甫诗中常用这类词汇，如《狂夫》："万里桥西一草堂，百花潭水即沧浪。"《登楼》："锦江春色来天地，玉垒浮云变古今。"《登高》："万里悲秋常作客，百年多病独登台。"《绝句》："窗含西岭千秋雪，门泊东吴万里船。"自然，后七子模拟的对象并不限于杜甫，但在风格上却始终以雄浑壮阔为主导。胡应麟《诗薮》续编卷二论李攀龙说："'紫气关临天地阔，黄金台贮俊贤多'，'万里悲秋常作客，百年多病独登台'，少陵句也。'九天阊阖开宫殿，万国衣冠拜冕旒'，'云里帝城双凤阙，雨中春树万人家，'王维句也。'秦地立春传太史，汉宫题柱忆仙郎'，'南川粳稻花侵县，西岭云霞色满堂'，李颀句也。'三山半落青天外，二水中分白鹭洲'，'瑶台含雾星辰满，仙峤浮空岛屿微'，青莲句也。'万里寒光生积雪，三边曙色动危旌'，'沙场烽火侵胡月，海畔云山拥蓟城'，祖咏句也。'千门柳色迷青琐，三殿花香入紫微'，'花迎剑佩星初落，柳拂旌旗露未干'，岑参句也。凡于鳞七言律，大率本此数联。今人但见黄金、紫气、青山、万里，则以于鳞体，不熟唐诗故耳。中间李颀四首，尤是济南篇法所自。"② 李攀龙对"雄"、"高"、"大"是情有独钟的。

七子派几乎都有回顾诗史的习惯，对诗史的研究取得了公认的优秀成果。他们理解"过去的现存性"，努力寻找使自己的创作成为经典的途径。比如王世贞，从《诗经》到后七子所处的明代，他历时态地观照了中国古典诗的创作成就及演变情形，清理出这样的诗学观念："历下之于变，小有所未尽；而北地所谓尽，则大有所未满者也。"（王世贞《刘侍御集序》）他认为李梦阳、李攀龙的创作拟古有余而变化不足。这里，王世贞含蓄地表明了一个观点：诗人是必须尊重传统的，但不应该只去适应过去的某种标准；如果完全重复一两个典范，或如临帖一样复制典范，那就算不得一件艺术品。他对李攀龙的批评即基于这一立场，如《艺苑卮言》卷七："于鳞拟古乐府，无

① 胡应麟：《诗薮》，346 页，上海，上海古籍出版社，1979。

② 胡应麟：《诗薮》，353 页，上海，上海古籍出版社，1979。

一字一句不精美，然不堪与古乐府并看，看则似临摹帖耳。五言古，出西京建安者，酷得风神，大抵其体不宜多作，多不足以尽变，而嫌于袭；出三谢以后者，峭峻过之，不甚合也。七言歌行，初甚工于辞，而微伤其气，晚节雄丽精美，纵横自如，烨然春工之妙。五七言律，自是神境，无容拟议。绝句亦是太白、少伯雁行。排律比拟沈宋，而不能尽少陵之变。"① 王世贞显然认为，李攀龙在处理与传统的关系时，其失误在于：仅靠他本人崇拜的几位作家来训练自己，仅靠他特别喜欢的某种诗风来训练自己。王世贞由此提出"师匠宜高，捃拾宜博"，这与谢榛兼取李杜、王孟、沈宋等"十四家"的主张是一致的。"捃拾宜博"，风格自然也不能限于高华雄健，李梦阳、李攀龙为格调说所设定的风格，实际上已被突破。如此看来，格调说在臻于极盛时也潜藏着被瓦解的契机。其后胡应麟等人的弥缝调和，已经不能从根本上力挽狂澜。作为一个流派，统系和主导风格的改变，哪怕是局部的调整，其影响也是深远而重大的，而由此我们得到另一个启示：统系意识和风格意识既是流派成立的基本条件，又在流派事业的发展中起着至关重要的作用。

七　以社会阶层命名流派

社会阶层在性质上与社团不同，因为社团通常有明确的盟主、明确的成员、明确的结社宗旨，由社团到流派，其间的距离较近。而某一社会阶层的作者，如台阁重臣、郎署官员、同年进士或布衣山人等，他们通常没有明确的盟主，同一社会阶层的作者有可能成为一个流派，也可能不属于一个流派，与社团相比，距离流派较远。在明代的文化生活中，同一社会阶层的作者群成为流派的，台阁派和山人诗

① 丁福保辑：《历代诗话续编》，1066页，北京，中华书局，1983。

得到了较为广泛的公认。①

以社会阶层命名流派，其流派名称可能引起我们对两个问题的关注。其一，某一社会阶层在源远流长的文化生活中，创造和运用某种风格已形成深厚的传统，文化体系或文学体系已经形成；其二，某一社会阶层的成员，对其所属的阶层有强烈的意识和认同感，这种身份意识和认同感使社会阶层具有了与社团相近的功能。就这两方面而言，台阁派和山人诗是有说服力的例子。

台阁与山林是传统社会中对比分明的两极。就其宽泛的意义而言，台阁是指有较高社会地位的在朝的阶层，山林是指未居要津的在野的阶层，这两个阶层在中国文学发展史上的重要性，在我看来，尚未得到足够的重视。许寿裳《亡友鲁迅印象记》曾说，鲁迅拟写而未完成的《中国文学史》共分六章，前三章为《从文字到文学》、《思无邪》、《诸子》，其眉目略见《汉文学史纲要》一书；后三章为《从〈离骚〉到反〈离骚〉》、《酒·药·女·佛》和《廊庙与山林》，较前三章而言，更能见出鲁迅文学史研究的个性和深度。王瑶《中古文学史论·重版题记》说："鲁迅把他拟写的六朝文学的一章定名为'酒·药·女·佛'，这四个字指的都是文学现象；关于'酒'和'药'同文学的关系我们已在《魏晋风度及文章与药及酒之关系》一文中得知梗概，'女'和'佛'当然是指弥漫于齐梁的宫体诗和崇尚佛教以及佛教翻译文学的流行。这些现象既同时代背景和社会思潮有

---

① 明代的前七子虽不以其所属的社会阶层命名，却是一个比较典型的由郎署官员这一阶层组成的流派。作为郎署官员，他们一方面不满于台阁作家的庙堂文学，因为其风格过于"萎弱"；另一方面也不满于山林作家的山林文学，因为其风格过于流易，多俚言俗语。他们以新锐进士、供职郎署的身份进入文坛，改变了文坛的格局。此后，文坛不再只是台阁与山林的对峙，而是郎署、台阁与山林三足鼎立，在相当长的一段时间内郎署居于主导地位。这是后话，此处不论。但可以顺便指出：嘉靖年间，李攀龙、王世贞等之所以排挤谢榛，与他们属于不同的社会阶层大有关系：李、王身为郎署官员，谢榛身为山人布衣，他们的人生态度和艺术趣味难以一致。参见本书正编第二章之四《李梦阳、李攀龙的盟主意识及其流派策略》。

联系，又同文人的生活和作品有联系，是可以反映和概括文学史的历史特征的。又如他把唐代文学的一章定名为‘廊庙与山林’，那是根据作家在朝或在野而对现实采取不同的态度和倾向加以概括的，其意盖略近于他的一篇讲演的题目《帮忙文学与帮闲文学》，目的是由作家的不同的社会地位来考察作品的不同倾向。”① 这里我们讨论鲁迅拟想中的《中国文学史》构架，宗旨不在阐释鲁迅的学术思想，而是借以说明一点：“廊庙与山林”作为中国文学史上两个地位迥异的阶层，其重要性至少从唐代起就充分地显示出来了。所谓“廊庙”，即宽泛意义的台阁。台阁与山林，一方面是作者身份的差异，另一方面是由作者身份差异而导致的人生态度和艺术趣味的差异。宋吴处厚《青箱杂记》卷五曾说：

> 文章虽皆出于心术，而实有两等：有山林草野之文，有朝廷台阁之文。山林草野之文，则其气枯槁憔悴，乃道不得行，著书立言者之所尚也。朝廷台阁之文，则其气温润丰缛，乃得位于时，演纶视草者之所尚也。故本朝杨大年、宋宣献、宋莒公、胡武平所撰制诏，皆婉美淳厚，过于前世燕、许、常、杨远甚，而其为人，亦各类其文章。王安国常语余曰：“文章格调，须是官样。”岂安国言官样，亦谓有馆阁气耶？又今世乐艺，亦有两般格调：若教坊格调，则婉媚风流；外道格调，则粗野嘲哳。至于村歌社舞，则又甚焉，兹亦与文章相类。晏元献公虽起田里，而文章富贵，出于天然。尝览李庆孙《富贵曲》云：“轴装曲谱金书字，树记花名玉篆牌。”公曰：“此乃乞儿相，未尝谙富贵者。”故公每吟咏富贵，不言金玉锦绣，而惟说其气象。若“楼台侧畔杨花过，帘幕中间燕子飞”，“梨花院落溶溶月，柳絮池塘淡淡风”之类是也。故公自以此句语人曰：“穷家儿有这等景致也无？”②

① 王瑶：《中古文学史论》，2页，北京，北京大学出版社，1986。

② 吴处厚：《青箱杂记》，46页，北京，中华书局，1985。

吴处厚用来对比“山林草野之文”与“朝廷台阁之文”风格异同的例子，宋葛立方《韵语阳秋》卷一亦有记载：

> 人言居富贵之中者，则能道富贵语，亦犹居贫贱者工于说饥寒也。王岐公被遇四朝，目濡耳染，莫非富贵，则其诗章虽欲不富贵得乎？故岐公之诗，当时有至宝丹之喻。如“宝藏发函金作界，仙醪传羽玉为台”，“梦回金殿风光别，吟到银河月影低”等句甚多。李庆孙《富贵曲》云：“轴装曲谱金书字，树记花名玉篆牌。”晏元献云：“太乞儿相。若谙富贵者，不尔道也。”元献诗云：“梨花院落溶溶月，柳絮池塘淡淡风。”此自然有富贵气。吾曾伯祖侍郎讳官，虽起于寒微，而论富贵若固有之。尝有诗云：“翩翩燕子朱门静，狼藉梨花小院闲。”又云：“西楼月上帘帘静，后苑花开院院香。”其视晏公真不愧矣。若孟郊“借车载家具，家具少于车”。陶潜“敝襟不掩肘，藜羹常乏斟”。杜甫“天吴与紫凤，颠倒在短褐”。皆巧于说贫者也。①

说风格，说气象，其核心是由生活境遇的区别所导致的人生态度、人生感受、人生情调等方面的差异。对这一差异，明初宋濂、张以宁等也给予了关注。宋濂在《宋学士文集》銮坡前集卷七《汪右丞诗集序》中说：“昔人之论文者曰：有山林之文，有台阁之文。山林之文，其气枯以槁；台阁之文，其气丽以雄。岂惟天之降才尔殊也，亦以所居之地不同，故其发于言辞之或异耳。濂尝以此而求诸家之诗，其见于山林者无非风云月露之形、花木虫鱼之玩、山川原隰之胜而已。然其情也曲以畅，故其音也眇以幽。若夫处台阁则不然。览乎城观宫阙之壮，典章文物之懿，甲兵卒乘之雄，华夷会同之盛，所以恢廓其心胸，踔厉其志气者，无不厚也，无不硕也，故不发则已，发则其音淳庞而雍容，铿訇而镗鞳，甚矣哉！所居之移人乎？”《宋学士文集》銮坡后集卷四《蒋录事诗集后序》亦云：“昔人论文，有山

① 葛立方：《韵语阳秋》，16页，上海，上海古籍出版社，1984。

林、台阁之异。山林之文，其气瑟缩而枯槁；台阁之文，其体绚丽而丰腴。此无他，所处之地不同而所托之兴有异也。”张以宁《草堂诗集序》的立场与宋濂相近，只是将“山林”的字眼换成了“草泽”：“缙绅于台阁而诗者，其神腴，其气缛，布韦于草泽而诗者，其神槁，其气凉。”台阁之文和山林之文构成唐以降主流文学的主体。①

一般意义上的台阁之文和山林之文还不能算流派。台阁和山林成为严格意义上的流派乃是明代文学进程中具有划时代意义的文学现象。不仅台阁文学和山林文学在明人的意念中构成两个文学世界，而且台阁作家和山林作家的身份意识也异常明确，二者的消长在很大程度上是竞争的结果。大体说来，永乐至天顺年间是台阁文学兴盛而山林文学处于被压抑状态的阶段；弘治至嘉靖中期是郎署文学和山林文学兴盛而台阁文学衰降的阶段；嘉靖以后，典型的台阁派和山林派已不存在。本书以台阁派的兴衰为核心，对相关问题加以考察，藉以了解以社会阶层命名的流派：其独特的文学统系和身份意识在流派事业上究竟如何发挥作用。

先看陈懿典的《皇明馆阁文抄序》：

> 语云：三代无文人，人尽能文也。故《诗》《书》所记，王公大人与田畯红女之言并载，何至以文章单属馆阁。自三代而降，人主或起于民间，或生于深宫，将相大臣，多木彊不娴于辞，必选天下能文之士，使典文章。两汉制诏尔雅，意其时在帝左右必有其人。唐宋始有翰林，而直院学士知制诰最号华选，往往由兹入相。顾唐宋入相之途甚杂，节镇任子间参平章，而毕竟从北扉两制者居多，故狄梁公有云：“论文章则有李峤、苏味道。”高琼挽真宗车驾过河，云：“此处可唤宰相作诗。”此虽轻

---

① 参见鲁迅《帮忙文学与帮闲文学》一文：“中国文学从我看起来，可以分为两大类：（一）廊庙文学，这就是已经走进主人家中，非帮主人的忙，就得帮主人的闲；与这相对的是（二）山林文学。唐诗即有此二种。如果用现代话讲起来，是‘在朝’和‘下野’。”

> 视相臣文弱之语，足徵词臣作相之盛矣。故宋太祖曰：“宰相须用读书人。”韩魏公曰：“某为相，欧阳永叔在翰林，天下文章莫大于是。”则文之总萃于馆阁，可睹矣。晚近登坛自命狎主齐盟者，每卑馆阁为应制体，合诸草泽以争胜。文称西京，诗拟初盛，而谓非此即不及格。独不思两司马、刘向、杨（扬）雄、班固皆身在承明、天禄、石渠之间，摩诘、青莲俱列供奉之班，乌得谓应制为降格，而文人不在金马门也。我明中天启运，右文兴理，二百年来，官重馆阁之选，文重馆阁之体，国家有大典制、大述作，俱由兹以出。而天下才俊聪明之士，有鼎甲庶常所不及收者，则冠带绅弁之伦，能者甚众。又有科目方内所不能尽者，则山林羽释之中，能者不少。合此两者以与词垣竞，则众寡之形分，而和平典重与纵横牢骚者又异，何怪世之贬周而尊汉也。虽然，庙堂之上，纶綍之重，必不可以莽亢之气、悲壮之音用者。藉令击剑弄刃之技而陈于干羽之舞，则不典；山龙黼黻之章而杂以鞶帨之文，则失裁。何也？才不尽于馆阁之人，文不尽于馆阁之体，而在馆阁则才不可逞，体不可越也。不见相如《谕蜀》之檄、子美《明堂》之赋，乃不与《子虚》曼衍《曲江》之哭《秋兴》之哀同调也？由斯以谭，则文章之变虽不可胜穷，才人之致虽无所不有，而要之合馆阁则八骏之绝尘应于和鸾，离馆阁则千里之长风不免蹄啮，其地使然也。（《陈学士先生初集》卷二，《四库禁毁书丛刊》本）

文章之变不可胜穷，才人之致无所不有，故文章的风格是多种多样的。但是，对馆阁文，仍有其特殊要求，即不能“不典”，不能“失裁”，“在馆阁则才不可逞，体不可越”。“馆阁文”的这种特殊风格，确与“述典诰铭鼎彝”的特殊职能有关。王锡爵《袁文荣公文集序》（《袁文荣公文集》，明袁炜撰，明万历元年长洲知县张德夫刊本）云：“锡爵间颇闻世儒之论，欲以轧茁骫骳、微文怒骂，闯然入班扬阮谢之室。故高者至不可句，而下乃如虫飞蟀鸣，方哓哓鸣世，以谓文字至有台阁体而始衰。尝试令之述典诰铭鼎彝，则如野夫闺妇强衣冠揖让，五色无主，盖学士家溺其职久矣。”所谓“世儒”，指的是供职郎署的七子派；所谓“述典诰铭鼎彝”，指馆阁文臣经常采用的几种用于朝政的特殊文体，而这些特殊文体是郎署官员所不熟悉的。王锡爵用文体的特殊性为馆阁文的“和平典重”辩护，其理由是成立的。但需要指出一点，馆阁作家在“述典诰铭鼎彝”之外，也热心于这种“和平典重”的风格，这就不能用文体的特殊性来加以辩护了，而只能理解为一种与身份相联系的特殊趣味。陈懿典所描述的，实即台阁文的流派风格。

台阁体流派风格的形成，与台阁派作家明确的身份意识有关。陈衍《石遗室诗话》卷三十二云：“语言文字，各人有各人身份，惟其称而已，所以寻常妇人难得伟词，穷老书生耻言抱负，至于身厕戎行，躬擐甲胄，则辛稼轩之金戈铁马，岳武穆之收拾山河，固不能绳以京兆之推（原文误作摧）敲、饭颗之苦吟矣。”① 一个作者的身份，无论其自觉意识强烈与否，总会在作品中有所显现。而一个作者如果有明确的身份意识，无疑会显现得更为清晰。台阁派作家属于后一种情况。其身份意识有两方面特别值得注意。其一，台阁文臣虽为“文学侍从”，但实际上肩负着主导国家意识形态的功能，如丘浚《送徐庶子归省序》所说：“翰林……其职务之大者曰进讲，曰编纂，曰校文。”所谓“进讲”，即为帝王研读经史而特设的御前讲席，宗旨是引导帝王成为明君。所谓“编纂”，并非编纂一般的书籍，而是指《永乐大典》、《性理大全》一类著述，或有助于造成盛世文化景观，或有助于建立御用的意识形态。所谓“校文”，即主持科举考试。掌握了对于考生的黜陟之权，就可以采用行政手段来主导文坛风气。其二，台阁文臣虽名为“文学侍从”，但其职业取向却是成为内阁大臣即实际上的宰相。《明史》卷七十《选举志》二载：“成祖初年，内阁七人，非翰林者居其半，翰林纂修亦诸色参用。自天顺二年，李贤奏定纂修专选进士，由是非进士不入翰林，非翰林不入内阁。南、北礼部尚书、侍郎及吏部右侍郎非翰林不任，而庶吉士始进

① 陈衍：《石遗室诗话》，458页，沈阳，辽宁教育出版社，1998。

之时，已群目为储相。通计明一代宰辅一百七十余人，由翰林者十九。"① 由翰林院庶吉士而纂修官而掌院官而内阁大臣，入阁已大体成为翰林院官员的专利。也就是说，台阁文臣是被作为政治家来培养的。台阁派作家身份上的这两大特点，是我们考察台阁文流派风格的切入点。

先说第一点。作为国家意识形态的主导者，台阁文臣在某种程度上是皇帝的代言人。台阁派在文坛占据主导地位始于永乐年间(1403～1424)，而永乐至正统年间（1403～1449）是其黄金时代。这个时代引人注目的标志性事件是：明成祖朱棣在凭借武力夺取帝位后，急于建立御用的意识形态，以赋予其统治以合法地位。1414年末，朱棣令一批翰林学士汇编程朱学派关于《四书》、《五经》的注疏，以《五经大全》、《四书大全》和《性理大全》为名，于1417年4月颁行。他非常热衷于这桩事情，背后的原因是不难理解的。第一，由这样一批经典所造成的意识形态的一致性，有助于正统观念的确立，朱棣在将自己塑造为奉行理学的圣君形象时，他也获得了打击异端的权力。据陈鼎《东林列传》卷二："饶州儒士朱季友，诣阙上书，专诋周程张朱之说，上览而怒曰：'此德之贼也。'命有司声罪杖遣，悉焚其所著书。"明成祖绝不允许向他钦定的理学经典质疑，其深远后果是窒息了所有新鲜活泼的思想。第二，以功名作为诱饵指导读书人集中研习几部有限的经典，甚至只研习有关的注疏，客观上使广泛而富于创造性的自由讨论和学术探索失去了基础。何良俊《四友斋丛说》卷三指出："太祖时，士子经义皆用注疏，而参以程朱传注。成祖既修《五经四书大全》之后，遂悉去汉儒之说，而专以程朱传注为主。夫汉儒去圣人未远，学有专经，其传授岂无所据？况圣人之言广大渊微，岂后世之人单辞片语之所能尽？故不若但训诂其辞而由人体认，如佛家所谓悟入。盖体认之功深，则其得之于心也固；得之于心固，则其施之于用也必不苟。自程朱之说出，将圣人之言死死说定，学者但据此略加敷衍，凑成八股，便取科第，而不知孔

① 张廷玉等撰：《明史》，1701～1702页，北京，中华书局，1974。

孟之书为何物矣。以此取士，而欲得真才，其可得乎？呜呼！”① 士子的目标是科场得意，如果仅读程朱传注便可以达到目的，他又何必去认真地咀嚼原著？而在一个原著被疏远的时代，其整体的儒学水准绝不可能太高。

永乐以降，直到成化年间（1465～1487），社会的精神生活是平稳而缺少变化的，由御用意识形态诱导出的因袭的理学以及乡愿哲学，成为这一时期思想界的显著标志。丘浚（1420～1495，一说1418～1493）可以说是乡愿哲学的代表。乡愿即“庸俗化、肤浅化”，“一个儒者，为了他自己的生存等等功利原因，把所有的理想都作了妥协，而儒家给了他一套自圆其说的理论借口，使他更没有积极性，更没有创发性”。② 丘浚有理学名臣之称。其阐述理学的著作以《大学衍义补》较为重要。《四库全书总目》卷九三著录《大学衍义补》一百六十卷，提要一方面肯定丘浚“博综旁搜”，足补真德秀《大学衍义》之未备，另一方面也一针见血地指出：“明之中叶，正阉竖恣肆之时，浚既欲陈诲纳忠，则此条尤属书中要旨，乃独无一语及宦寺，张志淳《南园漫录》诋其有所避而不书，殆亦深窥其隐。”③ 确实，丘浚虽深研理学，但并不打算身体力行，更不具备传统儒家的抗议精神。芷沅箬陂微臣（即陈洪谟）《治世馀闻》下篇卷一载：“丘琼台尝以糯米淘尽，拌水粉之沥干，计粉二分，白面一分，搜和团为饼，其中馅随用，熯熟为供，软腻甚适口。以此饼托中官进上，上食之嘉，命尚膳监效为之。进食，不中式，司膳者俱被责，盖不知丘之制法耳。因请之，丘不告以故，中官叹曰：‘以饮食服饰车马器用进上取宠，此吾内臣供奉之职，非宰相事也。’识者贵其言而鄙丘，由是京师传为‘阁老饼’。又所进《衍义补》，中间并无斥及内臣一言。说者谓其书必欲进，进必揣近侍喜斯刻之。此其心

① 何良俊：《四友斋丛说》，22页，北京，中华书局，1959。

② 杜维明：《一阳来复》（陈引驰编），117页，上海，上海文艺出版社，1997。

③ 永瑢等撰：《四库全书总目》，791页，北京，中华书局，1965。

术之微也。"① 如此理学名臣，其理学只能作为一种知识存在，而无补于世道人心，无助于人生境界的提高。② 由此一例，不难想见台阁派文章之缺少风骨。

再说第二点。台阁作家以未来的台阁大臣自期和自许，这种身份意识极大地影响了他们的心态。首先，他们不会满足于仅仅做一名文人，其次，在涉及文学时，他们更愿意从政治家的视角来看问题。③ 杨士奇《圣谕录（中）》载：

> 殿下监国视朝之暇，专意文事，因览《文章正宗》。一日，谕臣士奇曰："真德秀学识甚正，选辑此书，有益学者。"臣对曰："德秀是道学之儒，所以志识端正，其所著《大学衍义》一书，大有益学者及朝廷，为君不可不知，为臣不可不知……"

---

① 陈洪谟撰：《治世馀闻》，40 页，北京，中华书局，1985。与《继世纪闻》、《松窗梦语》合刊。

② 参见明陆容《菽园杂记》卷十四："《大学衍义》一书，人君修齐治平之术，至切至要，非迂远而难行者。其中三十九、四十卷齐家之要，历引前代宦官之事、忠谨之福。仅八条，而预政之祸，四倍其多。纵使人主知读之，左右其肯使之一见哉！苏人陈祚，宣德间为御史，尝上章劝读此书。上怒，逮祚及其子侄八九人，俱下锦衣狱，禁锢数年。上宾天，始得释。成化初，闻叶文庄亦尝言之，不报。近时丘祭酒先生浚进所著《大学衍义补》若干卷，朝廷命刻板印行。其所补者，治平二事耳。愚谓能尽齐家以上功夫，则治平事业，皆自此而推之，虽无补可也。"陆容：《菽园杂记》，170～171 页，北京，中华书局，1985。真德秀著《大学衍义》，"斥及内臣"是其主要内容之一；丘浚补《大学衍义》，却有意回避这一问题。在宦官干政愈演愈烈的明朝，一个台阁重臣居然存心讨好近侍，其道德水准之低不言而喻。部分台阁作家人格之软媚由此可见。

③ 参见李维桢《宗伯集序》（《宗伯集》卷首，《四库禁毁书丛刊》本）："明兴，罢丞相，置内阁，简文学臣侍从备顾问，论道沃心于广厦细旃之上，向后委寄益隆，秩位益尊，于是内阁无相名，有相实，而沿袭迄今，拜相率由翰苑，几成天子私人矣。往余承乏史局，万安朱司空先生尝教之曰：翰苑所贵在经济，不在诗文，犹武臣所贵在谋勇，不在骑射。"朱司空的立论是以政治家的立场为出发点的。

> 一日，殿下顾臣士奇曰：“古人主为诗者，其高下优劣如何?”对曰：“诗以言志，明良喜起之歌，南薰之诗，是唐、虞之君之志，最为尚矣。后来如汉高《大风歌》、唐太宗‘雪耻酬百王，除凶报千古’之作，则所尚者霸力，皆非王道。汉武帝《秋风辞》气志已衰。如隋炀帝、陈后主所为，则万世之鉴戒也。如殿下于明道玩经之余，欲娱意于文事，则两汉诏令亦可观，非独文词高简近古，其间亦有可裨益治道。如诗人无益之词，不足为也。”殿下曰：“太祖高皇帝有诗集甚多，何谓诗不足为?”对曰：“帝王之学，所重者不在作诗。太祖皇帝圣学之大者，在《尚书注》诸书，作诗特其余事。于今殿下之学，当致力于重且大者，其余事可姑缓。”殿下又曰：“世之儒者，亦作诗否?”对曰：“儒者鲜不作诗，然儒之品有高下，高者道德之儒，若记诵词章，前辈君子谓之俗儒。为人主尤当致辨于此。”（据文渊阁本《四库全书》，下引杨士奇文，所据版本相同。）

杨士奇与明仁宗之间的对话，其核心之一是身份意识。明仁宗产生了对诗的兴趣，杨士奇严肃地告诫他：作为帝王，关注的对象应与身份协调，比如，读《大学衍义》、两汉诏令之类，才是合适的选择。至于诗，则属可“缓”之“余事”，如能不作更好。杨士奇提醒明仁宗注意其帝王身份，他本人则对台阁大臣的身份保持了持续不已的自觉意识。作为“儒者”，他不可避免地要作诗、文，但是，其作品情调是否与其台阁大臣的身份协调的问题始终在其警觉的范围之内。这种协调主要表现为两个方面：一是与国家意识形态吻合，二是有助于显示国家的升平气象。由第一点出发，台阁派在确定古文统系时主要以旨在“发明圣人之道”的宋文为榜样，对欧阳修尤其推崇，杨士奇《颐庵文选序》云：

> 古之圣人以道为体，故出言为经……周衰，圣人之教不行，文学之士各离经立说以为高。汉兴，文辞如司马子长、相如、班

孟坚之徒，虽其雄才宏议，驰骋变化，往往不当于经。当是时，独董仲舒治经术，其言庶几发明圣人之道。至唐韩退之、宋欧阳永叔、曾子固力于文词，能反求诸经，概得圣人之旨，遂为学者所宗。周子、二程子，以及朱子，笃志圣人之道，沉潜六经，超然有得于千载之上，故见诸其文，精粹醇深，皆有以羽翼夫经，而文莫盛于斯矣。

在台阁派的古文统系中，受尊崇的是“其言庶几发明圣人之道”的一系列作家，而并非欧阳修一人。欧阳修不过因其文风“质直温厚”，更多为台阁派作家仿效而已。① “又历来以为，杨士奇等尊崇欧阳氏是出于文风上的原因，据上可知，显然还与更深层的义理上的投契有关。”② 这种“义理上的投契”，实即与国家意识形态吻合。由第二点出发，台阁派作家“鸣国家之盛”的意图非常明确。杨士奇《东里文集》卷五《玉雪斋诗集序》说：

诗以理性情而约诸正，而推之可以考见王政之得失，治道之盛衰。三百十一篇自公卿大夫，下至匹夫匹妇，皆有作。小而《兔罝》、《羔羊》之咏，大而《行苇》、《既醉》之赋，皆足以见王道之极盛。至于《葛藟》、《硕鼠》之兴，则有可为世道慨者矣，汉以来，代各有诗，嗟叹咏歌之间，而安乐哀思之音，各因其时。盖古今无异焉。若天下无事，生民乂安，以其和平易直

① 关于台阁派的古文统系，章太炎另有说法，他以为：“权德舆年辈高于昌黎，文亦不恶，惟少林下风度耳，明台阁体即自此出。”章太炎：《国学略说》，214页，上海，上海文艺出版社，2001。

② 黄卓越：《明永乐至嘉靖初诗文观研究》，32页，北京，北京师范大学出版社，2001。也许有必要指出，欧阳修之备受推崇，与明仁宗的偏爱有关。杨士奇《东里文集》卷二《滁州重建醉翁亭记》载：“我仁宗皇帝在东宫，览公（指欧阳修）奏记，爱重不已，有生不同时之叹。尝举公所以事君者勉群臣，又曰：三代以下之文，惟欧阳文忠有雍容醇厚气象。既尽取公文集命儒臣校定刻之。”一个帝王的偏好，对“群臣”的影响是不容低估的。

之心，发而为治世之音，则未有加于唐贞观开元之际也。杜少陵浑涵博厚，追踪风雅，卓乎不可尚矣。一时高材逸韵，如李太白之天纵，与杜齐驱。王、孟、高、岑、韦应物诸君子，清粹典则，天趣自然。读其诗者有以见唐之治盛于此。而后之言诗道者，亦曰莫盛于此也。

看得出来，台阁派是以唐诗为样板的。《四库全书总目》卷一八九著录高棅编《唐诗品汇》，其提要曰："《明史·文苑传》谓终明之世，馆阁以此书为宗。"① 所谓"馆阁"，指身居台阁、官高位显的诗人，当然也包括了特定意义上的台阁派诗人。这里需要指出的是，台阁派诗人对唐诗的仿效，旨在以诗文显示国力强盛和世运升平。这仿佛是对明初刘基思想的演绎。刘基《苏平仲文集序》认为，有汉唐的强盛，才有汉赋唐诗的辉煌。倒过来，似乎也可以表述为：汉赋唐诗的辉煌显示了汉唐的强盛。这样看问题，台阁体的创作宗旨就与刘基的倡导相通了。但是，有个区别不能忽略，即：尽管刘基倡言"文之盛衰实关时之泰否"，不过，与"泰""时"相对应的"盛""文"在风格上不一定表现为雍容平稳，在具体的写作中不一定直指"润饰鸿业"。台阁体时代，社会经济状况持续良好，文化领域整体学术水准不高，思想氛围单调、沉闷，其结果，台阁体诗人的审美祈向虽然表面上继承刘基，却片面发展了点缀升平、"润饰鸿业"的廊庙意识，惟以雍容平稳为祈向。其占主导地位的艺术追求是表现"富贵福泽之气"。《四库全书总目》卷一七〇杨士奇《东里全集》提要："仁宗雅好欧阳修文，士奇文亦平正纡馀，得其仿佛，故郑瑗《井观

① 永瑢等撰：《四库全书总目》，1713 页，北京，中华书局，1965。又，陈书录就此举了若干例证："闽派诗人高棅在《唐诗品汇》中为三杨的台阁文学的创作提供了雍容典雅、明丽高华的范本，这就是贾至的《早朝大明宫呈两省僚友》、王维的《和贾至舍人早朝大明宫之作》、岑参《和贾至舍人早朝大明宫之作》和杜甫的《奉和贾至舍人早朝大明宫》等……《唐诗品汇》中所选的贾至等人的台阁诗对三杨等馆阁之臣有很大的影响。"见陈书录：《明代诗文的演变》，116 页，南京，江苏教育出版社，1996。

琐言》，称其文典则，无浮泛之病。杂录叙事，极平稳不费力。后来馆阁著作，沿为流派，遂为七子之口实。然李梦阳诗云：‘宣德文体多浑沦，伟哉东里廊庙珍。’亦不尽没其所长。盖其文虽乏新裁，而不失古格，前辈典型，遂主持数十年之风气，非偶然也。”又同卷杨荣《杨文敏集》提要：“（杨）荣当明全盛之日，历事四朝，恩礼始终无间，儒生遭遇，可谓至荣，故发为文章，具有富贵福泽之气。应制诸作，沨沨雅音。其他诗文，亦皆雍容平易，肖其为人。虽无深湛幽渺之思，纵横驰骤之才，足以震耀一世，而逶迤有度，醇实无疵，台阁之文所由与山林枯槁者异也。与杨士奇同主一代之文柄，亦有由矣。柄国既久，晚进者递相摹拟，城中高髻，四方一尺，余波所衍，渐流为肤廓冗长，千篇一律，物穷则变，于是何李崛起，倡为复古之论，而士奇、荣等遂为艺林之口实。”又同卷金幼孜《金文靖集》提要：“（金）幼孜在洪武建文之时，无所表见。至永乐以迄宣德，皆掌文翰机密，与杨士奇诸人相亚。其文章边幅稍狭，不及士奇诸人之博大，而雍容雅步，颇亦肩随。盖其时明运方兴，故廊庙赓飏，具有气象，操觚者亦不知也。”①“廊庙”与“富贵福泽之气”，这是描述台阁派创作风格的两个关键词。

关于台阁文臣的身份意识，还有一点似也不能忽视，即：他们也有遭到贬谪、被逐出台阁的时候。但即使在这种情况下，他们也坚持认为，不能感时愤俗，不能啼饥号寒，而应保持和平温厚的心态和风格。所以，杨荣在《省愆集序》中表彰黄淮：“公以高才懿学，夙膺遭遇，黼黻皇猷，铺张至化，与世之君子颉颃，振奋于词翰之场者多矣。此盖特一时幽寓之作，而爱亲忠君之念、咎己自悼之怀蔼然溢于言表，真和而平、温而厚、怨而不伤而得夫性情之正者也。”所以，费宷在《俨山文集序》中表彰陆深：“左迁以后，驱驰藩臬间，略无感时愤俗之意。观其《发教岩》诗云：‘去留俱有适，吏隐欲中分。’《峡江道中》诗云：‘何似湘江路，常悬魏阙心。’此其心岂常有怨尤耶？”台阁文臣的这种身份意识，使其各种体裁和题材的创作均以

① 俱见永瑢等撰：《四库全书总目》，1484页，北京，中华书局，1965。

“平正纡徐”、“雍容雅步”为风格特征，与真实的人生体验不免隔膜。台阁文臣总是小心翼翼地避免寒士口吻，以免有失身份。

台阁体兼台阁诗和台阁文而言，而以文为主。关于明代台阁文的兴衰演变，钱谦益《列朝诗集小传》丁集下《黄少詹辉》曾划出一个大致轮廓：

> 辉字平倩，一字昭素，南充人。万历已丑进士，选翰林庶吉士，授编修，官止詹事府少詹事。尔时馆课文字，皆沿袭格套，熟烂如举子程文，人目为翰林体。及王、李之学盛行，则词林又改步而从之，天下皆诮翰林无文。平倩入馆，乃刻意为古文，杰然自异馆阁课试之文，颇取裁于韩欧，后进稍知向往，古学之复，渐有端倪矣。

钱谦益将明代台阁文的兴衰演变划分为三个阶段。第一个阶段以“三杨”为代表，“人目为翰林体”，是台阁文的极盛期；第二个阶段，“词林”受王、李文风影响，“天下皆诮翰林无文”，是台阁文的衰微期；第三个阶段，以黄辉入馆、渐复“古学”为标志。黄佐《翰林记》卷十九论及台阁文体，有云：“国初刘基、宋濂在馆阁，文字以韩柳欧苏为宗，与方希直皆称名家。永乐中，杨士奇独宗欧阳修，而气焰或不及，一时翕然从之，至于李东阳、程敏政为盛。成化中，学士王鏊以《左传》体裁倡。弘治末年，修撰康海辈以先秦西汉倡，稍有和者，文体盖至是三变矣。”黄佐分得很细，如果粗略一点划分，康海之前可大体视为“国初馆阁体”时期，而康海则标志着前后七子当令时期，康海本人即为前七子中重要的古文家。至于王鏊，则是两个时期间的过渡型人物。据文徵明《太傅王文恪公传》：其“为文渊宏博赡，而意必己出。时翰林以文名者，吴文定公宽、李文正公东阳，皆杰然妙一世。公稍后出，而实相曹耦，议者谓公于经术为深，故粹然一出于正。晚益精诣，铸词发藻，必先秦两汉为法，在唐亦惟二三名家耳，宋以下若所不屑。其见诸论撰，莫不典则雅驯，丽质兼备，至所得意，不知于古人何如也。”王鏊的主观动机是以学先秦两汉补学欧苏之不足，但在客观上，其统系选择有与前七子吻合之处，在某种意义上，可以说开了前七子先声。《明史》卷一八一王鏊传云："少善制举义，后数典乡试，程文魁一代。取士尚经术，险诡者一切屏去。弘、正间，文体为一变。"他对前七子的影响应当是一个事实。

郭正域《苍霞草序》的意见与钱谦益的说法大体吻合：

> 宋时文章之士尽在馆阁，彼诸曹大夫，无问钜细皆应其选，故琬琰之士尽罗词林。明兴二百年来，士成进士即选中秘，遂与诸曹大夫颛若两涂，而所为诗若文者亦颛若两涂。国初馆阁体大半模拟宋人，期乎明白条畅而已。世之拟古文者遂。不胜其凌厉谇语，大略用汉人、唐人以胜宋人，合诸缙绅暨诸草泽以胜词林。词林夺于其气，不无少谢。行之数十年，而所为汉唐人语者转相仿效，向之臭味皆成食余，糟粕易尽，神理无有矣。先是讪笑宋人，且浸淫而阴用之，霜降水落，兴尽悲来，涂抹可厌，必反真常，自然之理也。(《苍霞草》卷首，《四库禁毁书丛刊》本)

所谓"国初馆阁体"，即"三杨"等人的作品；所谓"用汉人、唐人以胜宋人"，指前后七子倡导"文必秦汉，诗必盛唐"。前后七子力倡秦汉古文，其动力之一是作为郎署官员的强烈的身份意识。王图《槐野先生存笥稿序》说："盖尝考览国初时台阁文体，类尚明析畅达，而其为诗亦冲夷俊美，颇借途宋人。而士大夫不在馆阁及布衣之雄，率乞灵秦汉人口吻，与词林争胜。"前后七子以郎署官员（诸缙绅）为主体，以布衣、山人（诸草泽）为羽翼，崛起于弘、正、嘉、隆间，成为台阁派的强劲对手。前后七子当令的时期，馆阁文人的处境颇有些尴尬。

顾起元《苍霞草序》曾以叶向高为台阁文第三阶段的代表作家，称道叶向高的文章声誉之隆足与"琅琊、新都"相提并论，为"馆阁"赢得了体面，但从"文章卓然与两汉同风"的表述来看，依然是七子派影响下的产物。与叶向高情形相仿的是李维桢，钱谦益

《初学集》卷三十六《李本宁先生七十叙》一方面说他“有功于馆阁甚大”，另一方面又说他继“王、李之统”，实隐含讽刺的意味。晚明孙承宗也曾受到人们的关注。清初佟国器《高阳孙太傅文集序》说：“余每评论一代馆阁诸公，政治文章媲美者，如李长沙外，指不多屈。而太傅公以宰辅兼本兵，进参机务，出镇榆关。其治忽机宜，上必亲为咨问，战守筹画，国所待为安危，有历代近臣所不敢望者。夫昔贤以雍容典硕之词发抒治平景象，而太傅公决策纶扉，定计密勿。帅师边境，当戎马倥偬之时，论思敷奏，立言有体如此。大都以严气正性抒忠谠笃切之言，故字字沉雄坚定，宜其焜耀千秋，昭著日月，为馆阁第一流之文，亦筹边之胜略也。”孙承宗出将入相，在晚明的政坛格局中举足轻重。他的文章，“或口代天言，或经筵启迪，谠言议礼，横笔谈兵，山川人物之纪载，开治论道之讦谟，露布师中，传劄塞上，指陈利害，入告嘉谟，剖析名理之精微，考撰古今之典实”（佟国器《高阳孙太傅文集序》），与其政治家的事业息息相关。这一类人物在明代不多，因而，尽管孙承宗建树卓越，却不具代表性。清初周亮工《孙高阳先生全集序》（《高阳集》卷首，《四库禁毁书丛刊》本）说：“文章一道，自宋以来，权归馆阁，即北地、历下极力争之，而终不能胜。但其流为春容蔓衍，总不脱宋人气息。三百年来，□□（制诰?）推李长沙，奏议推杨石淙，其它虽相业勋名，景烁千古，而求其确然可传者，顾乃阙如。”他认为，馆阁文臣的应制文如制诰、奏议等，“确然可传”的不多，只有像孙承宗这样的政治家，其文章“动中款会机宜”，才具有价值。但是，馆阁文臣入相的比例虽高，能与孙承宗相提并论的政治家却实在太少。周亮工的序实际上也表达了对这种现状的遗憾。

鉴于以上所讨论的情况，比较而言，钱谦益以黄辉为台阁文第三阶段的代表人物，大体是合理的。需要指出的是，台阁作家在其第二阶段已丧失了明确的身份意识，其作品因而丧失了其传统风格特征，而在第三阶段，台阁作家虽在一定程度上恢复了身份意识，但作品成就有限。所以，论明代的台阁文，或论明代的台阁派，仍需以“三杨”及其所代表的作家群为核心。我们之所以对明代台阁文的兴衰演变作一梳理，即旨在说明一个问题：同一身份的作者群，由于文化背景的相似，由于其统系的先在性，比较容易形成一个流派。某一时期的某一社会阶层要被确认为流派，必须满足三个标准：明确的统系，明确的流派风格和具有足够影响力的盟主或代表作家。强烈的身份意识对这类流派的发生、发展起着至关重要的作用。台阁派的兴盛期应定在永乐至正统年间。其代表作家有三杨（杨士奇、杨荣、杨溥）、二王（王直、王英）、胡俨、胡广、金幼孜、黄淮、梁潜、曾棨、李时勉、陈敬宗、周叙、钱仲益、曾鹤龄、萧镃、徐有贞等。其中，杨士奇的成就最为引人注目。

关于台阁派诗风的盛行和衰落，这里也一并予以讨论。台阁派诗风在永乐至正统年间盛行，主要原因有三：其一，这一阶段的精神生活氛围以老成持重、四平八稳为主调；其二，这一阶段的社会经济状况持续良好；其三，士大夫阶层的仕途生活较为平稳。第一点我们已经谈过了，第二点是一个老话题，无需多说，这里说说第三点。明陆容《菽园杂记》卷二载：

> 僧慧暕涉猎儒书，而有戒行，永乐中尝预修《大典》，归老太仓兴福寺。予弱冠犹及见之，时年八十余矣。尝语座客曰："此等秀才，皆是讨债者。"客问其故，曰："洪武间，秀才做官吃多少辛苦，受多少惊怕，与朝廷出多少心力。到头来，小有过犯，轻则充军，重则刑戮，善终者十二三耳。其时士大夫无负国家，国家负天下士大夫多矣，这便是还债的。近来圣恩宽大，法网疏阔，秀才做官，饮食衣服，舆马宫室，子女妻妾，多少好受用，干得几许好事来？到头来全无一些罪过。今日国家无负士大夫，天下士大夫负国家多矣，这便是讨债者。"①

陆容生于正统元年（1436），弱冠即二十岁左右，约当景泰七年（1456）前后，僧慧暕以"洪武间"与"近来"（永乐至正统年间）

① 陆容：《菽园杂记》，16页，北京，中华书局，1985。标点有所改动。

对比，撇开他的讨债还债之说，我们体会到的，正是士大夫阶层所处境遇的极大改变。洪武年间，士大夫动辄得咎，高官显宦随时可能被充军或斩首；永乐以降，士大夫的宦途经历很少出现重大变故。而其中地位高、任职久的，当首推三杨。三杨与皇帝之间长期保持了良好的关系。比如，1424年，朱高炽继位，改元洪熙。在他颁布的官员任命中，杨荣和金幼孜留任大学士，他从前的老师和顾问杨士奇成为首辅大学士和少傅，永乐帝时代坚定支持朱高炽的杨溥任翰林学士兼大学士。1425年5月，洪熙帝突然死亡。但整个宣德（1426～1435）年间，三杨、金幼孜等继续在内阁中任职，并在外廷兼任尚书，如杨士奇为兵部尚书，金幼孜为礼部尚书。正统初年（1436～1442），因英宗朱祁镇年幼，张太皇太后领导一个摄政团处理政事，七位摄政团成员，除太皇太后外，还有三位大学士和三位宦官。而这三位大学士，不是别人，正是三杨。三杨历事几代皇帝，长期在一起任职，这种经历不仅造成他们本人心境的雍容平和，对整个士大夫阶层也有一定影响。他们的确是生活在“富贵福泽”之中的。故胡俨序杨荣文集，云：“此诚公遭遇列圣太平雍熙之运，声明文物之时，故得抒其所蕴，以鸣国家之盛。”

就创作队伍的构成而言，台阁派和茶陵派的主体都是任职于（或曾任职于）翰林院的官员，① 但两个流派的创作倾向却有显著不同。如沈德潜等编《明诗别裁集》卷三所说：“永乐以还，尚台阁体，诸大老倡之，众人靡然和之，相习成风，而真诗渐亡矣。”“永乐以后诗，茶陵起而振之，如老鹤一鸣，喧啾俱废。”其差异是如何产生的呢？廖可斌曾在《明代文学复古运动研究》第二章中作过探讨，他以为：“正统以前，翰林院庶吉士多在内阁教习，皇帝还时常亲自过问培养情况，教学内容以‘究竟名理，涵养道德，熟习政事’为本。故其时翰林诸人为文，乃一依台阁体之轨辙，以宣扬程朱理

① 茶陵派由李东阳主盟，其成员主要包括两部分人：一部分人是他的门生，如邵宝、石珤、罗玘、顾清、鲁铎、何孟春等，另一部分人是他的朋友，如杨一清、吴宽、程敏政、谢铎、张泰、陆釴、马中锡、王鏊等。

学、歌功颂德、粉饰现实为能事。正统以后，庶吉士改在翰林院内教习。皇帝及内阁大臣不再过问，思想方面的控制也不像以往那样严密，于是庶吉士们‘大都从事辞章’，‘而道德政事则忽弃焉’（《殿阁词林记》卷十）。于是翰林院诗文创作的风尚发生转变，即变得比较注重诗文本身的审美要求和审美特征。作为纯粹文学流派的茶陵派，遂得以从中蜕生并分化出来。”这一说法是有见地的，它恰当地注意到了台阁派与茶陵派的区别及其与翰林院体制的关系。陈书录则强调了台阁体作为庙堂文化的缺陷，其《明代诗文的演变》第二章第四节指出：“程朱理学是明代庙堂文化的哲学基础，八股取士是朱明笼络人心、网罗人才的基本国策。程朱理学的负面是严理、欲之辨，禁锢心灵，钳制性情。八股文的负面是代圣人立言，趋时媚俗。而台阁体与茶陵派中的大多数骨干人物均为科举入仕的台阁重臣，他们附丽于庙堂文化或被庙堂文化所钳制，较多地受到八股文等负面的影响，趋附君权，趋附时俗，比较缺乏独立自主的精神，这就使永乐以来由阁臣执掌的正宗文坛风气衰弱，并且难以跳出低谷。”李东阳身为茶陵派的主盟者，他一方面不免台阁习气，另一方面又对台阁习气不满，“徘徊于庙堂与山林之间，而且越来越依恋于山林”。这一说法也同样有见地，它注意到了李东阳人生态度的一些新的特点。除此之外，我们还想强调一个重要的事实：茶陵派从台阁体中脱颖而出，与山林诗的兴起之间具有某种不容忽略的联系。

山林诗是与台阁诗相对而言的。这不仅表现为其作者身份的差异（一为台阁重臣，一为山林隐逸），还表现为其诗风的差异（前者盛行于宫廷、帝都，“平正纡徐”，“雍容雅步”，后者流传于山林、草野，清新自然，恬淡超逸），更表现为其价值取向的不同（前者体现出浓厚的廊庙意识，旨在显耀世运升平、国力强盛的气象；后者体现了高洁的山林精神，旨在表达远离朝市、安贫乐道的襟怀）。概括地说，台阁诗关注富贵气象，山林诗关注隐逸气象。考察山林诗的兴起，我们的目光会集中到明代心学的几位前驱身上，一是陈献章，一是庄昶。① 陈献章、庄昶的诗，人称“庄陈体”。从其表达的方式来看，可分为两类：一类是直接排比“理语”入诗，“而缺乏理趣的涵咏”，其哲学的特性超过了诗的特性；一类是“真能做到哲理与诗心互相凑泊，浑融无间，‘如水中盐，蜜中花，体匿性存，无痕有味，观相无相，立说无说，所谓冥合圆显者’”。② 后一类作品，如从题材的角度加以界定，即我们所关注的山林诗。山林作家的身份意识，并不弱于台阁作家。他们的人生态度和艺术趣味，是与其身份意识密切相关的。

山林诗的兴盛与明代心学的生长之间有其内在联系。以陈献章（1428～1500）为例，他早年遵从老师吴与弼的指点，博览圣贤典籍，却一无所获，后隐居山林数载，静坐养心，终于“得道”。这种“道”，不在经传中，而在“心之体”，其“心学”显然带有与述朱派分道扬镳的意味。他所谓“得道”，即“无累于外物，无累于形骸”（陈献章《与太虚》），个体生命进入一种与大化同一的状态。可以说，追求心性的自然呈现与个体生命的“无累”，这是陈献章心学的核心，也是其诗的核心。陈献章等心学家致力于把“道”诗化，以玩味自然风景的方式来悟道，以写景的方式来示道，创获之一是山林诗的成立。其中确乎不乏警句，王世贞《艺苑卮言》卷六曾引陈献章“竹林背水题将偏，石笋穿沙坐欲平”，“出墙老竹青千个，泛浦春鸥白一双”，“时时竹几眠看客，处处桃符写似人”，“竹径旁通沽酒寺，桃花乱点钓鱼船”，赞叹道：“何尝不极其致。”庄昶的“溪声梦醒偏随枕，山色楼高不碍墙”（《罗汉寺》），“残书楚汉灯前垒，小阁江山雾里诗”（《病眼》），“荒村细雨闻啼鸟，小树轻风落野花”（《宿三茅观》）等，亦极受杨慎推重。他们的山林诗，与他们所体悟的“道”或本体是联系在一起的。道与山水的契合，在孔子所赏识

① 俞弁：《逸老堂诗话》卷下引唐元荐语：“山林则陈白沙、庄定山称白眉。”见丁福保辑：《历代诗话续编》，1331页，北京，中华书局，1983。

② 萧蓮父：《序方任安著〈诗评中国著名哲学家〉》，见《吹沙二集》，513页，成都，巴蜀书社，1999。

的舞雩气象中已露端倪。东晋的陶渊明以及宋代的几位大儒，也往往恣情于山水，如李梦阳《论学篇》所说："赵宋之儒，周子、大程子别是一气象，胸中一尘不染，所谓光风霁月也。前此陶渊明亦此气象；陶虽不言道，而道不离之。"陈献章、庄昶之山林诗，亦当作如是观。杨慎《升庵诗话》卷七说："白沙虽宗《击壤》，源出柴桑。"将陈献章诗与陶诗并提，意在表明，陈献章的山林诗，其美感特征也是"虽不言道，而道不离之"。青青翠竹，莫非真如；粲粲黄花，莫非般若。借用禅家话头，我们也可以说："道通天地有形外，思入风云变态中。""等闲识得春风面，万紫千红总是春。"满目风景，皆是道的呈现。①

山林诗与心学共生，将这一事实纳入明代诗学的逻辑进程加以描述，我们注意到，茶陵派从台阁派中分化而出与此有关。王世贞《艺苑卮言》卷五曾说杨士奇是第一代台阁体盟主，李东阳是第二代台阁体盟主。但二者之间有个显著的差异，三杨等典型台阁派诗人是漠视王孟诗或山林诗的，同样身居台阁的茶陵派盟主李东阳则对山林诗甚为关注。他在《麓堂诗话》中说："朝廷典则之诗谓之台阁气，隐逸恬淡之诗谓之山林气，此二气必有其一，却不可少。""作山林诗易，作台阁诗难，山林之诗或失之野，台阁之诗或失之俗，野可犯，俗不可犯也。"② 这似乎是平分秋色地评议山林诗和台阁诗，但实际上含有对山林诗的偏袒。③因为，李东阳身为"四十年不出国

① 参见王衡：《缑山先生集》卷一《读陈白沙先生诗》："道味淡亦尽，诗才消未穷。能将尧夫质，巧托少陵工。寂寞自成响，悠扬如在空。世无先辈在，高韵与谁同?""会意律如动，深心言如微。盈盈眼前景，瑟瑟箭锋机。造化能随手，风光不堕围。太玄真尚白，人道解嘲非。"（据《四库全书存目丛书》本）

② 本书引用李东阳《麓堂诗话》，均据中华书局 1983 年版《历代诗话续编》本。标点有所改动。

③ 就人生态度而言，李东阳对山林亦不乏向往之情，其《次韵送李天瑞二首》之二云："亦知廊庙心仍在，奈何山林癖未除。"《习隐二十首》之一亦云："习隐渐成癖，谁与恋冠缨?"

门”的台阁作家，青睐台阁诗是他的本分，关注山林诗却是题外话。他将山林诗与台阁诗并提，这透露出一个信息：身为台阁大臣的李东阳，其身份意识远不像三杨那样强烈，茶陵派愿意接受山林诗的濡染，身份意识淡化是一个基本前提。身份意识的强烈与否是台阁派与茶陵派的一个重要差别，甚至，茶陵派与台阁派的分野亦可以据此划定。《四库全书总目》对茶陵派重要成员的创作颇有评述，如卷一七一邵宝《容春堂集》提要：“清和澹泊，尤能抒写性灵。”同卷顾清《东江家藏集》提要：“清新婉丽，天趣盎然。”这说明，茶陵诗风已逸出“平正”“雍容”的台阁体范围。与之相应，茶陵诗学亦与陈献章、庄昶的诗学相通，同样表现出对“淡”的风致的偏爱。

陈献章（1428～1500）是明代较早讨论“风韵”和在诗作中体现“风韵”的学者，其《与汪提举》云：“大抵论诗当论性情，论性情先论风韵，无风韵则无诗矣。今之言诗者异于是，篇章成即谓之诗，风韵不知，甚可笑也。性情好，风韵自好；性情不真，亦难强说。”李东阳《麓堂诗话》说：“陈白沙诗，极有声韵。《崖山大忠祠》曰：‘天王舟楫浮南海，大将旌旗仆北风。世乱英雄终死国，时来竖子亦成功。身为左衽皆刘豫，志复中原有谢公。人众胜天非一日，西湖云掩岳王宫。’和者皆不及。余诗亦有风致，但所刻净稿者未之择耳。”杨慎《升庵诗话》卷七说：“白沙之诗，五言冲淡，有陶靖节遗意，然赏者少。徒见其七言近体，效简斋、康节之渣滓，至于筋斗、样子、打乖、个里，如禅家呵佛骂祖之语，殆是《传灯录》偈子，非诗也。若其古诗之美，何可掩哉？然谬解者，篇篇皆附于心学性理，则是痴人说梦矣。”陈白沙的诗，包含两类主要的诗境：一类是理学诗，如禅宗偈语，难以卒读；一类是以风致见长的诗，宛有陶渊明遗意，清代神韵派诗人王士禛的作品颇有与之相似之处。

继陈献章之后，李东阳对源于“淡”的风致的偏爱，表达得更为明确。他在《麓堂诗话》中说：

> 唐诗李杜之外，孟浩然、王摩诘足称大家。王诗丰缛而不华靡，孟却专心古澹，而悠远深厚，自无寒俭枯瘠之病。由此言

> 之，则孟为尤胜。储光羲有孟之古澹而深远不及，岑参有王之缛而又以华靡掩之。故杜子美称“吾怜孟浩然”，称“高人王右丞”，而不及储岑，有以也夫。

李东阳称李白、杜甫为大家，这不过是对一个传统说法表示附议，没有什么特别的意义。值得注意的倒是他居然视孟浩然、王维为大家。这是需要勇气的，因为，据中国文学批评史看来，李白、杜甫堪称大家，而孟浩然、王维则仅为名家，视孟浩然、王维为大家，这是对古典诗学传统的颠覆。并且，他对孟、王的赞许集中在“古澹”与“悠远深厚”，正是严羽《沧浪诗话·诗辨》所谓“优游不迫”。他所举的那些诗例，也大体属于山林诗的范畴。概括地说，台阁体以宽泛的尊唐为特征，山林诗则明晰地通向从陶渊明到王、孟、韦、柳的一脉。茶陵派兼取台阁与山林，既尊李、杜，又尊王、孟，对“调”的重视超过了对“格”的重视，对律诗的重视超过了对古诗的重视。由台阁体而山林诗而茶陵派，其间的逻辑线索非常清晰。

八　以题材命名流派

以题材命名的流派，较具代表性的有山水田园诗派、边塞诗派、历史演义、英侠传奇、神魔小说、人情小说（含世情书、艳情小说和才子佳人小说）等。

题材选择往往与流派统系、流派风格密切相关。比如，格调派在题材上偏于“室家、行旅、悲欢、聚散、感叹、忆赠”，神韵派在题材上偏于“青山、白云、春风、芳草”，性灵派在题材上偏于闺闱，肌理派在题材上偏于学识（“理”），由此又造成了四者在风格上的差异。“如果题材是崇高的和高尚的，那么，风格也必须如此，如果题材平庸，那么风格也是平庸的。如果题材卑贱，那么风格也必须相应地卑贱……风格随题材而变化，在每方面保持规范和适当的比例。"①以特殊的题材选择为起点，并发展成为一个流派，这种情形在古典诗中已被证明是一个有规律的文学现象。

在明清时代的长篇小说中，题材也显示出了充分的流派意义。历史演义、英侠传奇、神魔小说和人情小说的划分，即以题材重心为依据，而不同流派的作品，在艺术表达上确乎存在诸多差异，并由此造成了风格祈向的不同。试以这四个流派的代表作品《三国演义》、《水浒传》、《西游记》、《金瓶梅》、《红楼梦》为例略作说明。

首先，我们看看这几部小说处理女性形象的方式有何不同。

《三国演义》以政治、军事问题作为小说的重心，对于日常生活采取了视而不见的态度，衣、食、住、行，油、盐、酱、醋，如果它们与政治、军事的较量不相干，作者就根本不会留心。这种态度也同样适用于女性，比如貂蝉。《三国演义》叙她本是王允府中的歌妓，美丽聪慧，王允待她如亲女。因见董卓暴虐，汉室将倾，慨然助王允行"连环计"，周旋于董卓、吕布之间，使二人反目。吕布助王允诛除董卓后，得貂蝉为妾。曹操擒杀吕布，貂蝉结局如何，不得而知。在上述情节链条中，"连环计"中的貂蝉是备受重视的，因为这与政治斗争相关，但此后貂蝉在作者眼里就无足轻重了，尤其是小说第二十回，曹操擒杀吕布后，小说仅仅交待："（曹操）将吕布妻女载回许都。"（嘉靖本《三国志通俗演义》作"将吕布妻小并貂蝉载回许都。"）清初毛宗岗在这里加了一句评语："未识貂蝉亦在其中否？自此之后，不复知貂蝉下落矣。"读者毛宗岗如此牵挂貂蝉，作者罗贯中则不大在意貂蝉，一个置身于政治、军事斗争之外的女子，无论多么美丽轻盈，她在《三国演义》中也是无足轻重的。

《水浒传》则是一部以豪侠题材为主的小说。为了充分写出好汉们的豪侠风采，小说中个性千差万别的英雄却又被赋予了几大共同特

① 乔治·普顿汉姆：《英国诗歌艺术》（1589），［英］拉曼·塞尔登编：《文学批评理论——柏拉图到现在》，汉译本，351页，北京，北京大学出版社，2000。

征，“一意打熬气力，不亲女色”便是其特征之一。为什么不亲女色呢？原因之一是，传统词曲中娇媚的女性形象以及男欢女爱的韵事与《水浒传》的粗豪情调格格不入。金本第三十七回中，李逵等四人正在琵琶亭饮酒，“各叙胸中之事。正说得入耳，只见一个女娘，年方二八，穿一身纱衣，来到跟前，深深的道了四个万福，顿开喉音便唱。李逵正待要卖弄胸中许多豪杰的事务，却被他唱起来一搅……李逵怒从心起，跳起身来，把两个指头去那女娘额上一点，那女娘大叫一声，蓦然倒地”。①这一段情节，绝妙地写出“豪杰事务”对怜香惜玉的书生美德的排斥。梁山好汉中，除了被嘲笑的周通、王矮虎热衷于要个押寨夫人外，其他人都视女色为尘土。梁山的世界里容不得常规意义上的女人。所以对林冲等人的妻子，作者都安排了各种理由，不让她们上山，至于母夜叉与母大虫，则已充分地好汉化、雄性化，而潘金莲、潘巧云等，则被设计为“祸水”型的人物。

《西游记》以降妖伏魔为主体。从修身养性的角度看，魔就是人的欲望。印度古代传说中的第六天之主波旬即魔界之主，常率魔众破坏善事。佛教吸取这一设想，并将一切烦恼、疑惑、迷恋等妨碍修行的因素视为魔。《西游记》所写的一连串降魔伏怪之役，在这一意义上不妨理解为对自我心灵中各种欲望的克服。而在人的种种欲望中，“好色”又是格外引人注目的一种。为了传达修身养性的命意，《西游记》对师徒四人的性格做了精心设计：唐僧心如古井，总是躲避一次又一次的求爱；悟空尤其超脱，笑看儿女情长，一副调侃和不屑的神态；沙僧亦向来稳重，绝不对女性想入非非；只有八戒，念念不忘他的高家妻子，不知疲倦地与异性打情骂俏，而正是他成为作者调侃的主要对象。《西游记》的作者没有兴趣写那种风光旖旎的恋爱。

《金瓶梅》、《红楼梦》以社会公共生活之外的私生活为描写重点，在传统职业格局中基本上不参与社会公共生活的女性自然成为人情小说的主体。《红楼梦》开头便有这样的交代：“今风尘碌碌，一事无成，忽念及当日所有之女子，一一细考较去，觉其行止见识皆出

① 施耐庵著，金人瑞评：《水浒传》，718页，济南，齐鲁书社，1991。

我之上；我堂堂须眉，诚不若彼裙钗；我实愧则有余，悔又无益……知我之负罪固多，然闺阁中历历有人，万不可因我之不肖，自护己短，一并使其泯灭也。”非常明确，小说是以一群闺阁女子作为描写中心，“或情或痴，或小才微善”，并不与社会公共生活发生直接联系。在贾宝玉的周围，钗环黛绕，构成一个迥异于《三国演义》、《水浒传》的世界。可以作一个近乎荒唐的设想：假如让曹操、刘备进入大观园，或者让林黛玉、薛宝钗进入《三国演义》，这两部小说将如何展开？这表明，不同题材的小说，各有畛域，不是各色人等都可以进入其中的。

其次，由于小说的题材类型不同，对人物的评价也有着不同的眼光或者角度。举一个著名的人物为例：武松。在《水浒传》中，武松被作为第一号好汉来描写，崇敬之情溢于言表。但在《金瓶梅》中，他却被写得有几分令人厌恶。之所以产生这种区别，原因之一在于，《水浒传》是一部英侠传奇，小说从好汉的立场出发写人物，受崇拜的是不受常规约束的豪侠，平凡度日的芸芸众生算不了什么；《金瓶梅》是一部世情书，小说从常人的立场出发写人物，受关注的是寻常人的寻常生活，豪侠则是不近人情的异类。《金瓶梅》是这样安排武松的社会关系的：他的哥哥武大，武大有个女儿迎儿（迎儿在《水浒传》中是武大的小婢，在《金瓶梅》中则成了武松的亲侄女)，潘金莲是武大的后妻。这个安排提示读者，在武大去世后，迎儿的生活必须由武松来照料，作为亲叔父，他必须对迎儿的未来负责。但武松并未承担起这一责任。他剐了潘金莲，割了王婆的头，准备到隔壁去杀王潮儿。“那时也有初更时分，（他）倒扣迎儿在屋里(按，即凶杀现场)。迎儿道：‘叔叔，我也害怕。’武松道：‘孩儿，我顾不得你了。’”武松此去，不再回家。至于迎儿会不会被吓死，即使不吓死，此后将流落何处，他一概不再理会。如此一个不负责任的武松，以我们常人的眼光来看，没有什么可爱之处。在英侠传奇和世情书中，武松的角色定位是不同的。

在文言小说中，题材的流派意义也显而易见。比如，汉魏六朝志怪小说中的“搜神”派、“博物”派和“拾遗”派即主要是以题材为依据划分的，而这三者在艺术表达上的差异及由此造成的风格差异之显然，更是有目共睹。①

以题材命名流派，其长处是简明而较少引起争议，不像风格，容易产生见仁见智的分歧。比如，鲁迅《中国小说史略》将明清章回小说的几个主要流派命名为“讲史”、“神魔小说”和“人情小说”，除“讲史”一名较多争议外，②“神魔小说”和“人情小说”这两个流派名称一直沿用至今，说明其命名已获得广泛认可。又如山水田园诗派和边塞诗派，除了拒不承认有这样两个流派的少数学者外，学术界对这两个流派名称的运用亦已成惯例。

不过，以题材命名流派，其应用范围是有限的，至少在面对两种情况时无能为力：其一，作品的题材特征不够清晰，或者题材在作品中已丧失其重要性，对作品的把握必须从作品风格或作者意图入手；其二，作品题材杂糅，在确定流派归属时，亦不宜采用这一命名方式。这两方面的无能为力，在面对清代章回小说时显得非常突出。

清代一部分章回小说，例如夏敬渠《野叟曝言》、屠绅《蟫史》、李汝珍《镜花缘》，即鲁迅《中国小说史略》第二十五篇《清之以小说见才学者》所列举的代表作品，它们与明代章回小说在创作路向上的差异之大，几乎类似于宋诗与唐诗的差异。

唐、宋诗的差异，首先表现为唐诗注重意象的自然呈现，而宋诗注重说明和演绎，唐诗注重感悟，宋诗注重思理。这一区别是如何产生的呢？回顾唐诗的历程，我们发现：唐代诗人在开拓疆土的过程中，目光一直集中于新的题材的发现和使用。初、盛唐诗人的题材领域至为宽阔，凡汉魏诗人写过的题材，他们几乎没有遗漏地继承了下来，其间没有明确的题材重点；至中唐，以大历诗人为代表，集中于山水题材的开拓，将王、孟一脉发扬光大；晚唐诗人如李商隐、温庭

---

①　参见拙著：《文言小说审美发展史》相关部分，武汉，武汉大学出版社，2002。

②　争议主要围绕《水浒传》一脉的流派归属而展开。参见拙著：《明清章回小说流派研究》第一章，武汉，武汉大学出版社，2003。

筠、韩偓等，则又致力于艳情题材的开垦，与宫体诗一脉相承。艳情题材被大量使用，表明新题材的发现和使用已没有余地，诗人们必须另辟蹊径，才能有所创造。这一状况提示宋人，如果他们不想自立于诗人之林则已，倘若还有这样的抱负，那就不能凭借新题材与唐人争胜，因为所有的题材都被唐人用心地写过了；他们必须换一种写法，换一种与唐人迥异的写法，才能与唐人一较高低。宋人以议论为诗，以才学为诗，正是长期探索的产物。所谓以议论为诗，以才学为诗，即以文为诗，即用写古文的手法来写诗。宋诗的风貌之所以不同于唐诗，原因在此。

清代章回小说作者的处境，与宋人颇为相似。历史、豪侠、神魔、人情，主要的题材都被明人写过并且写出了出色的作品，清人如果试图展开新的局面，可供一试的路数大致有三：一、以明人尚未大量使用的题材为写作重点，如才子佳人故事、公案故事；二、将明人单独使用的题材合并在一起使用，即将历史、豪侠、神魔、人情等融合在一起，如《隋唐演义》、《绿野仙踪》、《儿女英雄传》等；三、换一种写法，换一种与明人迥异的写法。明人以曲折的情节、生动的人物见长，一部分清代作家则试图以思想见长（如《儒林外史》），以博学见长（如《野叟曝言》、《镜花缘》），以才藻见长（如《蟫史》），概括地说，以才、学、识见长。这三种路数，第一种仍可根据其题材来划分流派归属，第二种因题材杂糅的缘故，难以用题材命名，至于第三种，由于它在写法上别出一径，更不宜从题材着手确立流派名目：鲁迅《中国小说史略》称《儒林外史》为讽刺小说，称《镜花缘》为才学小说，其切入角度主要是作品的风格。鲁迅所选择的命名方式是恰当的。

曾有学者批评鲁迅《中国小说史略》划分流派的标准不够统一。照我理解，他们实际上说的是命名方式不够统一。比如，"讲史"、"神魔小说"、"人情小说"乃是从题材角度命名，而"讽刺小说"、"谴责小说"则据作品艺术表达的特色立名，"清之以小说见才学者"则着眼于作者"以小说见才学"的动机及由此形成的写作特点。浙江古籍出版社1997～1998年间出版的"中国小说史丛书"，其中据题材特点设计的四部分别为《历史小说史》、《神怪小说史》、《世情小说史》、《侠义公案小说史》。《世情小说史》的著者向楷在绪论中讨论了《中国小说史略》的流派分类问题。他指出："最早接触到世情小说精神实质的"是鲁迅《中国小说史略》第十九篇《明之人情小说》（上）"描摹世态，见其炎凉"二语，"然而在论述的实践中，《中国小说史略》又将'描摹世态'、'见其炎凉'，揭其奸弊情伪颇力的《儒林外史》、《官场现形记》、《二十年目睹之怪现状》等小说从'世情书'中剥离出去，另立'讽刺小说''谴责小说'等目，既见出全书分类标准的不统一，更反映出其对世情小说界说的不严密和界说范围与论述实践的相分离"。他认为，"从题材的角度看问题，中国的小说，约言之可分为两类：一曰叙鬼神，写的是宗教的幻化世界；二曰记人事，写的是现实世界的真实生活。叙鬼神者，鲁迅称之为'志怪书'、'神魔小说'，亦有人称'志怪'、'神怪'、'灵怪'。记人事者则颇为复杂，写军国大事的称'讲史'，崇英雄的或称'侠义小说'，或谓'英雄传奇'，重断狱的叫'公案'，兼断狱与英雄的则曰'侠义公案'小说"。"世情小说应该是指那些以描写普通男女的生活琐事、饮食大欲、恋爱婚姻、家庭人伦关系、家庭或家族兴衰历史、社会各阶层众生相等为主，以反映社会现实（所谓'世相'）的小说。具体地说，世情小说应该是记人事者一类中'讲史'、'公案'、'英雄传奇'（侠义）、'公案侠义'之外的所有其他小说的总称，它包括鲁迅《中国小说史略》中列入'人情''讽刺''谴责''狭邪'等篇目中的诸多小说在内。"①

《中国小说史略》流派分类标准之不统一，准确地说，流派命名方式之不统一，这是一个客观存在的事实，故向楷所说，并非苛论。但换一个角度看，鲁迅这样处理自有其内在的原因。其一，从明清章回小说的演变情形来看，明代的章回小说如《三国演义》、《水浒传》、《西游记》、《金瓶梅》，相互之间的题材畛域甚为分明，而清代的章回小说如《隋唐演义》、《绿野仙踪》、《镜花缘》等，其间的题

① 向楷：《世情小说史》，2～3页，杭州，浙江古籍出版社，1998。

材畛域则已相当模糊。《隋唐演义》从书名看自是一部历史演义，但小说的故事主体实含三个方面：第一是关于单雄信、秦琼、尉迟敬德、罗成等英雄的故事，乃传统的英侠传奇题材；第二是关于隋炀帝的宫廷生活。他在那帮“夫人”、“美人”身上用情的故事实为才子佳人题材的改头换面；第三是关于唐玄宗和杨贵妃的故事，与历史演义的宗旨较为吻合。《绿野仙踪》从书名看自是一部神魔小说，但小说以冷于冰求仙访道为线索，集中展示官吏之贪残、儒生之迂腐、妓女帮闲之可恶、市井细民之窘迫，其故事主体实为世态人情。《镜花缘》从书名看也是一部神魔小说，但与《西游记》相比，历险故事所占的比重很小，与《封神演义》相比，作者无心将百位花仙的故事处理成为热闹平庸的神魔斗法；李汝珍继承子部小说的传统，津津有味地在小说中展示博物知识和其他学问，与汉魏六朝的博物体小说一脉相承。① 在清代章回小说已泯灭了题材特征的背景下，从其艺术表达的特征入手加以界定或命名乃是顺理成章的事。其二，流派分类的终极依据是风格。风格类似且在统系上有明确关联的若干作品聚集在一起，便形成了我们所说的流派。但风格的把握不及题材的把握那样较易形成共识，因此，在题材畛域分明的明代，鲁迅《中国小说史略》以题材为依据命名流派。清代的《红楼梦》继承世情书和才子佳人小说的传统，在题材上谨守人情小说的畛域，故鲁迅仍以“清之人情小说”冠名。至于《儒林外史》和《官场现形记》等，其题材固有与传统的人情小说部分重合之处，但男女之间的感情纠葛在诸书中已退居末座，故鲁迅以艺术表达的特色冠名，充分突出其风格特征。

从以上的探讨可以看出，以题材命名流派，虽然有其不容忽略的长处，但其适用范围之有限也是毋庸置疑的。明白了这一点，我们也就可以有把握地得出结论：我们提倡在适当的时候以题材命名流派，但反对不问情由地一律以题材命名流派或期望自始至终地以题材命名

---

① 参见拙文：《〈镜花缘〉：中国第一部长篇博物体小说》，《明清小说研究》1999 年第 2 期。

所有流派，因为，这既不必要，也无法做到。以题材命名和以风格命名，这种命名方式的差异并不表明衡量流派的标准不同，而仅仅是因为不同的命名方式各有其适用的范围。

九 以风格命名流派

以风格命名的流派，最具影响力的是宋词中的豪放派、婉约派；明清小说中的讽刺小说、谴责小说，也较为世人熟知。

以风格命名流派，约定俗成是一个必须遵循的原则。理由是：一个作家、一个流派，其风格可以从多个层面加以考察。比如白居易，其讽喻诗、艳情诗、闲适诗、感伤诗，所处理的题材不同，风格也有差异，不同的观察者从不同角度加以描述，所强调的风格重点必然不会一致。如不遵循约定俗成的原则，就难以形成共识。

豪放派、婉约派的命名是一个具有经典意义的例子。这一命名始于明万历间张綖所著《诗馀图谱》，其《凡例》之后《附识》曰：

> 词体大略有二：一体婉约，一体豪放。婉约者欲其词情酝藉，豪放者欲其气象恢宏。盖亦存乎其人。如秦少游之作，多是婉约；苏子瞻之作，多是豪放。大抵词体以婉约为正。故东坡称少游为“今之词手”，后山评东坡词“如教坊雷大使舞，虽极天下之工，要非本色”。

“词体”之“体”，指的是风格。张綖指出：如作粗略归类，宋词可以划分为两种风格。他意中尚无明确的分派意识，但从风格的角度提供了分派依据。清初王士禛即据以分派：

> 张南湖论词派有二：一曰婉约，一曰豪放。仆谓婉约以易安为宗，豪放惟幼安称首，皆吾济南人，难乎为继矣。(《花草蒙拾》)①

① 唐圭璋编：《词话丛编》，685页，北京，中华书局，1965。

其后以婉约、豪放分派成为宋词分派中最有影响的传统作法。某些表述在措辞上与之颇有异同，但性质并无区别，仍可视为这一作法的派生物。如《四库全书总目》卷一九八《东坡词》提要：

> 词自晚唐五代以来，以清切婉丽为宗。至柳永而一变，如诗家之有白居易；至轼而又一变，如诗家之有韩愈，遂开南宋辛弃疾等一派。寻源溯流，不能不谓之别格，然谓之不工则不可。故至今日，尚与《花间》一派并行而不能偏废。①

“《花间》一派”，即“以清切婉丽为宗”的一派；对“辛弃疾等一派”，四库馆臣未从风格上加以界定，只是将之定位为“别格”，其实就是豪放一派。厉鹗《张今涪红螺词序》以南、北宗分派，称“清真、白石诸人，词之南宗也”，“稼轩、后村诸人，词之北宗也”，而“以南宗胜北宗”，② 则是以南宗（婉约派）为正、以北宗（豪放派）为变。吴锡麒《与董琴南论诗书》云：“派澝分支，盖有二焉：残月晓风，诵屯田之句；微云衰草，传女婿之篇。香草能愁，落花易怨；意徘徊而不尽，韵飘缈而长留。所谓丽而不淫，可供之浅斟低唱者也。琼楼玉宇，听水调之歌；翠袖红巾，按龙吟之谱。秋涛善怒，老竹偏豪，气飒爽而难平，调激昂而自喜。所谓慨当以慷，可付之铁钹铜琶者也。”吴锡麒所描述的两种风格、两个流派，如用“婉约”、“豪放”为名，读者当不会感到唐突。厉鹗、吴锡麒均为浙派词人。至于常州词派的周济，他编选《词辨》，一卷起飞卿为正，包括温庭筠、韦庄、欧阳修、秦观、周邦彦、周密、吴文英、王沂孙、张炎等；二卷起南唐后主为变，包括李煜、范仲淹、苏轼、辛弃疾、姜夔、陆游、刘过、蒋捷等。其正、变之说，与婉约、豪放的区分在内在理路上也是一致的。

婉约、豪放的二分法自然是有缺陷的。首先，它未能涵盖宋代词

---

① 永瑢等撰：《四库全书总目》，1808页，北京，中华书局，1965。

② 厉鹗：《樊榭山房文集》卷四，据《四部丛刊》本。

坛的主要词风。比如，南宋后期的姜夔，有意在婉约、豪放之外另辟蹊径，并以其创作成就和巨大影响造成了词坛注重清逸的新时尚，被后人视为清逸派（醇雅派）的开山。其次，部分词人的创作事实上兼有婉约与豪放之胜，如苏轼、辛弃疾。再次，婉约词人的创作有雅俗之别，如李清照词风即与柳永相去甚远，等等。总之，要对婉约、豪放的二分法加以批评是不难找到理由的。但尽管如此，作为一种约定俗成的划分法，由于它便于我们“从总体上把握词的两种主要风格与词人的大致分野”,① 我们还是乐意采用它。我们不能要求一种理论毫无破绽，只能要求它比别的理论更具合理性。

以风格为依据命名流派，简明扼要是一个基本原则，否则过于琐碎，不够概括，划分流派就没有意义了。比如清代的陈廷焯，其《白雨斋词话》卷八将宋词分为十四派：

> 唐宋名家流派不同，本原则一。论其派别，大约温飞卿为一体，皇甫子奇、南唐二主附之；韦端已为一体，牛松卿附之；冯正中为一体，唐五代诸词人以暨北宋晏、欧、小山等附之；张子野为一体；秦淮海为一体，柳词高者附之；苏东坡为一体；贺方回为一体，毛泽民、晁具茨高者附之；周美成为一体，竹屋、草窗附之；辛稼轩为一体，张、陆、刘、蒋、陈、杜合者附之；姜白石为一体；史梅溪为一体；吴梦窗为一体；王碧山为一体，黄公度、陈西麓附之；张玉田为一体。②

与《白雨斋词话》的分派情形相类的是詹安泰《宋词散论》（广东人民出版社 1982 年版），该书把宋词风格分为八种：一、真率明朗，以柳永为代表；二、高旷清雅，以苏轼为代表；三、婉约清新，以秦观、李清照为代表；四、奇艳俊秀，以张先、贺铸为代表；五、典丽精工，以周邦彦为代表；六、豪迈奔放，以辛弃疾为代表；七、骚雅

① 吴熊和:《唐宋词通论》，158 页，杭州，浙江古籍出版社，1985。

② 陈廷焯:《白雨斋词话》，206 页，北京，人民文学出版社，1959。

清劲，以姜夔为代表；八、密丽险涩，以吴文英为代表。这种分法，对于具体的作家作品研究是有帮助的，但用之于流派，则嫌文不对题。因为，流派划分的目的之一是揭示不同流派之间的风格差异，并不是要将同一流派作家之间的区别尽量显示出来。比如唐代的韦柳，二人的风格其实颇有差异，“韦柳五言古，虽以萧散冲淡为主，然旧史称子厚诗‘精裁密致’，宋景濂谓柳‘斟酌于陶谢之中’，斯并得其实，故其长篇古律用韵险绝，七言古锻炼深刻。应物之诗较子厚虽精密弗如，然其句亦自有法，故其五言古短篇仄韵最工，七言古既多矫逸，而劲峭独出。乃知二公是由工入微，非若渊明平淡出于自然也”。“东坡云：‘柳子诗在渊明下，韦苏州上。’朱子云：‘韦苏州高于王维、孟浩然诸人，以其无声色臭味也。’愚按：韦柳虽由工入微，然应物入微而不见其工；子厚虽入微，而经纬绵密，其功自见。故由唐人而论，是柳胜韦；由渊明而论，是韦胜柳。东坡迁海外，惟以陶柳二集自随，是岂真知陶者哉！”（许学夷《诗源辩体》卷二十三）尽管韦、柳之间存在诸多差异，但从流派划分的角度看，着眼点却应是二者之同：“唐人五言古，气象宏远，惟韦应物、柳子厚，其源出于渊明，以萧散冲淡为主。”（《诗源辩体》卷二十三）正是这种“萧散冲淡”的风格，将韦柳与边塞诗派等流派区别开来。将韦柳划分为一个流派的依据是其“萧散冲淡”之同而非其“精密”与“劲峭”之异。去小异而存大同，故以风格为依据命名流派，宜简明扼要；过于琐碎以自矜具眼只能说明研究者缺少流派意识。①

以风格为依据命名流派，准确地揭示流派特色是宗旨所在。鲁迅

① 再举一个例子。“关于宋诗的流派，文学史上有过多种看法，比较有代表性的，似乎是梁崑在《宋诗派别论》中所提出的十一派说，即香山派、晚唐派、西昆派、昌黎派、荆公派、东坡派、江西派、四灵派、江湖派、理学派、晚宋派。这种划分，虽然大体上符合宋诗创作的实际，但所根据的标准却不够统一，尤其是未将体与派区别开来，如所谓‘香山派’、‘晚唐派’等，不过是某种风格的概念而已。”（张宏生：《江湖诗派研究》，1～2页，北京，中华书局，1995。）梁崑的失误，除了混淆“体”、“派”外，着眼过于琐碎也是一个重要方面。

《中国小说史略》在这方面是做得非常出色的。比如，他将《儒林外史》从人情小说中独立出来另立讽刺小说一派，又将《官场现形记》等与讽刺小说相区别，另立谴责小说一派，这都是极具小说史眼光和流派眼光的。以《儒林外史》为代表的讽刺小说，其理想的境界是：就作者的出发点而言，“秉持公心，指摘时弊”；就作品的风格而言，“戚而能谐，婉而多讽”；就讽刺的技巧而言，“无一贬辞，而情伪毕露”。清末的《官场现形记》（李伯元著）、《二十年目睹之怪现状》（吴趼人著）等小说却呈现出另一种情形。“虽命意在于匡世，似与讽刺小说同伦，而辞气浮露，笔无藏锋，甚且过甚其辞，以合时人嗜好，则其度量技术之相去亦远矣，故别谓之谴责小说。其作者，则南亭亭长与我佛山人名最著。”① 谴责小说之“辞气浮露，笔无藏锋”，其原因是多种多样的：就作者的出发点而言，李伯元、吴趼人都曾是小报编辑，以小说吸引广大的小报读者群，乃是他们的宗旨之一；就作品的风格而言，以在报章上连载的方式写作，每一段落自成格局，自具面目，意图显豁、辞锋外露有助于读者的接受，“戚而能谐，婉而多讽”反而会给读者造成理解的障碍；就讽刺的技巧而言，由于追求淋漓尽致的宣泄，一代谴责小说作者宁可过甚其辞，也不愿让倾向在场面和情节中自然而然地流露出来，过甚其辞可以得到读者的喝彩，“无一贬辞”却只能造成读者敬而远之的冷落。鲁迅将谴责小说与讽刺小说视为两个流派，准确地揭示了各自的流派特色。

以风格命名流派，必须注意一个现象，即：在那些时间相隔遥远的艺术风格之间偶尔存在惊人的相似之处。不同时期的作家或作家群创作出了风格相似的作品，他们是否可归为同一流派，往往是颇费斟酌的事情。比如，南朝的陶、谢，唐朝的王、孟、韦、柳，明朝的高叔嗣、徐祯卿，清代的王士禛，他们同属于“清微妙远派”，学术界已大体取得共识。在做判断时，重复出现的风格是否存在统系上的明确关联是一个重要指标。所谓“清微妙远派”，不仅因为其风格的相似，更因为其代表作家在统系选择上的自觉认同。陈衍《石遗室诗

① 鲁迅：《中国小说史略》，205页，上海，上海古籍出版社，1998。

话》卷八所举的一个例子，情况就复杂一些："今人作诗，知甚嚣尘上之不可娱独坐，百年、万里、天地、江山之空廓取厌矣。于是有一派焉，以如不欲战之形，作言愁始愁之态，凡坐觉、微闻、稍从、暂觉、稍喜、聊从、政须、渐觉、微抱、潜从、终怜、犹及、行看、尽恐、全非等字，在在而是，若舍此无可着笔者。非谓此数字之不可用，有实在理想实在景物，自然无故不常犯笔端耳。《明史》论钟谭诗派云：'自袁宏道矫王、李之弊，倡以清真，惺复矫其弊变为幽深孤峭，与谭元春评选唐人诗，为《唐诗归》，又评隋以前诗，为《古诗归》，钟、谭之名满天下，谓之竟陵体。'沈春泽撰钟诗序云：'自先生以诗文名世，后进学之者，大江以南更甚。然而得其形貌，遗其神情，以寂寥言精炼，以寡约言清远，以俚浅言冲淡，以生涩言新裁，篇章字句之间，每多重复，稍下一二助语，辄以号于人曰：吾诗空灵已极。余以为空则有之，灵则未也。'云云，不啻为今日言之。"① 陈衍批评的这一派，风格似晚明竟陵，二者之间是否存在统系上的明确关联？这是决定二者是否属于同一流派的关键。其答案必须经过深入研究之后才能得出，不能贸然遽下结论。②

---

① 陈衍：《石遗室诗话》，99 页，沈阳，辽宁教育出版社，1998。

② 晚清的狭邪小说在题材选择和风格特征方面与唐人传奇中的"进士与妓女"题材小说相似，但二者不属于一个流派。因为，晚清狭邪小说在统系选择上主要是向《红楼梦》一系的人情小说认同。参见鲁迅：《中国小说史略》，184 页、191 页，上海，上海古籍出版社，1998。

结束语

中国古代文学流派研究是一个极富诱惑力而又难于措手的研究领域。1998年10月，我们以这一课题申报武汉大学人文社会科学重大项目，在评审书中，我们雄心勃勃地指出：

“1．流派研究是中国古代文学研究中的一个薄弱环节。就个别选题而言，与流派相关的研究成果，不乏举足轻重的优秀之作，如莫砺锋江西诗派研究、葛晓音山水田园诗派研究、蒋寅大历诗派研究、张宏生江湖诗派研究等。但应该指出，这些学者的宗旨主要不是为了总结流派理论，而是系统钩稽与作者经历、作品版本、情节本事相关的资料，对作品的思想倾向和艺术得失作出事实判断和价值判断，所以，尽管这些成果分量厚重，但从总结流派理论的角度看，还有许多工作要做。此外，学术界花较多精力认真考察过的流派，其涵盖面尚嫌狭窄，还存在着广阔的有待开拓的研究领域。我们选择《中国古代文学流派研究》作为课题，旨在以作家作品研究为基础而又超越作家作品研究，尽可能全面地观照中国古代文学流派，提供一种新的思路，在系统性和理论深度方面取得进展，为中国古代文学学科的成长作出力所能及的贡献。

“2．中国古代文学史上流派众多，其形成过程和命名方式不尽相同。或以朝代年号命名，或以作家姓名命名，或以地域命名，或以社团命名，或以风格命名，或以总集命名，或以题材命名，或以社会阶层命名，或以理论主张命名。《中国古代文学流派研究》的课题设计，尊重约定俗成的用法，不强求命名方式的统一性，但仍有相对一致的衡估标准。其基本思路是：从总体上论述中国古代文学流派研究的对象、特征、意义及其他相关问题；选择中国文学史上影响较大而学术界又研究较少或我们认为还有必要继续研究的文学流派作为系统研究的对象，如诗中的玄言诗派、宫体诗派、格调派、神韵派，词中的浙西派、阳羡派、常州派，散文中的台阁派、秦汉派、唐宋派、桐城派、湘乡派，小说中的历史演义、英侠传奇、神魔小说、人情小说等①，从流派的形成、发展和特征入手，考察流派与思潮、流派与地域、流派与社团、流派与题材等关系，对其文化含蕴和审美指向作全面而深入的研究。我们认为，尽管'严格意义上的流派成熟于明代'的说法不无道理，但约定俗成意义上的流派则是伴随着文学的独立而出现的。约定俗成并非清晰的理论界定，但蕴含着丰富的理论元素，它在本质上是合乎逻辑的，具有某种程度的必然性、规律性，我们的目的就是充分揭示其蕴含，发现流派演变中许多问题的关键，总结和发展体系化、规范化的流派理论，并在此基础上深化对相关作家作品的认识。研究方法上，一方面有选择地引进西方理论，以提高我们分析问题、解决问题的能力，另一方面，又不能削足适履，生搬硬套；既重视对作家作品的考察，又不局限于作家作品考察；将理论研究与实证研究有机结合，融会贯通，以期取得重大学术成果。"

现在，经过数年的探讨和思索，我们对学术界的相关研究现状有了更多了解，对自身的家底也盘点得更加清楚，回头再看当初的断言与设想，我们觉得还需稍加补充说明：

一、学术界对流派个案的研究，如莫砺锋江西诗派研究、葛晓音山水田园诗派研究、蒋寅大历诗派研究、张宏生江湖诗派研究、刘扬忠唐宋词流派研究（以代表作的出版时间为序）等，在个案考察中，

---

① 本课题不拟研究中国古代的戏曲流派，如元代杂剧中的文采派、本色派，明清传奇中的吴江派、临川派、昆山派、苏州派等，其原因在于，戏曲流派并非纯粹的文学流派，它同时也是或基本上也是艺术流派。对戏曲流派的研究，不仅涉及文学世界，而且涉及艺术世界（如表演体系等），鉴于这一事实，本课题涵盖的文体包括诗、文、词、小说，不包括戏曲。又，本书讨论诗、文、词较多，讨论小说较少，则是为了避免与作者的另外两部书重复：一部是《文言小说审美发展史》，武汉大学出版社 2002 年 10 月出版；一部是《明清章回小说流派研究》，武汉大学出版社 2003 年 11 月出版。

也部分包含了对一般流派理论的思考。这些学者的思考对我们的研究颇多启发。在致力于流派理论的系统化和进一步深化的过程中，我们参考了诸多时贤的成果，文中已一一注明，谨在此表示由衷的感谢。

二、我们曾打算“从总体上论述中国古代文学流派研究的对象、特征、意义及其他相关问题”，而事实上我们选择了中国古代文学流派意识的发生和发展作为切入点，它包括三个层面，即统系意识的发生和发展、盟主意识的发生和发展、风格意识的发生及其与流派命名之间的多重关系。这样做的理由是：我们认为，这三个层面是流派研究的关键所在，流派研究的对象，即流派的统系、盟主（含代表作家）和风格，流派研究区别于其他研究的特征在此，其意义也要从这个角度加以说明。我们试图从三个层面建立系统的流派理论，并以此为基点展开对诸多流派的考察，展开流派与思潮、流派与总集、流派与阶层、流派与地域、流派与社团、流派与题材等多重关系的梳理，旨在提供一种思路，以期在系统性和理论深度方面取得进展。这样做是否妥当，还盼方家指教。

三、对以理论主张命名的流派，本书未设专节讨论，第一章第九节可供参考。以理论主张命名的流派，为人熟知的是格调派、神韵派、性灵派和肌理派。如我们在《汉以降古典诗的四大诗学流别》中阐释过的那样，对这四大流派的实质性界定，可以从题材选择和风格特征两方面入手。由“室家、行旅、悲欢、聚散、感叹、忆赠之词”到“窃占青山白云、春风芳草以为己有”，再到聚焦于闺闱，一方面是题材重心的转移，即由内容丰富的社会生活到带有隐逸情调的山水，再到闺闱之内的私生活，另一方面是美感特征的改变，即由格调到神韵再到性灵。从汉、魏到梁、陈，古体诗将这一程序展示了一遍，从初、盛唐到唐末，律诗又将这一程序重复了一遍。时至明代，明人又将这一程序演绎了一遍，从七子派到公安派，格调、神韵、性灵相继登场。至于在题材上以“理”为中心，这一风尚并不始于宋人。老杜已有“以议论为诗”的爱好，中唐韩愈、白居易等亦热衷于以诗说理，至唐末，这一风尚愈演愈烈，宋人则将之进一步发展，使之成为一个时代诗风的典型标志。平心静气地来看这一现象，我们不妨作这样的界定：以议论为诗，事实上是将题材从“室家、行旅、悲欢、聚散、感叹、忆赠”和“青山白云、春风芳草”以及闺闹迁移到“理”上来，而在表现方式上，则由注重呈现变为注重演绎、说明和铺叙。

从上面的概述可以知道，就实质性的内容而言，格调派、神韵派、性灵派和肌理派，无论是在汉魏六朝，还是在唐代，或是在明代，事实上已经几度出现，所缺少的是一个以其理论主张为名称的标志。比如，没有人称汉魏五古和盛唐律诗的代表作家为格调派，没有人称晋宋五古和中唐律诗的代表作家为神韵派，没有人称梁陈五古和晚唐律诗的代表作家为性灵派，没有人称宋代的江西诗派为肌理派。具备了实质性的内容却没有相应的名称作为标志，其原因何在？我想大致有这样几点：其一，某一理论主张产生的历史往往晚于该理论主张所对应的艺术实践的历史。正如流派意识的产生以流派的较充分发展为前提一样，理论主张的产生也以较为充分的艺术实践为前提，理论概括在艺术实践之后出现是正常的。其二，某一理论主张由较为详尽的阐释演变为简洁明晰的术语，需要较长的一段时间。其三，要对某一理论主张作高度的概括，不仅需要把握这一理论主张本身，还需要把握这一理论主张与其他理论主张的关系，包括重叠的关系、包含的关系、对照的关系等，只有在比较中才可能作出明晰而准确的界定。就这一点而言，共时态的流派竞争是全面把握这种关系的一个必要前提。而共时态的流派竞争在清代才成为一个较为典型的现象。由于这些原因，四大诗学流别在清代正式获得格调、神韵、性灵和肌理等名称是合情合理的。

四、我们曾在引言中强调了事实的重要性，认为现象与事实先于原理和原则，学术研究的出发点是现象、事实而不是原理、原则。但是，与这一命题同样重要的是，我们必须从事实出发，却不能局限和停留于单纯的事实。仅仅罗列一堆事实是不够的，必须对之加以考察、衡估，尽其所能地揭示相互之间的联系，将大量素材转变为体系，转变为原理和原则。研究的终点是体系的建立。就本书而言，合理地排列和阐释相关文献、史实，确定相关文献、史实的意义，建立一个兼具多样性与统一性的中国古代文学流派研究体系，才是终点所在。我们深知，我们的研究远未达到这一境界，但竭诚欢迎从这一标准出发对我们提出的所有批评，以便我们在此后的研究中能做得更深入一些，更完善一些。

2001 年 10 月初稿
2002 年 12 月 28 日定稿
2007 年 1 月 21 日修订

附编

四大小说名著与明清章回小说流派

第一章　章回小说主要流派审美规范的确立

鲁迅《中国小说史略》讨论明代章回小说流派，计有讲史、神魔小说和人情小说（含世情书、艳情小说和才子佳人小说）三类，其中“讲史”包括《三国志演义》一脉的作品如《开辟演义》、《开辟唐虞传》、《有夏志传》、《西周志》、《东周列国志》、《两汉演义》、《西晋演义》、《东晋演义》、《唐书演义》、《两宋志传》和《水浒传》一脉的作品如《英烈传》、《宋武穆王演义》、《岳王传演义》、《精忠全传》等。

《三国志演义》一脉，学术界通常冠以“历史演义”的流派名称，这基本上遵循了鲁迅的用法：“历史演义”与“讲史”，其外延与内涵均大体相近。而《水浒传》一脉，虽然也有学者依然秉承鲁迅的用法，称之为“讲史”，但占主导地位的倾向是冠以“英雄传奇”的流派名称。“英雄传奇”与“讲史”，其外延与内涵均有相当大的歧异，事实上已将《水浒传》一脉排除在“讲史”之外。学术界何以会作这样的选择？主要是考虑到流派名称应与实际的流派内容相符。明确地将英雄传奇与历史演义区分开来，第一人当推郑振铎。他在《插图本中国文学史》中专列《讲史与英雄传奇》一章，集中阐释了历史演义与英雄传奇的三个区别：一、历史演义重在演绎历史事件，记述朝代兴亡，英雄传奇重在描写传奇英雄的事迹，渲染其勇武不凡的风采；二、历史演义的主要事件和人物多有史实依据，英雄传奇则以民间传说为主，虽然其主要事件和人物也有一些历史的影子；三、历史演义多采用编年体与纪事本末体结合的写法，英雄传奇则以纪传体为基本写作方式。① 郑振铎对历史演义和英雄传奇的区分，揭示了二者在题材选择、艺术表达及风格方面的差异，比较切合实际，为学术界所广泛采用。本书改称英雄传奇为英侠传奇，参考了孙一珍《明代中长篇小说类型辨》一文（见《文学遗产》1981 年第 1 期）。

关于明清章回小说流派的划分与命名，从鲁迅《中国小说史略》问世以来，几代学人经过反复的探讨和切磋，在若干主要领域已大体取得共识，比如，历史演义、英雄传奇、神魔小说和人情小说作为明清章回小说的四大流派，在几部主要的中国小说史和中国小说概论中成为不必加以说明的定论；鲁迅所确认的若干清代章回小说流派，如讽刺小说、才学小说（鲁迅的表述是“以小说见才学者”）、狭邪小说、谴责小说等，虽然在命名方式上受到一些学者批评，② 但依然为大多数研究明清章回小说的学者所采用。鉴于这种情况，我们将不再致力于流派划分与命名的讨论，我们关注的焦点是：从中国古代章回小说的流变来看，由历史演义而英侠传奇而神魔小说而讽刺小说而才学小说而狭邪小说而谴责小说，其审美规范的确立是否存在某种内在必然性？在题材和风格的迁移中，四大章回小说流派的分化演变是否有其充分的学理依据？

本书的结论是肯定的，并致力于这一方面的阐释。

---

① 郑振铎：《插图本中国文学史》第四十八章，699 页，北京，人民文学出版社，1957。

② 批评意见认为，鲁迅《中国小说史略》划分流派的标准不够统一，比如“讲史”、“神魔小说”、“人情小说”乃是依据题材而划分，“狭邪小说”、“侠义小说”、“公案小说”亦然，而“讽刺小说”、“谴责小说”则据作品艺术表达的特色立名，“清之以小说见才学者”则着眼于作者“以小说见才学”的动机及其由此形成的写作特点。这种批评意见是否合理，《中国文学流派意识的发生和发展》第三章第八节有详细讨论，可以参看。

一　历史演义审美规范的确立

历史演义是明清章回小说中最早成熟的一个流派，其审美规范的确立以罗贯中的《三国演义》问世为标志。① 从中国叙事文学的积累来看，这一小说史事实的出现是顺理成章的。明代以前，各种小说流派的萌芽在叙事文学中都不难找到，比如，与英侠传奇对应的至少有《史记》等著作中的侠客传、《吴越春秋》等野史中的英雄故事、唐人传奇中的豪侠故事、宋元说话中的铁骑故事、朴刀杆棒故事等；与神魔小说对应的至少有中国古代的神话传说、魏晋以降的志怪小说、唐人传奇中的仙怪题材作品、宋元说话中的说经等；与人情小说对应的至少有魏晋南北朝轶事小说的部分作品、唐以降的恋爱题材的传奇小说、宋人说话中的烟粉、传奇类故事等；与讽刺小说对应的至少有先秦诸子与历史著作中的一部分寓言、魏晋以降的笑话等。但是，所有这一些萌芽状态的流派，从文本积累的角度考察，大都只是短篇，只有水浒故事（英侠传奇）、西游故事（神魔）的文本状态粗具中篇规模。历史演义的状况就不同了，与之对应的至少有中国历朝

① 一般的文学史教科书和读者在提到我国第一部长篇历史小说时，都说是《三国演义》，其实犯了一个小小的常识错误：罗贯中的演述魏、蜀、吴之争的名著，其书名应为《三国志演义》或《三国志通俗演义》。所谓“演义”就是解释、阐述，大体相当于《左传》的“传”。《左传》全称《春秋左氏传》，又名《左氏春秋》，相传是春秋末年鲁国的史官左丘明编写的，目的是要传（zhuàn 阐释、解释）孔子所修的史书《春秋》，因此称为《春秋左氏传》。而罗贯中用小说演述三国历史，也是以解释、阐述陈寿《三国志》为标榜的，故明高儒《百川书志》特别指出：“《三国志通俗演义》二百四十卷。晋平阳侯陈寿史传，明罗本贯中编次。据正史，采小说，证文辞，通好尚，非俗非虚，易观易入，非史氏苍古之文，去瞽传诙谐之气，陈叙百年，赅括万事。”强调《三国志通俗演义》的作用是使《三国志》易于为文化程度不高的普通读者所理解，“是一部绝好的通俗历史”（胡适《三国志演义》序）。后来人称之为《三国演义》，或许是受了《东西汉通俗演义》一类书名的影响，原无不可，但离罗贯中命名的原义已相去甚远了。

的正史及相关野史别传和宋元说话中的讲史作品。以三国故事为例，其文本积累显示出两个明显的优势：其一，宋元讲史话本《三国志平话》已粗具中篇规模，这一优势只有水浒故事（如《大宋宣和遗事》中的“梁山泺纪事本末”）和西游故事（如《大唐三藏取经诗话》）可以大体与之相当；其二，陈寿《三国志》和裴松之的《三国志》注提供了足以构成长篇小说的情节素材和可供加工的语言素材，这一优势是水浒故事和西游故事也不具备的。由于这种文本积累方面的明显优势，当罗贯中等小说家产生创作长篇小说的冲动时，他们选择三国故事等历史题材入手是合情合理的。这一事实同时提醒我们：《三国演义》与正史和民间讲史、戏曲均有密切的血缘关系。

（一）历史演义源出于正史

关于《三国演义》的成书时间，学术界颇多争议。章培恒、马美信为上海古籍出版社 1980 年版排印嘉靖本所写的前言，袁世硕、陈铁民等的论文（袁世硕《明嘉靖刊本〈三国志通俗演义〉乃元人罗贯中原作》，载《东岳论丛》1980 年第 3 期；陈铁民《〈三国演义〉成书年代考》，载《文学遗产增刊》15 辑，中华书局 1983 年 9 月版；杜贵晨《〈三国志通俗演义〉成书及今本改定年代小考》，载《中华文化论坛》1999 年第 2 期），根据瞿佑《归田诗话》卷下《吊白门》和《三国志通俗演义》注文中的地名大都符合元代地理建置的事实，考定此书为元人著作。程毅中也认为：“现存最早的刻本《三国志通俗演义》，题作‘晋平阳侯陈寿史传，后学罗本贯中编次’（大多数明刻本也都题罗贯中编撰，并无异说）。书前有弘治甲寅（1494）庸愚子（蒋大器）序和嘉靖壬午（1522）修髯子（张尚德）序，当刻于嘉靖元年以后，而编定则在弘治七年之前。这个嘉靖本的祖本大致定稿于元代，因为它保存了不少古本的原貌。”① 也有学者根据《三国志通俗演义》中的明代地名或使用兵器，定为明初作品。如欧阳健《试论〈三国志通俗演义〉的成书年代》，载《三国演义研究

① 程毅中：《宋元小说研究》，392 页，南京，江苏古籍出版社，1998。

集》，四川省社会科学院出版社 1983 年 12 月版；任昭坤《从兵器辨〈三国志通俗演义〉的成书年代》，载《贵州文史丛刊》1986 年第 1 期。石昌渝则暗示《三国志通俗演义》问世的时间可能更晚。他指出："如果说《三国志演义》成书在元末明初，那么有两个问题很不好解决。第一，《三国志演义》的最早刊本，迄今发现的是嘉靖本《三国志通俗演义》，假若明初即有刊本，为什么没有流传下来？如此粗糙的元刊《三国志平话》都有两种版本留存下来，难道《三国志演义》明初版本反倒湮没无闻？第二，成化十四年（1478）刊《新编全相说唱本花关索传》叙关羽之子关索的故事，关索这个人物在《三国志传》版本系统的作品中保留了一些，但也很有限，《三国志演义》版本系统中则淘汰掉了，且不说关索这个人物，说他们在青口桃源洞的姜子牙庙结拜为兄弟，为了免除家庭牵挂……张飞去杀了关羽一家老小，惟放走了关羽之子关平和关羽之妻胡氏，胡氏已有三个月身孕，后来生下一子就是花关索。刘、关、张结义并非为铲除黄巾，而是上山落草去做强寇。成化十四年距朱元璋立国已有百多年，假若社会上早有《三国志演义》这样成熟的故事在流传，此时花关索这样有辱刘、关、张出身的故事还会有市场吗？要断定成书在明初，对这两个问题应该有一个合理的解释才行。"① 明确主张《三国志通俗演义》"成书于明中叶"的有张国光（《〈三国志通俗演义〉成书于明中叶辨》，《社会科学研究》1983 年第 4 期）、张志合（《从〈花关索传〉和〈义勇辞金〉杂剧看〈三国志通俗演义〉的成书年代》，《河南大学学报》1990 年第 5 期）、李伟实（《〈三国志通俗演义〉成书于明中叶弘治初年》，《吉林社会科学》1995 年第 4 期）等。本书为避免枝蔓，不拟详细讨论《三国演义》的成书年代而直接进入正题。

考察《三国演义》所确立的审美规范，庸愚子蒋大器的《三国志通俗演义》序文是一篇特别重要的文献。现存《三国演义》的最早刊本是嘉靖元年（1522）刊印的《三国志通俗演义》，而嘉靖刻本

---

① 石昌渝：《中国小说源流论》，295～296 页，北京，三联书店，1994。

的庸愚子蒋大器序则作于弘治甲寅年间（1494）。在这篇序文中，蒋大器首先强调了历史演义以正史为依傍的观点。他认为：

> 东原罗贯中，以平阳陈寿传，考诸国史，自汉灵帝中平元年，终于晋太康元年之事。留心损益，目之曰：《三国志通俗演义》。文不甚深，言不甚俗，事纪其实，亦庶几乎史。盖欲读诵者，人人得而知之，若诗所谓里巷歌谣之义也。

罗贯中的《三国志通俗演义》，其嘉靖刊本题“晋平阳侯陈寿史传”，“后学罗本贯中编次”，同样强调罗贯中的历史小说以陈寿的历史著作《三国志》为蓝本。高儒《百川书志》也说，《三国演义》“据正史，采小说，证文辞，通好尚，非俗非虚，易观易入，非史氏苍古之文，去瞽传诙谐之气，陈叙百年，赅括万事”。看来在确定历史演义的统系时，他们都一致认为它源出于正史。

历史演义源出于正史的统系意识，主要是针对民间的三国故事而来的。即蒋大器《三国志通俗演义序》所谓“前代尝以野史，作为平话，令瞽者演说。其间言辞鄙谬又失之于野。士君子多厌之”。罗贯中的创作便致力于改变民间三国故事的这种路数。

《三国演义》大约成书于元明之际，三国故事则由来已久。还在三国鼎立的热闹局面刚刚结束之时，关于诸葛亮、曹操等人的传说便已“传之于众口”（刘知几《史通》卷五《采撰》）。到唐宋说话和元人杂剧繁兴，有关故事更比比皆是，令人眼花缭乱。这些三国故事的基本审美特征可归为一个“俗”字。俗有多种含义，首先是指通俗，如郑振铎《中国古典文学的小说传统》一文所说：“它一开头就不是由几个有才能的文人创作出来的，而是从民间来的，是口头流传的，它最早是群众文娱生活的一种，它能表现人民的喜怒哀乐的情绪，是和人民群众密切相结合，为人民大众所喜爱的形式。”① “俗文学”就是通俗文学，不登大雅之堂，不为学士大夫所重视，而流

① 郑振铎：《郑振铎古典文学论文集》，288页，上海，上海古籍出版社，1984。

行于民间，为大众所嗜好、所喜欢。早期的三国故事，服务对象主要是市井小民，通俗也就成了对它的必然要求。通俗的具体表现则是：1. 热闹；2. 诙谐；3. 道德倾向简单、鲜明。

故事的热闹是第一义的审美要求。元人的杂剧《风月紫云庭》有一曲《混江龙》这样唱道："［旦］我勾栏里把得四五回铁骑，到家来却有六七场刀兵。我唱的是《三国志》先饶十大曲，俺娘便《五代史》续添《八阳经》。"这个女子把她和母亲的争吵，比为《三国志》、《五代史》等讲史话本，以突出吵闹的激烈，可见三国故事是非常热闹的。从现存元刊《三国志平话》和《三分事略》来看，紧张的矛盾冲突和"铁骑"、"刀兵"征战的场面层见叠出，如《平话》中的"张飞鞭督邮"、"三战吕布"、"王允献董卓貂蝉"、"关公斩颜良"、"云长千里独行"、"关公斩蔡阳"、"关公单刀会"、"孔明七擒七纵孟获"等故事，听起来、读起来都决不会给人以平淡之感，而这样的热闹正合文化程度不高的接受者的口味。

诙谐是民间说话人和戏曲家努力追求的又一种效果。李商隐《骄儿诗》写他五岁的儿子及其小伙伴爱取笑客人："或谑张飞胡，或笑邓艾吃。"张、邓的生理特征，连五岁的小孩也熟知，可见说话人一定就此反复作过渲染。元代三国戏中的角色更是多数都带有滑稽的特征。《三战吕布》中的关羽，心惊胆战，忍气吞声，甘受孙坚的侮辱，全无义勇之概。《博望烧屯》中的夏侯惇，上阵作战之时，竟自称是赵云的"重孙累孙"，直呼张飞为"三叔"，又自称"您孩儿"，滑稽、粗鄙、愚鲁之至！三国戏中的人物绰号也是为了造成喜剧效果而设计的，如"一目夏侯惇"、"村夫孔明"、"孤穷刘备"、"九牛许褚"之类。此外，还有流行于乡村的所谓"柴堆三国"，也是富于谐谑色彩的。滥觞期的三国故事并不着力表现历史人物叱咤风云的气概和超越凡俗的伟岸，它赋予英雄的乃是普通人所乐意亲近的诙谐可爱的气质。

道德观念的简单鲜明是滥觞期三国故事的第三个特征。这特征突出地体现在尊刘抑曹的倾向上。在以往的史书、笔记中，人们对曹、刘的评价主要是从道德和才干两方面来衡量的，而更重视的是才干。

所以陈寿《三国志》称曹操为“明略最优”的“非常之人、超世之杰”（《三国志·魏书·武帝操》），认为刘备的“机权干略不逮魏武，是以基宇亦狭”（《三国志·蜀书·先主备》）。《世说新语·识鉴》对曹操的推崇也超过刘备。到宋元说话中，曹操被不客气地推上道德的审判台，刘备则成了老百姓心目中心地善良的有德之君。《三国志平话》中的曹操被称为“奸雄”，而以“奸”为主要色调；刘备则以“屈节下士”、仁厚待人为主要性格特点。由于故事是以道德人品而不是以才能干略为标准，以致连里巷小儿听说三分，都是“闻刘玄德败，频蹙眉，有出涕者；闻曹操败，即喜唱快”（苏轼《东坡志林》）。在鲜明的道德倾向背后，包孕着下层百姓对“有德之君”和“仁政”的幻想。

热闹、诙谐和简单鲜明的道德倾向虽然受到以市民、乡民为主的接受者的欢迎，但作为审美特征，显得浅薄和粗俗，经不起咀嚼和推敲，因而为“当日士大夫所不屑寓目”（影印本《三国志平话》姜殿扬跋）。随着《三国演义》的产生，这些特征都得到了改造和扬弃，历史演义的审美规范由此确立。

《三国演义》确乎比平话的趣味更为雅正，或者说，更接近正史的趣味。尤其是写曹操集团、袁绍集团和董卓集团之间的纠葛的部分（表现刘备集团的部分仍与民间三国故事有较深的缘分）。对此可以从两个层面加以考察：价值观层面和艺术表达层面。

就价值观层面而言，《三国演义》写曹操集团、袁绍集团和董卓集团之间的纠葛，特别注重历史经验的总结。历史编纂在中国有着深厚的传统。从《左传》的编年体，到司马迁《史记》的纪传体，再到南宋袁枢《通鉴纪事本末》的纪事本末体，历史著作的外在形态发生了三次大的变化。它们之间的区别无疑是明显的，编年体强调时间的顺序，纪传体强调人物的性格，纪事本末体强调事件的完整，但它们又有非常一致的追求或原则：第一，处理题材的方式应有助于给人“实录”之感；第二，通过对事实的安排揭示出历史发展的必然性或因果关系，从而为后世提供借鉴。后一方面，即我们所说的总结历史经验。

注重历史经验的总结，这强有力地影响到对历史人物的评价。在记叙曹操集团与袁绍集团、董卓集团之间的纠葛时，道德评价相应地减弱了其重要性：对一个成功的统治者，即使其心地不纯，也并不一概抹煞，倒是不乏欣赏之意。关于曹操的描写即非常典型：肯定甚至赞赏他的"术"（解决政治、军事问题的技巧）构成相关情节的真正意蕴。毛宗岗《读三国志法》称曹操"是古今来奸雄中第一奇人"。曹操之奇，奇在智谋过人，即"智足以揽人才而欺天下"。就"智足以揽人才"而言，人才乐于为曹操所用，首先是因为他慧眼识人并想方设法加以笼络；其次，无论是武将还是谋士，只要为曹操效力，总能得到物质、荣誉、地位等方面的奖励。尤其对于谋士，曹操格外注意尊重他们的意见，肯定他们的智慧的优越，而这正是谋士们所追求的人生价值之所在。有个例证必须提到：曹操打败袁绍后，郭嘉主张乘胜进击乌桓，而多数人反对；曹操采纳郭嘉的建议，果然取胜。但曹操回到易州，却首先重赏那些持反对意见者，并说："孤前者乘危远征，侥幸成功。虽得胜，天所佑也，不可以为法。诸君之谏，乃万安之计，是以相赏。后勿难言。"① 比较起来，袁绍几乎不懂得尊重谋士。袁绍进兵官渡，田丰在狱中上书劝阻；袁绍不听，大败而回。田丰料事有验，而袁绍却因打了败仗，羞愧难当，又以为田丰会讥笑他而杀了田丰。"为明主（曹操）谋而忠，其言虽不验而见褒；为庸主（袁绍）谋而忠，其言虽已验而见罪，何其不同如此哉！"（《三国演义》第三十一回毛宗岗回评）从"智足以揽人才"这个角度看，曹操是称得上明主的。至于智足以"欺天下"，可从两个侧面来观照。一个侧面：曹操的某些举动"有似乎忠"。比如，曹操虽然不把汉献帝放在眼里，目无君上，但始终未僭至尊之号。就实质而言，这是他权术过人之处，目的在于"挟天子以令诸侯"，但表面

① 毛本第三十三回。本书引用《三国演义》，均据内蒙古人民出版社1981年版。毛本与嘉靖本局部颇多异同，但总体格局是大体一致的。其他版本如包含花关索故事的《三国志传》本、《李卓吾先生批评三国志》本、雄飞馆《三国水浒全传》本等，情况较为复杂，本书不拟详细讨论。

上，这却是“忠君”的举动。另一侧面：曹操的某些举动“有似乎爱民”。董卓专权，自诩“吾为天下计，岂惜小民哉”，袁术征讨徐州，“七路军马，日行五十里，于路劫掠而来”。曹操却深知民心向背乃事业成败的关键，禁止军队扰民，以至有“割发代首”之举。曹操是善于行爱民之举以获取民心的。《三国演义》通过描写“智足以揽人才而欺天下”的曹操，刻画了一个纯用霸术的“奸雄”形象，一个成功的统治者的形象。其基本特征是：他的行为虽以权谋为出发点，但却符合中国传统的道德原则，比如忠君、爱民、赏识和重用人才等。他的成功是合情合理的。与之形成对照，袁绍（重敛于民，尤其是用人如使唤奴仆）、董卓（以劫驾、残民为能事）等的失败也正有着内在的必然性。正是从肯定曹操是一个成功的统治者的角度出发，《三国演义》对他表示了热烈的欣赏之意。曾有一种意见认为：曹操的形象是在戏曲舞台上被丑化的，《三国演义》中的曹操仍是“可儿”。这意见的合理性不必怀疑，至少，从《三国演义》对曹操、董卓、袁绍等的对比描写来看，纳道德于权谋之中的曹操，在招揽人才和争取民心方面，确乎有过人之处，他是在历史进程中扮演了伟大角色的人物。以同样的标准来衡量人物，《三国演义》对孙权等也不乏喝彩之笔。

注重历史经验的总结，也影响到《三国演义》对魏、吴阵营的谋士、战将的评价。如果单站在尊刘抑曹的道德立场来评价人物，曹操的那些出类拔萃的谋士（如郭嘉、荀彧、贾诩）、身先士卒的勇将（如典韦、许褚、庞德），也许会被鄙薄为是非不分之人。然而，《三国演义》却在总结历史经验这一价值体系中，为他们安排了异常显赫的位置。其衡量文臣武将的标准大体有三条：一是是否善于择主。三国是一个动荡的年代，君臣关系有异于天下大治时期，“非但君择臣，臣亦择君”，“良禽择木而栖，贤臣择主而事”。善不善于择主成为衡量将、士高下的首要标准。所谓善择主，即受到主的尊敬、重用和信任，至于主是“奸雄”还是“明君”，这倒无关紧要。郭嘉、典韦等之为《三国演义》肯定，原因在此；而不善择主的田丰（袁绍谋士），自杀前悲叹：“大丈夫生于天地间，不识其主而事之，是无智也！今日受死，本无足惜！”亦蕴含了同样的旨趣。二是是否忠于其主。这里的“忠”，以“士为知己者死”为其心理依据，与无条件的“君要臣死，臣不得不死”有着不同的内涵。于禁是曹操的爱将，襄阳一役，竟然向关羽乞怜。曹操闻讯，慨叹道：“于禁从孤三十年，何期临危反不如庞德也！”即旨在蔑视他有负知己，有负其主的知遇之恩。董卓是残暴的军阀，恶贯满盈，罪不容诛，但董卓被诛，蔡邕却伏尸而哭。甘为知己者死，蔡邕因此被毛宗岗许为“君子”。三是将须有勇，士须有谋。在刘备和司马徽的一段对话中，司马徽将孙乾、糜竺、简雍之辈嘲笑为“白面书生”、“非经纶济世之才”。缺少运筹帷幄之中、决胜千里之外的解决现实的政治、军事问题的才能，就不配在三国的舞台上扮演士的角色。而作为战将，无论其他方面有多少优点，只要贪生畏死，就会被贬得一无是处。比如，“吕布英雄，无人可敌”，这是《三国演义》的读者都承认的，然而，白门楼就刑，他却可怜兮兮地求刘备说情，以至他的部下张辽当面骂他“匹夫”。《三国演义》所推崇的是那些杰出的谋士和勇将：他们属于哪一阵营（或魏或蜀或吴）无关紧要，重要的是他们具备了谋或勇的优秀素质。在这里，我们看不到道德正统观对人物评价的影响。人物的高下取决于他们作为将、士的属于战争伦理范畴的品格。

就艺术表达层面而言，《三国演义》中那些较为严格地遵循《三国志》及注的部分，如对董卓集团、袁绍集团和曹操集团之间纠葛的描写，明显受到史家笔法的影响，而与小说家笔法迥异。这从四个方面可以看出：一是人物语言以理性化见长，而个性化程度较低。我们的小说理论一再强调人物语言必须个性化，但历史著作对个性化的人物语言并不看重。历史著作的这一特征表达了史家的一种人文立场：历史著作的职能是经由对事实的记叙揭示历史发展的规律和相关的政治、军事、经济、文化等方面的智慧。对人物语言的记叙也必须服务于这一职能，那些个性化的生活语言在这一取舍原则的支配下往往被忽略和省略。对照《三国演义》，读者不难发现一个事实：曹操集团的智囊人物甚多，如郭嘉、荀彧、贾诩等，他们在《三国演义》中经常就某些重大的政治、军事问题发表议论，从那些议论中，我们能够意识到他们理性的智慧，并从中获得教益，至于他们的个性区别，通常不能从他们的语言中感觉到。“郭嘉遗计定辽东”是个恰当的例证。曹操平定并州后，郭嘉极力主张西击乌桓，他阐述理由说：“主公虽威震天下，沙漠之人恃其边远，必不设备；乘其无备，卒然击之，必可破也。且袁绍与乌桓有恩，而尚与熙兄弟犹存，不可不除。刘表坐谈之客耳，自知才不足以御刘备，重任之，则恐不能制；轻任之，则备不为用——虽虚国远征，公无忧也。”郭嘉的这段分析，曹操赞之为“极是”。所谓“是”，乃就其真知灼见而言。确实，郭嘉的语言是高度理性化的，体现了这一历史人物洞察事件的深邃的目光，能传达给读者许多智慧。如果以个性化为标准来衡量，这种语言便算不得上乘了。而且，假如换了荀彧或贾诩来说这些话，我们也不会感到惊讶。其他如第十八回“贾文和料敌决胜”，以及第五十九回曹操见西凉增兵则有喜色的情节，其写法近于《左传》之“曹刿论战”，目的也正是通过语言来“论”，来传达人物的识见。二是禁止直接心理描写。史家对历史规律和政治、军事、经济、文化等方面智慧的揭示是经由对历史事实的记叙表达出来的，实录是对其著述方式的基本要求。从实录的立场出发，不仅要求史家具有一般的考辨史实与传闻的才能，在叙述范围上也有一定的限制，即只能记叙那些可以看见的事，可以听见的话，因为只有能够看见、能够听见的，才有见证人，才是可靠的。至于人物的心理活动，如果它没有表现为说出来的话或做出来的事，史家便没有理由去写。所以，尽管直接心理描写的技巧在宋元说话中已经出现（如宋代话本《错斩崔宁》对陈二姐心理活动的描写），《三国演义》中受民间说话影响的部分（如描写刘备集团）也偶有采用，但在描写董卓集团、袁绍集团和曹操集团之间的纠葛时，由于所依傍的对象主要是《三国志》及注，便难以找到直接心理描写的踪影。三是通常不采用第三人称限知叙事方式。第三人称限知叙事的特点是：作者不再是全知全能的讲述人，他所讲述的信息是从小说中的某个人物那儿来的，而且只能从这个人物那儿来，比如《三国演义》中受民间说话影响的“三顾草庐”的故事，信息的提供者是刘备（与刘备同行的关羽、张飞附属于刘备，或者说，从提供信息的角度看，这三人实际上相当于一人)，作者讲述的内容以刘备的所见所闻为限：刘备误以为诸葛亮的朋友是诸葛亮，作者便只能照刘备的判断叙述；刘备不清楚诸葛亮的去向，作者便不能交代诸葛亮的去向。这样一种叙述方式的长处是制造神秘氛围，成功地将诸葛亮写成了一个神秘莫测的人，并有助于将登门拜访这样平淡、松散的情节处理得紧凑而富于戏剧性。但这样一种叙述方式是不符合史家要求的。史家所需要的是宏大叙事，是对政治、军事、经济、文化等各方面全局的把握。史家的写作以充分占有史料为前提，全知全能是他的权利，也是他的责任。与史家全知全能的情形相仿，《三国演义》写董卓集团、袁绍集团和曹操集团，基本不采用第三人称限知叙事。有一个事实是值得注意的：曹操集团谋士众多，曹操本人也智谋过人，他们所用的妙计之多，在《三国演义》中是一个不小的数目，却没有在读者中造成拍案惊奇的效果，与我们对诸葛亮用计的感受迥异。其原因在于，《三国演义》写诸葛亮用计，有意采用民间说话的技巧，即采用第三人称限知叙事，在悬念的制造方面取得了明显效果；而写袁绍集团和曹操集团，却谨守史家矩矱，即使写用计，也采取全知叙事，由于读者对所有内幕都一清二楚，计谋虽妙，却并不能引发读者的惊奇。读者的惊奇是建立在作者隐瞒信息的基础上的。《三国演义》在描写曹操集团和袁绍集团时，热心地向读者发布所有信息，其长处是便于读者总揽全局，其短处则是悬念和神秘感的丧失。四是去“瞽传诙谐之气”。诙谐是一种入俗的风格。在追求笑料的过程中，难免把波澜壮阔的历史时代表现为一场喜剧，难免把一批巨人漫画为一群小丑，作品的格调也因而流于鄙俗。当演义作者有意采用雅驯的语言，以总结历史经验为宗旨，并力图表现元末明初知识分子的人生理想的时候，实际上已同平话中粗鄙的诙谐之气挥手告别。这里经历了一场由通俗到典雅的运动。这一运动的足迹从曹操形象的塑造中可以清晰看到。譬如《三国志平话》和元杂剧《关云长千里独行》，对曹操主要强调他的“奸”的一面，渲染他狭窄的宵小气度。关羽要离开曹营，曹操假意放行，却想在途中加以谋害。灞陵桥边，曹操以赠锦袍为由引诱关羽下马饮毒酒。因对方谦让，只好自饮，接着又吃了早准备好的解药。经过这样的处理，以英雄自诩的曹丞相简直不如中才的凡夫俗子。《三国演义》中曹操的形象便大为改观，“奸”与“王霸之度”联系在一起，决非宵小的“奸”。小说多侧面地反复展示他阔大的器量。关羽要走，曹操的部下要杀关羽，曹操不听，反而亲自为关羽送行，并赠锦袍留念。随后又一连三次遣人到关隘传送公文放行，虽知关羽已连斩数将，仍不加害于他。这是何等的气度！

（二）历史演义亦受民间说话影响

蒋大器《〈三国志通俗演义〉序》在揭示历史小说源出于正史这一事实时，也同时指出：它依然受到民间说话的影响。“史之文，理微义奥，不如此，乌可以昭后世？《语》云：‘质胜文则野，文胜质则史。’此则史家秉笔之法，其于众人观之，亦尝病焉。故往往舍而不之顾者，由其不通乎众人；而历代之事，愈久愈失其传。”由于正史过于艰深难读，故文化水准不高的“众人”往往敬而远之，“前代尝以野史作为评话，令瞽者演说”即旨在避免正史的艰深之弊。不过，评话虽然具有“通乎众人”的长处，却又不免“言辞鄙谬又失之于野”。面对评话与正史的双重遗产，罗贯中的《三国演义》吸取了二者的长处：一方面含蕴较为深厚，另一方面言辞较为平易。含蕴较为深厚得正史之赐，言辞较为平易则是受到民间说话启发的结果。

其实，历史演义与民间说话的联系，不只经由语言风格的浅近显现出来。在题材选择上，民间说话留下的痕迹也许更鲜明一些。正史所包含的内容绝不只是“兴废争战之事”。政治、军事、经济、文化、教育、卫生……林林总总，其内容异常丰富。一部现代意义的历史小说，它是可以从任何一个侧面着手的。然而，以《三国演义》为代表的历史演义，却聚焦于“兴废争战”，聚焦于政治、军事斗争。这种题材选择的特点只有从民间说话才能寻找到合适的解释。

明清两朝的历史演义，是从宋元时代的“讲史”发展来的。进一步向前追溯，唐代讲唱历史故事的“民间伎艺”又是宋代“讲史”的“历史渊源”。“敦煌变文中有一部分是讲历史故事，如《伍子胥》、《王陵变》、《李陵》、《王昭君》、《韩擒虎话本》以及讲唐代故事的《张义潮》、《张淮深》等。这些历史题材和当代题材的变文，实际上就可以看作唐代的讲史。"① 宋元时代的"讲史"，系说话四家中的一家，与"小说"同为声势显赫的两家之一。南宋罗烨《醉翁谈录·小说引子》列举了宋代讲史话本所涉及的题材：

> 传自鸿荒判古初，羲农黄帝立规模。
> 无为少昊更颛帝，相授高辛唐及虞。
> 位禅夏商周列国，权归秦汉楚相诛。
> 两京中乱生王莽，三国争雄魏蜀吴。
> 两晋洛阳终四世，再兴建邺复其都。
> 宋齐梁陈分南北，陈灭周亡隋易孤。
> 唐世末年称五代，宋承周禅握乾符。
> 子孙神圣应（当作膺）天命，万载升平复版图。②

它把宋以前的朝代历数一遍，关注的重心是各朝的"兴"、"灭"、"承"、"禅"即朝代的更替、兴亡。所以吴自牧《梦粱录》卷二十《小说讲经史》条概括讲史的特点说："讲史书者，谓讲说《通鉴》、汉唐历代书史文传，兴废争战之事。"它所描写的是"兴废争战之事"，其依据则是正史即"历代书史文传"。这与现代的历史小说观念是不同的。比如，"五四"以后首先被新文学界冠以"历史小说"之称的是鲁迅 1922 年发表的取材于神话的《补天》和郁达夫表现清代诗人黄仲则抑郁情怀的《采石矶》。"以鲁迅和郁达夫为开创者的现代历史小说从此有了非常宽泛而又严格的标准：它不必只是帝王将相、上层社会的活动，不必只是政治、军事等军国大事，不必只是历史典籍记载的史实；它可以是普通细民的生活，包括心理与精神状

---

① 胡士莹：《话本小说概论》节引程毅中《略谈宋元讲史的渊源》，695 页，北京，中华书局，1980。

② 罗烨：《新编醉翁谈录》，2 页，沈阳，辽宁教育出版社，1998。

态，可以是个人私事，可以只是被历史上的人们记载过、表现过的人与事，无论是史著、诗文，还是小说记载与表现的。它们之所以被称为‘历史小说’，只是因为它们不取材于当代现实生活。”① 与西方历史小说的观念也不一样。司各特被称为“欧洲历史小说之父”。司各特的历史小说并不以古籍中的历史人物和历史事件为题材，而致力于复活特定时代人物的思想行为方式和风俗习惯，致力于创造出真切的历史情景与氛围，“兴废争战之事”不一定成为关注的焦点。

宋元“讲史”聚焦于“兴废争战之事”，因而朝代更替及其他动乱时期成为讲史家备感兴趣的对象。现存的宋元讲史平话有以下数种：

1.《新编五代史平话》，分梁、唐、晋、汉、周五部。各自独立，又分上、下两卷。其中梁史、汉史缺下卷，梁史连回目也缺了。题材多取自正史，有不少“两阵对圆”的场面。

2.《新刊大宋宣和遗事》。“分元、亨、利、贞四集，内容大致可分为十节：①叙历代帝王的荒淫；②叙王安石变法；③叙蔡京当权；④叙梁山泊诸英雄聚义；⑤叙宋徽宗与妓女李师师故事；⑥叙林灵素道士的进用；⑦叙京师的繁华；⑧叙汴京的失陷；⑨叙徽钦二帝被掳；⑩叙宋高宗建都临安。”② 具有“小说”与“讲史”杂糅的性质。

3.《全相平话武王伐纣书》，别题《吕望兴周》。分上、中、下三卷，上卷叙妲己入宫，太子殷交（郊）反纣。中卷叙姬昌囚羑里，黄飞虎反纣，比干剖心及姜尚发迹等事。下卷记武王伐纣经过。

4.《全相平话乐毅图齐七国春秋后集》，分上、中、下三卷。此书题曰“后集”，必有“前集”无疑。“前集”的内容，孙楷第《日本东京所见小说书目》卷一根据后集“谓孙子父孙操，将袁达，与后来明本之《孙庞斗志》正同，且书即承孙庞事言之”的事实，推断说：“《七国前集》，必为《孙庞斗志》也。”③ 这一结论得到学术界的广泛认同。后集演述乐毅伐齐事。

---

① 齐裕焜：《中国历史小说通史》，224 页，南京，江苏教育出版社，2000。

② 胡士莹：《话本小说概论》，715 页，北京，中华书局，1980。

③ 孙楷第：《日本东京所见小说书目》，4 页，北京，人民文学出版社，1958。

5.《全相秦并六国平话》，别题《秦始皇传》。叙秦始皇相继吞并六国，以《战国策》、《史记》等书为据，有时甚至照引原文（如荆轲刺秦王，全引《史记·刺客列传》），行文半文半白。这种忠实于史书的作风，开了明清讲史演义中遵信正史的一派。

6.《全相平话前汉书续集》，别题《吕后斩韩信》，当另有《正集》。郑振铎《插图本中国文学史》第四十八章第五节推测《正集》的内容说："其叙事当止于：项羽被围于九里山前，四面楚歌，虞姬自杀；羽奋勇突围而出。走至乌江，终于自刎而亡。所以这部《续集》单刀直入地便从时大汉五年十一月八日，项王自刎而死，年三十一岁叙起。"《续集》以汉高祖刘邦与吕后合谋斩韩信事为主。

7.《全相三国志平话》三卷。

8.《薛仁贵征辽事略》。叙薛仁贵征辽事迹，故事情节与两《唐书》中的《薛仁贵传》大体吻合。

从上述的八种讲史话本可以看出，政治、军事斗争是"讲史"家的兴奋点所在，朝代兴亡和帝王将相的盛衰备受关注，忽视对民间社会和风俗习惯的表现。其中，《全相三国志平话》、《新编五代史平话》等主要根据历史线索来展示人物的活动，由此产生《三国演义》等历史演义；《薛仁贵征辽事略》以英雄人物在战阵中的行为为主，属"铁骑儿"，与后世《杨家将演义》一类英雄传奇相通；南宋罗烨《新编醉翁谈录》甲集卷一《小说开辟》说：

> 也说黄巢拨乱天下，也说赵正激恼京师。说征战有刘项争雄，论机谋有孙庞斗智。新话说张、韩、刘、岳，史书讲晋、宋、齐、梁。《三国志》诸葛亮雄材，收西夏说狄青大略。①

---

① 罗烨：《新编醉翁谈录》，3页，沈阳，辽宁教育出版社，1998。有学者推测"赵正激恼京师"即《宋四公大闹禁魂张》，"当属小说"。我意不然。明刻李九我批评本《破窑记》第七出白："山泊中休说浪子燕青，大路上不数好儿赵正。"原注："赵正，与宋江同时，抢掠往来客商，落草以为强寇。"赵正是"强寇"而非小偷，所以能"激恼京师"。对付"强寇"必有战阵往来，与对付黄巢相似。

这里所罗列的几乎全是讲史话本。其中，“史书讲晋、宋、齐、梁”，“《三国志》诸葛亮雄材”属于“讲史”，“新话说张、韩、刘、岳”，“收西夏说狄青大略”则属于铁骑儿；“铁骑儿”的一部分内容在发展过程中融入了“讲史”，如“说张、韩、刘、岳”和“狄青大略”。张锦池认为：“所谓‘说铁骑儿’，实际上包括两类故事：一类是农民义军发展为抗金武装的故事，其代表作当是龚开所赞颂的以‘不假称王，而呼保义’为特点的宋江三十六人故事；这种故事由于出现了宋江的接受招安与征方腊有功封节度使，也就随之而演化为以演述‘朴刀杆棒及发迹变泰之事’为特点的‘说公案’。一类是宋廷爱国将领精忠报国故事，其代表作当如《中兴名将传》之类；这种故事由于私家编撰的史书不断出现，由于南宋的灭亡而使‘本朝’的‘事’变成了‘前代’的‘史’，随之也就使它被具有故国之思的编纂者附于讲史。”①“说公案”属于“小说”，与“讲史”门庭有别。在“讲史”与“小说”之间，《水浒传》与“小说”关系更为密切亦由此可见。

《三国演义》是我国第一部长篇章回小说，也是第一部历史演义。在宋元话本所提供的人文背景下，它以三国时期的“兴废争战”为焦点乃是顺理成章的；就历史演义的这种题材选择的特点而言，说它受到民间说话的影响是毫无疑问的。至于《三国演义》对“兴废争战”题材的处理，则可以分疏为两种路数：一是向正史学习有关的表达方式和价值观念，如对曹操集团、袁绍集团和董卓集团之间纠葛的处理；二是较多接受民间艺术的表达方式和价值观念，如对刘备集团的处理。前者我们已经讨论过了。这里讨论后者。

就表达方式而言，《三国演义》对刘备集团的描写，至少有四点值得注意：

一是重视装饰性描写。所谓装饰性描写，指作者虚构的若干情节，有助于塑造人物，却并未影响历史进程。可以拿赤壁之战为例。

① 见张锦池：《西游记考论》，37～38页，哈尔滨，黑龙江教育出版社，1997。

赤壁破曹，究竟是刘备功大，还是孙权、周瑜功大？这一历史公案向有争议。但无可否认，从唐代起，在士大夫的诗文中，被视为曹操的正面敌手的，是东吴，不是西蜀。《三国演义》写赤壁之战，自也不可能抹掉周瑜作为前线指挥官的事实，但作者却用一系列装饰性描写，成功地突出了刘备集团尤其是诸葛亮的重要性，并通过对周瑜的漫画式嘲笑消解了这一人物的作用。其中给人印象最深的装饰性故事有：舌战群儒、蒋干中计、草船借箭、祭东风、义释曹操。

二是经常使用悬念，以造成神秘感和传奇色彩。《三国演义》中一个耐人寻味的呈对比格局的事实是：小说写曹操、郭嘉、荀彧、贾诩、陆逊、周瑜诸人用计，大都明说，事先交待清楚；由于读者对事件的过程自始至终了如指掌，便不再感到神秘、神奇、不可测度。但写诸葛亮用计，则往往采用悬念的手段。其方式有二：一为锦囊妙计；二为“如此如此”、“这般这般”。目的都是将读者蒙在鼓里，使他们对于事件的变化产生应接不暇的惊奇感，从而对诸葛亮的“神机妙算”产生格外深刻的印象。“锦囊妙计”的悬念手法多次使用，第一百五回“武侯预伏锦囊计”甚至以之标目。孔明逝世前夕，唤马岱入帐，附耳低言，授以密计，嘱曰：“我死之后，汝可依计行之。”岱领计而出。少顷，杨仪入。孔明唤至榻前，授予一锦囊，密嘱曰：“我死，魏延必反；待其反时，汝与临阵，方开此囊，那时自有斩魏延之人也。”孔明一一调度已毕，便昏然而倒。魏延自视甚高，目中无人，在诸葛亮逝世之后，将没有人能够驾驭他。因此，诸葛亮遗命马岱、杨仪二人，联手干掉魏延。如果去掉锦囊，诸葛亮这一遗计的运用也许更为自然，但《三国演义》在刻画诸葛亮时，是宁失于违背情理，也不愿因追求自然而丧失传奇色彩的。代替“锦囊妙计”或与“锦囊妙计”配合使用的另一制造悬念的手法是并不宣布作战方案，而用“如此如此”、“这般这般”来代替，使读者没法知道战局将如何展开。我们且来看第八十八回的一番演示：

> （孔明）遂唤赵云入，向耳畔分付如此如此；又唤魏延入，亦低言分付；又唤王平、马忠、关索入，亦密地分付。

这类情节是经不住推敲的。首先，像“平蛮”这样重大的决策，诸葛亮怎么会一句也不跟赵云、魏延等人商量？其次，赵云、魏延等人对兵力部署的全局心中无数，这样如何相机行事，充分发挥主动性、灵活性？可见，《三国演义》为了强化诸葛亮的神秘色彩，有意扬趣抑理：有趣，但是无理，或者说，虽无理，却有趣。

三是较多运用直接心理描写与第三人称限知叙事的技巧。关于直接心理描写，我们在讨论《三国演义》对曹操集团、袁绍集团和董卓集团之间纠葛的处理时已有所涉及，这里重点评述第三人称限知叙事问题。第三人称限知叙事有助于作品的戏剧性、情节的连贯性和结构上的严密性，是连接和衔接行动的极好手段。松散的事件、不连贯的细节，通过一双眼睛反映出来，便给人以一致性和整体感。“刘玄德三顾草庐”是个典型的例子。在“三顾草庐”的过程中，他见到了若干场景，若干人物，如农夫荷锄而歌，诸葛远游，童子独守柴门，踏雪而行的黄承彦，击桌而歌的石广元、孟公威等，互相之间并无因果联系，如果采用全知叙事，必然平淡松散，拉拉杂杂，但用刘备一个人的见闻来加以贯连，并借助于他的误会、猜测来制造悬念和神秘氛围，本来平淡松散的事件遂显得联系紧密、曲折有致了。第三人称限知叙事还有助于将对象保持在神秘的状态。初来乍到，对一切都不甚了然，作者用这一陌生人物的眼光来观察，因而不能给读者以清晰完整的印象。模糊有其自身的价值。同样，描写的有限性和推测性也能增强对象的神秘感。因此，这一手法常被用于处理非凡的人物或超常境界。《三国演义》写诸葛亮即是如此。作为小说中最受推崇的人物，他迟迟不出场；出场时，又采取了刘备三顾草庐的方式。在卧龙冈上，刘备是个陌生人、外来者。他不认识诸葛亮，这就免不了误会，免不了作推测性的判断，于是，在一次又一次的误会和推测中，诸葛亮被越来越浓郁的神秘氛围所笼罩。简洁地说，《三国演义》反复写刘备误以为他人是诸葛亮，即旨在将这一超常人物保持在模糊状态，正如毛宗岗回前总评所说：“此篇极写孔明，而篇中却无孔明。盖善写妙人者，不于有处写，正于无处写。写其人如闲云野鹤之不可定，而其人始远；写其人如威凤祥麟之不易睹，而其人始尊。”确实，有些人物只需让读者隐约可见，他们应被排斥于被观察者的显著位置之外，从而使他们更具魅力。当然，“隐约可见”与完全不可见是两回事，《三国演义》虽有意节制信息量，但又注意陆陆续续地发布新的信息，因此，毛宗岗又说：“且孔明虽未得一遇，而见孔明之居，则极其幽雅；见孔明之童，则极其古淡；见孔明之友，则极其高超；见孔明之弟，则极其旷逸；见孔明之丈人，则极其清韵；见孔明之歌咏，则极其俊妙。不待接席言欢，而孔明之为孔明，于此领略过半矣！玄德一访再访，已不觉入其玄中，又安能已于三顾耶！”其实读者又何尝未“入其玄中”——诸葛亮的近乎神仙的形象，在他隆中决策之前已站立起来。

四是努力追求诙谐的效果。《三国演义》写曹操集团、袁绍集团和董卓集团之间的纠葛，基本上是排斥诙谐的。第九回“卓尸肥胖，看尸军士以火置其脐中为灯”的情节，本来蕴含着值得大加渲染的喜剧性，但小说只是点到为止。若干在元杂剧中被喜剧化了的历史人物如许褚（“九牛许褚”）、夏侯惇（“一目夏侯惇”）等，一一恢复了严肃庄重的风度。与对曹操集团、袁绍集团和董卓集团之间纠葛的处理形成对照，《三国演义》写刘备集团，仍保留了对诙谐的兴趣，仍热心于将历史人物喜剧化，特别突出的如张飞与刘备的对比，孔明与鲁肃的对比。毛宗岗说：“每到玄德访孔明处，必夹写张翼德几句性急语以衬之。”（第三十七回回前总评）“孔明劝玄德结孙权为援，鲁肃亦劝孙权结玄德为援，所见略同。而孔明巧处，不用我去求人，偏使人来求我。若鲁肃一至，孔明慌忙出迎，便没趣矣。妙在鲁肃求见，然后肯出，此孔明之巧也。一见之后，若孔明先下说词，又没趣矣。妙在孔明并不挑拨鲁肃，鲁肃先来勾搭孔明，又孔明之巧也。鲁肃欲邀孔明同去，若使孔明欣然应允，又没趣矣。妙在玄德假意作难，孔明勉强一行，又孔明之巧也。求人之意甚急，故作不屑求人之态，胸中十分要紧，口内十分迟疑。写来真是好看煞人。”（第四十二回回前总评）所谓“好看煞人”，即就孔明的绝顶聪明与鲁肃的绝顶老实之间的对比所造成的喜剧性而言；而以张飞的直率鲁莽反衬刘备的虚饰谨慎，亦意在获致“排调”风味。

就价值观层面而言，《三国演义》在写刘备集团时，也表现出与写袁绍集团、曹操集团和董卓集团之间的纠葛时不同的倾向。写曹操集团、袁绍集团和董卓集团之间的纠葛，以总结历史经验为宗旨；而写刘备集团，则在更大程度上以追求道德化的情感满足为祈向。

对道德化的情感满足的追求主要是通过尊刘抑曹表达出来的。曹操的性格在《三国演义》的人物谱里是最复杂的，同时作者又为这性格确定了一个核心，即利己主义的处世哲学。曹操有一句著名的人生格言："宁教我负天下人，休教天下人负我！"他以怨报德杀害吕伯奢全家，于军心浮动之际向仓官王垕"借头压军心"，无耻地拘押徐庶母亲以诱降徐庶，进攻善良的陶谦，屠戮徐州无辜百姓……都是从这一人生哲学出发的。作者也正是紧扣这一核心，在多侧面地展示曹操性格之时，始终鞭笞着极端利己的人品。与曹操的人格形象成为对照，刘备则是臻于完美境界的有德之君，他仁厚、诚恳、仁民爱物，以"利他"为人生信条。只是，由于作者的过分渲染，他的仁和善被推向极端，甚至入侵西川也被粉饰为并非出于本意，这样就失去了真实感。相比之下，还是与刘备一起承担着道德使命的关羽和诸葛亮更受读者欢迎。关羽以他的"义"震撼了一代又一代读者。关羽在历史上只是一个勇猛的武将，在《三国演义》中，关羽的勇武仍是重点描绘的性格侧面，"温酒斩华雄"、"斩颜良、文丑"、"单刀赴会"、"刮骨疗毒"等情节向来脍炙人口，但以超群佚伦的面目出现在读者之前的关羽，《三国演义》所增饰的人格及性格素质所占的比重无疑大得多，其中两个方面格外引人注目：1. 突出关羽的"义"。毛宗岗《读三国志法》将关羽的这一品格概括为两句话："独行千里，报主之志坚；义释华容，酬恩之谊重。""报主"表现的是"忠"，"酬恩"表现的是"义"。《三国演义》写得更富于生气、更为感人的似乎还是后者。在"华容道义释曹操"一节里，关羽的"义"外化为一种复杂的、充满人情味的英雄气度，超越了政治利益和个人生死（关羽与诸葛亮立有军令状）的考虑。道德比政治更重要，这或许是《三国演义》所透露的一点重要意思。2. 光明磊落，凡事皆明明白白地做，像"降汉不降曹"、"挂印封金"、"千里走单骑”等，所表现的都是中国民间所推重的大丈夫气概，亦即毛宗岗《读三国志法》所称道的：“作事如青天白日，待人如霁月光风。”至于诸葛亮，其道德品质主要表现为他对刘备事业的始终不渝的忠诚和鞠躬尽瘁的献身精神。他忠于刘备，其中当然含有报答知遇之恩的成分；而忠于暗弱的刘禅，所体现的只能是如松柏一般坚贞的操守。《三国演义》细致描写了他临终时的情形：“孔明强支病体，令左右扶上小车，出寨遍视各营；自觉秋风扑面，彻骨生凉。孔明泪流满面，长叹曰：‘吾再不能临阵讨贼矣！悠悠苍天，曷此其极？’……”这是一个伟大的终结。他的智慧，他的名士风度，因为与他的人格结合，才具有千载之下犹令人向往的魅力，人格，是其生命的基石。

二　英侠传奇审美规范的确立

英侠传奇是明清章回小说中稍晚于历史演义而成熟的一个流派，其审美规范的确立以施耐庵（罗贯中?）的《水浒传》问世为标志。①《水浒传》紧接《三国演义》问世，这一情形不会令人感到惊讶。至少，这里有两个具有说服力的原因：第一，在宋元说话四家中，最受欢迎的是“小说”和“讲史”两家，而“小说”的市场占有率更高。“小说”和“讲史”之间存在两个显著的区别：一是“小

---

① 《水浒传》的成书时间也是一个众说纷纭的话题。在通行的“产生于元末明初”这一说法之外，主要还有两种意见：一是产生于元代。如程毅中认为：“《水浒传》在元代已经基本完成，肯定比《宣和遗事》里的宋江三十六人故事要丰富得多，至少有鲁智深、武松、杨志和李逵等人的英雄故事，已出现了解珍、解宝、燕顺、王矮虎、一丈青等三十六人以外的人物，大致有了白龙庙小聚义、三打祝家庄、宋江偷见李师师、李逵负荆等情节，细节描写也一定大大增加了。但田虎、王庆的故事还没有插增，征辽故事也产生得较晚。”“元代的水浒故事，大致相当于删除了征辽部分的百回本。”（程毅中：《宋元小说研究》，407页，南京，江苏古籍出版社，1998。）二是《水浒传》成书于明嘉靖初年。如佘太平说：“关于《水浒传》成书问世的时间问题，长期以来意见分歧较大。我倾向于这样一种意见：《水浒传》可能成书于明嘉靖（1522～1566）初。”（佘太平：《忠义水浒论》，8页，西安，陕西旅游出版社，1992。）

说”的选材面向现实生活中的传闻，而“讲史”则以历史上的政治、军事斗争为题材；二是“小说”的篇幅较短，中国古代的白话短篇小说即以此为起点，而“讲史”篇幅较长，中国古代的长篇小说即以此为起点。明白了这两个差别，也就容易理解：宋代说话中的水浒故事，数量甚多，仅《醉翁谈录》所载，便有《花和尚》、《武行者》、《石头孙立》、《青面兽》等数种，但每种故事均为短篇，这从《醉翁谈录》将它们归于“小说”门类便可了然。若干个短篇的水浒故事为此后撰写长篇提供了素材。第二，水浒故事在南宋末年一度由“小说”过渡到“讲史”。鲁迅《中国小说史略》第十四篇题为《元明传来之讲史（上）》，分析《三国志演义》等作品；第十五篇题为《元明传来之讲史（下）》，分析《水浒传》等作品。他将水浒故事视为“讲史”，其依据是南宋末年问世的《宣和遗事》。《宣和遗事》并非专讲水浒故事，其前集中叙梁山泺聚义始末的部分约四千六百字，其细目如下：

> 杨志等押花石纲阻雪违限　杨志途贫卖刀杀人刺配卫州　孙立等夺杨志往太行山落草　石碣村晁盖伙劫生辰纲　宋江通信晁盖等脱逃　宋江杀阎婆惜题诗于壁　宋江得天书有三十六将姓名　宋江奔梁山泺寻晁盖　宋江三十六将共反　宋江朝东岳赛还心愿　张叔夜招宋江三十六将降　宋江收方腊有功封节度使

“梁山泺纪事本末”的意义，在于它以提纲的形式赋予了水浒故事以长篇规模，或者说，水浒故事以此为标志，完成了“小说”向“讲史”的过渡。我们已经说过，“讲史”是中国古代长篇小说的起点，宋元说话中的水浒故事从“小说”领域进入“讲史”领域，标志着在向长篇章回小说演进的过程中，取得了划时代的进展。

《水浒传》是一部由宋代说话中的“小说”，中经“讲史”发展而来的长篇，换句话说，《水浒传》是一部以“讲史”为框架、汇集“小说”话本而创作出来的作品。这一特殊的成书过程所造成的若干后果足以引起小说史家的关注。从题材看，至少有两个特征是不同寻常的。其一，《水浒传》的题材不是单一的，而是可以用丰富多彩来形容的。南宋罗烨《醉翁谈录》著录水浒故事，在“小说”总名目下，《青面兽》归于朴刀类，《石头孙立》归于公案类，《花和尚》、《武行者》归于杆棒类。以我们现代人的眼光来看，《石头孙立》属于公案故事，《花和尚》、《武行者》属于豪侠故事，《青面兽》属于绿林好汉故事，由此已可见出水浒故事的丰富性；而现存的《水浒传》百回本中的征方腊故事则属于“说铁骑儿”，以战阵描写为主。从这种题材多元的情形看来，将《水浒传》视为历史演义固然欠妥，将《水浒传》视为英雄传奇亦非无懈可击，将《水浒传》视为豪侠小说同样不免以偏概全之嫌。鉴于其题材的这种丰富性，我们拟称之为英侠传奇。其二，《水浒传》的题材一方面是丰富的，另一方面又有其占主导地位的题材，即豪侠故事。从豪侠特殊的人文立场和《水浒传》对某种情调的偏爱出发，豪侠们被写成一群具有特殊性格的人：与关心事业和家庭的常人不同，他们对这二者看得很淡，甚至可以说不在眼下。以鲁智深为例，当他出于正义感拳打镇关西时，假如换了一个同样有正义感但不是豪侠的人，会采取什么样的方式？毫无疑问，利用身为提辖的权力，要解救金氏父女，只需按照正常的法制程序办事便可达到目的，何至于亲自动手以至弄丢了职务、成为亡命之徒呢？但鲁智深身为豪侠，只有亲自动手才能显出豪侠的风采，至于会不会弄丢官职，那不在他的关心范围之内。豪侠本来就不追求主流社会的事业，官职对于他来说，是无关紧要的。与此相辅相成，家庭也不是豪侠关心的对象。《水浒传》中的好汉，一部分是从来没有结过婚的，如武松、鲁智深、李逵、石秀、杨志，一部分是结了婚而并不当回事的，如卢俊义、宋江（阎婆惜实际上只能算宋江的外宅）。为什么会如此？这是因为，家庭生活与豪侠是格格不入的，而女性的介入更可能造成对豪侠精力和气质的损害，所以，《水浒传》一再强调它的最出色的好汉“一意打熬气力，不亲女色”。娇媚的女性形象以及男欢女爱的韵事与豪侠们的特殊气质和《水浒传》的粗豪情调格格不入，因而理所当然地受到拒斥。小说第三十八回的一个细节值得注意：李逵等四人正在琵琶亭饮酒，“各叙胸中之事。正说得入耳，只见一个女娘，年方二八，穿一身纱衣，来到跟前，深深的道了四个万福……顿开喉音便唱。李逵正待要卖弄胸中许多豪杰的事务，却被他唱起来一搅……李逵怒从心上起，恶向胆边生，跳起身来，把两个指头去那女娘子额上一点，那女子大叫一声，蓦然倒地”。① 这一段情节，绝妙地写出“豪杰的事务”对怜香惜玉的书生美德的排斥。水浒好汉中，除了被嘲笑的周通、王矮虎热衷于要个押寨夫人外，其他人都视女色如尘土。这是一个不容忽视的现象。（电视连续剧《水浒传》的编导不明此理，竟让黑旋风李逵饱含眷恋地目送方腊手下的一个颇有几分妩媚的女头领远去，令人忍俊不禁。）《水浒传》在题材上的这两个特征提示我们，这部小说虽然不以历史上的政治、军事斗争为题材，但它与《三国演义》一样，对常人的生活世界依然较为漠视。

比《水浒传》的题材问题更为复杂的是《水浒传》的价值观问题。而其价值观之所以复杂，也与其题材的丰富性和漫长的成书过程有关。我们试从有关的评论意见开始考察。

在《水浒传》的研究中，政治索隐一向占有很大的比重，其中李贽的意见又格外引人注目。他的《〈忠义水浒全传〉序》开宗明义，毫不迟疑地断言：

> 太史公曰：“《说难》、《孤愤》，圣贤发愤之所作也。”由此观之，古之圣贤，不愤则不作矣。……《水浒传》者，发愤之所作也。盖自宋室不竞，冠履倒施，大贤处下，不肖处上，驯致夷狄处上，中原处下。一时君相，犹然处堂燕雀，纳币称臣，甘心屈膝于犬羊已矣。施、罗二公身在元，心在宋；虽生元日，实愤宋事。是故愤二帝之北狩，则称大破辽以泄其愤；愤南渡之苟

① 本书引用《水浒传》，均据人民文学出版社 1997 年第 2 版。《水浒传》依据其回目的多少，有七十回、一百回、一百十五回、一百二十回等之分，依据其描写的详略，有繁本、简本之分。本书认为一百回繁本较为接近原本的面貌。

安，则称灭方腊以泄其愤。敢问泄愤者谁乎？则前日啸聚水浒之强人也，欲不谓之忠义不可也。①

这就是说，李贽并非不清楚《水浒传》写的是一帮打家劫舍的绿林好汉，但尽管如此，他仍然确信，在这部绿林好汉的传奇中，寓有强烈的忠愤之情。李贽这种从政治角度向作品索隐的阐释方式，当然不是他一时心血来潮的发明，他所依傍的先例即“太史公”（司马迁）的“发愤”之作《史记》。中国文学及文学批评的特征之一是注重象征，《史记》亦然。“由于过去的事实不仅仅是出现一次，而是重复出现，所以，中国的历史学家们把历史作为人类生活的象征来记载。”“他置《伯夷列传》于列传之首，可说是很有象征性的。司马迁之所以特别同情不遇的豪杰，是因为他自己就是个不幸之人。”②其实，不只是《史记》具有不容忽视的象征意味，《诗经》、《离骚》等亦无不如此。《诗经》的首篇《关雎》，在对“窈窕淑女，君子好逑”的具体描写中，不乏以男女和谐象征宇宙和谐的意味。《离骚》以恋爱情节喻君臣关系，更是人们所熟知的一个常识。比兴成为诗中的基本手法不是偶然的。

由于中国古典诗文的象征传统异常深厚，在这种传统中成长起来的读书人也习惯于将这种阐释套路推广到俗文学领域。李贽堪称这方面的一个标本。他视《水浒传》为发愤之作，从这一基本立场出发，断言其作者关心的是儒家的两大伦理政治原则：第一，在用人问题上，应该“大贤处上，不肖处下”，即所谓“举贤而授能”，如果颠倒贤与不肖的位置，就会导致社会的不稳定。李贽序从这条原则入手，阐明《水浒传》的主旨之一即在揭示贤与不肖位置不当所造成的恶果：

---

① 马蹄疾编：《水浒资料汇编》，3～4页，北京，中华书局，1980。以下凡引《〈忠义水浒全传〉序》，均见该书4～5页。

② ［日］吉川幸次郎：《中国文学史》，汉译本，55页，成都，四川人民出版社，1987。

> 今夫小德役大德，小贤役大贤，理也。若以小贤役人，而以大贤役于人，其肯甘心服役而不耻乎？是犹以小力缚人，而使大力者缚于人，其肯束手就缚而不辞乎？其势必至驱天下大贤而尽纳之水浒矣。

第二，一个真正具有忠孝之心的“君子”，即使在政治生活中遭受不公平待遇，仍当忍辱负重，不能犯上作乱。这与第一条原则是互为补充、互相制约的。前者主要用于对帝王的约束控制，因为用人的权力在他手上；后者主要用于对臣民的约束控制，希望他们用忠君的伦理责任感节制因怀才不遇产生的各种愤懑，不致演变成与帝王的对抗性矛盾。李贽以他特有的雄辩风格强调，《水浒传》的内容非但没有违背第二条原则，恰恰相反，它正好是一部宣扬忠义的作品：

> 然未有忠义如宋公明者也。今观一百八人者，同功同过，同死同生，其忠义之心，犹之乎宋公明也。独宋公明者，身居水浒之中，心在朝廷之上，一意招安，专图报国，卒至于犯大难，成大功，服毒自缢，同死而不辞，则忠义之烈也，真足以服一百单八人者之心，故能结义梁山，为一百单八人之主耳。最后南征方腊，一百单八人者阵亡已过半矣，又智深坐化于六和，燕青涕泣而辞主，二童就计于混江。宋公明非不知也，以为见几明哲，不过小丈夫自完之计，决非忠于君、义于友者所忍屑矣。是之谓宋公明也。是以谓之忠义也。

既然《水浒传》如此完美地体现了儒家伦理观念中的两条原则，李贽也就顺理成章地得出结论，断言《水浒传》是一部朝廷君臣必读的“发愤”之作；一百单八人之上梁山，责任全在于“有国者”、“宰相”、“兵部”、“督府”没有合理地使用这些“大贤”。

李贽的政治索隐当然是雄辩而老练的，但与《水浒传》的实际描写并不能十分契合。从发生学的角度来看，在南宋罗烨《醉翁谈录》著录的“小说”话本名目中，《青面兽》、《石头孙立》、《花和尚》、《武行者》这些话本分属于宋元说话中“小说”的几个支目，可见这些好汉的故事是由不同的说话人分别创造出来的，它们是民间的产物。而民间艺术家创作故事，首先是追求有趣，至于能否联系到社会生活的法则和某一阶层的命运，往往不在他们关心之列。宋元话本中的《西山一窟鬼》、《快嘴李翠莲记》，都不具备通过叙写个别事例而广泛地提出社会问题的品格。其实，粗野和趣味性正是民间文学的本色。如夏志清《中国古典小说导论》所说：“中国的说话人和小说家，不仅对显然神奇的东西，事实上对生命的一切都感到兴趣，包括那些假若我们遵守美国出版界数年前的协约就会觉得有伤风雅的描写。尽管表面上拥护严厉的道德，中国小说并不戴维多利亚时代假正经的面具更值得我们注意。但是这种容忍，原来萌发于说话人与听众的低文化，与其说显示了现代人的开明，倒不如说是对淫秽疾病感到无须隐讳的一种兴致。”① 明刊《李九我先生破窑记》第七出《店起奸心》曾将梁山燕青与好汉赵正并提：“白日横行，夜间为盗，山泊中休说浪子燕青，大路上不数好儿赵正。”李注云：燕青乃“宋徽宗时大盗，宋江党徒，卢俊义养子，满身刺绣，善射弓，曰浪子是也”。赵正“与宋江同时，抢掠往来客商，落草以为强盗”。由此一例，可以想见，宋代的水浒故事写一帮杀人放火、拦路抢劫的盗贼，旨在追求规范之外的乐趣，我们不必牵强附会地在其中挖掘什么象征意义。

但李贽的政治索隐又并非全无道理。水浒故事在其漫长的演化过程中，不断为士大夫文人所改造或更新，因而必然增强对社会问题的关心。产生于南宋末年的《宣和遗事》将“梁山泺纪事本末”作为该书的一部分，虽然也直接记叙了宋江等人的强盗行径，但已明显地烙上了文人加工的痕迹：一方面经由结构的安排寓“乱自上作”之意，先写宋徽宗的荒淫，再写方腊造反，先写皇帝重用童贯等人，再写宋江等人落草；另一方面反复说明宋江等乃“不得已而落草”，是

① 刘世德编：《中国古代小说研究》，18页、19页，上海，上海古籍出版社，1983。

“广行忠义，殄灭奸邪”、“助行忠义，卫护国家”的仁义之盗，无疑是借此批判现实政治。

士大夫文人批判现实政治的动机，使他们像厌恶盗贼一样地厌恶贪官污吏，甚至对贪官污吏的厌恶超过了对盗贼的厌恶，于是，“官即盗”、“官不如盗”的命题应运而生。水浒故事在此后的演变表明这一命题持续地发挥着作用。例如，宋末遗民龚圣与作《宋江三十六人赞并序》，就显然别有寄托：

> 余尝以江之所为，虽不得自齿，然其识性超卓，有过人者。立号既不僭侈，名称俨然，犹循轨辙，虽托之记载可也。古称柳盗跖为盗贼之圣，以其守一至于极处，能出类而拔萃。若江者，其殆庶几乎！虽然，彼跖与江，与之盗名而不辞，躬履盗迹而无讳者也。岂若世之乱臣贼子，畏影而自走，所为近在一身，而其祸未尝不流四海。呜呼！与其逢圣公之徒，孰若跖与江也！……①

周密《癸辛杂识续集》卷上在收录了龚圣与的赞、序后，也评议道：

> 此皆群盗之靡耳。圣与既各为之赞，又从而序论之，何哉？太史公序游侠而进奸雄，不免异世之讥；然其首著胜、广于列传，且为项籍作本纪，其意亦深矣！识者当自能辨之云。②

那么，龚圣与的深意究竟何在呢？胡适《水浒传考证》举出了两点：“南宋偏安，中原失陷在异族手里，故当时人有想望英雄的心理”；“南宋政治腐败，奸臣暴政使百姓怨恨，北方在异族统治下受的痛苦更深，故南北民间都养成一种痛恨恶政治恶官吏的心理，由这种心理上生出崇拜草泽英雄的心理”。胡适又分析龚圣与的序说：“这明明

① 马蹄疾编：《水浒资料汇编》，452 页。
② 马蹄疾编：《水浒资料汇编》，455 页。

是说‘奸人政客不如强盗’了！再看他那些赞的口气，都有希望草泽英雄出来重扶宋室的意思。如九纹龙史进赞：‘龙数肖九，汝有九文，盍从东皇，驾五色云！’如小李广花荣赞：‘中心慕汉，夺马而归；汝能慕广，何忧数奇？’这都是当时宋遗民的故国之思的表现。”周密的跋语同样“是老实希望当时的草泽英雄出来推翻异族政府的话”。① 这样一来，水浒故事便具有了浓郁的象征意味，不再是单纯描写盗侠生活的传奇。

元代的水浒故事大体上是沿着周密、龚圣与的思路发展的。在现存的几本有关的元杂剧如《黑旋风双献功》、《李逵负荆》、《燕青博鱼》、《还牢末》、《三虎下山》以及《黄花峪》中，梁山好汉已被塑造为“替天行道救生民”的英雄，如康进之《李逵负荆》说：“杏花旗上七个字，替天行道宋公明。”无名氏《三虎下山》正旦说：“这济州是贴近梁山泊的，我一向闻得宋江一伙，只杀滥官污吏，并不杀孝子节妇，以此天下驰名，都叫他做呼保义宋公明。”而且，梁山泊似乎还是一个惩处恶棍的相当于法庭的所在，比如《黄花峪》中秀才刘庆甫在妻子被蔡衙内抢走后说：“我别处告，近不的他，直往梁山上告宋江哥哥走一遭去。”宋江抓获蔡衙内，除将之处以死刑外，还特别宣布：“虽落草替天行道，明罪犯斩首街前。”《还牢末》中宋江下令将赵令史和萧娥两个歹人“剖腹剜心”，后有词云：“俺梁山泊远近驰名，要替天行道公平。”《黑旋风双献功》中宋江也说：“白衙内倚势挟权，泼贼妇暗合团圆，孙孔目反遭缧绁，有口也怎得伸冤。黑旋风拔刀相助，双献头号令山前。宋公明替天行道，到今日庆赏开筵。”这样来写梁山泊，所倾注的就不只是同情而是赞美之意了。

元代是中国历史上特别黑暗的一页。元朝的统治，给予中国传统文化以有史以来空前巨大的冲击。这以前，内侵游牧民族在文化上仍对汉人抱有敬意，而蒙古贵族却对之充满了蔑视。其原因，不仅在于蒙古人本来就是崇尚剽悍的民族，而且由于，在接触汉族文明之前，

① 胡适：《中国章回小说考证》，12页、15页，上海，上海书店，1979。

他们已经接触并吸收了中部亚洲的文明。蒙古贵族并不尊重汉族文明，在对汉族人从肉体上予以杀戮的同时，也从精神上予以摧残，其具体例证之一就是废除科举制度。因此，元代知识分子内心的愤怒是极为强烈的。这种愤怒流溢于他们的杂剧、散曲创作中，常有些使人看来奇怪而其实合情合理的议论。比如他们一再嘲笑屈原的执著用世的性格，那背景是元代文人根本不可能用世；他们把水浒写得比官府美好，那背景是元代政治极其污浊，民族压迫异常残酷。梁山泊就是在这样一个时代成为“替天行道”的理想乐土的。作家们经由这样的描写表达了他们对社会、对时代、对政治的批判，至于是否与原型合拍，他们似乎并不介意。

自然，元代杂剧中的梁山好汉有时看来仍是名副其实的强盗。高文秀《黑旋风双献功》中宋江说：“风高敢放连天火，月黑提刀去杀人。”无名氏《三虎下山》中正旦称关胜：“正是贼的阿公。”康进之《李逵负荆》中宋江也说：“旗帜无非人血染，灯油尽是脑浆熬。鸦嗛人肉扎煞尾，狗咽骷髅抖搜毛。”最令人骇然的是《还牢末》中的刘唐和史进两人：史进是东平府的一个都头，技能无足称道；刘唐挟私报复谋害好人，比《水浒传》中的董超、薛霸还坏。为何会出现这样褒贬截然相反的描写呢？我想原因在于：民间艺术家不止一位，他们写梁山故事，并没有统一的准则，可以自由发挥，当他们不把梁山视为与元代社会迥不相侔的理想乐土而以写实手法加以描写时，他们当然清楚：那些占山为王、打家劫舍的人，确实是一班盗贼。

从宋到元的水浒故事，一方面展示了本来意义上的绿林好汉，另一方面又借以表达了对社会政治的批判。《水浒传》成书时也照此办理，兼容二者。小说开篇即写高俅对王进和林冲的迫害，正是从社会批判的角度出发，强调“乱自上作”、“官逼民反”。按照结构主义语言学的看法，一个句子可作为一段相当长的叙述的提要或梗概，它不仅抓住了与小说的内容结构密切相关的语义角色，而且以其从句和短语的次序反映了时间和因果顺序。“官逼民反”就与《水浒传》中的一组情节（如林冲、杨志的故事）对应，而且将“反”的原因明确、直接地归结到“官”的头上，“官”是“施事者”，民是“受事者”，

《水浒传》选择这样一个语义结构，以便给读者一个印象：世上的动乱(“反”）是坏“官”胡作非为的结果。小说偶尔还借人物之口传达作者的这一意思，比如第二回，朱武说：“小人等三个，累被官司逼迫，不得已上山落草。”第十一回，林冲仰天长叹：“不想我今日被高俅那贼陷害，流落到此，直如此命蹇时乖!”这类笔墨，意在为好汉们赢得同情，并且确在部分读者中产生了效果，比如钱湘《续刻〈荡寇志〉序》就说：“且夫为盗者诚有罪矣，而迫之使盗，不尤重乎？”王韬《〈水浒传〉序》也说：“试观一百八人中，谁是甘心为盗者？必至于途穷势迫，甚不得已，无可如何乃出于此。盖于时宋室不纲，政以贿成，君子在野，小人在位，赏善罚恶，倒持其柄。贤人才士，困踣流离，至无地以容其身，其上者隐遁以自全，其下者遂至失身于贼。呜呼！谁使之然？当轴者固不得不任其咎。能以此意读《水浒传》，方谓善读《水浒传》者也。”① 诸如此类的议论，与李贽的政治索隐命意相近,可大体上视为对“乱自上作”、“官逼民反”二语的阐发。

然而，“官逼民反”这一语义结构其实概括不了所有梁山好汉的命运。读者不难发现一个事实：林冲等少量好汉可以算是被官府逼上梁山，但卢俊义等人却是被梁山逼反的。《水浒传》第五十回王望如评曰：“人言逼上梁山，言乎有激而成也。其最狠毒者，如假攻青州城而迫秦明，如烧李家庄而逼李应，如杀了衙内而迫朱仝，如用钩镰枪而逼徐宁，如写假书、刻假印而逼萧让、金大坚，如写反诗给李固而迫卢俊义。”② 这些例子中的“施事者”，乃是宋江和他的一帮兄弟。另有一些好汉更是自愿反、主动反，目的是求得“一世快活”。阮小五说：“他们（指梁山王伦、朱贵等）不怕天，不怕地，不怕官司，论秤分金银，异样穿绸锦，成瓮吃酒，大块吃肉，如何不快活！我们弟兄三个空有一身本事，怎地学得他们。”（第十五回）戴宗劝

---

① 马蹄疾编：《水浒资料汇编》，71 页、45 页。

② 陈曦钟等辑校：《水浒传会评本》，929 页，北京，北京大学出版社，1981。本书引用《水浒传》诸家评语，均据这一版本。其他地方不另出注。

流落在蓟州卖柴度日的石秀说："如此豪杰，流落在此卖柴，怎能勾发迹？不若挺身江湖上去，做个下半世快乐也好。"（第四十四回）这都足以显示他们"寻快活"的人生追求。还可再对几位好汉的履历稍加考察。张青"原是此间光明寺种菜园子。为因一时间争些小事，性起把这光明寺僧行杀了，放把火烧做白地。后来也没对头，官司也不来问"，"只在此大树坡下剪径"。（第二十七回）矮脚虎王英"原是车家出身，为因半路里见财起意，就势劫了客人，事发到官，越狱走了，上清风山，和燕顺占住此山，打家劫舍"。（第三十二回）小温侯吕方"因贩生药到山东，消折了本钱，不能勾还乡，权且占住这对影山，打家劫舍"。石将军石勇"为因赌博上一拳打死了个人，逃走在柴大官人庄上"。（第三十五回）总括上述情形，正如金圣叹《水浒传序二》所说：

> 宋江等一百八人，则何为而至于水浒者乎？其幼皆豺狼虎豹之姿也，其壮则杀人夺货之行也，其后皆敲朴劓刖之余也，其卒皆揭竿斩木之贼也。

把林冲等"官逼民反"与卢俊义等被梁山逼反的情形除开，就大多数好汉而言，金圣叹的归纳是准确的。但意味深长的是，《水浒传》却经由人物出场顺序的安排，巧妙地将"乱自上作"、"官逼民反"的叙事话语先入为主地提供给读者：高俅、王进、鲁智深、林冲、杨志是小说开头十余回的中心人物，在他们的传记已基本完成为好汉辩护的任务之后，这才展开张青诸人图快活而杀人、卢俊义等人被梁山逼反的故事，以便这些故事为"乱自上作"、"官逼民反"的叙事话语所掩盖；同时作者在写张青等人时又小心翼翼地多用简介，少作描写渲染，以免给读者留下鲜明的印象；方便时还近乎强辞夺理地把罪责归于官府，比如第十五回，阮小二正抱怨王伦等"几个贼男女聚集了五七百人，打家劫舍，抢掳来往客人"，致使阮氏兄弟不能"去那里打鱼"，吴用却以"官司如何不来捉他们"一句扭转话题，阮小五于是发泄出他对官府较之对王伦的更大怨愤："如今那官司，一处处动掸便害百姓。但一声下乡村来，倒先把好百姓家养的猪羊鸡鹅，尽都吃了，又要盘缠打发他。如今也好，叫这伙人奈何，那捕盗官司的人，那里敢下乡村来。若是那上司官员差他们缉捕人来，都吓得尿屎齐流，怎敢正眼儿看他。”作者如此处理，自是着眼于批判现实政治。

宋江形象的塑造也是为批判现实政治服务的。历史人物宋江“勇悍狂侠”的本来性格被改变了，给人印象很深的倒是他总记得以忠、孝来约束自己。他对晁盖等人上梁山的看法是：“虽是被人逼迫，事非得已，于法度上却饶不得。”（第二十回）他与武松的临别赠言是：“入伙之后，少戒酒性。如得朝廷招安，你便可撺掇鲁智深、杨志投降了。日后但是去边上，一枪一刀，博得个封妻荫子，久后青史上留得一个好名，也不枉了为人一世。”（第三十二回）他父亲听说“白虎山地面多有强人”，怕宋江“一时被人撺掇落草去了，做个不忠不孝的人，为此急急寄书去”，唤他归家，他果然撇下正奔赴梁山的花荣等人，“恨不得一步跨到家门，飞也似独自一个去了”。（第三十五回）刺配江州途中，晁盖等诚邀他上山，被他严词拒绝：“这等不是抬举宋江”，而是陷他为“不忠不孝的人”，并不惜以死相要挟。（第三十六回）浔阳楼题反诗后，其命运发生急遽变化。但不得已上了梁山的宋江，却以“替天行道，为主全忠仗义，为臣辅国安民，去邪归正”为宗旨，（第四十二回）并一再向被俘获的朝廷官员表白：“小可宋江怎敢背负朝廷？盖为官吏污滥，威逼得紧，误犯大罪，因此权借水泊里随时避难，只待朝廷赦罪招安。”“等朝廷见用，受了招安，那时尽忠报国，未为晚矣。”（第五十八回）甚至在梁山英雄大聚义时，他所郑重声明的心愿也是：“一则祈保众兄弟身心安乐；二则惟愿朝廷早降恩光，赦免逆天大罪，众当竭力捐躯，尽忠报国，死而后已。”（第七十一回）这样一个宋江，正是李贽所极力称道的忠义之士。

但从具体的情节看，我们也可以毫不困难地发现另外一个宋江。金圣叹在金本第四十回（百回本第四十一回）的回前总评中别具只眼地指出：“宋江口口恪遵父训，宁死不肯落草，却前乎此，则收拾花荣、秦明、黄信、吕方、郭盛、燕顺、王矮虎、郑天寿、石勇等九人，拉而归之山泊。后乎此，则又收拾戴宗、李逵、张横、张顺、李俊、李立、穆弘、穆春、童威、童猛、薛永、侯健、欧鹏、蒋敬、马麟、陶宗旺等十六人，拉而归之山泊。”朱仝、徐宁、卢俊义、关胜等全是在他的策划下被逼上梁山的。并且，对梁山好汉的暴力行为，宋江虽在口头上有过反对的表示，但在某些情况下实际上是鼓励的。最为触目惊心的也许是第四十一回的描写。宋江智取无为军，活捉了黄文炳，他满怀恶毒的报复心理问道：“那（哪）个兄弟替我下手？”只见黑旋风李逵跳起来说道：“我与哥哥动手割这厮。我看他肥胖了，倒好烧吃。”这无可置疑地表明杀黄文炳乃是宋江的意思。耐人寻味的是，《水浒传》还通过语言进一步传达出宋江等人的反人道倾向。虽然作者描绘了李逵“割一块，炙一块”等行为，但这些行为却是以这样一种方式被感知到的：李逵在杀人，然而被杀者却有似无生命之物，没有挣扎，没有痛苦；李逵之流在吃人，然而仿佛吃着寻常的野味。这是不把人当人的梁山好汉的世界观。如此“以杀人为游戏”，竟然受到宋江的鼓励。这表明，《水浒传》虽然也借题发挥地批判现实政治，但仍不乏如实描写梁山好汉盗贼行为的成分。这两个层面尽管不能统一，从发生学的角度来看，却也不难理解。

《水浒传》在其漫长的故事演变和成书过程中，一方面依据绿林好汉的原型展开情节，具有某种程度的写实性；另一方面又从批判现实政治的需要出发，对绿林故事加以改造，借题发挥，赋予小说以象征意蕴。题材原型与象征意蕴之间，并未取得完全的协调。这种不协调造成了《水浒传》价值观的复杂性。而我们要指出的是：《水浒传》价值观的复杂性还不止这些。除了题材原型与象征意蕴之间的矛盾外，《水浒传》另有一重不能忽视的内涵：小说热情洋溢地写了一批豪侠，并事实上以豪侠作为其关注重心。较之题材原型和象征意蕴，豪侠的生活世界更为作者所钟情。作者对他笔下的豪侠确实偏爱有加。刘雁声对这一事实把握得非常准确。1939 年，他在《朔风》第 12 期发表了一篇题为《受〈水浒传〉影响之清人侠义小说》的论文，其中一段说：“《水浒传》里有好些地方，很像现传侠义小说中的描写，如：《鲁提辖拳打镇关西》、《小霸王醉入销金帐》（这类故事，在《彭公案》中欧阳德曾学做过这样的事）；《吴用智取生辰纲》，这与《三侠五义》中的‘盗花盆’相似；《景阳冈武松打虎》，《小五义》中徐良在青石梁打虎一幕，的确是受了《水浒》的影响；《张都监血溅鸳鸯楼》，与《儿女英雄传》中十三妹能仁寺歼凶僧一幕，有前后辉映的奇彩。《水浒传》里的社会描写，的确是示人一种侠义英雄崛起的机会。戴宗与杨林往蓟州请公孙胜，路遇杨雄、石秀之结合，这节文字，真是直启后人侠义描写的途径。”① 这一阐释颇见出眼光的犀利。由刘雁声所揭示的这一事实，我们可以得出一个结论：在对《水浒传》的阐释中，如果忽视了侠义内容，将是片面的、不完整的。

侠义故事的核心之一是对生命力的崇拜。在人类历史的运行过程中，生命力、伦理与思想是三个缺一不可的因素。没有生命力，人类便不会有任何成就，但生命力倘若无节制地奔放，倘若摆脱伦理与思想的指导，那也会对人类造成极大的危害。神话传说中的共工，“怒而触不周之山，折天柱，绝地维”，生命力是伟大的，但这种生命力并未给人类带来好处，相反，“天倾西北”，“地不满东南”，宇宙和谐遭到破坏，共工也理所当然地被视为兴风作浪的恶神。因此，对生命力必须加以约束、引导，使之逐步臻于完善、健全的境界。我们的祖先是很早就懂得这一道理的。孔子说，“狂者进取”，就表达了对生命力的崇拜，但同时又肯定“劳而无怨”、“在邦无怨，在家无怨”的人格修养。中国古代文论中的“发乎情，止乎礼义”，“喜怒哀乐之未发，谓之中；发而皆中节，谓之和”，所追求的正是生命力与伦理、思想的协调。

《水浒传》对生命力的崇拜经由鲁智深、武松得到热情洋溢的表达。这两位好汉都具有好酒而不好色的性格。对于他们来说，酒是生命力的催化剂。其作用突出地呈现为两个方面：一、酒使他们摆脱了

---

① 见王俊年编：《中国近代文学论文集》（1919～1949）小说卷，95页，北京，中国社会科学出版社，1988。

日常生活的束缚。所谓“鲁智深大闹五台山”，即指他两番使酒。诚如《水浒传》第四回所说：“常言‘酒能成事，酒能败事’，便是小胆的吃了，也胡乱做了大胆，何况性高的人！”平日的鲁智深，虽也粗鲁、豪爽，“到晚便放翻身体，横罗十字，倒在禅床上睡。夜间鼻如雷响，如要起来净手，大惊小怪，只在佛殿后撒尿撒屎，遍地都是”，搅得五台山失去了往日的宁静，但毕竟有所节制；而一旦喝醉了酒，他便浩浩落落，打坏亭子，损坏金刚，无所不为，无所不做，刚心猛气，随意发泄。二、生命力在酒的作用下更加恣肆不羁，富于传奇色彩。鲁智深说过：“洒家一分酒只有一分本事，十分酒便有十分的气力！”（第五回）他倒拔垂杨柳亦是“乘着酒兴”，否则怕没有那分豪气。（第七回）武松醉打蒋门神，痛饮是必要的程序：“你怕我醉了没本事，我却是没酒没本事。带一分酒便有一分本事，五分酒五分本事。我若吃了十分酒，这气力不知从何而来。若不是酒醉后了胆大，景阳冈上如何打得这只大虫！那时节，我须烂醉了好下手，又有力，又有势！”（第二十九回）金本第四回（百回本第五回）金圣叹回前总评将诸如此类的情形提炼为一组对句：“鲁达打周通，越醉越有本事；武松打蒋门神，亦越醉越有本事。”以此为出发点，《水浒传》以铺张的笔墨极力渲染“武松醉打蒋门神”之前饮酒的兴会，淋漓尽致，笔飞墨舞，以至于金圣叹在回前总评中感慨：其事如依史法，只须大书“施恩领却武松去打蒋门神，一路吃了三十五六碗酒”足矣；其文却将“酒人”、“酒风”、“酒赞”、“酒题”等一一写透（金本第二十八回，百回本第二十九回），充分显示出生命力的恣肆、豪宕、超越凡俗。

鲁智深、武松的性格同中有异。比较而言，路见不平、拔刀相助尤能显出鲁智深的人格魅力。“拳打镇关西”是鲁智深行侠事业的开端。金氏父女受到郑屠欺负，同时听到这消息的史进、李忠见惯不惊，继续饮酒，惟有鲁智深义愤填膺，迫不及待，定要“打死了那厮”再说。次日去找镇关西算账，以他提辖的身份，本可动用手中的权力，但他一定要亲自出手，以解心头之恨。不想出手太重，三拳便结果了郑屠的性命，弄得丢了官职，成为亡命之徒，而鲁智深丝毫没有后悔之意。金圣叹在金本第二回（百回本第三回）回前总评中说："写鲁达为人处，一片热血直喷出来，令人读之深愧虚生世上，不曾为人出力。"这可作为对鲁智深的定评。

景阳冈打虎是武松的第一幅特写。《水浒传》中杀虎战绩最为可观的其实不是武松，李逵沂岭杀四虎，四比一，论数量，武松差得远了。可为什么读者陶醉于景阳冈，而对沂岭不甚青睐呢？其主要原因在于，武松是在受到突然袭击的情况下打死老虎的。《水浒传》反复强调了这一点：一、老虎扑来时，正值武松"放翻身体，却待要睡"，根本没有提防这回事。二、梢棒是武松的看家武器，谁料初次出手，就"打在枯树上，把那条梢棒折做两截，只拿得一半在手里"。看家武器不管用了，这突然出现的情况足以令寻常人心胆俱寒。然而武松依然章法不乱，沉着迎敌。一个在心理上做好准备的人，打死老虎不算什么，一个处变不惊，居然打死老虎的人，才真正令人佩服。正如苏轼《夏侯太初论》所说："人能碎千金之璧，不能无失声于破釜；能搏猛虎，不能无变色于蜂虿。"处变不惊体现了一个人的高度涵养，表明其人有着从容不迫地应付危急局面的才能。

"拳打镇关西"与景阳冈打虎显示了鲁智深、武松性格的许多侧面。"拳打镇关西"的鲁智深，身为提辖，却不愿使用手中的权力，而宁可用自己的一双拳头教训坏人，他的疾恶如仇和真率令读者会心一笑。他的有限度的精明也是与他的疾恶如仇和真率联系在一起的。比如，他因为憎恶镇关西，故意寻开心，"消遣"他，先是要郑屠把十斤精肉切做肉末，上面一点肥肉都不许有，这郑屠整整切了"半个时辰"；接着要郑屠把十斤肥肉切做肉末，上面一点精肉都不准有，这郑屠"整弄了一早辰，却得饭罢时候"；又要郑屠把"十斤寸金软骨"切成末子，上面一点肉都不准有。所作所为，正如郑屠所说，是特意来"消遣"他。这种"消遣"方式，表明鲁智深也有精细的一面。但他的精细是从属于其疾恶如仇的，所以接下来拳打郑屠，他便不免下手太重，本来只想让郑屠受皮肉之苦，却因用力过猛，无意中结果了郑屠。鲁智深处事，受感情的支配胜于受理智的支配。武松不然。他非常理智，即使是在受到老虎突然袭击时，也能章法不乱。做某件事对他来说不是最重要的，最重要的是要做得漂亮。他往往像完成艺术品一样地完成一桩事情。为兄长报仇，每一程序都设计得天衣无缝；醉打蒋门神，一路“无三不过望”，其神情何等倜傥；“血溅鸳鸯楼”，大书“杀人者，打虎武松也”，对于一种意境的兴趣超过了对事情本身的兴趣。金圣叹《读第五才子书法》说：“鲁达自然是上上人物，写得心地厚实，体格阔大。论粗卤处，他也有些粗卤；论精细处，他亦甚是精细。然不知何故，看来便有不及武松处。想鲁达已是人中绝顶，若武松直是天神，有大段及不得处。”金圣叹隐约感到而未能清楚说明的事实是：鲁智深的精细受感情支配的成分较多，武松的精细受理智支配的成分较多，二者的区别由此形成。

恩怨分明也是侠的生活准则之一。施恩与武松的关系，简单说来，即施恩与报恩的关系。施恩的快活林被蒋门神夺去，施恩自知其才力不足以与蒋门神一较高下，于是借重武松。为了得到武松的帮助，他采取的仍是传统社会的经典方式，即施恩：不仅免了武松的杀威棒，还不断地馈酒、馈肉，提供优裕的生活待遇。而我们关心的是：武松出于报恩的动机，助施恩收拾蒋门神，这是否值得赞许？“武松醉打蒋门神”一回袁无涯刻本回末评语曰：“磨剑问不平，士为知己死。武松打蒋门神一则，纯是义气用事。”容与堂刻本回末李秃翁评语亦云：“武松固难得，而施恩尤不易得，盖有伯乐方有千里马也。故曰：赏鉴有时有，英雄无日无。”这些评语抓住了问题的关键。武松之于施恩，不是普通的报恩，而是“士为知己者死”意义上的报恩。

《水浒传》的艺术表达问题虽然不像价值观那样复杂，但仍需细加清理。由于兼有“小说”和“讲史”两个血统，《水浒传》在某些方面给人杂糅之感。比如，“小说”关注的是某个人物的命运，因而往往用人物为线索来组织情节，这从《醉翁谈录》著录的早期水浒故事以人物标题的方式看得出来。在百回本《水浒传》中，这一结构方式仍是小说的主体，如相对独立的鲁智深传、林冲传、武松传、宋江传、石秀传即是。好汉的传记构成《水浒传》最富魅力的部分。“讲史”所关注的主要是事件的发展，在结构上表现为以事件为中心来组织情节和描写人物，这从“梁山泺纪事本末”中“孙立等夺杨志往太行山落草”、“石碣村晁盖伙劫生辰纲”、“宋江三十六将共反”、“张叔夜招宋江三十六将降”、“宋江收方腊有功封节度使”等标目方式可以看出。在《水浒传》中，这一结构方式也清晰可见，如三打祝家庄、三败高俅、两赢童贯、受招安、征辽、征方腊等即是。不过，这种“小说”传统与“讲史”传统杂糅的情形在《水浒传》中不多，从总体上看，《水浒传》与“小说”的因缘更加密切，与“讲史”的关系较为疏远。其特点在情节、技巧、语言等方面表现得至为显著，我们不妨经由与《三国演义》的对比来加以说明。

关于情节：三国故事在民间流传已久，并确已产生了大量的异于历史记载的故事，但是，既然有着详细的史籍可供依傍，罗贯中便有意剔除了民间说话和戏曲中的许多情节，而以朴实地重述真实的历史事件为写作宗旨。《三国志通俗演义》“皆排比陈寿《三国志》及裴松之注，间亦仍采平话，又加以推演而作之”。① 即所谓“七分实事，三分虚构”。后来毛宗岗的修订又加强了这一依傍史传的特点。《水浒传》的作者没有充足的史籍可供依傍，他只能采用民间传说和戏曲提供的情节，这样，他在表达上面临的困难比罗贯中要大得多。尽管《三国演义》在组织情节时笔调质朴，常常累积事件，但由于故事的真实和丰富，读者仍很有兴趣；而《水浒传》却是虚构的产物，它必须从两个方面满足读者的审美需要：一是具有可与历史事实抗衡的真实感；二是具有可与历史事实抗衡的吸引力。《水浒传》的作者基本上达到了这一境界。他以遒劲的风格展开英雄们被逼上梁山的历史，一定程度上把握住了社会、人生的真实；情节曲折生动，发挥尽致，细节的丰富和高度戏剧性创造出非凡的情趣。注重细节描写的《水浒传》与粗线条的《三国演义》正好成为对照。

① 鲁迅：《中国小说史略》，87页，上海，上海古籍出版社，1998。

可以举几个例子来印证这一点。《三国演义》曾写到“燕颔虎须”的张飞。所谓“燕颔”，即李商隐《骄儿诗》说的“或谑张飞胡”的“胡”，指颔下下垂的肉。《汉书·郊祀志》：“有龙垂胡髯。”颜师古注：“胡，谓颈下垂肉也。”但小说中涉及张飞的情节，却没有一处曾利用他的这一外部特征来构成喜剧情节。这表明，三国故事在文人改编时，已在很大程度上割断了说话艺术的传统。因为我们知道，甚至在唐代，民间讲说的三国故事就已将张飞的“胡”描摹得别具情致，生动有趣，以至李商隐五岁的儿子听了故事后也会“谑张飞胡”。比较起来，《水浒传》的作者在这方面具有远为细腻的写实品格。例如鲁智深，他初出场时，作品写道：“只见一个大汉大踏步竟入来，走进茶坊里。史进看他时……生得面阔耳大，鼻直口方，腮边一部貉䝞胡须。身长八尺，腰阔十围。”（第三回）此后，小说即不断抓住他的“胖”、“大”的外形特征构成富于个性的情节。第五回，“花和尚大闹桃花村”：“众人灯下打一看时，只见一个胖大和尚，赤条条不着一丝，骑翻大王在床面前打。”第九回，“鲁智深大闹野猪林”：“说时迟，那时快，薛霸的棍恰举起来，只见松树背后雷鸣也似一声，那条铁禅杖飞将来，把这水火棍一隔，丢去九霄云外，跳出一个胖大和尚来……”这些片断，被评价为“生动的写实”是无愧的。《水浒传》的其他情节，“如以一丈青配王矮虎，王定六追随郁保四，一长一短，一肥一瘦，天地悬殊，真堪绝倒”。[①] 其喜剧效果也得益于作家对人物外形特征的活灵活现的刻画。而这无疑来自说话的传统。《三国演义》中很少有这样高度喜剧化的情节。

在技巧方面，悬念手法的采用是一个可供对比的话题。无论是《三国演义》，还是《水浒传》，对悬念的兴趣都与民间说话的影响有关。但由于《三国演义》和《水浒传》的总体氛围不同，《三国演义》仅仅在表现诸葛亮时使用悬念技巧，目的是把他塑造成为神奇莫测的人物，所以悬念技巧本身并不为历史演义作者所看重——如果

---

① 怀林：《批评水浒传述语》，见《明容与堂刻本水浒传》卷首。

不是为了把诸葛亮保持在神秘状态，我们确信罗贯中不会热心于采用悬念手法，这就造成了《三国演义》悬念手法的非生活化倾向。与此形成对照，《水浒传》中的悬念并非某一人物的专利，英侠传奇作者对悬念的兴趣建立在乐于和读者捉迷藏这样一种纯粹小说家的心态之上，这就造成了《水浒传》悬念手法的广泛采用和生活化倾向。我们来具体地领略一番：

《三国演义》制造悬念的方式主要有二：一是锦囊妙计，如第一百零五回“武侯预伏锦囊计”；二是并不宣布作战方案，而用“如此如此”、“这般这般”来代替。这两种方式，都不是生活当中的真实情形，而只是一种讲故事的技巧，目的是将读者蒙在鼓里，使他们对于事件的变化产生应接不暇的惊奇感，从而对诸葛亮的“神机妙算”产生格外深刻的印象。《水浒传》也注重悬念的设计，但不再采用锦囊妙计和“如此如此”、“这般这般”的方式，而是更加生活化，泯除了技巧的痕迹，从而在艺术上臻于更高的境界。比如第二十八回《武松威震安平寨　施恩义夺快活林》。武松为兄长报仇，杀了西门庆、潘金莲等人，被刺配孟州。来到牢城营，因武松不肯托人情，还口口声声与差拨抬扛，牢友们都料定他“晚间必然”被“结果”：

> 众人说犹未了，只见一个军人，托着一个盒子入来，问道：“那个是新配来的武都头？”武松答道：“我便是，有甚么话说？”那人答道：“管营叫送点心在这里。”武松看时，一大旋酒，一盘肉，一盘子面，又是一大碗汁。武松寻思道：“敢是把这些点心与我吃了，却来对付我？我且落得吃了，却又理会。”

武松的想法也正是读者的想法，我们确实认为，这顿饭之所以丰盛，是因为武松马上就要被处决了，管营的用意是让他做个饱鬼。然而，武松和读者都没有料对。到了晚上，并没有谁来结果武松，倒是“头先那个人，又顶一个盒子入来”，好肉、好鱼、好酒的招待；不多时，又送热水来洗澡。武松以为洗澡后会被害死，却又并不。第二天请他搬家，他以为是去土牢，却是一个干干净净的去处。中午、晚上仍是盛情款待。

> 武松心里忖道："由他对付我，我且落得吃了。"到晚，又是许多下饭，又请武松洗浴了，乘凉歇息。武松自思道："众囚徒也是这般说，我也这般想，却是怎地这般请我？"

确实，不仅众囚徒百思不得其解，武松也百思不得其解；不仅武松百思不得其解，读者也同样百思不得其解。瞒住武松是表面的现象，瞒住读者才是作者的真实目的。能成功地瞒住读者，引发读者的牵挂和往下读的欲望，这就是悬念的作用。《水浒传》有意瞒住读者，却又不让人看出故意设置悬念的痕迹，这是作者的高明之处。仿佛在顺其自然地展示生活，其实是精心制造悬念，这是一种不易达到的境界。

关于语言：与在情节上依傍史籍相一致，罗贯中在语言上也直接或稍加通俗化而沿用史籍中的语言，结果形成半文半白的语言风格。《水浒传》的作者没有这种便利，他不得不揣摩说书人的口气进行创作，从而使《水浒传》成为我国第一部以北方方言为基础的白话长篇小说。《水浒传》在语言运用上的这种优势，表现在叙述上，以明快、风趣见长，常常有评书的诙谐；表现在描写上，以生动、准确见长，显示出精细的观察力和卓越的表现力；表现在人物语言上，以充分的个性化见长，在小说史上只有《红楼梦》堪与它媲美。

综上所述，我们看到：《水浒传》和《三国演义》，这两部中国长篇小说发展史上的开山作品，其差异是极为鲜明的，并在后来的小说发展中形成两种不同的传统。但这种差异产生的原因，很显然，不能从个别作家身上去寻找，而是深藏于它们看似相同的产生过程中：它们自身，原本就产生于大不一样的传统！——《三国演义》主要产生于史官和宋元"讲史"的传统，而《水浒传》却主要产生于说话四家中“小说”的传统。①

三　神魔小说审美规范的确立

神魔小说是明清章回小说中第三个成熟的流派，其审美规范的确立以百回本《西游记》问世为标志。《西游记》与宋元说话四家中的“说经”关系密切。吴自牧《梦粱录》、周密《武林旧事》记载宋代的艺人名单，只有“小说”、“说经”、“讲史”的专业艺人，可见在“小说”、“讲史”之外，“说经”的市场占有率是相当引人注目的。其题材特征是“演说佛书”和“宾主参禅悟道”。流行于宋代的《大唐三藏取经诗话》可以大体视为“说经”一类的话本。

关于《大唐三藏取经诗话》的产生时代和在说话四家中的归属问题，尚无定论。程毅中说：“关于《大唐三藏取经诗话》的撰作年代，近人研究的结果比较趋于一致，多数认为当在宋代，甚至更早一

---

① 关于说话四家，南宋耐得翁《都城纪胜·瓦舍众伎》的记载是：“说话有四家：一者小说，谓之银字儿，如烟粉、灵怪、传奇。说公案，皆是朴刀杆棒及发迹变泰之事。说铁骑儿，谓士马金鼓之事。说经，谓演说佛书。说参请，谓宾主参禅悟道等事。讲史书，讲说前代书史文传、兴废争战之事。最畏小说人，盖小说者能以一朝一代故事，顷刻间提破。合生与起令、随令相似，各占一事。商谜，旧用鼓板吹［贺圣朝］，聚人猜诗谜、字谜、戾谜、社谜，本是隐语。有道谜（来客念隐语说谜，又名打谜），正猜（来客索猜），下套（商者以物类相似者讥之，又名对智），贴套（贴智思索），走智（改物类以困猜者），横下（许旁人猜），问因（商者喝问句头），调爽（假作难猜，以定其智）。”王古鲁《南宋及说话人四家的分法》（古典文学出版社 1957 年版《二刻拍案惊奇》附）一文据此认为：“小说”包括银字儿和说铁骑儿两家，“说经、说参请”算一家，“讲史书”算一家。这一看法得到学界比较广泛的赞同。胡士莹参照王古鲁的意见提出，四家的分法应该是：1. 小说（即银字儿）——烟粉、灵怪、传奇、说公案，皆是朴刀杆棒及发迹变泰之事。2. 说铁骑儿——士马金鼓之事。3. 说经——演说佛书，说参请——宾主参禅悟道等事；说诨经。4. 讲史书——讲说前代书史文传、兴废争战之事。见胡士莹：《话本小说概论》，107 页，北京，中华书局，1980。

些。”“《大唐三藏取经诗话》演说唐玄奘取经故事，与佛教传说有密切关系，最初可能出自僧徒俗讲，因此可以视为说经一类的话本。当然，《取经诗话》并没有演说佛经，也没有多少参禅悟道的故事，而且在话本里还是年代较早、题材和体裁较特殊的作品，它产生于宋代说话分家数之前。因此以往学者没有为它分别门类，如孙楷第《中国通俗小说书目》就把它列在宋元部的小说类里。但从它的渊源说，和佛典文献及唐五代的僧徒俗讲文学确有一定的联系，犹如《庐山远公话》，虽然增添了神异荒诞的‘七谎’，但还是佛教徒的宣教作品，以至日本人新修的《大正藏》也收录作为佛典。”① 本书采用程毅中的说法。②

考察《西游记》所确立的审美规范，必须注意它与佛教和佛经的密切联系。这不仅因为唐僧的原型即佛教大师玄奘，唐僧师徒所取的经即佛经，而且因为《西游记》对佛教经典《多心经》确有浓墨重彩的强调。

《西游记》重视《多心经》，从发生学的角度考察，与《多心经》(《心经》) 曾经在陈玄奘取经途中发挥神秘作用有关。玄奘弟子慧立、彦悰所著《大慈恩寺三藏法师传》叙陈玄奘天竺（印度）取经经历，第一卷记载：“从此已去，即莫延贺碛，长八百余里，古曰沙河，上无飞鸟，下无走兽，复无水草。是时顾影惟一，心但念观音菩萨及《般若心经》。初，法师在蜀，见一病人，身疮臭秽，衣服破污，愍将向寺施与衣服饮食之直。病者惭愧，乃授法师此经，因常诵习。至沙河间，逢诸恶鬼，奇状异类，绕人前后，虽念观音不得全去，即诵此经，发声皆散，在危获济，实所凭焉。”《般若心经》是玄奘从一位奇特的法师那儿得到的，玄奘至沙河“在危获济”，主要得益于这一佛经。唐人李亢《独异志》亦记有玄奘传习《心经》一

---

① 见程毅中：《宋元小说研究》，369 页、370 页，南京，江苏古籍出版社，1998。

② 参见张锦池《西游记考论》第一章、第二章，黑龙江教育出版社，1997。

事："沙门玄奘俗姓陈，偃师县人也，幼聪慧，有操行。唐武德初，往西域取经，行至罽宾国，道险虎豹，不可过，奘不知为计，乃锁房门而坐。至夕开门，见一老僧，头面疮痍，身体脓血，床上独坐，莫知来由。奘乃礼拜勤求，僧口授《多心经》一卷，令奘诵之。遂得山川平易，道路开辟，虎豹藏形，魔鬼潜迹。遂至佛国，取经六百余部而归。其《多心经》至今诵之。"其基本情节与《大慈恩寺三藏法师传》所载相近，但将传经的地点改为取经途中，并进一步突出了《多心经》保佑玄奘西行的功能。流行于宋代的《大唐三藏取经诗话》，其《转至香林寺受心经本第十六》又将传经的地点改为回程途中，虽然不再强调《多心经》在保佑唐僧西行方面的功能，但仍着力突出《多心经》神秘而神奇的力量："竺国回程，经十个月至盘律国，地名香林市内止宿。……一时间眼瞤耳热，遥望正面，见祥云霭霭，瑞气盈盈，渐睹云中有一僧人，年约十五，容貌端丽，手执金镮杖，袖出《多心经》，谓法师曰：'授汝《心经》，归朝切须护惜。此经上达天宫，下管地府，阴阳莫测，慎勿轻传。薄福众生，故难承受。'法师顶礼白佛言：'只为东土众生，今幸缘满，何以不传？'佛在云中再曰：'此经才开，毫光闪烁，鬼哭神号，风波自息，日月不光，如何传度？'法师再谢：'铭感铭感！'佛再告言：'吾是定光佛，今来授汝《心经》。回到唐朝之时，委嘱皇王，令天下急造寺院，广度僧尼，兴崇佛法。今乃四月，授汝《心经》；七月十五日，法师等七人，时至当返天堂……"从一脉相承的对《心经》的强调来看，《西游记》如果放弃对《心经》的重视，从情理上似乎说不过去。因此，《西游记》之重视《心经》，如果没有新的内涵，就不值得予以特别关注。而正是从这个角度，我们发现：在《西游记》之前，《大慈恩寺三藏法师传》等写到《多心经》，总是醉心于其消灾去难的神秘功能；而《西游记》写《多心经》，却突出它对心性修炼的启示作用。前者注重的是神通，后者注重的是人生哲学。在《西游记》中，《多心经》驱逐虎豹和魔鬼的神通失去了重要性，它的作用在于引导人控制欲望等种种杂念，单纯地生活，毫不懈怠地修行。至此，《多心经》才真正与严肃意义上的佛教衔接起来了。

第十九回，三藏殷勤询问乌巢禅师：“（西天取经）路途有多远?”禅师道：“路途虽远，终须有到之日，却只是魔障难消。我有《多心经》一卷，凡五十四句，共计二百七十字。若遇魔障之处，但念此经，自无伤害。”遂亲口将《摩诃般若波罗蜜多心经》传授给三藏。“心无挂碍，无挂碍故，无有恐怖。”①“诸法空相，不生不灭，不垢不净，不增不减。”这几句可说是《多心经》的关键内容。第三十二回，唐僧见一山挡路，担忧地说：“徒弟们仔细，前遇山高，恐有虎狼阻挡。”行者坦然地提醒唐僧：“师父，出家人莫说在家话。你记得那乌巢禅师的《心经》云，心无挂碍，无挂碍，方无恐怖，远离颠倒梦想之言？但只是扫除心上垢，洗净耳边尘。不受苦中苦，难为人上人。你莫生忧虑，但有老孙，就是塌下天来可保无事。怕甚么虎狼!”《多心经》所揭示的这种无挂碍恐怖的生命意境，实际上是心性修炼臻于炉火纯青的人生意境。《多心经》以引导人“远离颠倒梦想”的方式消除取经途中的魔障，这提示读者：西去途中的种种妖魔，可以视为人内心的种种纷扰的象征。佛教的人生哲学存在于《西游记》中是一个不容忽视的事实。

又如《西游记》第八十五回：却说唐僧辞别了钦法国王，师徒四人欣然上路。正欢喜处，忽见一座高山，凶凶的有些凶气，唐僧见了，渐觉惊惶，满身麻木，神思不安，悟空笑道：“你把乌巢禅师的《多心经》早已忘了?”唐僧道：“我记得。”悟空道：“佛在灵山莫远求，灵山只在汝心头。人人有个灵山塔，好向灵山塔下修。”唐僧道：“徒弟，我岂不知？若依此四句，千经万典，也只是修心。”悟空道：“不消说了，心净孤明独照，心存万境皆清。差错些儿成惰懈，千年万载不成功，但要一片志诚，雷音只在眼下。似你这般恐惧惊惶，神思不安，大道远矣，雷音亦远矣。且莫胡疑，随我去。”那

① 本书引用《西游记》，均据百回本（岳麓书社1987年版）。杨（阳）本（杨致和《西游记传》四十一回）、朱本（朱鼎臣《唐三藏西游释厄传》十卷）与百回本之间的演化关系，鲁迅、胡适、郑振铎、孙楷第、柳存仁、张锦池等均有讨论，可以参看。

唐僧闻言，心神顿爽，万虑皆休。这里说得更加明白，《多心经》的作用即是“安神”。所谓取经途中的妖魔，其实是“心”的欲望的种种象征。《西游记》的命意与佛教的心性修养理论是相通的。

考察《西游记》所确立的审美规范，必须注意它与中国志怪传统的密切关系。陈玄奘去天竺（印度）取经，这本来是一个圣徒（人）的故事。但这一题材在经过民间想像加工时，猴（孙悟空）、猪（猪八戒）先后加入取经队伍，并成为师徒四人中特别重要的两个角色。关于猴和猪这一类动物形象的塑造，中国的传统志怪（如魏晋南北朝志怪小说）积累了丰富的经验和惯例。

在古代中国人的想像中，人的世界之外，还有三个世界，即仙的世界、鬼的世界、怪的世界。所谓仙，即长生不老的人。根据神仙所在的空间位置，仙界大体上可分为三个部分，即天上仙宫、凡间仙窟和海中仙岛。天上仙宫是天仙生活的地方，《西游记》中的玉帝、太上老君、太白金星等就居住在这里。凡间仙窟主要是陆地上的神仙居住的地方，大多在名山之中。海中仙岛是十洲三岛的神仙居住的地方，一般在大海之上或滨海之地，虽比不上天宫的富丽，也比不上凡间仙窟的峻拔，却有海中仙岛的别样风情。《西游记》中的福星、寿星、禄星、帝君、九老等诸位神仙就在这里修行。所谓鬼，即阴间的人。人对鬼的态度是比较复杂的。一方面，出于对死亡的恐惧和禁忌心理，人对鬼往往畏而远之；另一方面，鬼在本质上是人，只不过是已经去世的人，人对鬼的情感态度仍是基本同情的。因为《西游记》写鬼不多，本书不拟多加讨论。所谓怪，即因年岁久远而具有了某种神通的“物”（动物、植物、器物），也就是人们常说的“老而成精”、“老而成魔”。王充《论衡·订鬼》：“夫物之老者，其精为人；亦有未老，性能变化，像人形。”葛洪《抱朴子·登涉》：“万物之老者，其精悉能假托人形，以眩惑人目，而常试人。”这些物怪，后世习称为妖精或妖怪，《西游记》中的牛魔王、青毛狮怪、虎力大仙等都属此类。观照传统志怪中的妖精，至少要留意下述几个方面：一是按照原型的差异，妖怪可分为动物怪、植物怪和器物怪。在实际生活中，器物不具有生命力；植物虽具有生命力而无法自由活动；只有动物，其生命层次最高，而在动物中又根据动物的食物链高低有别。这在很大程度上决定了各种“物”神通的大小。一般说来，动物怪胜于植物怪，植物怪胜于器物怪。而在动物怪中，大动物怪通常比小动物怪难制服一些。当然，这只是一般情况，可以有个别例外。二是与仙、鬼形成对照，妖怪的世界总体上是一个令人厌恶的不信奉人间伦常的异邦。在魏晋南北朝志怪小说中，天地间的邪恶与卑鄙，常常和妖怪有关。它们没有道德感，没有廉耻心，正直的人所遵循的生活秩序和奉行的准则，它们往往视有若无，并故意践踏之、毁坏之。在这方面，妖怪与鬼的区别异常鲜明：就一般情况而言，鬼仍然信守人间伦常，尤其值得注意的是，他们从不淫人妻女（个别的恶鬼除外）；妖怪却非但无此忌讳，且有淫人妻女的嗜好，给许多普通家庭造成惨痛的悲剧。其他坑害人的事，妖怪同样爱干，神通不大的妖怪多来一些小恶作剧，神通大的妖怪则有拿人性命当儿戏的恶劣嗜好。《西游记》中，唐僧师徒遭遇的九九八十一难中，除了最初的几难外，大多数都是妖怪造成的。整个西天取经的过程正是师徒四人降妖伏魔的过程。三是在通常情况下，妖怪代表的是邪恶势力，而人和仙则代表了正面力量。根据“邪不压正”的理念，人、仙在与妖怪的较量中往往占据上风。不管什么样的妖怪都有一个命门所在，要么是生理上的，要么是心理上的，而人、仙总有办法找到妖怪的命门，并富有实效地发起攻击，从而降伏他们。在《西游记》中，这也大体上是一个惯例。

考察《西游记》所确立的审美规范，还要注意它与中国笑话文学的关联。吴承恩对于《西游记》的著作权，虽然陆陆续续有学者提出质疑，① 但是，在找不到一个比吴承恩更具说服力的候选人的前提下，我们姑且相信，吴承恩就是《西游记》的作者。吴承恩具有

① 否定吴承恩著作权的国内学者主要有章培恒（《百回本〈西游记〉是否吴承恩所作》，《社会科学战线》1983 年第 4 期）、张锦池（《论〈西游记〉的著作权问题》，《北方论丛》1991 年第 1 期、第 2 期）等，他们提出的可能的著作权人有许白云和华阳洞天主人，张锦池认为华阳洞天主人也许就是陈元之。

丰富的人生阅历，“善谐剧”，他在写定《西游记》时，致力于赋予这部小说以鲜明的个人色彩，而诙谐风格便是形成其个人色彩的一个重要方面。中国笑话文学的深厚传统对他的帮助是显而易见的。林语堂《论东西文化的幽默》曾说：“一般认为哭是一切动物共有的本能，笑却只是猿猴的特性。这种特性只有我们和我们的祖先人猿才有。我不妨补充一句，思想是人的本能，但对一个人的错误，以微微一笑置之却是神了……我以为幽默的发展是和心灵的发展并进的。因此幽默是人类心灵舒展的花朵，它是性灵的放纵或者是放纵的心灵。惟有放纵的心灵，才能客观地静观万事万物而不为环境所囿。”幽默是人生必不可少的一个部分，幽默是中国传统笑话的一个重要贡献。中国笑话文学，从其旨趣来看，可以分为两类：一类是“无所为而作”，作者满足于一种机敏、谐谑、调侃的效果，如三国魏邯郸淳的《笑林》，隋侯白《启颜录》，唐朱揆《嗤噱录》，宋高怿《群居解颐》、吕居仁《轩渠录》、天和子《善谑录》等；一类是“意存微讽”，含有严肃的寓意，如先秦诸子寓言、相传为北宋苏轼所作的《艾子杂说》等。这两类笑话对《西游记》均有影响。

《西游记》在立意、想像和风格方面的多元继承，造成了作品较为复杂的面貌，如果只从一个侧面看问题，就容易出现盲人摸象的失误。在面对《西游记》时特别需要一种整体把握、辩证分析的能力。

其一，我们必须有分寸地把握小说所寓含的心性修养的宗旨。在这一方面，必须防止两种倾向：一是过于拘泥、过于严肃地阐释这种象征性主旨，二是完全否认这种象征性主旨。代表前一种倾向的是一批明清时代的学者，如清初汪象旭评本《西游证道书》所冠署名虞集的序文：①

① 吴圣昔《西游证道书“原序”是虞集所撰吗——虞集〈西游记序〉真伪探考》一文认为：“虞集《西游记序》看来决非出于虞集之手，而非常可能是后人所伪托。而伪托者不是《西游证道书》作者汪象旭又能是谁呢？”见《明清小说研究》1991年第3期。

余窃窥真君之旨，所言者在玄奘，而意实不在玄奘；所纪者在取经，而志实不在取经：特假此以喻大道耳。猿马金木，乃吾身自具之阴阳；鬼魅妖邪，亦人世应有之魔障。虽其书离奇浩瀚，亡虑数十万言，而大要可以一言蔽之，曰收放心而已。盖吾人作魔作佛，皆由此放心，此心放，则为妄心；妄心一起，则能作魔，其纵横变化，无所不至，如心猿之称王称圣，而闹天宫是也。此心收，则为真心，真心一见，则能灭魔，其纵横变化，亦无所不至，如心猿之降妖缚怪，而证佛果是也。然则同一心也，放之则其害如彼，收之则其功如此，其神妙非有加于前，而魔与佛异矣。故学者但患放心之难收，不患正果之难就。①

这是站在道教立场上的议论。其他如明末幔亭过客（即袁于令）《李卓吾评本西游记题词》从三教合一的立场出发谈象征主旨，清初尤侗从佛教立场出发谈象征主旨，张书绅《新说西游记总论》从儒家的立场出发谈象征主旨，立场虽别，但所揭示的修身养性的意蕴则是一致的或大体一致的。这一情形并不令人感到奇怪。盖儒、释、道三家都有自己的心性修养理论，各自的最高境界亦有不同称谓，儒家以成圣为极诣，佛家以成佛为极诣，道家以成仙为极诣，但相互之间确有共同之处，即都致力于对欲望的克服，所谓三教合一，即建立在这一共同点之上。如刘一明《西游原旨序》所说："其书阐三教一家之理，传性命双修之道……悟之者，在儒即可成圣，在释即可成佛，在道即可成仙。"《西游记》兼容三家的心性修养理论，故时而谈禅，时而说儒，也常有道家术语。所以，明清时代的部分学者确认《西游记》具有象征意蕴，这并没有错。但他们说得太拘泥、太严肃，便与《西游记》的戏谑风格明显冲突。作为这一倾向的反拨，胡适完全否认小说的象征性主旨，代表了另一种极端倾向。1923 年，胡适在《西游记考证》中断然指出："《西游记》被这三四百年来的无

① 丁锡根编著：《中国历代小说序跋集》，1 352 页，北京，人民文学出版社，1996。本书引用《西游记》序跋，均据这一版本。其他地方不另出注。

数道士和尚秀才弄坏了。道士说，这部书是一部金丹妙诀。和尚说，这部书是禅门心法。秀才说，这部书是一部正心诚意的理学书。这些解说都是《西游记》的大仇敌。”“这部《西游记》至多不过是一部很有趣味的滑稽小说、神话小说，他并没有什么微妙的意思，他至多不过有一点爱骂人的玩世主义。这点玩世主义也是很明白的；他并不隐藏，我们也不用深求。”① 胡适反对过于拘泥地去搜寻微言大义，这是有道理的。但是，断言《西游记》没有隐喻或象征意味，却不一定有说服力。故鲁迅著《中国小说史略》，在论及《西游记》时，一方面采用胡适的论述，说《西游记》“每杂解颐之言”，“而玩世不恭之意寓焉”，另一方面又指出，“假欲勉求大旨”，则明谢肇淛《五杂俎》“求放心”之说，“已足尽之”，即认为《西游记》是一部蕴含哲理性的书，但我们不必求之过深。② 鲁迅的看法，得到学术界的广泛认同。比如，杨义就明确表示：《西游记》关注《般若心经》，“这是《西游记》神话思维的一个精神纽结。明白了这一点，就可以

---

① 胡适：《中国章回小说考证》，366～367页，上海，上海书店，1979。

② 鲁迅《中国小说史略》的前身《小说史大略》对谢肇淛之论的认同更加充分。其言曰：“评议此书者，有清人悟一子《西游真诠》与悟元道人《西游原旨》，皆阐明理法，文词甚繁。实则全书大旨，无非以猿表心，以马表意，以心制马与魔，而又以紧箍制心，心灭魔灭，乃得真如。谢肇淛云：‘《西游记》曼衍虚诞，而其纵横变化，以猿为心之神，以猪为意之驰，其始之放纵，上天下地，莫能禁制，而归于紧箍一咒，能使心猿驯伏，至死靡他，盖亦求放心之喻，非浪作也’（《五杂俎》）数语，已足尽之。”见鲁迅：《小说史大略》，77页，西安，陕西人民出版社，1981。又，鲁迅所引谢肇淛关于《西游记》的评论，见《五杂俎》卷十五“事部”，其全文是：“小说野俚诸书，稗官所不载者，虽极幻妄无当，然亦有至理存焉。如《水浒传》无论已。《西游记》曼衍虚诞，而其纵横变化，以猿为心之神，以猪为意之驰，其始之放纵，上天下地，莫能禁制，而归于紧箍一咒，能使心猿驯伏，至死靡他，盖亦求放心之喻，非浪作也。《华光》小说则皆五行生克之理，火之炽也，亦上天下地，莫之扑灭，而真武以水制之，始归正道。其他诸传记之寓言者，亦皆有可采，惟《三国演义》与《钱唐记》、《宣和遗事》、《杨六郎》诸书，俚而无味矣。何者？事太实则近腐，可以悦里巷小儿，而不足为士君子道也。”

把西行取经的艰难历程，当作是对人的信仰、意志和心性的挑战、应战和升华的历程来解读，解读出这个纽结是整部神话小说的隐喻所在。”“然而《西游记》绝不是对《心经》的拙劣的图解，绝不是一部宗教文学。相反，它借用《心经》中一个‘心’字，代替了对繁琐而严密的教义教规的演绎，强化了人的包括信仰、意志和祛邪存正的道德感的主体精神。换言之，它在混合三教中解构了三教教义教规的神圣感和严密性，从而升华出一种超越特定宗教的自由心态。”①

其二，我们必须对《西游记》的想像世界有同情之了解。在这一方面，既要注意《西游记》的想像世界与中国志怪传统的联系，否则就难以有亲切的阅读体会，也要注意《西游记》的想像世界与现实生活的联系，否则就看不出作者的人文关怀，但切忌过度阐释，造成严重的误读。

这里必须特别提到中国传统志怪的一个重要原则，即对妖怪不予宽恕（当然也有例外，如旧题陶潜所作的《搜神后记》卷九《放伯裘》、盛传民间的《白蛇传》等）。李剑国《唐前志怪小说史》论及《搜神记》卷十八《苍獭》、卷十九《张福》等篇时指出：“一种精怪并不害人，只是在正当范围内实现自己的某种愿望，多数表现为女性精怪对男子的追求。”“这样的妖怪，往往不给人以可怖或可厌的感觉，甚至使人觉得可爱，虽然她们的原形确乎是不美的。这是因为她们不仅获得了人的美好外形，而且同时也在追求人应该获得的其他美好事物，至于妖气已被排斥于心灵之外，成为只在特殊场合才显示其存在的外在东西。”② 这看法是不大妥当的。在魏晋南北朝志怪中，人与鬼之间确有风光旖旎的恋爱故事，而人与怪之间只存在怪对人的勾引或诱骗，不存在人怪恋爱，这是因为，鬼其实是人，怪则是与人格格不入的异类。面对怪的勾引，人的反应可分为几类：一是受骗上

① 杨义：《中国古典小说史论》，341页、343页，北京，人民出版社，1998。

② 李剑国：《唐前志怪小说史》，302～303页，天津，南开大学出版社，1984。

当，这样的人是被讽刺的对象，如《搜神记》卷十八《阿紫》中的王灵孝；二是不为所诱，在发现真相后果断地对怪施以惩罚，这样的人是被赞赏的对象，如《苍獭》中的丁初。这种对女怪的态度同时也是对所有物怪的态度：不予宽恕。

《西游记》也大体坚持了这一原则。第三十一回有个细节应该提出。黄袍怪将宝象国国王的女儿百花羞掳进洞中十三年，生了两个儿子，“一个有十来岁，一个有八九岁了”。为了激黄袍怪出城来交手，悟空指点八戒、沙僧说：“你两个驾起云，站在那金銮殿上，莫分好歹，把那孩子往白玉阶前一掼。有人问你是甚人，你便说是黄袍妖精的儿子，被我两个拿将来也。那怪听见，管情回来，我却不必进城与他斗了。若在城上厮杀，必要喷云嗳雾，播土扬尘，惊扰那朝廷与多官黎庶，俱不安也。”八戒、沙僧照此办理：

> 却说八戒、沙僧，把那两个孩子拿到宝象国中，往那白玉阶前摔下，可怜都掼做个肉饼相似，鲜血迸流，骨骸粉碎。

这两个孩子，从《西游记》的描写来看，尚无作恶的记录，何以唐僧师徒会一丝怜悯之意也没有？理由很简单：它们是妖怪！

取经途中，欲与唐僧婚配的不止一位，其中有妖精，也有人。西梁国的女王一心想招赘三藏，因为她是人，连悟空也知道只能设计脱身，不能使那降妖的手段。悟空以少有的庄重语气对唐僧说：“一定要使出降魔荡怪的神通，你知我们的手脚又重，器械又凶，但动手儿，这一国的人尽打杀了。他虽然阻挡我等，却不是怪物妖精，还是一国人身；你又平素是个好慈悲的人，在路上一灵不损，若打杀无限的平人，你心何忍！诚为不善了也。”三藏听了，赞许道：“此论最善。”（第五十五回）与对西梁国女王的宽容形成对照，对“淫戏唐三藏”的“色邪”——蝎子精，悟空却是严惩不贷，毫不迟疑。

明白了中国传统志怪的这一原则，有一种误读就可以避免。比如，夏志清认为：《西游记》第六十四回中，一群树精（十八公、孤直公、凌空子、拂云叟）邀请唐僧谈禅论道，赋诗唱和，其乐融融；

杏仙晚来，这位才气勃发的女诗人，把诗歌与爱情联系在一起，邀请唐僧和她做爱。“八戒后来不论好歹连拱带筑把小林中所有能变人形说话的树挥倒在地，那根下‘俱鲜血淋漓’。除了枫树外，这些都是毫无伤害之心的温和的精灵，他们没有任何反抗就死去了。因而，这一回中揭示了爱情、诗歌和哲学讨论这种田园世界的虚幻性，最后这哲学讨论，就连唐僧也必须抛弃。”① 夏志清在描述妖怪时这种温情脉脉的笔调，显然是对中国传统志怪原则缺乏亲切体会的结果。也许可以顺便指出，夏志清对第六十四回内涵的阐释也不准确。作者写这一段故事，主要不是为了考验唐僧对待色欲或爱情的自我控制能力，更主要的是对文字禅、口头禅加以调侃。禅门以不著语言、不立文字、直指本心、见性成佛为宗旨，需要的是体验而不是阐释。据说，胡适当年与铃木大拙讨论禅宗，曾谈到他们二人都是禅的罪人，因为，他们用文字论禅，禅也就消失了。同样，唐僧在木仙庵与四个树精谈禅，尽管说得头头是道，实际上已经走火入魔。在这个意义上说，杏怪是唐僧玩弄口头禅招来的。

《西游记》的想像世界，一端通向中国的志怪传统，一端通向现实人生，也就是说，《西游记》对想像世界的描写，是具有“现实意义”的。但是，这里必须注意，吴承恩不是一位总想着讥弹时政的作家，如果《西游记》中确有讥弹时政的意味，那也是妙手偶得，并非刻意为之。明白了这一点，我们就可以确信，把《西游记》当做严峻、辛辣的政治批评来读是一个重大失误。比如李希凡认为：“从孙悟空的求师访道，到闹龙宫、闹阴司、闹天宫，到被压在五行山下，很像一个英雄的传奇。在这个神话的英雄传奇里，映照着极强烈的现实生活的色调。人们仿佛看见了这样的社会关系，一支英雄的农民起义军，像水浒义军一样，起而反抗封建统治者，所向无敌，几次招安，几次反叛，但是，终于又在封建势力的包围下失败了。尽管‘刀砍斧剁’、‘枪刺剑刳’、‘放火煨烧’、‘雷屑钉打’，都莫想伤及

① ［美］夏志清著，胡益民等译：《中国古典小说史论》，145 页，南昌，江西人民出版社，2001。

其身（因为人民的反抗意志是消灭不了的，《西游记》这样描写孙悟空被捉后的形象，正是有意无意对于人民反抗力量的热情颂歌），终究还是被压在封建大山的下面了。”① 这就不免牵强附会了。由这样一种牵强附会出发，热心于为各种仙、妖、佛划分阶级成分，一一与现实生活中的阶级关系、阶层关系对应，更是系统、全面的误解。在这一方面，胡适的处理是较为妥当的。在《〈西游记〉考证》一文中，一方面，他明确指出，《西游记》折射出现实生活的某些层面，另一方面，他又特别强调，《西游记》的魅力在于“滑稽”、“玩世”，意思是不必过于严肃、拘泥地拿《西游记》的描写与现实比附。他说：

> ……美猴王的天宫革命，虽然失败，究竟这是一个“虽败犹荣”的英雄！
>
> 我要请问一切读者：如果著者没有一肚子牢骚，他为什么把玉帝写成那样一个大饭桶？为什么把天上写成那样黑暗，腐败，无人？为什么教一个猴子去把天宫闹的那样稀糟？

这显然是把《西游记》与现实生活联系起来了。与此同时，胡适又说：

> 但是这七回的好处全在他的滑稽。著者一定是一个满肚牢骚的人，但他又是一个玩世不恭的人，故这几回虽是骂人，却不是板着面孔骂人。他骂了你，你还觉得这是一篇极滑稽，极有趣，无论谁看了都要大笑的神话小说。②

胡适这样讲，意在提醒读者，《西游记》讨论政治问题，乃是出于一

---

① 李希凡：《〈西游记〉的主题和孙悟空的形象》，见李希凡：《论中国古典小说的艺术形象》，308 页，上海，上海文艺出版社，1961。

② 胡适：《中国章回小说考证》，356 页。

种游戏心态。夏志清也睿智地指出："他在小说中记下了许多对中国官僚机构一针见血的观察，但在我们看来，这与其说是吴承恩有意讥弹时政，毋宁说是民间智慧的结晶。事实上，他常常引用俗语以取得喜剧效果，并拿所有传统的讽刺对象开玩笑。"① 这样把握《西游记》的"现实意义"是恰当的。

其三，我们必须对《西游记》的戏谑性风格予以充分重视。《西游记》不乏哲理蕴含，也不乏对现实政治的调侃与讽刺，但在一种戏谑性的氛围中，我们领略到的是一部轻喜剧，以过于沉重的心态来读会造成理解的隔阂和失误。《西游记》经常借题发挥地讽刺世情。比如第三十六回，唐僧向宝林寺僧官借宿，僧官不允，还训斥了唐僧一顿；悟空去借，僧官满口答应，唯唯诺诺。

> 行者闻言暗笑，押着众僧，出山门下跪下。那僧官磕头高叫道："唐老爷，请方丈里坐。"八戒看见道："师父老大不济事，你进去时，泪汪汪，嘴上挂得油瓶。师兄怎么就有此獐智，教他们磕头来接？"三藏道："你这个呆子，好不晓礼！常言道，鬼也怕恶人哩。"

"鬼也怕恶人"，一方面是说悟空长相可怕，另一方面也是更重要的一个方面，则是调侃世情，讽刺世人欺软怕硬。这种讽刺确实是作者有意为之，因为八戒和三藏的对话并非主干情节的自然延伸，就与主干情节的关系而言，实属节外生枝，借题发挥。但是，我们不能由此就说吴承恩对世态人情抱有多么愤愤不平的情绪，实际上，他是见惯不惊，有意显示调侃的机智和风趣。

吴承恩对戏谑性风格的偏爱，在塑造孙悟空和八戒时表现得格外明显。孙悟空是作者喜欢的人物，但这并不妨碍作者为他设计一副可笑的面容。第六十四回，一位家住五行山下的老者，见了初为唐僧徒

① ［美］夏志清著，胡益民等译：《中国古典小说史论》，141~142页，南昌，江西人民出版社，2001。

弟的悟空，说："我曾记得祖公公说，此山乃从天降下，就压了一个神猴。只到如今，你才脱体。我那小时见你，是你头上有草，脸上有泥，还不怕你；如今脸上无了泥，头上无了草，却像瘦了些，腰间又苫了一块大虎皮，与鬼怪能差多少？"一席话说得在场诸位哈哈大笑，读者也不禁会心一笑。第三十一回，悟空向宝象国公主许诺，要打死妖精，救她回到父母身边，公主道："和尚啊，你莫要寻死。昨者你两个师弟，那样好汉，也不曾打得过我黄袍郎。你这般一个筋多骨少的瘦鬼，一似个螃蟹模样，骨头都长在外面，有甚本事，你敢说拿妖魔之话？"第三十六回，唐僧受宝林寺僧官欺侮，不肯借宿，悟空闯进去赌狠，吓得烧晚香的僧人连跌几跤，跑入方丈里告诉僧官："老爷，这个和尚，比那个和尚不同，生得恶躁，没脊骨。""是个圆眼睛，查耳朵，满面毛，雷公嘴。手执一根棍子，咬牙根恨的，要寻人打哩。"僧官开门去看，"只见行者撞进来了，真个生得丑陋：七高八低孤拐脸，两只黄眼睛，一个磕额头；獠牙往外生，就像属螃蟹的，肉在里面，骨在外面。"这一类描写，着眼于悟空的外貌，经常转换视角，一方面提醒读者悟空原为猴子，另一方面又引导读者留意其外貌的滑稽之处，开心一笑。八戒的外貌和贪吃也是《西游记》多次使用的笑料。进一步，《西游记》还在性格上赋予他们以喜剧性的顽皮意味。且不说八戒经常自称"痴汉"，悟空自称是"历代驰名第一妖"，即以两人热衷于恶作剧而论，也足以令读者忍俊不禁。如第七十六回，八戒出战，借了悟空一根绳子系在腰里当救命索，战败时可让行者扯回来，莫教妖精拉了去。这本是儿童天真幼稚的想法。而悟空呢？居然趁机使促狭，闹恶作剧。当八戒战败，急叫师兄扯救命索时，悟空转把绳子放松了抛将去，把呆子绊倒，被妖魔捉将去也。在疾风暴雨的恶战中，悟空、八戒对危险视而不见，谈笑自若，两个人都是儿童心性，打闹淘气、互相捉弄是他们本性使然。在此，作者为了凸现悟空、八戒的儿童心性，并由此凸现小说的戏谑性风格，宁肯牺牲故事情节固有的现实性和合理性。可见，戏谑性是作者偏爱的一种风格，倘若我们执意以古板的心态来读，那不能算是合格的读者。

综上所述，将《西游记》的象征性主旨、想像世界和戏谑性风格融为一体来加以理解是较为合理的一种阅读方式。就这一点而言，吴圣昔（笔名方胜）的见解是值得注意的。他是“文化大革命”后集中探讨这一问题的第一位学者。他在《西游新解》中以传奇性、诙谐性和哲理性来概括《西游记》的艺术特征。传奇性与我们阐释的想像世界相通，诙谐性与我们阐释的戏谑性风格相通，哲理性与我们阐释的象征性主旨相通。20 世纪 50 ~ 70 年代的研究较多探讨《西游记》的幻想艺术（虽然在对传统志怪原则的考察方面甚弱，甚至可以说是一个盲点）和政治性蕴含（虽然过度阐释的问题十分严重），而忽略它所包含的哲思与戏谑意味，这是令人吃惊的。因为，在《西游记》中，哲思与戏谑即使不比想像更重要，那也至少同样重要，而“游戏之中暗传密谛”，即戏谑意味与象征性主旨的融合又是其极具个性的表达方式。“《西游记》具有哲理意味。运用游戏笔墨来描绘的作品形象体系，具有一定的哲理性意义，这不仅深化了作品主题的内涵，而且形成了一种与一般游戏之作完全不同的耐人寻味的意境，使这部神怪小说成为游戏之作中的典范性作品。”“《西游记》是一部游戏之作……作品全部故事情节及其人物间的冲突，其实是在总体上显示着人生道路上所必然要碰到的某种或某些方面的富有哲理意味的启示。”如此看来，撇开了象征性主旨和戏谑性风格来谈《西游记》的想像世界，或者撇开了想像世界和戏谑性风格来谈象征性主旨，或者撇开了象征性主旨和想像世界来谈戏谑性风格，都不能完整地把握《西游记》的魅力所在。将三者结合起来，既可以避免一味从“现实意义”的角度阐释《西游记》，也不会因为注重象征性意蕴而过于拘泥、严肃，或者因为强调戏谑性而忽视了小说的内涵和想像世界自身的逻辑，对具体人物和具体情节的解读也将更为中肯、恰切。

曾有学者将《西游记》视为“仙话小说”。“仙话是在神仙家思想指导下和方士巫师导演下诞生的畸生（原文如此）儿，貌类神话，精神则悖之。”“古而无死，其乐若何”是仙话的核心理念。“神话往往饱含着悲剧精神，诸如女娲补天、共工撞山、夸父逐日、精卫填海等是。仙话则反其道而行之，已长生不老，当快活神仙，何悲之有哉！《西游记》无论大闹天宫或八十一难，无不逢凶化吉，遇难呈祥。连非仙非佛的唐太宗亦延年益寿（第十一回）；陈光蕊也死而复生（第九回）。这一切，都显现了此书的仙话之本来面目。”在这位学者看来，《西游记》的“独特的诙谐幽默的风格，曲折的引人入胜的故事，奇幻的眩迷耳目的情节”也是这种“古而无死，其乐若何”的精神的表现。① 这样一种阐释，仅仅注意《西游记》的某个侧面，属于典型的盲人摸象。

四　人情小说审美规范的确立

在神魔小说之后，人情小说作为明清章回小说的一个流派登上了历史舞台，其审美规范的确立以兰陵笑笑生《金瓶梅词话》问世为标志。② 伴随着这个流派的登场，一群新型的人物成为小说家关注的焦点。

---

① 见龚维英：《〈西游记〉系仙话小说述论》，《明清小说研究》1988 年第 2 期，125 页、126 页。

② 关于兰陵笑笑生的真实姓名，有过多种推测。在清代，比较重要的说法有：清初张竹坡评本《金瓶梅》谢颐序提出为“王世贞门人”；顾公燮《消夏闲记》说是王世贞；《古本金瓶梅》附录之《王仲瞿考证》认为是王世贞或李卓吾（贽）；在兹堂《金瓶梅》署作者为李笠翁（渔）等。其中，张竹坡评本据“苦孝说”立论，推测作者为王世贞，影响最大。“五四”以后，又陆续产生了李开先说（吴晓铃、徐朔方等提出）、贾三近说（张远芬提出）、屠隆说（黄霖提出）等。诸多推测，大都依据两个标准立论：一是“嘉靖间大名士”，沈德符《万历野获编》卷二五有“闻此为嘉靖间大名士手笔”的记载；二是籍贯兰陵（又分北兰陵和南兰陵，北兰陵为山东峄县，南兰陵为江苏武进）。凡与兰陵有关的“嘉靖间大名士”均有充当《金瓶梅》作者候选人的资格。这一情形表明，诸多说法虽各有其合理性，但尚未找到坚实的铁证。关于《金瓶梅》的作者，还有“非大名士”一说，如袁中道《游居柿录》卷九谓为“绍兴老儒”，谢肇淛《小草斋文集》卷二四《金瓶梅跋》谓为“金吾戚里门客”。本书不拟讨论《金瓶梅》的作者问题。

1.《金瓶梅》世界的主角

考察《金瓶梅》所确立的审美规范，欣欣子《金瓶梅词话序》是一篇重要文献。序云：

> 窃谓兰陵笑笑生作《金瓶梅传》，寄意于时俗，盖有谓也。人有七情，忧郁为甚。上智之士，与化俱生，雾散而冰裂，是故不必言矣。次焉者，亦知以理自排，不使为累。惟下焉者，既不出了于心胸，又无诗书道腴可以拨遣。然则，不致于坐病者几希！
>
> ……（或曰）其中未免语涉俚俗，气含脂粉。余则曰：不然。《关雎》之作，乐而不淫，哀而不伤。富与贵，人之所慕也，鲜有不至于淫者。哀与怨，人之所恶也，鲜有不至于伤者。吾尝观前代骚人，如卢景晖之《剪灯新话》，元微之之《莺莺传》，赵君弼之《效颦集》，罗贯中之《水浒传》，丘琼山之《钟情丽集》，卢梅湖之《怀春雅集》，周静轩之《秉烛清谈》，其后《如意传》、《于湖记》，其间语句文确，读者往往不能畅怀，不至终篇而掩弃之矣。此一传者，虽市井之常谈，闺房之碎语，使三尺童子闻之，如饮天浆而拔鲸牙，洞洞然易晓。

细读这篇序，我们不难注意到一个事实：对《金瓶梅》之前的长篇章回小说，序仅仅提到了《水浒传》而未提及《三国演义》和《西游记》。这是一个不能忽略的事实。

《三国演义》是中国第一部历史演义，也是第一部章回小说。作为历史演义，其作者关注的重心是各阵营之间的政治、军事较量，日常生活不在其视野之内。值得指出的一个现象是，《三国演义》中的女性角色，只有在和政治、军事联系在一起时，她才会受到作者注意，反之即无关紧要，比如貂蝉。连环计中的貂蝉，在王允诛除董卓的计划中举足轻重，作者也愿意为她花许多笔墨。当她成为吕布妻小中的一员，从政治、军事的背景上淡出后，作者也就不再留意她的一举一动。甚至在吕布白门楼就刑时，作者也懒得交待貂蝉的下落。清初的评点家毛宗岗评点到这一情节时，曾满怀牵挂地夹批说：未知貂蝉置身何处？他没有意识到，历史演义的作者罗贯中压根儿就不关心一个日常生活中的女性。欣欣子序不提《三国演义》是有眼光的。注目于日常生活的《金瓶梅》与注目于政治、军事较量的《三国演义》路数不同。

就题材而言，《西游记》是一部神魔小说；就主题而言，《西游记》是一部以象征手法写修心养性的小说。所谓修心养性，即对七情六欲的克制和消除。作为这种克制和消除的标志，恋爱与婚姻在《西游记》中是被调侃的对象。孙悟空自幼即不知恋爱、婚姻为何物；唐僧虔心向佛，心如古井，不会掀起欲望的波纹；沙僧也没有这方面的愿望。只有八戒，念念不忘他的高家妻子，乐于与异性混在一起，而他恰好是小说所调侃的滑稽角色。欣欣子序不提《西游记》也是有眼光的。注目于市井常谈、闺房琐语的《金瓶梅》与注目于克制七情、消除六欲的《西游记》路数不同。

欣欣子序特别提到了《水浒传》。这是自然的，因为《金瓶梅》的开头几回基本上是借用《水浒传》中“武松杀嫂”一段故事。《水浒传》第二十四、二十五、二十六回集中描写了西门庆、潘金莲、武大郎、武松等人之间的纠葛，其题材虽属公案性质，但因其具有浓郁的市井生活气息，已与人情小说相通。① 容与堂本第二十四回回末评语曰：

> 李生曰：说淫妇便像个淫妇，说烈汉便像个烈汉，说呆子便像个呆子，说马泊六便像个马泊六，说小猴子便像个小猴子，但

① 历史学家陈垣曾怀疑“王婆贪贿说风情”一回是妄人从《金瓶梅》移入《水浒传》的。他说：“抑有一事足为水浒病。全书七十回，其王婆说风情一回，比他回卷帙厚至一半。今少年子弟，见之心荡。斯何以故？则有妄人从他书增入故。盖某某既割取《水浒传》潘金莲一节以演《金瓶梅》，其有所加增润色，势也。而妄人即以《金瓶梅》所割取水浒者，还割取《金瓶梅》，以增益水浒。取原书一按，其增入痕尚略可辨识也。”转引自陈益源：《古典小说与情色文学》，9页，台北，里仁书局，2001。

觉读一过，分明淫妇、烈汉、呆子、马泊六、小猴子光景在眼，淫妇、烈汉、呆子、马泊六、小猴子声音在耳，不知有所谓语言文字也。何物文人，有此肺肠，有此手眼！若令天地间无此等文字，天地亦寂寞了。也不知太史公堪作此衙官否？

所说的淫妇、马泊六之类，都是市井生活中的常见角色。其实《水浒传》与世态人情有关的描写尚不止这几回，第十七回（金本第十六回）何涛、何清之间的口角，第二十一回（金本第二十回）宋江与阎婆、阎婆惜之间的纠纷，都是绝好的市井常谈、闺中琐语。由这一类情形看来，《金瓶梅》与《水浒传》之间确有不容忽略的血缘关系。

但是，《水浒传》与《金瓶梅》毕竟不是同一类型的小说。前者站在豪侠的立场上写世态人情，后者站在常人的立场上写世态人情，眼光不同，对有关题材的处理显然有别。可以指出的至少有下述几点：（1）在《水浒传》中，武松手刃潘金莲，武松斗杀西门庆，这两个情节与他景阳冈打虎的经历合在一起，共同塑造了武松勇武不凡的形象。而在《金瓶梅》中，打虎的神威被淡化了，打西门庆的可能性被他自己弄没了（他误杀李外传，西门庆买通官吏，将之发配孟州），只剩了潘金莲由他去杀，却又只见其凶残，不见其豪勇：

这武松一面就灵前一手揪着妇人，一手浇奠了酒，把纸钱点着，说道："哥哥你阴魂不远，今日武二与你报仇雪恨。"那妇人见头势不好，才待大叫，被武松向炉内挝了一把香灰，塞在她口，就叫不出来了，然后脑揪翻在地。那妇人挣扎，把鬏髻簪环都滚落了。武松恐怕他挣扎，先用油靴只顾踢她肋肢，后用两只脚踏她两只胳膊，便道："淫妇，自说你伶俐，不知你心怎么生着，我试看一看。"一面用手去摊开她胸脯，说时迟，那时快，把刀子去妇人白馥馥心窝内只一剜，剜了个血窟窿，那鲜血就邈出来。那妇人就星眸半闪，两只脚只顾登踏。武松口噙着刀子，双手去斡开她胸脯，扑扢的一声，把心肝五脏生扯下来，血沥沥

> 供养在灵前，后方一刀割下头来，血流满地，迎儿小女在旁看见，吓得只掩了脸。武松这汉子，端的好狠也。①

可以对比一下《水浒传》的描叙：

> 那妇人见头势不好，却待要叫，被武松脑揪倒来，两只脚踏住他两只胳膊，扯开胸脯衣裳。说时迟，那时快，把尖刀去胸前只一剜，口里衔着刀，双手去斡开胸脯，取出心肝五脏，供养在灵前。肐查一刀，便割下那妇人头来，血流满地。

《水浒传》注重的是武松动作的迅疾敏捷，而潘金莲则仿佛并不是一个活人，因为她几乎没有挣扎的动作，这就大大减弱了杀人的血腥味。《金瓶梅》给人的感受就大不一样。由于潘金莲垂死挣扎的动作被真切、细致地描绘出来，读者可以强烈感受到杀人的恐怖感。而武松给我们的印象也就由以豪勇为主变为以凶残为主。（2）武松的社会关系在《金瓶梅》中被一定程度地改变了。《水浒传》倾向于让好汉们摆脱家庭束缚，鲁智深、石秀等在小说中几乎没有直系亲属；如果不是为了写武松的复仇壮举，可以断言不会有武大这个人物。但《金瓶梅》却倾向于让人物接受家庭生活的考验。在《水浒传》中，迎儿是武大家里的小婢，《金瓶梅》却让她成了武大的女儿（武大前妻所生），即武松的亲侄女。为什么要这样呢？目的是将武松置于伦理责任的背景上。迎儿的父亲是武大，武大去世之后，她的生活与前途理当由武松来照料。如果武松真的爱他的兄长，他就应该对兄长的女儿尽到责任。然而他没有，只顾杀人，在生剐了潘金莲之后，又割下王婆的头，还打算到隔壁王家去杀王婆的儿子王潮儿：

---

① 本书引用《金瓶梅》，均据明万历四十五年（丁巳，1617）“东吴弄珠客”序的《金瓶梅词话》本（人民文学出版社 1985 年版）。词话本与崇祯年间的《原本金瓶梅》及张竹坡评本的异同，本书不予讨论。

> 那时也有初更时分，（他）倒扣迎儿在屋里（按：即凶杀现场）。迎儿道："叔叔，我也害怕。"武松道："孩儿，我顾不得你了。"

武松没有找到王潮儿，遂席卷王婆的财物，奔向梁山。至于迎儿是否会成为街头的饿殍，或是流落青楼，武松是不放在心上的。《金瓶梅》藉此表明，小说对好汉并无钦佩之意，倒是对他们随意放弃人生责任的举动明确地表示厌恶和不满。(3) 西门庆在《金瓶梅》中的地位远远高于他在《水浒传》中的地位。《水浒传》给西门庆的定位是：

> 你道那人姓甚名谁？那里居住？原来只是阳谷县一个破落户财主，就县前开着个生药铺。从小也是一个奸诈的人，使得些好拳棒；近来暴发迹，专在县里管些公事，与人放刁把滥，说事过钱，排陷官吏。因此，满县人都饶让他些个。那人复姓西门，单讳一个庆字，排行第一，人都唤他做西门大郎。近来发迹有钱，人都称他做西门大官人。（第二十四回）

由于西门庆不久即被武松斗杀，这一段评述大体可以视为盖棺定论。《金瓶梅》对他的处理不同。《金瓶梅》头几回叙及西门庆，在移植《水浒传》的情节时也移植了《水浒传》对西门庆的考语。但因西门庆直到第七十九回才纵欲身亡，小说有足够的篇幅重塑这一人物，改变读者的印象，最初的考语并不能涵盖西门庆的所作所为。而且，即使就《金瓶梅》所移植的这几回而言，作者也成功地改变了对西门庆的定位。小说明确强调：西门庆比武松更受市井社会的崇拜、敬畏。《水浒传》第二十六回曾写到团头何九叔虽不得已受了西门庆的银两，但在殓武大尸首时，却因害怕武松"是个杀人不眨眼的男子"，偷藏骨殖，以备武松查问。《水浒传》所极力推崇的武松这类英雄好汉，在《金瓶梅》中不只没有八面威风之感，甚至显得非常可怜。第十回叙三四个皂隶受知县之命，须臾打了武松二十板，"打得武松口口声冤，说道：‘小人平日也有与相公用力效劳之处，相公岂不悯念？相公休要苦刑小人！’”与武松的威风扫地相呼应，何九叔所敬畏的也不再是武松，而是西门庆。王婆曾担心何九“不肯殓”武大尸首，西门庆满不在乎地笑道：“这个不妨事。何九我自吩咐他，他不敢违我的言语。”果然，殡殓那日，当两个火家“见武大指甲青，唇口紫，面皮黄，眼皆突出”而怀疑他死得不正常时，反是何九叔断然说道：“休得胡说。两日天气十分炎热，如何不走动些？”一面“七手八脚葫芦提殓了，装入棺材内，两下用长命钉钉了”。武松出差归来，到处寻何九叔，才知他“三日前走的不知往哪里去了”，奈何他不得。在《金瓶梅》这个市井社会中，武松的声威远不及西门庆能够震慑人。西门庆的确是清河县备受瞩目的人物。

从上述情形看来，《金瓶梅》世界的主角，不再是“武勇智术”过人的历史英雄，如《三国演义》之曹操、诸葛亮、典韦、庞德、关羽等；不再是豪放不羁、行侠仗义的江湖好汉，如《水浒传》之鲁智深、武松、李逵等；也不再是神话世界立志成佛的高僧及其徒弟，如唐三藏、孙悟空、猪八戒、沙和尚等。在《金瓶梅》的市井社会中，叱咤风云的不是武松（豪侠），不是周守备（死在抗金前线的民族英雄），而是浑身痞子气的西门庆。这个市井社会的宠儿，他来自于何方？他那种淫泆放荡的生活，是否有范本可查？我们试根据欣欣子序提供的线索加以清理。

2. 从“才子”到市井浪子

欣欣子序在《水浒传》之外，还提到了《莺莺传》、《剪灯新话》、《钟情丽集》、《怀春雅集》，这并不出人意外。《莺莺传》属于短篇传奇小说，《剪灯新话》属于短篇传奇小说集，《钟情丽集》和《怀春雅集》则属于中篇传奇小说。这几部作品的男主角，排除他们的局部差异后，有一个共同点，即小说所展示的他们人生的核心内容是对某一女性或某几位女性的关注。欣欣子没有提到《钟情丽集》、《怀春雅集》之外的其他明代中篇传奇小说，而在我看来，欣欣子有意隐瞒了部分信息。就《金瓶梅》而言，热衷于猎艳的西门庆与《寻芳雅集》、《李生六一天缘》、《天缘奇遇》等明代中篇传奇小说中的才子如出一辙。不了解这一事实，我们对西门庆的了解就不可能真切、深入。下面我们就来考察西门庆的谱系归属。

明代一部分中篇小说的男主角，虽然事实上只能视为好色之徒，但却在诸多作品中被不约而同地定位为识卓才高的“才子”。比如《寻芳雅集》中的吴延璋（据《绣谷春容》，别本或作吴廷璋）：

> 元末时，秋官吴守礼者，浙之湖人也。初，论伯颜专权乱法，蠹国害民。疏上，忤旨，夺职放归，于是买田筑室，以训子为业。
>
> 子名延璋，字汝玉，号寻芳。三冬涉猎书史，挥吐云烟，姿容俊雅。遍通百家，且喜读兵书。真文章班、马，风月张、韩也。守礼欲遣出仕，生曰：“今何时也？可求仕哉！水溢山崩，萤飞日食，天变不可挽矣；异端作乱，隶卒称兵，人变不可支矣。兼以侏儒御重位，腥膻执大权，直节难容，奸邪立党。予家本南人，何忍拜犬羊，偶豕彘乎？有田可耕，有庐可栖，适性怡情，偃仰烟霞，足矣！何必披袍束带，徒为夷虏所贵贱哉！况天人交变，运历将终，不十数年，必至真主出，吾其俟之。”守礼闻之，亦服其见识之卓。

这样一个见识超卓的人物，如果读者想在元末找与之相似的历史人物，不难举出刘基为例。吴自己也宣称其人生蓝图是“适性怡情，偃仰烟霞”，俟真主出而建功立业。然而，在《寻芳雅集》的具体描写中，我们看不到他“放浪山水”的人生场景，看不到他的“济世之才”，我们看到的，只是他醉心于猎艳，“日登凤凰之台，时处潇湘之馆”。小说对其生活的具体描写与开头的角色定位完全不能吻合。

再看《李生六一天缘》中的李春华：

> 李春华，字茂实，大末人也。爽风姿，美标格。胸襟洒脱，天姿颖异。八岁能文章，经书精贯。或有劝其应试郡邑者，答

> 曰："大丈夫当邃乃经纶，一应明时。便当飞扬声誉，安能随小书生为夺花斗草计哉！"由是养益宏，志益远，游衍百家，沉酣六籍，琴棋书画，悉究其精；诗赋词章，咸臻其妙，内外亲朋，群以大器目之。

这样的"大器"，照我们的理解，如果不是刘基一类的谋略家，也应当是王冕一类超世拔俗的名流。然而，在《李生六一天缘》中，我们看到的分明是个只知满足淫欲的浪荡公子。又如《天缘奇遇》中的祁羽狄：

> 祁羽狄，字子辅，吴中杰士也。美姿容，性聪敏。八岁能属文，十岁识诗律，弱冠时，每以李白自期，落落不与俗辈伍，独有志于翰林。每叹曰："乌台青琐，岂若金马玉堂耶！"下笔数千言，不待思索。诗声词赋，奇妙绝倒。且喜钟王书法，又粗知丹青，时人目为才子，多欲以女妻之，皆不应。

这样一位才子，我们当然不能要求他与艳遇绝缘，但要求他的艳遇具有较高的格调却是合情合理的。然而，我们来看看他的第一次艳遇：

> 一日，与苍头溜儿入市，见一妇人，年二十余，修容雅淡，清芬逼人，立疏帘下，以目凝觑生。生心动，密访之，乃吴氏，名妙娘，颇有外遇。生命溜儿取金凤钗二股，托其邻妪馈之。妙娘有难色。妪利生谢之，固强之，妙娘曰："妾觑此人果妙人也。但吾夫甚严，今幸少出，但一宿则可，久寓此不宜也。"生闻之，即潜入，相持甚欢，极尽其乐。

这就是才子佳人吗？较之贾琏与多姑娘，祁羽狄与吴妙娘的关系，无疑更为恶俗、更为丑陋。

《寻芳雅集》、《李生六一天缘》、《天缘奇遇》等对才子佳人形象的设计，与此前才子佳人描写的惯例既有联系，又有区别。其联系是：自元稹《莺莺传》开始，尽管才子的所作所为限于偷情，但定位通常颇不寻常。如王实甫《西厢记》杂剧第一本第一折，张生自报家门："小生姓张名珙，字君瑞，本贯西洛人也。……暗想小生萤窗雪案，刮垢磨光，学成满腹文章，尚在湖海飘零，何日得遂大志也呵！……投至得云路鹏程九万里，先受了雪窗萤火二十年。才高难入俗人机，时乖不遂男儿愿。"《娇红记》介绍申纯："申纯，字厚卿，祖沛人也。生于洛阳，而随父寓于成都。八岁通六经，十岁能属文。天姿超越，杰出世表，风情文物，不减于斯。故贤士大夫多推誉焉。"其区别是：对才子的极不寻常的定位，在《莺莺传》、《娇红记》等作品中，还能大体与具体情节相应。因为张生、申生的所作所为，尽管其人生内容不够充实，但其人生格调尚不卑俗。而《寻芳雅集》、《李生六一天缘》、《天缘奇遇》所展示的人生格调，淫秽汙滥，不可向迩，以定位如此之高的才子演绎出如此卑俗的人生情调，只能给人不和谐之感。

《金瓶梅》的作者有鉴于此，在不改变卑俗的人生格调的前提下，改变了对男主角的定位。他不再选择才子作为艳遇的核心人物，而从《水浒传》中借来西门庆取代才子。与学富五车的才子们不同，西门庆是个从不读书的市井浪子。第四十八回，"曾御史参劾提刑官"，清官曾孝序参劾提刑院正、副千户夏延龄、西门庆，其中一段说：

> 理刑副千户西门庆：本系市井棍徒，夤缘升职，滥冒武功，菽麦不知，一丁不识。纵妻妾嬉游街巷，而帷薄为之不清；携乐妓而酣饮市楼，官箴为之有玷。至于包养韩氏之妇，恣其欢淫，而行检不修；受苗青夜赂之金，曲为掩饰，而赃迹显著。

所说均系事实。比如参本中指出西门庆"一丁不识"，即大体不错，第四十八回写来保从翟管家处抄出一份蔡京所奏七件事的邸报归清河县来，"与西门庆观看。因见上面许多字样，前边叫了陈经济来，念给他听。陈经济念到中间，只要结住了，还有几个眼生字不认的。旋叫了书童儿来念。那书童倒还是门子出身，荡荡如流水不差，直念到底”。书童、陈经济、西门庆三人，社会地位依次渐高，而文化程度依次下降：西门庆即使识字，也未达到摘掉文盲帽的水平。

对一部分女性来说，文盲西门庆在仪表上是有魅力的。第三回《王婆定十件挨光计　西门庆茶房戏金莲》，他自诩“潘驴邓小闲”五样俱全：“第一件，我的貌虽比不得潘安，也充得过……”而当潘金莲“把眼来偷睃西门庆”时，“见了他这表人物，心中倒有五七分意了”。第十八回有这样一个细节：西门庆听说李瓶儿嫁了蒋竹山，“气的在马上只是跌脚，叫道：‘苦哉！你嫁别人，我也不恼，如何嫁那矮王八，他有甚么起解！’于是一直打马来家。”足见西门庆时常以英俊自豪。守寡的林太太，身为夫人，愿意屈尊与西门庆私通，也与西门庆生理上的优势有关。第六十九回：“不想林氏悄悄从房门帘里望外观看，见西门庆身材凛凛，语话非俗，一表人物，轩昂出众；头戴白段忠靖冠，貂鼠暖耳，身穿紫羊绒鹤氅，脚下粉底皂靴，上面绿剪绒丝坐马，一溜五道金钮子：就是个富而多诈奸邪辈，压善欺良酒色徒。一见满心欢喜……文嫂道：‘……他老人家，你看不出来，出笼儿的鹌鹑，也是个快斗的。’这婆娘听了，越发欢喜无尽。”像李瓶儿、林太太这种女人，既不图西门庆的钱财，也不羡慕其权势，她们主要是被其生理上的优势所吸引。

西门庆对另一部分女人的魅力在于他的富有，可以提供物质上的好处。第三十七回，“西门庆包占王六儿”，开出的价位是：“若与他凹上了，愁没吃的、穿的、使的、用的！走上了时，到明日房子替你寻得一所。”第三十八回，韩道国从东京出差回来，老婆王六儿“把西门庆勾搭之事，告诉了一遍”，特意提到西门庆来了“三四遭”，“但来一遭，带一二两银子来”。韩道国这才明白西门庆为何另外给他五十两银子。

西门庆和女人的这种关系，与唐人传奇中浪漫感伤的爱情是绝对不同的两回事。比如，在蒋防《霍小玉传》中，两性关系被一重迷离的美化过的氛围所笼罩。“生起，请玉歌。初不肯，母固强之。发声清亮，曲度精奇。酒阑，及暝，鲍引生就西院憩息。闲庭邃宇，帘幕甚华。鲍令侍儿桂子、浣纱与生脱靴解带。须臾，玉至，言叙温和，辞气宛媚。解罗衣之际，态有余妍，低帏暱枕，极其欢爱。生自以为巫山洛浦不过也。”这是完整的生理、心理和美感体验。在《金瓶梅》中，西门庆与如意儿、王六儿、叶五儿的关系，纯属财色交易，一个付出财，一个付出色，生意成交就行，别的无关宏旨。“女人”已成为性别名词，单个女人的姓名是不重要的，所以，西门庆常常到了床上还不知道对方的姓名，如意儿是一例，叶五儿又是一例。第七十八回：

> 这西门庆就撞入他房内。老婆早已在对门里，迎接进去，两个也无闲话，走到里间内，老婆脱衣解带……就干起来。……那西门庆问他：“你小名叫甚么？说与我。”老婆道：“奴娘家姓叶，排行五姐。”

西门庆眼中的叶五儿、王六儿只是用财换来的色，同样，叶五儿、王六儿眼中的西门庆也只是用色换来的财。“床”是一个特殊的市场。有钱的西门庆在这里完成了一系列的交易，交易完成后也就各奔东西，不存在义务、责任或感情。叶五儿之于西门庆是一例：“原来贲四这个老婆，不是守本分的，先与玳安有奸，落后又把西门庆勾引上了。这玳安刚打发西门庆进去了……他就和老婆在屋里睡了一宿。”（第七十八回）王六儿是更加令人触目惊心的一例。第八十一回，韩道国做生意回来，赚了一大笔银子，适逢西门庆去世，韩道国想分一半给吴月娘（西门庆妻子），王六儿建议：“倒不如一狠二狠，把他这一千两，咱雇了头口，拐了上东京。”韩道国于心不安：“争奈我受大官人好处，怎好变心的，没天理了。”反倒是王六儿说道：“自古有天理倒没饭吃哩！他占用着老娘，使他这几两银子不差甚么。”西门庆以财换色，占有女人，结果就是如此。在这种两性关系中，才和情是没有位置的。

据张竹坡统计，“西门庆淫过妇女”计有：李娇儿、卓丢儿、孟玉楼、潘金莲、李瓶儿、孙雪娥、春梅、迎春、绣春、兰香、宋惠莲、来爵媳妇惠元、王六儿、贲四嫂、如意儿、林太太、李桂姐、吴银儿、郑月儿。所有这些女人，大体上可分为四类：或者是与西门庆做财色交易，如王六儿、如意儿等；或者是被其生理上的魅力所吸引，如李瓶儿、林太太等；或者是在财色交易的同时，满足其浅薄的虚荣心，如宋惠莲等；或者兼而有之，如潘金莲、庞春梅等。作者以"说淫话"的多少将他笔下的人物分出等级。孟玉楼、吴月娘、庞春梅是较为高贵的，其标志之一是少"说淫话"或不"说淫话"；潘金莲、如意儿、林太太是极为卑贱的，其标志之一是多"说淫话"。在这两类人中，西门庆所迷恋的恰好是卑贱的潘金莲等。他的好色无度的生涯从勾搭潘金莲开始，而结束于与王六儿、潘金莲的胡闹。《金瓶梅》写出西门庆与女人的这种关系，无异于给西门庆定案：他绝不是一个高贵的人。凡高贵一些的女性，他都视有如无，如孟玉楼；越是卑贱的女性，他越感兴趣，乐于沉溺在胡闹之中。这样一个西门庆，读者无论如何不会将他定位为"才子"，不会将他与"涉猎书史，挥吐云烟"之类的描写联系在一起。《金瓶梅》就这样成功地将主角作了置换：不再是传奇小说中千篇一律的"才子"，而是一个来自清河县的暴发户，一个市井浪子。"他父母双亡，兄弟俱无，先头浑家是早逝，身边只有一女。新近又娶了清河左卫吴千户之女，填房为继室。房中也有四五个丫鬟妇女。又常与勾栏里的李娇儿打热，今也娶在家里。南街子又占着窠子卓二姐，名卓丢儿，包了些时，也娶来家居住。专一飘风戏月，调占良人妇女，娶到家中，稍不中意，就令媒人卖了。一个月倒在媒人家去二十余遍。人多不敢惹他。"与潘金莲通奸、害死武大、娶孟玉楼、娶潘金莲、与李瓶儿通奸、陷害武松、梳笼李桂姐，这是发生在前十六回的事；十六回之后，又与宋惠莲、王六儿、贲四嫂、如意儿、林太太、李桂姐、吴银儿、郑月儿等鬼混，心里还想着勾引何千户娘子蓝氏、王三官娘子黄氏等。这个在市井社会中叱咤风云的人物，虽出入于风月场中，却不知情为何物，只是一条淫棍而已。如《金瓶梅》第六十一回文龙回评所说："王六儿之偷西门庆，任其为所欲为，彼盖有所图也。此贪财而彼好色，原非因情义起见。但细玩金莲之语，王六儿之色，并非中上人材，在西门庆尤不当好之如此之甚。家中有许多妖精，院内有多少狐狸，何竟弃膏粱而啖藜藿乎？然则西门庆非真好色者，淫而已。淫者无情，此必然之理也。”第七十五回文龙回评又说：“潘金莲初心，原想缠住西门庆，而西门庆竟不受羁勒也。盖淫人之淫，初不因乎情，渐不因乎色，但遇淫人，即动淫兴：其始犹知选色。其继遂一味贪淫。缘色有妍媸，是人之所共见者也。而淫中别有滋味，惟淫者乃别知其趣焉，此非可以言语形容者也。总之，千其人者千其貌，百其妇者百其器，此中大有分别，固非金莲之一人能尽者也，又乌能缠住西门庆乎？”

至此我们已大体说明了一个问题：明代中篇传奇小说尤其是《寻芳雅集》、《李生六一天缘》、《天缘奇遇》等作品中的“才子”，尽管常常被介绍为“涉猎书史，挥吐云烟”，但他们实际所做的事情与西门庆无二，这便造成了人物定位与人物言行的不吻合。《金瓶梅》作者意识到了这一点，索性以一个市井暴发户来取代“才子”，让人物定位与人物言行真正取得一致。这是《金瓶梅》的卓越建树。

《金瓶梅》以一个市井暴发户取代了明代中篇传奇小说中的“才子”，小说对主角的态度也与明代中篇传奇小说形成对照。具体地说，明代中篇传奇小说中的“才子”，尽管其基本人生内容事实上无可称道，但小说家对之却仍推崇备至。这种态度表现在情节设计上，一个显著的表征是：“才子”通常得到皆大欢喜的结局。比如《三妙传》之白景云：

> 生后擢巍科，登高第，官居翰苑，为名士矣。徽音生二子，琼姐生一子，皆擢进士。后琼姐、奇、徽音与白生合葬于南洲之南。迄今佳木繁茂，多产方兰。子孙展墓，里许闻香，世人皆以为和气致祥云。

《李生六一天缘》之李春华：

> 明早，异香缭绕，彩云交结。须臾，群鹤翱翔，鸟和檐前，

且有幢旛宝盖，霞车云御，为迎迓之状。早膳后，天乐大作，声闻数十里。李偕六院同坐鹤轩，诸子妇奴婢见此风景，始信昨日之言，罗绕号泣。只见空中小孤神出现，叫曰：“阆苑新宴，待子久矣，可勿眷恋失期，以致上帝谴谪也。”众人又拜孤神恳留，神不答。忽有七鹤集轩下，李夫妇各乘而起。诸人挽留者，或牵衣裾，或引裙履，率向空而坠，惟有惠芳、柳青、腾琼、小梅径入云中，摇摇直上，不知所之。

时，李有十子，一举、二监、三廪、四附；又有四女，皆附青云。共即无累堂，改作飞升祠。岁时拜祭。其后李氏云程接武，累世通显。然皆知足知止，德行清高，多有祖风云。

《天缘奇遇》之祁羽狄：

一夕中秋，月明如昼。生方与众妾泛舟，忽见西南祥云聚起，鸾鹤旋飞，空中隐隐如有鼓吹。顷间，红光照水，香气逼人。生与芳等视之，见一女子立涯上，呼曰：“祁君，妾复来。”生停舟相接，乃玉香仙子也。玉香自袖中出丹一帖授生，且曰：“令佳人分服之，皆可仙矣。况道芳乃织女星，贞乃王母次女也，余皆蓬岛仙姬，不必尽述。今俗缘已尽，皆当随公上升。”言毕而去。

生自是飘逸有登天之志，绝欲服气，还精固神，举足能行空，出言可以验祸福，人皆异之。后携芳、贞等人入终南山学道，遂不知所终云。

这样安排男主角的结局是令读者不安的。如果这是对男主角四处猎艳的奖励，小说诲淫的意味不免太强烈，但如果让男主角落得一个悲剧结局又如何呢？那也不妥。因为小说开端将男主角定位为才高识卓的书生，这样一个人，倘若结局悲惨，显然不大合适。明代中篇传奇小说中人物定位与其人生内容的不吻合造成了结局设计的困难：无论是悲剧结局还是圆满结局，都不恰当。依才子实际的所作所为来看，理当安排一个悲剧结局；依小说家对才子的定位来看，理当安排一个美满的结局。小说对才子的定位与实际描写的不统一造成了不可克服的困难。

《金瓶梅》以清河县的一个暴发户作为四处猎艳的主角，人物定位与其人生内容是一致的，作者在表示对他的褒贬、抑扬时，也就不再存在困难。小说的态度很明确：以西门庆的所作所为，他不可能有圆满的收场；读者不应该效法西门庆，而应从其咎由自取的经历中汲取教训。如东吴弄珠客《金瓶梅序》所说："《金瓶梅》，秽书也。袁石公亟称之，亦自寄其牢骚耳，非有取于《金瓶梅》也。然作者亦自有意，盖为世戒，非为世劝也。如诸妇多矣，而独以潘金莲、李瓶儿、春梅命名者，亦楚《梼杌》之意也。盖金莲以奸死，瓶儿以孽死，春梅以淫死，较诸妇为更惨耳。借西门庆以描画世之大净，应伯爵以描画世之小丑，诸淫妇以描画世之丑婆净婆，令人读之汗下。盖为世戒，非为世劝也。余尝曰：读《金瓶梅》而生怜悯心者，菩萨也；生畏惧心者，君子也；生欢喜心者，小人也；生效法心者，乃禽兽耳。余友人褚孝秀偕一少年同赴歌舞之筵，衍之（至）霸王夜宴，少年垂涎曰：男儿何可不如此！孝秀曰：也只为这乌江设此一着耳。同座闻之，叹为有道之言。若有人识得此意，方许他读《金瓶梅》也。不然，石公几为导淫宣欲之尤矣！奉劝世人，勿为西门之后车可也。"《金瓶梅》经由对西门庆纵情声色的生活的描写，并且以其纵欲而亡的结局表达出与明代中篇传奇小说不同的主旨。

3.《金瓶梅》中存在的矛盾

细读欣欣子的《金瓶梅词话序》，我们在注意到《金瓶梅》谱系的复杂性时，还会连带着注意到另一个问题：《金瓶梅》中的许多人物，其性格可以分解为不同的层面，而不同层面之间往往难以统一，甚至是尖锐矛盾的，比如潘金莲。"在小说正文叙述里，潘金莲早已被确定为一个非常狡猾和残酷的人物，一个为满足其性欲无所不为的占有性色情狂。由于作者未能创作出合乎她的性格与气质的新曲子，因此，在她需要用曲来表露情感的时候，便显得比她的实际性格好得多，也更值得我们同情。在小说的散文叙述部分里，她是个毫无道德观念的人物，而在使用韵文的场合，她仿佛那么娴雅、美丽，富有女性柔顺、优美的感情，我们真怀疑她是否在鹦鹉学舌!"① 对这一矛盾现象，可以从发生学的角度来加以阐释。在我们所考察的人情小说或部分涉及世情的小说中，《水浒传》和明代的中篇传奇小说（如《钟情丽集》、《怀春雅集》等）特别值得注意。《水浒传》中的潘金莲，用夏志清的方式来表述，是"一个非常狡猾和残酷的人物，一个为满足其性欲无所不为的占有性色情狂"。而《钟情丽集》、《怀春雅集》中的佳人，虽然也沉溺于性生活中，却有较高的文化素养，熟悉诸多具有感伤色彩的高雅艳词，甚至能自己写作情诗。《金瓶梅》将《水浒传》中的潘金莲和明代中篇传奇小说中的佳人合为一体而未能"把放肆的邪恶与诗的优美这两种不同的意象统一起来"，就造成了这种矛盾的性格。统系的多元造成了人物塑造的不够和谐，这同时也表明，在《金瓶梅》之后才子佳人小说一度兴盛乃是符合逻辑的。

不只是潘金莲的性格存在裂痕，西门庆也是如此。《水浒传》中的西门庆是一个作恶多端的坏蛋，在《金瓶梅》中，他也常常是这样一个坏蛋，但又有另外的一面。夏志清对他的最后印象是："他脾气好、慷慨大方，能有真正的情感，是个讨人喜欢的人物。他诚然经常从事无耻的交易，但同时也给我们以慷慨好施的印象；他诚然是个臭名昭著的诱奸者，但作者也使我们明确看到，受他诱骗的妇女都是自愿上钩的。"② 夏志清似乎觉得西门庆性格的不同层面是可以统一的，其实未必尽然。他坏的一面来自《水浒传》给他的定位，他好的一面则受到明代中篇传奇小说才子形象塑造的惯例的影响。两个不同的小说传统在《金瓶梅》中汇合，未能做到融洽无间。

《金瓶梅》的说教风格与其小说内容之间也未能取得很好的协

---

① ［美］夏志清著，胡益民等译：《中国古典小说史论》，181页，南昌，江西人民出版社，2001。

② ［美］夏志清著，胡益民等译：《中国古典小说史论》，181页，南昌，江西人民出版社，2001。

调。《金瓶梅》第一回以谐谑的口吻讲到张大户“自从收用金莲之后，不觉身上添了四五件病症。端的哪五件？第一腰便添疼，第二眼便添泪，第三耳便添聋，第五尿便添滴。还有一桩儿不可说，白日间只是打盹，到晚来喷嚏也无数”。最后“患阴寒病症，呜呼哀哉死了”。中国古典长篇小说的第一回，往往与宋元话本的入话一样，起着笼罩全局的作用。这里也不例外。其言外之意是调侃西门庆，预示西门庆的人生道路及其结局。小说在西门庆了却性命之前，一再提到他的身体已不足以应付他的纵欲，腿软，腰疼，打不起精神，可他依然故我，直到“呜呼哀哉断气身亡”方才罢休。那年他才三十三岁。对西门庆的纵欲无度，《金瓶梅》一再予以讽刺，并在西门庆纵欲身亡时插话说：“嗜欲深者，其天机浅，西门庆自知贪淫乐色，更不知油枯灯尽，髓竭人亡。”小说的说教风格由此可见一斑。但在注意到《金瓶梅》的说教风格的同时，我们也发现，作者经常兴高采烈地描写西门庆的放纵生活，表现出不加掩饰的欣赏之情。这种矛盾现象，从统系渊源的角度看，其说教风格来自《效颦集》这一类作品，而作者对性生活的强烈兴趣则与明代的中篇传奇小说和《如意君传》等一脉相承。

以上我们举例讨论了《金瓶梅》世界的主角及其谱系归属、《金瓶梅》中存在的矛盾，并从统系渊源的角度作了阐释，在这基础上，我们对《金瓶梅》作者的艺术祈向有了较为清楚的了解：他对历史演义、神魔小说与人情小说之间在题材上的区别有相当准确的把握。历史演义以某一历史阶段的政治、军事斗争为关注焦点，神魔小说以想像世界的仙、鬼、妖、佛为关注焦点，人情小说以普通人的日常生活为关注焦点，欣欣子《金瓶梅词话序》不提历史演义的开山之作《三国演义》和神魔小说的开山之作《西游记》，就传达了作者对不同类型小说题材畛域的清醒意识。《金瓶梅》借用《水浒传》中的西门庆、潘金莲故事而对武松、西门庆的形象进行某种程度的改造，表明作者对英侠传奇与人情小说的区别也有相当了解：这两类小说虽然都是写人的生活，但英侠传奇主要写一群超常的豪侠和江湖好汉，而人情小说则以常人的世界为关注对象。在常人的世界中，豪侠不一定像在《水浒传》中那样受到推崇，也不像在《水浒传》中那样神威凛凛，宛若天人。《金瓶梅》作者对人情小说的了解还不止这些。就欣欣子《金瓶梅词话序》看，写世情的小说，如《效颦集》、《水浒传》（指《水浒传》中的一部分写常人生活的内容）；写才子佳人的小说，如《莺莺传》、《钟情丽集》；写艳情的小说，如《如意君传》，人情小说的三种类型的作品他都注意到了，并试图将之融会在《金瓶梅》中。《金瓶梅》之成为明清章回小说中人情小说审美规范确立的标志，其主要的建树在此；而《金瓶梅》中存在的若干矛盾现象，则是融会过程中或多或少总会出现的不协调所造成的。我们所要强调的是：尽管《金瓶梅》中存在这样或那样的不协调现象，小说以世情为主，以才子佳人和艳情为辅的艺术选择仍是值得称赞的。没有《金瓶梅》，人情小说的成熟就仍然只是一个期望。

五、《隋唐演义》：题材畛域的消失及其基本品格——兼论贾宝玉的谱系归属

《三国演义》、《水浒传》、《西游记》和《金瓶梅》相继问世标志着历史演义、英侠传奇、神魔小说和人情小说四大章回小说流派已经发展成熟。而从题材的角度看，无论是历史上的政治、军事斗争，还是江湖豪侠和绿林好汉的生活，无论是想像中的仙、鬼、怪的世界，还是普通人的日常生活，都已进入章回小说的领域，发现和运用新的题材的可能性已经不大了，在这种情况下，章回小说作家将采取什么样的方式以取得突破？

从章回小说在后来的发展状况来看，他们主要选择了三种途径：一是打破题材畛域，将不同类型的题材混合在一起使用，如清代云封山人《铁花仙史》、李百川《绿野仙踪》等，其中《隋唐演义》更为典型；二是换一种与明人迥异的写法，明人以曲折的情节、生动的人物见长，一部分清代作家则试图以思想、学问或才藻见长；三是将明人尚未大量使用的题材作为写作重点，如才子佳人故事、狭邪故事。对第三种途径我们将在下一章予以评述，五、六两节仅就前面两

种分别加以讨论。

对第一种途径的阐释，以褚人获的《隋唐演义》为例，重点是《隋唐演义》的基本品格及其小说史意义。

1.《隋唐演义》打破了题材之间的畛域

《隋唐演义》凡20卷100回，刊行于清康熙三十四年（1695）。其叙事始于隋文帝伐陈，终于唐明皇去世，历时170余年。其直接取资的著作以《隋史遗文》和《隋炀帝艳史》二书最为重要。顾启音曾就《隋唐演义》与《隋史遗文》、《隋炀帝艳史》的关系作过统计，其结论是：

1~20回：抄《隋史遗文》；

19~20回：摘编《隋炀帝艳史》5~7回；

21~25回：摘编《隋史遗文》27~33回；

27回：摘编《隋炀帝艳史》7、10回；

28~32回：摘编《隋炀帝艳史》15~21回；

33回：抄《隋史遗文》34回；

39回：抄《隋炀帝艳史》12回；

40回：抄《隋炀帝艳史》27回；

46回：摘编《隋史遗文》48回；

47回：合《隋炀帝艳史》39回和《隋史遗文》50回；

53~54回：摘编《隋史遗文》52回；

60回：摘编《隋史遗文》59回。①

根据这一统计，《隋唐演义》采用《隋史遗文》约32回，采用《隋炀帝艳史》约15回，共47回左右。《隋史遗文》是一部历史演义英侠传奇化的作品，《隋炀帝艳史》是一部历史演义人情化的作品，《隋唐演义》综合二者，即将历史演义、英侠传奇和人情小说合为了一体。全书着重描写三个方面的故事：第一是关于单雄信、秦琼、尉迟敬德、罗成等英雄的故事；第二是关于隋炀帝的故事；第三是关于

① 顾启音：《貌得英雄留奕世——〈隋史遗文〉序说》，《隋史遗文》卷首，7页，北京，中华书局，1996。

唐玄宗和杨贵妃的故事。在这三类故事中，第一类故事原是《隋史遗文》的主体；第二类故事原是《隋炀帝艳史》的主体；第三类故事主要据郑处诲《明皇杂录》、柳珵《常侍言旨》、郑棨《开天传信记》、王仁裕《开元天宝遗事》、陈鸿《长恨歌传》、乐史《杨太真外传》、佚名《梅妃传》等写成，被置于《隋唐演义》第七十八回至一百回之间，并强调：杨贵妃系由隋炀帝转世，唐明皇系由朱贵儿转世，其再世姻缘在某种意义上是隋炀帝故事的延伸。所以，第三类故事与第二类故事存在部分相似。

隋炀帝的故事标志着历史演义与人情小说的合流。作为历史人物，隋炀帝的价值取决于他所扮演的社会角色，从这个角度看，他无可置疑地被视为昏君、暴君。炀帝出场不久，《隋唐演义》便写他弑父文帝，烝父妃宣华夫人，“夜夜在宣华宫里淫荡”（第十九回、二十回），确定了其形象基调；后又写他开凿运河，劳民伤财，四处征伐，穷兵黩武，其间抨击之词时有所见。比如第三十二回《狄去邪入深穴　皇甫君击大鼠》说“当今隋帝，是老鼠变的”，并借皇甫君之口骂道：“你这畜生，吾令你暂脱皮毛，为国之主，苍生何罪，遭你荼毒；骸骨何辜，遭你发掘；荒淫肆虐，一至于此！我今把你击死，以泄人鬼之愤！”“喝武士”照鼠头“重重的打他”。作为感情生活中的男主角，隋炀帝的价值取决于他用情是否纯正、深厚。《隋唐演义》第八十一回说：“人生七情六欲，惟有好色之念，最难祛除。艳冶当前而不动心者，其人若非大圣贤、大英雄，定是个愚夫呆汉。所以古人原不禁人好色。但好色之中，亦有礼焉；苟徒逞男女之情欲，不顾名义，渎乱体统，上下宣淫，以致丑声传播，如何使得？”就这方面而言，隋炀帝烝淫其庶母宣华夫人，理所当然受到作者的鄙薄，但对他钟情于其他女子，“在女人面上作工夫”，作者却不乏欣赏之意。比如，第三十回《赌新歌宝儿博宠　观图画萧后思游》。先是“朱贵儿、韩俊娥、杏娘、妥娘、袁宝儿一班美人”在院后西轩中赌唱，炀帝出来寻找宝儿，“将到轩前，听见众美人，说也有，笑也有，恐打断了他们兴头，遂不进轩，倒转过轩后，躲在屏风后面，张他们耍子”。贵为天子，却心细到怕打断了女孩子们的兴头。小说写隋炀帝“无事忙”的个性，很为传神；而他所以会傀儡似的“提进提出”，关键在于他好色怜才，在这帮青年女子面前从未想到自己的“至尊”身份。其他如第三十一回写薛冶儿之剑术，第三十四回写妥娘之风雅，第三十六回写袁宝儿之憨态，一方面令人想见诸位女子的动人风采，另一方面也显示了隋炀帝对她们的怜惜之情。这样一位隋炀帝，褚人获是由衷地给予赞赏的，因为这样一位天子身上，散发出的正是浪漫豪宕、怜香惜玉的名士气。

《隋唐演义》第一百回末尾有云：“那安史辈余贼，至代宗广德年间，方行殄灭。代宗之后，尚有十三传皇帝，其间美恶之事正多，当另具别编。看官不厌絮烦，容续刊呈教。今此一书，不过说明隋炀帝与唐明皇两朝天子的前因后果，其余诸事，尚未及载。”名为《隋唐演义》，却格外留意两个风流皇帝的故事，足见一时的言情风气给褚人获的影响。而言情的主干情节，除了隋炀帝和唐玄宗的故事外，还包括才子佳人的变异——英雄美人故事，其主角是罗成、窦线娘、花又兰等。

英雄美人故事的情节格局近于才子佳人小说。第四十九回《舟中歌词句敌国暂许君臣　马上缔姻缘吴越反成秦晋》，罗成与窦线娘在战场上“一见钟情”，“两下里四只眼睛，在马上不言不语，你看我，我看你，足有一两个时辰”。窦线娘教罗成请杨太仆做冰人。杨太仆是罗成“父之好友”，亦素为窦线娘之父窦建德“所敬畏”。本以为事情会一帆风顺，不料却颇费周折：窦建德兵败于唐，被俘后遇赦出家，线娘几经磨难，才得到奉旨与罗成结婚的圆满结局。这种一见钟情—几经波折—奉旨成婚的情节设计遵循的是才子佳人小说的套路。

与罗成相关的另一佳人是花又兰。花又兰是花木兰之妹，她曾女扮男装为窦线娘送信给罗成，与罗成“虽同床共寝两月，而此身从未沾染”，窦线娘情不自禁地感叹道：“奇哉，罗郎真君子也，又兰真义女也！……彼既以守身让我，我当以罗郎报之，全其双美。”遂上奏窦皇后。花又兰奉旨做了罗成之妾。才子（英雄）坐拥诸艳，这种规范制约下的浪漫故事，在清初一度盛行，褚人获亦未能免俗。

一群草泽英雄的故事标志着《隋唐演义》中历史演义与英侠传奇的合流。对于帝王将相来说，谋略是第一位的；对于草泽英雄来说，义气则是第一位的。重义气还是重谋略，这是判断一部小说是历史演义还是英侠传奇的标准之一。《隋唐演义》写草泽英雄，以义气作为其魅力的主要来源。如第五回，"秦叔宝途次救唐公"，李渊欲重谢他，"叔宝听了一个谢字，笑了一笑道：'咱也只是路见不平……也不图你家谢。'说罢带转马，向大道便走"。第十八回，宇文公子倚势强抢民女，"这个时候，连叔宝把李药师之言，丢在爪哇国去了，却都是专抱不平的人，听见说话，一个个都恶气填胸，双眸爆火"。接下来，王伯当、李如珪、齐国远、柴嗣昌和秦叔宝一起，当场打死了这个"衙内"。对这种"热心肯为艰危止，微躯拚为他人死"的侠行义气，作者一再热情洋溢地加以赞叹："可见世上有义气的强盗，原少不得。"（第二十六回）"豪杰之士，一死鸿毛，自作自受，岂肯害人？这也是他生来伎俩。但在我手中，不能为他出九死一生，以他的死，为我的功，这又是侠夫不为的事。"（第二十三回）

在义气之外，草泽英雄的另一特征是武艺。程咬金的八卦宣花斧，秦琼的双锏，罗成的罗家枪，尉迟恭的单鞭，为一般读者所熟悉。第五十六回"三锏换两鞭"的故事尤富民俗趣味。

从以上缕述可以看出：《隋唐演义》从书名看自是一部历史演义，但小说的故事主体实含三个方面：第一是关于单雄信、秦琼、尉迟敬德、罗成等英雄的故事，乃传统的英侠传奇题材；第二是关于隋炀帝的宫廷生活，他在那帮"夫人"、"美人"身上用情的故事实为才子佳人题材的改头换面，英雄美人故事与此属于同一类型；第三是关于唐玄宗和杨贵妃的故事，才与历史演义的宗旨部分吻合。《隋唐演义》将历史演义、英侠传奇和人情小说三种题材融为一体，试图在明人之后别开生面，其用心是不难体会的。值得指出的是，同一时代有同样用心的作者不止褚人获一人，李百川等与之有相近的祈向。李百川的《绿野仙踪》，从书名看自是一部神魔小说，但作品以冷于冰求仙访道为线索，集中展示官吏之贪残、儒生之迂腐、妓女帮闲之可恶、市井细民之窘迫，其故事主体实为世态人情。将神魔小说与人情小说融为一体，《绿野仙踪》据此与《西游记》和《金瓶梅》区别开来。一批作家热衷于打破题材之间的畛域，表明这一现象不是偶然的，而是比较典型地体现了一种创新的愿望。

2.《隋唐演义》的基本品格

讨论《隋唐演义》，指出小说打破题材畛域这一事实并不困难，也不是我们讨论《隋唐演义》的重心所在。我们更加关注的是：《隋唐演义》的基本品格是什么？考察这一问题，是确定《隋唐演义》在小说史上地位的一个关键环节。

对这一问题的考察，拟从与《长生殿》的对比入手。这不仅因为《隋唐演义》的作者褚人获与《长生殿》的作者洪升有过交往，还因为《隋唐演义》与《长生殿》均以“帝王家”为写作题材。

洪升创作《长生殿》，其思想发展的轨迹颇足以显示世人面对帝王的爱情（即使是格调很高的爱情）所不可避免的惶惑。洪升《长生殿·例言》曾自述其写作缘起云：

> 忆与严十定隅坐皋园，谈及开元天宝间事；偶感李白之遇，作《沉香亭》传奇。寻客燕台，亡友毛玉斯谓排场近熟；因去李白，入李泌辅肃宗中兴，更名《舞霓裳》。优伶皆久习之。后又念情之所钟，在帝王家罕有；马嵬之变，已违夙誓，而唐人有玉妃归蓬莱仙院、明皇游月宫之说，因合用之，专写钗合情缘，以《长生殿》题名，诸同人颇赏之。乐人请是本演习，遂传于时。盖经十余年，三易稿而成，予可谓乐此不疲矣。

《长生殿》的第一稿名为《沉香亭》。据宋乐史《杨太真外传》卷上记载：“先，开元中，禁中重木芍药，即今牡丹也。得数本红紫浅红通白者，上因移植于兴庆池沉香亭前。会花方繁开，上乘照夜白，妃以步辇从。诏选梨园弟子中尤者，得乐十六色。李龟年以歌擅一时之名，手捧檀板，押众乐前，将欲歌之。上曰：‘赏名花，对妃子，焉用旧乐词为?’遽命龟年持金花笺，宣赐翰林学士李白立进《清平乐词》三篇。承旨，犹苦宿酲，因援笔赋之。第一首：‘云想衣裳花想容，春风拂槛露华浓。若非群玉山头见，会向瑶台月下逢。’第二首：‘一枝红艳露凝香，云雨巫山枉断肠。借问汉宫谁得似？可怜飞燕倚新妆。’第三首：‘名花倾国两相欢，长得君王带笑看。解释春风无限恨，沉香亭北倚栏杆。’龟年捧词进，上命梨园弟子略约词调，抚丝竹，遂促龟年以歌。妃持玻璃七宝杯，酌西凉州葡萄酒，笑领歌，意甚厚。上因调玉笛以倚曲，每曲遍将换，则迟其声以媚之。妃饮罢，敛绣巾再拜。上自是顾李翰林尤异于他学士。”李白在沉香亭畔的际遇是唐以降历代文士所向慕和渴望的，即所谓大为文人吐气。洪升的早期剧作以《沉香亭》为题，毫无疑问是以李白为主角，而以大为文人吐气为宗旨。至于中期所作的《舞霓裳》，当含有浓重的指斥李、杨的意味。《霓裳羽衣曲》是杨贵妃最为擅长的，不妨说是其魅力的标志。惟其如此，故《霓裳羽衣曲》在后人诗中常与安史之乱联在一起，成为李、杨荒淫误国的证据。白居易《长恨歌》云：“骊宫高处入青云，仙乐风飘处处闻。缓歌慢舞凝丝竹，尽日君王看不足。渔阳鼙鼓动地来，惊破霓裳羽衣曲。”杜牧《过华清宫绝句》之二云：“新丰绿树起黄埃，数骑渔阳探使回。霓裳一曲千峰上，舞破中原始下来。”洪升将第二稿更名《舞霓裳》，“去李白，入李泌辅肃宗中兴”，是以总结历史教训的眼光来看李、杨姻缘，对之采取了批判的态度，其中无疑含有“女祸”论的意味。第三稿即定稿名为《长生殿》，取义于白居易《长恨歌》：

> 七月七日长生殿，夜半无人私语时：
> “在天愿作比翼鸟，在地愿为连理枝。”

《长生殿》以歌颂李、杨生死不渝的情缘为主，从根本上改变了《舞霓裳》的主题。《长生殿》第一出《传概》［南吕引子・满江红］说：“今古情场，问谁个真心到底？但果有精诚不散，终成连理。万里何愁南共北，两心那论生和死。笑人间儿女怅缘悭，无情耳。感金石，回天地。昭白日，垂青史。看臣忠子孝，总由情至。先圣不曾删郑、卫，吾侪取义翻宫、徵。借太真外传谱新词，情而已。”洪升所要赞美的，是那种超出于生命之上的爱。“文采风流”的唐明皇不再只是“文采风流”，而成了爱情经典中的楷模。他可以不是一个成功的帝王，但依然令我们敬重。

面对帝王与后妃的感情生活，洪升这种以历时态的方式表现出来的复杂态度在《隋唐演义》中则以共时态的方式表现了出来。具体地说，《长生殿》的第二稿名为《舞霓裳》，将帝王与后妃的感情生活视为荒淫误国的证据，这一态度在《隋唐演义》中表现为对李（唐明皇李隆基）、杨（贵妃杨玉环）故事的处理；定稿名为《长生殿》，将一位不成功的帝王作为爱情经典中的楷模来塑造，这一态度在《隋唐演义》中表现为对隋炀帝与诸多妃嫔之间关系的描绘。先看《隋唐演义》对李、杨故事的处理。第七十九回开头有一段议论：“人生处世，无过情与理而已。忠臣孝子，作事循理，不消说得；而大奸极恶之人，行事背理，亦不消说得。至于情总属一般，孟夫子所云：知好色则慕少艾，有妻子则慕妻子，今古同然，无有绝情者。试看苏子卿穷居海上，啮雪吞毡，死生置于度外，犹不免娶妇生子。胡澹庵贬海外十年，比其归，日饮湘潭胡氏园，喜侍姬黎倩，作诗赠之。乃知情欲移人，贤者不免，而况生居盛世贵为天子乎？”褚人获认为，男子的“情欲”是正当的，贵为天子，即使有荒淫之举，也可以谅解。这里，还有一部分潜台词没有放在纸面上，即：身为皇后（贵妃），是绝不能荒淫的；一个荒淫的皇后（贵妃），只能是褒姒、妲己一类“祸水”型人物。《隋唐演义》以这样的原则写武则天，那种嬉笑鄙夷的笔调，颇令读者忍俊不禁，如第七十二回：“谚云饱暖思淫欲，是说寻常妇人；若是帝后，为天下母仪，自然端庄沉静，无有邪淫的。乃古今来，却有几个。秦庄襄后晚年淫心大炽，时召吕不韦入甘泉宫；不韦又觅嫪毐，用计诈为阉割，使嫪毐如宦者状，后爱之，后被杀，不韦亦车裂。汉吕后亦召审食其入宫，与之私通。晋夏侯氏，至与小吏牛金通，而生元帝，流秽宫内，遗讥史策。”“如今再说天后在宫中淫乱，见高宗病入膏肓，欢喜不胜。”第七十三回：“今说太后在宫追欢取乐，倏忽间又是秋末冬初。太平公主，乃太后之爱女，貌美而艳，丰姿绰约，素性轻佻，惯恃母势胡作非为。先适薛绍，不上两三年即死；归到宫中，又思东寻西趁，不耐安静。太后恐怕拉了他心上人去，将他改适大夫武攸暨，不在话下。”《隋唐演义》也以同样的原则写韦后和杨贵妃。不能忽略的是，褚人获把安史之乱的爆发明确地归因于杨玉环：杨玉环与安禄山私通，成为后来安禄山起兵造反的契机。第八十八回：“这边安禄山不见杨贵妃有密信来，只道宫中私事发觉之说是真，想道：‘若果觉察出来，我的私情之事，却是无可解救处。今日之势，且不得不反了！’”第八十回的断语和叙写尤能见出作者对杨贵妃等人的厌恶之情：“独可怪那女子的贵贱品格，却不关乎其所处之位。尽有身为下贱的，倒能立志高洁；那位居尊贵的，反做出无耻污辱之事。即如唐朝武后、韦后、太平公主、安乐公主，这一班淫乱的妇女，搅得世界不清，已极可笑、可恨，谁想到玄宗时，却又生出个杨贵妃来。他身受天子宠眷，何等尊荣；况那天子又极风流不俗，何等受用，如何反看上了那塞外蛮奴安禄山，与之私通，浊乱宫闱，以致后来酿祸不小，岂非怪事。”“那安禄山久闻杨妃之美，因遂怀下个不良的妄念。这贵妃又是个风流水性，他也不必以貌取人，只是爱少年，喜壮士；见禄山身材充实，鼻准丰隆，英锐之气可掬，也就动了个不次用人的邪心。”杨贵妃被定位为典型的“祸水”型女人，表达了作者的一种历史观。或者说，他接受了一种传统的历史观：如果某个时代在政治上出了问题，祸根一定是皇后或贵妃或某一被帝王宠幸的“尤物”。

与对李、杨故事的处理尤其是对杨贵妃的处理不同，《隋唐演义》写隋炀帝周围的一群女子，却极尽赞美之能事。褚人获最初还想克制自己对她们的欣赏，如第三十四回开头的一段议论：“且说炀帝见这些美人，个个鲜妍娇媚，淫荡之心，愈觉有兴。不论黄昏白昼，就像狂蜂浪蝶，日在花丛中游戏。众美人亦因炀帝留心裙带，便个个求新立异蛊惑他，博片刻之欢。”但越往后写，这种讽刺、调侃的语调便越少。就在同一回，炀帝病重，《隋唐演义》浓墨重彩地写了众美人的言谈举动：

> 大家守在床前，一昼夜，还自昏迷不醒。时朱贵儿见这光

> 景，饮食也不吃，坐在厢房里，只顾悲泣。韩俊娥对贵儿说道：“酸孩子，万岁爷的病体，料想你替不得的，为什么这般光景？”朱贵儿拭了泪说：“你们众姊妹，都在这里，静听我说：大凡人做了个女身，已是不幸的了；而又弃父母，抛亲戚，点入宫来，只道红颜薄命，如同腐草，即填沟壑。谁想遇着这个仁德之君，使我们时傍天颜，朝夕宴乐。莫谓我等真有无双国色，逞着容貌，该如此宠眷，设或遇着强暴之主，不是轻贱凌辱，即是冷宫守死，晓得什么怜香惜玉，怎能如当今万岁情深，个个体贴得心安意乐。所以侯夫人恨薄命而自缢身亡，王义念洪恩而思捐下体，这都是万岁感人人心处。不想于今遇着这个病症，看来十分沉重，设有不讳，我辈作何结局，不为悍卒妻，定作骄兵妇。”如何如何，说到伤心处，众美人亦各呜呜的涕泣起来。

于是，袁宝儿提议“大家祷告神灵，情愿减奴辈阳寿十年，烧一炷心香，或者感动天心，转凶为吉，使万岁即时苏醒”，众美人齐声赞同；而朱贵儿更割下自己的臂肉，和在药里煎好，“与炀帝吃了”。在此后的叙写中，褚人获时常情不自禁地对这群“美人”表示赞叹。如第四十八回叙“袁宝儿与梁夫人等明义骂贼，相继尽难”，狄、秦、李、夏四位夫人各“向花容上左右乱划”，“血流满脸”，立誓报“先帝深恩”，即为隋炀帝守节。褚人获赞叹道：“自古知音必有知音相遇，知心必有知心相与，钟情必有钟情相报。炀帝一生，每事在妇人身上用情，行动在妇人身上留意，把一个锦绣江山，轻轻弃掷；不想突出感恩知己报国亡身的几个妇人来，殉难捐躯，毁容守节，以报钟情，香名留史。”

隋炀帝与一群少女之间的感情生活，褚人获非常看重，致力于为他们酿造一种艺术化的令人陶醉的氛围。比如第三十四回，妥娘从桃花源故事和“刘晨阮肇天台山遇仙”故事中受到启发，精心设计了“洒桃花入水”的关目，以便艺术感觉良好的炀帝“主动上钩”：

> 一日炀帝在清修院，与秦夫人微微的吃了几杯酒，因天气炎

> 热，携着手走出院来，沿着那条长渠，看流水耍子。原来这清修院，四围都是乱石，垒断出路，惟容小舟，委委曲曲，摇得入去。里面许多桃树，仿佛是武陵桃源的光景。二人正赏玩这些幽致，忽见细渠中，漂出几片桃花瓣来。炀帝指着说道："有趣，有趣。"见几片流出院去，上边又有一阵浮来，许多胡麻饭夹杂在中间。……忙叫宫人将竹竿去捞起来看，却不是剪采做的，瓣瓣都是真桃花，还微有香气。炀帝方才吃惊道："这又作怪了。"秦夫人道："莫非这条渠与那仙源相接？"……遂同上了一只小龙船，叫宫人撑了篙，穿花拂柳，沿着那条渠儿，弯弯曲曲，寻将进去。只见水面上或一朵，或两瓣，断断续续，皆有桃花。过了一条小石桥，转过几株大柳树，远望见一个女子，穿一领紫绡衫儿，蹲踞水边。连忙撑近看时，却是妥娘，在那里洒桃花入水。

妥娘"弄巧"的目的是将炀帝吸引到身边来，正如她笑吟吟地回答炀帝时所说："若不是这几片桃花，万岁此时不知在哪里受用去了，肯撑这小船儿来寻妾？"但就读者的感受而言，我们更关注的是她的灵心慧性：其一，把三月桃花保留到几个月后，而且鲜艳如初，这是一"巧"；其二，将刘阮故事和桃花源故事融为一体，化为宫廷生活的一角，诗意盎然，清人襟怀，这是二"巧"。与妥娘的灵心慧性相呼应，炀帝对诗的意境别有会心，令读者对他颇多好感。倘若是一位"憨跳不韵"的帝王，妥娘以其灵心慧性"弄巧"，就无异于对牛弹琴了。

《隋唐演义》对隋炀帝与一群少女之间的感情生活的热情赞美，表达了一种惊世骇俗的立场，即：一个失败的帝王，他在爱情生活中所扮演的角色仍可以是极为高贵的。世俗社会评人论事的基本标准是其事业的成功与否，对重要的历史人物尤其如此。一个不懂爱情为何物、品格卑劣的人，在这种视角中照样可以成为伟人，因为据说他对历史的发展作出了重要贡献。褚人获没有与世俗社会这种评人论事的基本标准公开叫板，但他写了一个令读者颇多好感的不称职的帝王，事实上已表明了他的立场。这是《隋唐演义》特别值得注意之处。

褚人获创作《隋唐演义》，虽名为历史演义，但其内在的趣味却与人情小说作家一致，而与罗贯中这一类历史演义作家反而大为不同。一个帝王耽溺于感情生活，无论其格调多么高尚，都会被视为荒淫误国，都会成为罗贯中这一类历史演义作家的批判对象；而褚人获却致力于塑造隋炀帝这样一个感情生活的楷模，并热情洋溢地予以赞美，体现的是人情小说作家的价值立场。除此以外，他写罗成与窦线娘等人的英雄美人故事，实为才子佳人小说；他写武则天、韦后、太平公主、杨贵妃等历史人物的私人生活，实为艳情小说，所以，《隋唐演义》虽然以多题材融合为其特征，但其基本品格还是近于人情小说。而在《隋唐演义》的几组人情小说中，罗成这一组不过是才子佳人小说的花样翻新；杨贵妃这一组不过是艳情小说的花样翻新，所传达的"祸水"论也别无新意；只有隋炀帝这一组，别开生面，值得关注。之所以值得关注，有两个原因：第一，这不是一个孤立的现象。至少，洪升的《长生殿》就表达了与《隋唐演义》相同的立场。在小说和戏曲两个领域，两个一流作家同时选择一种惊世骇俗的人文立场，并致力于精心地表达这种人文立场，这绝不是巧合，而应视为思想文化领域具有标志性意义的现象。第二，这样一种人文立场以及这样一种表达方式，在中国文学史尤其是小说史上造成了重大影响。可以指出的是，《红楼梦》对贾宝玉以及他在大观园中的生活的设计，与此有着割不断的血缘关系。也许有读者对这一论断表示质疑，但在读完了笔者的论述后，当会欣然首肯。

3. 贾宝玉的谱系归属

为了深化对《隋唐演义》的内涵及影响的理解，我们试着将话题延伸到对贾宝玉谱系归属的考察。

《红楼梦》写的是石头的故事，故本名《石头记》。"却说那女娲氏炼石补天之时，于大荒山无稽崖炼成高十二丈，见方二十四丈大的顽石三万六千五百零一块，那娲皇只用了三万六千五百块，单单剩下一块未用，弃在青埂峰下。"① 这就是宝玉的前身。这一设定是耐人寻味的。这块无缘补天、无才补天的石头，在这一神话结构中虽仍有其存在的时间和空间，但却异于我们普通人的生存时间和空间。他是一个特殊的存在。他被一僧一道携至"昌明隆盛之邦，诗礼簪缨之族，花柳繁华地，温柔富贵乡"走了一遭，而他来到这个凡俗的世界时，"一落胞胎嘴里便衔下一块五彩晶莹的玉来，还有许多字迹"，令我们不得不刮目相看；说起孩子话来也奇僻异常，他说："女儿是水做的骨肉，男子是泥做的骨肉，我见了女儿便清爽，见了男子便觉浊臭逼人！"贾宝玉不折不扣地是一个另类，用我们常人的思维无法理解，无从阐释。他究竟是一个什么样的人物？

第二回，"冷子兴演说荣国府"，贾雨村以一种参透人类历史的口吻划分出三种类型的人物。第一种是仁人君子，如尧、舜、禹、汤、文、武、周、召、孔、孟、董、韩、周、程、朱、张；第二种是大凶大恶，如蚩尤、共工、桀、纣、始皇、王莽、曹操、桓温、安禄山、秦桧等，"大仁者修治天下，大恶者扰乱天下"；第三种则介于仁人君子与大凶大恶之间，"上则不能为仁人君子，下亦不能为大凶大恶：置之千万人之中，其聪俊灵秀之气，则在千万人之上；其乖僻邪谬不近人情之态，又在千万人之下"，如许由、陶潜、阮籍、嵇康、刘伶、王谢二族、顾虎头、陈后主、唐明皇、宋徽宗、刘庭芝、温飞卿、米南宫、石曼卿、柳耆卿、秦少游、倪云林、唐伯虎、祝枝山、李龟年、黄旛绰、敬新磨、卓文君、红拂、薛涛、崔莺、朝云。

贾宝玉自然属于第三种类型。但第三种类型也不是单一的，或"生于公侯富贵之家，则为情痴情种"；或"生于诗书清贫之族，则为逸士高人"；或"生于薄祚寒门，甚至为奇优，为名娼，亦断不至为走卒健仆，甘遭庸夫驱制"。比照这三种情形，与贾宝玉最为吻合的是"生于公侯富贵之家，则为情痴情种"，因而与他对应的同类型人物，经过严格筛选之后，应是：

① 曹雪芹、高鹗著：《红楼梦》，第3版，2页，北京，人民文学出版社，1964。本书引用《红楼梦》，均据这一版本。其他地方不另出注。

陈后主、唐明皇、宋徽宗

将贾宝玉列入这样一个人物谱系，表现出曹雪芹的独特见识。陈后主在史家眼里是一个以不理朝政著称的帝王。身为帝王，却不理朝政，这种定案足以使陈后主成为被讽刺的对象，而他所喜欢的《玉树后庭花》也理所当然地被视为亡国之曲，即杜牧《泊秦淮》诗所谓“商女不知亡国恨，隔江犹唱后庭花”。但是史家的看法只是就某一层面、从某一角度立论，如果换一个层面、换一个角度，结论会显然不同。明末张溥编《汉魏六朝百三家集》，其《陈后主集题辞》便更为公允，更见深度。他首先指出：

> 世言陈后主轻薄最甚者，莫如《黄鹂留》、《玉树后庭花》、《金钗两鬓垂》等曲，今曲不尽传，惟见《玉树》一篇，寥落寡致，不堪男女唱和，即歌之，亦未极哀也。①

据《隋书·乐志》：“陈后主于清乐中造《黄鹂留》及《玉树后庭花》、《金钗两鬓垂》等曲，与幸臣等制其歌词，绮艳相高，极于轻荡，男女唱和，其音甚哀。”《玉树后庭花》今存，其词曰：

> 丽宇芳林对高阁，新妆艳质本倾城。
> 映户凝娇乍不进，出帷含态笑相迎。
> 妖姬脸似花含露，玉树流光照后庭。

汉魏六朝的诗，就其题材的迁移演变而言，大体经历了三个阶段：汉魏诗题材广泛，凡室家、行旅、悲欢、聚散、感叹、忆赠，均为诗人歌咏的对象；晋宋诗以谢灵运为代表，山水题材成为关注的重心；

---

① 张溥著，殷孟伦注：《汉魏六朝百三家集题辞注》，260页，北京，人民文学出版社，1960。本书引用张溥《陈后主集题辞》，均见该书260页，不另出注。

齐、梁、陈诗以宫体诗为代表，侧重于表现女性之美。由广泛的社会人生向山水和女性迁移，这种题材的变化同时也意味着风格的变化。汉魏诗苍凉，晋宋诗超拔，齐梁（含陈）诗绮艳。宫体诗以表现女性之美为宗旨，其风格之绮艳是明摆着的事实。但我们不必斥之为趣味低下，事实上，这是齐、梁、陈诗人试图在汉魏、晋宋诗之外另辟蹊径、别开生面的必然结果。在后世，我们依然能看到这一程序的重演。比如，盛唐诗人以广泛的社会人生为题材，大历诗人以降侧重描摹山水，而晚唐韩偓等诗人则聚焦于香奁；明代的李梦阳、何景明等以广泛的社会人生为题材，嘉靖年间的王世懋等偏重山水，而晚明的公安派则大倡性灵，热心于表达"青娥之癖"。所以，以女性之美为题材，可能与作者的趣味高低有关，但更与诗坛整体的审美风尚有关。以唐太宗为例，这位雄才大略的帝王，作诗却仍不免梁、陈之习：

> 武德贞观间，太宗（讳世民）及虞世南（字伯施）、魏徵（字玄成）诸公五言，声尽入律，语多绮靡，即梁、陈旧习也。王元美云："唐文皇（太宗）手定中原，笼盖一世，而诗语殊无丈夫气，习使之也。"①

就这样一些情况来看，陈后主即使写了《黄鹂留》、《玉树后庭花》和《金钗两鬓垂》等曲，也并非大不了的事，因为这类作品在当时甚多。只是，陈后主身为末代之君，不幸成为讨好新朝的文人集中讽刺的对象，于是《玉树后庭花》便成了他荒淫无道的一个罪证。但这个罪证其实是经不住推敲的。诗仅六句，并不像《隋书·乐志》所说的"极于轻荡"，而且，由于内容单薄，也不宜"男女唱和"，即使唱和"亦未极哀也"。张溥以他卓越的鉴别力和胆力否定了《隋书·乐志》关于陈后主诗"绮艳相高，极于轻荡，男女唱和，其音甚哀"的断言，指出《玉树后庭花》只是普通的歌词，并无格外荒

① 许学夷：《诗源辩体》卷十二，138页，北京，人民文学出版社，1987。

淫的意味。接下来，张溥进一步就陈后主的为人指出：

> 史称后主标德储宫，继业允望，遵故典，弘六艺，金马石渠，稽古云集，梯山航海，朝贡岁至，辞虽夸诩，审其平日，固与郁林、东昏殊趋矣。临春三阁，遍居丽人，奇树夭花，往来相望，学士狎客，主盟文坛，新诗方奏，千女学歌，辞采风流，官家未有。

所谓“史”，指《陈书·后主纪》。其中有这样一段：“后主昔在储宫，早标令德。及南面继业，实允天人之望也矣。至于礼乐刑政，咸遵故典。加以深弘六艺，广辟四门。是以待诏之徒，争趋金马，稽古之秀，云集石渠。且梯山航海，朝贡者往往岁至矣。”张溥认为，即使这一段记叙存在夸大之嫌，也足以表明后主为人不俗，与齐郁林王昭业、齐东昏侯宝卷不属于同一类型。自然，陈后主更为引人注目的是他艺术化的感情生活。《南史·后妃传》下记载：“至德二年，乃于光昭殿起临春、结绮、望仙三阁，高数十丈，并数十间。其窗牖壁带县楣栏槛之类，皆以沉檀香为之。又饰以金玉，间以珠翠，外施珠帘，内有宝床、宝帐。其服玩之属，瑰丽皆近古未有。每微风暂至，香闻数里，朝日初照，光映后庭。其下积石为山，引水为池，植以奇树，杂以花药。后主自居临春阁，龚孔二贵嫔居望仙阁，并复道交相往来。又有王李二美人，张薛二淑媛，袁昭仪、何婕妤、江修容等七人，并有宠，递代以游其上，以宫人有文学者袁大舍等为女学士。后主每引宾客对贵妃等游宴，则使诸贵人及女学士与狎客共赋新诗，互相赠答，采其尤艳丽者以为曲调，被以新声。选宫女有容色者以千百数，令习而歌之，分部迭进，持以相乐。”看来，陈后主“主盟文坛”、“辞采风流”是一个众所公认的事实。又因为陈后主身为亡国之君，他在这方面的作为往往被视为罪证之一。而张溥不这样看。他举了南朝梁羊侃作为参照。张溥认为，羊侃的所作所为与陈后主有相近之处，但“初不闻以此贬德”，可见“辞采风流”不能成为一个人的罪过。张溥又举了南朝齐竟陵王萧子良作为参照。据《南齐书》

卷四十《武十七王传》：萧子良少有清尚，礼才好士，居不疑之地，倾意宾客，天下才学，皆游集焉。善立盛事，夏月客至，为设瓜饮及甘果，著之文教，士子文章及朝贵辞翰皆发教撰录。移居鸡笼山西邸，集学士抄《五经》百家，依《皇览》例为《四部要略》千卷。招致名僧讲语佛法，经呗新声，道俗之盛，江左未有。张溥说，如果陈后主"生当太平"，封诸侯王，亦足以"步竟陵之文藻"，"不失令誉"。这样看来，"辞采风流"、"文坛盟主"也不应成为一个人的罪过。于是，问题就出来了：同样的事情，何以羊侃、竟陵王做了，便是佳话，而落在陈后主头上却是罪状呢？张溥指出：陈后主的不幸在于他是国君：

> 使后主生当太平，次为诸王，步竟陵之文藻，贱临川之黩货，开馆读书，不失令誉。即假列通侯世阀，鱼弘羊侃数辈，亦扫门不及。乃系以大宝，困之万几，岂所堪乎？鹤不能亡国，而国君不可好鹤，后主盖与卫懿公同类而悲矣。

身为国君，便不能热心于"文坛盟主"、"辞采风流"的生活。或者说，这是角色上的错位。帝王与"文坛盟主"不可一身而二任。袁枚《随园诗话》补遗卷三第二五则载：

> 宋太祖曰："李煜好个翰林学士，可惜无才作人主耳！"秀才郭麐《南唐杂咏》云："我思昧昧最神伤，予季归来更断肠。作个才人真绝代，可怜薄命作君王！"

宋太祖和郭麐堪称别有会心。与袁枚同时代的郑板桥也有相近的看法，其《南朝》诗序云："昔人谓陈后主、隋炀帝作翰林，自是当家本色。燮亦谓杜牧之、温飞卿为天子，亦足破国亡身。乃有幸而为才人，不幸而有天位者，其遇不遇，不在寻常眼孔中也。"的确，陈后主作为一个才人，无疑是出类拔萃的，但他作为一个帝王，其结局只能说是悲剧。他因此而成为一个有争议的人物。

与陈后主列在同一人物谱系的唐明皇李隆基也是一个有争议的人物。

1985年1月，上海古籍出版社出版了丁如明辑校的《开元天宝遗事十种》，集中收录有关玄宗朝事迹的笔记、传奇。从这些记载来看，唐玄宗也以“文采风流”为其基本特色之一。如五代王仁裕《开元天宝遗事》所记：

> 御苑新有千叶桃花，帝亲折一枝插于妃子宝冠上，曰：“此个花尤能助娇态也。”（卷上《助娇花》）
>
> 明皇秋八月，太液池有千叶白莲数枝盛开，帝与贵戚宴赏焉。左右皆叹羡。久之，帝指贵妃示于左右曰：“争如我解语花?”（卷下《解语花》）
>
> 一日，明皇与亲王棋，令贺怀智独奏琵琶，妃子立于局前观之。上欲输次，妃子将康国猧子放之，令于局上乱其输赢，上甚悦焉。（卷下《猧子乱局》）

由这样一些片段所构成的生活，是充分艺术化的，具有很高的格调。一个诗人，或者一个承平时代的王室成员，如果在这样一种生活中扮演主角，世人会毫不犹豫地为他喝彩。但唐明皇身为帝王，这样一种生活便足以引起争议。因为，按照相当一部分人的习惯性思维，帝王专注于“文采风流”，其行为本身即是不祥之兆，何况它还引起一系列的连锁反应即政治上的不良后果呢？宋乐史《杨太真外传》卷下载：

> （天宝）十一载，李林甫死。又以国忠为相，带四十余使。十二载，加国忠司空。长男暄，先尚延和郡主，又拜银青光禄大夫，太常卿，兼户部侍郎。小男朏，尚万春公主。贵妃堂弟秘书少监鉴，尚承荣郡主。一门一贵妃，二公主，三郡主，三夫人。十二载，重赠玄琰太尉，齐国公。母重封梁国夫人。官为造庙；御制碑及书。叔玄珪拜工部尚书。韩国婿秘书监崔珣女为代宗妃；虢国男裴徽尚代宗女延光公主，女为让帝男妻；秦国婿柳澄

男钧尚长清县主，澄弟潭尚肃宗女和政公主。

这一系列的事情都是在杨贵妃得宠后相继发生的，表明唐玄宗对杨贵妃的宠爱直接影响到政治上的人事安排和带有政治意味的婚姻关系。后来安禄山发动叛乱，以诛杨国忠为名；马嵬坡军人政变，诛杨国忠、杨贵妃，都不是没有缘由的。一个帝王，他的感情生活是受到限制的。

宋徽宗比唐明皇更为不幸。不只是说他被金人掳走、惨死在北方的结局令人黯然神伤，也指他在通俗文学如《水浒传》等作品中被作为荒淫误国的形象永久定格，漫画化的程度较陈后主、唐明皇更高。《水浒传》第二回这样描述端王即后来的徽宗："这端王乃是神宗天子第十一子，哲宗皇帝御弟，见掌东驾，排号九大王，是个聪明俊俏人物。这浮浪子弟门风，帮闲之事，无一般不晓，无一般不会，更无一般不爱。更兼琴棋书画，儒释道教，无所不通；踢球打弹，品竹调丝，吹弹歌舞，自不必说。"采办花石纲更是《水浒传》大肆渲染的弊政之一。这样一个徽宗，自是被鄙薄的对象。

在史家笔下，徽宗尽管未被视为"浮浪子弟"，但也是作为反面教员来定位的。他常常被指责为穷奢极欲，是个醉生梦死、挥霍享乐型的皇帝。史家往往忽视或忽略一点，即：徽宗是个真正的艺术家，至少作为画家，他可以进入第一流的行列。徽宗对于画的钟情几乎已成为一种癖。宣和年间，曾修筑五岳观、宝真宫，征集天下名士作画。政和年间，设画学画院，仿旧制定六级官阶，和经由科举选拔的官员一样，画院官员可以服绯紫、带佩鱼；科举考试除诗文策论外，兼试画艺，可说是史无前例。试题多取自古诗，如"踏花归去马蹄香"，以画群蝶追逐马蹄得上选；"嫩绿枝头一点红，恼人春色不须多"，以画杨柳楼头美人凭栏者得上选；诗中求画，画中求诗，注重诗画的沟通或渗透。这些发生于徽宗在位期间的事情，提醒我们：徽宗如果有幸不成为帝王，在艺术领域他必然是一个出色的人物。这个政治上的失败者不乏值得喝彩之处。

徽宗在感情生活中扮演的角色带有一定程度的传说意味，很难落实。但姑妄言之，姑妄听之，事虽不实而神情相肖的可能性并非不存在。清张宗橚辑《词林纪事》引《贵耳录》云："道君幸李师师家，偶周邦彦先在焉。知道君至，逐（遂）匿床下。道君自携新橙一颗，云江南初进来，逐（遂）与师师谑语。邦彦悉闻之，檃括成《少年游》（即'并刀如水'一词）云云。师师因歌此词，道君问谁作，师师奏云周邦彦词。道君大怒，宣谕蔡京：周邦彦职事废弛，可日下押出国门。隔一二日，道君复幸李师师家。不见师师，问其家，知送周监税。坐久至更初，李始归，愁眉泪睫，憔悴可掬。道君大怒云：尔往哪里去？李奏：臣妾万死，知周邦彦得罪，押出国门，略致一杯相别，不知官家来。道君问：曾有词否？李奏云：有《兰陵王》词，即'柳阴直'者是也。道君云：唱一遍看。李奏云：容臣妾奉一杯，歌此词为官家寿。曲终，道君大喜，复召为大晟乐正。"根据这一记载，宋徽宗与周邦彦的关系颇像一出轻喜剧：因周邦彦写《少年游》，徽宗不悦，借故将他逐出都门；又因周邦彦写了《兰陵王》，徽宗大悦，将周邦彦召回做大晟乐正。这一事件的真实程度大约是不高的，王国维《清真先生遗事》一文曾予辨证，表示不可信。但我们可以这样来看问题，即：在这一传说中，宋徽宗被预设为一个什么样的形象？简洁的答案是：情痴情种。宋徽宗幸李师师，两人的调笑和对答，含情脉脉，弥漫着温馨的气氛。第三者周邦彦的介入自然令他不满，也许还含有帝王被人窥见隐秘后的恼怒。徽宗后来何以又宽恕甚至赏识周邦彦呢？除了《兰陵王》在艺术上的功力外，主要是因为它所蕴含的那一份深情令人感动。即使我们承认此乃齐东野语，宋徽宗被舆论预设为情痴情种这一事实本身，已足以表明他在世人心目中的形象已经确定。这比个别的确凿证据或许更能说明问题。

《红楼梦》将贾宝玉纳入陈后主、唐明皇、宋徽宗这一人物谱系，并以之作为小说主角，这是对人情小说传统的一个重大超越。在《红楼梦》之前，人情小说的主角是西门庆一类"浮浪子弟"。其特点是无止境地追逐酒色之欲，对女色的追逐更处于其人生的中心位置。文龙评点《金瓶梅》，曾将男女关系划分为三个等级：重情、重色、重淫。毫无疑问，在情、色、淫三者中，西门庆最不关心的是

"情"，他对孟玉楼的冷落即是明证。"若玉楼者，却是因情而不合，因情而大吐，因情而致西门庆之来。乃西门庆仍是以淫报答之，以淫酬应之，此玉楼之所以不能常守在西门庆家也。"（《金瓶梅》第七十五回文龙评语）西门庆似乎重色，"上画般标致"的女子时常引起他的关注。但是，他不是用与"上床"有一段距离的目光去欣赏女性，而是将"上画般标致"与"上床"直接联系在一起，"上画般标致"只是刺激其淫欲的一个因素而已。甚至，只要能满足他的淫欲，女子是否漂亮可以是一个无关紧要的因素。他所青睐的王六儿、如意儿、贲四嫂、林太太等都既不年轻，又不漂亮，"长处"是可以随时满足他。"淫人"不只忽略情，也可以忽略色。明代中篇传奇小说《寻芳雅集》的一个细节足以表明这一事实。吴生与王娇鸾侍婢春英苟合，"生虽战后，而眷恋新人，愈发豪兴。且其牡丹一朵，肥净，莹腻，窄浅，极是骇人。貌固不及诸美，而此实为最胜者也。生留连不忍去。"春英容貌稍逊，但在满足吴生的淫欲方面，别擅胜场，竟也大得宠眷。西门庆的所作所为，与吴生相较，堪称青出于蓝而胜于蓝。

《红楼梦》中有没有西门庆似的浮浪子弟呢？有，但不是贾宝玉，而是贾珍、贾琏之流。贾珍、贾琏这类人物向来是世情书的主角，正如西门庆在《金瓶梅》中充当主角一样。但在《红楼梦》中他们的主角地位没有了。作为这种地位丧失的一个标志是：他们无缘住在大观园中，且很少有机会参加大观园内的活动，种种诗社更没有他们的份（须知王熙凤尚有"一夜北风紧"的联句）。大观园内和大观园外是两个相互对照的世界。大观园外是世俗的世界，大观园内是超世拔俗的世界，前者较多现实的色彩，后者较多理想的意味。在大观园内活动的多少，以《红楼梦》作者的眼光来看，不仅是一个人才情的尺度，也是一个人品格的尺度。贾宝玉与贾珍、贾琏之间，其距离不可以道里计。

《红楼梦》不再以西门庆的后裔（贾珍、贾琏等）为主角，而选择了贾宝玉这样的情痴情种为主角，这从根本上改变了世情书的面貌。与他的前辈陈后主、唐明皇、宋徽宗一样，宝玉堪称真正的艺术家。第二十三回写他"自进园来，心满意足，再无别项可生贪求之心，每日只和姊妹丫鬟们一处，或读书，或写字，或弹琴下棋，作画吟诗，以至描鸾刺凤，斗草簪花，低吟悄唱，拆字猜枚，无所不至，倒也十分快意”。他曾作了几首四时即事诗，传出去，大得赏爱，“竟有人来寻诗觅字，倩画求题，这宝玉一发得意了，每日家做这些外务”。第二十九回，张道士也证实，他“在好几处看见哥儿（宝玉）写的字，做的诗，都好的了不得”。第十八回，“天伦乐宝玉逞才藻”，还让我们具体领略了他的学识。他论“应制之体”用字宜“雅”，论人工与自然之别，引《离骚》、《吴都赋》、《蜀都赋》等文献辨认芳草，俱见其词章之学已达到相当水准。

在重情、重色、重淫三种男女关系中，宝玉与“淫”难以联在一起。《红楼梦》第六回写“贾宝玉初试云雨情”，其宗旨不是展示其“淫”，而是告诉读者：贾宝玉已进入青春期，他在生理上是正常的。所以，第六回以后，类似的情节便不再出现。宝玉与“色”的联系无疑甚为密切。但应该强调的是，宝玉虽然注重感官的愉悦，但这种感官愉悦通常不指向“上床”，而指向一种缠绵悱恻的同情和眷恋，也就是说，宝玉重色，但“淫”的意味很淡，“情”的意味很浓。第三十回，“椿龄画蔷痴及局外”，写一心思念贾蔷的龄官独自在大观园中的蔷薇花架下，一边哽噎，一边拿着根绾头的簪子在地上画着“蔷”字，那姑娘画了几十个“蔷”字，已是痴了的一般，而宝玉在一旁也呆呆地看痴了，直到一场大雨将他们浇醒。这里值得注意的是宝玉的心理活动。他见女孩子一门心思地画“蔷”字，心想：“这女孩子一定有什么说不出的心事，才这么个样儿，心里还不知怎么熬煎呢！看他的模样儿，这么单薄，心里那里还搁的住熬煎呢？——可恨我不能替你分些过来。”宝玉的这种同情心，自与龄官身为女孩，长得漂亮有关，但以感官的审美愉悦为起点，其发展方向不是云雨巫山，而是一种忘我的关切，这就见出宝玉与贾琏等人的不同了。用曹雪芹的术语，宝玉是“意淫”，贾琏等人则是“皮肤淫滥”。

第四十四回《变生不测凤姐泼醋　喜出望外平儿理妆》也是著名的一例。凤姐泼醋，平儿很冤枉地挨打，委屈之极；宝玉把平儿请进怡红院中，又是安慰，又是请她洗脸、梳头、搽脂粉，桩桩件件，极其周到，“宝玉因自来从不曾在平儿前尽过心，——且平儿又是个极聪明、极清俊的上等女孩儿，比不得那起俗拙蠢物，——深以为恨。今日是金钏儿生日，故一日不乐。不想后来闹出这件事来，竟得在平儿前稍尽片心，也算今生意中不想之乐；因歪在床上，心内怡然自得”。这就是回目中所说的“喜出望外平儿理妆”：理妆者，平儿也；喜出望外者，宝玉也。何以喜出望外呢？因为平儿“是个极聪明、极清俊的上等女孩儿”，他一直苦于没机会在她面前“稍尽片心”，现在终于得了此愿，怎么能不高兴呢？看得出来，在起点上，感官的审美愉悦仍是宝玉关注平儿的基本原因，但由此出发，宝玉与平儿的关系却迥异于贾琏和多姑娘的关系，贾琏与多姑娘成为床上的“相契”，宝玉对平儿则止于同情。小说在写了宝玉“歪在床上，心内怡然自得”后，接下来写道：

> （宝玉）忽又思及：“贾琏惟知以淫乐悦己，并不知作养脂粉。”又思：“平儿并无父母兄弟姊妹，独自一人，供应贾琏夫妇二人，贾琏之俗，凤姐之威，他竟能周全妥帖，今儿还遭荼毒，也就薄命的很了！”想到此间，便又伤感起来。

所谓“作养脂粉”，即一往情深的体贴、呵护，即重“情”；贾琏的男女关系以“淫”为圆心，平儿做他的妾，又受到凤姐的威压，其处境之艰难可想而知。宝玉对平儿的同情深切到如此程度，表明《红楼梦》强烈反对将女性仅仅作为“出火”的对象。与此相似的例子是第六十二回《憨湘云醉眠芍药裀　呆香菱情解石榴裙》。香菱在和同伴玩耍时，被推入水洼中，弄脏了石榴红绫裙。宝玉得知，细心予以关照。事后他“喜欢异常”，“一壁低头心下暗想：‘可惜这么一个人，没父母，连自己本姓都忘了，被人拐出来，偏又卖给这个霸王！’因又想起：‘往日平儿也是意外，想不到的；今儿更是意外之意外的事了！’”又是一次喜出望外。在这两次喜出望外中，我们注意到，宝玉深感愤愤不平的，一是平儿做贾琏的妾，一是香菱做薛蟠的妾。贾琏和薛蟠眼中的女子，无论多么聪明、清俊，都只是“出火”的工具，这是宝玉愤愤不平的关键原因。他自己愿意成为闺阁中的“良友”，也希望所有聪明、清俊的女孩都有这样的“良友”相伴。这就是宝玉！故警幻仙姑称他为“意淫”：“世之好淫者，不过悦容貌，喜歌舞，调笑无厌，云雨无时，恨不能天下之美女供我片时之趣兴：此皆皮肤淫滥之蠢物耳。如尔则天分中生成一段痴情，吾辈推之为‘意淫’。”

“情”与“淫”是相对的，“情”与“理”也是相对的。宝玉因其重“情”，一方面与贾珍、贾琏等人区别开来，另一方面也与追求社会地位和事业成功的那一类人（如贾雨村）区别开来。警幻仙姑说他“在闺阁中虽可为良友，却于世道中未免迂阔怪诞，百口嘲谤，万目睚眦”，就是此意。宝玉无意于追求社会地位和事业成功，这在常人看来是不可理解的，所以《红楼梦》喻之为无才补天的一块多余的石头，并用两首《西江月》词来概括“世人”对他的看法：

> 无故寻愁觅恨，有时似傻如狂；纵然生得好皮囊，腹内原来草莽。　潦倒不通庶务，愚顽怕读文章；行为偏僻性乖张，那管世人诽谤！
>
> 富贵不知乐业，贫穷难耐凄凉；可怜辜负好时光，于国于家无望。　天下无能第一，古今不肖无双；寄言纨绔与膏粱：莫学此儿形状！

以常人的眼光来看，《西江月》词对宝玉的鄙薄是并不过分的。第七十一回，宝玉对探春说：“我常劝你总别听那些俗话，想那些俗事，只管安富尊荣才是，比不得我们，没这个清福，应该混闹的。”尤氏反驳道：“谁都像你是一心无挂碍！只知道和姊妹们玩笑，饿了吃，困了睡，再过几年，不过是这样，一点后事也不虑。”宝玉笑道：“我能够和姊妹们过一日，是一日，死了就完了，什么后事不后事！”这不是颇有醉生梦死的意味吗？宝玉不关心社会地位和事业成功，其人生观是非功利主义的。常人着眼于功利和实际得失，宝玉却总是关心和忙碌那些在常人看来无关紧要的事，因为这一缘故，他在贾府的重大事件中往往像个局外人。第十六回记叙了两桩事情，一是“贾元春才选凤藻宫”，二是“秦鲸卿夭逝黄泉路”，我们来看宝玉是如何应对的。贾元春封为凤藻宫尚书，加封贤德妃，“宁荣两处上下内外人等，莫不欢天喜地”。贾府上下之所以兴高采烈，在于元春晋封贵妃意味着贾府社会地位的极大提高，“皇亲国戚”四字将带来诸多实际利益。宝玉作为元春的亲弟弟，其利益更直接些，而他却并不放在心上，倒为秦钟的生死而牵肠挂肚。这种非功利主义的感情至上原则在现实生活中很少有人遵循，惟宝玉信守不渝，故成为一个例外，故“众人嘲他越发呆了”。第十九回，贵妃省亲，《红楼梦》再次提醒我们注意宝玉。“荣宁二府中连日用尽心力，真是人人力倦，各各神疲；又将园中一应陈设动用之物收拾了两三天方完。第一个凤姐事多任重，别人或可偷闲躲静，独他是不能脱得的”；“第一个宝玉是极无事最闲暇的”。总之，所有我们常人眼中的正事，宝玉均不屑一顾。他只需要感情生活，他拒绝责任和功利。

以贾宝玉这样一个“情痴情种”作为男主角，这是《红楼梦》别开生面之处。他不是“大凶大恶”，也不是“仁人君子”，而是一个兼具“聪俊灵秀之气”和“乖僻邪谬不近人情之态”的独特的存在。而这个独特的存在，并非无源之水，无本之木，而是有其明确的谱系归属：他与中国历史上的陈后主、唐明皇、宋徽宗属于同一类型的人物。而如果要从小说文本中寻找贾宝玉的前辈，《隋唐演义》中以怜香惜玉为特征的那个隋炀帝是第一个人选。这一陈述可能面对的质疑是：何以贾雨村在罗列第三种类型的人物时，历数陈后主、唐明皇、宋徽宗，却未点到隋炀帝的名？我想理由有二：一是从引导读者正确阅读的角度看，曹雪芹有必要淡化《红楼梦》与《隋唐演义》的联系。我们读《红楼梦》，常隐隐约约有一种感觉，即：贾宝玉俨然具有帝王的身份。比如，他生下来嘴里就衔着一块玉，而且这块玉是他的命根子，这块玉是不是象征着玉玺？大观园中住的全是女孩子，仅有贾宝玉是一个男性，这种性别格局像不像宫廷？贾府所有的成年男子都必须在外应酬办事，惟有宝玉例外，这是不是暗示着帝王的特权？说实话，这种感觉并没有错。曹雪芹确实是按帝王的生活方式来设计贾宝玉的。但是，这里必须强调：曹雪芹更希望读者将贾宝玉与帝王区别开来。他将《隋唐演义》中的帝王形象置换成贾府的少年公子，意在表现自己卓越的虚构才能，意在超越《隋唐演义》，如果读者老是将贾宝玉想像成一个真实的帝王，甚至直接想像成隋炀帝，曹雪芹的一片匠心就白费了。二是作为历史人物的隋炀帝，他在感情生活中所扮演的角色确实不如陈后主、唐明皇、宋徽宗可爱。曹雪芹选择后三位作为贾宝玉的前辈而不选择隋炀帝，显示出曹雪芹的严谨。为了帮助读者正确理解贾宝玉，曹雪芹确实是用心良苦了。至于《隋唐演义》中以怜香惜玉为特征的那个隋炀帝，他与历史上的陈后主、唐明皇、宋徽宗倒是可以毫不勉强地归入同一类型，但贾雨村说的是历史人物，自然不宜让《隋唐演义》中的隋炀帝阑入其中了。

《隋唐演义》与《红楼梦》的这样一种联系，进一步证实了《隋唐演义》的基本品格：它与人情小说趣味相近，而与历史演义趣味迥异。从对《红楼梦》的影响看，《隋唐演义》的重要性是毋庸置疑的。

这里强调《隋唐演义》对《红楼梦》的影响，不应忽略一个事实，即：《隋唐演义》对隋炀帝宫廷生活的描写，颇受晚明齐东野人著《隋炀帝艳史》（又名《风流天子传》）的影响。所以，《隋炀帝艳史》也间接发挥了影响曹雪芹创作的作用。可以顺便指出：《隋炀帝艳史》是一种特殊性质的人情小说。如石昌渝所说：“《隋炀帝艳史》四十回虽取材历史，但题旨和写法都不是演义历史，隋炀帝很有点像西门庆，西门庆纵欲败家，隋炀帝纵欲亡国。小说以隋炀帝的宫廷生活为中心，完全不同于以往的历史演义小说，却非常接近《金瓶梅》的结构方式。不过作者的笔力远远不及《金瓶梅》，宫廷中嫔妃之间的矛盾不会比一个市侩家庭的妻妾之间的矛盾更简单，作为皇帝的隋炀帝，朝廷各政治派系和社会各个阶级阶层的矛盾都必定汇聚在他那里，但作者无力把握这种复杂的关系，把矛盾简化了，隋炀帝也就被写成概念中的亡国昏君。然而，《隋炀帝艳史》处理历史题材的方式却是一种创新。”①《隋炀帝艳史》虽然不是一部高水准的小说，但它以人情小说的方式处理宫廷题材，开同类小说先河，这就保证了它在小说史上有一定地位。

六 以思想、才学见长的小说流派

接下来我们考察清代章回小说作家寻求突破的第二种途径。

清代相当一部分章回小说，如夏敬渠《野叟曝言》、屠绅《蟫史》、李汝珍《镜花缘》，即鲁迅《中国小说史略》第二十五篇《清之以小说见才学者》所列举的代表作品，它们与明代章回小说在创作路向上的差异，类似于宋诗与唐诗的差异。

唐诗、宋诗的差异，首先表现为唐诗注重意象的自然呈现，而宋诗注重说明和演绎；唐诗注重感悟，宋诗注重思理。这一区别是如何产生的呢？回顾唐诗的历程，我们发现：唐代诗人在开疆拓土的过程中，目光主要集中于新的题材的发现和使用。初、盛唐诗人的题材领域至为宽阔，凡汉魏诗人写过的题材，他们几乎没有遗漏地继承了下来，其间没有明确的题材重点；至中唐，以大历诗人为代表，集中于山水题材的开拓，将王、孟一脉发扬光大；晚唐诗人如李商隐、温庭筠、韩偓等，则又致力于艳情题材的开垦，与宫体诗一脉相承。艳情题材被大量使用，表明新题材的发现和使用已没有余地，诗人们必须另辟路径，才能有所创造。这一状况提示宋人，如果他们不想自立于诗人之林则已，倘若还有这样的抱负，那就不能凭借新题材与唐人争胜，因为所有的题材都被唐人用心地写过并且写出了极为出色的作品；他们必须换一种写法，换一种与唐人迥异的写法，才能与唐人一较高低。宋人以议论为诗，以才学为诗，正是长期探索的产物。所谓以议论为诗，以才学为诗，即以文为诗——用写古文的手法来写诗。宋诗的风貌之所以不同于唐人，原因在此。

清代章回小说作者的处境，与宋人颇为相似。历史、豪侠、神

① 见石昌渝：《中国小说源流论》，365页，北京，三联书店，1994。

魔、人情，主要的题材都被明人写过并且写出了出色的作品，清人如果试图展开新的局面，可供一试的路数之一是换一种写法，换一种与明人迥异的写法。明人以曲折的情节、生动的人物见长，一部分清代作家则试图以思想见长（如《儒林外史》），以博学多识见长（如《野叟曝言》、《镜花缘》），以才藻见长（如《蟫史》），概括地说，以才、学、识见长，而不以塑造人物、编织情节见长。

1.《儒林外史》以思想见长

李汉秋、周林生《讽刺小说流变谈》一文指出：“宋人‘说话’四家中已明确的三家：‘讲史’、‘说经’、‘小说’，构成宋元明小说主要的三类。‘讲史’发展为历史演义小说，英雄传奇实是历史小说的一支。‘说经’发展为神魔小说。‘小说’中取材于现实世情世态的部分，到明代则发展为长篇的世情小说如《金瓶梅》。……上述三类明代小说中，惟世情小说最富有现实主义的质素，随着明中叶后资本主义生产关系的萌芽而迅速发展，成为最有生命力的小说。迨至清代，历史演义、神魔小说都走下坡路，惟独反映现实人生的世情小说蓬勃发展，成为小说界的主流，题材和表现手法也越来越多种多样，以至于不得不再将世情小说分为若干类，才能概略地反映已经繁衍分杈了的世情小说的面貌。”“世情小说的再分类可以从不同的分类标准来进行，大部分仍按照传统的题材分类法，把其中描写婚恋家庭生活为主的称为人情小说，描写侠义为主的称为侠义小说，描写公案为主的称为公案小说等等。作品一多，就有可能冒出变异，个别小说采取了某种特别的写作态度和表现手法取得了突出成就，即是说，使其从众多世情小说中脱颖而出的主要不是题材有什么特异，而主要是对现实的态度和表现手法有了特异之处，在这种情况下就只好以其独特的态度和方法作为立类的名称。《儒林外史》的情形盖即如此。在乾隆朝繁多的世情小说中，它以讽刺的态度和方法而独标一帜，这一特异之处被鲁迅所发现，于是他把它从众多的世情小说中特拈出来，标以‘讽刺小说’之名，以引起对它的创作特点的注意和重视。……既然讽刺小说与世情小说、神魔小说不是从同一标准分的类，那么就容易理解它同后二者之间不是分疆而治互相排他的关系。广义的讽刺方法有两种，一种是寄寓性讽刺，主要从神魔小说中孕育出来，一种是现实性讽刺，主要从世情小说中孕育出来。狭义的讽刺只指后一种，当鲁迅说《儒林外史》'几乎是惟一的'的讽刺小说时，他用的是严格狭义的概念。"① 本书大体同意李汉秋、周林生的论述，但对某些方面需要做几点补充说明：一、英雄传奇不宜视为历史小说的一支，或者缩小范围，《水浒传》不宜视为历史小说，实际上，它与宋元说话中的"小说"传统具有更深的血缘关系而与"讲史"较为疏远。二、《儒林外史》即使是在题材上也与人情小说存在相当大的差别。人情小说主要包括世情书、艳情小说和才子佳人小说，《儒林外史》不涉及艳情是一目了然的，而写"才子佳人"的目的是为了从解构中表达一种艺术态度，与他解构八股取士制度以表达一种学术态度、解构名士风流以表达一种人生态度一样，见地的深刻是他关注的焦点。

《儒林外史》以思想见长，其特征是对各种人生问题、艺术问题、学术问题进行思考，并以独具个性的讽刺笔墨表现出来。作者对人生问题的关注从小说的基本内容便可看出。从第二回到第三十三回，吴敬梓集中笔力讽刺那些追名逐利的知识分子。他们或是热衷于科举，或是津津于名士风流。从第三十四回到第四十四回，《儒林外史》着力刻画一批品行高尚、学识渊博、才能卓特的知识分子。他们或是集合在礼乐的旗帜下，或是建立了不世奇勋，但其结局都很不妙，或投闲置散，或降级使用，或连一个安定的归宿都没有。从第四十五回到第五十五回，小说集中表现以儒林为中心的整个社会的灰暗现实。在对广泛的人生问题加以关注的前提下，或者说，以对广泛的人生问题的思考为背景，吴敬梓也思考了一系列的艺术问题和学术问题，如古代文学中的才子佳人形象和豪侠形象是否具有足够的生活依据？中国历代史书中"礼贤下士"的叙事话语，其实质性的内涵是

---

①　全文收入'93中国古代小说国际研讨会学术委员会编：《'93中国古代小说国际研讨会论文集》，开明出版社，北京，1996。

什么？功名与学问的关系究竟如何？等等。① 这里以对“才子佳人”、“礼贤下士”真实内涵的揭示为例，对吴敬梓思想的深刻程度及其表达思想的方式略作说明。

唐代的传奇小说或许是最早的大量描写文士与妓女恋爱的文体。唐代文人的性格偏于诗。受这种性格的引导或推动，唐人传奇写文士与妓女的恋爱，不免虚饰或美化。比如，他们完全无视与妓女交往的森然可怖的阴暗的一面或铜臭气息。［唐］白行简的《李娃传》虽曾揭示出妓院作为销金窟的龌龊一面：郑生在这里仅一年多时间，就花掉了所有的“薪储之费”，先是卖马，接着卖家童，直至“资财仆马荡然”，然后被鸨母和李娃设计逐出妓院，但白行简将计逐郑生的罪过委之于鸨母，后又饱含欣赏之情地刻画了李娃的善良、纯洁与高贵，并一厢情愿地让皇帝封她为汧国夫人。传奇作家不愿破坏这片浪漫国土的浪漫情调；他们关注的是文士与妓女之间的风流旖旎的社交生活。

如此看来，诸多小说所津津乐道的文士与妓女的遇合，远不能与真实的人生相提并论。作者姑妄言之，读者姑妄听之，在艺术的世界中徜徉片刻，这就够了。倘若认虚为实，竟在生活中以才子自居，到青楼中去寻找心心相印的佳人，那便免不了演成悲剧，至少会闹笑话。

《儒林外史》就讲述了这样一个笑话。丁言志听说来宾楼的聘娘爱诗，欣羡得了不得：“青楼中的人也晓得爱才，这就雅极了！”次日，他就带了一卷诗，换了几件半新不旧的衣服，戴一顶方巾，到来宾楼来，要和聘娘谈诗，畅快地“雅”它一番。结果如何呢？聘娘先是要他“拿出花钱来”。看到丁言志的花钱只是二十个铜钱，不禁满怀鄙夷地大笑道：“你这个钱，只好送给仪征丰家巷的捞毛的，不

---

① 参看陈文新、鲁小俊：《且向长河看落日——〈儒林外史〉之《解构之一：道德理想主义的颠覆》、《解构之二：情感理想主义的颠覆》，昆明，云南人民出版社，2001。

要玷污了我的桌子！快些收了回去买烧饼吃罢！”①

丁言志碰壁，在于他不通世情。聘娘这样的名妓，“相与的孤老多了”，的确也想与“几个名士来往，觉得破破俗”。陈木南之受欢迎，他会写诗自是因素之一，但另外两个因素却更为重要：一、他是国公府内徐九公子的表兄。“相与了他，就可结交徐九公子，可不是好！”故聘娘乐于招揽。二、花钱如水，颇有“大老官”的派头。仅小说中提到的，徐九公子就帮衬了陈木南两次，共四百两银子，全花在了聘娘身上。相形之下，二十个铜钱的丁言志居然想与聘娘谈诗，岂不是太小看这位名妓了吗？他活该受一顿嘲笑。

不通世情的人，也不会懂得文学。[清] 章学诚《文史通义》谈到唐人传奇时说，其内容大抵为男女之情，其情节则不外离合悲欢：诸如红拂与李靖的超凡脱俗的恋情，李娃对郑生的一往情深的扶持，崔莺莺与张生的浪漫的初恋，都属于同一类型。在对这类故事作进一步分析时，章学诚感到，作者采取的并不是写实的态度，而是近于古代的乐府诗人写艳诗，目的是为了“寄怀”，其中别有寄托。② 章学诚说得很中肯。小说中的大量妓女爱才、“一夕之盟，终身不改”的佳话，说穿了都只是作者的“寄怀”，丁言志想在生活中享受到这种笙箫细响的温馨，真是太幼稚了。

屈尊敬贤、礼贤下士是历来备受称赞的美德。周威烈王师事宁越、魏文侯师事子夏等佳话在士阶层中千载流传，刘备三顾茅庐的故事更是脍炙人口。然而，在“礼贤下士”这样一个动听的词语背后是否隐藏着并不美好的真相呢？事实上，即使在战国时代，“礼贤下士”也常常只是君王的一种姿态，或是为了满足士阶层的自尊心，

---

① 所谓“丰家巷的”，指下等妓女。《儒林外史》第四十二回写汤六老爷与丰家巷的细姑娘、顺姑娘的一番调情，可见其格调之卑俗：

> 吃过了茶，（汤六老爷）拿出一袋子槟榔来，放在嘴里乱嚼，嚼的滓滓渣渣，淌出来，满胡子，满嘴唇，左边一擦，右边一偎，都偎擦两个姑娘的脸巴子上。姑娘们拿出汗巾来揩，他又夺过去擦夹肢窝。

② 章学诚著，叶瑛校注：《文史通义校注》卷五《诗话》，560～561 页，北京，中华书局，1994。

或是为了赢得士人“为知己者死”的忠诚。而秦汉以降专制政体下的“礼贤下士”，其“表演”意味就更为浓重。比如《三国演义》中三顾茅庐的故事即给人以装腔作势之感。毛宗岗就此评道：“每到玄德访孔明处，必夹写张翼德几句性急语以衬之。或谓孔明装腔，玄德作势，一对空头；不若张翼德十分老实。予笑曰：为此言者，以论今人则可，以论玄德、孔明则不可。孔明真正养重，非比今人之本欲求售，只因索价，假意留难；玄德真正慕贤，非比今人之本不爱客，只因好名，虚修礼貌也。”① 毛宗岗为玄德（刘备）、孔明（诸葛亮）作了辩护，同时也坦率承认了“今人”的“空头”与“假意”。吴敬梓同样看出了世态的真相，他经由对时知县、娄家两公子的描写解构了“礼贤下士”这一政治神话。

时知县拜访王冕，果真是因为仰慕吗？非也。时知县出发前就有严重的心理障碍：“一个堂堂县令，屈尊去拜一个乡民，惹得衙门们笑话。”但是，他的心理障碍很快有了消除的理由：一是“老师前日口气，甚是敬他；老师敬他十分，我就该敬他一百分”。二是“屈尊敬贤，将来志书上少不得称赞一篇。这是万古不朽的勾当，有甚么做不得！”拜一乡民而兼收“敬老师”与“敬贤”之名，合算至极，虽为“衙门们笑话”也顾不得了。② 张铁臂的骗人行径明眼人一下便可看穿，娄三、娄四公子却信之不疑，敬佩不已，为他的“豪侠品格”所感动，并准备大宴宾客，举办人头会。两公子以历史上求贤养客的信陵君自居，希望借此博得美誉。他们沉醉在自己编织的美妙幻境之中，失去了现实感，失去了观照眼前生活的能力。他们所招致的几位名士，或迂腐，或怪诞，或为骗子，或为卜者，但在二位的眼里，却都高贵得了不得。嘲讽张铁臂、杨执中、权勿用之流，也就嘲讽了两公子这类求贤者。

---

① 罗贯中著，毛宗岗评：《三国演义》，363 页，呼和浩特，内蒙古人民出版社，1981。

② 吴敬梓：《儒林外史》，9 页，北京，人民文学出版社，1977。本书引用《儒林外史》，均据这一版本。其他地方不另出注。

《儒林外史》常对一些著名的情节进行仿写，而且有意识地提醒读者透过上下文去寻找仿写的出处。这种仿写，引导读者在行文的表层意义下，去追索它的深层意义。小说运用这种方式大都是为了讽刺，故不妨名之曰“揶揄模仿”。这种意味深长的戏拟实际上是一种含蓄的评论。这里试以小说中最成功的两例来分析其具体操作及效果。一是二娄三访杨执中，二是匡超人停妻再娶。前者有着明显仿写《三国演义》中刘备“三顾茅庐”的痕迹。作者有意设置二者表面的相似，旨在提示二者实质的差别。《三国演义》以极富诗情画意的笔调叙述了君臣遇合的场面，刘备的求贤若渴与孔明的名士风度都渲染得淋漓尽致。而《儒林外史》则不免笔带调侃，二娄既非明主，又非伯乐，他们访贤的动机也值得怀疑，而他们所访的杨执中，更是十足的老阿呆，不可与诸葛亮同日而语。杨执中所推荐的那一位“有管乐经纶”的权勿用，尤其令人啼笑皆非。小说藉此明确表达了对这群不合时宜又自我陶醉的“高士”的嘲讽。匡超人停妻再娶一节，小说有意将之与《琵琶记》中的蔡伯喈相联系。当时匡超人就曾自我开脱：“戏文上说的蔡状元招赘牛相府，传为佳话，这有何妨!”匡超人试图在蔡身上找到自己违礼再婚的根据，但实际上二者在表面相似的现象下面却有着本质区别。首先，匡并未受到皇帝或任何权势者的勒令，没有非再娶不可的理由；其次，匡从未透露自己已婚的事实，之所以造成这样的困境是由于他不愿承认娶了衙门差役的女儿，怕在李大人面前丢脸。蔡伯喈的再婚重娶在某种意义上是可以辩解的，匡超人的行为却明显缺乏可解释的理由。这样，《琵琶记》的故事成为对匡超人的极佳讽刺。①《儒林外史》的这种手法，类似诗文中的用典和用事，吴敬梓将其创造性地运用到小说中，即借典故来含蓄地评论小说中的故事和人物。这种手法也是当代西方文艺理论十分关注的“互文手法”，在数百年前，《儒林外史》即有如此精彩的运用，实在令人折服。

“对于某些小说家来说，的确，他们写作时似乎是发现和创造他

① 对匡超人停妻再娶一例的分析，由欧阳峰提供。

们自己。"① 布斯的这句话用在吴敬梓身上十分中肯。他借助"稗说"来完成他对儒林命运的历史反思，小说冷静客观的描写下潜藏着巨大的主体情感，他对儒林现状精确再现的同时，也申明着自己的态度和感受。这里值得注意的是，吴敬梓写作《儒林外史》，虽以思想见长，却基本采用客观叙事，书中的叙述者极少对故事发表评论。但同时，他也通过多种手段，引导读者按照他的要求去理解和接受他的故事。这是吴敬梓的高明之处。

晚清谴责小说与《儒林外史》可以放在一起加以讨论。鲁迅在《中国小说史略》的前身《小说史大略》中曾将它们一概视为谴责小说,② 后来才将吴敬梓《儒林外史》改称讽刺小说。鲁迅经过反复的权衡之后，将谴责小说与讽刺小说相区别，真知灼见，绝非寻常眼孔所能办。以《儒林外史》为代表的讽刺小说，其理想的境界是：就作者的出发点而言，"秉持公心，指摘时弊"；就作品的风格而言，"戚而能谐，婉而多讽"；就讽刺的技巧而言，"无一贬辞，而情伪毕露"。③ 清末的《官场现形记》（李伯元著）、《二十年目睹之怪现状》（吴趼人著）等小说却呈现出另一种情形。"光绪庚子（1900）后，谴责小说之出特盛。盖嘉庆以来，虽屡平内乱（白莲教，太平天国，捻，回），亦屡挫于外敌（英，法，日本），细民暗昧，尚啜茗听平逆武功，有识者则已翻然思改革，凭敌忾之心，呼维新与爱国，而于'富强'尤致意焉。戊戌变政既不成，越二年即庚子岁而有义和团之变，群乃知政府不足与图治，顿有掊击之意矣。其在小说，则揭发伏藏，显其弊恶，而于时政，严加纠弹，或更扩充，并及风俗。虽命意在于匡世，似与讽刺小说同伦，而辞气浮露，笔无藏锋，甚且过甚其辞，以合时人嗜好，则其度量技术之相去亦远矣，故别谓之谴责小

---

① W. C. 布斯著，华明、胡晓苏、周宪译：《小说修辞学》，80页，北京，北京大学出版社，1987。

② 鲁迅：《小说史大略》十七《清之谴责小说》，111页，西安，陕西人民出版社，1981。

③ 鲁迅：《中国小说史略》，155页、158页，上海，上海古籍出版社，1998。

说。其作者，则南亭亭长与我佛山人名最著。"① 谴责小说之"辞气浮露，笔无藏锋"，其原因是多方面的：就作者的出发点而言，李伯元、吴趼人都曾是小报编辑，以小说迎合广大的小报读者群，乃是他们的宗旨之一；就作品的风格而言，以在报章上连载的方式写作，每一段落自成格局，自具面目，从接受者的角度看，意图显豁、辞锋外露是一个长处，"戚而能谐，婉而多讽"反而会给小报读者造成理解和接受的障碍；就讽刺的技巧而言，由于追求淋漓尽致的宣泄，一代谴责小说作者宁可过甚其辞，也不愿让倾向在场面和情节中自然而然地流露出来，过甚其辞可以得到读者的喝彩，"无一贬辞"却只能造成读者敬而远之的冷落。鲁迅将谴责小说与讽刺小说视为两个流派，或将谴责小说视为讽刺小说的末流，准确地揭示了谴责小说与讽刺小说的联系和区别。

2.《镜花缘》以学问见长

与《儒林外史》以思想见长形成对照，《野叟曝言》、《镜花缘》则以学问见长。这里以《镜花缘》为例，考察它所继承的小说传统，并由此透视其以学问见长的特色。

就《镜花缘》所继承的传统而言，它与子部小说中的博物体一类作品联系密切。

博物体是魏、晋、南北朝志怪的一支，它源于先秦的地理学和博物学。夏禹治水，"定高山大川"，这是古代中国人在生产生活中运用地理博物知识的较早尝试，一向被视为地理博物学的起点。至周代，还专门设立了与山川道里、土地物产、外邦异域有关的机构，如天官冢宰、地官司徒、春官宗伯、夏官司马、秋官司寇、冬官司空。根据这些机构所收集的资料，后人编写成《禹贡》、《周礼·职方氏》及《周书·职方解》等地理博物著作。战国时代《山海经》的问世，标志着准博物体志怪的产生。其特征是：外表虽是记地理、物产，但"好怪而妄言"，充满了荒诞的内容。正如《四库全书总目》史部地理类序所云："古之地志，载方域、山川、风俗、物产而已。其书今

① 鲁迅：《中国小说史略》，205页。

不可见。然《禹贡》、《周礼·职方氏》其大较矣。……若夫《山海经》、《十洲记》之属，体杂小说。"① 汉代的《神异经》已是成熟的博物体志怪。魏、晋、南北朝的《博物志》、《玄中记》、《述异记》则是博物体志怪高峰期的作品，其中《博物志》成就较高。

从创作目的看，博物体小说旨在满足读者对无垠的空间世界的神往之情。人类的视野和认识本来被禁锢在狭小的令人窒息的空间中，一旦窗户敞开，使之得以眺望远方异域，怎么不令读者兴奋和沉醉呢？博物体志怪的魅力首先即在于此。其中那些最著名的故事，也最充分地满足了读者自由地、不受限制地驰骋于空间的需要，如《博物志》卷八《八月槎》，读者借助作品的描述进入银河系，那是多么令人振奋的人生情态。

与创作目的相联系，在题材上，博物体志怪以"异物"即远方珍异为主。《山海经》记叙了形形色色的山川道里物产及远国异民；《神异经》"略于山川道里而详于异物"；②《十洲记》热衷于向读者介绍道家的大丘灵阜、真仙神官、仙草灵药、甘液玉英、奇禽异兽；《博物志》以"物"名书，堪称画龙点睛。

从体例看，博物体以方位的移换为依托。不妨浏览一下《山海经》的总目，共十八卷：

南山经第一	西山经第二	北山经第三
东山经第四	中山经第五	海外南经第六
海外西经第七	海外北经第八	海外东经第九
海内南经第十	海内西经第十一	海内北经第十二
海内东经第十三	大荒东经第十四	大荒南经第十五
大荒西经第十六	大荒北经第十七	海内经第十八

《隋书》、《唐书》诸志，皆以《山海经》为地理书之冠，并非毫无

① 永瑢等撰：《四库全书总目》，594页，北京，中华书局，1965。

② 鲁迅：《中国小说史略》，16页。

理由——至少其体例与地理著作非常一致。《神异经》、《十洲记》亦多次被收入地理类。《神异经》共九篇，依次分述东、东南、南、西南、西、西北、北、东北等八荒及中荒的山川道里、神灵异人、草木、飞禽、走兽。《十洲记》历述祖洲、瀛洲、悬洲、长洲、元洲、流洲、生洲、凤麟洲、聚窟洲、沧海岛、方丈洲、扶桑、蓬丘、昆仑的奇珍异宝。《博物志》的体例复杂一些，但正如崔世节《博物志·跋》所说："天地之高厚，日月之晦明，四方人物之不同，昆虫草木之淑妙者，无不备载。"方位的移换仍是其体例所本。

从写法看，博物体是从地理书发展来的，重在说明远方珍异的形状、性质、特征、成因、关系、功用等，意在使读者清楚明白地把握对象，所以，生动准确的描写较之曲折的叙事是更重要的。与此相关，博物体可以利用图画来加强直观性，如《山海经》，明胡应麟《少室山房笔丛·四部正讹（下）》云："经载叔均方耕，欢兜方捕鱼，长臂人两手各操一鱼，竖亥右手把算，羿执弓矢，凿齿执盾，此类皆与纪事之词大异。近世坊间戏取《山海经》怪物为图，意古先有斯图，撰者因而纪之，故其文义应尔。"① 晋陶渊明《读山海经》诗所谓"流观《山海》图"，不是随便写的。《神异经》是否配有图画不得而知，但其中"状似虎"、"状如人身"、"其状如鸡"一类的陈述方式，突出的仍是对象能够画出的特征。《十洲记》中"有鸟如乌状"、"形似偃盆"的句型以及对色彩、距离的强调，用意亦同。

明白了子部小说中博物体一脉的特点，比照着，我们先分析《镜花缘》的上半部。

其一，与魏、晋、南北朝的博物体小说一样，《镜花缘》的故事也以方位的移换为依托。李汝珍以唐敖、林之洋的游历为线索，依次展开对于数十个海外国家风土人情的描述，它们是：君子国、大人国、黑齿国、劳民国、聂民国、无肠国、犬封国、元股国、毛民国、毗骞国、无肾国、深目国、长人国、歧舌国、智佳国、靖人国、跂踵国、穿胸国、厌火国、两面国、白民国、轩辕国、淑士国、长臂国、

① 胡应麟：《少室山房笔丛》，315页，上海，上海书店出版社，2001。

结胸国、翼民国、豕喙国、伯虑国、巫咸国、寿麻国、交胫国、女儿国、三身国、欢兜国、周饶国、奇肱国、三首国、三苗国、丈夫国，等等。并非巧合的是，这几十个国家的名称，不是信手拈来的，也不是信口编造的，而大都依据准博物体志怪《山海经》的记载。对《镜花缘》中的几段插话不宜草草读过，如第三十八回，多九公道："老夫记得古人言：'轩辕之人，不寿者八百岁。'大约千岁还不算高寿哩。"第三十九回，淑士国王道："小弟偶然想起天朝有部书，是夏朝人作的，晋朝人注的，可惜把书名忘了。上面注解曾言'长股人常驼长臂人入海取鱼'，谁知长臂王兄今日巧巧也说这话。倒像故意弄这故典，以致诸位王兄从中生出许多妙论。"黑齿国王道："小弟当日曾见此书，上面奇奇怪怪，无所不有，大约诸位王兄家谱都在上面。"所谓"故意弄这故典"，所谓"家谱都在上面"，都是指着《山海经》说的。李汝珍反复提到"古人言"，并非泛泛而论，而是提醒读者注意他写《镜花缘》所依傍的博物体小说的传统。

其二，与魏、晋、南北朝的博物体小说一样，《镜花缘》记叙唐敖、林之洋游历的所见所闻，也以"异物"即远方珍异为主。或为远国异民，如长臂国人，"他这两臂伸出来竟有两丈，比他身子还长，倒也异样"（第二十七回）；或为奇禽异兽，如细鸟，"细嘴绿毛，状如鹦鹉"，"其声竟如洪钟"（第十五回）；或为仙草灵药，如清肠稻，"那米宽五寸，长一尺。煮出饭来，虽无两丈，吃过后满口清香，精神陡涨，一年总不思食"（第九回）。这样的设想与描写，富于异国情调，确能满足读者在无垠的空间世界漫游的愿望。

其三，与魏、晋、南北朝的博物体小说一样，《镜花缘》写远方珍异，注重突出色彩和形状。当然，青出于蓝而胜于蓝，李汝珍的技巧更为圆熟和丰富些。一、他善于借助风趣的调侃强化对象的特征。如第三十九回，长臂国王对长股国王说："小弟同王兄凑起来，却是好好一个渔翁。"长股国王不解，长臂国王解释道："王兄腿长两丈，小弟臂长两丈。若到海中取鱼，王兄将我驼在肩上：你的腿长，可以不怕水漫；我的臂长，可以深处取鱼。岂非绝好渔翁么?"这都属于借机生发，让长臂、长腿这两个外形特征在读者心中留下深刻印象。与此相互辉映的手法是借题发挥，经由对世情的调侃有效地将对象的特征予以强调。例证依然在第三十九回。因长股国王担心长臂国王在取鱼时撒尿，翼民国王道："聂耳王兄耳最长大，王兄尽可躲在其内。"结胸国王道："聂耳王兄耳虽长大，但他近来耳软，喜听谗言，每每误事。"这种手法，在强调对象的外形特征时，突出了人性和生活中的喜剧性，并传达出某种人生智慧。二、李汝珍还能从容不迫地利用对象的奇异特征编织出风趣的或惊险的故事。比如第二十五回记唐敖、林之洋在两面国的经历。两面国人的特征是："个个都戴浩然巾，都把脑后遮住，只露一张正面"，"里面戴着一张恶脸，鼠眼鹰鼻，满面横肉"。唐敖见了"里面"的行藏，吓得失声大叫；林之洋也吓软了腿，望着两面国人"磕了几个头，这才逃回"。这样的情节，带有几分历险小说的意味，目的是让读者牢牢记住两面国人的特征。林之洋在女儿国的遭遇，尤其著名，也尤为发人深省。

说《镜花缘》的上半部属于博物体小说，一般读者也许不会持异议。但它的后五十回，亦即作品的下半部，是否也有理由归入博物体的范畴？

《镜花缘》第二十三回说："这部'少子'乃圣朝太平之世出的，是俺天朝读书人做的，——这人就是老子后裔。老子做的是《道德经》，讲的都是元虚奥妙；他这'少子'虽以游戏为事，却暗寓劝善之意，不外'风人之旨'。上面载着诸子百家，人物花鸟，书画琴棋，医卜星相，音韵算法，无一不备；还有各样灯谜，诸般酒令，以及双陆、马吊、射鹄、蹴球、斗草、投壶，各种百戏之类，件件都可解得睡魔，也可令人喷饭。"这段话可当做李汝珍的"自报家门"来读。他是老子李耳的后代，故自称其《镜花缘》为"少子"，以与《老子》相配。他介绍《镜花缘》"上面"的内容，如就后五十回而言，其实更切题些。

从子部博物体小说的生存状况来看，《镜花缘》后五十回的内容也是可以归入博物范围的。我们先考察西晋张华的《博物志》。《博物志》的体例略仿《山海经》，于地理、山川、异物、奇境、殊俗、琐事、神话、野史以至礼制、服饰等，无所不记，而中心则是神仙与方术。通常以名山、大川、外国、奇境为神仙所在地，以凤凰、麒麟、琪芝、神草为仙境异物，以表达对于仙境的由衷向慕之情。作为中国小说史上博物体的代表作之一，它与汉代博物体小说的风格大体相近，但有一些重要的变化。一是加强叙述，如《天门郡仙谷》等篇；二是题材的拓展，小说中的若干类目，如“食忌”、“药术”、“文籍考”、“地理考”、“人名考”、“物名考”、“史补”等，包罗历史人物传说、文物考证、花鸟虫鱼等诸多方面，已近乎“杂俎”。“博物”之“博”，本来就意味着收罗广泛。以《博物志》作为参照系，我们可以理直气壮地说：《镜花缘》后五十回着重介绍古代游艺的花色，做文字、音韵的游戏，所做的正是这类小说分内的事情。

唐代的博物体小说，以段成式《酉阳杂俎》最为出色。《酉阳杂俎》广泛涉及仙佛、鬼怪、人事、动植、酒食、寺庙、考证等方面，琳琅满目，有似类书。宋周登《酉阳杂俎·后序》说：“其书类多仙佛诡怪、幽经秘录之所出。至于推析物理，《器奇》、《艺绝》、《广动植》等篇，则有前哲之所未及知者。”宋邓复《酉阳杂俎·序》：“今考其论撰，盖有书生终身之所不能及者，信乎其为博矣。”① “博”与“杂”密不可分，段成式将他的这部博物体小说名为“杂俎”，可谓恰如其分。从这个角度看，“论学说艺，数典谈经”，似“学术之汇流，文艺之列肆”的《镜花缘》,② 堪称博物体小说的嫡传。

也许应该强调一个事实：在文学史上，凡创作博物体小说的，均

---

① 段成式：《酉阳杂俎》附录，291 页、292 页，北京，中华书局，1981。

② 鲁迅：《中国小说史略》，180 页、182 页，上海，上海古籍出版社，1998。关于《镜花缘》一书内容上的博学特征，论者多有缕述，如杨懋建《梦华琐簿》：“嘉庆间新出《镜花缘》一书，《韵鹤轩笔谈》亟称之，推许过当。余独窃不谓然。作者自命为博物君子，不惜獭祭填写，是何不径作类书而必为小说耶？即如放榜谒师之日，百人群饮，行令纠酒，乃至累三四卷不能毕其一日之事。阅者昏昏欲睡矣，作者犹津津有味，何其不惮烦也？”陆以湉《冷庐杂识》：“《镜花缘》说部征引浩博，所载单方，以之治病辄效。”钱静方《小说丛考·镜花缘考》：“此书为北平李松石著。亦系庐陵复辟事，首卷即从敬业起兵叙入……以下海洋游览，女界论文，则皆作书者借以炫博之辞，无一非空中楼阁矣。”见孔另境编辑：《中国小说史料》，新 1 版，215 页、216 页，上海，上海古籍出版社，1982。论者虽褒贬不一，但针对的则同为《镜花缘》以小说见学问这一特征。

为博识多闻的学者。胡应麟《少室山房笔丛·华阳博议（下）》云："两汉以迄六朝，所称博洽之士，于术数、方技靡不淹通，如东方、中垒、平子、景纯、崔敏、崔浩、刘焯、刘炫之属，凡三辰七曜、四气五行、九章六律，皆究极奥眇，彼以为学问中一事也。"《华阳博议引》亦云："古今称博识者，公孙大夫、东方待诏、刘中垒、张司空之流尚矣。"① 其中，张司空（张华）、景纯（郭璞字景纯）恰好是两部大名鼎鼎的博物体小说(《博物志》、《玄中记》）的作者。段成式同样博览群书，学识渊博。李汝珍亦然。关于李汝珍的博学，《音鉴》的几篇序提供了较为充分的材料，余集说："大兴李子松石，少而颖异，读书不屑屑章句帖括之学，以其暇旁及杂流，如壬遁、星卜、象纬、篆隶之类，靡不日涉以博其趣。而于音韵之学，尤能究源索隐，心领神悟。"石文奎说："松石先生伉爽遇物，肝胆遇人。平生工篆隶，猎图史，旁及星卜、弈戏诸事，靡不触手成趣。花间月下，对酒征歌，兴至则一饮百觥，挥霍如土。"这样一位博学多识的李汝珍，随笔游戏，无不得心应手。非学者型的作家是不敢尝试写博物体小说的。

博物体小说是学者的小说。我们说《镜花缘》是中国古代第一部长篇博物体小说，言下之意是：它以博学多识取胜，可以归入以才学见长的一派。

《儒林外史》以思想见长，《野叟曝言》、《镜花缘》以学问见长，而屠绅《蟫史》则以才藻见长。对夏敬渠《野叟曝言》、屠绅《蟫史》的分析，见《明清章回小说流派研究·小说的学术化——清中叶才学小说》一章，这里就不多说了。

需要补充交待的是：说《镜花缘》以学问见长，乃就其占主导地位的内容而言。实际上，李汝珍对深刻的思想也情有所钟。在《镜花缘》中，我们看到李汝珍明确表示对孟子的好感，如第十八回借唐敖之口，着力抬高孟子在儒家谱系中的地位：

---

① 胡应麟：《少室山房笔丛》，394 页、381 页，上海，上海书店出版社，2001。

即如《孟子》“诛一夫”及“视君如寇雠”之说，后人虽多评论，但以其书体要而论，昔人有云：“总群圣之道者，莫大于六经；绍六经之教者，莫尚乎孟子。”当日孔子既没，儒分为八；其他纵横捭阖，波谲云诡。惟孟子挺命世之才，距杨、墨，放淫辞；明王政之易行，以救时弊；阐性善之本量，以断群疑；致孔子之教，独尊千古。是有功圣门，莫如孟子，学者岂可訾议。况孟子“闻诛一夫”之言，亦因当时之君，惟知战斗，不务修德，故以此语警戒；至“寇雠”之言，亦是劝勉宣王，待臣宜加恩礼；都为要救时弊起见。时当战国，邪说横行，不知仁义为何物，若单讲道学，徒费唇舌；必须喻之利害，方能动听，故不觉言之过当。

在儒家众多的圣、贤中，除了孔子外，李汝珍最推重的就是孟子了。而所以推重他，又在于他的理论不是“单讲道学，徒费唇舌”，而是“都为要救时弊起见”。简捷地说，在于他的理论是“通儒之学”而非俗儒之学。明白了这一点，我们对于《镜花缘》中提倡男女平等甚至主张女子参政的思想就不会感到困惑了。实际上，这正是“救时弊起见”的产物。如同孟子的“闻诛一夫”之论并不妨碍他成为孔子的功臣，主张解放妇女反而表明李汝珍不拘守儒家的个别成见而发扬那种“救时弊”的入世精神。李汝珍对思想的重视由此可见。

第二章　四大章回小说流派的分化演变

《三国演义》、《水浒传》、《西游记》和《金瓶梅》并称为明代四大奇书。它们在小说史上的地位不仅在于其自身的卓越成就，而且在于，作为历史演义、英侠传奇、神魔小说和人情小说四大章回小说流派的开山之作和代表作，它们的问世标志着各流派审美规范的确立，并以其卓越风范分别影响了一大批作品。以它们为起点和榜样，四大章回小说流派云蒸霞蔚，形成了小说史上辉煌夺目的景观。

在第一章中，我们考察明代章回小说主要流派审美规范的确立，主要以四大奇书为对象。在这一章中，我们考察四大章回小说流派的分化演变，主要以四大奇书之外的作品为对象，希望能对各流派的生存状态有较为清晰、完整的了解，并藉此进一步认识明清章回小说流派。

一　《三国演义》之后：历史演义的两种主要类型

就统系渊源看，《三国演义》主要受到正史(《三国志》及注）和民间故事（宋元讲史和戏曲）的影响，与之对应，《三国演义》中存在两种主要的文体：一种接近于史书，我们称之为准史书体，主要用来表现袁绍集团、曹操集团和董卓集团之间的纠葛，其标本是官渡之战；一种接近于宋元讲史，我们称之为准话本体，主要用于表现刘备集团，其标本是赤壁之战。这两种文体类型，不仅在《三国演义》中居于主导地位，而且预示了历史演义发展的两种主要方向。

（一）准史书体近乎通俗历史教科书

准史书体强调对正史的依傍，它所表达的一个信念是：历史演义是正史的通俗化，其作用是普及历史知识，传授历史经验。甄伟《西汉通俗演义序》说："予为通俗演义者，非敢传远示后，补史所未尽也。不过因闲居无聊，偶阅西汉卷，见其间多牵强附会，支离鄙俚，未足以发明楚、汉故事，遂因略以致详，考史以广义；越岁，编次成书。言虽俗而不失其正，义虽浅而不乖于理；诏表辞赋，模仿汉作，诗文论断，随题取义。使刘、项之强弱，楚、汉之兴亡，一展卷而悉在目中，此通俗演义所由作也。"甄伟所说的"西汉卷"，指《全汉志传》的西汉部分，这一部分大量采用了《前汉书平话》中由民间说书艺人所创造出来的故事。甄伟不满于这类故事，遂"考史以广义"，以正史为依据作了大量修改。①

冯梦龙修订《列国志传》，出于比甄伟更强烈的尊崇正史的信念。明中叶余劭鱼编撰的《列国志传》，② 演述春秋战国时期的历史，起于"苏妲己驿堂被魅"，终于秦一统天下。作者显然参考过宋元讲史话本、戏文杂剧如《平话乐毅图齐七国春秋后集》和《秦并六国平话》等，但删除了平话尤其是《七国春秋后集》中的一些与史实严重不符或神怪色彩太浓的情节（比如《后集》"孙乐斗阵"竟让生活时代相距约 60 年的孙膑与乐毅对垒），又依据《战国策》、

---

① 《西汉通俗演义》始于秦末天下大乱，历楚汉相争 22 年，到刘邦扫荡群雄，建立一统的西汉王朝结束。从西汉建国，到王莽篡位，中间十二朝只字未提，所以，这部书实际上只是"楚汉春秋"，而算不得"西汉演义"，甄伟在序中强调其内容重点在于"刘项之强弱，楚汉之兴亡"，当是有见于此。

② 一般认为，《列国志传》为余邵鱼编撰，也有学者推测可能是余象斗编撰。余邵鱼，福建建宁府建阳县人，约生活于明朝嘉靖、隆庆年间，是余象斗的族叔。余象斗，字仰止，一字文台，号三台山人，福建建安人，约生活于明朝隆庆、万历年间。除刊印《列国志传》外，余象斗还编著或刊行有《四游记》、《全汉志传》、《三国志传评林》、《东西晋演义》等，是明代通俗小说的著名编著者和刊行者。

《史记》等书增添了一些关目，风格简朴、质实。不过，余邵鱼对若干盛行民间的传说仍偏爱有加，大量予以保留，比如“秋胡戏妻”、“卞庄刺虎”、“伍子胥临潼斗宝”、“浣纱女投江”、“孙武子吴宫操女兵”、“孟尝君养士出关”、“田单火牛复齐兵”、“孙膑下山服袁达”等。在总结历史的经验方面，余邵鱼所倾注的心力也颇为有限。

《列国志传》中层见叠出的不合史实之处，引起了冯梦龙的强烈不满，遂一一据古书加以改订。可观道人《新列国志叙》说：

> 小说多琐事，故其节短。自罗贯中氏《三国志》一书，以国史演为通俗演义，汪洋百余回，为世所尚。嗣是效颦日众，因而有《夏书》、《商书》、《列国》、《两汉》、《唐书》、《残唐》、《南北宋》诸刻，其浩瀚几与正史分签并架，然悉出村学究杜撰，佡傆砬礏，识者欲呕。姑举《列国志》言之：如秦哀公临潼斗宝一事，久以为闾阎恒谈，而其纰缪乃更甚；案秦当景公之世，南附于楚，比于齐之附晋，故交见之役，屈建曰：释齐秦，他国请相见也。哀之初年，楚灵方横，及平继之，而晋益不竞，不得已通吴制楚，于是有入郢之师，而包胥卒借秦力以复楚。是始终附楚者，秦也。延至三晋田齐之际，犹然遇秦以夷，不通中华会盟，孝公于是发愤修政，任商鞅变法而秦始大。然而哀公之世，秦方式微，岂能号召十七国之君并驾而赴临潼耶？夫以桓文之盛，名为尊攘，而威力所及，载书犹寥寥可数，况斗宝何名，哀公何时，乃能令南之楚、北之晋、东之吴，数千里君侯刻日麇至，有是理乎？至伍员为明辅，尤属鄙俚。此等呓语，但可坐三家村田塍上，指手划脚醒锄犁瞌睡，未可为稍通文理者道也。顾此犹摘其一席话成片断者言之。其他铺叙之疏漏，人物之颠倒，制度之失考，词句之恶劣，有不可胜言者矣。墨憨氏（冯梦龙别号）重加辑演，为一百八回，始乎东迁，迄于秦帝，东迁者列国所以始，秦帝者列国所以终。本诸《左》、《史》，旁及诸书，考核甚详，搜罗极富，虽敷衍不无增添，形容不无润色，而大要不敢尽违其实。

《列国志传》第七卷写秦哀公企图恢复霸业，邀约各国诸侯到临潼斗宝，以收集宝物，向周天子进贡。这与历史事实完全不符，被冯梦龙断然删去；而这类因“铺叙之疏漏，人物之颠倒，制度之失考，词句之恶劣”被删削的情节、语言正不在少数。同时，冯氏又据史籍增加了许多重要内容，用五分之四的篇幅叙春秋五霸的争斗，用五分之一的篇幅写七雄的消长。以五霸七雄为主干，穿插若干小国的历史。这样一来，《新列国志》就由《列国志传》的28万字（八卷本）发展为76万字左右，足当“雅俗之巨览”（可观道人《新列国志叙》）的赞誉。清乾隆间蔡元放就《新列国志》略作修订润色，并加上大量评语，更名为《东周列国志》，这是两百余年来最为通行的本子。蔡元放《东周列国志读法》第一则说：“《列国志》与别本小说不同。别本多是假话，如《封神》、《水浒》、《西游》等书，全是劈空撰出。即如《三国志》，最为近实，亦复有许多做造在于内；《列国志》却不然，有一件说一件，有一句说一句，连记实事也记不了，哪里还有工夫去添造？故读《列国志》，全要把作正史看，莫用小说一例看了。”① 蔡元放的话，是对《新列国志》相当准确的定位。

冯梦龙为了让读者相信他的叙述，他甚至不惜在小说中穿插考据笔墨。况周颐《餐樱庑随笔》举的一个例子颇为典型：“开岁无俚，儿辈案头有《东周列国演义》，偶一幡帑 。是书起周幽迄秦政，胪叙事实，与《左》、《国》、《史》、《鉴》十九符合，绝无向壁虚造之言。其第八十三回有云：‘句践班师回越，载西施以归。越夫人潜使人引出，负以大石，沉于江中，曰：“此亡国之物，留之何为?”后人不知其事，讹传范蠡载入五湖，遂有“载去西施岂无意？恐留倾国误君王”之句。按：范蠡扁舟独往，妻子且弃之，况吴宫宠妃，何敢私载乎？又有言：“范蠡恐越王复迷其色，乃以计沉之于江。”此亦谬也。’（演义止此）曩余辑《证璧集》（元名《祥福集》，取‘语作吉祥能载福’句义，凡为昔人辨诬之文，皆吉祥文字也），辨

① 冯梦龙编著，蔡元放评点：《东周列国志》卷首，1页，武汉，湖北人民出版社，1996。

西施随范蠡之诬，语儿亭旧说之非，并极详确。惟西施负石沉江，越夫人实主之，则仅见于是书，是亦《证璧》之一说，惜未详其所本耳。"① 况周颐辑《证璧集》，所收均为考据文字，而《东周列国演义》（即《新列国志》的评点本）中竟有符合其标准的片断，足见冯梦龙对事实真实性的重视。自然，冯梦龙撰《新列国志》，也有少量虚构润色之处，但都限于细节的加工，目的是化正史的简约为演义的详细，或使相关情节更为联贯，并不在大局上影响事件的真实性。李元复《常谈丛录》举过一个例子："说部之书……凡于各朝代之兴衰治乱，皆有叙述，而《三国演义》最称，其次则《东周列国志》。予谓为《列国志》者尤难，盖国多则头绪纷如，难于联贯；又列国时事多，首尾曲折不具详，难于敷衍，未免使览者厌倦。今观其书，于附会处，每多细意体会，如齐襄公之弑，依《左传》从猎贝丘起，见大豕人立而啼，从者谓是公子彭生，惧而坠车。丧屦之下，添豕啣屦去之语。及贼入，寻公不见，而见一屦于复壁下，乃得而弑焉。谓盖彭生厉魂化豕，取屦置壁下，以报公也。得此而前者豕之见，屦之丧，及诛屦弗得，始为有因。不拘泥于左氏见公足户下之言，斯为善解左文者矣，岂妄为添饰之比哉。"② 冯梦龙的"添饰"，主要是弥补正史所留下的叙事空白，使之更合情理，而并非对"添饰"本身感兴趣。

冯梦龙编著《新列国志》，一方面是要传授历史知识，另一方面是要总结历史经验。这里需要郑重指出的一个事实是：冯梦龙对《春秋》作过极为深入的研究。他的弟弟冯梦熊为冯梦龙所著《麟经指月》所写的序说："余兄犹龙，幼治《春秋》，胸中武库，不减征南。居恒研精覃思，曰：'吾志在《春秋》。'墙壁户牖皆置刀笔者，积二十余年而始惬……嗟乎，《春秋》非拨乱之书乎！孔子以东迁

① 孔另境编辑：《中国小说史料》，新 1 版，98 ~ 99 页，上海，上海古籍出版社，1982。

② 孔另境编辑：《中国小说史料》，98 页。

作，胡氏以南渡传，经传皆有忧患愤发之意焉。高皇帝尊用《儒说》，独取胡氏列学官者，非但以其为严冬大雪独秀之松柏也，取其忧患愤发之意合焉，而可以为异日拨乱之书也。今天下镐京磐石，邈禾黍之离，辫琛叩关，绝金缯之耻，似无所用其忧患愤发，然而纪纲之隳窳也，形势之卑靡也，夷狄之侵陵也，则亦儒臣专以《春秋》入侍时也。"① 周应华为冯梦龙所著《春秋衡库》所写的跋说："吾师犹龙氏才高殖学，所著多为世珍，而《麟经》尤擅专门。《指月》既行，嗣有《衡库》。……吾师兹辑，主以经文，实以《左》《国》，合以《公》《穀》，参以子史，证以他经，断以胡氏，辅以群儒，删繁取精，针芒不失，可谓衡矣；采实兼华，字句不漏，可谓库矣。衡而且库，二百四十二年之行事，前源后委，联如贯珠；甲是乙非，炳如列烛，可谓善读《春秋》矣。吾师尝有言曰：'凡读书须知不但为自己读，为天下人读；即为自己，亦不但为一身读，为子孙读；不但为一世读，为生生世世读。作如是观，方铲尽苟简之意，胸次才宽，趣味才永。'所以屡遭按剑，载被含沙，而口咿笔扫，日夜不辍。故其著述可示于子孙，可惠于天下，而其精诚直可贯于生生世世，非虚语也。"② 冯梦龙深入钻研《春秋》，一方面是对春秋战国时期列国纷争的史实了如指掌，他对所写题材的熟悉程度是罗贯中之外的其他演义小说家所不可比拟的；另一方面是对《春秋》义理的深入把握，他由此产生的社会责任感和历史使命感是余邵鱼这一类演义小说家所不具备的。在《新列国志》的编撰过程中，前一方面具体表现为实录精神，要求历史小说以史料为依据，据实直陈，不能编造；后一方面具体表现为对历史经验的自觉总结。"历史显然不仅仅是对一系列事件的罗列，它还意味着一种尝试，即把所报告的种种孤立事件联系

① 冯梦龙：《冯梦龙诗文》卷首，福州，海峡文艺出版社，1985。

② 冯梦龙：《冯梦龙诗文》附，182～183页，福州，海峡文艺出版社，1985。

起来，从混乱而不连贯的往事中找出某种道理和意义。”① 冯梦龙是把《新列国志》当做通俗历史教材来写的，他对自己提出的要求很高，即不只是客观准确地叙述政治、军事史实，而且致力于表达他对所发生的历史事件的意义的理解，换句话说，即致力于揭示历史的经验和教训，以期对读者和社会生活发生影响。从这一角度说，《新列国志》堪称《三国演义》准史书体的嫡传。可观道人《新列国志叙》从总结历史经验的角度阐发这部小说的意义说：“凡国家之废兴存亡，行事之是非存毁，人品之好丑贞淫，一一胪列，如指诸掌。”他并且举了许多具体的例证来加以说明：“是故鉴于褒姒、骊姬，而知嬖不可以篡嫡；鉴于子颓、阳生，而知庶不可以奸长；鉴于无极、宰嚭，而知佞不可以参贤；鉴于囊瓦、郭开，而知贪夫之不可与共国；鉴于楚平、屠岸贾、魏颗、豫让，而知德怨之必反；鉴于秦野人、楚唐狡、晋里凫须，而知襟量之不可以隘；鉴于二姜、崔、庆，而知淫风之足以亡身而覆国；鉴于王僚、熊比，而知非据之不可幸处；鉴于商鞅、武安君，而知惨刻好杀之还以自中；鉴于晋厉、楚灵、栾黡、智伯，而知骄盈之无不覆；鉴于秦武王、南宫万、养叔、庆忌，而知勇艺之无全恃；鉴于烛武、甘罗，而知老幼之未可量；鉴于越句践、燕昭、孟明、苏季子，而知困衡之玉汝于成；鉴于宋闵公、萧同叔子，而知凡戏之无益；鉴于里克、茅焦，而知死生之不关于趋避。至于西门豹、尹铎之吏治，郑庄、先轸、二孙、二起、田丹、信陵君、尉缭子之将略，孔父、仇牧、荀息、王蠋、肥义、屈原之忠义，专诸、要离、聂政、夷门侯生之勇侠，介子推、鲁仲连之高尚，管夷吾、公孙侨之博洽，共姜、叔姬、杞梁妻、昭王夫人之志节，往迹种种，开卷了然，披而览之，能令村夫俗子与缙绅学问相参。若引为法诫，其利益亦与六经诸史相埒，宁惟区区稗官野史资人口吻而已哉？”所谓“鉴”，所谓“法诫”，强调的是与正史功能相同的“资

① ［美］王靖宇著：《〈左传〉与传统小说论集》，汉译本，38页，北京，北京大学出版社，1989。

治”的作用，而不屑与通常的“稗官野史”为伍。

明人谢诏撰写的《东汉演义》，在清代由“珊城清远道人”重编。① 谢诏原作写到汉光武帝刘秀骑红牛脱难等故事，来源于民间艺术家的虚构。清远道人深为不满，他在《东汉演义评序》中以严肃的口吻指出：一、别有寄托的“寓言”可以虚构，因为它本不是叙事文体；二、叙事性的文体不能虚构，《东汉演义》中的“光武骑红牛脱难”等“颠倒史事”，不可原谅。看得出来，在清远道人的文体意识中，叙事文体的表率是正史，必须以真实性为前提。

准史书体一脉的历史演义，总体成就不高。冯梦龙修订的《列国志传》是其中较为优秀的一部，但也不足以称为杰作，如蒋瑞藻《小说枝谈》所引《缺名笔记》所说：“东周列国之际，人事繁复极矣。衍为小说，只能以编年法行之，遂不免板滞不灵之病；而作者之才，恰只能循题敷衍。故《列国志》一书，虽无大不佳之处，而实不见其妙处。《左传》、《国语》、《战国策》诸书，其纪事纪言，可谓佳绝妙绝，《列国志》一一取而充塞其篇幅，乃不免有手忙脚乱之讥。此可见作者无提纲挈领之魄力，尤可见穿插剪裁之间，不甚得法也。《列国》佳处，只有晋公子重耳出亡一段，其事妙，故其文亦不能不佳，其余则平铺直叙，了无警策动人之处。然作历史小说，而能平铺直叙二百余年之事，作者之苦心毅力，亦不可及也已。”② 至于《西汉演义》和《东汉演义》等作品，其水准之低，就更令读者失望了。造成其整体水准不高的原因，孙楷第曾有过中肯的分析。他认为：“大抵讲史一派，市人揣摹，则勇于变古，惟其有变古之勇气，

---

① 《重刻京本增评东汉十二帝通俗演义》，明谢诏撰，凡10卷146则。明周氏大业堂刊本题“金川西湖谢诏编集”，“金陵周氏大业堂评订”。首有陈继儒序，疑为依托。

《东汉十二帝通俗演义》，始于刘秀起兵除王莽，历十二朝，至汉末结束。书名与内容相符。清无名氏据以重编为《东汉演义评》，凡8卷32回，较之谢诏本更为博雅通赡。善成堂刊本题“珊城清远道人重编”。

② 孔另境编辑：《中国小说史料》，新1版，99页，上海，上海古籍出版社，1982。

故粗糙而尚不失为活泼。小儒沾沾，则颇泥史实，自矜博雅，耻为市言。然所阅者至多不过朱子《纲目》，钩稽史书，既无其学力；演义生发，又愧此槃才。其结果为非史抄，非小说，非文学，非考订。则前人之性格趣味，既不能直接得之于正史，又不能凭其幻想构成个人理想中事实人物，如打话人所为。固谓雅俗共赏，实则两失之无一而是。如此《唐传演义》，如《东西汉》，如《东西晋》，以至于清之《梁武帝》《南北史》等皆然。于过去吾国小说中，乃留此一种，亦可谓不幸之事矣。"① 这一评价，并没有委屈准史书体一脉的作品。

（二）准话本体向故事倾斜

与准史书体拘泥于史实不同，准话本体强调故事的趣味性，不惮越过史实的藩篱。这种趣味性是在摆脱史实的束缚后取得的，因而往往以提倡"虚"和"幻"的方式表现出来。这类作品大量接纳民间故事，洋溢着无拘无束的风趣和幽默。明吉衣主人（袁韫玉）《隋史遗文序》说：

> 史以遗名者何？所以辅正史也。正史以纪事，纪事者何？传信也。遗史以搜逸，搜逸者何？传奇也。传信者贵真：为子死孝，为臣死忠，摹圣贤心事，如道子写生，面面逼肖。传奇者贵幻：忽焉怒发，忽焉嘻笑，英雄本色，如阳羡书生，恍惚不可方物。苟有正史，而无逸史，则勋名事业，彪炳天壤者，固属不磨；而奇情侠气，逸韵英风，史不胜书者，卒多湮没无闻。

正史一方面在叙事方式上"贵真"，另一方面其"贵真"的叙述方式旨在传达"圣贤"所认可的价值观念，即"为子死孝，为臣死忠"之类的道德信念；与之形成对照，"遗史"一方面在叙事方式上"贵幻"，另一方面其"贵幻"的叙述方式旨在传达非正统的价值观念，

---

① 孙楷第：《日本东京所见小说书目》，38页，北京，人民文学出版社，1958。

即“奇情侠气，逸韵英风”之类的名士情调。所以，袁韫玉提倡虚构，其内涵与现代的历史小说观念并不相同。现代历史小说观念认为，历史小说是文学而不是历史，虚构是其基本特征之一，而虚构的宗旨是创造出历史的情境与氛围，复活特定时代人物的思想行为方式和风俗习惯。袁韫玉提倡虚构，却旨在展现与正史的叙事世界迥异的“搜逸”的世界，同时表达与正史迥异的价值观念。《隋史遗文》即是在这种观念指导下的一次艺术实践。“《隋史遗文》不再以编年纪事的形式历述事件的过程，而是以秦琼的生活经历为线索结构全篇；主人公不再是真命天子如隋炀帝、李世民，而是秦琼、单雄信等豪侠勇夫。袁于令采用了大量的野史笔记、民间传说的素材，再加上自己丰富的想像和设计，以刚健酣畅的笔触，绘声绘色地演义出隋唐群豪的种种事迹。尤其是有关秦叔宝的故事传说，大都是第一次在本书中出现的，以至于有人将此书称为‘秦叔宝演义’。”① 以豪侠勇夫为传主，以“义”为价值取向，其风格距《水浒传》较近，而距《三国演义》较远。

正史向遗史倾斜，即历史向故事倾斜。《英烈传》堪称这方面的一个标本，当然是一个特殊的标本。历史是独特的。从这个角度来看，每一部演义小说的情节也理所当然地应有其独特性。但《英烈传》不然。由于其作者热衷于追求故事情趣而又缺少虚构才能，不免过多地模仿前出小说的精彩、曲折的情节，对《三国演义》的模仿尤其明显。其作者对故事的热衷经由对《三国演义》的模仿表现出来，这并不令人感到奇怪，因为《三国演义》的准话本体部分，本以故事的热闹有趣见长。其模仿主要有这样一些套路：隆中模式、黄忠魏延相争模式、义释严颜模式、诸葛亮设伏模式。试以隆中模式为例略作说明：

刘基、宋濂、陶安、徐达……这些与诸葛亮有些相似的人物，必须礼聘才出山，也还说得过去；有趣的是，他们通常都住在乡下或山

① 顾启音：《貌得英雄留奕世——〈隋史遗文〉序说》，《隋史遗文》卷首，4～5页，北京，中华书局，1996。

中，去请他们的人，一般都会见到隆中一般的景色。比如徐达，据《明史纪事本末》卷一《太祖起兵》：

> (至正)十三年(癸巳，1353)春，元将贾鲁死，围解，濠军师亦多折伤。太祖虽在甥馆，每有大志，乃归乡里，募兵得七百人，濠人徐达、汤和等皆往归焉。

并未费多少周折。时朱元璋隶郭子兴麾下，大展雄图的时机尚未成熟。《英烈传》则写得洋洋洒洒，先是在第八回由李善长向朱元璋推荐徐达，用了约五百字(仿徐庶荐诸葛亮笔墨)，然后第九回《访徐达礼贤下士》正面展开访贤的情节：

> 却说太祖同李善长辞了滁阳王，前至永丰县。太祖传令三军，不许扰动居民。两人竟下马步入村中，探到徐达门首，忽听得门内将琴弹了几下，作歌道：
>
> 万丈英雄气，怀抱凌霄志。
> 田野埋祥麟，盐车困良骥。
> 何年龙虎逢？甚日风云际？
> 文种枉奇才，卞和屈真器。
> 挥戈定太平，仗剑施忠义。
> 蛟龙潜浅池，虎豹居闲地。
> 伤哉时不遇，未遇真明帝。
>
> 善长便向太祖说："此歌便是徐达声音。"太祖喜道："未见其面，先闻其声，只这歌中的意思，便知是个贤才。"善长叩门良久，只见徐达自来开门，太祖看了，果然仪表非常：又温良，又轩朗，又谨密，又奇伟。三人共入草堂，讲礼分宾主坐了。茶罢一巡，徐达问说："二公何人，恁事下顾？"善长叙出原因。徐达俯谢说："既蒙光召，焉敢不往？但未卜欲某何用。"太祖说："群雄竞起，四海流离，特请公共救生灵。"徐达便说……

熟悉《三国演义》的读者，一眼便可看出这是刘备三顾茅庐的摹本，连诸葛亮的弹琴作歌的具体行为方式也模仿了下来，只是才气不足，模仿也显得局促。其他如第十八回礼请宋濂、第十九回礼聘刘基等，也是隆中模式的套用。

《三国演义》的其他情节模式，如赵云保驾（《英烈传》第十一回《兴隆会吴祯保驾》略仿之）、火攻、劫寨等，《英烈传》亦不厌其烦地加以模仿（同时也模仿其他小说）。看来，其作者对《三国演义》非常熟悉，往往写着写着，便不由自主地仿效起来。第五十四回《俞通海削平太仓》叙张士诚部将吕珍投降一事泄露了这一秘密：

> 常遇春因对吕、张二人说："二位何不揣度时势？我主公英明仁武，统一有机，二位何执迷如此？"吕珍接应说："元帅所言亦是，但降服者降服其心。昔日吕布辕门射戟，心服纪灵。如元帅也有射戟的手段，吾辈即当纳降。"遇春笑道："这有何难。"便令人三百步外，立一戟。连发三矢，三中其眼。吕珍、张虬大惊，下马拜见说："真天神也！吾辈敢竭驽骀之用，情愿领兵六十万投降。"

这当然是有意识地套用吕布辕门射戟的情节。但吕布射戟解围合情合理，而常遇春身当鏖战之际，竟也去射戟服敌，不近乎儿戏笑谈吗？而这正显示出《英烈传》的作者对《三国演义》中那些热闹有趣的故事太喜欢了，临摹《三国演义》成了他的一大乐趣。

由于《英烈传》的具体展开的情节习于模仿《三国演义》等作品，就使得这部小说失去了个性；而作者所以热衷于模仿，当然是由于他感到这类情节套路颇为有趣。这是作者过分追求故事情趣而又缺少才气的结果。这种情形在准话本体历史演义中颇为常见。

（三）准话本体题材的神魔化和人情化

历史向故事倾斜，情节构造上的传奇化（《三国演义》模式是传奇化的表征之一）是一种方式，题材的转移是另一种方式。题材的转移可大体分为三种情形：题材的英侠传奇化；题材的神魔化；题材的人情化。题材的英侠传奇化以《隋史遗文》较为典型，前已提及，不再赘述。以下重点讨论历史演义中题材的神魔化和人情化的情形。

神魔化的历史演义以《孙庞演义》、《宋太祖三下南唐》等较为典型。《孙庞演义》又题《孙庞斗志演义》。明刊本题“吴门啸客述”。二十回。“《孙膑（庞?）演义》用史实作点缀，多采民间传说，杂以神魔鬼怪，与史实距离甚远。如把孙武的后代孙膑说成是孙武的孙子，又给他造出了一个在燕国当驸马的父亲孙操；把与孙膑不同时代的子夏、白起、廉颇、冯驩等拉在一起；孙膑战胜庞涓不是靠机智勇敢，而是靠‘天书’，靠呼风唤雨、撒豆成兵等道教的魔法，所以很难说它是一部历史演义的小说，而实在是一部以历史为框架的神魔小说。”① 又如《宋太祖三下南唐》，八卷五十三回，清同治四年（1865）丹桂堂刊本题“好古主人撰”，为清无名氏之作。目录页题“新锓绣像宋太祖三下南唐被困寿州城”。有无名氏序。宋太祖虽为历史人物，但小说情节却以斗法为主，如第四回，《落魂锣连擒敌将　风火扇惊退宋军》；第五回，《弄幻术高王险死　明妖法太祖释疑》；第六回，《宋太祖当空叩祷　陈抟仙遣徒下山》；第七回，《驾风云郑印见主　详谶诀苗训秘机》。神魔化的程度极高。

人情化的历史演义可以《隋炀帝艳史》、《南史演义》、《北史演义》等为标本。《隋炀帝艳史》，八卷四十回，明“齐东野人编次”、“不经先生批评”，问世于崇祯年间。鲁迅《唐宋传奇集·稗边小缀》以为齐东野人即冯梦龙，殆以《醒世恒言》中有《隋炀帝逸游召谴》一篇。《隋炀帝艳史·凡例》共十三条，其中有六条谈的是本书题材的人情化问题。所谓“繁华”、“奇艳”、“繁华佳丽”、“幽情雅韵”、“风流”、“亲昵”等等，都与题材的人情化相关。《隋炀帝艳史》采摭唐宋人所撰《隋遗录》、《海山记》、《开河记》、《迷楼记》等小说，参照正史和其他史料编撰而成。全书四十回，与“艳”有关的

---

① 齐裕焜：《中国历史小说通史》，133页，南京，江苏教育出版社，2000。

至少占了十六回，如：

正储位谋夺太子，侍寝官调戏宣华（第三回）
黄金盒赐同心，仙都宫重召入（第五回）
选美女杨素强谏，受矮民王义自宫（第七回）
逞富强西域开市，擅兵戈蓟北赋诗（第八回）
文皇死报奸雄，炀帝大穷土木（第九回）
东京陈百戏，北海起三山（第十回）
泛龙舟炀帝挥毫，清夜游萧后弄宠（第十一回）
会花阴妥娘邀宠，舞后庭丽华索诗（第十二回）
携云傍辇路风流，剪彩为花冬富贵（第十三回）
怨春偏侯夫人自缢，失佳人许廷辅被收（第十五回）
袁宝儿赌歌博新宠，隋炀帝观图思旧游（第十七回）
美女宫中春试马，奸人林内夜逢螭（第二十二回）
王弘议选殿角女，宝儿赐司迎辇花（第二十五回）
种杨柳世基进谋，画长黛绛仙得宠（第二十七回）
幸迷楼何稠献车，卖荔枝二仙警帝（第三十回）
任意车处女试春，乌铜屏美人照艳（第三十一回）

由此可见《隋炀帝艳史》的人情化程度之高。毫不牵强地说，《隋炀帝艳史》与人情小说的缘分较之与历史演义的缘分，无疑更深。从《隋炀帝艳史》的写作看，在题材的选择和处理上，与《金瓶梅》相近之处颇多，都以一个男性主角和诸多女性的纠葛为关注重心；从《隋炀帝艳史》的影响看，它经由《隋唐演义》这一环节，对《红楼梦》的关目设计和情节安排多有启迪。我们常说《红楼梦》受惠于《金瓶梅》，事实上，如果没有《隋炀帝艳史》、《隋唐演义》这类作品，从《金瓶梅》是不可能直接过渡到《红楼梦》的。参见附编第一章之五。

清乾隆年间的小说家杜纲（约1740～约1800），字振三，号草亭，江苏昆山人，著有《南史演义》、《北史演义》和拟话本集《娱目醒心编》。《北史演义》六十四卷，始刊于清乾隆五十八年(1793)；《南史演义》三十二卷，始刊于乾隆六十年（约1795)。《北史演义》叙事始于北魏宣武帝景明元年（500)，止于隋文帝灭陈(589)，而以北齐为主，即以描写高欢开创北齐基业的过程为主。小说在表现高欢的政治军事活动之外，还大写高欢的艳遇。其中，高欢与娄昭君邂逅以至结合，宛如才子佳人故事，不过才子换成了英雄而已。《南史演义》历叙宋、齐、梁、陈的兴亡更替，以各朝开国之主为重心，在开国之主中，又以宋高祖刘裕为重心。南朝素以“金粉”著称，其题材自身已多“风流话柄”。

从《三国演义》到《南北史演义》，历史演义题材重心的转移经历了英侠传奇化、神魔化、人情化三个阶段。这个演变程序，既与历史演义向故事倾斜的逻辑吻合，同时也与英侠传奇、神魔小说和人情小说相继成为说部主流的小说史背景有关。对后一命题的阐述已超出本节范围，就此打住。

二　《水浒传》之后：英侠传奇的三种主要类型

《水浒传》对小说创作的影响是一个头绪颇难理清的问题。《三国演义》一经刊印问世，即具有明确的历史演义的身份，《水浒传》的身份，却在相当长一段时间内未得到清晰的界定或认识。这一现象的产生当然有其内在的原因。《三国演义》从宋元讲史发展而来，它的题材也大体以历史为依据，其特性读者一目了然；《水浒传》虽然也与宋元讲史有几分因缘，但它的题材与北宋末年的历史其实关系不大，一群豪侠闯荡江湖的故事（《水浒传》前一部分的重点）与一群英雄替国家平寇的故事（《水浒传》后一部分的重点）也并非同一类型：前者以个人的活动为主，以“义”作为基本的价值信念；后者以集体活动为主，以“忠”作为基本的价值信念。明代的一部分读者起初将它与《三国演义》相提并论，后来有人发现《三国演义》与《水浒传》差异甚大。这个逐渐将《水浒传》与《三国演义》区分开来的过程，正是对《水浒传》不断加深认识的过程。

《水浒传》的问世时间和刊印时间都与《三国演义》大略相近，就渊源而言，又同为“元明传来之讲史”，所以，在一部分明人的心目中，它与《三国演义》大体属于同一类型。明末雄飞馆主人将《三国演义》、《水浒传》合刻，总名为《英雄谱》。杨明琅《叙英雄谱》云：

> 《英雄谱》者，《水浒》、《三国》之合刻也。夫《水浒》、《三国》何以均谓之英雄也？曰：《水浒》以其地见，《三国》以其时见也。夫时之与地者，英雄豪杰之士之所借以奋其毛翮，吐其眼眉，而复以发舒其旷荡无涯之奇，乃竟以此而谱英雄，岂英雄之乐以时与地见哉？

又如明末李大年《唐书演义序》：

> 《唐书演义》，书林熊子钟谷编集。书成以视余。逐首末阅之，似有紊乱《通鉴纲目》之非。人或曰：“若然，则是书不足以行世矣。”余又曰：“虽出其一臆之见，与坊间《三国志》、《水浒传》相仿，未必无可取。……”

明万历年间徐如翰《云合奇踪序》：

> 其（徐文长）肮脏之气，无所发抒，而益奇于文，乃举英烈诸公，溯其从来，摭其履历，演为通俗肤谈，而杂以诗歌赋调，辑为二十卷，析为八十则，有若《三国志》、《水浒传》，令人一见便解，题曰《云合奇踪》。

这几篇序之所以将《三国演义》、《水浒传》视为同一类型的作品，是因为在序作者看来，这两部小说的中心人物都是英雄。他们忽视了一点：在谋、勇二者中更重谋略并同时强调道义责任的历史英雄和以粗莽为基本特征的江湖好汉实际上是两类迥然不同的人物。《三国演义》以历史英雄为中心人物，《水浒传》以江湖好汉为中心人物，二者的差别是异常分明的。一部分明人以《三国演义》涵盖《水浒传》,① 表现在创作中，就出现了这样一个情况：一部分历史演义（或书名像历史演义）中的人物，颇带几分水浒气。比如《英烈传》（即《云合奇踪》）中的朱元璋。《英烈传》虽也写到朱元璋的雄才大略，但因过多采取民间俚谈，他更引人注目的不是他的帝王气度，而是可以厕身于里巷的平民色彩极浓的豪侠风度。如第五回《众牧童成群聚会》写朱元璋为刘太秀家牧牛：

> 忽一日，太祖心生一计，将小牛杀了一只，同众孩子剥洗干净，将一坛子盛了，架在山坡，寻些柴草煨烂，与众孩子食之。先将牛尾割下，插在石缝内，恐怕刘太秀找牛，只说牛钻入石缝内去了。到晚归来，刘太秀果然查牛，少了一只，便问。太祖回

① 《水浒传》这种被《三国演义》涵盖的状态，在学术研究中也是一个较为普遍的现象。郭昌鹤《才子佳人小说研究（上）》列举了明代长篇小说的主要类型，计分四类："一、历史小说：如罗贯中的《三国演义》、《隋唐志传》、郭武定的《英烈传》、邹元标的《精忠传》等。二、神怪小说：如吴承恩的《西游记》，无名氏的《封神传》与吴元泰的《上洞八仙传》等。三、淫秽小说：如笑笑生的《金瓶梅》等。四、才子佳人小说：如《平山冷燕》、《玉娇梨》等。"（见王俊年编：《中国近代文学论文集》（1919～1949）小说卷，33页，北京，中国社会科学出版社，1988。）其中，三、四两类可合为人情小说，而《水浒传》所代表的英侠传奇没有独立的地位。鲁迅《中国小说史略》将《三国志演义》和《水浒传》统属于"元明传来之讲史"，一部分学者即据此将历史小说分为两类：演义类和英雄传奇类。将英雄传奇视为历史小说，实际上等于否定了其特殊性，同时忽略了《水浒传》与《说岳全传》、《杨家府演义》一类英雄传奇的差异。夏济安曾将《红楼梦》之外的中国古代小说作了粗略的分类："中国也有无数的 romances，计分下列各种类型：一、才子佳人——起源恐是唐代，唐以前我还没有发现过像《会真记》这样的故事；二、武侠；三、神仙；四、历史演义——包括薛家将、杨家将等 cycles；五、公案等。"（见夏志清：《鸡窗集》，202页，上海，上海三联书店，2000。）注意到武侠，这才给了《水浒传》一类小说以论说的空间。不过，他所说的武侠也许是针对清代的《三侠五义》一类小说而言的。夏济安眼中的《水浒传》也许不是武侠小说。

> 道："因有一小牛钻入石中去了，故少了一只。"太秀不信，便说："同你去看。"二人来至石边，太祖默祝："山神、土地，快来保护！"果见一牛尾摇动。太秀将手一扯，微闻似觉牛叫之声，太秀只得信了。

几分无赖，几分滑稽，令人想起《水浒传》中那帮企图算计鲁智深的泼皮。(朱元璋甚至做了皇帝后也不失其无赖之气，见第七十八回杖牛首山一节）第七回《贩乌梅风留龙驾》又着意渲染朱元璋的膂力：

> 正吃间，忽有人来说："滁州陈也先在此戏台上比试。"太祖说："我们也去看看。"只见陈也先身长八尺，相貌堂堂，在戏台上说："我年年在此演武，天下英雄，没有敢来比试的。倘赢得我的，输银一千两。"太祖大怒，便踊身跃上台来，说："我便与你比比如何?"两人交手，各使了几路有名的拳法。他先欺着太祖身体小巧，趁着太祖将身一低，便一跳将两脚立在太祖肩膀上，喝彩道："这个唤作'金鸡独立形'。"众人就也喝彩。太祖趁势却把肩膀一缩，把两手扭紧了也先的脚，在台上旋了百十遭，喝声道："咤！"把也先从台上空中丢下来，叫说："这个唤作'大鹏搅海势'。"众人喊笑如雷。

如此轻率地上台打擂，以勇力自豪，几近于水浒好汉了。推论起来，大约在一班市井小民心中，开国皇帝除了智谋过人外，膂力亦必不凡。这是市井小民所构想的那个朱元璋，而不是历史上的那个朱元璋。

再如清代的《说唐》。全名《说唐演义全传》，凡六十八回，作者不详。因曾与《说唐后传》合刻，又称《说唐前传》。其叙事始于秦彝托孤、隋文帝平陈，终于唐太宗削平群雄登极。其书名似历史演义，而实以秦琼、单雄信、尉迟恭、罗成、程咬金、李元霸、裴元庆、伍元召等英雄好汉的故事为主。"这部作品可以说完全是以文化程度较低的非精英读者为对象，因为它有以下特点：这部18世纪早期的小说，在文本上借鉴了更早的关于隋唐的小说与戏剧，但其充满行动的篇幅中有一定数量的内容更新。新材料中有一新角色，李元霸，李渊之四子。历史上此人早夭，但这里他是个神童。12岁时他就比普通人高大强壮。单个对阵他所向披靡；对他的这种夸张描写远远超出了文人小说所做的偶尔渲染。”“它以粗糙的形式表现了粗放的感情，比起道义责任与智谋韬略的冲突纠葛，读者更易对这种表达和纯体质威猛作出反应。”① “道义责任与智谋韬略”是对历史英雄的要求，“纯体质威猛”则是江湖好汉的特征，《说唐》对李元霸勇力的热烈渲染，这种艺术趣味与《水浒传》更为一致。以上所说是英侠传奇的第一种类型。

宋元话本中有“说铁骑儿”一门，以讲述“士马金鼓之事”为主，梁山好汉受招安以后征辽、征方腊的故事以及《水浒全传》所增加的征田虎、王庆的故事等，大体属于这一类型。但《水浒传》除了包含“士马金鼓之事”外，其主体还是侠义故事，如鲁智深、武松、石秀等人的传记。这样说来，英侠传奇题材容纳了两个层面：豪侠（好汉）仗义行侠和英雄（奉朝廷之命出征的将军）平叛卫国；前者的价值观念以“义”为主，后者的价值观念以“忠”为主。这两个层面对后世的影响是不同的。

金圣叹腰斩《水浒》，征四寇的故事一度以《征四寇传》为名流传于世。这对后世造成了三种影响：其一，梁山好汉接受招安以后，基本上是以平叛保国、尽忠朝廷的英雄形象出现的。沿着这一线索，陈忱写出了他的《水浒后传》。小说凡八卷四十回，叙梁山英雄失败、宋江等既死之后，三十二位流落江湖的好汉不堪压迫重举义旗，先后建立登云山、饮马川和金鳌岛三个根据地，最后在金鳌岛汇合，以李俊为首领，远走海外，建国称王，众兄弟成婚，以团圆作结。全

① 何谷理：《明清白话文学的读者层辨识——个案研究》，见乐黛云、陈珏编选：《北美中国古典文学研究名家十年文选》，452页，南京，江苏人民出版社，1996。

书内容以宋亡为界，宋亡之前主要表现国内矛盾，宋亡之后主要表现民族矛盾。小说对金兵南侵及其南侵暴行深表愤慨，突出描写李俊等人对宋室安危的关心，其中隐寓着作者对明王朝的眷念。李俊对宋室之忠与宋江对朝廷之忠是一脉相承的，《水浒后传》所表达的民族感情显然继承了《水浒传》征辽故事的余绪。

其二，梁山好汉接受招安之后，以惨重牺牲为代价替朝廷立下了汗马功劳，却备受猜疑和迫害。一部分读者对此愤愤不平，于是有青莲室主人辑《后水浒传》问世。《后水浒传》与《水浒传》的这种关系在情节设计上表现得异常分明；或者说，《后水浒传》是针对这样一种事实来写的。我们来具体看看：

在征方腊的战场上，梁山英雄不断有伤亡发生。仅攻打润州一役，就损失了三位好汉。"宋江点本部将佐，折了三个偏将，都是乱军中被箭射死，马踏身亡。那三个？一个是云里金刚宋万，一个是没面目焦挺，一个是九尾龟陶宗旺。"（第九十一回）嗣后陆陆续续战死的有韩滔、彭玘、郑天寿、曹正、王定六（第九十二回）、宣赞、施恩、孔亮（第九十三回）、郝思文、徐宁、张顺（第九十四回）、周通、张清、董平、雷横、龚旺、索超、邓飞、刘唐、鲍旭（第九十五回）、侯健、段景住、阮小二、孟康、解珍、解宝（第九十六回）、王矮虎、一丈青、李衮、项充、燕顺、马麟（第九十七回）、郭盛、吕方、史进、石秀、陈达、杨春、李忠、欧鹏、张青、丁得孙、单廷圭、魏定国、李云、石勇、秦明、郁保四、孙二娘、邹渊、杜迁、李立、汤隆、蔡福、阮小五（第九十八回）等。另有"患病在杭州张横、穆弘等六人，朱富、穆春看视，共是八人在彼。后亦各患病身死，只留得杨林、穆春"。班师回朝时，"只剩得三十六员回军"。途中又有杨志、林冲、杨雄、时迁死亡及鲁智深坐化、武松出家、燕青漫游江湖、李俊等三人自投化外国等事。这一连串的悲剧，都是在尽忠于国家、尽忠于朝廷的前提下发生的。宋江内心当然有几分凄凉，但名节所在，他从来没有想过要背离朝廷。衣锦还乡，梁山好汉仅剩正偏将佐二十七员。"除先锋使另封外，正将十员，各授武节将军，诸州统制。偏将十五员，各授武奕郎，诸路都统领。管军管民，省院调用。女将一员顾大嫂，封授东源县君。”（第九十九回）这样的结局，表面看来还差强人意。然而，对这些梁山来的英雄好汉，朝廷重臣或朝中奸臣无论如何是不会放心的。兔死狗烹，鸟尽弓藏，这种事情迟早要发生。戴宗看准了这一点，于是他纳还官诰，“去到泰安州岳庙里”陪堂出家；柴进看准了这一点，“辞别众官，再回沧州横海郡为民，自在过活”；李应看准了这一点，“缴纳官诰，复还故乡独龙冈村中过活。后与杜兴一处作富豪，俱得善终”；阮小七也回到梁山泊石碣村，“依旧打鱼为生”。“朱武自来投授樊瑞道法，两个好汉做了全真先生，云游江湖，去投公孙胜出家，以终天年。”只有宋江、卢俊义等依旧在任，而他们的结局是被朝廷送来的毒酒毒死。我们来看宋江被毒死的情形：

> 宋江自饮御酒之后，觉道肚腹疼痛，心中疑虑，想被下药在酒里。却自急令从人打听那来使时，于路馆驿却又饮酒。宋江已知中了奸计，必是贼臣们下了药酒，乃叹曰：“我自幼学儒，长而为吏，不幸失身于罪人，并不曾行半点异心之事。今日天子轻听谗佞，赐我药酒，得罪何辜！我死不争，只有李逵见在润州都统制，他若闻知朝廷行此奸弊，必然再去啸聚山林，把我等一世清名忠义之事坏了。只除是如此行方可。”……连夜使人往润州唤取李逵星夜到楚州，别有商议。（第一百回）

他叫李逵来做什么呢？是要骗李逵喝下毒酒。待李逵喝下毒酒后，宋江推心置腹地对他说：“兄弟，你休怪我！前日朝廷差天使赐药酒与我服了，死在旦夕。我为人一世，只主张忠义二字，不肯半点欺心。今日朝廷赐死无辜，宁可朝廷负我，我忠心不负朝廷。我死之后，恐怕你造反，坏了我梁山泊替天行道忠义之名。因此请将你来，相见一面。昨日酒中已与了你慢药服了，回至润州必死。你死之后，可来此处楚州南门外，有个蓼儿洼，风景尽与梁山泊无异，和你阴魂相聚。我死之后，尸首定葬于此处，我已看定了也！”说完，泪落如雨。梁山英雄为朝廷建功立业，却落得这样的结局。

《后水浒传》凡十卷四十五回。其情节以梁山英雄的悲剧结局为起点，写含冤而死的诸梁山英雄于南宋初年托生为杨幺（前身宋江）、王摩（前身卢俊义）、何能（前生吴用）等三十六人，在湖南洞庭湖君山起义，与奸官黄潜善等斗争，所向无敌，后被岳飞平定。以杨幺等人从地道隐去，重归伏魔殿石窟，三十六天罡、七十二地煞“相逢于穴中，化成黑气，凝结成团”作结。

《后水浒传》对反对招安这一话题作了浓墨重彩的渲染。最初涉及这一话题，是在众好汉劫法场，救出杨幺，齐至白云山聚义时。在欢迎杨幺和各路英雄的宴席上，杨幺感慨道：“众弟兄力救杀出，若比较起来，实不亚当时梁山好汉劫救宋江。”《水浒传》之《梁山泊好汉劫法场　白龙庙英雄小聚义》，与《后水浒传》之《不约同大闹开封府　义气合齐上白云山》，二者之间相似之处甚多，而杨幺绝处逢生，也与宋江的境况相似。所以，杨幺发出这样的感慨也是自然的。但杨幺以宋江自居，却不能不引起众好汉的警觉。因为，《水浒传》中的宋江，是个有着招安情结的领袖人物，也正是他一心一意地寻求招安，导致了众兄弟的悲剧下场。杨幺的兄弟们对招安的恐惧心理使他们对这一话题异常敏感。杨幺话音刚落，王摩便站起身问道：“方才哥哥说出梁山好汉劫救宋江，哥哥可学的他么？可向俺兄弟说得？”这提问如此尖锐、严肃，不容杨幺回避。他连忙解释道：“宋江的仗义疏财，结识弟兄，便可学得；宋江的懦弱无主见，带累弟兄遭人谋害，便不可学。”在杨幺作了这番解释后，王摩虽然比较放心了，但仍然强调说：“俺王摩向来说宋江没用……你若学了宋江，将你做了寨主，岂不将俺弟兄也要被你害得零落，岂不又是一场笑话。”“受招安”给梁山好汉带来的惨痛后果，王摩这帮好汉是牢牢记在心上的，更准确地说，《后水浒传》的作者对这一惨痛后果抱有无法平息的悲伤之情，因此他要写一帮拒不接受招安的好汉，并藉此抚慰受伤的心灵。

《后水浒传》的结尾也是经过精心设计的。小说写杨幺带领众头领下到轩辕井底，“忽见前面冲起一道黑烟，将三十六人一阵昏迷，扑地皆倒。过了半晌，各醒转立起身来，竟虚飘飘如若云雾。再回看地下，只见地下有许多尸骸堆叠，只不知缘故。忽见贺云龙领着一阵人，笑嘻嘻迎着走来，说道：‘哥哥们俱已脱去骸壳，各现本来面目。吾奉真人法旨，指引众弟兄相聚于此。从今以后，不复尘世。’杨幺等听明，恍然大悟。一时三十六天罡、七十二地煞相逢于穴中，化成黑气，凝结成团，不复出矣”。《水浒传》开头所写的被洪太尉放出地穴的一团黑气，至此又被贺云龙的师父四维真人重新收进地穴之中，一个轮回圆满完成。青莲室主人何以要设计这样一个结尾？我想其主要用意是：避免写出杨幺被残酷镇压的结局。王摩等好汉极力反对接受招安，其原因是接受招安后的梁山好汉下场极为悲惨；如果不接受招安其结局也依然悲惨甚至更加悲惨的话，那么《后水浒传》反对招安的主题就缺少说服力了。青莲室主人在不能把杨幺写成胜利者（因为这不符合史实）的前提下，采取这种金蝉脱壳的结局方式是妥当的，其技巧颇有值得称道之处。

其三，《水浒传》前七十一回单行，由于这一部分集中写一批浪迹江湖的豪侠义士，而在俞万春看来，所谓豪侠义士不过是杀人放火、打家劫舍、戕官拒捕、攻城陷邑的强盗，应该尽行诛戮，于是他写了《荡寇志》。该书又名《结水浒传》。共七十回，结子一回。继七十回本《水浒传》之后，写退职管营提辖陈希真之女陈丽卿，被高衙内威逼求婚，父女潜逃出京，投奔亲戚刘广，暂时在猿臂寨“落草”；她联络官军和地方武装，企图战胜梁山，以此向朝廷赎罪。后经刘的姻亲官军将领云天彪荐引，被朝廷录用，随同张叔夜“荡平”梁山，将水泊人物一一擒杀。其立场与《后水浒传》迥异。

《荡寇志》作者俞万春的这一写作立场，既非前无古人，又非后无来者，而是可以引起许多古代文化人的共鸣。在俞万春之前，最值得注意的对梁山好汉的指斥出于金圣叹之笔。明末的金圣叹曾对《水浒传》作过一次大的删改，即将“梁山泊英雄大聚义”之后的所有情节一古脑删去，而以卢俊义一梦作结。卢俊义做的是个什么梦呢？原来是一百零八条好汉全数被捕获处斩。金圣叹对他所增加的卢俊义一梦颇为得意，在回前总评中以他特有的雄辩语气评道：“聚一百八人于水泊，而其书以终，不可以训矣。忽然幻出卢俊义一梦，意盖引张叔夜收讨之一案，以为卒篇也。呜呼！古之君子，未有不小心恭慎而其书得传者也。吾观水浒洋洋数十万言，而必以天下太平四字终之，其意可以见矣。后世乃复削去此节，盛夸招安，务令罪归朝廷而功归强盗，甚且至于裒然以忠义二字而冠其端，抑何其好犯上作乱，至于如是之甚也哉！”平定梁山而天下太平，金圣叹所确立的这一写作立场也正是俞万春的写作立场。在俞万春之后，半月老人《续刻荡寇志序》说：“《荡寇志》一书，由七十一回起，直接《水浒》，名之曰《结水浒传》，以著《水浒》中之一百单八英雄，到结束处，无一能逃斧钺。俾世人之敢于跳梁，藉《水浒》为词者，知忠义之不可伪托，而盗贼之终不可为，其有功于世道人心为不小也。”对俞万春的写作立场备加赞许。这样说来，俞万春的写作立场，一方面与所处时代民变的刺激有关，另一方面也是金圣叹等人代表的社会理念的发展延续。

《水浒后传》、《后水浒传》和《荡寇志》这三部作品，相互之间感情倾向不同，但在题材方面却有一致之处，即偏于战阵描写，以战场上的传奇英雄为传主。英雄传奇故事（铁骑儿）构成其内容主体。《说呼全传》、《说岳全传》等在题材处理上也具有这种特点。这是英侠传奇的第二种类型。

侠义、公案故事自清嘉庆年间开始兴盛。侠义与公案，从理论上说，二者是区划井然的：侠义题材写路见不平、拔刀相助的侠行义举；公案题材写作案、立案和破案。但事实上，二者往往纠结在一起，难以截然分开。①

宋元说话中有“说公案”一类，“皆是朴刀杆棒及发迹变泰之事”。《水浒传》中的公案故事即由此衍变而来。以前七十回为例，

① 可以顺便指出的是：孙楷第著《中国通俗小说书目》，将《水浒传》归入公案类，其《分类说明》云：“《水浒传》、《平妖》二传，皆有本事。故《史略》悉入讲史。《水浒》惟方腊事信而有征，其三十六人虽人名非假，而事实容多捏合；又其书铺张壮烈，或不以演史为主。今径入公案类。”孙楷第：《中国通俗小说书目》，6页，北京，人民文学出版社，1982。

这一题材类型至少涉及以下回目：

第七回　《花和尚倒拔垂杨柳　豹子头误入白虎堂》

第八回　《林教头刺配沧州道　花和尚大闹野猪林》

第九回　《柴进门招天下客　林冲棒打洪教头》

第十回　《林教头风雪山神庙　陆虞侯火烧草料场》

第十一回　《朱贵水亭施号箭　林冲雪夜上梁山》

这五回写的是林冲的故事。

第十二回　《梁山泊林冲落草　汴京城杨志卖刀》

第十三回　《急先锋东郭争功　青面兽北京斗武》

第十四回　《赤发鬼醉卧灵官殿　晁天王认义东溪村》

第十五回　《吴学究说三阮撞筹　公孙胜应七星聚义》

第十六回　《杨志押送金银担　吴用智取生辰纲》

第十七回　《花和尚单打二龙山　青面兽双夺宝珠寺》

第十八回　《美髯公智稳插翅虎　宋公明私放晁天王》

第十九回　《林冲水寨大并火　晁盖梁山小夺泊》

第二十回　《梁山泊义士尊晁盖　郓城县月夜走刘唐》

第二十一回　《虔婆醉打唐牛儿　宋江怒杀阎婆惜》

第二十二回　《阎婆大闹郓城县　朱仝义释宋公明》

这十一回写的是生辰纲事件始末，以杨志、晁盖、刘唐、宋江、阎婆惜等人物为主。

第二十四回　《王婆贪贿说风情　郓哥不忿闹茶肆》

第二十五回　《王婆计啜西门庆　淫妇药鸩武大郎》

第二十六回　《郓哥大闹授官厅　武松斗杀西门庆》

这三回写武大被谋害，武松为兄报仇的故事，主要人物有武大、武松、西门庆、潘金莲、王婆。

第四十四回　《锦豹子小径逢戴宗　病关索长街遇石秀》

第四十五回　《杨雄醉骂潘巧云　石秀智杀裴如海》

第四十六回　《病关索大闹翠屏山　拚命三火烧祝家庄》

这三回以潘巧云、裴如海通奸为中心事件，涉及的主要人物有石秀、杨雄、潘巧云、裴如海。

第四十九回　《解珍解宝双越狱　孙立孙新大劫牢》这一回写解珍、解宝被毛太公诬陷的事。

总计上面的罗列，共二十三回，所占比重已不算小。这些公案故事，根据它们所涉及的情节，又可分为不同的类型。第一种类型，旨在揭露主流社会的阴暗，以官逼民反为基本的情节展开方式。例如林冲被逼上梁山、解珍解宝被诬陷的故事。其中林冲的经历尤其震撼人心。在水浒英雄中，林冲是少数几个有家室的成员之一。他是东京八十万禁军枪棒教头。他的父亲做过提辖，他的岳父也是教头。较高的社会地位和美满的家庭生活，使他养成了谨慎怕事的性格：只要能维持现状，他宁可逆来顺受。但就是这样一个人，最终也忍无可忍上了梁山。林冲的经历特别有力地说明：造成民反的主要原因是官府之逼。《水浒传》细致而真实地展示了林冲被逼上梁山的过程。第二种类型，以非主流社会为重点，写吏、盗串通及其复杂关系，显示出官府统治的无力。比如，打劫生辰纲，宋江并未参与作案，但在追查生辰纲一案的过程中，他作为办案机构的核心成员，却以其通风报信、私放晁盖的行为表明他在感情上与主流社会离心离德，并提供了吏、盗串通的一个值得分析的标本。第三种类型，旨在展示当日法制的松弛、世情的可畏，如西门庆、潘金莲通奸和潘巧云、裴如海通奸的故事等。主流社会存在种种阴暗面。拉关系、行贿受贿便是常见的阴暗现象之一。好汉们被逐出主流社会，不会拉关系或者不屑于拉关系是主要的缘故之一。由于这一原因，他们对那些善拉关系的人抱有根深蒂固的敌意。西门庆就属于善拉关系这一系列。这个在主流社会畅行无阻、呼风唤雨的人，并非因为其人格高尚或者才能卓特，而是因为他门路多、关系熟。这自然不能叫人心服口服。武松被逐出主流社会，就与西门庆的罪恶行径有关。从上面所列举的三种类型来看，每一件公案的当事人中，都有豪侠在内。侠义、公案故事的合流乃是情理之中的事。

清中叶后的侠义公案小说以《施公案》、《儿女英雄传》、《三侠五义》为代表。刘荫柏《清代侠义小说概叙》（见《明清小说研究》1990 年第 2 期）将清代长篇侠义小说分为四派，即侠义公案、英雄儿女、野史传奇、荒诞志异。其中，侠义公案类的“代表作有《施公案》、《彭公案》、《于公案》、《三侠五义》、《永庆升平》等”。英雄儿女类的侠义小说，“其代表作有《儿女英雄传》、《绿牡丹全传》、《九义十八侠》等。文康《儿女英雄传》影响甚大，成就较高”。①野史传奇的侠义小说，“在清代不多，其代表作有《圣朝鼎盛万年青》、《云钟雁三闹太平庄全传》、《金台全传》等”。荒诞志异类的侠义小说，在清代甚少，“其代表作有《七剑十三侠》、《仙侠五花剑》”。在这四类侠义小说中，野史传奇类多粗糙平庸，无一佳作；荒诞志异类，“其内容神秘、怪异，情节离奇、曲折，人物多为半人半仙、半妖半魔”，实为“侠义小说之末流”。所以论清代侠义小说或清中叶侠义小说，重点考察的对象只能是侠义公案类和英雄儿女类，《施公案》、《三侠五义》和《儿女英雄传》等是这两类中具有代表意义的作品。《儿女英雄传》和《三侠五义》均具有浓郁的平话风味，就此而言，堪称《水浒传》的嫡传。但其中的豪侠，其精神气质已与《水浒传》大为不同。《水浒传》中的鲁智深、武松、李逵等人，游离于主流社会之外，是一批目无官府的江湖好汉；而《三侠五义》等作品中的豪侠，虽也具有游行村市、安良除暴的粗豪风格，却追随在名臣大吏之后，实为主流社会的一组特殊成员。《施公案》约成书于乾、嘉之际，代表侠义与公案小说合流的开始。对于

---

① 《儿女英雄传》等也可以说是变相的才子佳人小说。孙楷第指出：“自从明季以来，才子佳人的小说，随着才子佳人的戏曲而发达。如《玉娇梨》、《好逑传》一类的东西，作了又作，千篇一致，男为状元，女为才女。后又稍变，改才子为英雄，而才女或照旧又为女将。如薛丁山等俱以能征惯战之人，临阵结亲，实在好笑。此《儿女英雄传》所说，远之则师才子佳人之遗意，近之则亦英雄儿女之气息，而稍稍变其格范，以英雄属之女人，闺阁而有侠烈心肠，公子却似儿女柔弱，只这一点稍微有点不同。至于先忧患，后满意，加官进爵，其用意则一般无二。所以就《儿女英雄传》的格局看起来，是陈腐的旧套了。然而他毕竟是文人之作。若从文笔上讲，则摹绘尽致，远非过去一切才子佳人儿女英雄一派的小说所及。在陈陈相因的格范之下，居然能翻筋斗，这实在因为文康有创造的天才的缘故。至于他的北京话的漂亮，是人人知道的，不必说了。”孙楷第：《沧州后集》，252～253页，北京，中华书局，1985。

侠义公案小说尤其是公案小说的具体分析，详见《明清章回小说流派研究》附录《明清公案小说》，此处从略。这种侠义公案小说代表了英侠传奇的第三种类型。

大体说来，英侠传奇以三种方式存在：一是部分历史演义中的人物，带有水浒气，如《英烈传》等；二是对《水浒传》战阵描写的传统加以发扬，如几部《水浒传》续书；三是侠义小说和侠义公案小说，如《三侠五义》等。它们相互之间，自然有部分的重合，但大体的区别是清晰的：不仅题材重心不同，而且在表达方式和价值取向上也有诸多不同。

三　《西游记》之后：神魔小说的四种主要风格类型

《西游记》刊行之后，在其带动和影响之下，神魔小说的创作迅速形成高潮。据孙楷第《中国通俗小说书目》等著录，万历至崇祯时期，神魔小说总数约二十余种。这是神魔小说的高峰期。顺、康时期约四种，呈低谷状态。清代中叶，随着《绿野仙踪》的问世，二十余种神魔小说相继产生，成为第二个高峰期。19 世纪末叶，在西方文化的冲击下，一部分神魔小说作者尝试把神魔斗法与现代科技结合起来描写，如成书于光绪二十五年（1899）的《平金川全传》，标志着神魔小说向科幻小说的转变，也标志着神魔小说历史使命的终结。

关于神魔小说的类型问题，学术界有各种不同的意见。林辰等编《中国神怪小说大系》（巴蜀书社等出版社联合出版）分为五类：依附于历史故事的史话类；依附于佛教故事的神佛类；依附于道教故事的神仙类；依附于人妖物怪的奇异类；托神怪而寓世事的寓意类。齐裕焜《明代小说史》（浙江古籍出版社 1997 年版）分为三类："第一类是由宗教故事演化而来的"；"第二类是由讲史故事分化而来，即历史幻想化为神魔小说"；"第三类是由民间故事演化而来"。以上两种分类主要依据故事的题材来源，但《中国神怪小说大系》的第五类则又兼顾作品主旨，不免混杂。刘世德《变化多端的神魔小说》(见程毅中主编《中国古代小说流派漫话》一书，中央党校出版社1994年版）则按照主题的不同分为四类：寻找、追求的主题；斩妖、降魔的主题；征战的主题；修行成道的主题。胡胜《明清神魔小说研究》（韩国新星出版社2002年版）参考诸家意见，分为三类："一类即依附于一定史事的史话类。""第二类称之为佛道类。""第三类为寓意讽刺类作品。"本书不按题材来源分类，也不按主题分类，而根据小说占主导地位的风格分类，旨在揭示各类作品的审美祈向。

就风格类型而言，神魔小说主要有四种：

第一种风格类型：以对立双方的斗法为主，写法宝，写神通，侧重于想像的神奇。其代表作为《封神演义》。① 大体可以归入这一类型的还有：罗懋登《三宝太监西洋记通俗演义》、无名氏《混元盒五毒全传》等。

《封神演义》是明代隆庆、万历年间的作品（1567～1619），又名《封神传》、《商周列国全传》。全书共一百回。它的作者，明舒载阳刊本《封神演义》卷二题钟山逸叟许仲琳编辑，②《传奇汇考》卷

---

① 《封神演义》与《西游记》成书先后的问题，学界颇多争议。或以为《封神演义》早于《西游记》，如柳存仁《毗沙门天王父子与中国小说之关系》(收入《和风堂文集》，上海古籍出版社1991年版)；或以为《西游记》早于《封神演义》，如方胜（吴圣昔）《〈西游记〉〈封神演义〉因袭说证实》(《光明日报》1985年8月27日)；或以为这两部小说"都是世代累积的集体创作，经过共同的长久的流传过程才能产生"，"《西游记》早于《封神演义》和《封神演义》早于《西游记》的两种情况同时并存，它们互相影响，不是片面的单向关系"，如徐朔方《论〈封神演义〉的成书》（收入《小说考信编》，上海古籍出版社1997年版)。本书采用方胜的看法，认为《封神演义》的成书略晚于《西游记》。

② 郑振铎：《中国古典文学中的小说传统》一文论及《封神演义》时认为："作者不详，明万历本子上有'许仲琳编'的字样，但不太可靠，或者可能经这人编过。"见郑振铎：《郑振铎古典文学论文集》，298页，上海，上海古籍出版社，1984。

七《顺天时》传奇解题则云“元时道士陆长庚撰”，张政烺谓“元时”乃“明时”之误。陆西星，字长庚，江苏兴化人，是明代中晚期的道士。

《封神演义》所描写的“武王伐纣”，本来是一个历史事件。宋元时期的讲史话本《武王伐纣平话》，已经将“武王伐纣”变成了一个虚构多于史实的历史故事。《武王伐纣平话》分上、中、下三卷。上卷叙妲己入宫，成为纣王宠妃；太子殷郊受到妲己谗毁，被逼无奈，起兵反抗他的父亲纣王。中卷叙周文王姬昌被纣王囚禁于羑里；殷纣大臣黄飞虎被逼反；比干因强谏纣王被剖心而死；姜子牙发迹变泰。下卷叙周武王伐纣。《武王伐纣平话》虽然增加许多虚构内容，但仍属于讲史话本。而以《武王伐纣平话》为蓝本的《封神演义》，则已属于神魔小说。二者在情节上颇多异同。《封神演义》前三十回，除叙述哪吒出世的第十二、十三、十四等三回之外，其他部分基本上是在《武王伐纣平话》的基础上扩充而成。第三十一回至第八十六回，《封神演义》集中笔力写神魔斗法，不再受制于《武王伐纣平话》的格局，其中只有两小节例外，一节是纣王烹费仲，一节是伯夷、叔齐谏阻武王伐纣。这一部分长达五十六回，对《封神演义》的题材性质具有决定性影响。第八十七回至结尾，《封神演义》仍以神魔斗法为主，但采用了《武王伐纣平话》的一些重要情节，如“纣王敲骨剖孕妇”、“千里眼与顺风耳”等。从上述比勘可以看出：《封神演义》改变了《武王伐纣平话》的题材重点，由以讲史为主变为以神魔斗法、斩将封神为主。鲁迅《中国小说史略》说《封神演义》“虽为讲史，已多神魔”，即就这一情形而言。

《封神演义》赋予诸多神仙妖怪以奇形怪状的容貌和各有特点的法术。杨任的眼睛、雷震子的肉翅、哪吒的三头六臂，在地底行走的土行孙，高明、高觉的千里眼、顺风耳，杨戬的七十二般变化，这些都新奇有趣，给读者留下了鲜明的印象。法宝在《封神演义》中的作用得到异乎寻常的强调，太乙真人以九龙神火罩焚石矶娘娘，文殊广法天尊用遁龙桩诛王魔，广成子持翻天印打死火灵圣母，惧留孙放捆仙绳缚住余元，广成子、赤精子、道行天尊、玉鼎尊人祭四剑斩万仙“如砍瓜切菜一般”，俱见法宝的特异功能。无论是阐教仙人，还是截教仙人，或是佛教诸佛，他们都视法宝如性命。这也难怪，他们的神通，原即仰仗法宝。第六十四回，殷洪、殷郊得到师父赤精子、广成子的阴阳镜、翻天印，在被申公豹策反后，用镜、印打师父，失去法宝的二仙，竟被徒弟打得落荒而逃；第四十七回，燃灯靠曹宝之力得到赵公明的定海珠，便存心据为己有，赵催他物归原主，他却厚着脸皮要赖说：“此珠乃佛门之宝……你也不必妄想。”对法宝的希求和大量使用，成为《封神演义》情节发展的一个主要推动力。一部分斗法描写，颇能写出各当事人的不同身份。如第十三回《太乙真人收石矶》：

> 石矶娘娘与太乙真人往来冲突，翻腾数转，二剑交加，未及数合，只见云彩辉辉，石矶娘娘将八卦龙须帕丢起空中，欲伤真人。真人笑曰：“万邪岂能侵正。”真人口中念念有词，用手一指：“此物不落，更待何时？”八卦帕落将下来。石矶大怒，脸变桃花，剑如雪片。太乙真人曰：“事到其间，不得不行。”真人将身一跃，跳出圈子外来，将九龙神火罩抛起空中。石矶见罩，欲逃不及，已罩在里面。……石矶在罩内，不知东南西北。真人用两手一指，那罩内腾腾焰起，烈烈光生，九条火龙盘绕——此乃三昧神火烧炼石矶。一声雷响，把娘娘真形炼出，乃是一块顽石。

这里，石矶娘娘被设计为女性，所以她的法宝是一方手帕，用“云彩辉辉”来形容，可知上面有彩色图案。她发怒时，“脸变桃花，剑如雪片”，也与女性的特点吻合。太乙真人是另一种身份。他是得道的真人，哪吒的师父，使用法术时仍给人持重之感。石矶娘娘的八卦帕飞来，他只是一“笑”，后来迫不得已，也只是平静地说一句：“事到其间，不得不行。”“抛”神火罩与“丢”手帕相比，亦有持重与轻躁之别。

在古代神魔小说中，《封神演义》当是神仙数量最多的一部。这里有十二代上仙：广成子、赤精子、太乙真人、玉鼎真人、黄龙真人、普贤真人、慈航道人、惧留孙、文殊广法天尊、道行天尊、清虚道德真君、灵宝大法师等；有十洲三岛列仙：云霄娘娘、琼霄娘娘、碧霄娘娘、赵公明、菡枝仙、彩云仙、吕岳、焰中仙罗宣、马元、羽翼仙、火灵圣母、一气仙余元、法戒等；有通天教主及其“上四代弟子”金灵圣母、无当圣母、龟灵圣母、多宝道人和金光仙、乌云仙、毗庐仙、灵牙仙、虬首仙、金箍仙、长耳定光仙等七位门人；有太上老君及其大弟子玄都大法师；有元始天尊及其大弟子南极仙翁；还有石矶娘娘、金光圣母、四圣、十天君等。何以要写如此众多的神仙？用意之一是便于展开法术和神通的描写。火灵圣母祭混元锤中子牙后心，余元取乾坤袋烧土行孙，陆压用钉头七箭书射赵公明，陆压用飞刀斩余元，诛仙阵，万仙阵，天绝阵，寒冰阵，六魂恶幡，凡此种种，都足以见出《封神演义》作者的兴趣所在。用意之二是建立一个完整的神谱，并以此为前提展开丰富多彩的神的故事。“《封神演义》是借着‘演义’写‘封神’，一大堆丰富的‘演义’，实际上就等于是众神成神之前的故事总集。这也就是说，《封神演义》几乎就等于是众神由来的解说集，它为每一位神明之所以为神的经过提供了解说性的故事。《封神演义》之所以对于后来的民间信仰有着那么大的影响，就在于小说透过‘封神’的描写，使得全书终于变成好像一部‘神明传说集’，专门解说神明由来的传说故事集。”①

对《封神演义》，清代小说家、《镜花缘》的作者李汝珍曾明确表示不满。《镜花缘》前六回是小说的引子，叙众花神因“呈艳于非时之候，献媚于世主之前”而被贬谪凡尘。在红孩儿、金童儿、青女儿、玉女儿等为诸位仙子饯行时，百花仙子想到“将来下凡要遍历海外各国，恐有风波及妖魔盗贼之害，甚为忧惧”。红孩儿安慰她们说：“仙姑只管放心！今日大家既来祖饯，岂有袖手之理。此后倘

① 胡万川：《〈封神演义〉中“封神”的意义》，见’93中国古代小说国际研讨会学术委员会编：《’93中国古代小说国际研讨会论文集》，202~203页，北京，开明出版社，1996。

在下界有难，如须某人即可解脱，不妨直呼其名，令其速降。我们一时心血来潮，自然即去相救。”金童儿问：“何谓‘心血来潮’？小仙自来从未‘潮’过，也不知‘心血’是什么味。毕竟怎样‘潮’法？求大仙把这情节说明，日后等他来潮。”红孩儿道：“我见下界说部书上往往有此一说，其实我也不知怎样潮法。大仙要问来历，你只问那做书的就明白了。”玉女儿道：“下界说部原有几种好的，但如‘心血来潮’旧套满篇的也不少。你若追他来历，连他也是套来的，何能知道怎样潮法。……”

《镜花缘》所谓“‘心血来潮’旧套满篇”的说部，首先是针对《封神演义》的。《封神演义》常以某神仙“心血来潮”作为情节发展的枢纽。比如《封神演义》第二十一回《文王夸官逃五关》：“且说云中子在玉柱洞中碧游床运其元神，守离龙，纳坎虎，猛的心血潮来。道人觉而有警，掐指一算，早知凶吉……”第三十四回《飞虎归周见子牙》：“不说黄家父子在路，且言乾元山金光洞有太乙真人闲坐碧游床，正运元神，忽心血来潮。——看官：但凡神仙，烦恼、嗔痴、爱欲三事永忘，其心如石，再不动摇；心血来潮者，心中忽动耳。真人袖里一掐，早知此事……”第三十六回《张桂芳奉诏西征》、第四十回《四天王遇丙灵公》、第四十八回《陆压献计射公明》、第七十五回《土行孙盗骑陷身》均有“心血来潮”或“心血潮来”的字样。

由以上的例证不难看出，“‘心血来潮’旧套满篇”云云，旨在讽刺《封神演义》的情节展开方式。从李汝珍的调侃，我们一方面知道他无意于写一部热闹的神魔斗法小说，另一方面也对《封神演义》以神魔斗法为重心的特点加深了认识。

曾有人将《封神演义》解读为以发挥象征性寓意为主的作品，如清代嘉庆年间的俞景，他作有《封神诠解》一书。俞樾《封神诠解序》云：“邱长春《西游记》乃记西域地理者，故钱竹汀《补元史艺文志》入之地理类。世俗所传《西游记衍义》非邱作也。乃有悟一子者，不知何人，为作《西游真诠》，而此书居然谈道之书矣。……仁和有俞君者，名景，自号湖隐。仿悟一子评《西游记》

之例，作《封神传诠解》，其设想之奇，会意之巧，与悟一子异曲同工，而此书亦居然谈道之书矣。”俞景的阐释宗旨由此可见。（今人以道教内丹原理阐释《封神演义》的有王沐《内丹养生功法指要——明陆西星〈封神演义〉宗教思想试析》，东方出版社1990年版，其具体阐释与俞景不同，但阐释路数是一致的）但俞樾显然不赞成俞景从寓道的角度来解读《封神演义》，所以他在序中用调侃的语调写道：“夫道无所不在也。庄子不云乎？道在蝼蚁，在稊稗，在瓦甓，在屎溺。夫至屎溺犹可以见道，况此洋洋数十万言之文字乎？推而言之，《西厢记》‘临去秋波’一语，可以悟禅；‘上大人，孔乙己’，童子习书做本也，而白云禅师以举示郭功甫；‘云淡风轻近午天’，儿童所读《千家诗》首篇也，而张界轩谓此诗备阴阳四时之气。然则吾人苟于道有得，随所见而皆有合焉。岂必《参同契》、《阴符经》而后可以谈甲边庚内之功，见龙存虎想之妙哉？”俞樾的意思是：读者之意虽未必不然，但作者之意却未必然。以寓道之书视《封神演义》，仅仅表明俞景“于道有得，随所见而皆有合”，而从还原阐释的角度看，俞景的解读与《封神演义》是不吻合的。俞樾的意见无疑更为合理。徐朔方也认为《封神演义》的魅力主要在于想像的“奇幻”和“诡异”。他在《论〈封神演义〉的成书》一文中说：“《封神演义》的姜太公八十遇文王、比干心有七窍的故事，门神户尉神荼郁垒、千里眼顺风耳、哼哈二将、善才龙女等故事已经深入民间习俗的领域，也许没有别的小说可以同它相比。但它毕竟不在明代长篇小说的四大奇书之列，我想这是因为它主要以奇幻的法宝、诡异的情节吸引读者，而忽视人物形象或典型性格的创造。”①

《西游记》续书之一《续西游记》一百回（不题撰人）叙唐僧师徒历经八十一难，终至灵山取得真经。如来恐悟空、八戒、沙僧东返途中伤害生灵，收缴了三人兵器；又因悟空随口说出八十八种机心，怕机心生变，惹动妖魔，乃遣彼丘到彼僧、优婆塞灵虚子暗中保护师徒东返；师徒四人历经种种磨难，安全回到大唐。从表面上看，

① 见徐朔方：《小说考信编》，360页，上海，上海古籍出版社，1997。

小说旨在倡导铲却机心，明心见性，但实际上，作者对幻想故事倾注了更加浓厚的兴趣，并表现出不俗的虚构才能。比如，师徒四人行至八百里莫耐山，经包被虎威魔王、狮吼魔王抢去。孙悟空因金箍棒已被如来收去，不能与妖精斗勇，只得运用“机变”将经骗回。二魔至山南与陆地仙、夫人鸾箫、凤管商议再夺经包，并掳走唐僧、八戒、沙僧三人。行者幻形入洞，救出师父和师弟。又得灵虚子之助，夺回经担。在这个过程中，孙悟空、女妖凤管和灵虚子先后变陆地仙的情节写得尤其精彩。先是孙悟空变成陆地仙前去诓骗妖精，因被妖精一句话说得心虚，“忍不住的露出本相来，往洞外飞走”。再写女妖凤管将计就计，“摇身也变了个陆地仙”，欲捉弄悟空，却被悟空“慧眼”看出真相，“掣出禅杖劈面就打，女妖飞星走了”。接着写暗中保护唐僧师徒的灵虚子见悟空和凤管变来变去，一时兴起，“随变了陆地仙迎上路来”，“凤管女妖只当是真隐士（陆地仙）来了，自觉没趣，他现了原相，飞奔回洞去了”。三位先后变同一人，尽管神通本身颇为寻常，但借助于误会和心理描写，所构成的故事却别有一番新奇之处。

第二种风格类型：以发挥象征性寓意为主，藉神魔题材表达人生哲理。其代表作为董说《西游补》。大体可以归入这一类型的有《东游记》、《南游记》、《北游记》、《扫魅敦伦东度记》、《海游记》、《妆钿铲传》等。天目山樵《西游补序》云：

> 《西游》借释言丹，悟一子因而畅发仙佛同宗之旨，故其言长。南潜本儒者，遭国变，弃家事佛；是书虽借径《西游》，实自述平生阅历了悟之迹，不与原书同趣，何必为悟一子之诠解。且读书之要，知人论世而已。今南潜之人与世，予既考而得之矣，则参之是书，性情趣向，可以默契，得失离合之间，盖几希矣。若夫不尽之言，不尽之意，邈然于笔墨之外者，此则其别有寄托而不得已，于作书之故，岂可以穿凿附会而自谓尽之？

董说虔心向佛，经历了一段“阅历了悟”的过程，《西游补》即旨在

“自述平生阅历了悟之迹”。阅历了悟的关键是“空破情根”，“见得世界情根之虚”，“认得道根之实”，故静啸斋主人《西游补答问》曰：

> 问：“古本《西游》，必先说出某妖某怪，此叙情妖，不先晓其为情妖，何也?”
>
> 曰：“此正是补《西游》大关键处。情之魔人，无形无声，不识不知，或从悲惨而入，或从逸乐而入，或一念疑摇而入，或从所见闻而入。……”
>
> 问：“古本《西游》，凡诸妖魔，或牛首虎头，或豺声狼视，今《西游补》十五回所记鲭鱼模样，婉娈近人，何也?”
>
> 曰：“此四字正是万古以来第一妖魔形状。”

从“空破情根”的题旨出发，《西游补》对“情”着力予以消除。当然，董说所说的“情”与我们通常所说的“情”不完全相同。我们将“情”狭义地理解为男女之情，董说则将人的所有执著视为“情”：执著于“忠”是“情”，执著于“孝”是“情”，执著于“节”是“情”，执著于“义”是“情”，执著于成仙是“情”，执著于成佛是“情”，执著于生存是“情”，执著于事业是“情”，执著于男女之爱当然也是情。《西游补》即旨在消解这种种执著。

夏济安曾经指出一个有趣的现象：在《西游记》中，“唐僧怕被人吃，而孙行者最喜欢被人吃，加上老君的炼丹炉，以及能吸人进去的瓶和葫芦等；这些 Symbols 可能有其意义”①。照董说的理解，“孙行者喜欢被人吃”乃是男欢女爱关系（做爱）的一种隐喻。《西游记》一再写悟空兴高采烈地进入妖怪肚中，其乐无穷，而董说则反其道而行之，要写出这种男欢女爱所造成的乃是虚无和空幻。《西游补》的情节紧接孙悟空三调芭蕉扇之后，孙悟空在罗刹女的肚子里

① 夏志清：《夏济安对中国俗文学的看法》，见夏志清：《鸡窗集》，218页，上海，上海三联书店，2000。

停留了片刻，其直接后果是使罗刹女生下波罗蜜王。《西游补》第十五回对此有确凿的说明。波罗蜜王自报家门说：

> 我蜜王与我家父行者原是不相识的父子。家父行者初起在水帘洞里妖精出身，结义一个牛魔王家伯。家伯有一个不同床之原配罗刹女住在芭蕉洞里者，此即家母也。只因东南有一唐僧要到西天会会佛祖，请家父行者权为徒弟。西方路上受尽千辛万苦。忽然一日撞着了火焰危山，师徒几众愁苦无边。家父当时有些见识，他道：'一日为师，终身为父。暂灭弟兄之义，且报师父之恩。'径到芭蕉洞里，初时变作牛魔王家伯，骗我家母；后来又变作小虫儿，钻入家母肚中，住了半日，无限搅抄。当时家母忍痛不过，只得将芭蕉扇递与家父行者。家父行者得了芭蕉扇，扇凉了火焰山，竟自去了。到明年五月，家母忽然产下我蜜王，我一日长大一日，智慧越高，想将起来，家伯与家母从来不合，惟家父行者曾走到家母腹中一番，便生了我，其为家父行者之嫡系正派，不言而可知也。

佚名《读西游补杂记》就上述情节解释说："三调芭蕉扇，其因也；波罗蜜王，其果也：言下指点，明示归结。"而我们关心的是：由男欢女爱而产生的波罗蜜王做了些什么？"正忙乱间，只见西北角上小月王领一支兵，紫衣为号，来助唐僧。西南角上又有一支玄旗鬼兵来助蜜王。蜜王军势猛烈，直头奔入唐僧阵里，杀了小月王，回身又斩了唐僧首级。一时纷乱，四军大杀。孙行者无主无张，也只得随班作揖。"小说所说的"小月王"，暗隐一个"情"字，而这个杀死"情"的波罗蜜王，正是由乐于被人吃（热衷于做爱）的孙悟空制造出来的。使"情"毁灭的正是对"情"的执著。执著于"情"只能得到虚无。所以，《西游补》在第十六回强调："也无蜜王战，乃是鲭鱼哄。也无鲭鱼者，乃是行者情。"或者如《读西游补杂记》所说："前言罗刹女一案，实行者生平所未经，稍稍立脚不定，便入魔障，故《后西游》以不老婆婆一段拟之。此则即借其意，从本文引入情魔，由情入妄，妄极归空，为一切世间痴情人说无量法。”看来，说《西游补》旨在“空破情根”，虽然这“情”泛指种种执著，但对男女情欲的执著无疑是其核心部分之一。夏济安对这一点看得颇为透彻，他说：“孙悟空给罗煞（刹）女吃了下去两次，出来后神魂颠倒，那就是《西游补》的故事。”①

《西游记》的另一部续书，不署撰人、仅题“天花才子评点”的《后西游记》，也属于以发挥象征性寓意为主这一风格类型。作者所设计的一系列地名或妖怪名称，如缺陷大王、解脱大王、阴阳大王、造化小儿、温柔村、十恶山、弦歌村、上善国、挂庵关等，都明显带有寓意。而在具体展开情节时，作者更以极高的兴致着力于寓意的揭示和发挥。比如对造化小儿的描写。这造化小儿不过十三四岁，但本领高强，有个专用来套人的圈。这圈子分开来可有名圈、利圈、富圈、贵圈、贪圈、嗔圈、痴圈、爱圈、酒圈、色圈、财圈、气圈、妄想圈、骄傲圈、好胜圈、昧心圈种种。造化小儿先后取出名、利、酒、色、财、气、贪、嗔、痴、爱等圈，欲套住小行者，均告失败。最后造化小儿取出好胜圈来，终将小行者牢牢套住。何以好胜圈能在小行者身上大显威风呢？李老君与小行者的一段对话即旨在回答这一问题。李老君道：“与你说明白了吧，造化小儿那有什么圈儿套你？都是你自家的圈儿自套自。”小行者道：“这圈儿分明是他套在我身上，怎反说是我自套自？”李老君道：“圈儿虽是他的，被套的却不是他。他把名利圈套你，你不是名利之人，自然套你不住；他把酒、色、财、气圈儿套你，你无酒、色、财、气之累，自然轻轻跳出；他把贪、嗔、痴、爱圈儿套你，你无贪、嗔、痴、爱之心，所以一跳即出。如今这个圈儿我仔细看来，却是个好胜圈儿，你这泼猴子拿着铁棒，上不知有天，下不知有地，自道是个人物，一味好胜。今套入这个好胜圈儿，真是如胶似漆，莫说你会跳，就跳遍了三十三天也不能跳出。不是你自套，却是那个套你？”小行者听了老君一番开导，大彻大悟，收了好胜之念，果然轻轻跳出此圈。这一段叙写不乏趣味，

① 见夏志清：《鸡窗集》，218 页，上海，上海三联书店，2000。

而且见出作者的睿智。读过《西游记》的人，对小行者之祖孙悟空的好胜心一定留有深刻印象。读者不难发现：心高气傲是导致悟空大闹天宫的性格方面的原因。初任弼马温，悟空并不清楚其级别之低，没有什么不满的表示。一天御马监的同僚们告诉他，他才知道："这样官儿，最低最小，只可与他看马。"悟空得知，不觉心头火起，咬牙大怒道："这般藐视老孙！老孙在那花果山，称王称祖，怎么哄我来替他养马？养马者，乃后生小辈下贱之役，岂是待我的？不做他！我将去也！"忽喇的一声，把公案推倒，取出金箍棒，打出天门去了。回到花果山，因愤慨于"玉帝轻贤"，遂自封为齐天大圣。天兵天将屡次征讨无功，太白金星建议采取招安之策，"就教他做个齐天大圣。只是加他个空衔，有官无禄便了"。悟空得到"齐天大圣"的空头衔，自以为官至极品，"遂心满意，喜地欢天"。但王母设蟠桃宴一事使他明白，他又被骗了。蟠桃宴只请那些领取俸禄的仙人，悟空没有俸禄，不在被请之列。他自以为："我乃齐天大圣，就请我老孙做个席尊，有何不可？"却居然连列席的资格也没有。一怒之下，他"将仙肴仙酒尽偷吃了，又偷老君仙丹，又偷御酒若干，去与本山众猴享乐"。从八卦炉中逃出之后，他"因在凡间嫌地窄，立心端要住瑶天"，索性教玉皇大帝搬出天宫。凡此种种，都是心高气傲、不知天高地厚的表现。所以，观音菩萨作诗嘲讽他："堪叹妖猴不奉公，当年狂妄逞英雄。欺心搅乱蟠桃会，大胆私行兜率宫。十万军中无敌手，九重天上有威风。自遭我佛如来困，何日舒伸再显功。"所谓"当年狂妄逞英雄"，即心高气傲、不知天高地厚是也。悟空的心高气傲在取经途中依然如故。他在唐僧面前宣称："老孙自小儿做好汉，不晓得拜人，就是见了玉皇大帝、太上老君，我也只是唱个喏便罢了！"（第十五回）他自己撰写的简历是："老孙祖贯东胜神洲海东傲来国花果山水帘洞居住。自小儿学做妖怪，称名悟空，凭本事，挣了一个齐天大圣。只因不受天禄，大反天宫，惹了一场灾愆。如今脱难消灾，转拜沙门！我老孙也捉得怪，降得魔。伏虎擒龙，踢天弄井，都晓得些儿。"（第二十回）这种语气，只有心高气傲的悟空才说得出。他最津津乐道的话题是他"凭本事，挣了一个齐天大圣"

和大闹天宫，他最忌讳的话题是有人说他做过弼马温。他对红孩儿说："你是不知，我乃五百年前大闹天宫的齐天大圣是也。"（第四十一回）他对狁怪说："想我五百年前大闹天宫时，九天神将见了我，无一个老字，不敢称呼，你叫我声外公，那里亏了你!"（第七十一回）他对自己说："若我老孙，方五百年前大闹天宫之时，云游海角，放荡天涯，聚群精自称齐天大圣，降龙伏虎，消了死籍；头戴着三额金冠，身穿着黄金铠甲，手执着金箍棒，足踏着步云履，手下有四万七千群怪，都称我做大圣爷爷，着实为人。"（第八十回）他对众僧说："天宫原是我的旧家。当年我做齐天大圣，因为乱了蟠桃会，被我佛收降，如今没奈何，保唐僧取经，将功折罪。"（第九十二回）这些例证给读者一个印象：悟空十分珍惜自己的"好汉"名头。而对"好汉"名头的珍惜，实际上是其好胜心的一种表现方式。孙悟空没有想到，同样是从花果山石缝中迸出的小行者，在继承他的事业的同时，也继承了他的性格。《后西游记》让小行者被好胜圈套住，一方面表达了作者对悟空性格的准确把握，另一方面也风趣地揭示了一条人生哲理：人往往是被自己打败的。人生中的许多圈套，其实是自己钻进去的。

《后西游记》对玉架山和上善国的描写在传达哲理方面颇有惊世骇俗或启人深思之处。玉架山原是好佛崇僧的地方，自从文明天王雄踞此处后，文明之教大兴，专和佛教作对。文明天王手执文笔，有万夫不当之勇。得知唐半偈师徒路过这里，遂用文笔压住小行者，将师徒四人掳进山中后洞。文明天王命人移去小行者头上的文笔，小行者趁机脱身，救出师傅唐半偈和师弟一戒、沙弥。文明天王闻讯追来，半偈、一戒、沙弥复被擒获，小行者避过文笔，得以脱身。小行者来到文昌帝君处查询，方知文明天王乃麒麟所变，文笔即孔子著《春秋》所用之笔。文昌帝君派魁星前去取了文笔，收了麒麟，唐半偈师徒三人才得以脱难。在这一情节中，作者对现实生活中借儒学害人的情形表示了愤慨和敌意，颇有些不同寻常。上善国的核心人物是皇太后。她虔心向佛，特造待度楼供养三世佛。一日，九尾狐幻化成唐半偈模样，出现在楼上，将皇太后摄至九尾山，逼她成婚。小行者和一戒擒灭妖狐，救出皇太后。唐半偈劝告太后说：“佛即是心，心即是佛，要待谁度？一待度，先失本来，而野狐窜入矣。这待度楼，贫僧与你改做自度楼，便立地成佛矣。”太后闻言，终于彻悟。这一故事所“寓”的是禅宗的人生哲学。

第三种风格类型：玩世不恭，借题发挥，指斥世俗，抨击邪佞，洋溢着谑而近虐的诙谐趣味。其代表作为刘璋《斩鬼传》,① 大体可以归入这一类型的有惺惺居士著《精神降鬼传》、落魄道人编《常言道》、张南庄《何典》等。《斩鬼传》的特点是以鬼喻人。写钟馗死后，封为驱魔大神，剿灭世间形形色色的恶鬼，诸如捣大鬼、扢喳鬼、温斯鬼、绵缠鬼、寒碜鬼、酽脸鬼、抠掐鬼、黑眼鬼、讨吃鬼、丢谎鬼、风流鬼、轻薄鬼、色中饿鬼、楞睁大王等，约 40 种。郑振铎《〈斩鬼传〉〈平鬼传〉引言》（世界文库本）说：“中国讽刺小说极少，《斩鬼传》、《平鬼传》外，惟《何典》、《常言道》寥寥数作耳。而《常言道》诸书却都是模拟《斩鬼传》、《平鬼传》的。故论述讽刺小说的，自当以那几种钟馗斩鬼的小说为开宗明义第一章。”“烟霞散人的《斩鬼传》，文字丰腴活跃，无疑的，作者是一位不得志的才士。”“《唐钟馗平鬼传》为第三种写钟馗故事的小说，也是骂世之作。”“所谓中国的讽刺小说，读了这两部《平鬼》、《斩鬼》后，我们便可知道究竟是怎样一种作品。纯然是穷秀才的‘愤世’、

① 徐昆：《柳崖外编》记载：“太原刘璋先生作钟馗《斩鬼传》，颇奇诡。其尤警者，如没脸鬼一条，略云：钟馗遇没脸鬼，以刀剑戈戟向面百刺皆不惧，计无如何。判奏云：此鬼乃千层桦皮脸，非刀剑戕（戈）戟所能伤，亦非语言文字所能化。钟问计安出？判曰：惟良心可以消之。乃遍觅阴曹，求良心不可得。忽于酆都城外，见有人心半个，煽然犹动。判喜，持向钟曰：此半个良心也。乃复与没脸鬼斗，令判潜持良心于高冈上抵面打之。战方酣，没脸鬼方凶勇。少却，判以腰间绦系半个良心打之，没脸鬼忽羞缩，再击，则脸上桦皮层层退，直至数十击然后倒，钟馗回马斩焉。其他不悉载。刘先生固读书好奇士也。”（见孔另境编辑：《中国小说史料》，新 1 版，157～158 页，上海，上海古籍出版社，1982。）徐昆的记载除了指出《斩鬼传》的作者是刘璋外，所举“没脸鬼一条”，亦颇足以显示该书在艺术表达上的特点。《斩鬼传》又名《第九才子书斩鬼传》、《说唐平鬼全传第九才子书》。

'骂世'之作；充分的表白出没落的'士人阶级'的最沉痛的呼号；他们的整个人生观都已显陈出来了。"① 鲁迅《中国小说史略》第二十三篇将《斩鬼传》归入讽刺小说，称它"取诸色人，比之群鬼，一一抉剔，发其隐情，然词意浅露，已同谩骂，所谓'婉曲'，实非所知"。

神魔小说的上述三种风格类型，第一种在题材上与《西游记》有较多可比之处，第二种在宗旨上与《西游记》有较多可比之处，第三种在借题发挥上与《西游记》有较多可比之处。这三种风格类型的区别，只是就其侧重点而言的，事实上，三种风格类型之间仍有部分的重合。如《西游补》就不乏借题发挥的讽世笔墨。第四回叙科举考试发榜，有人摘了第一名文章中的"好句子""朗声读起"，希望"学些法则，明年好中"，行者听了，不禁呵呵大笑，畅发议论，将八股文痛快地调侃了一番。鲁迅《中国小说史略》论及讽刺小说的源流，就称赞《西游补》"描写时亦刻深，讥刺之切，或逾锋刃"。而《封神演义》写儿子反抗父亲（如哪吒之于李靖），写臣伐君（如武王伐纣），无疑也表达了对现实社会政治的某种立场。

神魔小说的第四种风格类型是神魔小说、人情小说及其他小说类型合流的产物，其代表作为李百川的《绿野仙踪》。大体可以归入这一类型的有《桃花女阴阳斗传》、《瑶华传》、《狐狸缘全传》等。

李百川（？～1771后）的《绿野仙踪》，其特点是在求仙访道的框架中致力于世态人情的描写。何力柱《〈绿野仙踪〉艺术结构管窥》一文，曾以冷于冰"度"温如玉为例，分析了小说的实质性内容。文章指出：小说叙述温如玉的人生经历占了全书三分之一的篇幅。他出场是在小说的第三十六回。冷于冰来泰山庙相会在此等候的

---

① 郑振铎：《平鬼传与捉鬼传》亦云：《平鬼传》又名《捉鬼传》，"全书共十回，从钟馗自刎而死起，至他灭尽了世间诸鬼，受上帝之封赐为止。这部小说大约是不得志的文人做的，愤慨的话不少，时时有些很有余味的讽刺，仿佛较《何典》还好。"郑振铎：《郑振铎古典文学论文集》，473页，上海，上海古籍出版社，1984。

连城璧等人，偶遇官宦子弟温如玉，冷于冰见他“仙骨珊珊”，遂起度脱之心。沉醉于放浪生活的温如玉对冷于冰的说教一笑置之，但却遭到现实生活的无情嘲弄：受“叛案”牵连，家财被严世蕃等奸党敲诈一空；试图重整家业，外出经商，资本又被“朋友”尽洗而去；显赫之家坠入困顿，母亲、妻子含悲去世；受苗秃子怂恿，卖掉房产嫖妓，不意相隔数日，宠妓却投入知府公子怀抱，如玉受到冷落；宠妓被知府公子所骗，重与如玉和好，两人决计脱离苦海，却不料苗秃子又起是非，宠妓吞毒而死；家财被盗，功名又不遂心，绝望之中，想起冷于冰许他功名富贵之语，遂去京城寻访；在冷于冰为他所设幻境——华胥国里，他权、势、欲得到极大满足，却原来是一枕黄粱，这才“无复世人之想”，随冷于冰出家；后经历无数劫难，位列仙班。小说借温如玉的故事，说明现实社会中的一切是那样冷酷无情，人的欲望又是那样难以满足，现实中的人不可能找到他自己理想的归宿，只有超越尘世间的欲望和痛苦，才能得到真正的解脱和自由。这里重点展示的正是世态人情。① 确实，从表面上看，《绿野仙踪》是一部以求仙访道为题材的小说，而且神魔故事在小说中占了相当的比重。可是，认真的读者不难注意到：“李百川写神怪故事，写（冷）于冰和他的徒弟们谈修行、讲功果，是那样平庸无奇，有时甚至枯燥乏味。但当他的笔伸向活生生的人间社会时，就笔底生花了。农民金不换的义气、乐于助人，朱文炜家庭的悲欢离合，温如玉家道的败落过程和嫖妓经历，周琏的纨绔子弟生活，以及那作《臭屁行》之类的村（学）究邹继苏，满口‘之乎者也’的腐儒齐贡生，等等，作者写来都是那样惟妙惟肖，确实做到了使他们‘各自有其胸襟，各自有其心地，各自有其形状，各自有其装束’，都是书中的精彩之处。”②

《瑶华传》十一卷四十二回，清丁秉仁撰。道光二十五年慎修堂

① 《武汉大学学报》（社会科学版），1988年增刊，116页。

② 王全力：《尝试与启示——论〈绿野仙踪〉》，见《明清小说研究》1991年第4期。

刊本，题“吴下香城丁秉仁编著”，“茂苑尤夙真阆仙评”。首嘉庆十年武林冯瀚序，又四年九年十年尤夙真等序，八年自序。演述明福王常洵之女瑶华事。谓瑶华乃狐精转世，先嫁周君佐，后谢绝人事，入峨眉山修行。怪诞猥亵，无史实依据。尤夙真嘉庆己未《瑶华传序》云：

> 香城所著《瑶华传》，其造意为雄狐欲取百女之红，而得成幻形之术，于是剑仙怒而斩之，即按国法，亦难饶恕，于理实为纯正。迨狐鬼思过服善而皈依，剑仙始生哀矜而收录，仍责偿夙孽，方能超度为仙，不因皈依收录，便置夙孽于不问也。如狐鬼而不为皈依，即入轮回，如投胎后，不偿夙孽，不修功行，仍还狐鬼之原，盖理势然也。

周永保嘉庆十年《瑶华传跋》云：

> 最可厌者，莫如近世之《红楼梦》，蝇鸣蚓唱，动辄万言，汗漫不收，味同嚼蜡。世顾盛称之，或又从而续之，亦大可怪矣。乙丑之春得见香城先生《瑶华传》抄本一册，乃喟然叹曰：天下未尝无才也，其湮没于剞劂所不及者岂少也哉！……非胸中别有丘壑，笔下可走虬龙，其孰能与于此？真四大奇书之的派也。岂散漫芜秽之《红楼梦》所能梦游其境者哉！

《瑶华传》是一部神魔小说，尤夙真序对此毫不迟疑地予以了确认，而周永保却津津于与人情小说《红楼梦》较高下，由此不难窥见作者的宗旨：他热心于将神魔与人情打并在一起。

《绿野仙踪》等作品致力于不同题材的融合，这在清代章回小说创作中是一个非常突出的现象。其产生原因，附编第一章之五已经讨论过了，可以参看。

四　从《金瓶梅》到《红楼梦》(上)
——人情小说的三种主要类型

《金瓶梅》之后，人情小说的发展进入一个新的周期，出现了若干值得注意的新动向：首先是大量笔墨纯净的才子佳人小说的诞生，如《平山冷燕》、《吴江雪》、《玉娇梨》、《好逑传》等；其次是大量艳情小说的出笼，如《绣榻野史》、《肉蒲团》、《巫山艳史》、《桃花影》等；其三是相当一部分世情书具有浓郁的说教意味，如《续金瓶梅》、《醒世姻缘传》等。要理解《红楼梦》及孕育《红楼梦》的文化生态，必须对这三种动向加以考察。

(一) 才子佳人小说

什么叫才子佳人小说？有一些误解必须排除。鲁迅《中国小说的历史的变迁》指出："这类书的名字，仍多袭用《金瓶梅》式，往往摘取书中人物的姓名来做书名；但内容却不是淫夫荡妇，而变了才子佳人了。所谓才子者，大抵能作些诗，才子和佳人之遇合，就每每以题诗为媒介。"这里确立了两个关键的尺度：一、小说写的是恋爱；二、主角是才子佳人，而非淫夫荡妇。由此导致的才子佳人小说的风格特征是："弃绝猥亵，致意风雅。"① 所以，李梦生《中国禁毁小说百话》的一个观点显然是不妥当的。他说："就烟水散人所写的才子佳人小说来看，明显分为二途，一是歌颂爱情的，如《女才子》、《珍珠舶》等；一是描写狭邪性爱的，如《桃花影》及本书(指《灯月缘》)。这其实是明末清初小说作者继承《金瓶梅》及明中叶中篇文言小说所形成的两个分支，二者当同属于才子佳人小说类并受到重视，可是研究者都没有注意到这一现象，只承认前者而忽略

① 中国科学院文学研究所编写组编写：《中国文学史》，1026页，北京，人民文学出版社，1962。

了后者。”李梦生将艳情小说中的“淫夫荡妇”视为“才子佳人”，将“性爱”视为“恋爱”，显然是将两类小说弄混了。

大量笔墨纯净的才子佳人小说的诞生，其原因是多种多样的，而且每种原因只在解释部分作品时有效。比如，我们可以从作者方面寻找原因，天花藏主人即是一例。① 他是清初才子佳人小说流派的开创者。现存的清初这一类性质相同、体裁相同的中篇白话小说，如《平山冷燕》、《玉娇梨》、《飞花咏小传》、《两交婚小传》、《金云翘传》、《玉支玑小传》、《画图缘小传》、《定情人》（序署“素政堂主人题于天花藏”）、《赛红丝小传》、《奇闻幻中真》、《锦传芳人间乐》、《锦疑团》、《云仙啸》、《惊梦啼》（《云仙啸》、《惊梦啼》题“天花主人编次”）、《麟儿报》等，均有天花藏主人的序，或为天花藏主人所著。其顺治十五年（1658）《平山冷燕序》云：

> 予虽非其人，亦尝窃执雕虫之役矣。顾时命不伦，即间掷金声，时裁五色，而过者若罔闻罔见。淹忽老矣！欲人致其身，而既不能，欲自短其气，而又不忍，计无所之，不得已而借乌有先生以发泄其黄粱事业。有时色香援引，儿女相怜；有时针芥关投，友朋爱敬；有时影动龙蛇，而大臣变色；有时气冲斗牛，而天子改容。凡纸上之可喜可惊，皆胸中之欲歌欲哭。

天花藏主人从中国古典诗的喻托传统受到启发，要求读者用一种理解

① 戴不凡作有《天花藏主人即嘉兴徐震》一文（收入戴不凡著《小说见闻录》，浙江人民出版社 1982 年第 2 版），认为天花藏主人（或天花才子）与号烟水散人（或烟水山人）的徐震是同一人。石昌渝认为：“有人认为天花藏主人就是烟水散人，就是徐震，可能性不大。与天花藏主人有关的上述作品，虽然也是写才子佳人，但却不涉淫亵，与烟水散人的作品显然不同。应当指出，烟水散人的作品虽然涉于淫滥，比较放荡，但情节还不那么公式化，天花藏主人的作品代表才子佳人小说的比较理性比较矫情的那一类，文字虽然干净，但情节公式化的倾向却比较突出。天花藏主人的作品代表着清代才子佳人小说的主流。”见石昌渝：《中国小说源流论》，373 页，北京，三联书店，1994。

象征性作品的眼光来读《平山冷燕》。所谓才子佳人的相互钦慕，在天花藏主人看来，寓有期待知音之忱。才子佳人之为才子佳人，有两个基本的尺度:“才”、“色”的出类拔萃。而“才”又是更重要的。我们来看《平山冷燕》第二回关于山黛的一个片断：

> 山显仁正在贵盛之时，未免有骄傲之色，凌虐之气。但这个女儿山黛却与父亲大不相同，生得美如珠玉，秀若芝兰，洁若冰雪，淡若烟云，此其容貌一望而知者。至于性情沉静，言笑不轻；生于宰相之家，而锦绣珠翠非其所好。每日只是淡妆素服，静坐高楼，焚香啜茗，读书作文，以自娱乐。举止幽闲，宛如一寒素书生。闺阁脂粉，妖淫之态，一切洗尽。……
>
> 这日正在楼上看书，正看到唐玄宗同杨贵妃在沉香亭赏牡丹，因欲赋新诗作乐，急召李白。其时正值李白大醉，因命杨贵妃捧砚，高力士脱靴，然后挥毫染翰，赋清平调三章以入乐，一段才气。因赞叹道：“古文人在天子前有如此之才，有如此之气，谓之才子，方不有愧。自唐到今，千载有余，并未再见，何才之难如此！只可惜，我山黛是个女子，沉埋闺阁中。若是一个男儿，异日遭逢好文之主，或者以三尺柔翰再吐才人之气，亦未可知。”

这里，至少有三点是应给予足够重视的：①《平山冷燕》所说的“才”，主要指诗赋创作的才能，并非指写作八股文的才能，这也是大多数才子佳人小说的共性所在。②《平山冷燕》之写山黛，虽然也强调“这个女儿”容貌过人，但对其容貌的描绘却并不着眼于其女性的特点，“美如珠玉，秀若芝兰，洁若冰雪，淡若烟云”云云，用在年轻才子身上也未尝不可。作者对其与性别相关的特点实在并不关心。③山黛意识中最强烈的人生愿望是像李白一样，以三尺柔翰为才人吐气。由此，我们可以得出一个结论：《平山冷燕》这一类才子佳人小说，其才子固然以才情为命脉所在，即使是佳人，也同样以才情为关注焦点。作者并不打算写出一场真正的恋爱，他只是要写男性才子与女性才子如何因翰墨因缘而走到一起，相互吸引的原因首先是“才”，容貌只是起陪衬作用的因素。天花藏主人所作的序，口口声声所感慨的也是才子的怀才不遇，所谓“青云未附，彩笔并白头低垂；狗监不逢，上林与长杨高阁；即万言倚马，止可覆瓿；道德五千，惟堪糊壁”；所谓“落笔时惊风雨，开口秀夺山川……徒以贫而在下，无一人知己之怜，不幸憔悴以死，抱九原埋没之痛”，都表达了一种世无知音而悲愤欲死的忧伤，而与爱情无多少关系。倘作者留意于男女之情，中国古代并不缺少这类佳话，司马相如与卓文君、韩寿与贾午……天花藏主人却只字不提。这不是疏漏所致，而是匠心所在。他旨在以小说为才人吐气，而无意于写一个洋溢着脂粉气的香艳故事。①

大量笔墨纯净的才子佳人小说的诞生，也可以从形象塑造的自身逻辑方面寻找原因。明代的中篇传奇小说，如《贾云华还魂记》、《钟情丽集》、《李生六一天缘》、《天缘奇遇》，尽管其男女主角被贴上了才子佳人的标签，其所作所为却卑俗之极，不足当才子佳人之称。《金瓶梅》作者以市井浪子西门庆取代才子，以出身卑贱的潘金莲等取代佳人，用意之一是让男女主角的身份与其卑俗的生活协调。与《金瓶梅》取径不同，一部分才子佳人小说作家则仍以才子佳人为主角，但致力于净化其人生情调，以使其角色身份与人生情调吻合。《金瓶梅》从改变人物的角色身份入手，才子佳人小说从改变人物的生活格调入手，但都旨在消除人物角色身份与生活格调不协调的

---

① 夏济安有一个观点，用于阐释天花藏主人的才子佳人小说，似乎并不恰切。他认为：《红楼梦》是 novel，而才子佳人小说只是 rommance。“写 rommance 的人根本不想‘反映现实’；才子佳人式的恋爱故事，可能和中国人真正的恋爱方式不太有关联；但是这种故事，可以叫人听之不倦，那也就达到了‘通俗文学’的目的。”“Rommance 的特色是它的人物与故事对于 Popular imagination 的 hold。它的形式是不重要的。因此中世纪的 rommance，忽诗忽散文，并无一定。中国的才子佳人故事，可能成为‘小说’的形式，也可能成为戏剧、弹词、大鼓等等。听这故事的，不会注意它们的形式。他们所注意的只是‘内容’。”见夏志清：《鸡窗集》，203 页、204 页，上海，上海三联书店，2000。

弊端。天花藏主人《赛红丝》序批评了下述几种情形：

> 或且诡温家之玉镜，或且逞卓氏之琴心，甚至逾越淫奔，逞室家之丑。

所谓“逾越淫奔，逞室家之丑”，正是明代中篇传奇小说中常见的情节。这类情节中的男女主角，在天花藏主人看来，是不配被称为才子佳人的；才子佳人理应遵循基本的伦理原则。《好逑传》的作者名教中人甚至假定：真正的才子佳人必定是名教中人。小说中有这样一个情节：过其祖等人以水冰心的名义约铁中玉“相会后花园”，铁中玉一眼便看出其中有诈：

> 铁公子听了，勃然大怒道：“胡说！这些话从哪里说起？莫非你家小姐丧心病狂么？”……铁公子一头怒，一头想到：“水小姐以礼法持身，何等谨慎，怎么说此非礼之言？难道相隔不久就变成两截？此中定然有诈。”因一手将童子捉住，又一手指着童子的脸要打道：“你这小奴才，有多大本领，怎样将美人局来哄骗我铁相公？那水小姐乃当今的女中豪杰，你怎敢造此邪秽之言来污她？我铁相公也是一个皎皎铮铮的汉子，你怎敢提此淫荡之言来诱我？”（第十一回）

铁中玉断定其中有诈，其理由是什么？简单地说，他认为，水冰心是“当今的女中豪杰”，名副其实的佳人，而佳人必然不会说“非礼之言”，行非礼之事；“相会后花园”是非礼之事，怎么可能是水冰心的主意？他由此断定这是一个骗局。《好逑传》的情节设计表明：在其作者看来，才子佳人形象必须满足三个条件：卓越的才情、过人的容貌和强烈的伦理意识。这是对明代中篇传奇小说的反拨。

既然尊崇名教和伦理，又何必写作才子佳人小说呢？才子佳人小说以才子佳人的相互吸引作为推动情节发展的基本动力，这本身就潜在地包含了消解名教的意味。对于这种可能的质疑，天花藏主人

《飞花咏小传》序的回答是：

> 金不炼，不知其坚；檀不焚，不知其香；才子佳人，不经一翻磨折，何以知其才之愈出愈奇，而情之至死不变耶？故花不飞，安能有飞花之咏？不能有前题之飞花咏，又安能有后题之和飞花咏耶？不有前后之题和飞花咏，又安能有相见联吟之飞花咏耶？惟有此前后联吟之飞花咏，而后才慕色如胶，色眷才似漆，虽至百折千磨，而其才更胜，其情转深，方成飞花咏之为千秋佳话也。……
>
> 设父母有命，媒妁有言，百两而去，百两而来，不过仅完其红丝之公案，而锦香里之佳联不几埋没乎？凤园芍药之深盟将谁与结乎？总戎与司李之求婚，死不变心于何而见乎？则是幽香同于野草，良璧不异顽砖，将见佳人才子，竟与愚夫妇等矣，岂不大可痛心也哉？……

这些议论表明，才子佳人小说的宗旨是创造佳话：佳话的关键词是男女之“情”，男为才子，其魅力在“才”，女为佳人，其魅力在“色”（自然，才子佳人通常才色兼具），因此，“情”实依托于“才”“色”。“才慕色如胶，色眷才似漆”，那种辗转反侧的情态，是作者所嘉许的。理解了这一点，我们也就可以断言：尽管才子佳人小说常常提到名教、伦理，但相当一部分作品的核心所在，仍是眷注“才”“色”，仍是表达一种期待知音的情愫。其作者之所以要以伦理规范其恋情，目的之一是与明代中篇传奇小说划清界限。

当然，上述结论只在一定的范围内适用。事实上，一部分小说家既创作才子佳人小说，也创作艳情小说，而艳情小说是与明代中篇传奇小说一脉相承的。他们兼写两类作品，意在适应不同读者群的需要。其创作动因只能从市场运作的价值规律中去寻找。烟水散人徐震（字秋涛）即是显著的一例。他是浙江嘉兴人，一位活跃于清初的小说作家。其创作，一部分属于才子佳人小说，如《珍珠舶》、《合浦珠》等；一部分属于艳情小说，如《桃花影》、《灯月缘》等。其

《合浦珠》骈文自序倡“隔千里而神合”、“阻异域而相思”的深情而贬抑“郑卫之风，淫荡之匹”，认为“金门隽彦、兰闺婉秀”应有与之相应的风度，可见徐震已明确意识到，既然写才子佳人小说，就必须遵循才子佳人小说的游戏规则，否则不必进入这一领域。同时这也意味着，一旦徐震写作艳情小说，他便可以抛开才子佳人小说规则的束缚。他确实是这样做的。其《桃花影》末回云：“今岁仲夏，友人有以魏生事嘱予作传。予亦在贫苦无聊之极，遂尔坐水钓矶，雨窗十日，而草创编就其事。”书出后销路甚好，于是又续写《灯月缘》，题曰“桃花影二编”。《桃花影》写明代成化年间松江府书生魏玉卿的艳遇，《灯月缘》写明代崇祯年间黄州府书生真楚玉的艳遇，其情节无非是一连串的男女苟合，正是《红楼梦》所说的“皮肤淫滥”。徐震以一人而兼写才子佳人小说和艳情小说，足见笔墨纯净的才子佳人小说不一定是作者创作宗旨的体现，而可能是文学惯例的体现或文学习尚使然。

（二）艳情小说

大量艳情小说的出笼也是《金瓶梅》之后人情小说创作中一个值得注意的动向。明末清初是艳情小说的鼎盛时期。据《中国通俗小说总目提要》著录，清代艳情小说可知的约 60 种，其中明崇祯至清顺治年间约十余种，康熙年间约二十种，较为著名的有《肉蒲团》、《桃花影》、《灯草和尚》、《巫山艳史》等。所谓艳情小说，即淫秽小说，或称为风流小说、猥亵小说、秽亵小说、淫荡小说，乃清代禁毁书目中的主体部分。清李仲麟《增订愿体集》卷二《训后》云：“淫词小说，多演男女之秽迹，敷为才子佳人，以淫奔无耻为逸韵，以私情苟合为风流，云期雨约，摹写传神，少年阅之，未有不意荡心迷、神魂颠倒者。在作者本属子虚，在看者认为实有，遂以钻穴逾墙为美举，以六礼父命为迂阔，遂致伤风败俗，灭理乱伦，则淫词小说之为祸烈也。即有因果报应，但人多略而不看，将信将疑；况人好德之心，决不能胜其好色之心，既以挑引于前，岂能谨饬于后。有司者正其士民，有家者闲其子弟，于此等淫词，严行禁毁。”① 李仲麟的话，虽略有危言耸听之嫌，但确有事实依据。既然如此，何以这类小说有人创作，有人刻卖呢？

就作者而言，不乏以“摹写丽情亵语”为名士风流的意味。“摹写丽情亵语”并不始于明代的艳情小说，先秦的赋（如宋玉《高唐赋》），魏晋南北朝的笔记（如《西京杂记》卷三《赵后淫乱》），唐代的传奇（如张荐《灵怪集·郭翰》），这类作品绵延不绝，以其轻妍不俗的才情令读者欣喜。有了宋玉、张荐等先例，像吕天成这样一些作者，以游戏态度写出《绣榻野史》等艳情小说，不是一桩值得大惊小怪的事。

吕天成（1580～1618）是明代有影响的戏曲家，幼年嗜曲，稍长即能填词。后与沈璟、王骥德为友，益加精进。所作传奇今知有《神镜记》、《金合记》、《神女记》、《双栖记》等十五种，总称《烟鬟阁传奇》，均无传本，仅《神镜记》有残曲。作有杂剧八种，仅《齐东绝倒》尚存《盛明杂剧》中，署名竹痴居士。另有戏曲论著《曲品》和小说《绣榻野史》、《闲情别传》。王骥德和吕天成为“文字交垂二十年”（《曲律》卷四），他在《曲律》卷四中说《绣榻野史》是吕天成“少年游戏之笔”，则当成书于万历二十五年（1597）左右。成书未久，即有刊本行世。小说带有明显的“游戏”意味：其一，因女主角姓金，吕天成故意将她与金、女真、辽金挂钩，拟有“金人三战败绩”、“女真垂首丧气”、“辽金拱首伏降”等目；其二，小说从当时流行的春宫册子如《花营锦阵》、《素娥篇》、《鸳鸯秘谱》等书中引用了许多题词放在若干则故事之后，如《花营锦阵》中的《如梦令》、《凤楼春》、《解连环》、《后庭宴》、《扑蝴蝶》，《鸳鸯秘谱》中的《画堂春》、《卜算子》，表明作者有意在性描写方面与春宫册子争胜；其三，吕天成的兴趣实在铺张秽事，却也曲终奏雅，在小说结束时来点因果报应的话头，谓麻氏、大里、金氏等均不得好

① 王利器辑录：《元明清三代禁毁小说戏曲史料》，178页，上海，上海古籍出版社，1981。下引该书只注页码。

死，且死后或变母猪，或变公骡，或变母骡，东门生亦自感罪孽深重在即空寺出家。这种劝百讽一的玩意，体现了文士的机智或狡狯。

必须指出，明清艳情小说的广泛流行，作者“摹写丽情亵语”以显示名士风流只是一个次要的原因。更主要的动力在于这种作品销路好，可以赚钱。沈德符《万历野获编》卷四为艳情小说划出了两个不同的流通范围：一是在士大夫文人如袁中郎、袁小修、马仲良等人中间流传，这些人阅读《金瓶梅》，属于名士风流；一是“悬之国门”，成为市井读物，其刻卖者“坏人心术”，应受到下地狱的惩罚。所以，艳情小说是否合宜的问题，在很大程度上是一个流通范围的问题。严格限制其流通范围，则如“天地间一种闲花野草”（袁中道《游居柿录》卷九语），不可多，亦不可无；倘若任其扩散，则确有可能败坏风俗，遗祸甚烈。而明清两代一再重复的事实是：一些出版商为了牟利，大量刻印这种作品，以至朝廷和社会舆论相当一致地赞成禁毁艳情小说。

清黄正元《欲海慈航·禁绝淫类》引明袁了凡语曰：

> 人虽不肖，未有敢肆为淫纵者，自邪书一出，将才子佳人四字，抹杀世间廉耻，而男女大闲，不可问矣。每见深闺女子，素行无瑕，暂一披卷，情不自制，顿忘中冓之羞，遽作阳台之梦。亦有少年子弟，情窦方开，一见此书，邪心顿炽，终日神游楚峡，每夜梦绕巫山，或手淫而不制，或目挑而苟从，丧身失命，皆由于此。若夫巧作传奇，当场演出，以婉娈姣好之童，为阿媚淫媟之态，坏人闺门，不可胜数，皆此等书为之作俑也。畀之炎火，夫复何疑。①

明清两代的艳情小说，经常写到登徒子以艳情小说作为引诱女性的工具，如《蜃楼志》第三回《温馨姐红颜叹命　苏笑官黑夜寻芳》：“素馨自幼识字，笑官将这些淫词艳曲来打动他，不但《西厢记》一

① 王利器辑录：《元明清三代禁毁小说戏曲史料》，241 页。

部，还有《娇红传》、《灯月缘》、《趣史》、《快史》等类。素馨视为至宝，无人处独自观玩……”第五回还写到温素馨因看《浓情快史》，“那一种炎炎欲火，早已十丈高升，怎生按捺得住”。比照这类描写来看袁了凡的指责，可以断言他不是无中生有地给艳情小说定罪，他一定掌握了相当数量的证据。又清史澄《趋庭琐语》卷七《辟淫书》：

> 小说多将男女秽迹所谓父母国人皆贱之者，敷为才子佳人，以淫奔无耻为逸韵，私情苟合为传奇，则名教纲常，彼尽抹杀矣。而形容暧昧，丑态铺张，使阅者即老成历练，犹虞摇撼；况无知少年，内无主宰，未有不意荡神迷，神魂颠倒，常见贞士为之丧守，节妇为之改操矣。在作者本属子虚，在看者竟认为实，因而伤风败俗有之，犯法灭伦有之。吾愿爱子弟者，见此孽物亟焚毁，慎勿藏家，此诚驱邪卓鉴，保元先几也。《习善录》戒童年勿近淫书画曰：“淫画淫词总是殃，童年寓目大为伤。混沌未开遭破凿，萌芽初发遇摧戕。肾亏永负虚劳疾，元损应归短折乡。蜜饯砒霜君识否？亟将焚毁护儿郎。”经历语也。予请禁淫戏，是先其甚者；偶阅先哲辟淫书一条，语极透切，为节存之。①

《辟淫书》一则的辞气是非常严厉的，但用语措辞仍颇有分寸。所谓“在作者本属子虚”，即作者也许只是以文为戏，所谓“在看者竟认为实”，即读者视书中的“私情苟合”为实事，因而加以仿效。既然如此，关键即在控制传播渠道，不让艳情小说进入缺少鉴别力的读者群。“禁毁淫书”的必要性由此提出，清代康熙、雍正、乾隆各朝断然对艳情小说予以禁毁，在某种程度上也是符合民意的。

---

① 王利器辑录：《元明清三代禁毁小说戏曲史料》，234 页。

（三）世情书

以因果报应寓说教之意，这一类型人情小说（世情书）的登场是《金瓶梅》之后值得注意的第三个动向。

《金瓶梅》是一部内涵比较复杂的小说。如果某一读者仅仅关注其中的一个层面，试图将之解释成宣传因果报应的读物，并不存在克服不了的困难。比如清初丁耀亢（紫阳道人）《续金瓶梅》第一回就振振有词地说："这《金瓶梅》一部小说，原是替世人说法，画出那贪色图财、纵欲丧生、宣淫现报的一幅行乐图。……细想起来，金银财物、妻妾田宅是带不去的，若是西门庆做个田舍翁，安分的良民，享着几亩良田，守着一个老妻，随分度日，活到古稀，善病而终，省了多少心机，享了多少安乐。"丁耀亢的这番言论，如果不算理由充分，至少也能自圆其说，因为《金瓶梅》中常可见到因果之谈，如第三十四回："欲占后世兴衰理，今日施为可类知。"第四十八回："知危识险，终无罗网之门；誉善荐贤，自有安身之地。施恩布德，乃后代之荣昌；怀妒藏奸，为终身之祸患。损人利己，终非远大之图；害众成家，岂是长久之计。"

但《金瓶梅》的因果报应题旨绝不是每个读者都能体会出的。丁耀亢在《续金瓶梅》第一回中无可奈何地承认：另有一部分读者，不仅体会不出《金瓶梅》的戒淫之意，反而将它看成一部助淫的读物。"少年文人家家要买一部，还有传之闺房，念到淫声邪语，助起兴来，只恨那胡僧药不得到手，照样做起，把这做书的一片苦心变成拔舌大狱，真是一番罪案。"为什么会有这样一部分读者呢？一方面是因为微言大意，少数读者也许体会得出，而大多数读者却不具备理解的能力；另一方面也因为《金瓶梅》劝百讽一，讽所占的比重太轻，不足以造成震悚读者的效果。鉴于这一事实，丁耀亢致力于加大讽谏在小说中的比重。《续金瓶梅》作于顺治十七年（1660）丁耀亢旅居西湖期间。丁耀亢以《续金瓶梅》为《感应篇》之无字解，藉因果报应故事来印证宗教信仰，同时在对宋金史事的描写中，曲折地写出明清易代的变迁，表达对清朝的愤懑之情。由于后一原因，《续金瓶梅》成为清代第一部被明令禁毁的小说。《续金瓶梅》被禁不久，出现了《新镌古本批评三世报隔帘花影》四十八回，不题撰人，首四桥居士序。孙楷第《中国通俗小说书目》以为四桥居士当即作者。《隔帘花影》实为《续金瓶梅》的删节本，其差别主要有二：一是删去了以“刺新朝而泄黍离之恨”为核心的十六回，二是改换人名，如易蒋竹山为毛橘塘，易西门为南宫，易月娘为云娘，易孝哥为慧哥。其因果报应之旨一仍其旧。西周生辑著的《醒世姻缘传》也具有浓郁的说教意味。

五　从《金瓶梅》到《红楼梦》（下）——《红楼梦》对人情小说三种路数的扬弃

粗略划分，人情小说包括三种基本路数或基本类型，即世情书、艳情小说和才子佳人小说。《红楼梦》与这三种类型作品的关系，可从两个层面加以考察：《红楼梦》对这三种路数的扬弃；《红楼梦》之后这三种类型作品的存在方式。这里考察的是前一个层面。

（一）《红楼梦》对世情书的扬弃

世情书的奠基之作是《金瓶梅》。“一冷一暖，谓之世情”，因此人物命运的盛衰之变以及人情冷暖的与时俱迁便成为小说描写的主要内容。以《金瓶梅》为例，西门庆的暴发与骤衰以及伴随盛衰之变的世态炎凉正是小说的核心层面所在。

曹雪芹创作《红楼梦》，他所面对的传统之一即世情书。《红楼梦》继承了《金瓶梅》关于盛衰变化的总体设计。小说第一回写甄士隐由盛而衰，贾雨村由衰而盛；英莲被拐，小姐沦为丫头，丫头娇杏却因嫁给雨村而成为夫人。这样的情节放在《红楼梦》开端，起着笼罩全局的点题作用。而甄士隐的《好了歌注》，对盛衰无常的主旨作了进一步的发挥。在《好了歌注》中，或叹由盛而衰，如“陋室”四句，“金满箱”三句；或叹由衰而盛，如“蛛丝儿”二句，

"昨怜"二句，总之是盛衰无常，"你方唱罢我登场"。在盛衰的双向演变中，《红楼梦》侧重展示贾府的由盛而衰：曾经声势煊赫的贾府，后来却一败涂地。小说的诸多情节都是环绕这一设计展开的。曹雪芹用"假语村言"来代称《金瓶梅》这类作品，并精心设计了"贾雨村"这一人物，表明作者清醒地意识到这一传统的存在，同时致力于对这一传统的扬弃。

贾雨村在《红楼梦》第一回便正式登场，即所谓"贾雨村风尘怀闺秀"；在最后一回仍由他向读者谢幕，即所谓"贾雨村归结红楼梦"。曹雪芹对贾雨村的描叙，表明了他对世情书的基本定位。世情书至少有两个基本的特点：其一是展示人类生活的盛衰无常，其二是展示世俗社会的世态炎凉。贾雨村的人生履历的特点之一正是在生活之流中不断沉浮。

第一回，贾雨村以一介穷儒登场："这贾雨村原系湖州人氏，也是诗书仕宦之族，因他生于末世，父母祖宗根基已尽，人口衰丧，只剩得他一身一口，在家乡无益，因进京求取功名，再整基业，自前岁来此，又淹蹇住了，暂寄庙中安身，每日卖文作字为生。"其家族由盛而衰，至贾雨村而衰落之极。

第二回，贾雨村靠着甄士隐的资助，到了京城，参加科举考试，"大比之期，十分得意，中了进士，选入外班，今已升了本县太爷。虽才干优长，未免贪酷；且恃才侮上，那同寅皆侧目而视，不上一年，便被上司参了一本，说他貌似有才，性实狡猾；又题了一两件狗庇蠹役、交结乡绅之事。龙颜大怒，即命革职"。一年左右的时间，贾雨村便经历了由衰而盛，又由盛而衰的历程。

第三回，贾雨村因给黛玉做过家庭教师，黛玉的父亲林如海把他推荐给自己在朝廷做官的二舅子贾政。"这贾政最喜的是读书人，礼贤下士，拯溺救危，大有祖风，——况又系妹丈致意，因此优待雨村，更又不同：便极力帮助，题奏之日，谋了一个复职，不上两月，便选了金陵应天府，辞了贾政，择日到任去了。"这是衰而复盛。

第九十二回，"几年间，（这贾雨村）门子也会钻了，由知府推升转了御史，不过几年，升了吏部侍郎，兵部尚书。为着一件事降了三级，如今又要升了。”这是所谓盛衰无常。

第一百十七回：“这位雨村老爷，人也能干，也会钻营；官也不小了，只是贪财。被人家参了个‘婪索属员’的几款。如今的万岁爷是最圣明最仁慈的，独听了一个‘贪’字，或因遭蹋了百姓，或因恃势欺良，是极生气的，所以旨意便叫拿问。”“带着锁子，说要解到三法司衙门里审问去呢。”这是盛而复衰。

第一百二十回：“且说那贾雨村犯了婪索的案件，审明定罪，今遇大赦，递籍为民。”贾雨村在经历了几番盛衰后，又回到了他人生的起点。

《红楼梦》不仅借贾雨村的履历点出盛衰无常之旨，与《好了歌注》呼应，还经由这一形象写出了世态炎凉：贾府得势时，他如蝇逐膻；贾府失势时，他落井下石。第四回，贾政的亲戚薛姨妈之子薛蟠仗势行凶，打死冯渊，案件并不复杂，雨村却蓄意徇情枉法，“胡乱判断了此案”，“便疾忙修书二封与贾政并京营节度使王子腾，不过说‘令甥之事已完，不必过虑’之言寄去”。他之所以“疾忙修书”，无非是拍贾政、王子腾的马屁。他明白一点，只有与包括贾府在内的四大家族保持良好关系，他才能仕途顺遂。每次路过石头城，他都要拜访贾府，故示亲密。后来，贾府势衰，在一旁落井下石的也正是这个贾雨村。贾府被抄之前，先是被御史参奏，“主子还叫府尹（贾雨村）查明实迹再办。你说他怎么样？他本沾过（宁荣）两府的好处，怕人说他回护一家儿，他倒狠狠的踢了一脚，所以两府里才到底抄了。你说如今的世情还了得吗！”（第一百七回）不是贾雨村在一旁捣鬼，贾府的处境也许会稍好一些。

《红楼梦》经由对贾雨村这一形象的描述，概括地表达了《金瓶梅》的两大主旨：展示盛衰无常和世态炎凉。这里出现了一组对比：《金瓶梅》以整部小说来演绎盛衰无常的人生背景，并在这一背景下不厌其详地描写种种世态炎凉，显然含有骂世的意味，即鲁迅《中国小说史略》所说：“明小说之宣扬秽德者，人物每有所指，借文字以报夙仇，而其是非，则殊难揣测。”而《红楼梦》将世态炎凉浓缩于贾雨村这一形象，并明确地称之为“假语村言”，表明这一形象不过是对传统世情书的戏拟，并无骂世的意味。旨在骂世，故《金瓶梅》多发苦言，文辞峻急；无意骂世，故《红楼梦》涕泣悲歌，缠绵悱恻。江顺怡《读红楼梦杂记》云：

《红楼梦》，悟书也。其所遇之人皆阅历之人，其所叙之事皆阅历之事，其所写之情与景皆阅历之情与景。正如白发宫人涕泣而谈天宝，不知者徒艳其纷华靡丽，有心人视之皆缕缕血痕也。……缠绵悱恻于始，涕泣悲歌于后，至无可奈何之时，安得不悟！①

怨而不怒，缠绵悱恻，《红楼梦》这种风格，明显地高于《金瓶梅》。

（二）《红楼梦》对才子佳人小说的扬弃

曹雪芹创作《红楼梦》，他所面对的第二个传统是才子佳人小说。作者对才子佳人小说是异常熟悉的。开卷第一回即批评“才子佳人等书”“开口‘文君’，满篇‘子建’，千部一腔，千人一面，且终不能不涉淫滥”。第五十四回又由贾母具体剖析了才子佳人小说的不近情理之处。

曹雪芹一方面从理论分析的角度批评才子佳人小说，另一方面又在情节设计上有意戏拟才子佳人小说。第一回“贾雨村风尘怀闺秀”，让俗不可耐的贾雨村扮演才子，让甄士隐家的丫鬟娇杏扮演佳人，便是饱含调侃意味的戏拟：

这里雨村且翻弄诗籍解闷，忽听得窗外有女子嗽声，雨村遂起身往外一看，原来是一个丫鬟在那里掐花儿：生的仪容不俗，眉目清秀，虽无十分姿色，却也有动人之处，雨村不觉看得呆

---

① 转引自俞平伯《〈读红楼梦杂记〉选粹》一文，见《红楼梦评论·石头记索隐·红楼梦索隐·红楼梦辨》316页、317页，王国维、蔡元培、胡适、俞平伯著，岳麓书社1999年4月第1版。

了。那甄家丫鬟掐了花儿，方欲走时，猛抬头见窗内有人：敝巾旧服，虽是贫窘，然生得腰圆背厚，面阔口方，更兼剑眉星眼，直鼻方腮。这丫鬟转身回避，心下自想："这人生的这样雄壮，却又这样褴褛：我家并无这样贫窘亲友，想他定是主人常说的什么贾雨村了，——怪道又说他必非久困之人，每每有意帮助周济他，只是没什么机会。"如此一想，不免又回头一两次。雨村见他回头，便以为这女子心中有意于他，遂狂喜不禁，自谓此女子必是个巨眼英豪，风尘中之知己。

接下来是雨村高中，选为知县，"向甄家娘子要那娇杏作二房"。"却说娇杏那丫头，便是当年回顾雨村的，因偶然一看，便弄出这段奇缘，也是意想不到之事。谁知他命运两济，不承望自到雨村身边，只一年，便生一子；又半载，雨村嫡配忽染疾下世，雨村便将他扶作正室夫人，正是：偶因一回顾，便为人上人。"这个富于喜剧意味的才子佳人故事，至少包含了三重调侃：一是雨村视娇杏为"巨眼英豪，风尘中之知己"，只是自作多情；二是雨村人格卑下，却当仁不让以才子自居；三是"佳人"娇杏，其人生际遇纯属"侥幸"。"才子佳人"成为调侃对象，这是《红楼梦》解构传统才子佳人小说的入手之处。

才子佳人故事经常以小巧玩物作为才子佳人遇合的纽带，《红楼梦》也设置了一系列类似情节。宝玉"落草时衔下来的宝玉"，上有八字："莫失莫忘，仙寿恒昌"；宝钗的金锁"是个癞头和尚送的"，上亦有八字："不离不弃，芳龄永继"。由此演绎出金玉良缘之说。（第八回）宝玉有金麒麟，湘云亦有金麒麟，黛玉因此起了戒心。（第三十一回）但曹雪芹在设计这类情节时，却有意颠覆才子佳人小说的情节套路。才子佳人小说往往由小巧玩物导向"风流佳事"，而在《红楼梦》中，恰好是有着小巧玩物的宝钗、湘云，并非贾宝玉认可的知己。他所认可的知己黛玉偏偏没有小巧玩物。而且，贾宝玉对与生俱来的小巧玩物（落草时衔下来的宝玉）一直怀有敌视之意。第三回，宝黛初次见面，因听说黛玉没有玉，宝玉"登时发作起狂病来，摘下那玉，就狠命摔去，骂道：‘什么罕物！人的高下不识，还说灵不灵呢！我也不要这劳什子。’”这段情节颇有些神秘意味，并因其神秘意味获得了值得细读的丰富内涵。从视玉为小巧玩物的角度来解读，我们不妨说，金玉良缘之说代表了才子佳人小说的传统，贾宝玉砸玉，即是对才子佳人小说既有情节套路的否定。如果从视玉为贾宝玉命根子的角度来解读，我们应当认为，金玉良缘之说代表了一种命运，一种由社会常规所决定的命运，贾宝玉砸玉，即是对命运和社会常规的反抗。更合理的解读是：将这两种角度结合起来，贾宝玉砸玉，既标志着才子佳人小说传统情节套路的瓦解，又象征着社会常规对贾宝玉失去约束力量。此后宝黛对金玉良缘之说的恐惧、质疑和挑战，也一方面表达了曹雪芹的小说理念，另一方面表达了曹雪芹的人生理念。小说理念与人生理念结合，赋予了相关情节以深厚内涵。

第二十八回，贵妃元春赏赐端午节礼品，独宝玉和宝钗相同，这当然不是偶然的。因为薛姨妈曾对王夫人提过“金锁是个和尚给的，等日后有玉的方可结为婚姻”等话，薛姨妈、王夫人是亲姐妹，元春系王夫人所生，相互之间的沟通是不困难的。而元春身为贵妃，她的这一行动本身就是对宝玉、宝钗婚姻的具有权威意义的认可，即对金玉良缘之说的认可。宝玉有“玉”，而黛玉无“金”，面对金玉良缘的强势舆论，黛玉可以仰仗的只有宝玉的感情，而宝玉感情的天平究竟是倾向于姐姐（薛宝钗）还是倾向于妹妹（林黛玉），黛玉心中无底，只有想方设法试探宝玉。

怎么试探呢？不能直说，只有旁敲侧击，于是凡属可以提到金玉良缘之说的时候，黛玉就绝不放过。黛玉的想法是：“你心里自然有我，虽有‘金玉相对’之说，你岂是重这邪说不重人的呢？我就时常提这‘金玉’，你只管了然无闻的，方见的是待我重，无毫发私心了。怎么我只一提‘金玉’的事，你就着急呢？可知你心里时时有这个‘金玉’的念头。我一提，你怕我多心，故意儿着急，安心哄我。”（第二十九回）至于宝玉，他的想法却是：“别人不知我的心，还可恕；难道你就不想我的心里眼里只有你？你不能为我解烦恼，反来拿这个话堵噎我，可见我心里时时刻刻白有你，你心里竟没我了。”两人各有各的理由，便不免时常围绕金玉良缘发生口角：

> 那宝玉又听见他（指林黛玉）说“好姻缘”三个字，越发逆了己意，心里干噎，口里说不出来；便赌气向颈上摘下“通灵玉”来，咬咬牙，狠命往地下一摔，道：“什么劳什子！我砸了你，就完了事了！”偏生那玉坚硬非常，摔了一下，竟文风不动。宝玉见不破，便回身找东西来砸。（第二十九回）

“砸玉”的举动带些孩子气，同时还含有与黛玉赌气的成分。这两个因素可能会减弱这一情节在读者心目中的重要性。至于宝玉在梦中喊出：“和尚道士的话如何信得？什么‘金玉姻缘’，我偏说木石姻缘”（第三十六回），则既无孩子气，又非赌气，而是明确而坚定地表达了宝玉在感情问题上的立场，令读者不得不认真看待他的表态。“和尚道士”是《红楼梦》中两个具有神秘色彩的先知，“金玉姻缘”就是由他们确定的；宝玉不信“和尚道士”的话，而一心一意地认同“木石姻缘”，这在一定程度上显示了感情对于命运的抗争。由于宝玉的宣言是在梦中发出的，我们可以确信这是由衷之言，没有丝毫的矫饰。《红楼梦》对“金玉良缘”的否定，表明了曹雪芹对才子佳人小说传统的质疑。

自然，《红楼梦》也有仿效才子佳人小说之处，贾宝玉本人即曾模仿才子“私相传递”信物的做法。“原来宝玉自幼生成来的一种下流痴病，况从幼时和黛玉耳鬓厮磨，心情相对，如今稍知些事，又看了些邪书僻传，凡远亲近友之家所见的那些闺英闱秀，皆未有稍及黛玉者。所以早存一段心事，只不好说出来。”（第二十九回）第三十四回，“情中情因情感妹妹”，宝玉叫晴雯将“半新不旧的两条绢子”送给黛玉，即旨在以一种特殊的方式表达对黛玉的感情。“这黛玉体贴出绢子的意思来，不觉神痴心醉，想到‘宝玉能领会我这一番苦意，又令我可喜。我这番苦意，不知将来可能如意不能，又令我可悲。要不是这个意思，忽然好好的送两块帕子来，竟又令我可笑了。

再想到私相传递，又觉可惧。他既如此，我却每每烦恼伤心，反觉可愧'……" 可见黛玉对于才子佳人这种“私相传递”的交往方式也是熟知的。不过这里应该指出的是，黛玉身为大家闺秀，她可以接受宝玉的信物，却不便主动地送信物给宝玉。作为黛玉形象的补充，《红楼梦》写了一个名叫小红的丫鬟，她和贾芸之间有过交换手绢之举。小红是黛玉的影子，写小红不妨视为暗写黛玉。但正是在这儿，《红楼梦》显示了与才子佳人小说的一个重要区别：才子佳人小说中交换过信物的才子佳人通常都能成为眷属，而《红楼梦》中交换过信物的宝、黛却终于“心事终虚话”。才子佳人小说的情节套路再一次遭到颠覆。

（三）《红楼梦》对艳情小说的扬弃

曹雪芹创作《红楼梦》，他所面对的第三个传统是艳情小说。艳情小说的特征是兴高采烈地展示如春宫画一般的床上“镜头”，以色情来吸引读者。根据我们的考察，男女之间的关系可从三个层面加以透视：情，色，欲。艳情小说的真正主角是“欲”，《红楼梦》的真正主角是“情”，二者之间是格格不入的。如戚序本第六十六回总评所说：

> 余叹世人不识情字，常把淫字当作情字，殊不知淫里无情，情里无淫，淫必伤情，情必戒淫，情断处淫生，淫断处情生。三姐项下一横是绝情，乃是正情；湘莲万根皆削是无情，乃是至情。生为情人，死为情鬼，故结句曰：“来自情天，去自情地。”岂非一篇情文字。再看他书，则全是淫，不是情了。

所谓“全是淫，不是情”的“他书”，即艳情小说是也。

从《红楼梦》的布局来看，大观园内是一个“情”的世界，大观园外则常有“淫”的泛滥。《红楼梦》写淫人的淫行，与艳情小说存在一个重要区别：笔墨异常干净。值得关注的有下述事例：①秦可卿事件；②秦钟事件；③贾瑞事件；④尤三姐事件。

秦可卿之死，见于《红楼梦》第十三回，文字相当恍惚暧昧。这回的回目原作“秦可卿淫丧天香楼”，回目之下，庚辰“四阅”本中有题诗一首：“一步行来错，回头已百年。古今风月鉴，多少泣黄泉！”以秦可卿的“淫丧”为“风月鉴”，可见曹雪芹的命意。《红楼梦十二曲·好事终》亦道：“擅风情，秉月貌，便是败家的根本。”为了加强“宝鉴”的意味，曹雪芹原来为她设计的结局是自缢而死，脂本第五回画册上说得明白：“画着高楼大厦，有一美人悬梁自尽。其判云：情天情海幻情身，情既相逢必主淫。漫言不肖皆荣出，造衅开端实在宁。”秦可卿之“淫”，因其乱伦而令人触目惊心。秦氏死后，贾珍如丧考妣，备办丧礼极尽隆重奢华之能事，而贾蓉反倒像与己不相干似的，暗示出秦氏与贾珍之间必有隐秘情事。

秦氏与贾珍乱伦私通，曹雪芹用笔何以如此隐微曲折？主要的目的是避免笔墨污秽。秦氏系贾蓉之妻，贾珍的儿媳妇，如果据事直书，就会沦入艳情小说一流。曹雪芹以“荒唐言”出之，采用暗示手法，其处理方式与艳情小说明显不同。

对秦钟事件、贾瑞事件的处理亦可作如是观。“贾天祥正照风月鉴”，只见凤姐站在里面点手儿叫他。贾瑞心中一喜，荡悠悠觉得进了镜子，与凤姐云雨一番，“底下已遗了一滩精”。（第十二回）秦钟与“水月庵的智能”柔情缱绻，软语温存。此等情事，倘从正面大肆渲染，也就与艳情小说成了一路货色。《红楼梦》点到为止，保持了温文尔雅的风度。

对尤三姐事件的处理属于另一种情形，但避免污秽的宗旨则是相同的。从现存的庚辰钞本可以看出，最初的尤三姐形象，是一个使别人“丧伦败行”的“淫奔女”，她与尤二姐一样，同贾珍、贾琏等胡来，多“淫态风情”，往往主动“放出手眼来”，卖弄其色相，被作者骂为“无耻老辣”。后来她才终于“改行”，与柳湘莲相恋，因名声不好被柳湘莲抛弃，自杀身亡。她因早年的失足而落得这样的结局，给世人提供了一面“宝鉴”。这样一个人物，从正面加以描写是不能“不涉淫滥”的。在《红楼梦》中，曹雪芹对相关情节作了重大改动，赋予她出污泥而不染的风采，深情执著，为情而死，令人肃然起敬。作这样的改动，效果可能是多重的，但小说因此而以缠绵悱恻动人却无疑是主要的效果之一。

《红楼梦》经由对秦可卿事件、秦钟事件、贾瑞事件、尤三姐事件的别开生面的处理，成功地在《红楼梦》与艳情小说之间划出了一道鸿沟。他并不回避淫滥题材。“淫滥”本是现实生活的层面之一，作家不能回避，只能以艺术化的处理来淡化对读者的消极影响。曹雪芹对艳情小说的扬弃树立了一个处理淫滥题材的典范。

（四）《红楼梦》的神秘氛围、诗意与写实

《红楼梦》卓越地扬弃了人情小说的三种路数，为它登上人情小说的顶峰扫清了巨大障碍。而《红楼梦》的正面建树进一步表明：曹雪芹不只是“破”旧传统的好手，也是“立”新传统的行家。关于《红楼梦》的伟大建树，人们已经说了很多，而在我看来，有一个关键的层面被忽略了，即：《红楼梦》是如何成功地将诗意与写实融洽无间地组织在一部作品中的？我们试着来回答这一问题。

《红楼梦》之前的人情小说，从审美规范来看，基本呈现为两种倾向：以《金瓶梅》为代表的写实和才子佳人小说对诗意的追求（艳情小说在审美方面较少考察价值）。写实与诗意自成系统，大有“鸡犬之声相闻，老死不相往来”的味道：《金瓶梅》的风格和市井生活打成一片，但庞杂却不丰富（丰富指内容层次），厚重却不深沉（深沉指风格的含蓄渺远），在这个世界中，只能容纳平凡粗俗、琐细卑微的人物，而不能容纳具有非凡人格的、凝聚着民族文化精髓的、超世拔俗的形象，才子佳人小说的玫瑰色的诗意却又靠牺牲写实而得来，付出的代价更大。

写实与诗意的相互背离，给人情小说带来了显而易见的缺憾。诗意，这在中华民族的文明史中，往往不只是一种点缀，而是实实在在地显示了一部分杰出人物对陈腐的规范，对芸芸俗众，对所谓谦谦君子者流的抗争或超越。《金瓶梅》抛弃了诗意，正是抛弃了这些熠熠生辉的东西；其作者专注于尘垢，专注于人性中的低层次，难怪读来令人沉闷了。而从小说史的角度来考察，我们对才子佳人小说作家抛

弃写实的行为，会提出更为严厉的指责。因为，写实不仅是技巧进步的必由之路，更是小说作品获得生命力的要素之一。似乎可以断言，没有写实，就没有小说。大量的才子佳人小说基本上是失败的记录。

曹雪芹处于《金瓶梅》和才子佳人小说之后，他面临的挑战是严峻的：他必须将《金瓶梅》的写实和才子佳人小说对诗意的追求升华到一个新的高度，并努力使二者融洽无间，只有这样，才能开拓出真正属于他自己的领地。他如何做到这一点呢？这可以从三个层面来加以考察。

第一个层面：《红楼梦》的神秘氛围。

读《红楼梦》，我们时常感到处于一种神秘氛围中，如天际来烟，如脚下生云，缥缈惝恍，把握不定。这给小说带来宇宙一般的深邃感。正是这种深邃感，使作品有可能容纳整个大千世界，从贾宝玉到薛蟠，从妙玉到多姑娘，从贾元春到刘姥姥，从林黛玉到王熙凤，它包容了《金瓶梅》和才子佳人小说写过的所有内容而又成为一个更高层次的有机体。

曹雪芹是善于渲染神秘氛围的。小说中安排了不少无法问其究竟的场景、人物和情节。这些因素如网络一般编织在作品中，显得扑朔迷离，不可探测。就人物而言，贾宝玉自身就不乏神秘色彩。他生下来口里便衔着一块玉，而且，这块玉对于他的人生有着不可思议的影响。这是什么原因？谁也说不明白。其他人物，如癞和尚、跛道士，也都不可以常情推断。比如癞和尚，他在小说第一回首次出场便神秘莫测，甄士隐"意欲问他来历"，而并无下文，足见其不同寻常。此后，给宝玉治病的是他："宝玉病重，他来了，将那玉持诵了一番，宝玉便好了"；送"不离不弃，芳龄永继"八个字给宝钗的是他（因此造成金玉良缘之说）；将宝玉带走的也是他。这是个主宰并嘲弄世俗人生的莫名其妙的先知形象。

就情节和场景而言，太虚幻境也是"无法问其究竟"的。而尤其富于神秘意味的是，太虚幻境仿佛是大观园，但大观园与太虚幻境的许多局部布置又绝不相似。像，而又不完全像，这更增加了神秘感。

第二个层面：写实与诗意的融合。

清初的才子佳人小说（包括才子佳人戏曲）曾热衷于追求诗意，追求不含写实意味的诗意，一时得到许多士大夫文人的欣赏。而曹雪芹却在《红楼梦》第五十四回借贾母之口指出才子佳人故事“就是一套子，左不过是些佳人才子，最没趣儿”。所以没趣，原因在于：①“把人家女儿说的这么坏，还说是‘佳人’！编的连影儿也没有了。”②不合情理。“奶妈子丫头伏侍小姐的人也不少，怎么这些书上，凡有这样的事，就只小姐和紧跟的一个丫头知道？那些人都是管做什么的？”

针对才子佳人小说的这两点不足，曹雪芹在设计人物、构造情节时相应地特别注意：①人物具有内在的诗意或韵味。林黛玉的幽香如兰的气质和作为其衬托的凤尾森森、龙吟细细的潇湘馆，史湘云的魏晋风流，晴雯的光风霁月的胸襟，妙玉的如槛外之梅的孤高……曹雪芹写她们，从来不过分夸耀其才、学，而是突出她们特有的诗人一般的感受生活的方式。甚至对贾母、贾政等人，曹雪芹也在适当场合写出其性格中的诗意。例如第五十四回，大家要贾母点戏。贾母点了一出［寻梦］，一出［下书］，吩咐只用箫和笙管，余者一概不用；第七十六回，写贾母中秋赏月，都体现出清雅脱俗的审美情趣。②在展开富于诗意的情节时，力求合情合理，具有鲜明的写实特征。在整体的格局上，雅俗相间，以雅衬俗，以俗衬雅，符合生活和艺术的辩证法；具体展开情节时，细意熨帖，力求写得像生活本身一样，即使是那些从古典诗词中吸取来的情趣意境，也写得十分自然。如第二十三回：“那日正当三月中浣。早饭后，宝玉携了一套《会真记》，走到沁芳闸桥那边桃花底下一块石上坐着，展开《会真记》，从头细看。正看到‘落红成阵’，只见一阵风过，树上桃花吹下一大斗来，落得满身满书皆是花片。宝玉要抖将下来，恐怕脚步践踏了，只得兜了那花瓣儿，来至池边，抖在池内。那花瓣儿浮在水面，飘飘荡荡，竟流出沁芳闸去了。”这是诗的意境，却也是生活的画面。

写实与诗意在《红楼梦》中的融合，使作品形成了一种新的格调：既继承了中国古典诗词（如李商隐、李贺、姜夔的作品）、戏曲

（如《牡丹亭》、《桃花扇》）的感伤、凄丽，又包含了通俗小说（如《金瓶梅》、《三言》、《二拍》）的泼辣、直白。中国古典小说的面貌至此焕然一新。

第三个层面：写实与神秘氛围的融合。

《红楼梦》的神秘氛围既不将读者引向神魔的天地，同时又不显得空疏寥落。这是因为，不仅神秘因素与写实天地交融在一起，而且，神秘氛围本身的展开也层次清晰，笔致工细，借鉴了写实的笔法。像金玉良缘之说的产生，小说第一回一僧一道对于《红楼梦》情节的神奇预告等，都是著例，不必赘述。

写实与神秘氛围的融洽无间赋予了作品以多层次的审美蕴含。一方面，读者注视着现实生活的世界，从中看到人生的真谛；另一方面，读者进一步超越现实生活的天地，思索作品的象征意蕴。这使《红楼梦》具有双重审美功能：作为生活写实的功能和作为象征文本的功能。

《红楼梦》的写实、诗意与神秘氛围的融合以中国古典文学积淀的诸多审美因素作为基础，集其大成，因而成为小说史上难以逾越的高峰。

主要参考书目和引用书目

B

《白居易集》 白居易著 中华书局 1979 年版

《白华楼藏稿》 茅坤著 《四库全书存目丛书》本 齐鲁书社 1997 年版

《白榆集》 屠隆著 版本同上

《白苏斋类稿》 袁宗道著 台北伟文出版有限公司 1976 年版

《北江诗话》 洪亮吉著 人民文学出版社 1998 年版

《白雨斋词话》 陈廷焯著 人民文学出版社 1959 年版

《北美中国古典文学研究名家十年文选》 乐黛云、陈珏编选 江苏人民出版社 1996 年版

《被开拓的诗世界》 程千帆、莫砺锋、张宏生著 上海古籍出版社 1990 年版

C

《徂徕石先生文集》 石介著 中华书局 1984 年版

《传家集》 司马光著 《四库全书》本

《陈与义集》 陈与义著 中华书局 1982 年版

《沧州后集》 孙楷第著 中华书局 1985 年版

《沧浪诗话校释》 严羽著、郭绍虞校释 人民文学出版社 1983 年版

《词源注》　张炎著、夏承焘校注　人民文学出版社 1963 年版

《陈后冈诗集》《文集》　陈束著　《四库全书存目丛书》本　齐鲁书社 1997 年版

《崇兰馆集》　莫如忠著　版本同上

《从〈娇红记〉到〈红楼梦〉》　陈益源著　辽宁古籍出版社 1996 年版

《陈学士先生初集》　陈懿典著　《四库禁毁书丛刊》本　北京出版社 2000 年版

《苍霞草》《苍霞续草》　叶向高著　版本同上

《船山全书》第十四册　王夫之著　岳麓书社 1996 年版

《传统文化与古典小说》　杜贵晨著　河北大学出版社 2001 年版

《词综》　朱彝尊、汪森编　上海古籍出版社 1978 年版

《池北偶谈》　王士禛著　中华书局 1982 年版

《茶馀客话》　阮葵生著　《丛书集成初编》本　商务印书馆 1936 年版

《茶香室丛钞》　俞樾著　中华书局 1995 年版

《词林纪事》　张宗橚辑　成都古籍书店 1982 年版

《苌楚斋随笔·续笔·三笔·四笔·五笔》　刘声木著　中华书局 1998 年版

《插图本中国文学史》　郑振铎著　人民文学出版社 1957 年版

《词话丛编》　唐圭璋编　中华书局 1986 年版

《吹沙二集》　萧萐父著　巴蜀书社 1999 年版

《词学研究论文集》　华东师范大学中文系古典文学研究室编　上海古籍出版社 1982 年版

D

《道园学古录》　虞集著　《四库全书》本

《戴氏集》　戴冠著　《四库全书存目丛书》本　齐鲁书社

1997 年版

《大泌山房集》 李维桢著 版本同上

《东廓邹先生文集》 邹守益著 版本同上

《董学士泌园集》 董份著 版本同上

《甔甀洞稿》《续稿》 吴国伦著 版本同上

《端峰先生松菊堂集》 孙鳌著 版本同上

《答万季埜诗问》 吴乔著 《清诗话》本 上海古籍出版社 1978 年版

《钝吟杂录》 冯班著 《清诗话》本 上海古籍出版社 1978 年版

《带经堂诗话》 王士禛著 人民文学出版社 1982 年版

《戴震集》 戴震著 上海古籍出版社 1980 年版

《赌棋山庄词话》 谢章铤著 《词话丛编》本 中华书局 1986 年版

E

《二酉园文集》《诗集》《续集》 陈文烛著 《四库全书存目丛书》本 齐鲁书社 1997 年版

《而庵诗话》 徐增著 《清诗话》本 上海古籍出版社 1978 年版

《二十世纪文学评论》上册 戴维·洛奇编 汉译本 上海译文出版社 1987 年版

F

《樊川文集》 杜牧著 上海古籍出版社 1978 年版

《繁露园集》 董复亨著 《四库全书存目丛书》本 齐鲁书社 1997 年版

《鷇庵遗稿》 柴奇著 版本同上

《弗告堂集》　于若瀛著　《四库禁毁书丛刊》本　北京出版社 2000 年版

《分甘馀话》　王士禛著　中华书局 1982 年版

《方苞集》　方苞著　上海古籍出版社 1983 年版

《樊榭山房文集》　厉鹗著　《四部丛刊本》

G

《姑溪居士前集》　李之仪著《四库全书》本

《谷城山馆文集》　于慎行著　《四库全书存目丛书》本　齐鲁书社 1997 年版

《缑山先生集》　王衡著　版本同上

《高阳集》　孙承宗著　《四库禁毁书丛刊》本　北京出版社 2000 年版

《公槐集》　姚希孟著　版本同上

《国史经籍志》　焦竑著　《明史艺文志·补编·附编》本　商务印书馆 1959 年版

《国朝献征录》　焦竑辑　《四库全书存目丛书》本　齐鲁书社 1997 年版

《国宝新编》　顾璘著　台北新兴书局《笔记小说大观》本

《古夫于亭杂录》　王士禛著　中华书局 1988 年版

《古典小说新探》　王齐洲著　浙江古籍出版社 1993 年版

《古代白话小说形态发展史论》　鲁德才著　南开大学出版社 2002 年版

《归庄集》　归庄著　上海古籍出版社 1984 年版

《国史经籍志补》　宋定国、谢星缠编　《明史艺文志·补编·续编》本　商务印书馆 1959 年版

《国学略说》　章太炎著　上海文艺出版社 2001 年版

《国学概论》　章太炎讲演、曹聚仁整理　上海古籍出版社 1997 年版

《古今图书集成》　中华书局、巴蜀书社 1986 年影印清刊本

《管锥编》　钱钟书著　中华书局 1979 年版

《古典文学研究资料汇编》（黄庭坚和江西诗派卷）　傅璇琮编　中华书局 1978 年版

H

《汉书》　班固撰、颜师古注　中华书局 1962 年版

《后汉书》　范晔撰　中华书局 1965 年版

《韩昌黎文集校注》　韩愈著、马通伯校注　古典文学出版社 1957 年版

《花间集校》　赵崇祚辑、李一氓校　人民文学出版社 1958 年版

《话本小说概论》　胡士莹著　中华书局 1980 年版

《后山居士文集》　陈师道著　上海古籍出版社 1984 年版

《皇明文范》　张时彻选　《四库全书存目丛书》本　齐鲁书社 1997 年版

《皇明文徵》　何乔远辑　版本同上

《皇明十六家小品》　何伟然、丁允和选，陆云龙评　版本同上

《函山先生集》　刘天民著　版本同上

《衡藩重刻胥台先生集》　袁袠著　版本同上

《环溪集》　沈恺著　版本同上

《寒村集》　苏志皋著　版本同上

《何翰林集》　何良俊著　版本同上

《胡维霖集》　胡维霖著　《四库禁毁书丛刊》本　北京出版社 2000 年版

《喙鸣文集》《诗集》　沈一贯著　版本同上

《汉魏六朝百三家集题辞注》　张溥著、殷孟伦注，人民文学出版社 1960 年版

《皇明诗选》　陈子龙、李雯、宋徵舆选　华东师范大学出版社

1991 年影印明崇祯刊本

《黄梨洲文集》　黄宗羲著　中华书局 1959 年版

《花草蒙拾》　王士禛著　《词话丛编》本　中华书局 1986 年版

《蕙风词话》　况周颐著　人民文学出版社 1960 年版

《韩愈资料汇编》　吴文治编　中华书局 1983 年版

《汉唐文学的嬗变》　葛晓音著　北京大学出版社 1990 年版

《〈红楼梦〉的悲剧意识与旋律美》　唐富龄著　武汉大学出版社 2000 年版

《红楼梦评论·石头记索隐·红楼梦索隐·红楼梦辨》　王国维、蔡元培、胡适、俞平伯著　岳麓书社 1999 年版

《红楼梦的两个世界》　余英时著　上海社会科学院出版社 2002 年版

J

《金楼子》　萧绎著　《四库全书》本

《晋书》　房玄龄等撰　中华书局 1974 年版

《旧唐书》　刘昫等撰　中华书局 1975 年版

《旧五代史》　薛居正等撰　中华书局 1976 年版

《鸡肋集》　晁补之著　《四库全书》本

《鸡窗集》　夏志清著　上海三联书店 2000 年版

《〈镜花缘〉公案辨疑》　孙佳讯著　齐鲁书社 1984 年版

《'93 中国古代小说国际研讨会论文集》　'93 中国古代小说国际研讨会学术委员会编　开明出版社 1996 年版

《绝妙好词笺》　周密辑，查为仁、厉鹗笺　中华书局 1957 年版

《靳两城先生集》　靳学颜著　《四库全书存目丛书》本　齐鲁书社 1997 年版

《蒋南泠集》　蒋山卿著　版本同上

《姜凤阿文集》　姜宝著　版本同上

《郊居遗稿》　沈懋学著　版本同上

《居来先生集》　张佳胤著　《四库全书存目丛书补编》本　齐鲁书社 2001 年版

《汲古堂集》　何白著　《四库禁毁书丛刊》本　北京出版社 2000 年版

《焦氏澹园集》　焦竑著　版本同上

《焦氏澹园续集》　焦竑著　版本同上

《甲秀园集》　费元禄著　版本同上

《简斋先生集》　刘荣嗣著　版本同上

《几社壬申合稿》　杜骐征等辑　版本同上

《江盈科集》　江盈科著　岳麓书社 1997 年版

《戒庵老人漫笔》　李诩著　中华书局 1982 年版

《薑斋诗话笺注》　王夫之著、戴鸿森笺注　人民文学出版社 1981 年版

《静志居诗话》　朱彝尊著　人民文学出版社 1990 年版

《坚瓠集》　褚人获著　浙江人民出版社 1986 年影印民国十五年（1926 年）柏香书屋校印本

《剑溪说诗》　乔亿著　《清诗话续编》本　上海古籍出版社 1983 年版

《纪晓岚文集》　纪昀著　河北教育出版社 1995 年版

《静居绪言》　阙名著　《清诗话续编》本　上海古籍出版社 1983 年版

《介存斋论词杂著》　周济著　人民文学出版社 1959 年版

《嘉业堂藏书志》　缪荃孙、吴昌绶、董康著　复旦大学出版社 1997 年版

《江湖诗派研究》　张宏生著　中华书局 1995 年版

《近代文学批评史》第二册　［美］雷纳·韦勒克著　汉译本　上海译文出版社 1997 年版

K

《孔文谷集》　孔天胤著　《四库全书存目丛书》本　齐鲁书社 1997 年版

《快雪堂集》　冯梦祯著　版本同上

《珂雪斋近集》　袁中道著　上海书店 1982 年版

L

《梁书》　姚思廉撰　中华书局 1973 年版

《李白集校注》　李白著，瞿蜕园、朱金城校注　上海古籍出版社 1980 年版

《柳河东集》　柳宗元著　上海人民出版社 1974 年版

《李文公集》　李翱著　《四库全书》本

《李贺诗集》　李贺著、叶葱奇疏注　人民文学出版社 1959 年版

《潞公文集》　文彦博著　《四库全书》本

《老学庵笔记》　陆游著　中华书局 1979 年版

《骆两溪集》　骆文盛著　《四库全书存目丛书》本　齐鲁书社 1997 年版

《翏翏集》　俞安期著　版本同上

《李开先集》　李开先著　中华书局 1959 年版

《鹿裘石室集》　梅鼎祚著　《四库禁毁书丛刊》本　北京出版社 2000 年版

《李太仆恬致堂集》　李日华著　版本同上

《临川帅谦斋先生阳秋馆集》　帅机著　乾隆三年重镌本

《琅嬛文集》　张岱著　岳麓书社 1985 年版

《列朝诗集小传》　钱谦益著　上海古籍出版社 1983 年新 1 版

《楼山堂集》　吴应箕著　民国铅印本

《陇蜀馀闻》　王士禛著　台北新兴书局《笔记小说大观》本

《柳亭诗话》　宋长白著　《四库全书存目丛书》本　齐鲁书社 1997 年版

《论文偶记》　刘大櫆著　人民文学出版社 1959 年版

《论中国古典小说的艺术形象》　李希凡著　上海文艺出版社 1961 年版

《伦敦所见中国小说书目提要》　柳存仁著　书目文献出版社 1982 年版

《柳南随笔·续笔》　王应奎著　中华书局 1983 年版

《龙性堂诗话》　叶矫然著　《清诗话续编》本　上海古籍出版社 1983 年版

《两般秋雨庵随笔》　梁绍壬著　上海古籍出版社 1982 年版

《履园丛话》　钱泳著　中华书局 1979 年版

《历代词话》　汪弈清等著　《词话丛编》本　中华书局 1986 年版

《莲子居词话》　吴衡照著　版本同上

《冷庐杂识》　陆以湉著　中华书局 1984 年版

《历代诗话》　何文焕辑　中华书局 1981 年版

《历代诗话续编》　丁福保辑　中华书局 1983 年版

《刘师培中古文学论集》　刘师培著　中国社会科学出版社 1997 年版

《刘师培辛亥前文选》　刘师培著　北京三联书店 1998 年版

《龙榆生词学论文集》　龙榆生著　上海古籍出版社 1997 年版

《六朝小说》　陈文新编著　文化艺术出版社 1997 年版

M

《茅坤集》　茅坤著　浙江古籍出版社 1993 年版

《明诗归》　钟惺、谭元春编　《四库全书存目丛书》本　齐鲁书社 1997 年版

《明文奇赏》　陈仁锡选评　版本同上

《明文在》　薛熙编　版本同上

《明文远》　徐文驹、罗景泐编　版本同上

《明文授读》　黄宗羲编　版本同上

《鈔远堂全集》　马之骏著　版本同上

《明诗选》　华淑选　《四库禁毁书丛刊》本　北京出版社 2000 年版

《明文英华》　顾有孝辑　版本同上

《明人诗钞正集·续集》　朱琰辑　版本同上

《明文罽》　刘士鏻辑评　版本同上

《明诗平论二集》　朱隗辑评　版本同上

《媚幽阁文娱初集·二集》　郑元勋辑　版本同上

《牧斋有学集》　钱谦益著　版本同上

《牧斋初学集》　钱谦益著　上海古籍出版社 1985 年版

《明诗综》　朱彝尊编撰　上海古籍出版社 1993 年影印本

《明季南略》　计六奇著　中华书局 1984 年版

《明季北略》　计六奇著　中华书局 1984 年版

《明史》　张廷玉等撰　中华书局 1974 年版

《明史纪事本末》　谷应泰著　中华书局 1977 年版

《梅村诗话》　吴伟业著　《清诗话》本　上海古籍出版社 1978 年版

《漫堂说诗》　宋荦著　版本同上

《明诗别裁集》　沈德潜、周准编　上海古籍出版社 1979 年版

《明词综》　王昶编撰　上海古籍出版社 1992 年版

《明诗纪事》　陈田辑撰　上海古籍出版社 1993 年版

《明清文学史》（明代卷）　吴志达著　武汉大学出版社 1991 年版

《明清文学史》（清代卷）　唐富龄著　武汉大学出版社 1991 年版

《明清小说理论批评史》　王先霈、周伟民著　花城出版社 1988

年版

《明代小说四大奇书》　浦安迪著、沈亨寿译　中国和平出版社1993 年版

《明代文学复古运动研究》　廖可斌著　上海古籍出版社 1994年版

《明诗话全编》　吴文治主编　江苏古籍出版社 1997 年版

《明代诗学》　陈文新著　湖南人民出版社 2000 年版

《明代小说史》　陈大康著　上海文艺出版社 2000 年版

《明清小说史》　谭邦和著　湖北人民出版社 2002 年版

《明清神魔小说研究》　胡胜著　韩国新星出版社 2002 年版

《明清八大家文选丛书》　钱仲联主编　苏州大学出版社 2001年版

《茅坤研究》　张梦新著　中华书局 2001 年版

《明永乐至嘉靖间诗文观研究》　黄卓越著　北京师范大学出版社 2001 年版

N

《南史》　李延寿撰　中华书局 1975 年版

《鸟鼠山人小集》《后集》　胡缵宗著　《四库全书存目丛书》本　齐鲁书社 1997 年版

《南湖先生文选》　丁奉著　版本同上

《念庵罗先生集》　罗洪先著　版本同上

O

《欧阳文忠公集》　欧阳修著　《四部丛刊》本

《欧虞部集》　欧大任著　《四库禁毁书丛刊》本　北京出版社2000 年版

《瓯北诗话》　赵翼著　《清诗话续编》本　上海古籍出版社

1983 年版

P

《潘笠江先生集》《近稿》　潘恩著　《四库全书存目丛书》本　齐鲁书社 1997 年版

《泊水斋文钞》　张慎言著　版本同上

《曝书亭集》　朱彝尊著　《四库全书》本

《骈文概论》　瞿兑之著　海南出版社 1994 年版

《骈文史论》　姜书阁著　人民文学出版社 1986 年版

《骈文与散文》　蒋伯潜、蒋祖怡著　上海书店出版社 1997 年版

Q

《青箱杂记》　吴处厚著　中华书局 1985 年版

《七修类稿》　郎瑛著　上海书店出版社 2001 年版

《钤山堂集》　严嵩著　《四库全书存目丛书》本　齐鲁书社 1997 年版

《青萝馆诗》　徐中行著　版本同上

《峤雅》　邝露著　版本同上

《启祯遗诗》　陈济生辑　《四库禁毁书丛刊》本　北京出版社 2000 年版

《前八大家诗选》　夏云鼎辑　《四库禁毁书丛刊》本　北京出版社 2000 年版

《七录斋集》　张溥著　版本同上

《全上古三代秦汉三国六朝文》　严可均辑　中华书局 1958 年版

《全唐文》　董诰等编　中华书局 1983 年影印本

《清诗别裁集》　沈德潜编　中华书局 1975 年版

《清诗话》　王夫之等撰　上海古籍出版社 1999 年版

《清诗话续编》　郭绍虞编选　上海古籍出版社 1983 年版

《钱穆与中国文化》　余英时著　上海远东出版社 1994 年版

《清代学术概论》　梁启超著　中华书局 1986 年版

《清代长篇讽刺小说研究》　吴淳邦著　北京大学出版社 1995 年版

《清代小说史》　张俊著　浙江古籍出版社 1997 年版

《清代文论选》　王镇远、邬国平编选　人民文学出版社 1996 年版

《清代词学的建构》　张宏生著　江苏古籍出版社 1998 年版

《清代前中期词学思想研究》　陈水云著　武汉大学出版社 1999 年版

《且向长河看落日——〈儒林外史〉》　陈文新、鲁小俊著　云南人民出版社 2001 年版

R

《容台集》　董其昌著　《四库禁毁书丛刊》本　北京出版社 2000 年版

《然灯记闻》　何世璂著　《清诗话》本　上海古籍出版社 1978 年版

《人间词话》　王国维著　人民文学出版社 1960 年版

《日本东京所见小说书目》　孙楷第著　人民文学出版社 1958 年版

S

《史记》　司马迁撰　中华书局 1959 年版

《史学九章》　汪荣祖著　北京三联书店 2006 年版

《诗品》　钟嵘著　《历代诗话》本　中华书局 1981 年版

《宋书》 沈约撰 中华书局 1974 年版

《隋唐嘉话》 刘餗著 中华书局 1979 年版

《孙可之集》 孙樵著 《四库全书》本

《苏东坡全集》 苏轼著 北京中国书店 1986 年版

《石门文字禅》 惠洪著 《四库全书》本

《诗人玉屑》 魏庆之编 上海古籍出版社 1978 年版

《苕溪渔隐丛话》 胡仔纂集 人民文学出版社 1962 年版

《诗集传》 朱熹集注 上海古籍出版社 1980 年版

《宋史》 脱脱等撰 中华书局 1977 年版

《菽园杂记》 陆容著 中华书局 1985 年版

《四友斋丛说》 何良俊著 中华书局 1959 年版

《盛明百家诗》 俞宪编 《四库全书存目丛书》本 齐鲁书社 1997 年版

《盛明百家诗选》 朱之蕃选 版本同上

《少湖先生文集》 徐阶著 版本同上

《水明楼集》 陈荐夫著 版本同上

《嵩渚文集》 李濂著 版本同上

《少石集》 陆釴著 版本同上

《嵩阳集》 刘绘著 版本同上

《孙文恪公集》 孙升著 版本同上

《山带阁集》 朱曰藩著 版本同上

《石语斋集》 邹迪光著 版本同上

《四品稿》 李若讷著 版本同上

《山左明诗钞》 宋弼选 版本同上

《少室山房笔丛》 胡应麟著 上海书店出版社 2001 年版

《诗薮》 胡应麟著 上海古籍出版社 1958 年版

《少室山房集》 胡应麟著 《四库禁毁书丛刊》本 北京出版社 2000 年版

《松石斋集》 赵用贤著 版本同上

《诗慰》初集、二集、续集 陈允衡辑 版本同上

《石民江村集》　茅元仪著　版本同上
《始青阁稿》　邹迪光著　版本同上
《石民四十集》　茅元仪著　版本同上
《三易集》　唐时升著　版本同上
《松圆浪淘集》　程嘉燧著　民国风雨楼校镌本
《娑罗馆清言》　屠隆著　台湾新兴书局《笔记小说大观》本
《石匮书后集》　张岱著　中华书局 1959 年版
《诗源辩体》　许学夷著　人民文学出版社 1987 年版
《宋史纪事本末》　陈邦瞻撰　中华书局 1977 年版
《师友诗传录》　王士禛等著　《清诗话》本　上海古籍出版社 1978 年版
《师友诗传续录》王士禛等著　版本同上
《诗筏》　贺贻孙著　《清诗话续编》本　上海古籍出版社 1983 年版
《诗辩坻》　毛先舒著　版本同上
《诗学源流考》　鲁九皋著　版本同上
《石洲诗话》　翁方纲著　人民文学出版社 1981 年版
《四库全书总目》　永瑢等撰　中华书局 1965 年版
《说诗晬语》　沈德潜著　人民文学出版社 1979 年版
《随园诗话》　袁枚著　人民文学出版社 1982 年版
《水浒资料汇编》　马蹄疾编　中华书局 1980 年版
《说稗集》　吴组缃著　北京大学出版社 1987 年版
《说诗说稗》　陶尔夫、刘敬圻著　黑龙江教育出版社 1997 年版
《士人心态话儒林》　陈文新著　华中理工大学出版社 1994 年版
《宋元小说研究》　程毅中著　江苏古籍出版社 1998 年版
《宋诗话辑佚》　郭绍虞辑　中华书局 1980 年版
《宋金元文论选》　陶秋英编选　人民文学出版社 1984 年版
《宋元诗社研究丛稿》　欧阳光著　广东高等教育出版社 1996

年版

《世情小说史》 向楷著 浙江古籍出版社 1998 年版

《诗稗鳞爪》 廖可斌著 浙江大学出版社 1999 年版

T

《唐国史补》 李肇著 古典文学出版社 1957 年版

《太平广记》 李昉等编 中华书局 1961 年新 1 版

《棠陵文集》 方豪著 《四库全书存目丛书》本 齐鲁书社 1997 年版

《同安林次崖先生文集》 林希元著 版本同上

《天目山斋岁编》 吴维岳著 版本同上

《太函集》 汪道昆著 版本同上

《屠渐山兰晖堂集》 屠应埈著 版本同上

《调象庵稿》 邹迪光著 版本同上

《檀园集》 李流芳著 《四库禁毁书丛刊》本 北京出版社 2000 年版

《汤显祖诗文集》 汤显祖著 上海古籍出版社 1982 年版

《童内方先生集》 童承叙著 道光沔阳卢氏始基斋刊本

《天佣子集》 艾南英著 旧学山房藏本 道光丙申重刻本

《谭元春集》 谭元春著 上海古籍出版社 1998 年版

《陶庵梦忆·西湖梦寻》 张岱著 上海古籍出版社 1982 年版

《谈龙录》 赵执信著 《清诗话》本 上海古籍出版社 1978 年版

《唐诗别裁集》 沈德潜编 中华书局 1975 年版

《唐宋传奇集》 鲁迅辑 上海古籍出版社 1998 年版

《唐人小说》 汪辟疆校录 上海古籍出版社 1988 年版

《谈艺录》（补订本） 钱钟书著 中华书局 1984 年版

《唐代长安与西域文明》 向达著 北京三联书店 1957 年版

《唐诗综论》 林庚著 人民文学出版社 1987 年版

《唐宋词通论》　吴熊和著　浙江古籍出版社 1985 年版

《唐前志怪小说史》　李剑国著　南开大学出版社 1984 年版

《台湾中国古代文学研究文选》　卢兴基编　人民文学出版社 1988 年版

《唐五代传奇集》　李格非、吴志达主编　中州古籍出版社 1997 年版

《唐宋词史论》　王兆鹏著　人民文学出版社 2000 年版

《唐代文学研究》第九辑　傅璇琮主编　广西师范大学出版社 2002 年版

W

《文心雕龙注释》　刘勰著、周振甫注　人民文学出版社 1981 年版

《文选》　萧统编、李善注　中华书局 1977 年版

《玩芳堂摘稿》　王慎中著　《四库全书存目丛书》本　齐鲁书社 1997 年版

《五岳山人集》　黄省曾著　版本同上

《王氏存笥稿》　王维桢著　版本同上

《午坡文集》　江以达著　版本同上

《万文恭公摘集》　万士和著　版本同上

《吴歈小草》　娄坚著　《四库禁毁书丛刊》本　北京出版社 2000 年版

《王百谷十九种》　王稚登著　版本同上

《万历野获编》　沈德符著　中华书局 1959 年版

《文脉》　王文禄著　学海类编本

《王船山诗文集》　王夫之著　中华书局 1983 年版

《吴梅村全集》　吴伟业著　上海古籍出版社 1990 年版

《围炉诗话》　吴乔著　《清诗话续编》本　上海古籍出版社 1983 年版

《文史通义校注》　章学诚著、叶瑛校注　中华书局 1994 年版

《文心雕龙札记》　黄侃著　中华书局 1962 年版

《晚清文选》　郑振铎编　上海书店出版社 1987 年版

《文选李注义疏》　高步瀛著　中华书局 1985 年版

《晚明思想史论》　嵇文甫著　东方出版社 1996 年版

《汪辟疆说近代诗》　汪辟疆著　上海古籍出版社 2001 年版

《王禹偁事迹著作编年》　徐规著　中国社会科学出版社 1982 年版

《文言小说审美发展史》　陈文新著　武汉大学出版社 2002 年版

《文学批评理论——柏拉图到现在》　［英］拉曼·塞尔登编　汉译本　北京大学出版社 2000 年版

X

《西昆酬唱集注》　杨亿编、王仲荦注　中华书局 1980 年版

《新校正梦溪笔谈》　沈括著、胡道静校注　中华书局 1957 年版

《续资治通鉴长编》　李焘撰　中华书局 1985 年版

《西原先生遗书》　薛蕙著　《四库全书存目丛书》本　齐鲁书社 1997 年版

《夏桂洲先生文集》　夏言著　版本同上

《谢耳伯先生集》　谢兆申著　版本同上

《西楼全集》　邓原岳著　版本同上

《玄晏斋集五种》　孙慎行著　《四库禁毁书丛刊》本　北京出版社 2000 年版

《西江诗话》　裘君弘著　版本同上

《新安二布衣诗》　吴兆、程嘉燧著　版本同上

《学古绪言》　娄坚著　版本同上

《西圃诗说》　田同之著　《清诗话续编》本　上海古籍出版社

1983 年版

《惜抱轩全集》　姚鼐著　香港广智书局 1959 年版

《筱园诗话》　朱庭珍著　《清诗话续编》本　上海古籍出版社 1983 年版

《霞外捃屑》　平步青著　上海古籍出版社 1982 年版

《新世说》　易宗夔著　上海古籍书店 1982 年版

《新编醉翁谈录》　罗烨著　辽宁教育出版社 1998 年版

《小说考证》　蒋瑞藻编　上海古籍出版社 1984 年版

《小说史大略》　鲁迅著　陕西人民出版社 1981 年版

《小说丛考》　钱静方著　古典文学出版社 1957 年版

《小说史：理论与实践》　陈平原著　北京大学出版社 1993 年版

《西游记考论》　张锦池著　黑龙江教育出版社 1996 年版

《小说考信编》　徐朔方著　上海古籍出版社 1997 年版

《小说艺术论》　马振方著　北京大学出版社 1999 年版

《侠义公案小说史》　曹亦冰著　浙江古籍出版社 1998 年版

Y

《玉台新咏笺注》　徐陵编、吴兆宜注　中华书局 1985 年版

《元稹集》　元稹著　中华书局 1982 年版

《韵语阳秋》　葛立方著　上海古籍出版社 1984 年版

《云麓漫钞》　赵彦卫著　古典文学出版社 1957 年版

《乐府指迷笺释》　沈义父著、蔡嵩云笺释　人民文学出版社 1963 年版

《元史》　宋濂等撰　中华书局 1976 年版

《艺苑卮言》　王世贞著　《历代诗话续编》本　中华书局 1983 年版

《弇州四部稿》　王世贞著　《四库全书》本

《弇州续稿》　王世贞著　《四库全书》本

《由拳集》　屠隆著　《四库全书存目丛书》本　齐鲁书社 1997 年版

《酉阳杂俎》　段成式著　中华书局 1981 年版

《元明清三代禁毁小说戏曲史料》　王利器辑　上海古籍出版社 1981 年版

《隐秀轩集》　钟惺著　上海古籍出版社 1992 年版

《因树屋书影》　周亮工著　上海古籍出版社 1981 年版

《原诗》　叶燮著　人民文学出版社 1979 年版

《渔洋诗话》　王士禛著　《清诗话》本　上海古籍出版社 1978 年版

《瑶华集》　蒋景祁编　中华书局 1982 年版

《阅微草堂笔记》　纪昀著　上海古籍出版社 1980 年版

《袁枚全集》　袁枚著　江苏古籍出版社 1993 年版

《一瓢诗话》　薛雪著　人民文学出版社 1979 年版

《玉剑尊闻》　梁维枢著　上海古籍出版社 1986 年版

《艺概》　刘熙载著　上海古籍出版社 1978 年版

《养一斋诗话》　潘德舆著　《清诗话续编》本　上海古籍出版社 1983 年版

《雨村诗话》　李调元著　版本同上

《饮冰室诗话》　梁启超著　人民文学出版社 1998 年版

《饮冰室合集》　梁启超著　中华书局 1989 年版

《元白诗笺证稿》　陈寅恪著　上海古籍出版社 1978 年版

《译馀偶拾》　杨宪益著　北京三联书店 1983 年版

《一阳来复》　杜维明著、陈引驰编　上海文艺出版社 1997 年版

《艺术哲学》　［法］丹纳著、傅雷译　人民文学出版社 1963 年版

《艺术类型学资料选编》　陆梅林、李心峰主编　华中师范大学出版社 1997 年版

Z

《朱子语类》 朱熹著 中华书局1986年版

《治世馀闻》 陈洪谟著 中华书局1985年版

《震川先生集》 归有光著 上海古籍出版社1981年版

《载酒园诗话》 贺裳著 《清诗话续编》本 上海古籍出版社1983年版

《贞一斋诗话》 李重华著 《清诗话》本 上海古籍出版社1978年版

《周礼正义》 孙诒让撰 中华书局1987年版

《郑板桥集》 郑板桥著 上海古籍出版社1979年版

《章氏遗书》 章学诚著 北京文物出版社1982年覆嘉业堂刊本

《正续词选》 张惠言录、董子远续录 扫叶山房石印本

《中国小说史略》 鲁迅著 上海古籍出版社1998年版

《朱自清文集》 朱自清著 台湾开今文化事业有限公司1994年版

《中国章回小说考证》 胡适著 上海书店1979年版

《中国通俗小说书目》 孙楷第著 人民文学出版社1982年版

《中国小说史料》 孔另境编辑 上海古籍出版社1982年版

《中国小说丛考》 赵景深著 齐鲁书社1980年版

《中国小说美学》 叶朗著 北京大学出版社1982年版

《中国古代小说研究》 刘世德编 上海古籍出版社1983年版

《中国小说叙事模式的转变》 陈平原著 上海人民出版社1988年版

《中国小说理论批评史》 刘良明著 武汉大学出版社1991年版

《中国四大古典小说论稿》 张锦池著 华艺出版社1993年版

《忠义水浒论》 佘大平著 陕西旅游出版社1992年版

《中国文论：英译与评论》［美］宇文所安著　王柏华、陶庆梅译　上海社会科学院出版社 2003 年版

《中国文学史论》　王瑶著　北京大学出版社 1986 年版

《中国散文概论》　方孝岳著　《中国文学八论》本　北京市中国书店 1985 年版

《中国文学批评史》　郭绍虞著　上海古籍出版社 1979 年版

《中国历代文论选》　郭绍虞主编　上海古籍出版社 1980 年版

《中国文学简史》　林庚著　北京大学出版社 1995 年版

《中国近代文论选》　舒芜等编　人民文学出版社 1959 年版

《中国大百科全书》（中国文学卷）　中国大百科全书出版社 1988 年第 2 版

《中国文学批评通史》（七卷本）　王运熙、顾易生主编　上海古籍出版社 1996 年版

《中国文言小说流派研究》　陈文新著　武汉大学出版社 1993 年版

《中国传奇小说史话》　陈文新著　台北正中书局 1995 年版

《中国笔记小说史》　陈文新著　台湾志一出版社 1995 年版

《中国通俗小说总目提要》　江苏省社科院明清小说研究中心编　中国文联出版公司 1990 年版

《中国古代小说论集》　郭豫适著　华东师范大学出版社 1992 年版

《中国小说源流论》　石昌渝著　北京三联书店 1994 年版

《中国历代小说序跋集》　丁锡根编著　人民文学出版社 1996 年版

《〈左传〉与传统小说论集》［美］王靖宇著　北京大学出版社 1989 年版

《中国古典小说史论》［美］夏志清著　江西人民出版社 2001 年版

《中国古典小说史论》　杨义著　人民出版社 1998 年版

《中唐诗歌之开拓与新变》　孟二冬著　北京大学出版社 1998

年版

《中国文学编年史》　陈文新主编　湖南人民出版社 2006 年版

《张惠言暨常州词派词传》　赵伯陶著　吉林人民出版社 1998 年版

《钟嵘〈诗品〉研究》　张伯伟著　南京大学出版社 1999 年版

《朱熹文学研究》　莫砺锋著　南京大学出版社 2000 年版

《朱自清中国文学批评研究讲义》　刘晶雯整理　天津古籍出版社 2004 年版